HAYATA DÖN

Dr. GÜLSEREN BUDAYICIOĞLU, üç çocuklu bir memur ailesinin ilk çocuğu olarak Ankara'da doğdu. TED Ankara Koleji'nden mezun olduktan sonra Ankara Üniversitesi Tıp Fakültesi'ne girdi. Öğrenciliği boyunca bir yandan da TRT televizyonlarında spiker ve sunucu olarak çalıştı. Psikiyatri ihtisasını yaptığı Hacettepe Üniversitesi'nde on yıl öğretim görevlisi olarak hizmet verdi. Yıllarca muayenehane hekimliği yaptıktan sonra 2005 yılında Türkiye'nin ilk psikiyatri merkezi olan ve halen Ankara ve İstanbul'da hizmet veren Madalyon Klinik'i (Madalyon Psikiyatri Merkezi) kurdu.

Bu arada *Madalyonun İçi, Günahın Üç Rengi, Hayata Dön* ve *Kral Kaybederse* adlı kitapları yayınlandı.

İki çocuk annesi olan Budayıcıoğlu, halen Madalyon Klinik'in başkanı olup bir yandan da psikiyatri bilimini hikâye ve romanlarla insanlara ulaştırmaya devam ediyor.

www.facebook.com/drgbudayicioglu
www.twitter.com/drgbudayicioglu
drgbudayicioglu@madalyonklinik.com

GÜLSEREN BUDAYICIOĞLU

Hayata Dön

Remzi Kitabevi

Bu kitap bugüne kadar farklı kişilerden dinlediğim hayat hikâyelerinden yola çıkılarak kurgulanmıştır.

G. B.

HAYATA DÖN / Gülseren Budayıcıoğlu

Editör: Aslı Güneş
Kapak: Artun Çinetçi

ISBN 978-975-14-1460-1

BİRİNCİ BASIM: Eylül 2011
ON ALTINCI BASIM: Eylül 2018

Kitabın bu basımı 5000 adet yapılmıştır.

Remzi Kitabevi A.Ş., Akmerkez E3-14, 34337 Etiler-İstanbul
Sertifika no: 10705
Tel (212) 282 2080 Faks (212) 282 2090
www.remzi.com.tr post@remzi.com.tr

Baskı: Seçil Ofset, 100. Yıl Mah. Matbaacılar Sitesi
4. Cad. No: 77 Bağcılar-İstanbul
Sertifika no: 12068 / Tel (212) 629 0615

Cilt: Çifçi Mücellit, 100. Yıl Mah., Matbaacılar Sitesi
5. Cad. No: 24-25 Bağcılar-İstanbul
Tel (212) 629 4783

1. Bölüm

Yine akşam oldu. Saatler nasıl da koşuyor insan çalışırken! Madalyon Klinik'te bir gün daha bitmek üzere! Saatlerdir oturduğum koltuğumdan kalkmış, arkamdaki büyük pencerelerden şehri seyrediyorum. Işıklar çoktan yanmış ama geceyle gündüz henüz birbirlerinden ayrılamamışlar. Yaşamla ölüm gibi iç içe geçmiş, sanki bir şeylerin onları zorla ayırmasını bekler gibiler. Ankara'nın dumanlı havasında kapkara bulutlar homurdanarak dolaşıyor gökyüzünde.

Dün gece başladı kar. Rüzgârın da etkisiyle sağa sola savrulan kar taneleri hızla geçiyor camın önünden. Çocukluğumdan beri pek severim bu manzarayı. Kar bir başka hissettirir insana kendini. Geçmiş de oradadır, gelecek de... Hayatın tadı kadar ölümün soğuk nefesi vardır bu beyazlığın içinde. İsterseniz baktıkça hayatın mayhoş tadını bulursunuz, isterseniz yalnızlığı ve çaresizliği görürsünüz. Çocukken başkaydı gördüklerim, şimdi bambaşka.

Tıpkı bu kar taneleri gibi odamın duvarlarında da her çeşit duygunun izi dolaşıyor. Mutlu insan gelmez psikiyatriye. Kimi en sevdiklerini kaybetmiştir, kimi aldatılmış, terk edilmiş, kandırılmış, kimi hayatta aradığını bulamamış, kiminin hayalleri gerçekleşmemiş, kimi işinden olmuş, başaramamıştır. Bir de her şeyi tamam olanlar vardır. Her şeyleri tamam olsa da, başkaları bunu böyle görse de, gönüllerinin bir yerinde hüzün vardır, kırılmışlık, hatta kopmuşluk vardır. Herkesin gördüğü bu tamamlığı bir türlü hissedemezler içlerinde.

Mutlu olmak, iyi ki varım, iyi ki yaşıyorum ve iyi ki bu güzellikleri görebiliyorum diyebilmek için öncelikle dünyaya insan olarak gelmek gerekiyor. Sonra da mutlu olmaya karar vermek... Bir gün nasıl olsa ölüp gideceğini, her şeyin biteceğini bilen insanoğlunun hayatta mutlu olabilmesinin tek yolu işte bu. Yoksa hayat onu mutlu etmenin peşinde hiç değil. Ne her sabah doğan güneş, ne geceleri gökyüzünde parlayan ay, ne yağmurlar, ne de kar, hiçbirinin cebinde mutluluk yok. İşte biz buradayız diyorlar sanki! İster mutlu ol, ister mutsuz, ister sevin ister kahrol, ister var ol, ister yok ol... Kimi bu güzelliklere baktıkça yalnızlığını, çaresizliğini, zayıflığını, her şeyin bir gün biteceğini, bu dünyanın nasıl da yalancı olduğunu görürken, kimi var olmaktan, yaşıyor olmaktan, henüz bir şeylerin bitmediğini hissetmekten mutluluk duyar.

Aslında mutlu olmak nedir ki? Tam olmak, içimizde sürekli kıpırdanıp duran karanlık duygulardan kurtulmak, derin bir oh çekip keyif, huzur ve heyecanı bir arada tadabilmektir ama insanoğlu için bunu becerebilmek o kadar kolay mı? Daha doğmadan başka türlü programlanmışız çünkü. İçimizde bizi hiç rahat bırakmayan, bizden sürekli bir şeyler isteyen, verdikçe alan, aldıkça istekleri durmadan değişen, arsız mı arsız bir şeyler var. Her istediğini versen bile –veremezsin ya– rahat durmaz. Her şeye çok çabuk sahip olmuş şımarık çocuklar gibidir. Bu sefer de verdiklerinden bıkar, olandan usanır, olmayanın peşine düşer. Adına mutluluk dediğimiz şey işte o olmayandır. Olmayanın peşine düşüp bir ömrü böyle geçirmek, kaderine söylenmek nasıl bir seçimse, bu gerçeği bir an önce fark edip mutluluğu kendi içimizde keşfetmek de bir o kadar bilinçli bir seçimdir.

Ben mutlu olmayı seçenlerdenim. Bunu her sabah ve en çok da günün bu saatlerinde kendime hatırlatanlardanım. Karlı bir kış günü, geceyle gündüzün kucaklaştığı bu saatlerde dünyaya gelmişim. Bilmem bundan mıdır, her akşamüstü bu saatlerde bir hüzün, bir sıkıntı çöker ruhuma. Hemen camın önüne atarım kendimi. Yaşadığım şehre, dünyaya, o pencereden görebildiğim her şeye tek tek bakarım. Yaşadığımı hissederim. Sıkıntı yavaş yavaş çekilirken bir heyecan, bir mutluluk alır onun yerini. Sanki dünyaya yeniden gelirim. İşte şimdi yine dünyaya yeniden gelebilmenin telaşı var üzerimde. Görebildiğim her şeye tek tek bakıyorum. Eskiden penceremden dünyanın pek küçük bir bölümüydü gördüğüm. Madalyon Kliniği yeni taşıdık. Kar, kış demeden, koca klinik bu soğukta nasıl taşınır demeden, apar topar geldik yeni yerimize. Ve benim odamın pencereleri artık neredeyse tüm Ankara'yı görüyor.

Uzaklardan bana göz kırpan ışıklara, Hüseyin Gazi Dağı'nın dumanlı tepelerine, Kocatepe Camii'nin kalem gibi, incecik ışıklı minarelerine, elçiliklerin bahçesinden Atatürk Bulvarı'na kadar kat kat uzanan çamlara, ışıklandırılmış büyük binalara, Cumhurbaşkanlığı Köşkü'nün yeşiller içindeki zarif pembeliğine bakıyorum. Hava çok soğuk da olsa bir süreliğine açıyorum penceremi. Şehrin sesi geliyor kulaklarıma. Her şehrin görüntüsü kadar sesi de, kokusu da farklıdır. Ankara bu anlamda kendini aşan bir şehirdir. İnsanda bağımlılık yaratan, kendine has kekremsi bir tadı vardır Ankara'nın. Tıslayan bir düdüklü tencereye benzer. Tısladıkça etrafa is, pas, buhar ve bolca umut saçar. Ezan sesleriyle korna sesleri birbirinin içinde erir. Ve bazen gülen, bazen ağlayan bir şehrin tıslamasını duyarsınız.

Yüzüme çarpan soğuk hava ve havada uçuşan kar taneleri, penceremi daha fazla açık tutmama izin vermiyor. Kaloriferler, el değmeyecek kadar sıcak olsa da, odam soğuk ama sıkıntım geçti. Benim odam kliniğin dördüncü katında. Bu katta benimle birlikte altı meslektaşım daha çalışıyor. Özel yetişkin katı diyorlar bizim kata. Bir altımızda, yani üçüncü katta çocuk hastalarımıza bakan yine özel doktor ve psikologlarımız var. Zemin, bir ve ikinci katlarımızda ise her çeşit hastaya devlet desteğiyle bakılıyor. Yani oldukça büyük ve günde yüzlerce hastaya hizmet veren bir kurum haline geldi Madalyon.

Odamın kapısı açık! Kliniğin tüm salonlarında gezinen müzik sesi odama kadar geliyor. Klinikte ne tür bir müzik çalmamız gerektiğine karar vermemiz kolay olmadı. Herkesin ruhuna gıda olabilecek müzik aynı değildir. Hani bazı renkler, bazı insanlara pek yakışmazken, bazıları da çok yakışır ya! Veya insan her rengin içinde kendini rahat ve huzurlu hissetmez de alıştığı rengi ister ya, işte öyle bir şey! Bazı müzik vardır içimize işler, bizi alır, bambaşka diyarlara götürür. Bazısı da hüzünlendirir ama o hüznü severiz. Sanki çok uzun zamandır görmediğimiz ama görmekten mutlu olduğumuz eski bir dostu görmüş, onunla birlikte yaşadığımız günleri hatırlamış ve hatırladıkça hüzünlenmiş gibi hissederiz kendimizi. Aslında o eski dost kendimizdir. Eski kendimiz... İnsan yaşadıkça uzaklaşıyor eski kendinden. Belki de bu yüzden son yıllarda beni biraz hüzünlendiren, eski ben'e götüren müzikleri daha bir sever oldum.

Madalyon Klinik'te daha çok sözsüz yani enstrümental müzik çalıyoruz. Şu anda duygulu bir keman sesi geliyor kulaklarıma. Kim bilir, dinleyenlerin her biri nasıl da farklı etkileniyorlardır bu nağmelerden. Kimi uzaklarda kendini gördükçe kızıyor, kimi kendine acıyor, kimi de tıpkı benim gibi geçmişin tozlu yollarında kendisiyle karşılaştıkça içini tatlı bir hüzün kaplıyor, seviyordur o küçük kızı.

Sabahtan beri pek çok insan girip çıktı odama. Her biri ayrı bir sorunu, hayatın başka başka yüzlerini anlattı bana. Yaşlı, genç, kadın erkek, zengin, yoksul, köylü, kentli ama her biri hüzünlü insanlar. Bu dünyanın ölümlü olduğunu bilerek yaşayan insanoğluna hüzün yakışıyor ama acıyı sadece insana değil, hiçbir canlıya yakıştıramıyorum ben. İşin garibi yaptığım işte çoğu zaman acı var. Keyifli, mutlu insanların psikiyatride işi ne? Keyif ve mutluluk kanatlı bir kuşa benziyor, konduğu yerde uzun süre kalmıyor. Hüznü ve acıyı ise konduğu yerden kaldırmak zor... Her ne kadar psikiyatri, hayatın pek çok yönünü ele almak zorunda olsa da, esas işi acıyla mücadele etmektir. Acı ise insanın olduğu her yerde kol geziyor.

Kimse zamanında çıkmak istemiyor bu büyülü odadan. Odanın büyüsünü onlarla birlikte yaratıyoruz. Ben yalnızken büyü filan kalmıyor burada. Onların enerjisiyle benimki öyle bir harmoniyle birleşiyor ki, hüzünle mutluluk iç içe giriyor sanki ve her biriyle ayrı bir şarkı besteleniyor bu odada. Kıskançlık var, nefret var, aşk, sevgi, mutluluk var, bazen ölüm var, ayrılık var bu şarkılarda. Bunlar olmasa hayat böyle anlamlı olabilir miydi acaba? Sonra kendi şarkılarını alıp kendi hayatlarına doğru akıp gidiyorlar. Onların şarkılarındaki ahenk, benim hayatımın şarkısını da etkiliyor. Ve bir gün daha, bu ahenkle birlikte yavaş yavaş soluyor, akşam oluyor. Akşam her zaman ağırdan alır. Sabah güneşi gibi küstahça dalmaz pencereden içeri. Renkler yavaş yavaş solar, gölgeler çoğalır. Ve o zaman bilirsiniz bir günün daha geçmişte kaldığını.

Masamın üzerinde her zaman bir kutu kâğıt mendil durur. Geçen gün mendiller bitmiş, Klinikte bize çay kahve getiren sevgili kızımız Nevin mendillerin yenisini getirip masama koyarken şöyle dedi: "Hocam, ağlama mendiliniz bitmiş, yenisini getirdim." Bir an donup kaldım. Yıllardır bu mendilleri masamdan hiç eksik etmedim, çünkü buraya gelen insanlar acıyı genellikle gözyaşlarına döndürüp öyle boşaltırlar burada ama onlara "ağlama mendili" demek hiç aklıma gelmemişti. Sonra düşündüm, Nevin haklı, onlar ağlama mendili. Nasıl diğer doktorlar çalıştıkları yerde mutlaka alkol, tentürdiyot veya sargı bezi bulundururlarsa, psikiyatristler de masalarında ağlama mendili bulundururlar ve bu kâğıt mendil kutuları sık sık boşalır ve yerine yenisi gelir. Her biri boşaldıkça, atmadan önce kısa bir an bakarım o boş kutuya. Herhangi bir mendil kutusunun bile farklı bir kaderi olabiliyor demek ki derim içimden. Bu kutunun içindekiler, insanların acılarını silmek için üretilmiş!

Bugün yine bu mendilleri sık sık kullandı hastalarım. Oysa buraya ağlamaya değil, doktora bir şeyler anlatmaya, onunla bazı duygularını paylaşmaya gelmişlerdi. Anlatmak, en çok da anlaşılmak istiyorlardı ama daha ağızlarını açarken sözcüklerden önce gözyaşları sahnede yerini alıvermiş ve işte bu ağlama mendilleri o zaman devreye girmiş, insanlar gözlerinden akan acıyı bu mendillere silmişlerdi. Ben artık bunca yıldan sonra çok iyi bilirim bu gözyaşlarının nedenini. Kim bilir kaç zamandır gizlenmeye çalışılmıştır onlar ama bu odaya girip, bir süre gözleri benim gözlerimin içinde bir aşağı bir yukarı dolaşınca kemerleri çözer, ayaklarını frenden çekiverirler. Ben de bazen içimden, bazen de yüksek sesle "bırak gitsin" derim onlara. Bırak gitsin... Bu odada kendini tutmak yok!

İşte böyle başlar duygular ince ince dışarı akmaya. Kolay mı insan olmak? Mümkün mü insan olup da acı çekmemek? İnsan insanın kurdudur diyen filozof Thomas Hobbes ne kadar haklıymış! Düşünüyorum da, insanı, yine başka insanlar üzüyor en çok... Taptığı, hayran olduğu, değer verdiği, muhtaç olduğu ve çok sevdiği insanlar... Düşmandan çok dostlar üzüyor. Analar, babalar, çocuklar, kardeşler, sevgililer üzüyor. Bu odada işte en çok bunları konuşur, bunları paylaşırız hastalarımla.

On beş dakikadır odamda yalnızım. Ne gelen var, ne giden. Ben pek alışkın değilim buna. Klinikte hemen hiç boş vaktim olmaz. Ya hasta bakarım veya kliniğin genel işleyişi ile ilgili bitmez tükenmez toplantılar vardır. Onlardan hasta diye bahsettiğime bakmayın! Şimdilerde psikiyatriye gelen insanlara "danışan" diyorlar. Ben sevmiyorum bu terimi. Bu, belki de yeniliğe karşı bir direnç ama sevmiyorum işte. Onlar benim danışanlarım değil, çok sevdiğim hastalarım. Çünkü her zaman söylerim, psikiyatriye gelen insanların zekâ seviyeleri, yetenekleri, iç dünyalarının zenginliği her zaman toplum ortalamasının üzerindedir. Belki de bunun için, bana gelen insanlar, onlardan "hastam" diye bahsetmemden alınmaz, incinmezler. Bazen bu konuda meslektaşlarıma da takılırım. Psikiyatrist dediğin biraz uçuk olur, hafif kaçık olur derim. Çok normal, çok düzgün, çok sıradan, çok uyumlu insandan iyi psikiyatrist çıkmaz diye düşünürüm. Kendim de bu işi yapıyor olmasam, böyle konuşabilir miydim, bilmiyorum. Azıcık da olsa böyle olmayan biri, böyle olanları yeteri kadar anlayabilir mi, onu da bilmiyorum!

Odamdan çıkıyorum. Bekleme salonunda kimse yok. Tuna yani sevgili sekreterim beni böyle boş boş ortalıkta dolaşırken görünce hafifçe gülümsüyor. Başında kulaklığı, önünde bilgisayarı, bir yandan konuşup bir yandan bilgisayardan randevu veriyor arayanlara. Sürekli çalan telefonlardan bitap düşmüşe benziyor. Yorulduğu zaman daha yüksek sesle konuşuyor. Ne oldu acaba bizim hastalara, hiçbiri yok ortada. Belki de kar, trafiği yine berbat ettiğinden kimse zamanında gelememiştir. Her zaman ben hastaları bekletecek değilim ya, bu sefer de ben onları bekliyorum.

Tekrar odama girip önce duvardaki kütüphanemin, sonra da masamın tam karşısına gelen duvara dayalı, kırmızı kanepenin iki yanındaki lambaları yakıyorum. Çok seviyorum bu saray desenli, küçük, İngiliz koltuk takımını. Muayenehanemi açtığım ilk gün almıştım onları ve yıllardır üstünün kumaşları zaman zaman değişse de, her gittiğim yere benimle birlikte geldiler. Onlara baktıkça, biraz da geçmişe olan bağlılığımı görüyorum. Lambaların şapkaları da kırmızı! Taktım bu kırmızıya ben. Ama takmakta haksız sayılmam çünkü sıcacık bir ışık yayılıyor etrafa. Ahşabın kahverengi yumuşaklığı ile kırmızının insana enerji veren parlaklığını birbirine hep çok yakıştırırım. Sadece çalıştığım alanlarda değil, evimde de genelde bu renkler hakimdir. İnsan ruhu, işte böyle büyük küçük gizemler barındırıyor içinde. Bazen bilerek, bazen de bilmeyerek hep aynı şeyleri seçtiriyor bize. Bunlar kişiye, kişinin ruhuna özgü küçük şeyler!

Tam masama geçmek üzereyken salondan sesler geliyor kulağıma. Nihayet son hastam geldi galiba. Salondan gelen sesler giderek yükseliyor. Bir sorun mu var acaba? Burada pek böyle şeyler olmaz, Tuna son derece tecrübeli bir sekreterdir. Acaba çıkıp müdahale mi etsem, yoksa biraz daha mı beklesem?

Aman Tanrım, bu bağıran Tuna! Neler oluyor? Tuna neden bağırıyor? Hızla masamdan kalkıp salona doğru koşuyorum. Aynı anda Tuna da masasından kalkmış tombul bedeniyle hışımla benim odama girmek üzereyken kapıda karşılaşıyoruz. Kapıyı hızla kapatıp içeri giriyor. Yüzü alı al, moru mor. Burnundan soluyor. Yıllardır beraber çalışırız, onu hiç böyle görmemiştim. Ben de heyecanlanıyorum. Kapıya yaslanıyor, gözlerini bir an kapatıp derin bir nefes alıyor. Ben de tam karşısında, meraklı gözlerle bakıyorum ona.

— Ne var Tuna, neler oluyor Allah aşkına?

— Affedersiniz Gülseren Hanım. Ne olduğunu anlasam zaten mesele kalmayacak. Bu kadar da olmaz ki canım! Kızı neredeyse dövecektim.

— Ne yapacaktın?

Sesim odada öyle bir çınlıyor ki, Tuna bir an elektrik çarpmış gibi titriyor.

— Neler söylüyorsun Tuna? Sen kimi dövüyorsun?

— Şey efendim, lafın gelişi öyle söyleyiverdim. Hiç olur mu öyle şey! Tövbe tövbe, benim de başımı derde sokacak. İnanın ben yanlış bir şey yapmadım. Akşam akşam nereden çıktı bu deli kız?

— Deli kız deyip durduğun benim hastam mı?

— Evet efendim.

Bu kadar yıllık sekreterim bunu nasıl yapar? Hastalarımın benim için ne kadar değerli olduğunu hâlâ bilmez mi? Benim buna ne kadar kızacağımı, böyle bir yanlışı asla kabul edemeyeceğimi bilmez gibi ondan "deli kız" diye nasıl söz eder?

— Onun bir adı yok mu?

— Adı batsın!

— Yeter Tuna... Böyle yapma... Sen bugün çok yoruldun galiba. Şimdi aşağı in ve dinlen. Başka biri gelsin senin yerine.

Tuna şaşkın ve ürkmüş gözlerle bakıyor bana. Tombul bedeni iyice kasılmış, yuvarlak, içi hep gülen gözleri donmuş, bayram çocukları gibi ellerini iki yana açmış, bu soğukta herkes donarken alnında biriken ter damlacıklarıyla öylece duruyor karşımda. Kim bilir kaç yıldır beraber çalışıyoruz... Bütün hastalarım bayılır ona. Sadece onlar mı, ben de bayılırım. Bazen şefkatli bir anne, bazen koruyan, kollayan bir abla gibi davranır bana. Ama bugün ne oldu Tuna'ya? Yaşlandı mı, yoruldu mu? Bu hasta her kimse daha salona gireli birkaç dakika olmadı bile. Ne yaptı da onu bu kadar kızdırdı acaba? Hem burası bir psikiyatri kliniği, sekreter masasında oturuyorsan eğer gereğini de yapacaksın.

Tuna yeniden konuşmak üzere ağzını açmaya hazırlanırken, sağ elimin işaret parmağını dudaklarıma doğru götürüp "sus" diyorum ona. "Yeter, sus!" Odadan çıkmak üzere arkasını dönerken gözlerinin dolduğunu görünce bu sefer de üzülüyorum, içim titriyor.

Aralık duran kapıdan başımı uzatıp salona bakıyorum. Kumral, dağınık saçlı genç bir kız, pencerenin önündeki kanepenin kenarına büzülmüş, korkulu gözlerle bakıyor bana. Hemen yanı başında yanan büyük masa lambasının ışıkları esmer, sivilceli yüzünde dolaşıyor. Kaşları o kadar gür ve alnı o kadar dar ki, kaş nerede başlıyor, saç nerede bitiyor belli değil. Saçlarının üzerinde gri bir toz bulutu var sanki. Ellerinin üzeri bile siyah uzun kıllarla kaplı. Koyu renk bir şeyler var üstünde. Büyükçe bir çantayı kucağında sanki bebek tutar gibi tutuyor. Genç ama kendine hiç özen göstermemiş.

Özellikle yeni biriyle tanışmak beni her zaman heyecanlandırır ve merakla bakarım ona. Bu bakışta mesleki bir yan da vardır. Önce onu ilk gördüğüm an ne hissettiğimi sorarım kendime. Bir ruh hekimi için bu çok önemlidir. İyi bir ilişki işte bu ilk bakışta kurulur. Terapi dediğimiz şey ise hasta ile hekim arasında kurulan bu ilişkiyle başlar, şekillenir, büyür ve pek çok farklı duygu yaşanır içinde.

Bir de işin teknik boyutu vardır. Psikiyatrist en ince detayları bile görmeye çalışır bu ilk bakışta. Tırnağındaki boyadan, eteğinden sarkan bir iplikten, yüzünde zamanla oluşmuş bir çizgiden, elindeki çantadan, ayağındaki ayakkabıya kadar ona ilk kez gelen kişiyi tek tek gözden geçirir. Henüz dudaklardan tek bir sözcük bile dökülmeden karşısındaki kişi ile ilgili ciddi bir izlenim edinmek ister. Çünkü psikiyatriye gelen insanlar kendileriyle ilgili bildiklerini zannettikleri pek çok şey anlatabilirler doktorlarına ama bunlar onun doğru sandığı şeylerdir. Kimse, çok istese de kendine karşı tam objektif olamaz. Doktor ise her zaman gerçeği arar ve bu yolda genellikle yalnızdır.

Kendimi bir an ünlü dedektif Sherlok Holmes gibi hissediyorum. Sanki bir cinayet işlenmiş, elde bunu çözmek için yeterli delil yok ve dedektif aklıyla ve keskin gözlem gücüyle bu bilmeceyi çözmeye çalışıyor.

— Beni bekliyorsunuz galiba!

Başını sallıyor. "İçeri buyurun," diyerek odama doğru yöneliyorum. Aklım Tuna'da. Ben de çok kırıcı davrandım galiba. Ama böyle de yapılmaz ki... Masama oturunca arkamdan kimsenin gelmediğini fark ediyorum. Neden gelmedi acaba? Ben dışarı çıkıp ona "buyurun" demedim mi? Bu işte bir terslik var ama haydi hayırlısı. Yeniden salona doğru yöneliyorum. O hâlâ aynı şekilde kucağındaki çantaya sarılmış oturuyor. Ben dışarı çıkınca tıpkı biraz önceki gibi korkulu gözlerle bakıyor bana.

— Hanımefendi, beni duymadınız mı? Sizi bekliyorum.

Başını hafifçe önüne eğip öylece duruyor. Hiç beklemediğim bu durum beni biraz şaşırtırken ondan daha da fazla kızdırıyor. Onun yüzünden Tuna'yı da kırdım zaten. Bu kız ne yapmaya çalışıyor acaba? Bir an ne yapacağımı bilemeden, öylece bakıyorum. Sonra yanına doğru yaklaşıyorum ve çantayı sıkıca tutan ellerinden birine doğru uzanarak tıpkı onu dansa kaldırır gibi yaparak odama almaya çalışıyorum.

— Ben doktor Gülseren Budayıcıoğlu. Bugün benden randevu almış ve biraz geç de olsa buraya gelmişsiniz ama iki kere davet ettiğim halde odama gelmiyorsunuz.

Elektrik çarpmış gibi elini geri çeker çekmez, bu sefer de çocuk gibi omuzlarını silkiyor ama ona yaklaşınca kesif bir alkol kokusu geliyor burnuma. Bu saatte alkol alması tuhaf, henüz akşam bile olmadı. Üstelik doktora geliyor! Sanki buraya geldiğine pişman gibi bir hali var. Ona dokunmamdan çok rahatsız oldu. Kocaman çizmesinin üzerine giydiği naylon galoşları çekiştirip duruyor. Onları düzeltmeye çalıştıkça çizmenin kenarından sızan çamurlu sular koltuğun altındaki açık renk halıya doğru akıyor.

— Bırakın artık şu galoşlarla oynamayı da daha fazla gecikmeden buyurun odama geçelim.

— Bize... bu pis şeyleri... neden giydiriyorsunuz?

Ne biçim bir ses bu böyle! İncecik, çocuk sesi gibi, cırtlak ve rahatsız edici! Konuşmamakta haklıymış. Hem randevuna zamanında gelme, hem her şeye itiraz et, bir de üstelik doktora bile gelirken içki iç! Çabucak kızıversem de, kıza baktıkça içimi tam anlayamadığım koyu karanlık bir duygu yalayıp geçiyor. Bu kız çok mu dertli acaba?

— Burası bekleme salonu, biraz sonra başkaları gelir. Benim odama geçsek ve konuşmamıza orada devam etsek daha doğru olmaz mı?

— Girmeyeceğim o odaya.

— Ama burada konuşamayız.

— Konuşmayalım.

— Siz buraya benimle konuşmaya gelmediniz mi?

— Keşke gelmeseydim... Bıktım artık hepinizden... Psikiyatri kliniğinde bile böyle yapılırsa... ben derdimi kime anlatacağım? Daha kapıda başladılar... benimle uğraşmaya.

— Ne yaptılar size kapıda?

— Ne yapacaklar... daha içeri adım atmadan... bu pis şeyleri... ayağıma giymem gerekti.

Özellikle böyle yağışlı günlerde hastalarımıza galoş giydiririz. Bundan doğal ne olabilir ki? Zaten galoşlarla sürekli oynadığı için, içindeki çamurlu suların bir kısmı etrafı kirletti bile. Göğsümün hizasında dolaşıp duran öfke bulutu yukarı doğru çıkmaya çalıştıkça, ben onu derin nefesler alarak tekrar aşağı, eski yerine itmeye gayret ediyorum. Akşamın bu saatinde, kar kış demeden buraya kadar gelmiş birini üzmek, reddetmek istemiyorum ama o neden beni zorlamaya devam ediyor acaba? Bir iki kere hafifçe öksürüp genzimi temizledikten ve sesimin yumuşak çıkmasını sağladığımdan emin olduktan sonra yeniden başlıyorum konuşmaya.

— Burası bir sağlık merkezi! Galoş giymek doğal değil mi? Üstelik siz galoş giymeyi de bilmiyorsunuz galiba, bakın yerlere çamurlu sular aktı çizmenizden.

— Öyleyse siz neden giymiyorsunuz?... Sekreterinizin ayağında da yoktu... Siz temizsiniz de biz pis miyiz?

— Neler söylüyorsunuz küçük hanım! Sizlere daha temiz bir ortamda hizmet verebilmek için yapıyoruz bunları.

— Ben küçük hanım değilim.

— Adınızı bilmediğime göre, size nasıl hitap etmemi istersiniz?

— Siz en iyisi... bana hitap etmeyin.

Hiç tepki vermeden bir an öylece bakıyorum kıza. Beni gereğinden fazla zorladı. Göğsümde dolaşan bulutun rengi giderek karardı, onu daha fazla tutamayacağım galiba. Hem randevu al, hem de gelince böyle kapris yap. Şimdi onunla uğraşmaktan vazgeçip arkamı dönüp odama girsem, kapıyı kapatsam, o da canı ne isterse öyle yapsa! Hay Allah, Tuna'yı da aşağı gönderdim. Salon boş. Henüz başka sekreter de gelmedi. Şimdi bu kızı burada yalnız bırakmak doğru olmaz. Ayrıca neden bilmem, bu kızdan hoşlanmadım. Bu benim alışkın olduğum bir durum değil. Buraya gelen insanları her zaman sevgiyle, şefkatle karşılarım ben.

— Doktor olunca... insan temiz mi oluyor yani?

— Siz bugün çok mu öfkelisiniz, yoksa bana mı öyle geliyor?

— Evet... öfkeliyim... Buraya gelene kadar... öfkeli filan değildim... Siz delirtiyorsunuz insanı.

Anlaşıldı, bu kız buraya hadise çıkarmaya gelmiş. Onu zorla birileri buraya getirmiş olsa durumu belki anlayabilirdim ama yalnız gelmiş. Demek ki kendi isteği ve iradesiyle almış bu randevuyu. Üstelik ne berbat bir ses bu böyle!

— Bu randevuyu size kim aldı?

— Ne demek kim aldı?... Benim sizin gibi... azığı belinde hizmetçilerim yok... Tabii ki ben aldım.

Demek benim gibi azığı belinde hizmetçileri yok! Laf da hazır! Çok da bilmiş... Ne ilginç bir tabir bu! Ben bunu çok eskilerden bir yerlerden hatırlıyorum. Babaannem böyle derdi. Azığı belinde hizmetçi! Ama bu kız çok genç!

— Benim azığı belinde hizmetçilerim olduğunu nereden biliyorsunuz?

— Böyle şatafatlı bir yerin... sahibi olduğunuzu... bilmiyorum sanmayın.

— Nereden biliyorsunuz?

— Madalyon yazısındaki O harfinin içinde... sizin adınız yazıyor... İçeri girerken görmemek için... kör olmak lazım.

İçimden gülmek geliyor. Evet, O'nun içinde adım yazıyor ama bir gün, hem de benim hastalarımdan birinin bunu başıma kakacağı hiç aklıma gelmezdi doğrusu. Ne tuhaf bir kız bu böyle!

— Bu sizi rahatsız mı etti?

— Neden rahatsız olacakmışım?... Siz neyseniz... ben de oyum!

Demek ben neysem, sen de osun. Müstehzi bir gülümseme yayılıyor yüzüme. Galiba onunla uğraşmaktan vazgeçip odama geçeceğimi anladı, beni lafa tutmaya çalışıyor. İyi ama öyleyse neden odama gelmiyor? Orada rahat rahat konuşurduk.

— Demek ben neysem siz de osunuz ama biraz önce azığı belinde hizmetçileriniz olmadığını söylüyordunuz.

— Hizmetçim olmayabilir... ama yine de... sizden aşağı kalır bir yanım yok benim.

— Hiç öyle görünmüyor.

— Nasıl görünüyormuşum?

— Önce emek, sonra da para verip benden randevu almışsınız. Buraya zaten geç geldiniz ve size ayırdığım zaman dolmak üzere. Kendinizi benimle neden kıyasladığınızı pek anlayabilmiş değilim ama eğer ben sizin yerinizde olsaydım bir an önce odaya girer ve verdiğim paranın hakkını alırdım.

— Sizin için para... çok önemli galiba.

— Öyle mi görünüyor?

— Öyle tabii... Bana sadece "para" olarak bakıyorsunuz... Size ödediğim... vizite ücretinden başka bir şey değilim sizin için... Merak etmeyin... çok param var benim... İstersem... sizi de kliniğinizi de... satın alır ve o "O"nun içine... kendi adımı yazdırırım.

Bu sefer hafif bir gülümseme yayılıyor yüzüme. Bu kadar yıllık doktorum, kimseden böyle laflar işitmemiştim. Ama insan bu kıza kızamıyor. Biraz önceki öfkem kayboldu. Bütün bunları neden yapıyor acaba? Çok hasta birine de benzemiyor, olsa olsa çok öfkeli. Bu öfkenin asıl hedefi eminim ki ben değilim ama doktorlara da çok kızdığı belli.

— Doktor musunuz?

— Şimdi de benimle... alay mı ediyorsunuz?

— Aman estağfurullah. Klinik açmaktan filan bahsedince belki o da doktordur dedim içimden.

— Doktor olsam... burada ne işim var?

— İşte şimdi olmadı. Doktorlar insan değil mi, onların sorunu olmaz mı?

— Onlar kendileri çözerler sorunlarını.

Dışarıdan öyle görünüyor demek ki ama bilmiyor ki psikiyatriye en çok doktorlar gelir. Ayakta durmaktan yoruldum, ben de yanına otursam, bu sefer de bu kız hiç gelmeyecek odama. Aslında nerede konuştuğumuz önemli değil ama burası hastaların bekleme salonu. Zaten şu anda salonun boş olması pek ender rastlanan hoş bir durum! İyi de daha ne kadar boş kalacak bilmiyorum ki... Kimse gelmese bile sekreter gelecek. Ayrıca bu katta çalışan tek doktor da değilim. Biraz sonra odalardan seansı biten hastalar çıkacak. Bırakıp gidemiyorum da!

— Bakın, ayakta durmaktan yoruldum. En iyisi salona kimse gelmeden gelin, bu sohbete odamda devam edelim.

— Ben bu pis şeyleri çıkarmadan... hiçbir yere gelemem.

Bazen çok titiz daha doğrusu hasta derecede takıntılı hastalarımız vardır, galoş giymek bazılarını çok memnun ederken, bazılarını da rahatsız eder. Bu da onlardan biri mi acaba? Ama onlar çok mantıklı insanlardır ve bunu çok nazik söylerler ve biz de onlara galoş giydirmemenin bir yolunu buluruz. Zaten çok titiz oldukları için bataklıktan geçseler bile, hiç kirlenmeden çıkarlar. Bu öylesi de değil. Çizmeleri çamur içinde!

— Bütün mesele ayağınızdaki galoşlar mı?

— Evet... galoşlar!

— Onlar pis değil, temiz. Biliyorsunuz dışarıda kar var. Şimdi o galoşları çıkarırsanız her yer çamur olacak. Buraları kirletmeyi siz de istemezsiniz değil mi?

— Mecbur muyum ben... sizin her dediğinizi yapmaya?

— Bu kurumun bazı kuralları var. Buraya kendi isteğinizle geldiniz ve bu kurallara uymak zorundasınız.

— Hayır... uymayacağım işte!

Böyle diyerek ayağındaki galoşları aceleyle çıkarıp salonun ortasına doğru fırlatıyor. Siyah su damlacıkları hızla dağılıyor çevreye. Bir yandan da çizmesinde biriken çamurlu sular yerdeki açık renk halının üzerine doğru ağır ağır akıyor! Berbat oldu her taraf. Yerlere bu kadar değerli halı koymayalım dediler, dinlemedim. Her şeyin en iyisi, en kalitelisi olsun istedim. Burası herhangi bir sağlık merkezi değil, psikiyatri kliniklerinin hastaları çok farklı olur dedim. Güzeli de, özeni de daha çabuk fark eder, bundan çok olumlu etkilenirler diye tutturdum. İşte, hem de bizzat bana gelen bir hasta, gözlerimin içine baka baka her yanı çamur deryasına çevirdi. Temizlenir temizlenmesine de, bunu benim hastalarımdan biri yapmasa iyi olurdu.

Kliniği döşerken nasıl da titizlenmiştim! Profesör arkadaşlarım bile eşya taşımış, tabloları birer birer kendimiz asmıştık. Kiminin elinde çekiç, kiminin çivi, kimi de sırtında taşımıştı koltukları, kanepeleri. Bir türlü beğenmemiş, her şeyin yerini tekrar tekrar değiştirmiş, sonunda gece yarısına doğru bütün abajurları yakmış, özenle yerleştirdiğimiz eşyalara sırayla oturmuş ve konuşa gülüşe çaylarımızı içerken etrafa baktıkça gözlerimiz kamaşmış, emeklerimiz boşa gitmedi demiştik.

Biraz önce yüzüme yayılan gülümseme, yerini aniden geliveren keskin bir öfkeye bırakıyor. Hoşlanmadım bu durumdan. İçimden gelenle, yapmam gereken şey birbirinden çok farklı. Bu kız hasta değil. Hem sarhoş, hem terbiyesiz... Hastalık insanları terbiyesiz yapmaz. Kişi, her yerde aynı kişidir. Hastayken de, sağlamken de...

Birden geliveriyor gözlerimin önüne... Hacettepe'de asistandım o zaman. Hem yeniydim, hem de hamile. O akşam klinikte nöbetçiydim. Herkes yattıktan sonra koridorun sonundaki odama girip ben de uzanmıştım yatağıma. Uyumuşum. Biraz sonra gürültüyle uyandım. Hemen fırladım yatağımdan. Zaten giyimliyim, doktor gömleğim bile üzerimde. Nurettin adında genç bir delikanlı vardı klinikte. İyi değildi durumu. Onu uyutabilmek için çok yüksek doz ilaç vermiştik. Yerinde duramıyor, içindeki ateşi söndüremiyordu. Koşmak, etrafı kırıp dökerek içindeki fazla enerjiden kurtulmak istiyor, enerji dışarı aktıkça içeri koca bir musluktan daha fazlası doluyordu. Bu onun ikinci büyük nöbetiydi. Arada bir de çılgın gibi gülüyor, sürekli konuşuyor ama ne dediğini kimse anlamıyordu. Odamdan çıktığım anda onunla burun buruna geldik. Gözlerinden ateş fışkırıyor, adeta saldıracak birini arıyordu. Henüz uyku mahmurluğunu üzerimden atamamıştım. Zaten o kadar tecrübesizdim ki, ayık olmam da durumu pek fazla değiştirmeyecekti.

Rakibini kollayan boksörler gibi ellerini yumruk yapmış, etrafımda dönüp duruyordu. İyileştiği zaman biliyordum ki bu geceyi hiç hatırlamayacaktı çünkü aklı başında değildi. Birkaç kere kaldırdı yumruğunu, sonra karnımı gördü, anladı hamile olduğumu. Döndü arkasını, ellerini kaldırdı ve başladı kafasını yumruklamaya. Bir yandan çılgın gibi bağırıyor, bir yandan kendini dövüyordu. Kendini bilmeyecek kadar hastayken bile bana zarar vermemek için büyük bir çaba harcamıştı. Bu kız hasta da değil, terbiyeli de...

Hiçbir şey söylemeden ona bakıyorum. Çok kızdığımı anladı. Bir an için göz göze geliyoruz, hemen kaçırıyor gözlerini benden. Sonra kucağındaki çantayı kenara bırakıp hızla ayağa kalkıyor ve halıdaki çamur lekelerinin üzerinde çocuk gibi zıplamaya başlıyor. Yüzüne gözüne dağılmış saçları onunla birlikte bir aşağı bir yukarı sallanıp duruyor. Aslında şimdi güvenliği çağırıp onu hemen buradan attırabilirim ama böyle yapmak içime sinmiyor. Öyle veya böyle onunla başa çıkmanın bir yolunu kimseden yardım istemeden kendim bulmalıyım.

Bir adım geri çekiliyorum, rahat rahat zıplasın diye ama kafam bilgisayar gibi çalışıyor. Bu kızın ağır hasta olmadığından eminim ama sağlam da sayılmaz. Üstelik alkollü. Ne yapmak istediğini artık biliyorum. Öyle kızdıramadıysa böyle kızdıracak, çileden çıkaracak beni. Zaten benden önce aynı şeyi Tuna'da denemiş ve başarılı olmuş. Beni kızdırmayı, çileden çıkarmayı neden bu kadar çok istiyor acaba? Beni tanımıyor, zaten tanısa bunu asla yapmazdı çünkü beni tanıyan herkes ne kadar yumuşak kalpli, insanlara ne kadar saygılı, sevgili ama bir o kadar da sert ve otoriter biri olduğumu çok iyi bilir.

O ise gözlerimin içine bakarak ve hızını giderek arttırarak zıplamaya devam ediyor. Otururken fark etmediğim bir ayrıntı daha takılıyor gözlerime. Ortalıkta zıp zıp zıplayan bu sarhoş ve pis kokan kızın sağ elinin işaret parmağında büyükçe bir sargı var. Sargı beziyle değil, adeta paçavralarla sarmış parmağını. Bütün bu yaptıklarına hiç tepki göstermemem hoşuna gitmedi. Gözlerini benden hiç ayırmadan, ayağındaki çizmeyle halının üzerindeki lekeleri ezmeye, ileri geri hareketlerle sanki lekeleri halıya sabitlemeye çalışıyor. Gözlerindeki öfke, tıpkı ayaklarındaki çamur gibi her yanımı sarıyor.

— Siz temiz ortamlara pek alışkın değilsiniz galiba! Her yere damganızı vurdunuz. Bu lekeleri her gördüğümde sizi hatırlayacağım ve kulaklarınızı çınlatacağım.

Sesimin tonu değişti. Artık istesem de yumuşak çıkmıyor sesim. O ise zafer kazanmış bir komutan edasıyla gözümün içine bakarak zıplamaya, çamur lekelerinin üzerinde bir ileri bir geri oynamaya devam ediyor. Beni kızdırmanın, zor durumda bırakmanın keyfini yaşıyor sanki. Muzip bir bakış fark ediyorum gözlerinde. Oh olsun işte, sonunda sizi de çileden çıkarmayı başardım der gibi bakıyor bana. Şimdi öyle bir şey yapmalıyım ki, beni sıkıştırdığı köşeye o girmeli. Aslında istesem kolundan tuttuğum gibi odama alıveririm onu. Zaten tüy gibi bir şey. Kırk kilo ya var ya yok. Üstelik ben yılların ruh hekimiyim ve böyle şeylere alışkınım ama olmaz, istediğim bu değil.

Buranın özel bir klinik olduğunun farkında... Burada hadise çıkmasını istemeyeceğimizi de biliyor. Bağırsa, çağırsa, çığlık atsa herkes çok rahatsız olacak bundan. Buranın kurucusu olarak önce ben istemeyeceğim bunu. Demek edepsiz olduğu kadar zeki bir kız. Bize neden bu kadar kızdığını anlamadım ama her şeyi ince ince planlamış kerata. Biraz sonra anlayacağız ne istediğini ama önce bu oyunu onun değil, benim istediğim şekilde sonlandırmamız gerekiyor.

Başımı hafifçe çevirip kapıya doğru bakıyorum. Şimdi içeri bir giren olsa, halimize çok gülecek. Bu manzara görülmeye değer doğrusu! Hasta salonun ortasında zıp zıp zıplıyor, doktoru da başında durmuş onu izliyor. Ben olsam gülmekten yerlere yatardım ama şu anda hiç gülecek halim yok. Halılar da rezil oldu. Öf be kızım, akşam akşam nereden çıktın sen? Tuna'nın yerine gelecek olan sekreter de biraz daha gecikir inşallah diyorum içimden. O da şaşıp kalacak halimizi görünce. Üstelik şu anda yeni bir uyarana bu deli kızın nasıl tepki vereceğini de hiç bilmiyorum.

Hemen yanı başımdaki büyük, mor kadife, berjer koltuğa yavaşça oturuyor ve bu garip şovu merakla seyretmeye başlıyorum. Artık o av oldu, ben avcı. Zıplamaktan nefes nefese kaldı ama durmuyor. Oturmamdan rahatsız olduğunun farkındayım. Onu biraz daha rahatsız edebilmek için bacak bacak üstüne atıyor ve iyice yerleşiyorum koltuğa. Şaşırma sırası artık onda. Niyeti beni kızdırmak, zor durumda bırakmaktı ama beceremedi. Aslında fazlasıyla becerdi de, istediği tepkiyi alamadı. Şimdi yeni bir plan yapması gerekiyor.

Yüzüne bakıyorum, nefes almakta zorlanıyor. Biraz daha devam ederse düşüp bayılacak. Aslında bu kadarını istemiyorum. O, bu oyunu beni kızdırmak için başlattı ama iş tersine döndü. Benim bir şey yapmama gerek kalmadan, o yeteri kadar cezalandırdı kendisini. İşin tuhafı şu anda kendisi de bunun farkında. Kendisini durdurmadığım, istediği tepkileri vermediğim için öfkesi giderek artıyor. Ama bunu yaparsam bu öfke hemen eyleme dönüşecek ve belki de hem kendine, hem bana, hem de kliniğe zarar verecek.

Hafifçe gülümseyerek onu alkışlamaya başlıyorum. Bir yandan da "bravo" diyorum. "İyi gösteriydi. Şimdiye kadar pek çok dans gösterisi seyrettim ama bunun gibisi hiç denk gelmemişti. Devam et ama yavaşlamak yok."

Gözlerindeki pırıltı çoktan kayboldu ve yerini korku bulutları aldı. Benim bu rahat, sakin ama bir o kadar da kararlı halimden ürktü. İşin sonunun farklı yerlere doğru kaydığının farkında... Hafif bir kararsızlık dalgası geçiyor gözlerinden ve kısa, çok kısa bir an zıplamaktan vazgeçip duruyor. Ancak o kadar çok zıpladı ki, dengesini sağlayamıyor. İşte o anda çevik bir hareketle yerimden fırlıyorum. Tam düşmek üzereyken onu arkadan sıkıca kavrıyor ve bir çırpıda odama alıveriyorum. Kapıyı sıkıca kapattıktan sonra bu alkol kokan, her yanı kirli ve çirkin kızla burun buruna geliyoruz. Kollarından sıkıca tutuyorum onu. Önce bu kıskaçtan kurtulmak için bir iki kere silkiniyor, sonra başını öne eğip bırakıyor kendini. Aynı anda ben de onu tutmaktan vazgeçiyorum ama beklemediğim bir şey oluyor ve kız külçe gibi yığılıyor yere. Önce bayıldı zannediyorum ama sonra bayılmadığını, kendini özellikle yere bıraktığını anlıyorum. Bütün bunlar kıza olan öfkemi giderek arttırıyor.

Ona hiç dokunmadan, adeta üzerinden atlayarak masama doğru gidip koltuğuma oturuyorum. O ise kısa bir süre yerde hareketsiz yattıktan sonra, yavaşça doğruluyor ve uykudan uyanır gibi boş bakışlarla etrafı süzüyor. Sonra bakışları bana doğru dönüyor. Ne biçim bir öfke bu, ben ne yaptım bu kıza, bana neden bu kadar öfkeli? Gözlerinden adeta ateş çıkıyor. Bu hiç iyiye alamet değil çünkü iki eli yerde, bu sefer daha dikkatli bakıyor etrafına. Neye bakıyor acaba? Ben de sanki odamı ilk kez görüyormuş gibi onun baktığı yerlere bakıyorum. Hay Allah, bu oda meğer çok güzelmiş! Tam da kızın dişine göre... Her yer değerli süs eşyaları, kristal lambalarla dolu! Kızın niyeti kötü. Odayı darmadağın edecek.

Ellerimi masaya dayayarak hafifçe doğruluyorum yerimden. Şu anda onun benden korkması gerekiyor, yoksa kötü şeyler olacak bu odada. Daha sert, daha otoriter ve cesur olmalıyım. Bütün gücümle bağırıyorum.

— Kalk ayağa!

Sesim bir komutanınkinden farksız. Bana itaat etmesini sağlamalıyım. Aslında bu rol bana çok uygun. Bayılırım etrafa emirler yağdırmaya! Sesim de müsait. Normal konuşmamda bile her zaman insanlara hükmeden bir ton gizlidir. İşte şimdi bu özelliğimden faydalanmalıyım.

Sesimi duyar duymaz irkilerek başını kaldırıp hayret ve şaşkınlıkla bakıyor yüzüme.

— Kalk dedim, kalk ve şu karşımdaki koltuğa otur.

Gözlerini bana çeviriyor. Ne yapacağına henüz karar veremedi. Bir kere daha deneyeceğim.

— Sallanma! Zaten yeteri kadar oyaladın beni.

Omuzlarını silkiyor. Bu bağırışlarım pek işe yaramadı demek. Hızla yerimden kalkıp yanına gidiyorum. Tam omuzlarından tutmak üzereyken iki eliyle başını korumaya alıyor. Refleks olarak yapıyor bunu, sanki başına darbe almamaya çalışıyor. Başına vuracağımı mı düşündü acaba? Bu kız çok dayak yemiş galiba! İçimdeki öfkeyle merhamet kısa bir an selamlaşıyorlar, sonra onu iki yanından tutup kaldırıyorum. Ne kadar da hafif, tüy gibi bir kız. Karşımda duran koltuklardan birine oturtuyorum onu. Boş bir çuval gibi adeta düşüyor koltuğa.

Elleriyle yüzüne gözüne dağılan saçlarını toparlamaya çalışırken sol kolundaki kırmızı kesik izleri dikkatimi çekiyor. Hasta masta değil bu kız. Kollarını da kesmiş. Belki buraya gelmeden önce alkolle birlikte ilaç veya başka uyuşturucu da almıştır. Yani tam bir kişilik bozukluğu! Bir süre ikimiz de konuşmuyoruz. Ben aslında onun nefes alıp verişinin düzelmesini beklerken bir yandan da onunla ilgili başka ipuçları yakalamaya çalışıyorum. Yine de günün bu saatinde, doktora gelmeden önce bu kadar içki içmesinin sonra da burada hadise çıkarmasının bir nedeni olmalı.

Saçlarını iyice geriye atınca yüzünün ne kadar sevimsiz ve çirkin olduğunu görüyorum. Bir genç kız nasıl bu kadar çirkin olabiliyor? Ben, her insanın güzel ve sevimli bir yanını bulmada ustayımdır. Çünkü severim insanı! Hem severim hem de yüceltirim. İnsanoğlunun sevgiyi ve saygıyı hak ettiğine inanırım hep ama ne kadar zorlasam da bu kızda güzel bir yan bulamıyorum. Acaba ona çok kızdığım için mi böyle oldu? Ağzı, burnu, teni, gözleri, hatta kaşları bile çok çirkin. Yüzü kıllarla ve sivilcelerle dolu... Sanki henüz yumruk yemiş de ağzı burnu dağılmış biri gibi dişleri birbirinin üzerine binmiş ve öne doğru fırlamış. Burnu da birkaç yerinden kırılmış gibi eğri büğrü, aşağı doğru sallanıyor. Gözleri iri, bakışları keskin ve öfkeli! Teni o kadar ince ki, şakaklarındaki kıvrım kıvrım mor damarlar insanın gözüne batıyor. Çok zayıf, kaç kilo acaba? Sadece alkol değil, uyuşturucu da aldığı kesin.

Sık sık nefes alıp vermeye devam ediyor ama gözü hâlâ etrafta. Bir ara bana doğru çeviriyor yüzünü ama bana bakmıyor. Arkamda bir yerlere bakıyor. Arkamda odamın penceresi var, hem de büyük bir pencere. Biraz önce o pencereden Ankara'ya bakıyordum ben. Hatta bir ara camı açıp hava aldım. Sonra kapattım mı yoksa hâlâ açık mı? Kapattım diye hatırlıyorum ama sakın açık bırakmış olmayayım. Ne biçim bir kız bu böyle? Akşam akşam bütün keyfimi kaçırdı. Hâlâ pencereye doğru bakmaya devam ediyor. Bu kızdan her şey beklenir. Şimdi de kendini buradan aşağı atmaya kalkışmaz inşallah!

— Anlat bakalım, nedir senin derdin?

Sanki beni duymamış gibi başını önüne eğiyor, sonra koltuğunda kıpırdanmaya başlıyor. Onu durdurmalıyım.

— Otur oturduğun yerde. Kıpırdamak, hatta nefes almak bile yok. Daha fazlasına tahammül edebileceğimi sanmıyorum. Anladın mı beni?

Korku dolu gözlerle bakıyor yüzüme. Nihayet benden korkmasını sağladım ama kendimi son derece huzursuz hissediyorum. Ben, hastalarıma böyle bağırıp çağırmaya alışkın değilim. Olsa olsa gereğinden fazla severim onları. O ise başını öne eğip ellerini birleştiriyor ve dimdik, hiç kıpırdamadan oturuyor karşımda. Saçları kim bilir ne kadar zamandır hiç yıkanmamış. Üstüne giydiği o acayip, kendisine çok büyük gelen koyu renk giysiler toz ve kepek içinde. Elleri küçük, tırnakları kirli ve eğri büğrü! Belki de saçında başında bit vardır. Zaten yeteri kadar kirletti her tarafı, bir de bitlenmesek bari!

Aman Tanrım, kız morarıyor, neredeyse boğulacak.

— Kızım nefes alsana, boğulacaksın!

Derin ve gürültülü bir nefes alıyor, sanki biri boğazını sıkmış da, şimdi kurtulmuş gibi. Sonra sık sık nefes alıp verirken gözlerinden yaşlar geliyor. Boğazına bir şey mi kaçtı acaba?

— Kızım ne oldu sana, boğazına bir şey mi kaçtı?

— ......

— Ne oldu söylesene, az kalsın boğulacaktın.

— Siz dediniz ya!

— Ne demişim ben?

— Nefes bile alma... demediniz mi?

— Sen de almadın mı?

— Almadım.

— Sen deli misin?

Neler söylüyorum ben? Buraya gelen birine "deli misin" diye soruyorum. Bu kız beni de kendine benzetti. Nefes bile almayacaksın dedim diye gerçekten nefes almamış. İçimi derin bir merhamet duygusu yalayıp geçiyor. Hâlâ sık sık nefes alıp verirken gözlerinden yaşlar geliyor ve yutkunup duruyor. Bana bakarken gözlerindeki korkuyu görüyorum ama neden bilmem bir yandan da bu durumdan çok memnun görünüyor. Ne garip bir kız! Bari sesi doğru dürüst olsaydı. Çocuk sesi desem değil, erişkin birinin sesine de benzemiyor. Kulakları tırmalayan, tiz, insanların çığlık atarken kullandıkları bir ses bu...

— Deli değilim ben... değilim... Bana deli muamelesi yapmayın.

— Demek akıllısın! Ortalıkta zıp zıp zıplayan bu kıza neden deli muamelesi yapıyorum acaba?

— Onların hepsini bilerek yaptım.

— Güzel, sıra itiraflara geldi demek. Üstelik alkollüsün. Ona da bir mazeretin var mı?

— Var... İçmesem buraya gelemezdim.

— O neden?

— O kadar cesur değilim.

— Buraya gelmek için çok cesur mu olmak gerekiyor?

— Ayıkken... yapamam bunları.

— Nasıl yani? Burada ne yapacağını önceden mi planladın?

— Hı hı!

— Neden? Neden böyle bir şey yaptın?

— Sizi kızdırmak istedim.

Neler söylüyor bu kız? Her şeyi önceden ince ince planlayıp öyle mi gelmiş buraya? İyi ama ben bu kızı ilk kez görüyorum. Benimle veya klinikle ne alıp veremediği var acaba? Hem öyleyse rolünü çok güzel oynadı. Demek amacı beni kızdırmakmış. Amacına tam olarak ulaştı.

— Beni kızdırmak istedin demek? Ben sana ne yaptım? Daha seninle tanışmadık bile!

— Nasıl olsa... siz de ötekiler gibi yapacaksınız.

— Ne yapacağım?

— İşin aslı ne yapacağınız değil... ne yapmayacağınız.

— Bu söylediklerinden bir şey anlamadım ben.

— Bu sefer baştan yapmaya karar verdim... Ötekilerde sonunda yapardım.

— Ötekiler kim?

— Öteki doktorlar.

— Onlara da mı böyle yaptın?

— Yaptım... Ama sonunda...

— Demek şimdi sıra bende!

— Sıra sizde.

— Neden, neden yapıyorsun bunları?

— Kötüsünüz hepiniz... Kötü...

Demek benden önce pek çok başka doktora gitti. Tıpkı benim gibi diğer meslektaşlarım da bu kızın öfkesinden nasiplerini aldılar. Böyle birine yardım etmek mümkün mü? Kim bilir onlara neler yaptı ve şimdi sıra bende.

— Nereden biliyorsun kötü olduğumu?

— Biliyorum... sizin gibilerini çok gördüm ben.

— Buraya bir başka kötüyü görmeye geldiğini sanmıyorum.

— Geldim... geldim işte... Parayla değil mi? İster gelirim... ister gelmem.

— Bıraksaydın önce tanışsaydık seninle. Belki başka türlü olurdu ilişkimiz.

— Olmazdı... Biliyorum olmazdı... Randevu almaya geldiğimde gördüm burayı... Kim bilir kimler geliyor buraya... Onlar dururken... benimle uğraşmazsınız siz.

— Demek bundan eminsin.

— Eminim.

— Ama yine de geldin?

— İtiraz etmediniz... Sana da bakarım demediniz... Düşündüklerim doğru... Hepiniz aynısınız... Yine de denedim.

Ne biçim bir konuşma tarzı bu böyle! Durup durup, kısa kısa, bir acayip konuşuyor. Sanki ağzı dolu bir çocuk gibi, ağzındakileri yutmak istiyor ama yutamıyor gibi. Hiç bakmıyor yüzüme. Benimle değil, kendi kendine konuşur gibi kelimeleri ağzında yuvarlayarak, karşısında biri var da ona küfrediyor gibi, arada bir de o çirkin ellerini sallayarak, sağ elinin işaret parmağına sardığı rengi kararmış paçavraları hiç utanmadan gözüme sokarak adeta homurdanıyor. Alkol ve uyuşturucu yüzünden mi böyle acaba?

— Demek bir kere de beni denedin? Nasıl, beğendin mi bari?

— Siz doktor değil misiniz?... Hipokrat yemini etmediniz mi?... Bana neden bakmıyorsunuz?

— Sen benimle dalga mı geçiyorsun? Sen buraya yardım istemeye değil, olay çıkarmaya gelmişsin. Seni hâlâ bu odada tutmam bile yanlış. Sen benden nasıl bir yardım istedin, öğrenebilir miyim?

— Siz de onlar gibi yapacaktınız.

— Ne yaptı sana onlar, yani diğer meslektaşlarım?

— Baştan iyi davrandılar... Tekrar randevu verdiler... Gittim... İlgilenir gibi yaptılar... Sevmediler beni... Hoşlanmadılar benden...

— Çok haklılar. Ben de hoşlanmadım senden.

Gözlerinin altından bakıyor bana. Bu bakışlardan oluk oluk kin ve nefret akıyor. Bu kadar açık konuşmasam, belki de daha doğru olacaktı ama başka türlüsü onu kandırmak olacak. "Teselli" de denebilir buna, ama o bunları daha önce yaşamış zaten. Benim gibi, diğer meslektaşlarım da hoşlanmamışlar bu kızdan.

— Hoşlanmadınız demek!

— Hoşlanmadım.

— Açık açık söylüyorsunuz ha?

— Sana bir sır veriyormuşum gibi yapma lütfen. Senden hoşlanmadığım belli olmuyor mu?

— Ben olsam... ben de hoşlanmazdım.

— İlk kez akıllıca bir şey söyledin.

— Herkesle... böyle açık mı konuşursunuz?

— Nasıl yani?

— Benim bildiğim... psikiyatristler böyle yapmaz... Hep oyun oynarlar... İçlerinden geleni yapamazlar. Oyunun kuralları vardır. Kurallara uymak zorundadırlar... Doğal olamazlar... Nerede ne söyleyecekleri baştan bellidir. Benim gibilerinden kurtulmanın bir yolunu bulurlar. Onun bile kuralları vardır. Bunu böyle açık açık söylemezler... Kendilerine gelen birine... senden hoşlanmadım demezler. Bunu başka türlü anlatırlar... O kelimeleri kullanmazlar... Onlar da kullanmadı zaten... Ama ben anladım... Onun için cezalandırdım onları...

Kim bilir öteki meslektaşlarıma neler yaptı? Çok bilinçli, planlı davranıyor demek! Üstelik psikiyatriye de yabancı değil. Biraz önce söyledikleri doğru! Hastaya böyle yapılmaz! Bunu ben de biliyorum ama sanki ok yaydan çıktı ve çok istesem de artık bu ilişkiyi düzeltemiyorum.

— Onlara neler yaptın?

— Son gidişlerim hep olay çıkarmak içindi...

— Ne yapıyordun?

— Buradakine benzer şeyler... Değer verdikleri her şeyi kırdım... Her yeri kirlettim... Onları kızdırdım... Üzdüm...

— Güvenmediğin, seni iyi edemeyeceğini düşündüğün doktora bir daha gitmezsin. Sen öyle yapmıyorsun, cezalandırıyorsun onları.

— Cezayı hak ettiler.

— Suçları ne?

— Hiçbiri beni sevmedi.

— Doktor her baktığı hastayı sevecek mi?

Bunu ben mi söylüyorum? Bir kere daha canım sıkılıyor. Derin bir nefes alıp içime oturan sıkıntıdan kurtulmaya çalışırken, o konuşmaya devam ediyor.

— Olsun... Birazcık sevgi benim de hakkım... Ben sizin kitaplarınızı okudum... Siz hastalarınızı çok seviyorsunuz... Okuyunca hemen size gelecektim... Sonra vazgeçtim... Ya o da beni sevmezse dedim... Bu daha da kötü... Hepsini seviyor... bir beni sevmiyor...

Söylediklerinin hepsi de doğru! Ben, hastalarımı çok severim. Onu da sevebilmeyi çok isterdim doğrusu ama olmadı, yapamadım.

Üstelik sadece sevilmek için doktora gelmek ne garip! O kadar mı yalnız?

— İlk baştan böyle yapmasaydın, belki başka türlü olurdu ilişkimiz. Belki seni anlamaya çalışırdım.

— Yine de hoşlanmazdınız benden... Bundan eminim...

— Eminsin.

— Evet... Eminim...

— Ama sana çok saygılı davranacak ve seninle gerçekten ilgilenecektim.

— Ben bunu istemiyorum.

— Sadece sevilmek için doktora gelmek hiç de akıllıca değil.

— Sadece sevilmek için değil... Sevilerek bakılmak... büyütülmek için...

— İlginç şeyler söylüyorsun. Bence gerçekten bir ruh hekimine ihtiyacın var senin.

— Var... Var, var, var.

— Ama kendi yoluna kendin taş koyuyorsun.

— Umut yok...

— Belli oluyor.

— Son umudum sizdiniz.

— Onu da kendi ellerinle kırdın.

— Benden... kurtulmaya çalışıyorsunuz.

— Öyle yapıyorum.

— Ötekiler gibi...

— Ama sen bana hiç şans vermedin.

— Keşke verseydim... Keşke beni affetseniz...

— Bu neyi değiştirecek?

— Hep böyle dürüst olsanız... Hep böyle açık konuşsanız... Kızsanız bile... bunu söyleseniz... Hiç sevmeseniz bile... bunu da açıkça söyleseniz...

— Eee?

— O zaman... Ancak o zaman... Belki...

— Belki ne?

— Belki de size gelirdim...

— Bana gelmek için şartların var demek?

— Var... Ama... Siz bana hâlâ kızıyorsunuz.

— Evet, kızıyorum.

— Bu iyi... Açık konuşmaktan vazgeçmiyorsunuz... Şartımı geri aldım...

— Neden?

— Zaten ben istemesem de… böyle yapacaksınız… Şimdi lütfen beni affedin… Size tekrar gelmeme… izin verin.

— Olmaz. Tedaviyi çok olumsuz etkiler bu durum. İnsan kızdığı birine profesyonel yardım veremez.

— Tam tersi… Sizi kızdırmak için uğraşmam gerekmeyecek…

— Gittiğin diğer doktorları kızdırmaya mı uğraşıyordun?

— Hı hı…

— Böyle tedavi mi olur? Sonra da onlara kızıyorsun. Belki bıraksan sana yardımcı olacaklardı. Neden yapıyorsun bunu?

— Gerçek duygularını… görmek için.

— Sen ne biçim bir kızsın! Yardım istediğin birini kızdırarak asıl kötülüğü kendine yapmıyor musun?

— Bana değer vermediler… Benden hemen vazgeçtiler… Hiç direnmediler… Kızdılar, belli etmediler…

— Sürekli sınava tabi tutmuşsun onları. Bunlar normal davranışlar değil. Sağlıklı insanlar yapmaz bunları. Senin gerçekten yardıma ihtiyacın var. Burası büyük bir kurum. Seni başka bir arkadaşıma yönlendireyim.

— Siz de beni… başınızdan atıyorsunuz.

— Böyle başlayan bir ilişkinin sana faydası olmaz. İnan bana!

— Benden… o kadar kolay kurtulamayacaksınız…

— Şimdi de beni tehdit mi ediyorsun?

Köşeye kıstırılmış bir hayvanın korku dolu bakışlarını görüyorum gözlerinde. Aslında bütün öfkeme rağmen onu buradan göndermek istemiyorum. Burada ona yardım edebilecek pek çok arkadaşım var.

Artık istesem de ben onun için doğru seçim değilim. Hastasına çok kızan bir doktor, ona yardımcı olamaz. Bu kıza bunu yeterince anlatamadım mı acaba?

— Hayır… Bu bir tehdit değil… Bir amaç… Bir umut ışığı… İlk kez kendim için bir şey yapacağım… Sizi kazanabilmek için savaşacağım…

— Biraz önceki teklifimi iyi değerlendir.

— Bana merhamet etmeyin... Bunu bir daha sakın yapmayın...

Ona merhamet edilmesini de istemiyor. İyi ama ne istiyor bu kız? Ne yapıp edip onu burada bir başka meslektaşımın görmesini sağlamalıyım.

— Söylediklerimi yanlış değerlendiriyorsun. Şimdi bu odadan birlikte çıkalım ve sana çok güvendiğim bir başka arkadaşımdan randevu alayım. Tamam mı?

— Beni kandıramayacaksınız.

Aslında ona yardım etmek istiyorum ama buna izin vermiyor ki...

— Sahi adın neydi senin?

— Adımı sormak... aklınıza geldi demek!

— Senin yerinde olsam bu işi daha fazla uzatmazdım. Baştan beri yanlış yapıyorsun. Yeter!

— Adım Ala!... Beni istemeseniz de... benden kurtulamayacaksınız...

— Hadi kalk! Birbirimizi daha fazla kırmadan, incitmeden bitirelim bu işi.

Kafam karmakarışık oluyor. Bir yandan ona gerçekten kızıyorum, bir yandan da onunla ilgili düşünmekten kendimi alamıyorum. Onun tedavisini üstlenmem doğru olmaz ama bir yandan deli deli davranıp bir yandan da akıllı akıllı konuşuyor.

— Hadi kalk. Sana ayırdığım vakit çoktan bitti.

— Kalkmayacağım işte... Beni buradan gönderemeyeceksiniz... Gerekirse burayı darmadağın edeceğim... ama gitmeyeceğim.

— Ne istiyorsun?

Bir yandan çocuk gibi omuzlarını silkerken bir yandan da öfkeyle bakıyor yüzüme. Buraya yardım istemeye değil, zarar vermeye gelmiş. Daha gelmeden kafasına koymuş bunu. İyilikle, güzellikle bu işin altından kalkamayacağım belli oldu. Baştan beri ondan hoşlanmamakta haklıymışım demek! Masamdan bir komutan edasıyla kalkıyorum. Artık ben de onun kadar öfkeliyim.

— Kalk ayağa! Kalk dedim! Şimdi efendi efendi çıkacaksın bu odadan. En küçük bir yanlışında başına gelecekleri sen düşün.

Böyle diyerek yanına doğru gidiyorum. Benim ne kadar kararlı olduğumu görünce ağır ağır ve istemeye istemeye yerinden kalkıp kapıya doğru gidiyor. Tam çıkarken soruyorum:

— Sen vizite ücretini ödemiş miydin?

— Ödedim.

— Çıkarken onu da al.

— Neden?

— Çünkü bu randevuda yapılması gerekenler yapılmadı. Hadi güle güle…

Ben ona böyle bağırırken gözlerim salonda bu manzarayı merakla izleyen insanlara takılıyor. O ise yalvaran gözlerle bakıyor bana. Ne oldu, nereye gitti o öfke kusan bakışlar? Hem ne biçim bir durum bu böyle? Kendimi zalim bir kadın gibi hissettiriyor bana.

Sekreter masasında Didem oturuyor. Salon sandığımın aksine çok dolu! Orta yaşlı bir hanım, kızlı erkekli üç dört genç, annesinin eteğinin dibinden ayrılmayan küçük bir oğlan çocuğu ve ortalıkta gergin adımlarla volta atan orta yaşlı, kır saçlı, heybetli bir adam var. Elinde bir kehribar tespihle salonda dolaşıp duruyor. Yerlere bakıyorum, biraz önceki izler temizlenmiş, halı hâlâ ıslak ve lekeler tam çıkmamış. Oturanların hepsinin gözü bizde! Bir bana, bir de yalvaran gözlerle bana bakan kürdan gibi kıza bakıyorlar.

Şimdi kim bilir bu insanlar hakkımda neler düşünüyor… Normalde bunu hiç yapmam ben. Her zaman dikkatli ve kontrollüyümdür. Ama bugün olanlar oldu. Odamın kapısında adım yazdığına göre, hastasına son derece sert ve saygısız davranan bu öfkeli kadının kim olduğunu hepsi biliyor. Hay Allah, ben şimdi nasıl düzelteceğim bu berbat durumu! Şu sevimsiz kız da olanların farkında. Kızım bari bir an önce çık git de bitsin bu film. Hâlâ ne sallanıp duruyorsun?

Didem'in masasına doğru yaklaşıyor ve "aşağıdakilere söyle, vizite ücretini iade etsinler" diyorum. Yavaş da söylesem, bunu da herkes duyuyor. Didem zaten beni görür görmez ayağa fırlamış, korkulu gözlerle bana bakıyor. Bu kıza ne oldu böyle? Benim bu gergin halimden mi korktu acaba? Bir an önce odama girmek, kapıyı kapatmak, mümkünse arkadan kilitlemek ve bu bataklıktan çıkmak istiyorum. Tam arkamı dönüp odama girmek üzereyken Didem yavaşça başını bana doğru yaklaştırıp fısıltı halinde bir şeyler söylüyor. Ne dediğini anlamıyorum. Yine bu kızla ilgili bir şeyler duymak istemiyorum zaten. O ise ısrarlı... Kızdığımın farkında olmasına rağmen, neden böyle ısrarlı davrandığını anlamıyorum. O sırada salonda volta atan beyaz saçlı bey bana doğru yaklaşıyor. Didem hemen masanın bu tarafına geçerek aramıza giriyor. Sanki onunla kavga edecekmişiz de bizi ayırmak ister gibi kollarını iki yana açarak bizi birbirimizden uzaklaştırmaya çalışıyor. Ne yapmaya çalışıyor bu kız? O anda beyaz saçlı adamla göz göze geliyoruz. Bu ne öfke! Adam sanki buraya beni öldürmeye gelmiş.

— Hanımefendi siz Tanrı mısınız? Veya kendinizi öyle mi zannediyorsunuz?

Bir an neye uğradığımı şaşırıyorum. Salonda var gücüyle bağırıyor adam. Bu da kim? Ne istiyor benden? Hem ne biçim bir soru bu böyle? Daha ben cevap vermeye fırsat bulamadan o bağırmaya ve beni sorguya çekmeye devam ediyor.

— Ben başbakanla görüşmek isteseydim, şimdiye kadar yüz kere görüşmüştüm. Siz kendinizi ne zannediyorsunuz? Bana sökmez böyle numaralar. Telefonlara çıkmıyorsunuz, geliyorum yoksunuz, bu sefer de içeride hastası var diyorlar. Yarım saattir sizi bekliyorum.

— Siz kimsiniz?

— Kim olduğuma göre mi karar vereceksiniz benimle görüşüp görüşmemeye?

Şöyle bir etrafıma bakıyorum. Seyirciler halinden memnun. Merak ve heyecanla dinliyorlar bu konuşmayı. Deli kız bile durmuş, kalın kaşlarını alnına doğru kaldırmış, sindiği duvarın önünde, bir bana, bir bağırıp çağıran bu adama bakıyor. Adam, tek omzunu aşağı sarkıtmış, gövdesini hafifçe bana doğru eğmiş, seyircilerin bakışlarından memnun bir ifadeyle ve elindeki tespihi şıkır şıkır şıkırdatarak bakıyor bana. Beni zor durumda bıraktığının farkında ve bundan keyif aldığı belli oluyor. Didem hâlâ aramızda, tenis maçı seyreder gibi başı bir bana, bir adama dönüp duruyor.

Her gün birbirinin aynı olacak değil ya, bugün de farklı bir gün işte ve ben istesem de bugün iyi biri olamayacağım. Kader buna izin vermiyor!

— Her kimseniz, önce elinizdeki şu tespihi sallamaktan vazgeçin. Benimle görüşmek için daha terbiyeli olmanız gerekiyor. Anlaşıldı mı?

Adam, böyle bir cevabı beklemiyormuş. Ne sandı acaba? O böyle bağırıp çağırınca, karşısında selam mı duracağım. Aniden tespihi avucunun içine alıyor ve duruş pozisyonunu değiştiriyor. Ben de bu bir anlık boşluktan yararlanıp hızla arkamı dönüp odama girerken, ona hiç bakmadan sesleniyorum.

— Şimdi yanıma gelebilirsiniz. İçeri girince kapıyı kapatın.

Adam, biraz şaşkın, biraz öfkeli içeri girip kapıyı kapatıyor. Ben masama oturmuş gözlerimin altından bakıyorum ona.

— Evet, buyurun, şimdi sizi dinliyorum.

— Böyle ayakta mı konuşacağız?

— Şu koltuklardan birine oturabilirsiniz.

Çöker gibi oturuyor koltuğa ve kaldığı yerden konuşmaya devam ediyor. Çok öfkeli. Ben bu adamı, bu kadar kızdıracak ne yaptım acaba?

— Üç gündür size ulaşmaya çalışıyorum ama aradaki engelleri bir türlü aşamadım. Ben hiç hoşlanmam böyle şeylerden. Kızarım... Öfkem kötüdür benim. Sağım solum belli olmaz. Hitler gibi adamımdır, hiç gözümü kırpmadan adamı kıtır kıtır keserim. Vicdan micdan yoktur bende. Yanlış yapmayacaksın, akıllı olacaksın, dürüst olacaksın. Aksa ak, karaysa kara diyeceksin. Kıvırtmayacaksın... Lav silahı gibiyimdir. Tetiğe bastım mı yakarım her yeri. Yakarız dedikse, yanlış yapmayana bir sözümüz yoktur, ama haddini bilmeyeni hiç affetmem. İşini düzgün yapacaksın. Hasta seni arıyorsa, vardır bir nedeni. Telefon bağlamamak ne demek? O, Tuna denen hanıma ağzıma ne gelirse söyledim. Dün yine geldim buraya ama siz yoktunuz. Hadise çıkardım. Yani sizin anlayacağınız dün kliniktekiler nasibini aldı. Hepsi tırstı benden. Bugün beni görür görmez hepsinin rengi attı. Baksana Tuna korkudan kaçmış. Başkası oturuyor yerinde. İyi ki zamanında kaçmış, yoksa çok fena yapardım. Ama yine de akıllı insanları severim. Biliyor başına gelecekleri, hemen terk ediyor sahayı. Ne demişler, yiğitliğin onda dokuzu kaçmaktır. Bahsetmediler mi size benden?

Bu adam neler söylüyor! Galiba suçum telefona çıkmamak. Telefon bağlamadı diye de suçlu Tuna olmuş. Bu ara anlaşılan herkes Tuna'ya çatıyor. Dün de klinikte yoktum, beyefendi fena kızmış. Acil bir durum olsa Tuna ne yapar eder beni bulur ve görüştürürdü.

Biraz önce gelen kız zaten yeteri kadar çileden çıkardı beni, hemen arkasından böyle bir lav silahı! Halbuki ben şimdi odama girecek, kapımı kapatacak ve penceremden Ankara gecelerine bakarak rahatlamaya çalışacaktım. Sonra da beni arayan ve not bırakan hastalara gelecekti sıra. Ama olmadı işte... Gerçi böyle bir lav silahının karşısına yumuşacık bir kadının çıkması belki de doğru olmazdı. Kliniktekileri elden geçirmiş, sıra bana gelmiş. Benim de betim benzim atacak, korkudan elim ayağım titreyecek, beyefendi ancak o zaman rahatlayacak. Yok öyle şey!

— Bana kimse sizden bahsetmedi. Öyle ıvır zıvır şeyleri söylemezler bana. Çekinirler benden, yani sizin deyiminizle tırsarlar.

— Beni çok hafife aldınız. Hâlbuki beni tanısanız böyle söylemezdiniz.

— Siz de öyle! Ayrıca buraya kendinizi anlatmaya geldinizse, randevu almanız gerekirdi. Randevusuz hasta görmem ben.

— Benim hasta olduğumu kim söyledi?

— Sizin pek de aklı başında biri olmadığınızı anlamak için doktor olmaya gerek yok! Ayrıca ben sizin kim olduğunuzu hâlâ bilmiyorum ama en azından siz benim kim olduğumu biliyorsunuz.

— Doktor hanım, beni anlamadınız galiba.

Güzel, doktor olduğumu hatırladı.

— Sizi hangi konuda anlamamı bekliyorsunuz? Çevrenizdeki insanları korkutmaya çalıştığınızın farkındayım. Herkes size saygılı davranacak ama bu kural sizin için geçerli olmayacak. Sizi salonda gördüğüm andan itibaren, işte bunları anlattınız bana. Şahsen benim size hiçbir saygısızlığım olmadı ama böyle devam ederseniz ben de size tıpkı sizin gibi davranmak zorunda kalacağım.

— Sizin de benden pek farkınız yok galiba.

— Bu bir iltifat mı yoksa hakaret mi anlayamadım.

— Yahu, deli doktorları hep böyle mi olur?

— Yok, pek böyle olmazlar. Aslında ben de her zaman böyle değilim ama sizin gibilere hiç tahammülüm yoktur. Bir kere gittiğiniz yerde herkese saygılı olacaksınız. O kurumun kurallarına uyacaksınız. Sekreter telefon bağlamıyorsa vardır bir nedeni. İçeride hasta varken, çok acil durumlar dışında doktora telefon bağlanmaz. Bu, içerideki hastaya karşı saygısızlıktır. Sekretere not bırakmanız yeterliydi. Biz bu akşam zaten sizi arardık. Biraz sabırlı olacaksınız. Asıl siz kendinizi ne zannediyorsunuz? Yok lav silahıymış, yok Hitler gibi adammış, şöyle keser, böyle biçermiş... Bunlarla kimi korkutacağınızı sanıyorsunuz siz? Bu numaralar burada sökmez beyefendi. Burası psikiyatri kliniği, yaşlılar yurdu filan değil. Eğer izin verirsek, burada kimi Hitler olur, kimi Napolyon.

— Yahu ben buraya size sıkı bir fırça atmaya gelmiştim ama siz benden beter çıktınız. Biraz önce odanızdan çıkan kız, benden beterdi galiba. Sizi çok kızdırmış. Sopamı saklayabileceğim bir yer var mı burada?

— ...

Kısa bir sessizliğin ardından ikimiz birden kahkahalarla gülmeye başlıyoruz. "Deli deliyi görünce sopasını saklarmış," demeye getiriyor. Bence çok yerinde bir espri!

— Her neyse doktor hanım, sizin yanınızda benim öfkem kuru gürültü kaldı. Akşamın bu saatinde sizi rahatsız ettim ama benim hanım yolladı beni. Geçen gün size gelmişti, ilaç vermişsiniz ama ilaç tariflerini yazdığınız kâğıdı kaybetmiş. Onun için sizi arayıp duruyorum.

— Neydi eşinizin adı?

— Hülya, Hülya Sakoğlu.

Hemen Hülya Sakoğlu'nun dosyasını buluyorum. Evet, çok iyi hatırladım Hülya Hanım'ı. Hep eşini anlatmıştı bana. Çok ağlamıştı o gün burada. Asıl gelmesi gereken kişinin eşi olduğunu, en çok da delikanlılık çağındaki iki oğlu için üzüldüğünü, buraya da hiç olmazsa çocuklarını koruyabilmenin bir yolunu aramak için geldiğini söylemişti. Hülya bence ilaç tarifini filan kaybetmedi. Eşini buraya göndermek için bu yolu buldu demek ki... Az bile söylemiş. Şimdi bu adamla dost olmanın bir yolunu bulmalıyım. Hazır kadıncağız onu buraya kadar yollamış. Bakalım, kendisi için bir randevu almasını sağlayabilecek miyim?

— Evet, eşinizi çok iyi hatırladım. Sizden çok bahsetti bana.

— Tabii ya, zaten o buraya benden dert yanmaya gelmiştir. Tahmin ettiğim gibi.

— Yine yanıldınız. Her şeyi bildiğinizi sanıyorsunuz ama dünyadan haberiniz yok. Kadıncağız sizi çok anlattı ama hiçbir şey anlamamışım ben. Sizi anlamak için tanımak lâzımmış!

— O kadar mı kötüyüm doktor hanım?

— Onu bilemem ama eşiniz bana "Çabuk sinirlenir, hemen parlar ama çok iyi bir insandır benim eşim," demişti.

— Ya, demek öyle dedi.

Eşinin onunla ilgili iyi şeyler söylediğini duymak nasıl da gevşetti onu! İnsanlarla başa çıkmanın en iyi yolu, her zaman onlara içinde sevgi kırıntısı olan bir şeyler söylemektir ama biraz önce odamdan çıkan kıza bunları yapamadım.

— Aslında dediği doğru, sizin de biraz önce gördüğünüz gibi çabuk parlarım ama hemen geçer öfkem, sonra üzülürüm.

— Kesip biçtikten sonra üzülüyorsanız, bunun bir anlamı var mı sizce?

— Maalesef öyle yapıyorum. Kendime geldiğimde her şeyi yakıp yıkmış oluyorum.

— Bugün burada pek öyle yapmadınız.

— Yapmadım değil, yapamadım. Siz buna izin vermediniz. İnsanlar korkar benden ve hemen geri adım atarlar. İşte asıl o zaman kızarım ben. Siz yiğit çıktınız.

— Siz aslında pek hoşlanmıyorsunuz galiba geri adım atmalarından.

— Hoşlanmam tabii, geri adım atmak ne demek?

— Bilmem, ne demek?

— Ne demek olacak, bal gibi sahtekârlık. İçinden başka düşün, dışından başka. İkiyüzlülük bu. Akılları sıra beni idare edecekler. Neyse onu söyle. Aksa ak karaysa kara. Bir adam kendi haklılığına inanıyorsa geri adım atmaz zaten. Ama varsa sakladığı bir şeyler, işte o zaman tırsar. Samimi değildir çünkü.

Ne ilginç bir düşünce tarzı! Ona iyi davranılırsa, o bağırıp çağırırken karşısındaki kişi susarsa, ona saygılı davranmaya devam ederse, o bunun altında mutlaka bir pislik arıyor. İlginç bir akşam...

Benim bu biraz aksi halimden insanlar memnun! Ayrıca şu kız beni bu kadar kızdırmasaydı, ben bu adama zaten çok daha nazik ve ölçülü davranacaktım. O zaman da onunla bu kadar içten bir ilişki kuramayacaktım. Hülya Hanım'ın duaları kabul oldu anlaşılan.

— İçeri girdiğinizden beri ilk kez bir konuda anlaştık galiba. Ben de sevmem insanların beni idare etmeye kalkışmalarını. Ne söyleyeceksen açık söyleyeceksin. Lafı öyle dolaştırıp durmayacaksın.

— Hah, işte şöyle!

— Bu arada biz henüz tanışmadık sizinle. Adınız neydi?

— Aslan. Aslan Sakoğlu

— Memnun oldum. Evet, şimdi lafı hiç dolaştırmadan söylemek gerekirse, eşiniz bana sizden çok bahsetti. Böyle giderse sağlığınızın bozulmasından korkuyor. Çok kızınca tansiyonu çıkıyor diyor. Ben de eşinize söyledim, buraya asıl gelmesi gereken siz değilsiniz, eşiniz diye. Size iletmedi mi?

— Şöyle hafif yollu bir şeyler söyledi ama daha ileri gidemedi.

— O zaman izin verirseniz onun yerine ben biraz ileri gideyim. En kısa zamanda bir randevu alıp gelin.

— Nereye?

— Nereye olacak, tabii ki buraya. Biliyor musunuz, sandığınızın tersine buraya genellikle deliler değil, akıllılar gelir. Asıl deliler sokakta dolaşır. Ayrıca ateş saçan bir lav silahını ortalıkta başıboş bırakmayalım, öyle değil mi?

Alaycı bir gülümseme yayılıyor yüzüne. Başını önüne eğip bir süre düşünüyor, sonra kararlı bir ifadeyle, gözlerimin içine bakarak konuşuyor.

— İyi, tamam. Ben de zaten uzun süredir bir doktora gitsem diyordum. Aslında çok geç bir karar bu ama ne yapalım. Geç olsun da güç olmasın der atalarımız.

Derin bir of çekiyor.

— Kötü olmak zor iş! İyiler anlamaz bunu.

— Bakın bir kere daha anlaştık sizinle. Kötü olmak zor iş! Ben de iyi sayılmam, hele biraz önce yaptıklarımdan sonra kendime iyi diyemeyeceğim.

— Kara kuru bir kız çıktı içeriden, vizite ücretini iade edin dediniz. Neredeyse kolundan tutup atacaktınız kızı. Anlaşılan her hastaya bakmıyorsunuz. Beğenmediyseniz, al paranı, yallah!

"Al paranı, yallah" ha? Demek yaptıklarım dışarıdan böyle değerlendirildi. Diğer hastalar da mı böyle anladı acaba? Beğenmediği hastaya bakmayan, parasını iade edip hemen geri yollayan bir doktor! Üstelik o doktor bir psikiyatrist! Aman Tanrım! Ben böyle biri değilim, hiç de olmadım ama nasıl oldu bilmem, bugün kendimi insanlara böyle tanıttım.

— Siz de az değilsiniz hani! Bana benzeyen bir doktorla karşılaşacağım hiç aklıma gelmezdi.

Böyle diyerek ayağa kalkıyor. O sırada gözleri odamdaki toplantı masasının tam ortasında duran tabaktaki tespihlere takılıyor. Masaya yaklaşıp tespihlere daha yakından bakıyor.

— Meraklı mısınız tespihe?

O zaman avucumun içinde sıkı sıkı tuttuğum tespihi fark ediyor ve elimi ona doğru uzatarak avucumu açıyorum.

— Evet, bakın bir tane de burada var. Salonda siz elinizdeki tespihi sallarken, karşınızda bir de ben aynı şeyi yapmamak için onu avucumun içine saklamışım.

— Ya sabır çekiyorsunuz demek. Kadınlar pek sevmezler sanırdım bunları.

— Ben sizin bildiğiniz kadınlardan değilim!

İçten bir kahkaha atıyor. Bu sefer ben de gülüyorum. Rahmetli hocam Leyla Zileli geliyor aklıma. O tespih çekmezdi ama renk renk kalemleri vardı. O kalemleri elinden hiç düşürmez, önündeki kâğıtlara onlarla sürekli bir şeyler çizerdi. Kısa kesilmiş, arkaya doğru taranmış kır saçları ve düz kesimli ipek elbiselerin içine sakladığı bedenine hayranlıkla bakarken bunu neden yaptığını bir türlü anlamazdım.

Gençtim. Zamanla insanları dinlerken benim elim de bir şeyler arar oldu.

Sonunda bir gün çok sevdiğim bir hastam elindeki tespihi hediye etti bana. "Al bunu doktor hanım, hep dinlemek kolay değil, iyi gelir size," dedi.

İşte o günden beri elimden hiç düşmezler. Beni uzun süredir tanıyanlar çoktan alıştı buna ama yeniler çok şaşırıyor. Bir hanımın elinde tespih görmeyi yadırgıyorlar.

— Siz gerçekten benim bildiğim kadınlardan değilsiniz. Kendimi bir kadına teslim etmek aklımın ucundan bile geçmezdi. Hayat çok garip! Hâlbuki nasıl kötü niyetlerle gelmiştim buraya. Ben şimdi bir randevu alacağım ama öyle geç bir tarihe filan vermesinler. Hazır böyle bir karar almışken hemen ne gerekiyorsa yapalım. Ayrıca söyleyin şunlara, bana doğru dürüst davransınlar.

— Evet, anlıyorum, sizi idare etmeye kalkışmasınlar, ne gerekiyorsa söylesinler yüzünüze.

— O kadar da değil canım.

— Öyleyse önce siz onlara saygılı davranacak ve sonra onlardan saygı bekleyeceksiniz. Sakın unutmayın, onlar benim sekreterim.

— Tamam, tamam.

— Her neyse, ben şimdi gerekeni yapacağım ve size en yakın zamana bir randevu vermelerini sağlayacağım. Ayrıca Hülya Hanım'ın ilaçlarının tarifini buraya yazıyorum. Kendisine benden selam söyleyin, telefonları her zaman bana bağlayamıyorlar ama bir sorunu olursa arasın, ben ona geri dönerim.

— Teşekkür ederim doktor hanım.

İkimiz birden salona çıkıyoruz. Didem bizi görünce ayağa kalkıyor. En yakın tarihe bir randevu vermesini istiyorum ondan. Bilgisayardan bakıp bulduğu tarihi randevu kâğıdına yazıp veriyor. Aslan bey çıkmadan önce saygıyla eğilerek elimi sıkıyor.

— Tanıştığımıza memnun oldum doktor hanım.

— Ben de Aslan Bey.

Sonra Didem'e dönüyor.

— İyi akşamlar hanımefendi, Tuna Hanım'a saygılarımı iletin lütfen.

Didem biraz şaşkın, biraz da keyifle ve yan gözle bana bakarak ona iyi akşamlar diliyor. Aslan Bey çıkınca etrafıma bakıyorum, salon boş. Kimse kalmamış. Didem hazırol durumunda bekliyor. Başının iki yanından dümdüz aşağı doğru inen açık kumral saçları spot ışıklarının altında yumuşacık parlıyor.

— Didem, diğer doktorlar gittiler mi?

— Cengiz Bey'le Mehmet Akif Bey'de hasta var. Diğerleri çıktılar efendim.

— Sen in, Tuna'yı gönder. Aramamız gereken hastalar var.

— Tamam efendim. İyi akşamlar.

— İyi akşamlar.

Odama girip kapıyı kapatıyorum. Koltuğuma oturmak yerine, penceremin önüne gelip Ankara gecelerine dalıyor gözlerim. Bir an önce eve gitmek istiyorum ama toplantı var.

Telefon çalıyor. Tuna yerine geldi demek ki. Açıyorum, kırık bir sesle Tuna başlıyor o gün beni arayan hastaları sırayla bağlamaya. Telefonlar bitince bu sefer ben basıyorum telefonun tuşuna ve yanıma çağırıyorum Tuna'yı. Kapı açılınca masamdan kalkıp ona doğru gidiyorum. Sarılıyorum. O da bana sarılıyor. Sonra masamın karşısındaki koltuklara oturup konuşuyoruz. Olanları duyunca kahkahalarla gülüyor. Hele Aslan Bey'in yolladığı selamlar çok hoşuna gidiyor.

Biz otururken açık duran kapıdan, elinde dosyalarla Hasan giriyor içeri, yani oğlum. Ardından da psikologlar... Bugün dördüncü katta yaşananlar çabuk duyulmuş galiba. Neler olduğunu soruyorlar. Tuna bu fırsatı kaçırmıyor ve ballandıra ballandıra anlatıyor olanları. Hasan arkasını pencereye vermiş, her zamanki gibi hafifçe gülümseyerek, arada bir de benim gözümün içine bakarak dinliyor Tuna'yı. Sohbetin uzadığını görünce eliyle saatini gösteriyor bana. Babası gibi, konuşma uzadıkça huzursuz olur, sıkılır.

Çok sıcak bir Haziran günü dünyaya geldi Hasan. Fırça gibi simsiyah saçları ve lacivert gözleri vardı. Yeni doğmuş bir bebeğin böylesine gür saçlara ve yelpaze gibi kirpiklere sahip olması hepimizi çok şaşırtmıştı. Şimdi saçları hâlâ simsiyah ama iki yaşına kadar lacivert kalan gözleri zamanla siyaha döndü. Ağır aksak, az konuşan, ne kadar konuşursa konuşsun derinlerini hiç göstermeyen, tertemiz ve yakışıklı bir delikanlı o şimdi. Bir insan bu kadar az konuşarak, sadece bakışları ve beden diliyle, insanlarla nasıl bu kadar yakın ve içten ilişki kurabilir, bunu ne ben anlayabildim şimdiye kadar ne de başkaları. Aslında bu kurumun genel müdürüdür Hasan ama ondan yaşça büyük meslektaşlarımız tenha bir yerde köşeye kıstırıp yanaklarını sıkmaya, öpüp okşamaya bayılırlar. Bunu en çok da Tuna yapar. Başkalarının yanında Tuna Hanım dese de, yalnız kaldıklarında Hasan'ın Tuna Teyze'sidir o. Sakin ve içe dönük biri gibi görünse de pek çok arkadaşı olduğunu zaten biliyordum ama yine de babasını kaybettiğimizde bizim eve akın akın gelen delikanlıları görünce şaşırmadan edememiştim.

Hasan'ın bu küçük uyarısıyla hep birlikte odamdaki toplantı masasının etrafına diziliyoruz. Konuşulması ve karara bağlanması gereken çok şey var. Toplantı kim bilir kaçta bitecek? Eve yine çok geç gideceğim. Aydın olsaydı "orada yatsaydın bari" derdi, ama yok…

2. Bölüm

Arabayla ağır ağır iniyorum protokol yolundan. Yolları tuzlamışlar ama yine de çok kaygan. Kar erimiş, her taraf çamur deryasına dönmüş. Sık sık silecek çalıştırarak camı temizlemeye uğraşıyorum.

Sonunda biraz zor da olsa kliniğe geliyorum. Sürücümüz Aydın karşılıyor beni kapıda. Her gün geleceğim saati bilir ve kliniğin önünde dört gözle bekler. Aramızda sevgi ve şefkat yüklü bir duygu bağı vardır Aydın'la. Azıcık rengim solsa içi titrer. Elinden gelse dünyanın bütün kötülüklerinden koruyacak beni. Sadece bunu hissetmek bile bana büyük bir güç ve direnç veriyor. Arabanın kapısını açıp kaymamam için kolumdan tutarak inmeme yardımcı oluyor. Eşim gibi onun da adı Aydın. Sadece o mu, kliniğimizde aynı isimde iki de doktorumuz var. Ama yine de Aydın'ların en sevimlisi küçük Aydın yani kızım Yağmur'un oğlu. Ben bu Aydın'ları seviyorum.

Ayaklarımın ucuna basarak dikkatle giriyorum içeri. Oh, klinik sıcacık! Aslında neredeyse bahar gelecek, martın sonuna geldik ama bu sene kışın biteceği yok. Hasta kabulde oturan Nebi, koşarak geliyor ve asansörün kapısını açarken kısacık da olsa birbirimizin hatırını soruyoruz. Dördüncü katta duruyor asansör. Tuna masasında oturuyor. Yine iki telefonla birden konuşurken başıyla beni gülerek selamlıyor. Salonun her tarafı çiçeklerle dolu!

Eskiden bu mevsimde çiçek bulmak zordu, şimdi her şey gibi çiçeklerin de mevsimi kalmadı.

Odama girince hemen paltomu çıkarıp masama oturuyorum. Bir yandan bilgisayarımı açarken, bir yandan da telefonla kafeteryayı arayıp kahve istiyorum. Masam yine dağılmış. Çalışma masası dediğin böyle kalabalık olmaz, kalabalık olmayınca da her şeyin yerli yerinde durması daha kolay olur. Ancak benimki öyle değil! Kızım ve iki küçüğümün fotoğrafları, bronzdan yapılmış, üzeri küçük zümrüt taşlarla süslü kurbağalarım, mumluklarım, ucu tüylü eski yazı kalemim, kristal bir gövdenin üzerine işlenmiş Atatürk resmi, yine bronz altlıklı sarı masa lambam, içi pek çok kalemle dolu pirinç kalemliğim, içine kartvizitlerimi koyduğum bronz altlık, reçetelerim, damgalarım, bilgisayarım derken bana hiç hareket alanı kalmamış. Aceleyle her birini yerli yerine koyarken göz ucuyla bilgisayardaki randevularıma bakıyorum, yine yoğun bir gün olacak. O sırada Tuna görünüyor kapıda.

— Hoş geldiniz efendim, nasılsınız?

— İyiyim Tuna, sen nasılsın?

— Sağ olun, çok iyiyim. Yollar çok kötüydü, kolay gelebildiniz mi bari?

— Geldim, geldim.

— Çiçekleri gördünüz mü?

— Gördüm. Yine deli kızdan mı?

— Ondan. Günlerdir kliniğe yağmur gibi çiçek yağıyor. Çiçekler yetmedi, şimdi de ısrarla arıyor. Bugün sabahtan beri belki beşinci arayışı! Biz ne yapacağız bu kızla?

— Ne istiyor?

— Siz vizite ücretini iade edin demişsiniz ama o bütün ısrarlara rağmen o gün parasını geri almamış. Şimdi de hem tekrar tekrar özür diliyor, hem de yeni bir randevu daha istiyor.

— Randevu mu istiyor?

— Hem ne istemek! Şimdilik randevu vermedim ama bu kızla başa çıkamayacağız. Biz çağırmasak da gelecek.

— Nasıl gelecekmiş?

— Gelir, akşama kadar otururum orada, kolumdan tutup atmadan da bir yere gitmem diyor.

— Haydaa!

— Randevularımız dolu. Bir aydan önce zaten gelemezsin diyorum ama kulağına laf girmiyor bu kızın. Besbelli parasını da özellikle almamış. On dakikada bir arıyor. Sizi bağlayacakmışım, bir kere de sizden özür dileyecekmiş.

— Doktor seni affetmiş, bağlamama gerek yok de ama eğer isterse psikolog Seliyha Hanım'dan randevu ver.

— İstemiyor. Kaç kere söyledim, burada çalışan diğer doktorlardan randevu vereyim dedim ama nuh diyor, peygamber demiyor. Sahi siz kahve içtiniz mi?

— Hayır içmedim ama kafeteryaya söyledim, şimdi gelecek kahvem.

— Ha, bir de Aslan Bey var.

— Ne olmuş Aslan Bey'e?

— Biraz önce eşi aradı. Size selamları var, Allah razı olsun doktor hanımdan diyor.

— Demek Hülya Hanım aradı! Dur bakalım, henüz bir şey yapamadık ama umarım zaman içinde Hülya Hanım'a bir faydamız dokunur.

— Bugün Aslan Bey'in randevusu var. Zaten kadıncağız biraz da onun için arıyor. Ne olur doktor hanım elinden geleni yapsın. Belki bir daha gelmez diyor.

— Elimden geleni yapacağım, merak etmesin.

O sırada Nevin elinde tepsiyle içeri giriyor. Mis gibi kahve kokusu yayılıyor odama. Kahvenin kokusu bile iyi geliyor bana. Şimdi kendimi çok daha iyi hissediyorum.

Çok hasta var, bir an önce işe başlamam gerekiyor. Randevuları kaydırırsam hastalarım çok bekliyor, o zaman ben de üzülüyorum. Derin bir nefes alıyor, koltuğumda omuzlarımı dikleştirdikten sonra kısa bir an gözlerimi kapatıyorum. Didim'in o muhteşem denizini düşünüyorum. Kıyıya vuran küçük dalgaların sesi geliyor kulağıma. Hayatın kirinden pasından kurtulup tertemiz olmalı ve hastalarımı bu temiz ve aydınlık ruh haliyle dinlemeliyim. Tamam, hazırım, ilk hastayı alabilirim.

Önce bir delikanlı giriyor içeri. Yirmili yaşlarda, temiz yüzlü, yakışıklı ve sevimli bir genç. Buraya ilk kez geliyor. Biraz meraklı, biraz mahcup, biraz da kararsız gözlerle bakıyor bana. Ayağa kalkıp gülerek elini sıkıyorum, hafifçe öne eğilerek saygıyla sıkıyor elimi. Oturması için masamın karşısında duran koltukları işaret ediyorum, ben oturmadan oturmuyor. İyi bir ailede, özenle yetiştirilmiş bir delikanlı ama acemi... Psikiyatriye ilk kez başvurduğu her halinden belli oluyor. Bilgisayardan bakıyorum, adı Ali ama soyadı çok tanıdık geliyor bana. Ben daha bir şey söylemeden cılız bir ses geliyor kulağıma. "Babam ölüyor" diyor Ali. "Siz tanıyorsunuz babamı, daha önce uzun süre size gelmişti." Demek yanılmamışım, bu çocuk Memduh'un oğlu.

Memduh bundan beş altı yıl önce gelmişti bana. Eşinden yeni ayrılmıştı o zaman. Çok genç yaşta evlendiği için hayatında hiç yalnız yaşamamış, biraz içe dönük, utangaç, zarif bir erkekti ama çok zayıf, çok kırılgandı. Hayatla mücadelede hep arkada kalmış, önce ailesinin, sonra da eşinin arkasına saklanmış, başı sıkıştıkça teselliyi içkide aramış, eşinin boşanma teklifini bile hiç istemediği halde hayır demeyi, isyan etmeyi, savaşmayı bilmediği için hemen kabul etmiş ve bir başına ortada kalıvermişti. Bir yıl boyunca hemen her hafta gelmişti bana. İki oğlu vardı. Çok düşkündü çocuklarına ama onlara bile duygularını açıkça gösteremiyordu. Büyük oğlu pek ilgilenmemişti onunla. Küçük sık sık babasını ziyarete gelmiş, elinden geldiğince ona destek olmaya çalışmıştı. Baba oğula değil, oğul babaya destek veriyordu.

Kendine bir ev tutmuş, zamanla yalnız yaşamaya alışmıştı. Seviyordu evini. Küçük, basit bir çatı katında oturuyor, insanlardan olabildiğince uzak duruyor, mecbur kalmadıkça evinden çıkmıyor, sadece küçük oğlu hafta sonu onu ziyarete geleceği için markete gidip eve bir şeyler alıyor, hatta oğluna makarna pişiriyordu. Aslında iyi bir mesleği vardı ama yurtdışından aldığı diplomalar bile onun hayata tutunmasına yetmemiş, herkes gibi göze göz, dişe diş mücadele etmeyi, hayatla savaşmayı becerememiş, hep yenilmişti. Yenildiğini, bu savaşı kazanamadığını biliyor, bundan utanıyordu. Asıl kaçmak istediği başkaları değil, kendisiydi. En çok da, ona sahip çıkmaya çalışan küçük oğlundan utanıyordu. Hem dört gözle hafta sonu olsun, oğlu gelsin istiyor, hem de ona nasıl davranacağını, ne diyeceğini bilmiyor, içki şişelerini oğlu görmesin diye saklıyordu. Ölümü adeta özlemle bekliyor, babaları intihar etti denmesin diye büyük bir sabır ve bir o kadar da kahırla dünyada geçireceği zamanın bir an önce sona ermesi için dua ediyordu.

Belki de hayatında ilk kez, bu odada, o nefret ettiği, tiksindiği adamı, yani kendisini anlatıyor, bu duygulardan kurtulmak ister gibi o kırık sesiyle hiç durmadan kendini yerden yere vuruyor, dünyaya geldiği güne lanet ediyordu. Sanki korunma reflekslerini tamamen kaybetmiş gibiydi. Onu korumak bir yana, benim bile onu suçlamamı, aşağılamamı istiyor, kendisiyle ilgili olumlu şeyler duymaya asla tahammül edemiyordu. Bir yılın sonuna doğru kendine duyduğu öfke biraz yatıştı. Hiç istemese de verdiğim ilaçları bir süre kullandı. İçkiyi azalttı ve kitap okumaya başladı. Kitaplar ona en iyi ilaçtan bile daha iyi geldi. Kendini unuttu, bilime, edebiyata, sanata yöneldi. Hatta mesleğiyle ilgili bir konuda ciddi bir araştırma yaptı ve yazdığı makale Amerika'nın ünlü dergilerinden birinde yayınlandı. Bundan bir, iki yıl önce o dergiyi bana gönderdiğinde konuşmuştuk son olarak. Onu kutlamak için aradığımda sesi çok iyi geliyordu. "Size anlatamadıklarımı da yazıyorum," demişti bana. Ne oldu acaba sevgili Memduh'a?

Daha ben sormadan Ali tıpkı babasına benzeyen o kırık sesiyle anlatıyor. Geçen yıl başlamış şikâyetleri ama doktora gitmek istememiş. Ali bile götürememiş onu doktora. Sonunda bir gün yataktan kalkamadığını fark etmiş babasının. Ambulansla götürmüşler hastaneye, kanser demiş doktorlar. Neden bu kadar geciktiniz diye sormuşlar, işte o zaman gülmüş Memduh. Şimdi yoğun bakımda yatıyormuş ve oğluna benim kartımı vermiş. "Mutlaka git ona," demiş. "Senden son isteğim bu." Çocuk da apar topar benden randevu alıp gelmiş. Büyük oğlunu soruyorum, Amerika'daymış ve konuya eskiden olduğu gibi yine ilgi göstermemiş. Annesi evlenmiş, İstanbul'da yaşıyormuş. Ali babasını bırakıp bir yerlere gidemediği için Ankara'da bir üniversitede okumayı tercih etmiş. "Babamı kurtaramadım, zamanında doktora götüremedim," diyor. Kendini suçluyor Ali.

Ah Memduh ah, diyorum içimden. Kim bilir bu dünyadan ayrılacağın için ne kadar da memnunsundur. Sen kimseye söylemesen de, nasıl da sabırla, özlemle ölümü beklediğini biliyorum ben. Demek doktorlar "Neden bu kadar geciktiniz?" deyince güldün ha? Oysa ben seni gülerken hiç görmemiştim. Yaşarken değil de ölürken gülmek nasıl bir kaderdir? Biliyorum, oğlunu üzmek istemiyorsun. Sen ölürken Ali üzülürse içten gülemeyecek, çok özlenen bir sevgiliye kavuşur gibi koşarak gittiğin ölüm bile içine sinmeyecek. İçim cız ediyor, sonra gözlerim karşımda sessizce oturan Ali'ye takılıyor. Memduh ona Aliş derdi. Ben de öyle diyorum. Ben konuşmaya başlayınca buğulu gözlerini bana çeviriyor. Benim gözlerimde de var o buğu. Yavaş yavaş, mırıl mırıl konuşuyoruz Aliş'le. Gözlerini gözlerimden hiç ayırmıyor seans boyunca.

Gitmek için ayağa kalktığında bir iki dakika daha oturmasını rica ediyorum çünkü Memduh'a yani babasına bir mektup yazmak istiyorum. Bu teklifim hoşuna gidiyor, koltuğuna oturup biraz merak ama daha çok da hüzünle izliyor beni. Aceleyle çekmecemden bir mektup kâğıdı çıkarıp hızlı hızlı yazıyorum. Aslında ona ne yazacağımı, mektuba başlarken bilmiyorum. Bırakıyorum, kalem içimden ne gelirse onu yazıyor.

Sevgili Memduh, bir yıl boyunca bir kez bile güldüğünü görmedim ama şimdi gülüyormuşsun. Adam gibi yaşayamadım ama umarım adam gibi ölmeyi becerebilirim derdin bana. Arkanda kalanlar çok üzülecek bu işe ama sen dediğini yapacağa benziyorsun. Kitaplarımda bu zarif, bu duygulu, bu utangaç ve bir o kadar da kırılgan adamdan mutlaka söz edeceğim.

Kusura bakma ama sen sevmesen de, okuyanlar mutlaka sevecekler seni. Tıpkı Aliş gibi... Aliş'in sana benzemesinden hep korkardın. Aliş de senin gibi yakışıklı ve bir o kadar da duygulu bir delikanlı ama merak etme, onun tırnakları seninkilerden daha uzun. Hayata mutlaka sıkı sıkı tutunacak ve o çok sevdiği babasını hiç unutmayacak. Kanatlanıp uçacağı güne kadar ben hep Aliş'in yanında olacağım. Bu dünyadan gülerek ayrılabilmek sana has bir erdem olmalı. Buna saygı duymamak mümkün mü? Sevgilerimle...

Dr. Gülseren

Bir yandan yazıyorum ama yazdıklarım çok duygulandırıyor beni. İçimde bir yerler fena halde sızlıyor. Gözlerim karışmasa bu işe diyorum ama başımı kaldırdığımda Aliş'le göz göze geliyor ve birbirimize nemli gözlerle bakıyoruz. Mektubu bir zarfa koyup veriyorum Aliş'in eline. "Belki de bu mektubu sen okursun ona," diyorum. Mektubu dikkatle cebine koyarken başını sallıyor ve odadan çıkarken yine hafifçe eğilerek elimi sıkıyor. "Yeni bir randevu almayacak mısın?" diye soruyorum, "Şimdi almayacağım ama sonra yine geleceğim," diyor Aliş. Ne demek istediğini anlıyorum. Babasından sonra gelecek.

Aliş çıkınca odamın kapısını sıkıca kapatıp sırtımı kapıya vererek bir süre öylece kalıyorum. Müthiş bir hüzün var içimde. Aklım hep Memduh'ta! Şimdi gözleri kapalı yatıyor olmalı. Biliyorum, kolay kolay açmaz gözlerini, küstü bir kere. Bir süre sonra istese de artık açılmayacak o gözler.

Yeni biriyle karşılaşmadan önce biraz toparlanmam gerekiyor. Ne yapsam acaba? Hemen masama geri dönüyorum ve hâlâ yarısı duran kahvemden bir yudum içiyorum. Kahvem buz gibi olmuş. Kahve dediğin keyifle içilir, böyle için cız ederken içilmez ki... İrili ufaklı bronz kurbağalara takılıyor gözlerim. Sırayla her birini elime alıp evire çevire dikkatle bakıyorum onlara. Masamda şimdilik her şey yerli yerinde duruyor. Akşama kadar kim bilir ne hale gelecek bu masa! Evde de böyle! Ben bir yere gelince ortalığı mutlaka dağıtıyorum. Çizerek okuduğum için kitaplar bile benim elimde perişan olur. Oysa dağınıklığı hiç sevmem. Hem dağıtıp hem toplayanlardanım.

Şimdi daha iyiyim, yeni bir hasta daha alabilirim içeri. Telefonun tuşuna basıp Tuna'yı arıyorum. Sıradaki hastayı alabilirsin içeri diyorum, "yanınıza geliyorum" diyor Tuna. Ve az sonra elinde kocaman çiçeklerle giriyor içeri. Her birini ayrı vazolara yerleştiriyor ama çiçeklerin arkası kesilmiyor. Hele bu son ve en büyük olanını koyacak ne vazo ne de boş yer bulabiliyor. Bu da Aslan Bey'den gelmiş. Her şeye rağmen kanım ısındı o adama. Öfkeli de olsa çok pozitif bir yanı var onun. Bakalım bugün bana neler anlatacak. Tuna sıranın Aslan Bey'de olduğunu söyleyerek içeri alıyor onu. Artık ikisi arasında bir sorun kalmadı çünkü Aslan Bey bana gönderdiği çiçeğin bir benzerini de Tuna'ya göndermiş.

Hafifçe gülümseyerek giriyor içeri ama yine de yüzündeki hafif gerginliği hissediyorum. Gri bir takım elbise var üzerinde. Bembeyaz gömleğinin yakası hafif açık, kravat takmamış. Şakaklarından başlayarak beyazlayan saçları özenle arkaya doğru taranmış. Yine çok heybetli görünüyor. Görünüşü ile adı ne kadar uygun bu adamın! O içeri girdiği anda insanın içine ferahlık veren bir parfüm kokusu yayılıyor odaya. Elimi kuvvetlice sıktıktan sonra masamın önünde duran koltuklardan kapıya yakın olanına oturuyor. Elinde yine sarı, kehribar tespihi var. Daha ben ona bir şey sormadan o bana hal hatır soruyor. Sigaradan dolayı biraz daha kalınlaşıp çatallanan sesinde hep bir kırıklık ve bu kırıklığı yok etmek istercesine sanki sonradan eklenmiş bir öfke seziliyor.

Sonra da akşama kadar bu kadar insanı nasıl dinlediğimi, bu sabrı nereden bulduğumu araştırıyor. Hafifçe gülümseyerek cevaplandırmaya çalışıyorum sorularını. Konuşmaya hiç ara vermemeye özen gösteriyor. Demek ki benim ona soru sormamı istemiyor. Ya da soru sormamdan korkuyor. Tamam, ben de sormam. Ona çay veya kahve ikram edeceğim ama bunu bile soramayacağım galiba. Telefonun tuşuna basıp kendim için kafeteryadan bir bardak çay isterken, elimle işaret ederek adeta fısıldar gibi onun da isteyip istemediğini soruyorum. "Şekersiz ve fincanda olsun" diyor. Masamda ona doğru eğiliyor, ellerimi birleştirip çenemin altına koyuyor ve öylece bakıyorum ona. Susuyor ve bakıyorum. Bakışlarımda hafif bir merak, en çok da ne söylerse söylesin onu yargılamayacağımı hissettiren bir sevecenlik var.

Tespihi önünde duran sehpaya fırlatır gibi attıktan sonra derin bir iç çekiyor, bir anda sanki nerede olduğunu unutmuş gibi sağa sola bakıyor, ellerini iki dizinin üzerine koyup, başı önde yavaş yavaş anlatmaya devam ediyor. Erken yaşanan anne kaybı, üvey anneler, üvey kardeşler, bu arada yaşanan haksızlıklar, adaletsizliklerle dolu bir hayat onunki. Ondan başka onu koruyan, kollayan kimse olmadığı için kendini bildi bileli hep savunmada kalmış. Kendi gücü ve mücadelesi ile ve çok zorlanarak okumuş ve üniversiteyi bitirmiş. Birkaç küçük iş deneyiminden sonra şimdi çalıştığı yere girmiş. Başarısı, çalışkanlığı ve yüksek ahlakı nedeniyle kısa sürede sevdirmiş kendini. Patronları çabuk güvenmiş ona ve şirketin en yetkili kişilerinden biri olmuş sonunda. Yanında çalışanları ezmemiş, patronlara saygılı olmuş ama daha da önemlisi hep çok çalışmış. İşi gereği bütün Türkiye'yi dolaşmış. Kötü otellerde gecelemiş çoğu zaman. Kazandığı parayı çar çur etmemiş. Hep biriktirmiş ve sonunda kendisi için değil hep yakınları için kullanması gerekmiş bu birikimleri.

Eşiyle kendi isteğiyle ve çok severek evlenmiş. Hâlâ da ona olan sevgisinin hiç azalmadığını söylüyor. Gençliğinde bir iki ufak kaçamak dışında eşini hiç aldatmamış, meyhanelerde sabahlamamış. Gözlerine bakınca insan onun her akşam kafayı çektiği gibi bir izlenim alıyor ama içkiye düşkünlüğü yok. Bol bol sigara içiyor. Sonra üç yıl arayla iki oğlu olmuş. Çocukları ben değil eşim büyüttü diyor ama biraz büyüyünce her şeyleriyle ilgilenir olmuş. Ne kadar uğraşsa da, bir türlü istediği gibi olmamış oğlanlar. İş yaşamında herkese ağabeylik, gereğinde babalık yapan bu adam evinde ne çocuklarına, ne de eşine aynı toleransı gösterememiş. Zaten işi dışındaki diğer ilişkilerinde de kimseye yumuşak davranamıyor, insanları çabucak kırıyor, kavga ediyormuş.

— Oğlanlar her konuda bana itaat etsin istiyorum. Ben onların babasıyım. Kendimden çok onları düşünüyorum. Ben bir şey diyorsam vardır bir nedeni.

Buraya kadar hiç sözünü kesmeden dinliyorum onu. Nevin çayları çoktan getirdi. İkimiz de üzerinden dumanlar tüten çaylarımızı ağır ağır, yudum yudum içiyoruz. Ben sevmem fincanda çay içmeyi. İnce belli bardak olacak, rengini göreceğim. O şeker istemezken ben, küçük bardağıma bir değil iki şeker birden atıyorum. Ben çayımı karıştırırken yan gözle bakıyor attığım şekerlere. Ah Aydın ah, bunlar hep senin yüzünden. Sen alıştırdın beni böyle çok şekerli içmeye.

— Bu doktorlar hep böyle oluyor. Dediklerini yapacaksınız ama yaptıklarını yapmayacaksınız.

— Haklısınız ama dediklerimizi yapıp yapmadıkları da ayrı bir konu.

— Her dediğinizi de yapacak değiliz ya...

Şimdi biraz daha net oldu neden bu kadar gergin olduğun sevgili Aslan Bey diyorum içimden. Sana uzun uzun nutuk atmamdan, nasihat etmemden korkuyorsun sen. Eskiden meslektaşlarımızın çoğu böyle yaparmış. Belki hâlâ böyle yapanlar vardır ama bana kalırsa biz bunu hiç yapmamalıyız. Nasihati kim dinlemiş ki, psikiyatriye gelen adam dinlesin? Biz onlara amcaların, teyzelerin, ana-babaların, arkadaşların söyleyeceklerinden farklı şeyler söylemeliyiz. Kendilerini, kendileriyle ilgili bilmediklerini göstermeliyiz onlara.

Artık ufak ufak konuşmaya başlasam iyi olacak.

— Kim kimin her dediğini yapmış ki, siz yapacaksınız Aslan Bey? Gerçi siz çocuklarınızdan ısrarla bunu istiyorsunuz ama sıra kendinize gelince iş değişiyor. Öncelikle şunu anlamanızı istiyorum. Ben yargıç değilim. Kimseyi yargılamam. Sadece neden diye sorarım. Bunu da size değil, kendime sorarım. Neden? Aslan Bey bunu neden yapıyor? Çocuklarının omuzlarının üzerinde duran kafalarını kullanmalarına neden izin vermiyor?

Bu sözlerim karşısında bir an ne diyeceğini bilemiyor. Beyazları pembeleşen gözlerini sonuna kadar açıp biraz hayret, biraz da öfkeyle bakıyor yüzüme.

— Beni yanlış anladınız. Kafalarını benim yanımda değil, sokakta, başkalarının yanında kullansınlar. Tehlike evde değil, sokakta.

— Onları etkileyen, karakterlerinin oluşmasında başı çeken sokaktaki insanlar değil, sizsiniz. Siz onlar için otoriteyi temsil ediyorsunuz. Ya otoriteye boyun eğip isyan etmeyi, kendi isteklerini ve fikirlerini hayata geçirmeyi hepten reddedecekler ya da isyan edecekler. Bunun ortası yok.

Bu sözüm onu düşündürüyor. Elini dizlerinin önüne koymuş, hafifçe öne arkaya sallanarak uzaklara bakıyor. Galiba anlıyor ne demek istediğimi. Aslında o iyi bir baba olmak, çocuklarını iyi yetiştirmek istiyor. Kendisinin bir babası varmış ama hiç sahip çıkmamış ona. Hep gıpta etmiş analı babalı çocuklara. Şimdi kendi özlemini çocuklarına yaşatmak istiyor aslında ama bunu becerememiş. Onları sürekli azarlarken niyeti kötü değil, sadece bunu nasıl yapacağını bilmiyor. Dünyanın kötülüklerinden korumak istiyor çocuklarını ama asıl kötülüğü kendisi yapıyor, haberi yok. Bu konularda uzun uzun konuşuyoruz Aslan Bey'le. Hatta bir ara ona "Televizyonun kumanda aleti gibisiniz, çocukları uzaktan kumandayla idare etmeye kalkıyorsunuz," diyorum, gülüyor. Nihayet onu anlayan birini bulmuş olmanın heyecanı ve coşkusuyla hem anlatıyor, hem de can kulağıyla dinliyor beni.

— Çocuklarımızın yerine düşünemez, onların yerine başaramaz ve onların yerine mutlu veya mutsuz olamayız. Tıpkı onların yerine ölemediğimiz gibi...

Ceketinin her iki yakasını elleriyle tutup arkaya doğru attıktan sonra şöyle bir bakınıyor sağa sola. Sanki birilerinden, bir yerlerden medet umar gibi bir hali var.

— Siz hep böyle bir baba düşlediniz değil mi Aslan Bey?

— Biz baba mı gördük doktor hanım! Anam zaten erkenden çekip gitti bu dünyadan, babam derseniz kendi derdinde. Hiç sahibim olmadı benim. Hatta yalnız başıma bile kalamadım. Üstelik kardeşlerimle ilgilenmem, onların sorumluluklarını üstlenmem gerekti. Gerçi adam olunca unuttular beni ama hayat işte...

— Hayalinizdeki baba böyle miydi?

— Böyleydi ya. Beni benden daha çok düşünen bir babam olsa fena mı olurdu?

Onunla ilgili bazı gerçeklerin daha altını çizmeden önce, olumlu yanlarından söz etmeli, aslında öyle dese de kötü biri olmadığını göstermeliyim ona. Kişi kendini sevmez, beğenmez, benimsemezse, başkalarını da okşayamaz, şefkat gösteremez. Bu, onun öz çocukları bile olsa! İlk günden beri, her şeye rağmen sempatik buldum onu. Bizim işimizde hastaya nasıl bir duygu beslediğiniz çok önemlidir. Ondan hoşlanmazsanız, ona faydalı olamazsınız. Şimdi bütün içtenliğimle ona karşı hissettiklerimi söyleyeceğim.

— Aslında ailenize, çocuklarınıza nasıl da düşkün, nasıl da merhametli, koruyan, kollayan biri olduğunuzu görüyorum. Kalbinizin bir yanı yumuşacık!

— Kimseye gösteremedim bunu. O ilk gördüğünüz adam var ya, herkes beni sadece o sanıyor.

— Benim işim bu olmasaydı, ben de sizi öyle sanacaktım. Şimdi bunun sorumlusu onlar mı, yoksa siz misiniz? Ne yapsınlar insanlar, göğsünüzü yarıp zorla içine mi baksınlar?

— Doğru diyorsunuz da, insan bunca yıllık kocasını, babasını biraz olsun tanımaz mı?

— Eşiniz gayet iyi tanıyor sizi. Çocuklarınıza gelince; siz onları tanıyor musunuz?

Kontra yumruk yemiş boksör gibi bakıyor yüzüme. Sonra gözlerini tavana doğru çevirip ciddi ciddi düşünüyor. Hemen bir cevap bulma endişesine kapılmadı. Beni ciddiye aldığının kanıtı bunlar. Sonra sehpanın üzerinde duran kehribar tespihi bir iki kere sağa sola çevirdikten sonra bana doğru eğilerek konuşmaya başlıyor.

— Onlar daha çocuk. Çocuğun nesini tanıyacaksın? Sen ona yol göstereceksin ki adam olsun. Ama düşünüyorum da, ben yirmi yaşındayken koca bir adamdım. Kendime ait bir dünyam olmuştu çoktan.

— Ama sizin oğlunuzun belki de hâlâ kendine ait bir dünyası olamadı. Bu cümlenin devamını isterseniz ben değil siz getirin.

— Olamadı çünkü izin vermedim.

Sanki iç çeker gibi derin bir nefes alıyor. Gözleri uzaklara dalmış, kehribar tespih şıkırdayıp duruyor. Sessizliği bozan ben oluyorum.

— Çocukluğunuzda ve gençliğinizde çok korkmuşsunuz siz.

— Korktum.

— Buraya ilk geldiğiniz gün beni korkutarak kendi korkularınızdan kurtulmaya çalışıyordunuz. Kırılmaktan, incinmekten, reddedilmekten, adam yerine konulmamaktan, sayılmamaktan, sevilmemekten korkuyorsunuz. Yanlış yapmaktan, horlanmaktan, küçük düşmekten korkuyorsunuz. İyi çocuklar yetiştirememekten korkuyorsunuz. Daha sayayım mı?

Tespihi sallamaktan vazgeçip avucunun içine almış, var gücüyle sıkıyor. Başı önünde, kafasını hafifçe öne arkaya sallayarak dinliyor beni. Söylediklerimden etkilendi. Benimse ona söylemek istediklerim henüz bitmedi. Hazır alıcılar açıkken, bilmesi, anlaması gereken her şeyi söylemeliyim ona.

— Korkan adamdan her zaman korkacaksın. Çünkü ne yapacağı belli değildir. Cezaevlerinde yatan insanların çoğu bu nedenle suç işler. Hatta içlerinde işledikleri bu suçlarla övünenler bile vardır. Oysa bütün bunlarla aslında kendilerini, kendi ruhlarını teselli etmeye çalışır onlar. Tek amaçları vardır: Korkmadıklarını, cesur olduklarını kendilerine kanıtlayabilmek... İşyerinizde neden yapmıyorsunuz bunları? Burada, beni gördüğünüz ilk gün neden hemen geri çekildiniz? Madem haklıydınız, neden aramadınız hakkınızı?

— Haklı olduğuna inanmasa korkar, geri çekilirdi dedim. Siz korkmuyor musunuz?

— Korkmaz olur muyum? Hani ilk gün sormuştunuz bana; siz Tanrı mısınız diye. Hâşa... Ben de çok korkuyorum ama korkularımla yüzleşmeyi becerebildim sonunda. Zaten bunu öğrendikten sonra cesur olabildim. Korkuyorum ama kaçmıyorum. Kaçmayınca arada bir kırılıyorum, arada bir inciniyorum, arada bir de içim çok sızlıyor ama artık bunlara katlanabiliyorum. Başkalarının da kırılabildiğini, onların da içinin sızladığını o zaman daha iyi görebiliyorum. İçi sızlayan tek kişi ben değilim, yalnız değilim diyorum. Çok gergin bir günümde bana ağzına geleni söylemekten çekinmeyen bu adama bile sevgiyle, anlayışla bakabiliyor ve onun aslında içinin ne kadar sızladığını hissedebiliyorum artık. Eski Aslan korkmakta haklıymış ama artık köprülerin altından çok sular akmış. İnsanca korkularımız her zaman olabilir ama daha fazlasına artık gerek yok. Çalışmış ve başarmışsınız. Alın teriniz, emeğinizle gelmişsiniz bugünlere. Güzel şeyler yaşamak sizin de hakkınız. Siz de korkar, siz de kızarsanız kendinize, başkaları ne yapsın?

Sağ eliyle dizine şöyle bir vurup başını sağa sola salladıktan sonra hüzünlü bir gülümsemeyle, sanki kendi kendine konuşur gibi yumuşak ve hafif bir sesle mırıldanmaya başlıyor.

— Ulan, şu dünyaya bak. Yıllardır çözemediğim bir sürü şeyi karımın benim yüzümden geldiği bir doktor söylüyor bana. Bir de üstelik kadın!

Sonra yüzünü tekrar bana çevirip gözlerimin içine bakarak konuşuyor.

— Benim kendim için randevu alıp bir deli doktoruna gelmem zaten inanılacak bir şey değildi. Gerçi ilk tanıştığımız gün çok etkilendim sizden ama bugün yine de buraya gelmek, benim için çok zor oldu. Çok farklı beklentilerim vardı ve bunlar beni korkutuyordu. Şimdi uzun uzun nutuk atacak bana dedim içimden. Çocuğuna şöyle davran, karına böyle yap, falan filan işte... Beni suçlayacak, bana nasihat etmeye kalkacak dedim. Tıpkı benim oğlanlara yaptığımı, sizin de bana yapacağınızı sandım. Bir kere randevuyu almış bulundum. Geri de dönemedim. Ama bir kere daha şaşırttınız beni. Siz o neşteri ne kadar maharetle kullandığınızın farkında mısınız? Son bir şey daha düşünmüştüm. Bana bir araba ilaç verir bu kadın demiştim içimden. O verir, ben de almam. Şimdi şu odadan çıkmadan önce bana ilaç verecekseniz, onu da alacağım.

— Vermeyeceğim.

— Vermeyecek misiniz? Sahi ilaç vermeyecek misiniz bana?

— Vermeyeceğim çünkü ilaçla sizde neyi değiştireceğiz?

— Sakinleştirici filan?

— İşyerinde son derece sakinsiniz. Orada ilaç mı kullanıyorsunuz?

— Hayır.

— Demek ki direksiyon sizde... İsterseniz her şeyi değiştirebilirsiniz.

— Bir kere daha utandırdınız beni doktor hanım... Ağlamadığıma bakmayın, bir kadının karşısında bir de bunu yapmak istemiyorum ama inanın boğazıma dizildiler. Hep kötü olmaya özendim ben. O kadar çok kötülük gördüm ki, sonunda ben de onlar gibi olayım, bitsin bu acı dedim. Dışım olsa da içimi bir türlü kötü yapamadım. İnsanları kırdıkça, üzdükçe, perişan ettikçe kendime daha çok kızdım. Kendime kızmak hiçbir şeyi düzeltmedi. Onlar, onları affetmediğimi sandılar ama ben kendimi affedemedim. Sonra her şey birbirine karıştı. Onlar kim, ben kimim bilemedim. Yüreğime oturdu bir şey, kalk dedim, kalkmadı. Onların iyiliği için filan diye kulp taksam da yüreğim yemedi bunları. Sonunda kötü olup çıkarım sandım işin içinden.

Ne güzel anlatıyor duygularını! Keşke bunları yakınlarına da, onu seven insanlara da anlatabilse!

— Ama kötülük size hiç yakışmamış Aslan Bey. İğreti duruyor üzerinizde.

— Biliyor musunuz, bana şimdiye kadar yakınlarımdan hiçbiri sen iyisin demedi. Anamı hatırlamıyorum bile. Kardeşlerim için neler vermedim ama onlar da iyisin demediler. Hanımla çocuklara geldi sıra. Doksan dokuz kere yanlış yapsam bile bir kere de mi doğru yapmadım? Hep istedim ki, biri de çıksın, sen iyisin desin. Ben kendime bunu diyemiyorum, bari biriniz çıkın da iyisin deyin bana. İltifat olsun diye yapılan sözde güzellikleri sevmem ben. İnanmam zaten onlara.

— Belki de iyi birisiniz!

— Emin değilim işte... Omuz veren biri olsa, belki de o gerçek değişecek. O zaman ben de değişeceğim, dünyam da değişecek. İşte bugün burada siz veriyorsunuz o omuzu bana. En kötü halimle tanıdınız beni. Hanım geldi, beni anlattı dedim içimden. Kim bilir beni nasıl kötüledi doktora. Şimdi gidip göstereyim ona kötü nasıl olurmuş. Kötüyü gösterdim, büyük bir cesaretle üstüme geldiniz ama reddetmediniz, hatta bana yardımcı olmaya, beni anlamaya çalıştınız. Nasıl oldu bilmiyorum ama sanki iyisin dediniz bana. Korkma, kızma kendine, çalıştın, başardın, artık sen iyi şeylere layıksın dediniz. Bu kadarını beklemiyordum doğrusu. Burada biraz daha kalırsam kendimi tutamayacağım. Şimdi gidiyorum ama yine geleceğim. Çok düşüneceğim gelmeden önce. Belki çok da ağlayacağım. Bu koca Aslan ağlamayalı çok oldu. Belki o zaman yüreğime oturan o ağırlıktan, o karanlıktan kurtulurum. Şimdi size kuru bir teşekkür etsem, içime sinmeyecek. En iyisi başka bir şey söylemeden gideyim buradan.

Böyle diyerek ve gözlerindeki nemi görmemem için hep yere bakarak ayağa kalkıyor Aslan Bey. Ben de onunla birlikte kalkıp kapıya kadar uğurluyorum onu. Elimi yine kuvvetlice sıkarken bakıyor gözlerime. Galiba konuşmadan, bir şey söylemeden teşekkür ediyor bu gözler bana. Bu teşekkürü memnuniyetle kabul ediyor ve ben de bunlardan ne kadar etkilendiğimi, ne kadar memnun olduğumu söylüyorum ona gözlerimle.

Bu dünyada Aslan diye bir adam yaşıyormuş ve ben bugün onu tanıma mutluluğuna eriştim. Hayatım böylece biraz daha zenginleşti. Tadı damağımda kalan bir kitap okumuş gibi hissediyorum kendimi. Zaman nasıl geçti anlayamadım. Saate bakıyorum, öğlen yemeği saati çoktan geçmiş. Midemdeki yanma yine başladı. Bu yanmayı daha önce neden hissetmiyorum ben?

Hastalarımın yanında sapasağlam oluyorum. Midem bile yanmak için hastanın dışarı çıkmasını bekliyor. Midemi ovuşturarak çıkıyorum odamdan. Kafeteryada Ayten'le Nevin'den başka kimse yok. Masalardan birine çöküyorum. İkisi birden aceleyle bana hizmet etmeye, önüme sıcak bir şeyler koymaya çalışıyorlar. Yemek yerken Memo görünüyor kapıda. Memo, yani Psikolog Doktor Mehmet Akif Sayılgan. Kendine çay almaya gelmiş. Beni görünce gözleri parlayarak geliyor yanıma. Sever beni, ben de onu. Bu ara hastalar o kadar yoğun ki, odalarımız çok yakın olduğu halde bir türlü fırsat bulup bir araya gelemiyoruz. Hemen o günkü olayı soruyor bana yani klinikte hadise çıkaran kızı. Demek olanları duymayan kalmamış. Kısaca anlatıyorum o akşam yaşananları. "Ne yapacaksınız, o kızı görmeye devam edecek misiniz?" diye soruyor bana. Her gün gelen çiçeklerden de haberi var. Arada bir böyle birbirimize hastalarımızdan söz eder, karşılıklı fikir alışverişi yaparız. Bir çeşit konsültasyon yani... Dikkatle dinliyor beni. Sonra "Gelen çiçeklere bakılırsa onun vazgeçmeye niyeti yok ama çok yorar bu hasta sizi. Kendinizi çok zorlamayın," diyor. Özellikle Aydın'ın kaybından sonra, tıpkı Hasan ve Yağmur gibi o da beni korumaya çalışanlardan. Hastalarıma olan düşkünlüğümü abartmamdan, daha da fazla çalışmamdan, hayata iyice boş vermemden korkuyorlar.

Yemeğim bitince aceleyle iniyorum aşağı. Görmem gereken daha çok hasta var. Onların yanında zamanın nasıl geçtiğini anlamıyorum. Bir de bakıyorum ki hava çoktan kararmış ve bir gün daha bitivermiş. Ben masamı toplarken Tuna geliyor yanıma. Yine pırıl pırıl parlıyor gözleri. Şimdi kim bilir yine nasıl heyecanla bir şeyler söyleyecek bana. Hayat onun için hep heyecanlı.

— Evet Tuna, söyle bakalım, yine ne oldu? Aslan Bey'i uğurlarken gördüm, yine çiçeklerle boğuşuyordun.

— Siz çiçeklerden bahsediyorsunuz ama asıl kendisini ne yapacağız, ben onu düşünüyorum.

— Kendisini mi?

— Evet, bu son çiçekle birlikte kendi de geldi. Salonda bekliyor. Akıllı uslu oturuyor yerinde. Aman Gülseren Hanım, ne olur beş dakika olsun içeri alın kızcağızı çünkü aksi halde bugün burada yine kıyamet kopacak gibi geliyor bana.

— Bakıyorum korkutmuş seni!

— Yok canım, ne korkması! Bugün suçlu suçlu oturuyor yerinde. Çiçekler sadece size mi geldi sanıyorsunuz? Benim masamda da çiçek koyacak yer kalmadı. Gelince de iki kere elimi öptü. İçim bir tuhaf oldu. Gariban işte. Hem insanları geri çevirmek bize yakışmaz.

— Tamam, tamam. Hemen gönder de bari bu akşam eve zamanında gidebileyim.

Aslında son derece duygusal biriyimdir ben. Öyle kin tutmayı filan bilmem. En çok kızdığım insanın bile tırnağı taşa değse içim sızlar ama sıra bu kıza gelince bambaşka biri oluyorum. Görünümün bu kadar kötüyse kişiliğin güzel olur veya biraz saygılı olursun, bu kızda hiçbiri yok. Ya o tehditkâr konuşmalarına ne demeli? Sadece ben değil, Tuna da hoşlanmadı ondan ama bir yandan telefonları, bir yandan sürekli gönderdiği çiçekler ve son olarak da kendi çıkıp gelince, yapabileceği bir şey kalmadı. Zaten duygusallık konusunda o benden de beterdir. Çok yufka bir yüreği vardır. Kimseyi kıramaz, incitemez. İşte şimdi gelir gelmez kendisine olmadık hakareti eden bu kıza bizzat kendisi torpil oluyor. Yapacak bir şey yok, kızın fendi ikimizi de yendi. Memo'nun sözleri geliyor aklıma, "Bu kız yorar sizi." Biliyorum yoracağını ama yine de reddedemiyorum işte...

— Sahi adı neydi bu kızın? O gece söyledi ama...

— Ala! Adı da bir değişik... O gün yaptıklarına pişman oldu besbelli. İnsan acıyor haline. İşaret parmağında bir şey sarılı, sargı desen değil, bir acayip şey bağlamış. Ayol insan utanır o kapkara bezleri sarmaya. Bir yandan gönderdiği bu pahalı çiçekler, bir yandan üstü başı dökülen bir kız! Şaşırtıyor insanı.

— Tamam, tamam. Hemen yolla içeri.

Bu Freud ne kadar büyük bir adammış. Dil sürçmelerinden tutun da, insanın davranışlarındaki en küçük ayrıntıyı bile gözden kaçırmamış. Tıpkı bizim bu kıza yaptığımız gibi... Zihnim bu kızı öyle reddediyor ki, adını bile bir türlü öğrenemiyorum. Doktor böyle yaparsa o hastaya hiç faydası dokunmaz. Bunu da biliyorum ama yine de onu içeri alıyorum. Haydi hayırlısı...

Tuna çıkar çıkmaz kapıda görünüyor Ala. Başı önde, iki büklüm giriyor içeri. Kapıyı bile kapatmadan yavaş adımlarla bana doğru yaklaşıyor. Yine saçma sapan bir şeyler giymiş üzerine. Bu kadar pahalı çiçekleri bize gönderen sanki o değil. Ve yine giydiği her şey koyu renk, kirli, bol ve üzerinden düşüyor. Bu kız kırk kilo var mı acaba? Aslında böyle iki büklüm durmasa boyu uzun! Saçları yine hiç taranmamış ve yüzüne gözüne dökülmüş. Burnu buna rağmen bütün haşmetiyle kendinden önde gidiyor. Belki de bu kadar zayıf olduğundan kolları iki tarafından yere değecekmiş gibi sallanıyor. Halının üzerinde yürürken galoşların hışırtısı duyuluyor. Demek bugün hiç itiraz etmeden giymiş galoşları.

Tam karşıma gelince kapının hâlâ açık olduğunu fark ediyorum. Başlıyorum kızmaya. İnsan bir odaya girince kapıyı kapatır. Şimdi ya ben kalkıp kapatacağım ya da Tuna kapıyı kapatmak için başındaki telefon kulaklıklarını tek tek çıkarıp gelecek ve kapıyı kapatacak. "Kapıyı kapat da gel," diye gürlüyorum. Hafifçe irkilmesinden ürktüğünü anlıyorum. Hemen arkasını dönüp ayaklarını sürüyerek kapıyı kapatıp yeniden bana doğru geliyor. "Otur," diyorum, yavaşça koltuğun ucuna ilişiyor. Başı yine önünde, suç işlemiş de cezalandırılmayı bekleyen çocuklara benziyor. Böyle olunca, bana da öfkeli anne rolü düşüyor. Bu nasıl bir ilişki böyle!

Canım sıkılıyor. Masamın üzerinde duran kokulu mumlar takılıyor gözüme. Elime çakmağı alıp tek tek yakıyorum mumları. Mumlar hafifçe tıslayarak yanarken sıcak damlalar akıyor kenarlarından. Biraz sonra tütsüyle karışık vanilya kokusu yayılacak odaya. Buna ihtiyacım var, galiba bir güzellik arıyorum odada. Onun bir şey diyeceği yok, konuşmayı benim başlatmam gerekiyor. Bir iki kere hafifçe öksürerek genzimi temizliyorum, o berbat, buyurgan ses tonundan kurtulmaya çalışıyorum. Yardım isteyen birini, kim olursa olsun bugüne kadar hiç reddetmedim ama bu kızda bunu yapabilir miyim, bundan pek emin değilim.

— Hoş geldin.

— Hoş bulduk.

— Nasılsın, bugün daha iyi misin?

— Evet... İyiyim... Beni kabul ettiğiniz için teşekkür ederim.

— Sen kazandın, bak işte yine buradasın. Bize gönderdiğin çiçekler için teşekkür ederim. Hepsi de çok güzel ama neden o kadar çok çiçek gönderdin?

— Sizin için ne yapsam az.

Ben ona ne gibi bir iyilik yaptım ki? Zaten bir kere görüştük, o gün de birbirimizi kırmak ve incitmek için elimizden geleni ardımıza koymadık. O da çok öfkeliydi, ben de. Bugün o sakin ama ben? Daha onu gördüğüm anda bir şeyler oldu bana. Koltuğumda arkaya doğru kaykılmış, öyle oturuyorum. Kızdan olabildiğince uzak durmaya çalıştığımı fark ediyorum. Neden? Ona dokunursam elim yanacak sanki. Bu benim yaptığımı bazen cerrahlar da yapar. Çok ağır, çok riskli ameliyatlara bir türlü girmek istemez, o hastaları başlarından atmanın yolunu ararlar. Ben de mi öyle yapıyorum acaba? Yani kaçıyorum.

Bu düşünce iyice canımı sıkıyor. Bu kızın çok ağır sorunları olduğu belli ve ben bunlardan kaçıyorum. Yazık sana Gülseren! Sakın bir şeyleri bahane etmeye kalkma. Şimdi otur, şu kıza doğru dürüst bak!

Kendimle ilişkimde de aynı buyurgan ses tonu geliyor kulaklarıma. Ben bu tonu sadece Ala'ya karşı değil, kendime karşı da kullanıyorum demek ki... Belki de insanları psikiyatrist olmaya iten şey başkalarıyla birlikte kendi ruhlarını da iyileştirme arayışlarıdır. Bunu ne kadar başardığımızı bize kim söyleyebilir ki...

Odaya tam bir sessizlik hakim. İki kişi karşılıklı oturmuş, birbirimizle ilişkiyi kesmiş, kendi iç dünyalarımıza dalmış gitmişiz.

Buraya gelmeyi çok istedi ama belki de bir inat uğruna geliyor. Onu istemeyen, açıkça reddeden birine inat olsun diye. Tahmin yapmaktan vazgeçip bunu ona sorsam daha iyi olacak.

Bu arada mumlar kıvrıla kıvrıla yanıyor ve odaya ağır ağır hoş bir vanilya kokusu yayılmaya başlıyor. Kıvrılıp bükülerek yanan küçük alevlere bakıyorum. Ne kadar da masum görünüyorlar. Romantik, karizmatik ve masum... Halbuki o küçücük alevlerin hiç de göründükleri kadar masum olmadığını biliyorum.

— Şu bilgisayardaki dosyayı doldurmamız gerekiyor. Tam adını söyler misin bana?

— Ala Sayrı.

— Kaç yaşındasın?

— Yirmi iki.

— Bekâr mısın?

— Evet.

— Ne iş yapıyorsun?

— Staj yapıyorum...

— Ne stajı?

— Avukatlık stajı...

Avukatlık stajı mı? İyi ama onu hukuk fakültesini bitirenler yapar. Ne demek istiyor acaba?

— Avukat mısın sen?

— Henüz değilim... Bir yılım var.

— Hukuk fakültesinden mi mezunsun?

— Yakıştıramadınız mı?

İşte yine başlıyoruz... Aslında gerçekten yakıştıramadım. Böyle bir kızın hukuk fakültesinden mezun olması, insanların haklarını koruma gibi bir mesleğe soyunmuş olması garibime gidiyor. Daha kendi hakkını koruyamazken, başkalarınınkini nasıl koruyacak?

Dik dik bakıyor yüzüme. Ne söyleyeceğimi merak etti. O benim doğal olmamı, düşündüğüm her şeyi söylememi istiyor ve sanırım şimdi vereceğim cevap bu nedenle çok önemli. Aklı sıra beni sınava tabi tutuyor.

— Yakıştıramamaktan çok inanamadım desem daha doğru olur. Sana bakınca avukat olabileceğini düşünmüyor insan. Nerede yapıyorsun stajını?

Ünlü bir avukatlık bürosunun adını veriyor. Tanıyorum oranın sahibini. Çok titiz, mükemmeliyetçi biridir. Bu kızı oraya nasıl aldı acaba?

— Çok mu kötü görünüyorum?

— Evet, kötü!

— Teşekkür ederim.

— Neye teşekkür ettin şimdi?

— Açık sözlülüğünüze... Hep böyle devam edelim.

— Emredersiniz komutanım.

— Estağfurullah... Siz benim kusuruma bakmayın... Böyle konuşuyorsam... amacım size saygısızlık etmek değil... İnsanlarla... nasıl konuşacağımı... bilmiyorum ben.

— Öyle olsun. Yirmi iki yaşındasın ve avukatlık stajı yapıyorsun. Demek başarılı birisin sen!

— Hayatta başarılı değilim... Sadece iyi bir öğrenciydim... Bütün okulları dereceyle bitirdim...

— Dereceyle mi bitirdin?

Benimle dalga mı geçiyor acaba? Sen daha doğru dürüst konuşmayı beceremiyorsun! Bu haliyle hem de hukuk fakültesini dereceyle bitirmiş! Bugün alkol kokusu gelmiyor. Halinden, tavrından, bakışlarından alkol almadığını anlıyorum ama bugün de başka bir planı var galiba!

— Nerede oturuyorsun?

— Çayyolu'nda.

— Kimler var sizin evde?

— Ben varım...

— Ailen nerede?

— Ailem yok...

— Ne demek yok?

— Öldüler demek...

— Ne zaman kaybettin onları?

— Birkaç sene oluyor… Beni sorguya çekiyorsunuz.

Bu kızla ilişki kurmak ne kadar zor… Bunlar içeri giren her hastama sorduğum sorular. Çoğu, zaten bunları ben sormadan söyler. Acaba son sorduğum soru mu rahatsız etti onu. Ailesiyle ilgili şeyler soruyordum. Üzerine gitmemeye çalışayım bari.

— Tamam, sorular bitti zaten. Şimdi sıra sende… Susuyor ve seni dinliyorum.

— Ben… ne anlatacağım size?

— Ne istersen.

— Bir şey istemiyorum.

— Soru sormayacağım, sen de anlatmayacaksın, ne yapacağız?

Susuyor. Ellerini birbirine kenetlemiş, hafifçe öne arkaya sallanarak oturuyor karşımda. Çok gergin. Patlamaya hazır bir bomba gibi. Demek alkol almadığı zaman da böyle gergin ve sinirli oluyor. Sağ elinin işaret parmağında yine o kirli sargılar var. Sessizlik uzadıkça ondaki rahatsızlık da giderek artıyor. Buna bir çözüm bulmam gerekiyor.

— Bugün içki içmemişsin.

— Her zaman içmem.

— Ne sıklıkta içki içiyorsun?

— Mecbur kalmadıkça içmem…

— Mecbur kalmak ne demek?

— Beraber olduğum erkekler… zorla içirirler bana.

Bununla beraber olan erkek de var demek! Böyle birini sevmek, ona âşık olmak bence mümkün değil. Önce zil zurna içiyor, sonra da gözlerini kapatıyorlar herhalde.

— Erkek arkadaşın da var demek!

— Yok… Arkadaşım değil onlar benim… Benimle yatıyorlar sadece… O zaman kendileri de içiyor… bana da içiriyorlar. Arada bir ot içtiğimiz de oluyor… Benim gibi biriyle ayıkken beraber olmak… kolay mı?

Ne güzel dalga geçiyor kendisiyle! Bunu sadece çok aklı başında, farkındalığı çok yüksek, zeki insanlar yapabilir. Bu kız böyle biri mi yoksa? Gülüyorum. Ben gülerken dikkatle yüzüme bakıyor ama o hiç gülmüyor.

— Kendisiyle dalga geçen insanları severim. Herkes yapamaz bunu.

— Teşekkür ederim... İçten söylediğinize inanıyorum...

— Bunu bildiğin halde, onlarla neden beraber oluyorsun?

— Birileri benimle konuşsun... Birileri bana dokunsun istiyorum.

— Öyleyse çok yalnızsın sen.

— Yalnızım.

Bunu söylerken yine gözlerimin içine bakıyor. Bu bakışlar insanın içini eziyor. İçinde öyle bir acı var ki, sanki oluk oluk odanın her yanına dağılıyor. Hemen başımı önüme eğip bilgisayarda bir şeylere bakar gibi yapıyorum.

— Hiç arkadaşın yok mu?

— Yok... Siz olsanız... benim gibi biriyle... arkadaşlık eder miydiniz?

— Etmezdim.

— Onlar da etmiyor zaten.

— Bunun sorumlusu onlar mı, yoksa sen misin?

— Benim...

— Bunu ısrarla değiştirmiyorsun ama.

— Yanlış yorum... Burada ne işim var zannediyorsunuz?

Aslında şu anda buraya asıl geliş nedeninin altını çiziyor ama bunu ne kadar sert ve incitici bir şekilde ifade ediyor: "Yanlış yorum." Evet, kız haklı, yanlış yorum. Hafifçe gerildiğimi hissediyorum.

— Yanlış yorum demek! Her neyse... Başka ne yaparsın?

— Bol bol kitap okurum... Bu da yapabildiğim pek az iyi şeyden biri... Evim kitapçı dükkânı gibidir. Severim kitaplarımı... Bir tek onlara özen gösteririm. Sık sık kütüphanemi temizlerim... Bazılarını tekrar tekrar okurum... Yine de konuşmayı öğrenemedim... Siz kitaplarınızda çok duygulu... neredeyse hayatını bu işe adamış bir kadınsınız... Bana neden öyle davranmıyorsunuz?

İlginç bir soru! Bana neden öyle sıcak ve sevecen davranmıyorsunuz diyor. Ne kadar yerli yerinde bir soru ve ne kadar haklı. Ona ilk günden beri çok farklı davranıyorum. Gerçi bunun tek sorumlusu ben değilim ama yine de başka türlü olabilirdi her şey. Bu kızda benim öfkemi tetikleyen bir şey var. Sadece benim değil, sanırım herkesin öfkesini tetikliyor. Belki de onun insanlarla ilişki kurma biçimi bu. Eğer öyleyse benim bunu fark etmem, önemsememem, üzerinde durmam gerekiyor. Bunun için kendi duygularıma da çok ihtiyacım olacak. Sık sık sormalıyım kendime, ona neden kızıyorum diye.

— İnsanların bin yüzü vardır. O bin yüz karşındaki insanla kurduğun ilişkiye göre çıkar ortaya. Genelde sıcak ve sevecen biri olduğum doğru ama bunu yapabilmek için çok duygulu olmak gerekiyor. Ben de öyleyim ama duygu deyince sadece sevgi ve sıcaklıktan söz etmiyoruz. İçinde olumsuzlar da var. Senin payına maalesef onlar düştü. Ama bir gün, eğer gerçekten çok istersen öteki yüzümü de görebilirsin. Bunu ben de isterim çünkü böyle gergin ve öfkeli olmak benim de hoşuma gitmiyor.

— İçinizden geldiği gibi davranın bana!

— Olur!

— Beğendim sizi.

— Demek beğendin beni! Neyimi beğendiğini de öğrenebilir miyim?

— Siz... herkese karşı tepkilisiniz.

— Bunu da nereden çıkardın?

— O gün gördüm... Hiç korkmadınız mı o adamdan?

— Hangi adamdan?

— Ben çıkarken kapıda bekliyordu hani... Size çok kızmıştı... Benim yapamadığımı o yapacak dedim içimden.

— Sen de çok açık konuşuyorsun. Senin yapamadığın neymiş, bari daha açık söyle.

— Anladınız siz onu...

— Beni dövecek miydin?

— İstesem de sizi dövemem... Buna gücüm yetmez... O gün

az kalsın siz beni dövecektiniz... Ne biçim tuttunuz beni arkadan... Tamam dedim... Şimdi beni evire çevire dövecek bu kadın... Sonra o adamı gördüm... Doktor belasını buldu dedim... Hatta memnun oldum buna.

— Demek memnun oldun?

— Kızdınız o adama... Bana kızdığınız gibi... o adama da kızdınız... Biraz önce çıktı odanızdan... Dokunsam ağlayacaktı... Herkese kızabiliyorsunuz siz.

— O adama kızmasam beni beğenmeyecek miydin?

— Yok... Ben zaten beğenmiştim sizi.

— Sana böyle kızmamı mı beğendin?

— Evet... Çok beğendim... İnsan gibi davranıyorsunuz hastalarınıza... Deli muamelesi yapmıyorsunuz... İdare etmiyorsunuz... Ne gerekiyorsa onu yapıyorsunuz... Tepkilerinizde hiç iskonto yapmıyorsunuz.

— İskonto yapmıyorum ha!

"Vay canına" diyorum içimden. Kıza bak! Ben onunla ilgili henüz hiçbir şey bilmezken o beni çoktan muayene etmiş, hatta teşhis bile koymuş. Tepkilerinizde iskonto yapmıyorsunuz diyor. İlginç bir tabir doğrusu! Aslında kız haklı galiba, biz psikiyatristler bazı tepkilerimizde iskonto yapar, insanları idare ederiz. Bazen ben de yaparım bunu.

O gün yaptığı her şeyin numara olduğunu zaten söylemişti. Salonda zıp zıp zıplarken meğer içinden gülüyor, beni test ediyormuş. Benden önde olduğu kesin. Akıllı deli derler böylesine.

— Peki, şimdi ne olacak? Senin bu sözlerinden sonra artık öfkemde hiç iskonto yapmayacağım. Benimle başa çıkabilecek misin?

— Yok... Ben sizinle... başa çıkamam zaten... Ama olsun... Yine de size inanmak ve güvenmek istiyorum... Mezardaki bir ölü gibiyim... Onlar kadar yalnızım... O adamlarla onun için yatıyorum... İşleri bitince... benden kurtulmanın yolunu arıyorlar... Sırf azıcık olsun ilişki kurabilmek için... kızdırıyorum onları... Ama bu da... çok pahalıya mal oluyor bana.

Kırılgan, çocuk gibi bir ses tonu var. Vurguları, tonlamaları da öyle! Bugün çığlık atar gibi konuşmuyor. Dura dura, kısa cümlelerle, sanki bu dili yeni öğrenmiş gibi anlatıyor kendini ama söyledikleri hep yerli yerinde ve çok anlamlı... Bakışlarında ise derin bir utanç ve ezici bir kin var. Bu ses tonuyla utanç, birbirlerini tamamlıyorlar. Bir çocuk da aynen böyle utanabilir ama bakışlarındaki bu kin ve öfke tablonun geneline hiç uymuyor. Bir kölenin, ona sürekli eziyet eden sahibine bakışı bu. Koltuğun ucundan arkaya doğru kaykılıp bir süre tavana bakıyor.

— Çok dövüyorlar beni.

— Dövüyorlar mı?

Yine merhamet duygularım hızla ayaklanıyor. Oysa bu kız ona acımamı, merhamet etmemi istemiyor ama dövüyorlarmış onu! Nasıl da zayıf, küçücük, kürdan gibi! Sanki perili köşkten kaçmış bir cine benziyor. Peri değil, cin, ama daha kötülüğü iyi öğrenememiş, içine sindirememiş, beceriksiz bir cin...

— Dövüyorlar...

— Neden dövdürüyorsun kendini?

— Kim ister dayak yemeyi?

— Sen... Kendini zorla dövdürüyorsun gibi geldi bana.

— Önemli değil... Dövsünler... Canım acımıyor... Hatta rahatladığım bile oluyor...

— Yazık değil mi sana?

— Değil...

Ağzının kenarından gülüyor bana. Yok, buna pek gülmek denmez, hafifçe sırıtıyor.

— Böylece onlarla ilişki kurmuş oluyorsun, öyle mi?

— Öyle...

— Birkaç yıl önce uzaklardan genç bir kadın gelmişti. Doğu'da bir köyde oturuyormuş. Kocasıyla ilgili sorunları vardı. Kocasının artık onu sevmediğini düşünüyordu. Şöyle demişti bana: Doktor hanım kocam artık beni dövmüyor bile."

Kaşlarını kaldırmış hayret ve anlayamadığım bir sevinçle bakıyor yüzüme.

— Ne güzel anlatıyorsunuz... Keşke hep böyle anlatsanız... Siz anlatsanız, ben dinlesem!

— Seni konuşmak yerine başkalarını mı konuşalım?

— Beni konuşmak kolay değil... Bunu şimdilik yapamam... Ben konuşmayınca, yine kızacaksınız bana... Artık sizi kızdırmak istemiyorum... Aslında siz çok güzel kızıyorsunuz... İnsan sizin yanınızda iyi hissediyor kendini... Samimi bir öfke... Benim için önemli bir şey bu... Sizi dinlemek çok güzel... Çocukluğumda masal bile dinlemedim ben...

Kaşlarımı kaldırmış, hayretle bakıyorum ona. Yine şaşırttı beni. Şimdi de ona masal mı anlatmamı istiyor benden.

— Sana masal anlatmamı mı istiyorsun?

— Neden olmasın... Derslerde başarılıyım... Ama aklımın bir tarafı var, bir tarafı yok galiba... İnsanlar benimle arkadaşlık etmiyor... Beni sevmiyorlar... Saymıyorlar... Bir de üstelik dövüyorlar.

Artık yüzüme bakmıyor, başı önünde, kollarını önünde kavuşturmuş öyle oturuyor karşımda. Dövüyorlarmış... Önce kızla yatıyor, sonra da onu dövüyorlar! Ah, yazık bu kızcağıza! İyi ama buraya ilk geldiği gün az kalsın ben bile dövecektim onu. Sonra Tuna'nın sözleri aklıma geliyor. O da bu kızı görünce içinden onu dövmek gelmiş, bana bunları söyleyince de çok kızmıştım ona. Demek bu kız ne yapıp ediyor ve karşısındakini tahrik etmeyi beceriyor. Bu otuz yıllık bir psikiyatrist veya aynı derecede tecrübeli bir sekreter olsa bile.

— Seni koruyacak, seninle ilgilenecek kimsen yok mu?

"Hayır" anlamında başını iki tarafa sallıyor. Gerçekten kimsesi yok mu acaba? Öyleyse parayı nereden buluyor? Sadece bize gönderdiği çiçeklere kim bilir ne çok para ödedi! Bu kız benimle kafa mı buluyor acaba?

— Kaldır bakalım şu başını! Şunları bana doğru dürüst anlat!

— Kardeşim de yok... Annemle babamı... bundan birkaç yıl önce kaybettim...

— Şimdi yalnız mı oturuyorsun?

Başını "evet" anlamında öne doğru hafifçe sallıyor ama konu ailesine gelince yüzünü kara bulutlar kaplıyor ve konuyu bir an önce kapatmaya çalışıyor.

— Başka bir yakının, akraban da mı yok?

— Yok... Benim varlığım bile... rahatsız ediyor insanları.

— Sen onlara benzemiyorsun. Senin avukat olduğunu duyunca ben bile şaşırdım. Büroya da böyle mi gidiyorsun?

— Evet... bürodan çıkıp geldim buraya.

— Sen hiç aynaya bakmıyor musun?

— Aynaya mı? Güzel olmayan kızlarla arkadaşlık edilmez mi?

— Ben güzellikten bahsetmiyorum.

— Öyleyse... aynaya neden bakacakmışım?

— Sizin bürodaki kızların hepsi güzel mi?

— Değil işte... ama onların arkadaşı var.

— Demek ki mesele sadece güzel olmak değilmiş. Sen berbat görünüyorsun.

— Berbat?

— Evet, berbat. Saçını bile taramamışsın. Giyimine kuşamına da özen göstermemişsin. Her tarafın toz ve pislik içinde. Ayrıca ne zaman, nasıl davranacağın da belli değil.

— İyi giyindiğimi sanıyordum... Pek yeni değiller... Ama çok pahalı şeyler bunlar.

— Diğer gençlerin giydiklerine pek benzemiyorlar ama. Üstelik giydiklerin sana bol geliyor. Çok mu kilo verdin sen?

— Evet... Verdim.

— Neden, yemek yemiyor musun?

— Yemek mi?

— Evet, yemek.

— Bu ara yemiyorum.

— Soru sormaktan yoruldum. Seni tanımak istiyorum ama sen hiç yardımcı olmuyorsun.

— Ne anlatayım?

— Çocukluğundan başlayarak anlat bana kendini.

— Çocukluğumla neden bu kadar ilgileniyorsunuz?... Öteki

doktorlar da hep bunu soruyor... Ben artık büyüdüm... Çocuk değilim... Şimdiki halimi düzeltin... Onun için geldim buraya. Çocukluğumu sorgulayıp durmayın... Siz doktorlar başka bir şey bilmez misiniz? Geçmişim sizi neden bu kadar ilgilendiriyor? Ben de herkes gibi bir çocukluk geçirseydim... böyle olur muydum hiç? Beni daha ilk gördüğünüz an anladınız bunu... Sadece siz değil, ötekiler de anladı... Anlattıklarıma vah vah mı diyeceksiniz? Bana acıyacak mısınız? Size anlatınca geçmiş değişecek mi? Geçmiş işte... Geçmiş ve bitmiş... Bugüne bakın... Şu halime bakın! Gücünüz yetiyorsa bugünü değiştirin... Geçmişi değiştiremezsiniz. Ama bir gün bunun intikamını alacağım! Sizden de, öteki doktorlardan da... Bütün insanlardan alacağım intikamımı! Bana böyle yapmak ne demekmiş, göreceksiniz hepiniz! Hem de bu gücü siz vereceksiniz bana...

Hayret ve şaşkınlıkla dinliyorum onu. Nereye gitti o küçük cin? Şimdi karşımda tam bir canavar oturuyor. Eğer salonda birileri varsa, eminim hepsi de onun bu sözlerini duymuştur. Konuşmuyor, sanki çığlık atıyor. Elleri, kolları, ağzı, burnu, akciğeri, karaciğeri, bedeninde ne kadar organ varsa hepsi birden bağırıyor sanki. Siren sesi gibi acayip bir ses çıkıyor bu çirkin kızdan. Öfkesinden burnundan soluyor derler ya, bu burnundan da değil ciğerinden soluyor. Söylediği sözlerin hiçbiri yabana atılacak şeyler değil. Demek diğer meslektaşlarım bir yolunu bulup kurtuldular ondan ama benim hiç kurtuluşum yok. O bana takmış ve şu andan itibaren ben de ona taktım. Aslında her anlamda tehlikeli bir kız, ne zaman, nerede, ne yapacağı belli değil. Frenleri hiç tutmuyor. Bin bir kere özür dileyerek, günlerdir birbirinden güzel çiçekler göndererek geldiği yerde böyle yaparsa, dışarıda neler yapmaz bu kız!

Çok yalnızım dedi biraz önce. İnsanlar haklı, onunla arkadaş olmayı kimse istemez. İnsana kendini sürekli kötü hissettiriyor. Aslında psikiyatri her bireye ayrı ve kişiye özel çözümler üretmek durumundadır. Bu kıza da bir çözüm bulmalıyım ama nasıl? Ona soru sorulmasından hoşlanmıyor, anlat diyorum anlatmıyor. Hiç konuşmadan sussam, bunu da ona gösterdiğim negatif bir tepki gibi algılayacak.

Yan gözle bana bakıyor. Biraz önce yaptıklarına kızıp kızmadığımı anlamaya çalışıyor. Bu sefer kızmıyorum çünkü durum kızılacak gibi değil. Çok yalnız bu kız.

— Yalnızlık zordur. Jean Jacques Rousseau "En büyük korkum yalnızlık," diyor. O bile korkuyor yalnızlıktan.

— Mutsuz olmak... yalnız olmak demektir... Böyle der Rousseau.

Vay canına... bu kız neler biliyor.

— Yalnızlığın geçmişinde yatan bir efsane vardır. Başlangıçta tüm dünyada insanlar bir aile ya da kabilenin sıcak ilişkileri içinde yaşayıp gidiyordu. O zamanlar kendilerini ayrı birer birey olarak görmek insanların aklına bile gelmiyordu. Derken aniden, hem de oldukça yakın bir tarihte bu birliktelik çöküverdi. Bugün bir yalnızlık salgını dünyayı kasıp kavuruyor ve para maalesef bu sorunu çözemiyor.

— Yani yalnızım... ama... yalnızlık korkusu anlamında... yalnız değilim.

— Zekice bir cevap doğrusu!

— Ben ilkokula başladığım yıl... öğretmenler beni geri zekâlı zannetmişler... Onların zoruyla doktora götürdüler beni... Sonra da üstün zekâlı olduğum çıktı ortaya... Ama pek işime yaramıyor.

Demek okula başladığı zaman da böyle acayip bir kızdı. Çok zeki, derslerde çok başarılı, çok okuyor ama yemek yemeyi, giyinmeyi, saçını taramayı bilmiyor. Cebinde parası var ama kendine bir şeyler almayı beceremiyor. Bu iş çok karışık! Başka bir yol bulmam gerekiyor.

— Senin zeki bir kız olduğun belli zaten ama duygularında bir sorun var.

— Nasıl bir sorun?

— Ayarı yok duygularının.

— Öyleyse beni düzeltin.

— Kendimi tamirci gibi hissettiriyorsun bana. Sanki bir iki çekiç vursam her şey düzeliverecek gibi konuşuyorsun.

— Ben hem yanlış... hem eksiğim... Kimsenin istemediği... sevmediği... pis ve çirkin bir kızım... Aklım var... param var... bilgim de var ama bunları düzeltemiyorum. Bana soru sormaktan vazgeçin... Derdimi söyledim... Neyin düzeltilmesi gerektiğini anladınız... Şimdi lütfen iyi bir doktor olun... ve bu sorunu çözün.

Bu kız benimle dalga mı geçiyor acaba? Hem bu kadar zeki ol, okumadığın bir şey kalmasın, hem de psikiyatristin karşısına geç, "Bana soru sormayın ama beni düzeltin," de. Onu nasıl düzelteceğim acaba? Sihirli değneğim de yok ki elimde... Böyle bir yere gidemeyeceğiz. Onunla ilişki kurmanın bir yolu olmalı. İlgisini çekebilecek bir konu bulmalıyım. Sanki rastgele bir sohbet gibi girmeliyim söze. Biraz önce masal anlat demedi mi bana? Aslında masal veya hikâye anlatarak bir hastanın sorunlarını çözmeye çalışmak zor da olsa, bir çeşit ilişki kurma yöntemi olarak kullanılabilir. Biraz ajan-provakatörlük yapmam gerekecek ama olsun, madem bu kıza yardımcı olmaya karar verdim, her yolu denemeliyim. Bu arada ağzından çıkan her sözü zihnime kaydedip elde ettiğim verilerle tıpkı bir dedektif gibi bu bilmeceyi çözmeye çalışmalıyım. Kadınlarla, kadınların çektiği acılarla, güzelliğe olan tutkularıyla ilgili bir şeyler anlatsam hiç fena olmayacak.

— Demek kendini çirkin buluyorsun. Ah bu kadınlar! Yüz yıllardır kadınların güzel olmak için ne eziyetler çektiğini biliyor musun?

— Ne çekmişler?

— Ortaçağ'ın sonlarına doğru kadınlar arasında ayna kullanımının artmasıyla birlikte kozmetik sanayi hayata ilk adımlarını atmaya başlamış. İlk kozmetik ürünleri pek de faydalı olmayan tuhaf şeylermiş. Örneğin, Fransa kraliçesi Bavyeralı Isabeau eşek sütüyle banyo yapar ve içinde yaban domuzu beyni, timsahın salgı bezleri ve kurt kanı bulunan bir losyonla yüzünü silermiş. O zamanlar bir yaşına basmamış bebek kakasının cilt için çok faydalı olduğuna inanılıyormuş. Bu nedenle soyluların malikanelerine getirilen bebeklerin başında bir hizmetçi bekler, bebek kakasını yapar yapmaz hanımına ulaştırırmış.

— Öff, kim bilir ne kötü kokardı!

— Kötü kokuyu önlemek için bebek kakasını önce sütle karıştırırlar, sonra da bunun içine çiçekleri kaynatarak elde ettikleri bir losyon ilave ederlermiş.

— Çocukken ben de sık sık altıma kakamı yapardım... Çok kötü kokardı...

Bir an göz göze geliyoruz. Kin ve öfke gözlerinden çağlayan gibi akıyor. Soru sormayacağım artık. Şu anda bir şeyler anlatmaya hazır değil. Ben hikâyeyi anlatmaya devam edeceğim çünkü konu hem çok ilgisini çekti hem de beklediğimden daha çabuk başladı bilgi vermeye.

— 16. yüzyılda Venedik, kozmetikte dünya lideriydi. Venedik sirüsü dünyanın en iyi buluşu olarak kabul ediliyordu ve 19. yüzyıla kadar da üstünlüğünü sürdürdü.

— Sirüs ne demek?

— Venedik sirüsü beyaz kurşundan yapılan, arada bir içine cıva da karıştırılan bir tür krem. Bu sıvı derideki gözenekler tarafından emildiğinde zehir etkisi yapıyor. Doktorların bütün uyarılarına rağmen kadınlar beyaz kurşunu yüz, boyun ve göğüslerine kalınca bir tabaka halinde sürüyorlarmış. Bu zehir kadınların dişlerini döküyor, karınlarındaki bebekleri zehirliyor, bir süre sonra ciltlerini harap ediyordu ama dünya kadınları yine de yüz yıllarca bu zehirli kremi kullanmaktan vazgeçmediler. Kraliçe Elizabeth yaşlandıkça yüzünü daha da fazla boyar olmuştu. Bir yazar, "O kadar çok makyaj yapıyordu ki, sonunda büyük fırtınalar ve savaşlar atlatmış bir gemiye dönmüş," diye yazıyor onun için. Yüzünün derisi sürdüğü sirüslerin etkisiyle pul pul dökülüyormuş. Elizabeth yanaklarını renklendirmek için de aşı boyası ve cıva sülfit kullanıyormuş. O dönemde bazı saray kadınları yüzlerini beyazlatacağı inancıyla kül, kömür tozu ve mum yağını karıştırıp içiyorlarmış. Ancak bu karışımları içip de hayatta kalmayı başaranların yüzleri yeşilimsi bir renk alıyormuş.

— Benim annem çok güzeldi... Ama hiç makyaj yapmazdı...

İşte ilk ipucu geliyor. Demek böyle hikâye anlatmaya devam edersem, ondan kendisiyle ilgili bilgi almam daha kolay olacak. Gözlerindeki öfke giderek azalıyor, yüzündeki kaslar gevşedi. Artık koltuğunda daha rahat oturuyor.

— Başka acayiplikler de denenmiş o yıllarda. Örneğin, kuzgunu önce kırk gün katı yumurtayla besledikten sonra keser, taze eti havanda dövdükten sonra yüzlerine sürerlermiş. 17 ve 18. yüzyıllarda çiçek hastalığı bütün dünyayı perişan etmiş. Hastalıktan sağ kurtulanların yüzlerinde çok kötü yara izleri kalmış. Kadınlar bu izlerden kurtulmak için hayatları pahasına sirüs kullanmaya devam etmişler. Sirüs o dönemde pek çok kadının ölümüne yol açmış.

— Siz okuduklarınızı ne güzel anlatıyorsunuz... Ben de böyle yapabilmeyi isterdim doğrusu... Bir dahaki gelişimde yine anlatır mısınız?

— Tabii anlatırım. Gidiyor musun?

— Vakit tamam... Sizi daha fazla yormak istemiyorum... Zaten geç oldu... Bugün beni kabul ettiğiniz için teşekkür ederim...

— Ben de sana çiçekler için teşekkür ederim. Gördüğün gibi her yer senin çiçeklerinle dolu. Aramızda bir sorun kalmadığına göre artık gönderme. Tamam mı?

— Tamam... İyi akşamlar.

— Güle güle...

Böyle diyerek ayağa kalkıyor ve koşarak çıkıyor odadan. Kapı yine açık! Tuna'yla konuşmaları geliyor kulağıma. Eyvah, Tuna şimdi ona kim bilir ne zamana randevu verecek. Hemen telefonun tuşuna basıyorum. Tuna telefonu açıyor ama kapı açık. Konuşmalarımızı Ala duyabilir. Çok yavaş sesle "Randevuyu geciktirme," diyorum. Tuna "Anlaşıldı efendim," diyerek kapatıyor telefonu.

Ne tuhaf bir kız! Bugün alkol almamış ama zaman zaman alkol aldığını kendisi de doğruluyor. Uyuşturucu bağımlılığı açısından dikkatli olmam gerekiyor. Ama çok zeki ve içgörüsü yüksek. Ayrıca bilgi ve kültür düzeyi de beklenenin çok üzerinde. Konuşma tarzında hiçbir tanı grubuna girmeyen farklı bir bozukluk var. Dura dura, kesik kesik konuşuyor. Ses tonu, insanı rahatsız edecek derecede ince, tiz ve çocuksu. İç dünyasını harekete geçirmek üzere anlatılan hikâyelere az da olsa tepki veriyor. Zaten bu hikâyeler biraz da ilişki kurma aracı olarak kullanılıyor. Doktordan en önemli isteği GÜÇ! Güce duyduğu hayranlığın, geçmişiyle bağlantılı bir nedeni olduğunu sanıyorum. Bu kız beni çok uğraştıracak...

Yavaşça masamdan kalkıyorum. Ağzımda buruk bir tat var. Oturmaktan her yanım tutulmuş. Yavaş yavaş kapıya doğru gidiyorum. Ala hâlâ Tuna'yla konuşuyor. Ben kapımı kapatırken bana çocuk gibi küçük hareketlerle el sallıyor. Gülerek cevap veriyorum ona. İlk işim her zamanki gibi camın önüne gelip Ankara akşamını seyretmek. Camı açınca içeri serin ve taze hava doluyor. Hayret, bu akşam havada is yok. Gökyüzüne bakıyorum, yıldızlar sanki bir yanıp bir sönerek selamlıyorlar beni. Derin derin nefesler alarak bu taze havayı olabildiğince içime almak istiyorum. Sonra ışıkları tek tek kapatıyorum. Sıra mumlara geliyor. Sönsünler diye üflerken mumların alevleri bir öne, bir arkaya sallanıp kıvrılıyor, sonra da titreyerek karanlığa karışıyor.

3. Bölüm

Kendimi bildim bileli hep böyleyim ben, hiç değişmedim. Her zaman mutlaka yapmam gereken bir iş veya yetişmem gereken bir yer vardır. Bu hızlı tempo içinde arada bir ben de yorulduğumu hissetmiyor değilim ama ne yapalım, tek bir hayata, çok şey sığdırmak isterim hep. Bir işe yaradığımı, hayata az veya çok bir katkıda bulunduğumu görmek, bilmek isterim. Sadece kendim için, kendi zevklerim ve keyfim için yaşamayı bir türlü içime sindiremem. Tatile çıkmadan önce bile bunu hak ettiğime inanmam gerekir, aksi halde tatil bana haram olur.

Gerçi bugüne kadar bana haram olan bir tatil yapmadım çünkü hep çok çalıştım. 17 yaşında, TED Koleji'ni bitirip tıp fakültesinde okumaya başladığım yıldan beri aralıksız çalışıyorum. Çalışmaktan hiç sıkılmadım ama benim yerime hep çevrem şikâyet etmiştir bundan. Annem, kardeşlerim, sonra eşim, çocuklarım ve son olarak da arkadaşlarım. Bir tek hastalarım memnundur bu durumdan, hatta onlara kalsa eve bile gitmesem daha iyi olacak. Biliyorum, yakınlarım benim yorulmamı istemiyorlar, daha da önemlisi beni hep yanlarında görmek istiyorlar ama çalışmak artık benim hayatımın ayrılmaz bir parçası haline geldi.

Bütün çalışan anneler gibi çocuklarım küçükken onları bırakıp işe, çalışmaya gitmek benim de içimi sızlatırdı. Suçlu hissederdim kendimi. Aslında o zaman çalışmama gibi bir lüksüm yoktu ama yine de böyle hissederdim. Onun için akşamları eve geldiğimde, onlarla geçireceğim zamanın ne kadar değerli olduğunu bilir, sanki akşama kadar keyif yapmış, bütün enerjisini akşama saklamış bir insanın diriliği ve enerjisiyle hareket eder, onlar yatıp uyuyana kadar hiç yanlarından ayrılmazdım. Onlarla oyun oynar, kitap okur, birlikte banyoya girer, kızımla çamaşır yıkar, oğlumla küvette ördek yüzdürürdük. Yatma zamanı gelince ikisi birden yataklarına yatar, gece lambasının ışığında onlara uzun masallar anlatırdım. Ankara'nın soğuk gecelerinde bazen odaları yeterince ısınmaz, o zaman küçük elektrik sobalarını yakar, odanın havası çok kurumasın diye kaloriferlerin üzerine ıslak havlular koyar, onlar derin ve huzurlu bir uykuya dalmadan yanlarından ayrılmazdım.

Sonra salona döner, bir süre de Aydın'la otururdum. İşte o zaman anlardım ne kadar yorulduğumu. Cumartesi akşamları dışında akşamları bir yerlere gitmez, hiç olmazsa onları geceleri yalnız bırakmamaya çok özen gösterirdim. Aydın zaten gezmeyi, her gece bir yere gitmeyi pek seven biri olmadığından ve çocuklarına olan olağanüstü düşkünlüğü nedeniyle bu programa hiç itirazı olmazdı. Tıpkı bir sporcu gibi bedenim ve ruhum zamanla bu yorgunluklara alıştı. Herkes gibi doğduğum günden başlayarak benim de alnıma yazılan bir yazı, bana verilen ve benim de hemen kabulleniverdiğim bir rol vardı çünkü. İlk rol! İlk rol, ilk günah gibi, insanın yazgısını belirler.

Şimdi daha iyi anlıyorum ki bu ilk rol, benim de şimdiki hayatımın temellerini atmış, kaderimi çizmiş. Sevgi dolu ama bir o kadar da otoriter bir annem vardı. Hem çok sevmiş hem de sorumluluklar konusunda hiç tolerans göstermemişti bana. "Yapamam" diye bir kavram hiç olmadı benim hayatımda, çünkü buna izin vermedi annem. "Yapamam ne demek, bir yolunu bulacak ve mutlaka yapacaksın." Evin ilk çocuğu olarak çok küçük yaştan itibaren ciddi sorumluluklar yüklerdi bana. Benden küçük iki kardeşim daha vardı. Yaşları bana çok yakın olmasına rağmen onları kıskanmak, onlarla rekabet etmek, arada bir köşeye sıkıştırıp saçlarını çekmek ya da onlara başka türlü zarar vermek hiç aklıma gelmezdi. Çünkü benim onları korumak, kollamak, her ihtiyaçlarında onlara yardım etmek gibi ciddi bir görevim vardı. Sanki ben bu görevle bütünleşmiş, dünyaya zaten bunun için gelmiştim. Onların dersleri, ödevleri, başarı ya da başarısızlıkları da görev ve sorumluluklarımın kapsamı içindeydi. Adeta bir adanmışlık bekleniyordu benden. Ben de, dünyada bundan daha doğal bir şey yokmuş gibi bu role dört elle sarılmış, görevlerimde başarılı oldukça bundan büyük bir mutluluk duymuş ve onların dertlerini kendi derdim gibi kabul eder olmuştum. Çünkü ben böyle yaptıkça daha çok seviliyor, daha çok sayılıyor, sürekli bir ilgi ve kabul görüyordum ailemden. Tam bir alışverişti yaşanan. Verdikçe alıyor, ödüllendiriliyor, ödüllendirildikçe yaptığım işe daha sıkı sarılıyordum. Zamanla bu küçük çevre büyüdü, genişledi, giderek kalabalıklaştı ve yıllar sonra bir de baktım ki bana verilen bu ilk rol yaşamımın merkezine oturuvermiş. Karakterimin önemli bir parçasını oluşturmuş. Meslek seçimimde bile beni yönlendirmiş ve bu rolle bütünleşen bir mesleğe yıllarımı vermişim.

Çocukluğumdan beri okumayı, yeni bir şeyler öğrenmeyi, bu dünyada bilinmesi gereken her şeyi bilmeyi çok severdim. Neden? Çünkü hem bu tür eğilimler bende zaten vardı, hem de annem ve babam beni bu konuda sürekli teşvik eder, benim aklımla, bilgimle, başarılarımla gurur duyar, bunu da bana en net şekilde hissettirirlerdi. Öyle ki, başarısız olma, bir şeylerden vazgeçme gibi bir özgürlük bırakmamışlardı bana. Hayatım boyunca hep böyle yaptığımı, bir şeyi istiyorsam eğer, ne pahasına olursa olsun ondan asla vazgeçmediğimi bazen gururlanarak, bazen de hüzünlenerek görüyorum şimdi.

Düşünüyorum da, eğer annem bana bunları yapmasaydı şimdi ben, bu ben olmayacaktım. Başka türlü biri, yine başka türlü bir hayatı yaşayacaktı. Bu nasıl bir hayat olacaktı, işte onu bilemiyorum. Ama ben bu kadar cesur olamayacak, aynı anda iki üç işi birden yapmaya kalkışmayacak, birkaç hayatı birden yaşayamayacaktım. Madalyon Klinik kurulmayacak, kitaplar yazılmayacaktı. Bir çocuğun nasıl bir ortamda, kimlerin elinde, ne şartlarda büyüdüğü o çocuğun kaderini yazıyor.

Aydın yani eşim ise tam bir prens gibi büyütülmüş. Kendinden on üç yaş büyük bir ağabey ve on bir yaş büyük bir abladan sonra tekne kazıntısı olarak dünyaya gelmiş. Derslerini bile abla çalıştırmış. Önce babayı sonra da anneyi kaybedip uzun süre yalnız yaşamış ve kendi sorumluluğunu üstlenmeyi o zaman öğrenmiş. Çok yakışıklı, üstelik okumaya olan düşkünlüğü nedeniyle çok kültürlü ve özgür bir genç olarak hayat o dönem hiç zorlamamış onu. Kızların peşinden bile koşmamış, kızlar onu bulmuş. Yani hayat ona, benimkinden çok farklı bir seçenek sunmuş.

Biz Aydın'la sınıf arkadaşı olduğumuz için birbirimizin geçmişini de çok iyi biliriz. Zaten gençliğimiz bir arada geçti. Yakışıklı, yakışıklı olduğu kadar kişilik sahibi, her zaman dik duran, gururlu, gururlu olduğu kadar da alçak gönüllü, pek çok arkadaşı olan, çevresi tarafından çok sevilen biriydi Aydın. Fakültenin bütün kızları bayılırdı ona. O da yetmez fakülte dışından birbirinden güzel hayranları olurdu. Bu yüzden dersler aksadı, üst üste sene kaybetti, ben sınıfı geçerken o kaldı ve sonunda onunla sınıf arkadaşı olduk. Bu da yetmezmiş gibi numaralarımız arka arkaya düştü. Böyle olunca bütün sınavlara birlikte girdik, bütün stajları yan yana yaptık. Bütün bu süreç içinde ikimiz de birbirimize yan gözle bakmadık. Yakın, yakın olduğu kadar mesafeli, birbirine saygılı iki arkadaştık sadece. Herkes kendi hayatını yaşıyordu. O zaman televizyonun en gözde spikeri olarak okulun popüler öğrencilerinden biriydim. Sık sık gazetelerin magazin sayfalarında benimle ilgili haberler çıkar, resimlerim yayınlanır, köşe yazarları benden söz etmeyi severdi. Böyle bir kızdan, tıp fakültesi gibi bir yerde başarılı olması, derslerde oldukça yüksek notlar alması beklenmiyordu. O kızın böyle renkli, şatafatlı bir ortamdan vazgeçip hastanelerin loş ve karanlık koridorlarını tercih edebileceği kimsenin aklına yatmıyordu. Oysa ben kurulmuş bir saat gibiydim. O saatin zilinin ne zaman çalacağı baştan belliydi. Hacettepe Üniversitesi, Psikiyatri Bölümü'ne asistan olarak girmek için başvurduğumda, sevgili hocam Orhan Öztürk sormuştu: "Kızım televizyonculuktan vazgeçtiğinden emin misin? Doktorluk zor meslektir. Oradaki pırıltıyı burada bulamazsın. Biraz da adanmışlık ister bu meslek." Psikiyatriye başvurduğumda her ne kadar ayaklarım beni oraya doğru götürse de, zihnim henüz bunun gerçek nedenlerini bilmiyordu.

Okul bitmek üzereyken Aydın'la olan arkadaşlığımızın rengi değişmeye başladı. Sanki yıllarımızı yan yana geçirmemişiz gibi birbirimizi yeniden keşfettik ve evlendik. Evliliğimiz boyunca birbirimize ters düştüğümüz zamanlar olsa da onunla evlendiğime hiç pişman olmadım ve onu her zaman çok sevdim ve güvendim. Aydın için de durum aynıydı. Çocukları neyse ben oydum onun için. Bunun adı aşk olmasa da derin, çok güvenilir bir sevgi, arkadaşlık ve bağlılıktı. Onun tırnağı taşa değse benim yüreğime taş otururdu. 39 yaşında ilk kalp krizini geçirdiği günden beri gözüm hep onun üstündeydi. Rengi soldu mu diye bakar dururdum. Her konuda bu kadar cesur olan ben onu kaybetmekten çok korkardım. İyi olmadığını hissedersem elim ayağım titrer, adeta paniğe kapılırdım. Bir gün aniden kötü bir haber almak en büyük kâbusumdu. Adanmışlık duygusu, bu ilişkinin bir yerlerine de sessizce girivermişti sanki...

Aslında aynı düşkünlüğü o da bana gösterir, beni her zaman sağlıklı, güçlü ve enerji dolu görmek isterdi. Ben zaten genelde öyle biriyimdir ama en küçük bir şikâyetim olsa ödü kopardı. Gece yarısı canım bir şey istese hiç üşenmez, giyinir kuşanır, bütün Ankara'yı dolaşır ve istediğim şeyi alır gelirdi. Benden tek bir şikâyeti vardı, hep yanında olamamam.

Yıllardır kalbiyle ilgili sorunları vardı ve ben çok zor olsa da buna alışmıştım. Korkularım hiç bitmese de onlarla yaşamayı öğrenmiştim ama başka bir ölümcül hastalığın bu tabloya ilave olmasını ikimiz de beklemiyorduk doğrusu. Onun zaten çok önemli bir hastalığı vardı ve bunun üzerine bir başkası gelmez diye düşünüyordum. Ama öyle olmadı. Hayat yine tuhaf bir oyun oynadı bize ve hiç beklemediğimiz bir anda ona kronik ve ölümcül bir hastalığın teşhisini koydu doktorlar. O günlerdeki isyanımı hatırlıyorum... Her konuda sabır gösterebilen, soğukkanlı davranabilen ben, sanki başka biri olmuştum. Gerçeği bir türlü kabullenemiyordum. Acıdan çok öfke kaplamıştı bütün benliğimi. Sanki ölümü Aydın çağırmış gibi ona kızıyor, beni bırakıp gideceğini düşündükçe paniğe kapılıyordum. Aydın ise bu duruma hiç tepki göstermiyor, büyük bir sükûnet ve tevekkülle kabulleniyordu başına gelenleri. Aslında o ölümün soğuk yüzüyle yıllar önce karşılaşmış, kendine bu kadar bile ömür biçmemişti. Haksız da sayılmazdı! Çünkü bütün doktorlar söz birliği etmişçesine geçmiş yıllarda Aydın'la aynı fikirdeydiler. Bunu bir türlü kabul etmeyen, belki de bu yüzden korkularından bir türlü kurtulamayan bendim.

Arada bir hayranlık ve şaşkınlıkla bakıyordum ona. Aydın dindar bir adam değildi. Buna rağmen nasıl oluyor da ölümü bu kadar tevekkülle kabul edebiliyordu? Demek inanmakla dindar olmak ayrı şeylermiş! Ama bu son ve en ölümcül tanı, bakışlarını biraz daha derinleştirmiş, sesini biraz daha yumuşatmıştı. Ona her bakışımda, içimde giderek büyüyen acıyı durduramıyordum.

Tedavi başlamış ve ben her an onun yanında bulunmak üzere planlamıştım hayatımı. Kemoterapi ve radyoterapilere birlikte gidiyor, aktarlardan aldığımız ve bu hastalığa iyi geleceği söylenen her türlü bitkisel karışımı bile birlikte içiyorduk. İçimdeki öfke yerini giderek keskin bir acıya bırakıyordu. Onu öyle solgun, bitkin gördükçe yüreğim yanıyor, hayatın o ayartıcı, o bitmez tükenmez umutlarına kaptırıyordum kendimi.

O süre içinde kliniğe düzenli gidemedim. Haftada bir iki yarım gün şöyle bir uğruyor ve sadece durumu acil olan hastalarıma bakabiliyordum. O beni yanında istiyor ve ben de bu isteği sonuna kadar yerine getirmeye çalışıyordum. Doktor olduğu halde hastaneleri hiç sevmez, bir gün bile orada kalmak istemezdi Aydın. Bunu bildiğim için olabildiğince onu hastanelerden uzak tutuyor, çok gerekirse mutlaka ben de yanında oluyordum.

Evi severdi; en çok da evde benimle birlikte oturmayı... Hastalığı ve ölümü konuşmak yerine geçmişin sisli yollarında dolaşmayı tercih ediyorduk. Öğrencilik günlerimizi, çocukların dünyaya geldiği zamanları, birlikte yaptığımız seyahatleri, eski arkadaşlarımızı, eski hocalarımızı, birlikte ders çalıştığımız günleri, yine birlikte girdiğimiz sınavları konuşuyorduk. Birlikte televizyon seyrediyor, bazen de kanasta oynuyorduk. Oyun bile olsa yenilmekten hoşlanmazdı. Bir yandan onun galip gelebilmesi için elimden geleni yaparken, bir yandan da bunu ona hissettirmemek zor oluyordu. Ama bu rol bana hiç yabancı gelmiyordu.

Seyahat etmeyi seviyordu. Yanında ben olduktan sonra nereye gideceği onun için önemli değildi. Hastalığı teşhis edildikten sonra da birlikte çok gezdik. İstanbul'a, Kıbrıs'a ve son olarak da Didim'deki yazlık evimize gitmek istedi. Gittik... Tek bir gün bile, şikâyet etmedi, isyan etmedi, hastalıktan, ölümden söz etmedi. Sık sık eski albümleri çıkarıp uzun uzun bakıyordu. Bazen beni de yanına çağırıyor, resimlere birlikte bakıyor, o günleri gülerek, şakalaşarak arada birbirimize takılarak anıyorduk.

Sanki bütün kötü günler sözleşmiş, hep birden geliyorlardı. Aydın'ı çok seven, o hastalandı diye günlerce gözyaşı döken, hemen her gün bizi arayan, eve ziyarete gelen, bize moral vermeye çalışan yakın arkadaşlarımız vardı. Bu yakınlık, bu ilgi ve paylaşım ikimizi de biraz olsun rahatlatıyordu ama kötü haberler arka arkaya geliyor, her gün birinin ölüm haberini alıyorduk. Acılar, kayıplar üst üste gelince insan adeta donup kalıyor. Sanki duygularımız buz tutmuş, biz onların çözüleceği günleri korkuyla bekler olmuştuk. Daha birine inanamadan ikinci kötü haber geliyor, hayat bize hiç acımadan bir başka yüzünü gösteriyordu.

Sadece ben değil, çocuklarım da perişandı. Bize destek verebilmek için ne yapacaklarını şaşırmış, korkudan büyümüş gözlerle etrafımızda dolanıp duruyorlardı. Hastalığın adı konalı bir yıl geçmişti. Her geçen gün, hepimizin birden korkularını arttırıyordu. Kızım Yağmur evli olduğundan akşama kadar babasının dizinin dibinden ayrılmıyor, akşam evine dönerken gözü hep arkada kalıyordu. Baba-kız, birbirlerine eskiden beri olağanüstü bir ilgi ve bağlılık gösteriyorlardı. Hasan ise korkulu gözlerle etrafımızda dolanıp duruyordu. Arkadaşları onu hiç yalnız bırakmıyor, bizim eve biri gelip biri gidiyordu. En çok da her zamanki gibi Emre geliyordu. O zarif, o tatlı, o hiç kimselere benzemeyen dünya tatlısı delikanlı. 2007 yılının şubat ayının sonuna gelmiştik. Yağmur bize hamile olduğunun müjdesini vermişti. Oh, demiştik, nihayet iyi bir haber geldi. O hafta sonu Hasan ve arkadaşları Kartalkaya'ya gideceklerdi. Hasan'ın hiç olmazsa birkaç gün bu hüzünlü ortamdan ayrılacağını duymak hepimizi memnun etmişti. Sabahın köründe boardları arabaya yükleyip çıktılar evden. Ankara karlıydı. Birkaç saat sonra telefon çaldı. Hasan arıyordu. Telefonu Aydın açtı. Otoyolda hızlı giden bir araba kaymış ve içinde dört arkadaşın bulunduğu arabaya arkadan vurmuştu. Üçünün burnu bile kanamamış ama Emre arabadan dışarı fırladığı için oracıkta ölmüştü.

Aydın bunları bana söylerken hissettiğimiz tek şey artık kapkara, koyu bir korkuydu. Üstelik bu kara haberi Emre'nin ailesine iletmek bana düşüyordu. Telefonu açıp, oğlunuz öldü diyecektim. "Yapamam" demek yok, her zaman olduğu gibi, aklını başına alacak ve ne gerekiyorsa onu yapacaksın. Beynimde bir ses sürekli bunu söylüyordu bana.

Eğer bir gün Alâeddin'in sihirli lambasını bulabilirsem, içinden çıkan devden üç şey isterdim. Birincisi o sabah Emre'nin babasıyla yaptığımız telefon konuşmasını beynimden sil derdim ona. Emre'yi geri getiremiyorsan bari o anıyı sil ve ben o anı hiç yaşamamış olayım.

İşte yine Madalyon Klinik'te, işimin başındayım. Artık Aydın yok ama hayat devam ediyor. Klinik sıcacık ve pırıl pırıl! Kahvemi evde içtiğim için Nevin açık bir çay getiriyor. Bilgisayarımı açıp randevu listesine bakıyorum. Bugün mutlaka öğlen yemeğimi zamanında yiyeceğim diyorum içimden. Tuna'ya tembih ettim, yemek zamanı gelince beni uyaracak.

Telefonun tuşuna basıp Tuna'ya hazır olduğumu söyleyerek hastayı karşılamak üzere yerimden kalkıp kapıya doğru gidiyorum. Kırklı yaşlarda bir karı-koca giriyor içeri. İkisi de şık giyimli, kibar ve temiz yüzlü insanlar. Birlikte geldiklerine göre büyük ihtimalle evlilikle ilgili sorunları var diye düşünüyorum ama ikisi de o kadar uysal ve uyumlu görünüyor ki, hangisinin sorun çıkarmış olabileceğine bir türlü karar veremiyorum.

İkisinin de sırayla ellerini sıkıp gülerek karşılıyor ve karşımdaki koltuklara oturmalarını bekliyorum. Psikiyatriye ilk kez geldikleri ve bu işin acemisi oldukları her hallerinden belli oluyor. Söze nereden ve nasıl başlayacaklarını bir türlü bilemiyorlar. Bu sıkıntılı dakikalara bir an önce son vermek için hemen gülerek bir şeyler anlatmaya başlıyorum onlara. Bahardan, çiçeklerden, trafikten söz ediyorum ve karşılıklı muhabbet hemen başlıyor. Biraz rahatladıktan sonra "Buyurun efendim, şimdi sizi dinliyorum," diyorum. Önce erkek başlıyor anlatmaya. Gri bir takım elbise giymiş. Kravatı ve cebindeki mendili bir örnek! Altın çerçeveli gözlükler var gözünde. Saçları kenardan hafifçe kırlaşmış. Yavaş sesle konuşuyor ve konuşurken gözleri sık sık eşine kayıyor.

— Efendim, biz on yıllık evliyiz. Evliliğimizde çok şükür bir sorun yok. Bir de çocuğumuz var. Eşim üniversite mezunudur ama hiç çalışmadı. Çok şükür maddi durumumuz iyi. Benim kendime ait bir şirketim var. Evime, çocuklarıma düşkün biriyimdir. Arada ufak tefek sorunlarımız olsa da, onları da ben çıkartmışımdır. Eşim sessiz, sakin, bana çok bağlı biridir. Gezmeyi, tozmayı pek sevmez. Ben götürürsem gider, götürmezsem de itiraz etmez. Arada bir kurslara filan giderdi ama bu ara keyfi kaçtı. Huzursuz. Geceleri uyumuyor. Zaten az konuşurdu, bu aralar hiç konuşmaz oldu. Ne oldu, bir derdin mi var, diye soruyorum. Ona da bir şey demiyor. Aslında doktora gelmeyi o istemedi ama baktım düzelmiyor, bugün zorla alıp size getirdim. Artık gerisini o size anlatsın.

Durum benim düşündüğümden çok farklı. Demek asıl sorunu olan kişi kadınmış ama onun yerine eşi anlatıyor. Bu durum hiç hoşuma gitmedi çünkü kişi sorunlarını kendi anlatmıyor ve buraya bir başkası tarafından zorla getiriliyorsa genellikle altından hep ciddi sorunlar çıkar.

Hafifçe kadının oturduğu tarafa doğru dönüyorum ve gülümseyerek ona bakıyorum. Mavi, çok güzel gözleri var. Makyaj yapmamış. Üzerinde lacivert, kaliteli bir döpiyes, yakasında elmas bir broş var. Broş belli ki çok değerli! O da gülerek bakıyor yüzüme. Ama ben bu sefer, ona hissettirmesem de çok dikkatliyim. Önce yüzünden başlıyorum aramaya. Bir donukluk, küntlük arıyorum yüz ifadesinde ama öyle bir şey bulamıyorum. Tam tersine, o da bana gülümseyerek bakıyor. Gergin, sinirli de değil. Düzgün giyinmiş. Ellerinde oje yok ama tırnakları düzgün ve bakımlı. Saçları yeni kuaförden çıkmış olmasa da arkaya doğru taranmış, temiz ve düzgün. Cildi pırıl pırıl! Dişleri düzgün ama beyaz değil.

— Siz bakmayın Azmi'ye. O her şeyi büyütür. Aslında önemli bir şeyim yok, sadece bu ara sahiden geceleri uyuyamıyorum.

— Neden acaba? Daha önce de uykusuzluk çektiğiniz olur muydu?

— Pek olmazdı, hatta Azmi de bilir, uyumayı çok severim. Bıraksalar gündüz bile uyuyacağım.

— Kafanıza takılan bir şey, canınızı sıkan bir durum var mı?

— Yok, tersine bu ara daha iyi olmam gerekir ama biraz korkuyorum galiba.

Her şey çok normalmiş gibi görünüyor ama henüz tam anlayamadığım bir şeyler var. Ses tonu onun da yavaş ve hep biraz gülerek konuşuyor. Eşiyle ilişkisinde kadının lehine bir üstünlük seziyorum. Sanki kadın bir sıfır önde gibi! Eşine, eşinin ona olan ilgisine ve sevgisine çok güveniyor. Onda bir sıkıntı hali de hissedemiyorum. Onu buraya zorla getirmiş olmasına rağmen eşine kızgın değil. Hatta bunu eşinden gelen bir ilgi olarak kabul ediyor.

Bir de son cümlede bir karışıklık var. Daha iyi olması gerekiyor ama korkuyor. Yavaşça eşine bakıyorum. Son cümlede kadının ne demek istediğini o da anlamadı ve soran gözlerle bakıyor eşine.

— Biz psikiyatristler her şeyi merak ederiz. İyi şeyleri de, kötü şeyleri de çünkü hayatın içinde olan her şeyden etkilenir insan.

— Aslında çok ani bir şey değil canım. Ben çoktan hissediyordum da, bu kadar net olmamıştı. Onu görmek heyecan verici! Hem çok sevindim, hem de bir tuhaf oldum. Korktum işte. Birdenbire ne olduğumu şaşırdım. Şimdi her şeyi yeni baştan düşünmem gerekiyor. Değiştirmem gereken çok şey var.

Azmi Bey de tıpkı benim gibi dikkatle dinliyor onu ama o da bu sözleri ilk kez duyuyor olmalı ki, benden önce eşine merak ve heyecanla soruyor.

— İclal neler söylüyorsun? Ne gördün sen?

— Aman canım, bu kadar büyütülecek bir şey yok. Aslında sen de biliyorsun durumu. Bir başka âlemde ben önemli bir kişiyim. Bunu hep hissediyordum ama bir türlü durum netleşmemişti. Hani benim gittiğim şu toplantılar var ya!

— Hangi toplantılar?

— Bilmiyormuş gibi yapma Azmi! Ben kaç toplantıya gidiyorum?

— Şu Kuran kursları mı?

— Onlar Kuran kursu değil, dini bilgileri arttırma ve geliştirme toplantıları. Orada hem Kuran okuyoruz, hem de hoca her toplantıda öteki âleme ışık tutacak bilgiler veriyor bize. İlk gittiğim günden beri benim onlardan farklı olduğumu anladı. Bana çok saygılı davrandı. Tabii öyle yapacak. Demek mesaj benden önce ona gitti.

— Ne mesajı?

Sözün burasında İclal Hanım başını bana doğru çevirerek hayıflanıyor.

— Doktor hanım, bütün erkekler böyle galiba. Çocuk gibiler. Azmi beni çok sever. Ne yapsam beğenir. Hiçbir şeye itiraz etmez. Bugün burada biraz heyecanlandı galiba. Hâlbuki geçen akşam olanları ona anlattım. Şimdi hatırlamamış gibi yapıyor.

— Ne anlattın İclal? Bir kere daha söylesen ölür müsün?

— Canım gece yarısı seni uyandırıp anlatmadım mı? Allah Allah, tövbe estağfurullah...

— Şu rüyadan mı bahsediyorsun?

— Çok şükür, aklın başına geldi. Güya beni muayene ettirmeye getirdin ama istersen doktor hanım önce sana baksın.

— Ne vardı o rüyada? Peygamber efendimizi gördüğünü söylemiştin. Ne var bunda?

— Tövbe de Azmi, tövbe de. Daha ne olsun? Açık açık gösterdiler bana işte!

İşler karıştı... Büyüklük sanrıları bunlar. Yani gerçeği değerlendirme mekanizması bozulmuş. Bu yolun sonu peygamber olmaya kadar gider. İşin tuhafı eşi yani Azmi Bey bütün bunların hiç farkında değil. O da benim gibi bazı şeyleri şu anda fark ediyor. Hastalık çok sinsi seyretmiş ama İclal Hanım'ı buraya getirdiğine göre ona ters gelen bir şeyler oldu. Şimdi olabildiği kadar çok bilgi almaya çalışmalıyım. Bu arada Azmi Bey'in rengi attı. Durumdan çok etkilendi. Eşinin ne kadar hasta olduğunu anlamak zor geldi ona.

Şimdi hem hastalığı iyice anlamam, hem de onları tedaviye ikna etmem gerekiyor. Eğer bunu yapamazsam İclal'in hastalığı hızla artar ve hem kendisine, hem de eşine ve çocuğuna zararlı olabilir. Bu durumdaki hastaların neler yapabileceğini gazetelerde sık sık okuyoruz. Eşine veya çocuklarına, Tanrı'dan emir geldiği için ciddi zararlar veren insanlar işte bu tip hastalardır. Oysa dıştan bakınca İclal ne kadar sağlıklı görünüyor! Şimdi yıllardır bana sekreterlik yapan, her gün onlarca hastayla bir arada oturan, onlarla sohbet eden Tuna'ya sorsam, desem ki bugün buraya gelen insanlar içinde en hasta olanı hangisi diye, eminim İclal'i en son sıraya koyar, onun ne kadar hanımefendi bir kadın olduğunu anlatırdı bana.

Azmi Bey'in de durumu çok iyi kavraması gerekiyor. Aksi halde işi çok ciddiye almayacak. Onun için onu odadan çıkarmadan İclal'le konuşmaya devam edeceğim.

— İclal Hanım, çok haklısınız. Bu erkekler hep böyledir. Çocuk gibi olurlar. Eşiniz belli ki size çok düşkün. Sizinle ilgili her konu onu heyecanlandırıyor. Şu rüyayı merak ettim doğrusu. Bana da anlatır mısınız?

— Aslında bu tür rüyalar herkese anlatılmaz ama siz doktorsunuz. Ben uzun süredir geceleri tuhaf rüyalar görüyordum. Hani böyle karışık, sıkıntılı rüyalar vardır, olanları tam seçemezsiniz! Sanki uzaktan bana birisi görünüyor ama hep arkası dönük. Yüzünü bir türlü göremiyorum. Uzun boylu, yerlere kadar beyaz entari giymiş yaşlıca bir erkek. Benimle konuşmuyor. Geçen gün yine bizim toplantımız vardı. Hoca konuşurken hep bana bakıyor, arada bir gülümsüyordu. Bu işin içinde bir iş var dedim. Kuran okuma sırası bana gelince hoca ısrar etse de okumadım. Kulaklarım uğulduyor, sanki birileri bana bir şeyler söylemeye çalışıyorlardı. O gün ne dediklerini anlamadım. Sonra hoca yanıma geldi. Parmağıyla bana kitaptan bir şeyler gösterdi. Bir de baktım "Allah" diyor. Ben de "Allah" dedim. Hoca o zaman "Hah, tamam işte!" dedi. O anda odadaki herkes dönüp bana baktı. Hep bir ağızdan "Allah" dediler. Azmi de bilir ya, ben zaten utangaç biriyimdir. O gün de yüzüm kızardı ve kalbim çok hızlı atmaya başladı. Meğer bunların hepsi birer işaretmiş. Benden başka herkes biliyormuş durumu. İnsan bazen gerçek gözüne sokulsa bile göremiyor. Eve geldiğimde sarhoş gibiydim, hemen yattım. Akşam Azmi gelince "Ne oldu sana, hasta mısın?" dedi. "Pek sayılmaz ama herkes biliyormuş, sen de biliyor muydun?" dedim. "Yüzünden belli oluyor," dedi. O zaman buna çok şaşırdım. Demek Azmi bile çok önceden beri gerçeği biliyor ama bana söylemiyormuş. Şimdi asıl gerçekleri o size anlatmıyor ama belki de bu işi ilk fark eden Azmi olmuştur çünkü evlendiğimiz günden beri beni hep başının üzerinde taşıdı ve bir dediğimi iki etmedi. Bunlar sadece bana olan sevgisinden değilmiş. Biraz da korku varmış işin içinde. O gece hep bunları düşündüm ve sonra yattık. İşte rüyayı o gece gördüm. Bana yüzünü bir türlü dönmeyen Peygamber efendimiz, o gece açık açık göründü bana.

Uzaktan yavaş yavaş geldi yanıma. Sonra başıyla selam verdi ve o da "Allah" dedi. Sonra hızla göğe çekildi. Ay içim fena oluyor. Bu rüyayı anlatırken kötü oluyor insan. Bakın nasıl heyecanlandım. Elim ayağım titriyor.

Bunları söylerken bana titreyen ellerini gösteriyor. Ellerinde hiç yüzük yok. Evlilik yüzüğünü bile takmamış. Bu arada gözlerim Azmi Bey'in ellerine dönüyor. Onun sol elinin yüzük parmağında kalın, sarı, altın bir nikâh yüzüğü var. Azmi Bey eşinin anlattıkları karşısında adeta şaşkına dönmüş. Dudağının üzerindeki hafif sararmış bıyıklarını çekiştirip duruyor.

— Evet, görüyorum İclal Hanım. Bu rüya sizi çok etkilemiş. Bu rüyayı siz nasıl yorumladınız?

— Ayol yorumlamaya gerek var mı? Siz Allah'a inanmıyor musunuz yoksa?

— İnanmaz olur muyum? Ben son derece inançlı biriyimdir.

— Evet, evet. Odaya girince sizin de durumun farkında olduğunuzu hemen anladım. Bizi çok saygılı karşıladınız. Tuna Hanım da öyle. Bizi oturtacak yer bulamadı kadıncağız. Ayol bütün dünya bilirmiş de, bir benim haberim yokmuş. Aslında haberim yoktu desem de pek çok şeyin farkındaydım ama bu kadar önemli olduğumu açık açık söylememişlerdi. Ama şimdi işim zor. İşe nereden başlayacağımı bile düşünmedim henüz. Her şey öyle ani oldu ki! Şimdi buna layık olmak için neler yapmam gerekecek kim bilir!

— Neler acaba?

— Ben eskiden beri hep dua ederdim ama açık konuşmak gerekirse namazımı düzenli kılmazdım. Çoluk, çocuk derken ihmal ettim. Bu toplantılara katılmaya başlayınca aklım başıma geldi. Artık sürekli namaz kılıyor, tespih çekiyor ve dua ediyorum. Demek daha önce bunları yapsaymışım çok iyi olacakmış.

— İyi ama çocuğa kim bakacak?

— Onu üç ay önce annemin yanına yolladık zaten. Hepsi bir arada olmuyor. Şimdi benim önemli işlerim var.

— Ne tür işler?

— Onu biraz da zaman gösterecek. Hepsini birden söylemiyorlar. Zaten yakında beni de yukarı alacaklar!

— Yukarı?

— Aman doktor hanım, bilmezmiş gibi yapmayın ne olur. İşim bitince alacaklar işte. Gerisine orada devam edeceğim.

Sanrılar kristalleşmiş yani esrar perdesi kalkmış ve düşünceler yerli yerine oturmuş. Bu tür hastalıklarda (Paranoid Durum) önce hastaların kafası karışır. İçinde yaşadıkları dünyada ve çevrelerinde garip bir şeyler olduğu izlenimine kapılır ama bunun tam olarak ne olduğunu anlamazlar. O dönemde sıkıntılı ve huzursuzdurlar. Alınganlık, şüphecilik artmıştır. Her şeyden bir anlam çıkarır ama yine de olanları net bir şekilde yorumlayamazlar. Sokaktan gelen korna sesleri, trafik lambaları, kendi aralarında gülüp konuşan insanlar, onlara söylenen her söz, gazetelerdeki yazılar, televizyon programları, çocukların ağlayışı bile özel bir anlam taşır. Bütün bunların kendilerine bir şeyler anlatmak istediğini düşünürler. Bu düşüncelerin ortak noktası, kendilerinin her zaman ne kadar önemli biri olduğu yolundadır. Ya tüm dünyanın istihbarat teşkilatları onların peşindedir, ya bütün dünya onlara âşıktır, ya karıları veya kocaları onları aldatıyordur veya Tanrı'dan onlarla ilgili ciddi bir mesaj gelmektedir. İçlerinde belki de en tehlikeli olan Tanrı'dan gelen mesajlardır çünkü bu mesajların içeriği çok farklı olabilir ve görevleri icabı çok vahşi girişimlerde bulunabilirler. Çocuklarını Tanrı'ya kurban etmeleri veya bazı kişilerin şeytanla ilişki içinde olduklarından cezalandırılmaları gerekebilir. Bu durum tam bir akıl hastalığı olduğundan, cezai ehliyetleri yoktur ve bu yüzden ceza almazlar.

Ülkemizde bu tür hastalar suç işlediklerinde yani genellikle birini vahşice öldürdüklerinde, önce ruhsal durumlarının tespiti için adli tıbba yollanırlar. Hastalık kesinleşince ceza almaz, onun yerine akıl hastanelerine gönderilir ve oralarda bir yıl kadar tedavi görür ve ardından taburcu edilirler. Ancak bu hastalık maalesef tekrar etme eğilimi olan bir hastalıktır ve tedavinin ömür boyu sürmesi gerekir. Bir süre verilen ilaçları aldıktan sonra, hastaların çoğu tedaviden vazgeçer ve kısa süre sonra hastalık tekrarlar. Bir kere suç işlemiş, özellikle birini öldürmüşse eğer, bu tür hastaların aynı şeyi yeniden yapma olasılığı çok yüksektir.

Gazetelerde okuduğumuz, aldatıldığını düşündüğü için karısını veya sevgilisini öldüren erkeklerin çoğu bu tür hastalardır. İclal Hanım'ın eşi Azmi Bey belli ki karısına çok güven vermiş. O yüzden hastalık başka bir alanda yer aramış kendine. Aradığını bulmakta pek de zorlanmamış ve katıldığı dini toplantılar hastalığın ortaya çıkmasına vesile olmuş.

Ben bunları düşünürken Azmi Bey büyük bir şaşkınlık içinde bir bana bir eşine bakmaya, ceketini sık sık arkaya doğru atıp koltuğunda kıpırdanmaya devam ediyor. Bu işe en çok şaşıran o oldu. İclal'in anlattıklarını duydukça renkten renge girdi adamcağız. Ama onda tuhaf bir şeyler fark etmiş olmalı ki, eşini buraya getirmiş. Şimdi benim serinkanlı olmam, İclal'i tedavi olmaya bir şekilde ikna etmem gerekiyor. Şimdi desem ki "Siz hastasınız, üstelik bu son derece ciddi bir hastalık. Hem kendinize, hem de yakınlarınıza zararlı olabilirsiniz..." önce söylediklerime güler, sonra da kalkar gider. Bütün dünya bir araya gelip "hastasın" dese, bu tür durumlarda hiç etkili olmaz. Başka bir yol bulmam gerekiyor.

Ne kadar da hoş, sevimli bir hanım! Aslında ilk ipuçlarını Azmi Bey verdi bana. Çok sessiz, sakindir, gezmeyi tozmayı sevmez, ben götürmezsem bir yerlere gitmez dedi. Demek ki içe dönük bir yapısı var. Bu tür hastaların çoğu içe dönük, kendi halinde insanlardır. Sosyal ilişkileri zayıftır, dünyaya olan ilgileri azdır. Duygularını pek belli etmezler. Çoğu evhamlı ve alıngandır. Çabuk kırılır ve olayları kafalarında kurup dururlar. Özgüvenleri azdır ve kendileriyle barışık değillerdir. Onları sevmeyen, bir türlü benimsemeyen bu dünyaya her zaman içten içe öfke duyarlar.

Çocuğu üç ay önce annesine göndermişler. Bu da garip bir durum! İclal ev hanımı, yani çalışmıyor ama tek çocuğuna bakamıyor ve annesine gönderiyor. Hem de kısa bir süreliğine de değil. Oradan mı tuttursam acaba?

— Çocuğunuz annenizin yanında öyle mi?

— Evet, iyi ki göndermişiz. Şu ara çok meşgul olacağım.

— Kaç yaşında?

— Beş buçuk. Seneye okula başlayacak.

— Üç aydır onu görmediniz mi?

— Arada bir rüyamda görüyorum.

— Çocuk bu yaşta anne babadan bu kadar uzak kalmamalı ama sizi iyi görmedim İclal Hanım. Çok yorgun görünüyorsunuz.

— Yorgunum. Aylardır uyku uyuyamıyorum. Ne zaman gözlerimi kapatsam rüyalar başlıyor.

— Demek uykusuzluktan bu hale geldiniz.

— Arada başım da dönüyor. Namaz kılarken eğilip doğruldukça düşecek gibi oluyorum.

Tam burada Azmi Bey söze giriyor.

— Ama İclal herkesin namazı beş dakikada biter, seninki saatlerce bitmiyor. Sabahtan akşama kadar da namaz kılınmaz ki...

— Sen karışma Azmi. Bu işlere senin aklın ermez.

Demek saatlerce namaz kılıyor. Hastalık çoktan başlamış.

— Evet, İclal Hanım haklı. Biz her şeye karışmayalım. Ne yapacağını en iyi o bilir ama ben doktor olarak sağlığınız konusuna müdahale etmek istiyorum. Sizin bu ara çok sağlıklı olmanız gerekiyor. Hem bir an önce düzelin ki, çocuk da oralarda fazla kalmasın. Annesini kim bilir nasıl özlemiştir. Bu ara iştahınız nasıl?

— İyi, iyi. Ben artık yemek yemesem de olur.

Azmi Bey yine giriyor söze.

— Yok doktor hanım. Ne yemek yapıyor, ne de yiyor. Hem ne demek ben yemesem de olur. Sen insan değil misin?

— Azmi Bey, lütfen... Tabii insan eşine çok düşkün olunca böyle her şeye karışır. Şimdi ben size bir tek hap vereceğim İclal Hanım. Bunu geceleri yatarken alın. Önce uykularınızı düzeltelim, baş dönmeniz geçsin. Ondan sonra da halsizliğinizle ilgileneceğim. Şu ara halsizliğiniz biraz daha devam edecek ama önemli değil. Ben sonra onun da çaresine bakacağım. Başka da ilaç almayın. Zaten öyle çok ilaç almanıza şimdilik gerek yok.

— Pek ilaç almayı sevmem ama yazın bari. Şu halsizliğim bir an önce geçse. Yapılacak öyle çok şey var ki...

— Tamam, merak etmeyin, o da geçecek. Bakın reçetenizi yazdım. Bu da telefon numaralarım. Bir sorun olursa beni arayabilirsiniz.

Reçeteyi ve kliniğin kartını Azmi Bey alıyor, sırayla elimi sıkarak çıkıyorlar dışarı. Azmi Bey ısrarla bakıyor gözlerimin içine. Eminim bana sormak istediği pek çok şey var ama şimdi olmaz. İclal'i pirelendirmemek gerekir. Ben de Azmi Bey'e bakarak "Telefon numaralarının yazılı olduğu kartı aldınız değil mi?" diye soruyorum. O zaman ne demek istediğimi anlıyor ve biraz rahatlıyor Azmi Bey. Eminim ilk işi beni telefonla aramak olacak.

İclal Hanım'ın önemli bir rahatsızlığı var. Zaten hasta olmadan önceki kişiliği bu hastalığa ne kadar yatkın olduğunu gösteriyor bize. Müşfik, sorun çıkarmayan, onu çok seven ve iyi bakan bir eşinin olması hayatını kolaylaştırmış ve belki de hastalığın ortaya çıkış zamanını geciktirmiş. Ama her şeye rağmen hasta olmak onun genlerinde var. O genler, o yazıyı İclal'in alnına belki de daha doğmadan yazmışlar. Bu konuda aslında şimdilik çok kesin şeyler söylemek yanlış olur. Bugün bizim genlere bağladığımız şeyler belki de çocukluğunun uzak, sisli ve karanlık köşelerinde yatıyor.

Genel adıyla "paranoid durum" dediğimiz bu durum sinsice yaklaşır insana. Önce kişi alıngan ve kuşkucu olur. Zamanla, belki de bir şeylerin zorlamasıyla kişinin kafası karışır, düşünceler iç içe girer ve çözülmesi zor bir bilmece gibi sahibini zorlamaya başlar. Kişi zihninde aradığını bir türlü bulamaz. Orada, ona seslenen, ona bir şeyler göstermeye çalışan, o güne kadar yaşadığı her şeyin rengini, anlamını değiştirecek çok önemli bir şeyler vardır ama bütün gayretine rağmen kişi onu oradan çekip alamaz. Sıkılır, daralır ve aradığı huzuru bir türlü bulamaz. Zihni fırtınaların kol gezdiği bir okyanus gibidir sanki. Kendisi küçük gemisiyle o fırtınalı denizde oradan oraya savrulmakta, o gemiyle birlikte okyanusun derinlerine gömülmekten ölesiye korkmaktadır. Sonra bir gün, belki de bir an içinde her şey değişiverir. Dalgalar durulur, güneş açar ve o berraklık içinde kişi gerçeği, uzun süredir aradığı kendi gerçeğini buluverir. Orada bulduğu hiç de yabana atılacak bir şey değildir. "Demek bu hep böyleymiş ama ben daha yeni anlıyorum," diyerek gerçek sandığı, gerçek kabul ettiği bu habere dört elle sarılır. Artık o, ya milyonların peşinden koştuğu, taptığı, Tanrı'ya çok yakın bir peygamber ya dünyadaki bütün istihbarat teşkilatlarının peşinde olduğu, bildiği ve yaptığı şeylerle dünyanın kaderini değiştirecek birisi ya da çok güzel, çok seksi, karşı cinsin aklını başından alan, onun için binlerce kişinin ölümü göze aldığı bir kadın ya da bir erkektir. Öyle veya böyle önemlidir, hem de çok önemli! Asla sıradan biri değildir, üstündür, yücedir ve çok kutsal bir hayat yaşamaktadır.

Sonra uzaktan gelen iki hasta var, onları görüyorum. Hastaları karşılamak veya uğurlamak için kapıyı her açışımda karşımda Ala'yı buluyorum. Tuna'nın masasının önündeki koltuklardan birinde oturuyor. Bu sefer de randevusuna çok erken gelmiş. Her seferinde onunla göz göze geliyoruz. Gülümsüyorum ona. Yemek zamanı yine geçti. Ben koşarak kafeteryaya çıkarken Ala biraz hayret ve biraz da endişeyle bakıyor arkamdan. Tuna bana bir şey söylemek istiyor. Kulaklıklarını çıkarıp arkamdan o da çıkıyor merdivenleri. Mehmet Akif Bey benimle görüşmek istiyormuş. "Şu anda müsaitse yukarı gönder," diyorum. Bir yandan yemek yer, bir yandan konuşuruz. Daha ben çorbamdan birkaç yudum almadan Memo görünüyor kapıda. Uzun boyu, hep giydiği beyaz, tiril tiril gömleği ile gülümseyerek oturuyor yanıma. Kafeterya sıcak, aydınlık ve nemli! Çocukluğumda yaşadığım ev gibi buharla karışık taze yemek kokusu var havada. Nevin koşturup duruyor ortalıkta. Kafeteryada bizden başka kimse kalmamış. Memo'ya da büyük bir fincan çay getirdikten sonra ayrılıyor yanımızdan. Bir hastasını konuşmak istiyor Memo. Bir süredir takip ettiği ama hızla paranoid bir tablonun belirginleştiği bir hastayı benim görmemi istiyor. "Medikal tedavi gerekiyor," diyor. "Hastanın bunu kabul edip etmemekle ilgili bir sorunu var mı?" diye soruyorum. "Vardı ama sonunda kabul etti," diyor. Bu arada o da Ala'yı soruyor bana. Hikâyeler anlatarak farklı bir psikoterapi çeşidi uygulamaya çalıştığımı söylüyorum. Çok ilgisini çekiyor. "Bu konuda klinikte bir seminer düzenleyelim öyleyse," diyor. "Olur," diyorum. Öteki psikologlarımız da belki ilgi duyabilirler buna.

Yemek bitince ikimiz de merdivenleri koşarak iniyoruz. Salonda bizi bekleyen hastalarımız var. Ala beni görünce hemen ayağa kalkıyor ve Tuna'nın gözünün içine bakarak, nihayet sıra kendisine geldiği için çocuk gibi sevinerek, benim hemen ardımdan giriyor odaya.

Bu sefer açık bırakmıyor, dikkatle kapatıyor kapıyı. Elimi uzatıp ona "hoş geldin" diyorum. Bugün parmağındaki sargı yok ama o parmak belli ki bir şekilde yaralanmış çünkü üzerinde rengi sarıya doğru dönmüş morluklar var. Hafifçe gülümseyerek oturuyor karşımdaki koltuğa. Koyu kahverengi bir şeyler var üzerinde. Eski, triko bir ceket, bol bir pantolon. Ceketin omuzları iki yanından aşağı doğru sarkıyor. Ceketi şöyle bir silkelesem odama tüy, toz ve kir saçılacak. Hatta bol bol da kepek var galiba omuzlarında. Kol boyu o kadar uzun ve bol ki, sık sık yukarı doğru çekmese, elleri hiç görünmeyecek. Bu çekmeler sırasında sağ kolundaki iki iri burma bilezik dikkatimi çekiyor. Bu bileziklerden bende de vardır. Kayınvalidemden kalma. Onları neden takıyor acaba? Şimdi gençler böyle şeyleri hiç kullanmıyorlar. Ben bile o bilezikleri nezaketen bir iki kere takmak dışında hep kasada hatıra olarak tuttum.

Koltuğunda arkasına yaslanmış, bacaklarını sallıyor. O zaman giydiği galoşlara rağmen ayakkabılarına takılıyor gözlerim. Eski model siyah, derisi aşınmış bu ayakkabılar, o bacaklarını salladıkça ayağından çıkıyor. Demek ki ayağına bir veya iki numara büyükler. Neden giyiyor bunları?

Bana hiç bakmadan, sanki odada ondan başka kimse yokmuş

gibi davranıyor. Ben bu sessizliği bozmazsam o sanki sonsuza kadar bacaklarını sallayarak karşımda oturmaya devam edecek. Ben bu kızı henüz hiç anlamadım.

— Hoş geldin!

— Hoş bulduk!

— Nasılsın bugün?

— İyiyim... Geçen gün anlattığınız hikâyeler çok güzeldi... Yine anlatacak mısınız?

İlginç! Başı sıkışınca hemen hikâyelere sarılıyor. Şimdilik soru sormamı istemediği belli ama soru sormadan bu seansı nasıl değerlendireceğiz? Ah, şu kızdan bu kadar rahatsız olmasam, belki daha kolay olurdu ona bir şeyler anlatmak!

— Ama hep ben anlatırsam olmaz, madem sen de çok okuyorsun, ben de senin hikâyelerini dinlemek isterim.

— Tamam... Belki bir gün ben de anlatırım.

— Kaç kilosun sen? Çok zayıf görünüyorsun!

— 41.

— Boyun kaç?

— 1.71

— Bu boya, bu kilo çok az değil mi?

— Belimin kaç santim olduğunu da... soracak mısınız?

— Soru sormamdan hoşlanmıyor gibisin.

— Yok, yok... Ondan değil... Bu arada belim de kırk beş santim.

Soru sormamı istemiyor, kendisi de bir şey anlatmıyor ama buraya ısrarla geliyor. Yüzüne bakıyorum, üzerindeki sivilcelere rağmen cildi incecik. Yanaklarından yukarı doğru uzanan incecik damarları görüyorum. Bu damarlar boynuna doğru indikçe kalınlaşıyor ve morarıyor. Çok kalın, kaba, kendine büyük gelen triko giysiler giydiği için bedeninin ne kadar zayıf ve ince olduğunu göremiyorum. Acınası bir hali var aslında ama içimden ona acımak gelmiyor. İçimi şöyle bir yokluyorum, ona karşı bir türlü olumlu bir şeyler hissedemediğimi fark ediyorum. Bu durum beni rahatsız ediyor.

O ise hiçbir şey söylemeden, başını önüne eğmiş, oturuyor karşımda. Sanki durakta otobüs bekliyor! Bir şeyler yapmazsam bu sessizlik, giderek gerginliğe dönüşecek. Bir an önce bir şeyler anlatmaya başlasam iyi olacak.

— Demek belin kırk beş santim!

— Hı, hı...

— 19. yüzyılda Avrupa'da kadınlar bedenlerini güzel göstersin diye çok sıkı korseler giyerlermiş. Kadınların giydiği korseler 19. yüzyılın başlarına kadar bir buçuk santim kalınlığında deriden yapılıyormuş. O zamanlar içine korse giyen bir kadın göğüslerinden kalçalarına kadar incecik boru geçirilmiş bir karıncaya benziyormuş. Kitaplar böyle yazıyor. Sürekli korse takan kadınların sırt ve karın adaleleri öyle zayıflıyormuş ki, korsesiz dik oturamıyor, hatta yatarken bile korse giymek zorunda kalıyorlarmış. O zamanlar kadınlar ince belin cinsel cazibeyi arttırdığını düşünüyorlarmış. Çünkü korse sayesinde küçücük göğüsler bile çenenin altına kadar yükselerek cazip bir görüntü sergiliyormuş

Çocuk gibi kıkırdıyor. Cinsel içerikli küçücük bir söz bile onu kıkırdatmaya yetiyor. Biraz önceki gergin hava dağıldı. Bacaklarını sallayarak merakla beni dinliyor.

— Korse kadınlara aslında hem fiziksel hem de psikolojik zararlar veriyormuş. Viktorya döneminde yapılan otopsiler, korsenin kadınların karaciğerlerine ciddi zararlar verdiğini, hatta bazılarının bu yüzden karaciğerinin ikiye bölündüğünü göstermiş. Korsenin insan sağlığına ne kadar zararlı olduğu kanıtlandığı halde, kadınlar daracık korseler giymeye daha uzun yıllar devam etmişler. Hamilelik döneminde bile korse takmakta gösterilen ısrarın sonucu, birçok ölü doğum olayı yaşanmış.

— Kadınlar için... güzellik çok önemli.

— Evet, çağlar boyunca da bu hep böyle olmuş.

— Çirkin olanlar ne yapacak?

— Çirkin kadın yoktur ki, aptal kadın vardır.

— Sizce ben aptal mıyım?

— Bilmem, derslerinde çok başarılı birine aptal demek zor. Sen ne diyorsun bu konuda?

— Aptal değilim... Ama öğrenmem gereken çok şey var... Siz öğreteceksiniz bana bunları.

Ben öğretecekmişim. Sanki emir veriyor. Bu kız çok mu saygısız yoksa konuşmayı mı bilmiyor anlayamıyorum. Bir şey söylemese bile bakışları rahatsız ediyor beni. Neyi var, nesi yok, hiç anlamadım. Körlemesine, el yordamıyla gidiyoruz işte... Kim bilir altından neler çıkacak? Ona biraz daha sevecen davranabilsem, her şey daha kolay olacak. Bu duruma ben de alışkın değilim. Karşıma oturan herkese açıktır benim kalbim ama ne kadar zorlasam da bu kıza karşı bunu yapamıyorum. Onu bir başka meslektaşıma devretme şansım da yok! Ya onu kaderiyle baş başa bırakacağım, ya da zor da olsa bu süreci sonuna kadar götürmek için elimden geleni yapacağım.

— Ne öğrenmek istediğini bilsem belki işimiz daha kolay olur.

— Her şey... Başka hikâye yok mu?

— Yine mi?

— Bu da bir ihtiyaç... olamaz mı?

— Olabilir tabii ama yirmili yaşlarda bir kıza hikâye anlatmak o kadar kolay değil.

— Bu anlattıklarınız çok güzeldi.

— Tamam. Yine kadınlarla ilgili bir hikâyeye ne dersin?

— Bayılırım... Yine güzellikle mi ilgili?

— Olabilir.

— Olsun... Güzellikle ilgili olsun... Hadi anlatın.

Koltuğunda bana doğru dönmüş, ellerini çenesinin altında birleştirmiş, korku, merak ve heyecanla yüzüme bakıyor. Tıpkı masal dinlemeye hazırlanan bir çocuk gibi. Bu kız hiç büyümemiş. Bazen uslu bir çocuk, bazen yırtıcı bir kedi bazen de kurnaz bir tilkiye benzetiyorum onu.

— Eskiden de kadınlar bugün olduğu gibi güzel olabilmek için pek çok eziyete katlanırlarmış. Örneğin bazı Afrika kabilelerinde kadınlar boyunlarını uzatabilmek için küçük yaşta boyunlarına metal halkalar takar ve bunları ölene kadar çıkarmazlarmış. Bu halkalar yüzünden boyun kasları gelişemez ve upuzun bir boyna sahip olurlarmış.

— Uzun boyunlu olmak... iyi bir şey mi?

— O zaman Afrika'da moda buymuş ama bugün bile uzun boyunlu kadınlar daha şanslıdır.

Ellerini çenesinin altından çekip başını öne arkaya eğerek kendi boynuna bakmaya çalışıyor. Aynı anda ben de bakıyorum ona. Ala'nın boynu incecik ve upuzun! Sanki başını zor taşıyor.

— Benim boynum sizce uzun mu?

— Evet, uzun.

— İyi... Bir de Çin'de ayakları küçültmek için bir şeyler yapıyorlarmış... O hikâyeyi de biliyor musunuz?

— Biliyorum ama sen de biliyorsan anlatmama gerek yok.

— Hayır, hayır... Anlatın lütfen.

Şimdi de bana ne anlatacağımı söylüyor. Neden bu kadar sinir oluyorum ben bu kıza? Yüzünün tam ortasına bir yumruk atma isteğimi kabartan şey ses tonundaki iticilik mi, konuşma tarzındaki kesiklik mi, ölü gibi bakan fersiz gözleri mi, anlayamıyorum. Aydın geliyor aklıma... Anestezistti. Bazı ameliyatlarda hastalar fena halde kokarmış. Saatlerce bu kokuyu solumak, ona yaklaşmak, dokunmak zorunda kalmak onu çok rahatsız ederdi. Uzun uzun bir şeyler anlatmayı sevmeyen sevgili eşim bu durumdan duyduğu rahatsızlığı arada bir söylerdi bana. Tıpkı onun gibi, ben de bu kızdan rahatsız oluyorum. Bu durumun sadece bana özgü olduğunu sanmıyorum. Nasıl o ter kokusundan ameliyathanede bulunan herkes nasibini alıyorsa, bu kıza bakan, onunla aynı ortamı paylaşan herkes sanırım benim kadar rahatsız oluyor bundan. İşin ilginç yanı kendisinin de bunun farkında olması. Ter koktuğunu bilen biri banyoya girer, bir güzel sabunlanır, yıkanır, kurtulur bundan. Bu kız ne yapacak? Çok rahatsız olsam da, ondan hiç hoşlanmasam da ona yardım etmeliyim.

— Çinli kadınların ayak bağlama geleneği Mao iktidara gelip yasaklayana kadar bin yıldan daha uzun süre devam etmiş. Çinlilerin küçük ayak tutkusu Konfüçyus zamanında başlamış. O zamanlar büyük ayak, her iki cinsiyet için de alt tabakadan olmanın bir işareti olarak görülüyormuş. Güney Tang İmparatoru Li Yu Tatlı Bakire adında, ince belli ve küçük ayaklı bir cariyeye âşık olmuş. Onu dans ederken izlemeye bayılıyormuş. Kızın şerefine saf altından bir lotus çiçeği platformu inşa ettirmiş ve kızdan bu altın platformun üzerinde dans etmesini istemiş. Ama dansa başlamadan önce, hilale benzemesi için, ayaklarını ipek bir bezle sıkıca sarmasını söylemiş. Sonra da bu güzel kızın altın lotus üzerinde dans etmesini keyifle izler olmuş. İmparator onu böyle zevkle izlerken tatlı bakire lotusun üzerinde yukarı doğru yükselen bir bulut gibi ağır ağır dönerken ayaklarındaki ipek bağlar yüzünden çok acı çeker, gözlerinden yaşlar boşalırmış. İmparator bu sahnelerden o kadar etkilenmiş ki, sonunda bütün soylu kadınların tatlı bakireye benzesinler, adımları küçük ve zarif olsun diye ayaklarını bağlamalarını emretmiş. Bütün kadınlar bu emre uymak zorunda kalmışlar ama ayaklarındaki sıkı bağlar yüzünden bir süre sonra yürüyemez hale gelmişler.

— Sakat mı kalmış kadınlar?

— Maalesef öyle olmuş, yalnızca tahtırevanla gezebiliyorlarmış. Zamanla yürüyemeyen bu kadınlar kocalarının zenginliğinin sembolü haline gelmiş. Bir yandan da bu genç kadınların değnek yardımı olmadan yürüyemediğini, topalladığını görmek, erkeklerin üstünlük duygularını tatmin ediyor, kadınlarına daha koruyucu davranmak zorunda kalıyorlarmış.

Hiçbir tepki vermeden, gözlerini benden ayırmadan dinliyor. Ne hissettiğini anlamaya çalışıyorum ama pek bir ipucu vermiyor bana.

— 14. yüzyılda Katolik bir rahip Çin'e gitmiş ve kitaplarında o zamanlar annelerinin küçücük kızlarının ayaklarını nasıl zevkle bağladığını anlatmış. Çünkü o zaman anneler kızlarının geleceğini bu küçük ayaklarda görüyorlarmış. Her bir ayak 5 santim eninde ve 300 santim uzunluğunda bir bezle sarılıyormuş. Ayağın başparmağı dışarıda bırakılıyor, geri kalan dört parmak ayak tabanına doğru bükülerek bağlanıyormuş. Böylece ayak, kız büyüyüp genç kız olduğunda bile 9 santimi geçmiyormuş. Böyle sarılarak biçimlendirilen ayağa, "altın lotus" deniliyormuş.

— Acımıyor muymuş?

Bunu sorarken adeta haykırıyor. Kadınların acı çekmesinden çok etkilendi. Göz ucuyla bakıyorum ona. Sanırım o da çok acı çekmiş. Acıyı iyi tanıyor.

— Çok acıyormuş ama ayakları sarılırken kızların ağlaması yasakmış, sessizce durmaları gerekiyormuş. Eğer direnirlerse dayak atılarak cezalandırılıyorlarmış.

— Başparmağı neden sarmıyorlar?

— Çünkü birkaç ay sonra başparmak hilal şeklinde yukarı doğru kıvrılıyor, diğer parmaklar ise çürüyüp düşüyor veya ayak tabanına yapışarak kayboluyormuş. O zamanlar Çin'li kadınlar "altın lotus" dedikleri küçük ayaklarıyla övünür, düğünlerinde, üzerinde "saçlarımız ağarana kadar zenginlik ve itibar" yazılı süslü ayakkabılar giyerlermiş. Gelinin ayağının büyüklüğüne ve şekline o zamanlar çok önem verilirmiş. Gelin kocasının evine gelip tahtırevandan indiğinde bütün komşular ve akrabalar kapının önüne doluşur ve gelinin ayağını kontrol ederlermiş. Küçük ve güzel ayaklı bir gelin çevreden övgü alır, aile bundan büyük memnuniyet duyar, karısını ilk kez görecek olan damat da bu durumdan çok gururlanırmış.

— Ya gelinin ayağı küçük değilse?

Sanki ayağı küçük olmayan gelin kendisi! Nasıl da telaşlandı!

— O zaman herkes ona güler, damadın ailesi ve damat kendilerini aşağılanmış hisseder ve ömürleri boyunca bu utançla yaşarlarmış. Ayrıca düğünden önce damat, gelinin ayağını bir cetvelle ölçmek ve sonuç pek iç açıcı değilse gelini aşağılamak ve evlenmekten vazgeçmek gibi bir hakka da sahipmiş. Yine o devirde sık sık kadınlar arasında güzellik yarışmaları düzenlenirmiş. Tahmin edeceğin gibi bu yarışmalarda lotus ayaklı kadınlar yarışırlar, küçücük ayaklarına giydikleri ayakkabılara zil veya kanatları hareket eden ipek kelebekler takarlarmış. Ayakları sarılmamış, aşağı tabakadan kadınlar ise utançtan yarışmaları en arka sıralardan izlerlermiş. Bu kadınlara "lotus teknesi" ya da "ördek ayaklı" denir ve onlarla alay edilirmiş. Ayak bağlama geleneği Mao'nun iktidara gelmesinden sonra büyük bir kampanya düzenlenerek bütün ülkede yasaklanmış ve böylece milyonlarca kadın, yıllardır çektikleri bu büyük eziyetten kurtulmuşlar.

— Ama herkes kurtulamamış... Kadınlara yapılan eziyetlere... yine kadınların destek vermesi ne garip!... Sanki çektikleri acıdan zevk alıyorlar... Erkekler tarafından konan kurallara itaat ediyorlar... Hatta bunu onlardan daha fazla destekliyorlar... Yani kraldan fazla kralcı oluyorlar... Bu kadınları anlamak zor!

Belki de ilk kez birden fazla cümle kurarak bu konudaki düşüncelerini söylüyor bana. Olayı sanki bir bilim insanı gibi yorumluyor. Bu kızdan hiç beklemezdim bunları. Yine şaşırttı beni.

— Bir bilim insanı gibi yorumladın hikâyeyi. Sadece küçük ayaklara, bunun için kadınların çektiği acılara takılmadın. Dikkatli bir kızsın.

— Teşekkür ederim. Törelere destek olanlar da yine kadınlar... Kadın istemese erkek hiçbir şey yapamaz... Ama kadın böyle istiyor... Ceza istiyor... Acı istiyor... Hatta sonunda ölümü istiyor...

Neler söylüyor bu kız? Karşımda bir sosyoloji profesörü var sanki. Gözlerimi kapatıp bunu söyleyeni görmeden dinleyebilsem çok yerli yerinde bir sohbet olacak ama maalesef gözlerim açık ve onu görüyorum. Son derece derin, yerli yerinde, bilimsel yorumlar yapıyor. İyi ama madem her şeyi biliyor, bu ne hal? Bu kızı omuzlarından tutup silkelemek geliyor içimden. Hem bu kadar akıllı ol, hem de ortalıkta acuze gibi dolaş, doktora gelirken içki iç, karşısında zıp zıp zıpla!

— Kadınlar var oldukları günden beri çok acı çekmişler Ala.

— Adımla hitap ettiniz bana... Sonunda kabul ettiniz beni...

Demek ona ilk kez adıyla hitap ettim ve onun dikkatinden hiç kaçmadı. Bense bunun hiç farkında değilim. Hâlbuki ben insanlara hep adıyla hitap ederim. Bu deli kız benden önde. Şimdi artık ben de çok daha dikkatli olmalıyım.

— Bunda kendi payını unutma.

— Evet, evet... Ben de çok dikkat ediyorum...

— Hangi konuda?

— Sizi kızdırmamak için... Elimden geleni yapıyorum... Bazen de hayal kuruyorum.

— Ne hayali?

— Gülseren Hanımla seanslarımız çok uzun olsa... Hep o anlatsa... ben dinlesem diyorum.

— Evet, çok hayalperestsin.

— Ben hiç hayal kurmazdım... Aptalca da olsa... artık hayal kurabiliyorum.

— İyi, memnun oldum. Belki gelecekte daha gerçekçi hayaller kurarsın.

— Belki... Teşekkür ederim.

Başı önünde, elimi hafifçe sıkarak çıkıyor odadan. Elleri bir ölü eli gibi soğuk ve yapışkan! Demek tek hayali benim yanımda daha uzun kalabilmek ve benim anlatacağım hikâyeleri dinlemek! Ona adıyla bile hitap etmeyen bir doktordan istiyor bunları. Bu kızın zekâ katsayısı kaç acaba? Asıl hayalleri, umutları nedir, bilmiyorum ki... Hayallerine beni alması pek hoşuma gitmedi çünkü şimdilik onunla aynı duyguları paylaşmıyoruz. Hastayla hekim arasında kurulan ilişkinin içine zamanla mutlaka duygular da karışır. Biz buna "Transferans" deriz. Yani duygu geçişi olur. Bu iki taraflı bir geçiştir ve tedavide çok işimize yarar. Bu kızda transferans daha ilk gün ve çok şiddetli başladı. O zaman tamamen olumsuz duygular gidip geliyordu aramızda. Şimdi ise onun duyguları çok değişti. Benim yanımda daha uzun zaman geçirmeyi hayal edecek kadar çok istiyor. Bense hâlâ kendimi ona pek yakın hissedemiyorum.

Tedavinin ilk başlarında hastanın doktora bağlanmasını, onu yüceltmesini doğal kabul edebilir, hatta bundan yararlanabiliriz. Ama sonunda doktor bu duygularla başa çıkmak, her şeyden vazgeçip sadece ona bağlanan hastasını yeniden hayata iade etmek zorundadır. Bu kızda hiçbir şeyi gözden kaçırmadan izlemem ve hep çok dikkatli olmam gerekiyor. Her hastada bu konuda kendimi fazla zorlamam gerekmez. İçten gelen bir doğallıkla akar gider seanslar çünkü onlara karşı içimde kötü duygular dolaşmaz. Yılların verdiği tecrübe ve sezgilerle her şey kendiliğinden yerli yerine oturur. Bu kızda hiçbir şey doğal değil. Zorlanıyorum. Şu anlattığım hikâyeler de olmasa, onunla ilişki kurmak hiç mümkün olmayacak.

4. Bölüm

Emre'yi kaybetmek o dönem hepimizi perişan etti. Ölümünün yedinci gününde evlerinde okunan mevlide ben de gitmiştim. Ev çok kalabalıktı. Hoca yüksek sesle Kur'an okurken kuytu bir köşeye oturmuş ve sürekli ağlamıştım. Çantamdaki bir paket kâğıt mendil yetmemiş, Emre'nin annesi sık sık bana yedek mendil temin etmek zorunda kalmıştı. Bu ortamda asıl ağlaması gereken kişi ben değildim, bunu biliyor, hatta bundan biraz da utanıyor ama kendime mani olamıyordum. O ara zaten Aydın pek iyi değildi. Artık evden yalnız çıkamıyor, sürekli yatmasa da televizyonun karşısındaki koltuktan hemen hiç kalkmıyordu. Doktorunun istediği tetkikleri yaptırmak için birlikte gidiyorduk ama sonuçları göstermek üzere bile doktora gelmek istemiyor, bunları ben yalnız yapıyordum. İlaçlarını ben alıyordum, o nasıl kullanacağı ile de ilgilenmiyor, ben ne verirsem içiyordu. Hasan akşamları artık odasından hiç çıkmıyor, çıkarsa da sadece Emre'lere gidiyor, bütün gece orada kalıyordu. Emre nasıl bizim evde büyümüşse, Hasan da Emre'nin ailesine o kadar yakındı ve özellikle Emre'nin babası Hasan'ı sıkça yanında görmek istiyordu.

İşte o ara Yağmur hastalandı. Henüz iki aylık hamile olmasına rağmen karnı hızla şişmeye başladı. Doktorlar hemen hastaneye yatması gerektiğini, durumun ciddi olduğunu söylediler. Eğer çocuğu hemen alırlarsa sorun kendiliğinden çözülecekti ama Yağmur buna karşı çıkıyor, o çocuğu doğurabilmek için gerekirse ölümü bile göze almaktan çekinmiyordu. Ben artık ne diyeceğimi, ne düşüneceğimi, ne yapacağımı bilemiyor, oradan oraya koşturup duruyordum. Yüreğimin üzerine oturan taş giderek büyüyor, ben bu tonlarca ağırlığın altında ezildikçe eziliyordum.

Yağmur'u hemen hastaneye yatırdık. Ben, akşama kadar hastanede Yağmur'un yanında kalıyor, akşamüstü eve gelip bir süre Aydın'la ilgilendikten sonra yeniden hastaneye dönüyor ve geceyi Yağmur'un yanında geçiriyordum. Özellikle ilk üç dört gün çok önemliydi. Her gün kızımın canını çok yakan iğneler yapılıyor, günde üç dört kez kan alınarak hormon seviyeleri izleniyordu. Henüz hiçbir düzelme olmamıştı ve o gece Emre'nin kırk mevlidü okunacaktı. Hasan, Emre'lerde, Yağmur hastanede, ben de onun yanındaydım. Aydın evde yalnızdı ve morali çok bozuktu. Çocuklarına, özellikle kızına aşırı düşkün bir baba olan Aydın ilk kez beni bu konuda şaşırtıyor, "Hep kızının yanındasın, benimle ilgilenmiyorsun," diyerek sitem ediyordu.

Alâeddin'in sihirli lambasını bulsam, içindeki dev bana sorsa, ne istersin dese, ikinci dileğim o geceyi hayatımdan silmesi olurdu.

Aklımdan o günler bir türlü çıkmıyor. Sabah evde bir yandan bunları düşünüp bir yandan da çayımı içerken telefon çalıyor. Klinikten arıyorlar. Çok ağır bir hasta getirmişler, zapt etmekte zorlanıyorlarmış. Daha önce benim gördüğüm bir hastaymış. Acaba erken gelebilir misiniz, diye soruyorlar. Aceleyle hazırlanıp çıkıyorum evden. Kliniğe gelir gelmez koşarak giriyorum içeri. Dördüncü kata çıktığımda salonda görüyorum onu. Yanındaki üç erkek onu tutmakta zorluk çekiyor. Bu bizim Ömer! Ne tatlı çocuktur, ne çok severim Ömer'i. Annesi de hasta. Anneyle birlikte gelirlerdi eski muayenehaneme. Beni görünce bir an duraklıyor. Hemen gidiyorum yanına ve elinden tutuyorum, birlikte giriyoruz odama.

Uzun boyu, iri cüssesi, kıpkırmızı olmuş yüzüyle dehşet içinde bakıyor bana Ömer. Ben görmeyeli daha da yakışıklı olmuş. O zamanlar yaşı çok gençti. Şimdi otuzlarında olmalı.

— Hoş geldin Ömer. Şöyle buyurun. Bırakın artık, çocuk istediği yere otursun.

— Ama doktor hanım!

— Bırakın dedim. Ömer ben görmeyeli ne kadar değişmişsin sen. Gel şöyle otur. Hasta mı oldun sen? Ah canım, gel.

Ömer şimşekler çakan gözleriyle bakıyor bana. Kolundan tutmak üzere yavaşça elimi uzatıyorum ama bu sefer köpek hırıltısı gibi bir ses çıkarıyor. Öyle gergin ve öfkeli ki, kendini kontrol etmekte çok zorlandığını anlıyorum. Aslında ne tatlı bir çocuktur Ömer. Beni ne çok sever ama bugün durum öyle böyle değil. Her an bu odayı da beni de darmadağın edebilir. Biraz geri çekiliyorum. O zaman karşımdaki koltuklardan birine çöker gibi oturuyor. Yaşlıca iki adam hemen yanı başına geliyorlar. Onlar da Ömer'in kötü bir şeyler yapmasından korkuyorlar.

Sonradan adamlardan birinin Ömer'in babası, birinin de dayısı olduğunu anlıyorum. Son günlerde ilaçlarını bırakmış, ardından da dükkânda canını sıkan bir şeyler olmuş. Üç gece uyku tutmamış, sonra böyle olmuş. Her yeri kırıp dökmüş. Buraya getirmek çok zor olmuş. Ah Ömer ah, şu ilaçları neden bıraktın. Ne kadar iyi gidiyordu her şey.

Ömer huzursuz. Oturmak istemiyor. Sürekli ah, of gibi sesler çıkararak boş gözlerle çevresine bakınıyor. Ben aileye ne yapmaları gerektiğini aceleyle anlatmaya çalışıyorum ama onun hali fena. Hemen çekmeceyi açıp Tuna'dan bir bardak su istiyorum. İki hapı birden koyuyorum Ömer'in avcuna. Hemen iç şunları diyorum. Bir an tereddüt ettikten sonra gözlerimin içine bakarak bir dikişte suyla birlikte içiyor ilaçları. Sonra daha fazla dayanamayıp ayağa fırlıyor. Ben de aceleyle kalkıp yanına gidiyorum. Yumruklarını sıkmış, vücudu kaskatı kesilmiş, yüzü sanki nefes alamıyor gibi kırmızıdan mora dönerken babasıyla dayısı hızla yakalamaya çalışıyorlar onu. "Bırakın" diyorum yine, "bırakın, Ömer burada bir şey yapmaz." Onlar bırakınca kıpkırmızı olmuş gözlerinin içine bakarak çok yavaş ve içimden geldiği gibi sevgi dolu bir sesle konuşuyorum onunla.

— Korkma Ömer, geçecek. Yine eski Ömer olacaksın. Efendi, kibar, saygılı Ömer. Zaten bu gelişinizi saymıyorum. Biraz düzelince kendin gel buraya. Benim davetlim olarak bekliyorum seni. Biliyorum çok öfkelisin ve istesen de bu öfkeyi durduramıyorsun. Korkma, her şey düzelecek.

Ömer sımsıkı tuttuğu yumruklarını önce birbirine sonra da göğsüne vurmaya başlıyor. Benim hastalarım işte böyledir. Kendilerini en çok kaybettikleri gün bile bana zarar vermek yerine kendilerine vurmayı tercih ederler. Yavaşça elimi uzatıyorum tutmak için ama yine olmuyor. "Dokunma, kimse dokunmasın bana, sakın, sakın ha! Yakarım, yakarım herkesi." Yine bir adım geri çekiliyorum. Ömer bir süre daha bağırıp çağırdıktan sonra yavaş yavaş kendi etrafında dönmeye başlıyor. Hızını giderek arttırarak dönüyor. Sonra düşecek gibi olunca olduğu yere çöküyor. Yumrukları yine sıkılı ve havada duruyor. Ben, babasına ve dayısına gerekli tavsiyeleri yaptıktan sonra yine yavaşça iki koluna giriyorlar Ömer'in ve yerden kaldırıyorlar. Ömer arada bir arkasına dönüp bana bakarak çıkıyor odadan. İçimde ince bir sızı beliriyor. "Kadersiz Ömer," diyorum içimden. Genlerimiz bazen nasıl da her şeyi alıyor elimizden. Nasıl da elimizi kolumuzu bağlıyor ve çaresiz bırakıyor bizi. Bu garip Ömer kaderini yazıldığı gibi kabullenmekten başka ne yapabilir ki? Bu ne çaresizlik Tanrım!

Memlekette belki de "Deli Ömer" diyorlar ona ve herkes bir adım geri duruyor. Küçücük bir dükkân, hasta bir anne, hepsine birden yetemediği için perişan olmuş bir kız kardeş ve her şeyden kendini soyutlamaya çalışan bir baba. Ömrünü bu dar alanda, olabildiği kadar bir şey hissetmeden, beyninin içinde durmadan dolaşan gölgelerle geçirecek bu çocuk.

Şizofreni, adı çok bilinen ama toplum tarafından pek tanınmayan bir hastalıktır. Çoğu zaman insan doğduğu zaman genlerinde kendiyle birlikte onu da getirir dünyaya. Ergenlik çağlarından sonra göstermeye başlar kendini. İçe dönük, az konuşan, insanlarla kolay ilişki kuramayan, kendi halinde insanlardır bunlar. Genellikle çok zeki olurlar ve ders başarıları çok yüksektir. Okul birincileri bunlardan çıkar. Hastalık küçük bir olayla veya durup dururken çıkar ortaya. Önce yoğun bir sıkıntı hisseder hasta. Öyle bir sıkıntıdır ki, sanki barajları parçalayan azgın sular gibi gelir ve insanların hissedebileceği her türlü ağrıdan daha fazla acı verir kişiye. Sular çok yükseldiği zaman barajları yerle bir etmesin diye baraj kapakları açılır. Tıpkı bunun gibi o devrede bir doktor müdahale edebilirse ilaçlar baraj kapaklarını açar ve hasta bir süre sonra rahatlar ama genellikle insanlar bu dönemi geçirdikten sonra gelir doktora. Yani sular baraj yerine ruhsal çatıyı çatır çatır çatlatmış, her şeyi yerle bir etmiştir. O zaman sıkıntı biter, kişi rahatlar ama bu sefer de yakın çevrede başlar rahatsızlık çünkü ruhsal çatı yıkıldığı için kişinin zihni darmadağın olmuştur; saçma sapan konuşmakta ve olmadık şeyler yapmaktadır. Artık o, azgın suların yerle bir ettiği bir enkaza dönmüştür. Doktor bu dönemde de bir şeyler yapar, dağınıklığı toplar, dışarıdan bakınca kişi sanki normal biriymiş gibi görünür ama bir kere kırılan testi ne kadar yapıştırılırsa yapıştırılsın bir daha asla eskisi gibi olmaz.

En büyük yarayı duygular alır. Sanki duyguların sesinin tonu birileri tarafından kısılmış gibidir. Ne kadar zorlasanız da ancak bir yere kadar çıkabilirler. Zaten giderek bu ton azalır, azalır ve sonunda çoğu zaman ses kesilir ve kişi ondan sonra bir şey hissetmez olur. Duyguları elinden alınan biri artık bizlerden çok farklıdır. Düşünür, bilir, görür ama hissetmez. Bu yüzden şizofrenlerin yüz hatları giderek değişir. Duygularla birlikte mimikler de kaybolur, yüz gerilir, kırışıklıklar ya hiç oluşmaz veya giderek kaybolur ve yüz donuklaşır. Şimdilerde hanımlar tarafından sıkça kullanılan botoks, sanki tüm yüze yapılmış gibidir.

Bütün bunlara rağmen şizofreni bugün artık çok iyi tedavi edebildiğimiz hastalıklardan biridir. Zamanında başlanan tedaviler özellikle çok iyi sonuçlar vermekte, hasta ciddi kayıplara uğramadan hastalık durdurabilmektedir. Hastalık çoğu zaman nöbetler halinde gelir ama her nöbet hastadan bir şeyleri alıp götürür. Bütün mesele o nöbetlerin tekrarını önlemektir ki bu da düzenli bir tedavi ile mümkündür.

Ah Ömer ah, ben az mı söyledim sana şu ilaçları sakın bırakma diye. Bak, kaç yıldır hastalanmadan ne güzel idare edip gidiyordun. Hatta bundan önceki gelişinde arada bir bana gülümsemeye bile başlamıştın. Bakalım bu sefer ne kadarını geri alabileceğiz hastalığın elinden.

Bir süre hastaneye yatması gerekiyor. Üç erkek yine kollarına girerek götürüyorlar onu. Hastanede tedavisi biter bitmez yine gelecekler bana. Bu sırada telefon çalıyor açıyorum, arayan Tuna.

— Efendim Tuna?

— Azmi Bey arıyor efendim. Hani şu geçen gün gelen İclal Hanım'ın eşi.

— Tamam Tuna, bağla.

— Alo!

— Buyurun Azmi Bey, ben de sizden telefon bekliyordum.

— Doktor Hanım sormayın, perişan oldum. Ne oldu böyle aniden benim karıma. Biraz daha konuşsa kendini peygamber ilan edecekti. Böyle şeyler birden olur mu? Nazar mı değdi kadıncağıza bilmem ki...

— Yok Azmi Bey, pek birden olmamış. Onun yanında soramadım. Son günlerde sizin dikkatinizi çeken bir şeyler olmasa onu buraya getirmezdiniz.

— Vardı, vardı ama bu kadarını beklemiyordum doğrusu. Hem biz on yıllık evliyiz. Şimdiye kadar onun hasta olabileceğine dair dikkatimi çeken hiçbir şey olmadı. Çabuk kızmaz, sinirlenmez, hırsları filan da yoktur. Sessiz, sakin bir kadındır. Biraz yavaştır. Gezmeyi tozmayı, insanlarla sık bir arada olmayı sevmez. Bazen aylarca dışarı çıkmaz. Öteki hanımlar gibi şunu al, bunu al diye tutturmaz. Tatile bile benim zorumla gider. Uykuyu çok sever, bazen akşama kadar uyur. Ama bu aralar uykuları bozulmuştu. Üç aydır doğru dürüst uyumadı desem yalan olmaz. Hep içinde bir sıkıntı var gibiydi. Sanki kabına sığmıyordu. Evde bir aşağı, bir yukarı dolanıp duruyordu. Eskisi gibi gündüzleri de yatmıyordu. Çocuğa bakamadığı için annesine gönderdik. Bir tas çorba bile pişiremedi kadıncağız. Gerçi benim imkânlarım her şeye müsaittir. İstese her gün lokantadan yemek getirtirim ona ama istemedi.

— Dini toplantılara gitmeye ne zaman başladı?

— Üç ay kadar oldu. Aslında oraya da kendi istemedi gitmeyi, ben zorladım. Hiç evden çıkmadığı için ona bir meşgale olsun istedim. Yanlış yapmışım demek ki... Bu namaz kılma meselesi de ondan sonra çıktı. Eskiden böyle dindar filan değildi. Oruç bile tutmaz, hele namaz hiç kılmazdı. Önceleri gittiği toplantıların etkisi zannettim ama sonra işler değişti. Sabahtan akşama kadar namaz kıldığını, hatta geceleri bile kalkıp saatlerce seccadenin başında oturduğunu fark ettim. Düşünebiliyor musunuz, benim karım aptes almayı bile bilmez, bana sorardı. Son zamanlarda namaz kılıyor ama aptes filan almıyor. Öylesine yatıp yatıp kalkıyor. Hay Allah, bütün suç bende! Onu çok daha önce getirmeliydim size. Kur'an kurslarına göndermesem belki de bunlar gelmezdi başımıza.

— Pek sanmıyorum. Hastalık zaten gelecekmiş, o da bahane olmuş. Kendinizi suçlamayın.

— Bu düzelir mi sizce?

— Düzelecek, düzelecek, korkmayın.

— Ama ona sadece uyku ilacı verdiniz. Tek bir uyku hapıyla bu iş düzelmez. Baksanıza kendini peygamber sanıyor. Belki de daha ilerisi. Tövbe, tövbe...

— Ben ona uyku ilacı vermedim. O verdiğim tek doz haline getirilmiş çok etkili ve önemli bir ilaç. Bir kerede tam doz alıyor. Bir süre sonra toparlamaya başlayacak ama ilacın dozu çok yüksek olduğu için biraz uyku ve halsizlik yapabilir. Siz bu konuda lütfen dikkatli olun ve ilacı düzenli olarak almasını temin edin. Ayrıca bu ara onu asla yalnız bırakmayın çünkü siz de gördünüz, ne yapacağı belli değil.

— Neler yapabilir doktor hanım?

— Şimdi bunları tek tek sayamam ama hem kendine hem de size zararlı olabilir. Lütfen uyanık olun. Söylediklerim iyice anlaşıldı değil mi?

— Evet, anlaşıldı doktor hanım.

— Ha, bu arada, İclal Hanım tamamen düzelene kadar çocuğunuzu memleketten getirmeyin.

— Ne zaman getirelim?

— Ben size daha sonra bunu söyleyeceğim. Başınız sıkışırsa beni arayabilirsiniz. Hadi, iyi günler, geçmiş olsun.

Adamcağız bu işe şaştı kaldı. Konuşurken sesi hep ağlamaklı çıkıyordu. Kolay değil yaşadıkları. Üstelik karısını çok seviyor. Bu, İclal'in en büyük şansı...

Tuna kapıdan başını uzatmış bana sesleniyor.

— Her zamanki gibi yine acıkmadınız galiba. Odanıza mı göndereyim yoksa kafeteryaya çıkar mısınız? Hava çok güzel, hadi isterseniz birlikte terasta yemek yiyelim.

Tuna haklıymış, hava çok güzel. Gökyüzünde tek bir bulut bile yok. Biz Madalyon Klinik'te sanki bambaşka bir ülkede yaşıyor gibi hissediyoruz kendimizi çünkü etrafımız sefaretlerin bahçeleriyle çevrili. Bahçeler çok bakımlı. Ağaçlar yemyeşil ve sık bir orman gibi başlarını göklere uzatmışlar. Her cins çam var burada. Ağaçların arasından İtalyan Sefareti'nin yüzme havuzu görünüyor mavi mavi. Sağ tarafa bakınca köşke doğru uzanan bir başka yeşil alan var. Tam karşımızdaki Çağdaş Sahne'de, yine "Fosforlu Cevriye" oynuyor. Tuna'yla karşılıklı oturup bir yandan yemeğimizi yiyor, bir yandan da sohbet ederken yavaş yavaş çevremizi klinikte çalışan diğer doktor ve psikologlar alıyor. Bu arada elinde bir kitapla Cengiz görünüyor uzaktan. Bizi görünce gülerek geliyor yanımıza. Genç arkadaşlar hemen kalkıp hocalarına benim yanımda yer açıyorlar. Aynı katta çalışsak da, Cengiz'i de bir iki haftadır görmüyorum. Hepimiz koşarak giriyoruz odalarımıza, ben öğlen yemeğine de zamanında çıkamadığım için her zaman bir araya gelemiyoruz. Cengiz, yani Profesör Doktor Cengiz Güleç bana hafifçe sarılarak oturuyor yanıma ve heyecanla elindeki kitabı gösteriyor. "Hallac-ı Mansur." Ben merakla kitabı incelerken o, "Hani mistisizm ve psikoterapi konusunda bir seminer düzenleyecektik. Ben hazırlıkları tamamladım, ne zaman istersen başlayabiliriz," diyor. Çok seviniyorum bu habere. Uzun süredir benim de çok ilgi duyduğum bir konu bu. Özellikle Aydın hastayken bu konuda pek çok kitap okudum. İyi geldi bana. "Önümüzdeki hafta Çarşamba günü başlatalım," diyorum. Bir süre de programın kaç hafta devam edeceği üzerine konuştuktan sonra, Tuna'nın da uyarısıyla kalkıyorum yerimden. Aslında canım bir süre daha onlarla birlikte oturmak istiyor ama oturamam, hastalarım beni bekliyor. Cengiz, bir yandan bembeyaz sakallarını elleriyle sıvazlarken, bir yandan da gözlerinin üstünden bakıyor arkamdan. Muzip bir gülümseme var yüzünde. Ah seni ah, der gibi parmağını sallıyor. Onu ne zaman ihmal etsem, hep böyle hafiften sitem eder bana.

Aşağı indiğimizde merdivenin başında Ala karşılıyor bizi. İkimizi de yerinde göremeyince merak etmiş. "Hemen alalım mı içeri?" diye soruyor Tuna. Ala ile birlikte giriyoruz odama. İkimiz de yerlerimize otururken dikkatlice bana baktığını fark ediyorum. Benim bildiğim doktor hastasına böyle bakar. Burada sanki roller değişmiş, o beni inceliyor. Hafifçe gülümsüyorum ona. Yine üstü başı dökülüyor. Nereden buluyor bu kız bu acayip giysileri!

— Nasılsın Ala?

— İyiyim efendim... Sizin yemekhane yukarıda galiba!

— Evet, yukarıda.

— Kim bilir... manzarası ne güzeldir!

— Güzel. Yazın daha keyifli oluyor.

— Arkadaşlarınızla... beraber miydiniz?

— Evet, neden soruyorsun bunları?

— Benim için... onları bırakıp geldiniz.

Ne demek istiyor acaba? Yani kendisinin arkadaşlarımdan daha değerli olduğunu mu ima etmeye çalışıyor? Hem ne biliyor benim aklımın bir kısmının yukarıda kaldığını? Bu bir önsezi mi, yoksa gerçekçi bir tahmin mi? Yine daha seans başlamadan kafamı karıştırmayı becerdi.

— Benim hiç arkadaşım... olmadı... Onun için... arkadaşı olanları kıskanırım... Sizin çok arkadaşınız var mı?

— Var!

— Ne iyi... Ama sizi kıskanmıyorum...

— Neden?

— Keşke ben de... sizin arkadaşınız olsam! Onlara da... bana anlattığınız hikâyeleri... anlatıyor musunuz?

— Bazen bilimsel toplantılarımız olur. Orada gerekirse anlatırız bunları.

— Kalabalık mı olur... o toplantılar?

Kendisine soru sorulmasını istemiyor ama o bana soru sormaktan hiç çekinmiyor. Aslında bu sorulara cevap vermemenin bir yolunu bulurum ama konuşmayı kesmek istemiyorum. Hem şimdilik pek suya sabuna dokunmayan zararsız sorular soruyor. Neyin peşinde acaba?

— Evet, bütün klinik katılır.

— Burada çalışmayanlar... katılamaz mı?

— Bazen üniversitelerden bazı meslektaşlarımız da gelir. Neden soruyorsun bunları?

— Ben de katılabilir miyim?

Şimdi işin aslı anlaşıldı. Bilimsel toplantılara o da katılmak istiyor ama neden?

— Neden böyle bir şey istiyorsun?

— Psikiyatristlerin... kendi aralarında... neler konuştuğunu hep merak ederim ben.

— Sen zaten bu konuda kitap okuyorsun değil mi?

— Okuyorum...

— Güzel. Bu toplantılara sadece meslek mensupları katılabilir. Hem sen bir şeyler sormak istersen ben karşındayım. İstediğini sorabilirsin.

— Teşekkür ederim... Zaten elinizden geleni yaptığınızın... farkındayım... Çok güzel masallar anlatıyorsunuz bana... Sadece benim için... anlatıyorsunuz bunları... Bana çocukluğumda... hiç masal anlatan... olmadı... Çocukluğum deyince... aklıma oradan oraya koşturan... çirkin, eciş bücüş bir kız gelir... O zaman da kimse sevmezdi beni... Bana ait bir yatak bile yoktu evde... Nereyi bulursam oraya kıvrılır... yatardım... Kışın soğuk olurdu... O zaman salondaki somyada yatardım... Salon büyüktü... ve içi eşya doluydu... Geceleri o eşyaların her biri... hayalete benzerdi... korkardım... En çok da öcülerden korkardım...

Hayret, ilk kez ben bir şey sormadan kendiliğinden çocukluğuyla ilgili bir şeyler anlatıyor bana. Bu iyiye işaret galiba! Anlattığım hikâyelerin bir faydası oluyor demek ki... Sorularına cevap vermem de rahatlattı onu.

— Şimdi hâlâ korkuyor musun?

— Öcülerden değilse de... korkacak başka şeyler yine var.

— Ne gibi?

— O zamanlar küçük yengem, son doğurduğu oğlanı kucağına alır... bir yandan saçlarını okşar... bir yandan da... ona masal anlatırdı... Ben uzaktan dinlerdim... onları... Oğlan ağlayınca da... seni öcülere veririm... derdi... Küçük oğlan... gözlerini yumar... ve başını annesinin göğsüne... saklardı... Ben de çocuktum... ama başımı göğsüne saklayabileceğim... kimse yoktu benim yanımda...

Sözün burasında başını kaldırıp dikkatle yüzüme bakıyor. Sanırım neler hissettiğimi anlamaya çalışıyor. Bir anda anlattığı sahne gözlerimin önüne geliyor. Kapı arkasından, başkasının annesinin anlattığı masalı dinleyen bir külkedisi canlanıyor gözlerimin önünde. Acıklı bir film seyreder gibi oluyorum ve dudaklarım bana hiç sormadan iki yana doğru çekiliyor. Bu durum Ala'nın gözünden kaçmıyor ve müstehzi bir gülümseme yayılıyor yüzüne. Sonra da başını hafifçe öne arkaya sallayarak efkârlı bir ifadeyle konuşmaya devam ediyor.

— Eskiden öcüler korkuturdu beni... şimdiyse insanlardan korkuyorum... Öcülerle ilgili hikâye yok mu?

Konuyu hemen yine hikâyelere getirdi. Aslında bu durum benim de işime geliyor. Sanki anlattıklarından bu kadar etkilendiğimi onun görmesini istemiyor gibiyim. Sanki içim acırken beni yakaladı gibi tuhaf bir şeyler hissediyorum. Bir yandan onun peşindeyken, bir yandan da kendi duygularımı yakalamaya çalışıyorum. Aslında tam bir psikoterapi seansı bu! Bu tür seanslarda doktor tam da bunu yapmalı, hastası kadar kendi duygularını gözden kaçırmamalıdır ama bu ilişkide bir şeyler beni sürekli olarak rahatsız etmeye devam ediyor.

Ellerini çenesinin altına koyup gözlerini bana dikmiş bile. Merak ve heyecanla yeni bir hikâye dinlemeye hazırlanmış çoktan.

— Öcü olmasa da, cadılarla ilgili bir hikâye anlatayım sana. Bizim kültürümüzde cadı diye bir kavram yoktur ama Cadılık yüzyıllardır Avrupa kültüründe önemli bir rol oynar ve çocuklara anlatılan masallarda bile genellikle başrol cadılara verilir. Hatta bazı zamanlar insanlar bundan o kadar çok etkilenmişler ki, gökyüzünde uzun saplı süpürgesine binip uçan cadıları görürüm korkusuyla geceleri yolculuk edemez olmuşlar. 15. yüzyılda cadılık insanlara lanet yağdıran, büyü yapan, bebekleri öldüren, kuşa veya başka hayvanlara dönüşebilen, bir tür ters yüz edilmiş Hıristiyan seremonisi olan "Şeytan Toplantısına" gitmek için keçiye veya süpürgeye binerek uçabilen yaşlı, çirkin, korkunç görünümlü kadınlar olarak hayal edilmiş. Avrupalıların hayal gücünün ürünü olan cadılar zamanla edebiyatta kendilerine önemli bir yer bulmuş ve buradan tüm dünyaya yayılmış. Cadıların bütün hayvanlarla arkadaşlık ettiği düşünülür ve bu hayvanların cadıların her dediğini yaptığına inanılırdı. Daha sonra ortaya çıkan cadı avcıları pek çok yaşlı kadını cadı olmakla suçlamış. Suçlanan kadın önce çırılçıplak soyulur, acı hissedip hissetmediğini anlamak için vücuduna sivri iğneler batırılırmış. Kadın eğer çığlık atmazsa onun cadı olduğu kesinleşirmiş.

— Ben eğer o zaman yaşasaydım, beni de cadı zannederlerdi.

Ne demek istiyor acaba?

— Neden?

— Çünkü ben de kolay kolay çığlık atmazdım... Yani dayak yerken... Sonra ne olmuş?

— Prensler ve büyük toprak sahipleri kendi topraklarında bulunan tüm cadıların bir an önce yakalanması için emirler vermişler. Suçlanan kişiler hemen köy meydanlarında kazığa oturtularak canlı canlı yakılmaya başlanmış. Bu kadınlara, önce diğer cadıların isimlerini vermeleri için çok ağır işkence ediliyormuş. Başparmakları kerpetenle sıkıştırılıyor, bileklerine bağlanan iplerle yukarı çekilip sonra aniden yere bırakılıyorlarmış ve bu işkenceleri binlerce kişi izliyormuş. Yorgunluktan ve acıdan bitap düşen kadınlar sonunda kendilerine yöneltilen tüm suçlamaları kabul ediyor, tanıdıkları pek çok başka masum kadının adını veriyor ve bir an önce ölüp kurtulmanın yolunu arıyorlarmış.

— Cadıların... kötü insanlar olduğunu düşünürdüm hep.

Aklım dayak yerken çığlık atmamasına takıldı. Erkeklerden yediği dayaklardan mı söz ediyor acaba? Geçmişinde kim bilir neler gizli?

— O dönemde halk bir tür histerik çılgınlığın içine girmiş, yani toplum tümüyle hastalanmış ve bu hastalık pek çok masum kadının canına mal olmuş. İşkenceler sonucu kabul edilen suçlamalar bu çılgınlığı iyice beslemiş. Zavallı yaşlı kadınların ağızlarından çıkan isim listesi halkın kâbusu haline gelmiş. İnsanlar hem bu listeye kendileri de dahil olmaktan korkuyor, hem de daha binlerce cadının aralarında dolaştığı şeklinde bir düşüncenin yayılmasına neden oluyormuş. Bir zaman sonra herkes toplum gözünde şüpheli hale gelmiş. Suçlanan bazı geri zekâlı, bunak veya ruh hastası kadınlar, sorguya çekenlerin istediği şeyleri bir bir söyleyiverir, saçma sapan itiraflarda bulunurlarmış. İşte bu kadınlar kazanlarda bebekleri kaynattıkları, akbaba yağıyla bebek kanı karıştığında aranan lezzetin bulunduğu gibi daha bir sürü asılsız şeyler anlattığı için, toplumda yaşanan çılgınlık bir kat daha artmış. Sonunda iş çığırından çıkmış ve herkes işine gelmeyen, kıskandığı veya haset duyduğu insanları ispiyonlamaya başlamış. O arada Reform karşıtı hareketle de birleşerek gücünü iyice arttırmış. Örneğin bir başpiskopos Almanya'da iki köydeki bütün kadınları yaktırmış ve her köyde birer kadın bırakmış. Yine aynı kişi cadıları yargılayan yargıçlardan birinin cadılara karşı yumuşak davrandığını anlayınca onu da cadılıkla itham etmiş, önce işkence edip sonra onu da yaktırmış. Bu konuda her ne kadar Almanya başı çekse de, İsviçre ve İtalya'da da aynı çılgınlık rüzgârları esiyormuş.

— Bu Almanlar... ne kadar cahilmiş!... Bizde yokmuş değil mi?

— O zamanlar yani bin beş yüzlü yılların sonlarında cehaletin kol gezdiği Avrupa ülkelerinin karşısında büyük bir Osmanlı İmparatorluğu varmış. Tüm Avrupalı kadınların korkulu rüyası haline gelen cadılık kavramı bizim kapımızdan içeri hiç girememiş. Almanya'da, cadı olduğundan şüphe edilen kadının suçunu itiraf etmesini sağlamak için bir oyuna başvuruluyormuş. Karanlık bir hücrede kadın günlerce hapsedildikten ve uykusuz bırakıldıktan sonra, bir gece şeytan kılığına girmiş birisi onu ziyarete geliyormuş. Eğer kendisine tapmayı kabul ederse, onu kazığa oturtulup yakılmaktan kurtaracağını söylüyormuş. Zavallı kadın içinde bulunduğu bu korkunç durumdan kurtulabilmek için bu vaatlere inanıyor ve bu durum kadının gerçekten cadı olduğunun kanıtı sayılarak hemen cezası veriliyormuş. Almanlar bu kaba ve acımasız şakayı çok eğlenceli bulmuş olacaklar ki, yıllarca şiir ve şarkılarında bu temayı işlediler.

— Demek... toplumlar da hastalanabiliyor...

Toplumların da hastalanabilmesi çok ilgisini çekti. Belki de tek bir birey yerine tüm toplumun hastalanabilmesi onu rahatlatan bir durum.

— İnsanlık tarihine baktığımızda, toplumların hastalanması çok da ender rastlanan bir durum değil. Bazen daha ağır bazen hafif hastalıklar hep olmuş. Düşünebiliyor musun 18. yüzyılda bile İngiltere, cadıları yargılamaya ve cezalandırmaya devam ediyormuş.

— Biz de onları pek beğenir... bizden her zaman daha uygar olduklarını düşünürüz... Çok okumak lâzım, çok...

— O zamanlar "Suyla sınama" diye bir yöntem varmış. Cadılıkla suçlanan kadın bir havuz veya göle atılır, suda batar ve boğulursa suçsuz, yüzer ve kurtulursa suçlu bulunuyormuş.

— Yani kurtuluş... ölümde... Bu acımasız dünyada yaşamak için... neden bu kadar ısrar ediyoruz... bilmem ki...

Ne kadar hüzünlü bir yorum!

— Dünya her zaman böyle acımasız değil. İyi günler de var dünyada.

— Kişiye göre... değişiyor bu... Şans lâzım... o da bende yok.

Bunu hafifçe elini sallayarak, efkarlı bir ifadeyle söylüyor. Elini sallarken sağ elinin işaret parmağındaki morlukları bir kere daha görüyorum. O parmak neden hep böyle mor?

— Onlar ölmüş... ben yaşıyorum... Size anlatsam... bana vah vah deyip... üzülecek misiniz?

Ne kadar garip bir soru bu böyle! Ona birilerinin acımasından, merhamet etmesinden korkuyor. Belki de bunu bir tür aşağılanma olarak görüyor. Yine çok dikkatli olmam gerekiyor. Ayrıca bakışlarındaki giderek artan kin ve öfke kıvılcımları insanı ürkütüyor.

— Ben duygusal biriyimdir, kızarım da üzülürüm de ama öyle fazla vah vah filan bekleme benden. Hayatta her zaman gerçekçi olmak gerekir. Ayrıca vah vah diyerek kaybedilen zamana yazık değil mi?

— O zamanı... nasıl kullanmak gerekir?

Bu da ilginç bir soru. Karşımdaki kızın çok zeki olduğunu hiç unutmamalıyım. Kendimi çok güçlü bir rakiple maça çıkan bir boksör gibi hissediyorum. Hiç beklemediğim anda kontra yumruklar çıkıyor bu kızdan.

— Zaman insanın en değerli hazinesidir bence, israf edilmemeli. Madem hepimiz bir gün ölüp gideceğimizi biliyoruz, öyleyse bir an önce hedefe kilitlenmeli ve hayattan ne istediğimizi bilerek yaşamalıyız.

— Siz... ne istediğinizi biliyor musunuz?

— Biliyorum.

— Bana da söyleyin desem... söylemezsiniz değil mi?... Doktorlar hastalarına... kendilerinden bahsetmezler... Konu kendilerine gelince... hiç çaktırmadan konuyu değiştiriverirler.

— Belki bir gün söylerim. Peki, sen biliyor musun ne istediğini?

— Biliyorum... En başından beri biliyorum... Bilmenin bana bir faydası olmadı.

— Henüz gençsin, iyi bir mesleğin var ama yine de bunlar yetmez.

— Bir an... beni teselli edeceğinizi sandım.

— Bir psikiyatristten teselli beklemek çok yanlış olur.

— Neden psikiyatr değil... psikiyatrist diyorsunuz?

— İkisi de Türkçe değil zaten. Biri Fransızca, biri İngilizce ama Türkçeye böylesi daha çok yakışıyor.

— Psikiyatristler... insanları teselli etmez mi?

— Teselli iyi niyetli ama pek etkili olmayan bir yaklaşım biçimidir. Daha bu kapıdan çıkarken etkisi azalmaya başlar. Ben gerçekçi olmayı severim. Biraz üzülürüz ama hiç olmazsa yapılacak bir şey varsa onu anlar, buna göre hareket ederiz.

— Bunu beğendim...

— Demek beğendin?

— Kızdınız mı?

— Buraya yardım almaya gelen birinden çok, doktoru denetlemeye gelen bir müfettişe benziyorsun.

— Çünkü henüz... nasıl konuşmam gerektiğini bilmiyorum... Siz açık konuşmaya devam edin.

— Ama tek taraflı bir durum bu! Aynı şeyi sen yapmıyorsun.

— Önce... size güvenmem gerekiyor.

— Bunun için beni daha kaç testten geçireceksin?

— İnsanın kendisini... bir yabancıya teslim etmesi... kolay bir şey mi sizce?

— Bunu bir teslimiyet olarak görme. Sen buraya yardım almaya geliyorsun.

— Aslında mecbur kalmasam... bunu hiç yapmazdım... Bugüne kadar kimse yardım etmedi bana... En yakınlarım bile bunu yapmazken... bir yabancı mı yardım edecek bana?

— Bu profesyonel bir yardım Ala. Sadece sana değil, buna ihtiyacı olan ve beni tercih eden herkese yardım etmeye çalışıyorum. Keşke bana biraz güvenebilsen!

— Zor!

Demek zor! Umutsuz gözleri nasıl da acıyla bakıyor bana! Sürekli beni testlerden geçirip tanımaya uğraşıyor. Sanki aramızda garip bir oyun oynanıyor. Ancak bu oyunu ya ikimiz birden kazanacağız veya bu oyunda kazanan olmayacak.

— Biz burada zoru başarmak durumundayız. Demek onun için bana hikâye anlattırıp duruyorsun. Asıl amacın bu arada beni tanımak.

— Çok ilginç şeyler anlattınız bana... Sanki beni tanıyor... geçmişimi biliyor gibi... kadınların çektiği acılardan bahsettiniz... Demek bir şeyler hissettiniz... Ayrıca siz de benim gibi kitaplara meraklısınız... Zamanımız doldu mu?

— Dolmak üzere.

— Bir dahaki sefere... belki başka hikâyeler anlatırsınız bana.

— Yani konu yine sen olmayacaksın.

— Ben de milyonlarca insandan biriyim... Konuştuğumuz... veya konuşacağımız her şey... beni de ilgilendiriyor... Ayrıca bana bir şeyler anlatan birini dinlemek... çok hoşuma gidiyor... Özel hissediyorum kendimi... Sizi... dünyayı... geçmişi... geçmişte yaşananları öğreniyorum... Yeni bir şey öğrenmek... benim için çok değerli... Ekmek, su gibi bir ihtiyaç!... Aç kaldım... ama kitapsız kalmadım... Benim tek arkadaşım onlar... Şimdi bir de siz varsınız... Haftaya görüşürüz... hoşça kalın.

Yorgun bedenini sürükleyerek çıkıyor odadan. Bir yandan bana hiç güvenmezken, bir yandan da beni hayatında çok önemli bir yere koyuyor. Onun karşısında kendimi diğer hastalarımla beraberken hissettiğim gibi rahat, huzurlu, ne yapacağını bilen bir doktor gibi hissedemiyorum. Düşüncelerim kadar duygularım da karışık oluyor.

Bu kızda hiçbir şey bırakmamışlar. Ne güven duygusu, ne adalet duygusu, hiçbiri kalmamış. Bu kadar ağır, bu kadar tahripkâr ne yaşadı acaba?

5. Bölüm

Güneş yavaş yavaş yüzünü göstermeye başladı. Ne uzun bir kış yaşadık bu yıl! Güneşi, sıcağı, tabiatı, yeşili özledi Ankara. Baktım ki güneş parlıyor, üzerime hafif bir ceket giyip attım kendimi sokağa. Taksiyle Tunalı Hilmi Caddesi'ne kadar geldim. Caddenin başında indim taksiden. Ne iyi etmişim böyle yapmakla! Öğle vakti ortalık insan kaynıyor. Benim gibi baharı, sıcağı, aydınlığı özleyen herkes sokakta. Özellikle gençler güle oynaya dolaşıyor ortalıkta. İnsanların yüzlerinde yazlık yerlerde görmeye alışık olduğum bir huzur ve sevinç var.

Tatil yerlerinde bir başkadır insanların yüzleri. Adı üstünde, tatil işte... Dertler, tasalar getirilmez tatile. Nasıl olsa kısa sürecektir, nasıl olsa dönünce her şey bıraktığınız gibi sizi bekliyor olacaktır. Neşeli, keyifli değilseniz bile, tatile gelince öyleymiş gibi yaparsınız. Kendinizi bile kandırmanın yolunu ararsınız yani. Onun için severim tatil yerlerini, tatil yerlerinde insanların yüzlerine bakmayı.

Ama yaşadığınız kent Ankara gibi bir yerse, işler değişir. Ankara iş şehridir, sorunların bire bir yaşandığı, üstelik insana bunu unutturacak mekânların pek bulunmadığı, muhafazakâr bir şehirdir. İstanbul gibi güzel, cilveli, işveli bir kadına benzetemezsiniz Ankara'yı. Olsa olsa takım elbise giymiş, sabah çıkıp akşam en geç altıda evinde olan, saçları hafifçe kırlaşmış, tecrübeli, ne yaptığını bilen bir memura benzer Ankara. Ama o memur babanızdır, ağabeyiniz, dayınızdır. Seversiniz onu. Pek yakışıklı olmasa da, yüzü pek gülmese de vefa borcunuz vardır ona. Size kendinizi hiç özgür hissettirmez bu şehir. Bütün aile bir arada oturduğunuz evde ne kadar özgür olabilirseniz, Ankara'da da o kadar özgür olabilirsiniz ama o ev sizindir. Tatile gittiğinizde bile, orada gördüğünüz her türlü güzelliğe, yediğiniz birbirinden güzel yemeklere, denize, denizden esen ılık meltemlere rağmen özlersiniz onu. Tıpkı o kalabalık evde içtiğiniz bir kaşık sıcak çorba gibi, bir süre sonra burnunuzda tüter Ankara. Bırakıp gidemezsiniz...

Tunalı Hilmi ile Kennedy Caddesi'nin birleştiği köşede biraz duruyorum. Ortalık masmavi gökyüzünden dökülen güneş ışığıyla pırıl pırıl... Buralar aslında hiç yabancı değil bana. Kennedy Caddesi'nden aşağı doğru inerken Büklüm Sokak'ın köşesinden sol tarafa yani bir zamanlar oturduğum eve doğru bakıyorum. Her zaman güzeldir Büklüm Sokak. İki tarafında boyu göklere uzanan ağaçlar vardır. Yazın bu ağaçlar yeşerdiği zaman gökyüzünü göremezsiniz.

Çocuklar henüz küçüktü o zaman. Hasan ilkokulda, Yağmur da lisedeydi. İkisi de TED Koleji'nde okuyorlardı. Sonra bir alt sokağa, yani Bestekâr Sokak'a taşındık. On yıl oturduk orada. Beyaz, dört katlı apartmanımıza uzaktan şöyle bir bakıyorum. O zamanlar benim muayenehanem Meşrutiyet Caddesi'ndeydi. Bahar gelir gelmez işime taksiyle gitmekten vazgeçer, Atatürk Bulvarı üzerinden her sabah yürürdüm. Dünya ile belki de tek temasım o yürüyüşler olurdu. Bunun dışında sokağa pek çıkmazdım. O zamanlar daha da çok çalışıyordum. Muayenehanem ve evim yetiyordu bana. İkisinde de çok mutluydum.

Atatürk Bulvarı'na gelince karşıya geçiyorum. Amerikan Büyükelçiliği'nin yanından Madalyon Klinik'e doğru yöneliyorum. Saate bakıyorum, 1'i geçmiş. İyi bir gezintiydi doğrusu, benim çok nadir yaptığım gezintilerden biri. Kliniğin önünde şoförüm Aydın koşarak karşılıyor beni.

— Hayrola Gülseren Hanım, arabasız geldiniz! Bir sorun mu var? Kaza filan mı yaptınız yoksa?

— Yok bir şey Aydın! Bugün biraz yürümek istedi canım.

— Aman öyle deyin. Bir an sizi böyle görünce korktum.

Ne tatlıdır bu Aydın! Bana bir şey olacak diye içi titrer. Koşarak kapıyı açıp içeri girmemi sağladıktan sonra hafifçe gülerek uzaklaşıyor yanımdan. Uzun boylu, yapılı, yakışıklı bir genç adamdır Aydın. Kliniğe evi gibi bakar. Bir kızı vardı, bu yıl bir de oğlu oldu ama gece yarılarına kadar burada çalışmaktan, oğlanı doğru dürüst göremiyor. Bir gün bile şikâyet etmez halinden, çalışmayı ama en çok da burada çalışmayı seviyor.

Hasta kabuldeki arkadaşlarımı başımla selamladıktan sonra asansörle dördüncü kata çıkıyorum. Hafif giyinmeme rağmen terlemişim. Odama girince ilk işim camları açmak oluyor. Ala salonda bekliyor beni. Demek ilk randevu onun. Masama oturup bilgisayarımı açarken Tuna geliyor yanıma. Ona anlatıyorum yaptığım gezintiyi. "Çok iyi etmişsiniz," diyor. "Ala'yı alalım hemen," diyorum ama o bana yemek yiyip yemediğimi soruyor. Yemedim, üstelik yemek yemek hiç gelmedi aklıma. "Olmaz" diyor. Hemen Ayten tepsiyle odama getiriyor yemekleri. Olabildiğince hızlı yiyorum ama beni tanıyanlar bilir, çok aç da olsam hızlı yemek yiyemem. Bugüne kadar midem delinmediyse sanırım bunun içindir. Çok aç bıraktım ben o mideyi ama hiç olmazsa hızla yiyerek onu yormuyorum. Yemeklerin yarısını tepside bırakıp peçeteyle ağzımı silerek kalkıyorum masadan.

Daha ben yerime oturmadan Ala giriyor içeri. Yine ölü gibi solgun! Feri gitmiş soğuk bakışlarını üzerimde hissediyorum. Beni görünce gülümsemeye çalışsa da bakışlarındaki buz gibi ifade hiç değişmiyor. Yerime oturduktan sonra ona "nasılsın, ne var ne yok, görmeyeli hayat nasıl gidiyor?" gibi sorular soruyorum. Tek kelimelik cevaplar veriyor bana. Buraya gelebilmek için can atıyor ama gelince konuşmuyor, anlatmıyor, öylece bakıyor yüzüme. Her şeye rağmen kendini bir madalyon gibi sıkı sıkıya kapatmakta kararlı... En iyisi işi uzatmadan, hemen anlatmaya başlamak. Bu ara geceleri uyku tutmadığından eskisinden daha çok okuyorum. Anlatacak öyle çok hikâye var ki...

— Ala sen pek yemek yemiyorsun galiba!

— Evde... bana yemek yapan kimse yok.

— Aç oturmuyorsun değil mi?

— Yok... Yiyecek bir şeyler buluyorum.

— Patates sever misin?

— Özellikle kızartmasını yerim.

— O zaman sana patatesle ilgili bir hikâye anlatayım bugün.

— Tamam... hadi anlatın.

Konuşurken ne kadar nazik ve saygılı olmaya çalışsa da, sanki bu nezaketin altında bir huzursuzluk gizli. Gerçek yüzünü göstermemek için çok çaba harcıyor olsa gerek ama bir gün nasıl olsa göreceğim onun gerçek yüzünü.

— Patatesin kâşifi ve İngiliz halkıyla bu sebzeyi tanıştıran kişi İngiliz denizci Sir Francis Drake'miş. Drake patatesi Peru kıyılarından ve Virginia üzerinden İngiltere'ye, doğruca I. Elizabeth'in sarayına getirmiş. O zaman Fransızlar bunu kendi mutfaklarına yöneltilen bir saldırı olarak görmüş ve İngilizlere çok kızmışlar. O kadar kızmışlar ki, bir süre sonra Fransa'da patates yemek yasaklanmış. Ardından da patatesin cüzama neden olduğu şeklinde bir söylenti çıkmış ve yüz yıl süreyle cüzamın tek nedeni olarak damgaladıkları patatesi yememişler.

— Bu Avrupalıların hepsi... kafadan çatlakmış!

— O yıllarda İsviçre ve Almanya'da ciddi bir kıtlık yaşanmış, halk açlıktan ölmeyi göze almış, yine de patates yememiş. Yine de bu konuda rekor Fransızların. Yüz yıl boyunca açlık ve ölüm pahasına bu lezzetli ve bir o kadar da besleyici sebzeyi yememeye direnen pek çok Fransız köylüsü açlıktan ölmüş.

— Cahil Avrupalılar!... Bu da bir tür toplumsal çılgınlık galiba... ama dünyada her şey ne kadar hızlı değişiyor... Boş bir söylenti... bazen insanların hayatına mal olabiliyor... Toplum psikolojisi... böyle bir şey demek ki...

Yine çok doğru ve yerli yerinde yorumlar yapıyor. Oysa ben

hâlâ bu kızdan hiç böyle şeyler beklemiyorum. Görüntüsü ve ses tonu insanı aldatıyor.

— 1845 yılında, yani Avrupa'nın pek çok ülkesinin patatesi reddettiği yılların hemen arkasından İrlanda topraklarının hemen tamamına patates ekilmiş. O zamanlar İrlanda ekonomisi tamamen tarıma dayanıyormuş ve toprak sahiplerinin çoğunluğu İrlanda'da yaşayan İngilizlermiş. Köylüler bu topraklarda çok düşük ücretler karşılığında çalışıyor ve yalnızca patates yiyerek yaşıyorlarmış. Zamanla bu ürün İrlanda'nın simgesi haline gelmiş ve milyonlarca Avrupalı pek çok hastalığın sebebi olarak gördüğü patatesten bucak bucak kaçarken, İrlandalılar onların bu haline gülüyor ve patateslerini afiyetle yiyorlarmış.

— Sadece patates mi yiyorlarmış?

— Fakir köylüler üç öğün patates yerlermiş. Temel minerallerin yanı sıra B-1 ve B-2 vitaminlerince de zengin olan patates, vücutta C vitaminin depolanmasını da sağladığından, eskiden köylüler arasında sık görülen İskorbit hastalığı da bu ürün sayesinde ortadan kalkmış. Sütle yapılan patates püresi vücudun ihtiyaç duyduğu A ve D vitaminlerini de karşıladığından, köylülerin keyfine diyecek yokmuş. Üstelik bu yemek sayesinde kadınların doğurganlık oranı da giderek artıyor ve İrlanda nüfusu hızla çoğalıyormuş. 1780'de iki milyon olan İrlanda nüfusu, afetin başladığı yıl dokuz milyona ulaşmış. 1845 yılında gelen hastalık, 14. yüzyılda Avrupa'yı perişan eden veba kadar büyük bir güçle patatesi vurmuş. O yıl ürünün yarısı, ertesi yıl da tamamı bu hastalık yüzünden çürüyüp gitmiş. Tek gıda maddeleri olan patatesler mahvolunca, köylüler açlıktan ölmeye başlamış. Çocukların çoğu D vitamini eksikliğinden kaynaklanan göz kuruluğu nedeniyle kör olmuş.

— Neden sadece patates ekiyorlarmış?... Başka bir şey yetişmiyor muymuş... topraklarında?

Gözlerini kırpıştırarak ve utangaç bir ifadeyle soruyor bu soruyu.

— İrlandalılar eskiden yulaf, şalgam, buğday gibi çeşitli ürünler yetiştirirlermiş topraklarında. Ancak birbiri ardına gelen İngiliz saldırıları sırasında ürünleri İngiliz ordusunun ayakları altında çiğnenince, Yeni Dünya'dan gelen ve toprak altında yetişen patatesi bir kurtuluş, bir mucize gibi görmüşler ve kısa sürede temel gıda maddeleri haline gelmiş. Ama tek bir ürüne bel bağlamak onlara çok pahalıya mal olmuş. Kıtlığın ardından halkın bir kısmı da Amerika'ya göç etmiş ve İrlanda nüfusu yirmi yılda tam yarıya inmiş.

— Kimse yardım etmemiş mi... onlara?

— Maalesef etmemiş. İrlanda Denizi'nin öte yakasındaki İngiltere, o zamanlar büyük gıda stoklarıyla dünyanın en zengin ülkesiymiş. İngilizler, komşuları açlıktan ölürken bu durumu onların kör talihi olarak nitelendirmiş ve kendi sorunlarını kendilerinin çözmesinin en doğru yol olacağını düşünmüşler. Zaten o yıllarda İngiltere kendi yoksul halkına da yardım etmezmiş. Kıtlığı İrlanda'nın nüfusunu azaltmak amacıyla Tanrı'nın düzenlediği bir iş olarak gören İngiliz iktisatçılar, bir milyon ölünün bile adanın ekonomik sorunlarını çözmeye yetmeyeceğini söylüyorlarmış. Açlıktan ölenlerin sayısı hızla artarken uzun süren pazarlıklardan ve görüşmelerden sonra İrlandalılar İngilizlerden mısır ithal etmiş, ancak halk mısırı hiç tanımıyor, nasıl pişirileceğini, nasıl yeneceğini bilmiyormuş. Mısır ununa "sarı toz" ya da "peel kükürdü" diyen insanlar bu unu kullanmamışlar.

— Haklılar...

— Neden haklılar? Bu da bir tür cehalet değil mi?

— Değil... Açlıktan ölürken... kendilerine yardım etmeyen bir ülkenin... sonradan gönderdiği şeyi... ben olsam ben de yemezdim...

Öfkeli olduğu kadar da gururlu!

— Amerika'ya göç edenler kurtulmuş mu?

— Açlıktan kaçan milyonlarca insan "tabut" gemilerle uzun ve karanlık bir yolculuğa çıkmışlar. Bir kısmı yolda tifüs veya dizanteriden ölmüş. Sağ kalanlar da gittikleri yerlerde hiç hoş karşılanmamışlar. Bir adadaki "sıtma barakalarına" sürülmüşler. Burada yüzlerce İrlandalı kadın ve çocuk ölmüş. Atlantik'i geçmeye yetecek parası olmayanlar İngiltere'ye gitmiş ve en fakir bölgelere yerleşerek oralarda hayatta kalma savaşı vermişler. Ve bütün bunlar İrlandalıların İngilizlere karşı zaten var olan kin ve öfkesini bir kat daha arttırmış.

— Kin ve öfke... gördüğünüz gibi kolay oluşmuyor insanda... Sonra ne yapmış İrlandalılar?... Bu kin ve öfkeyle nasıl başa çıkmışlar?

— Yıllarca kan kusturmuşlar İngilizlere.

— Aferin onlara... iyi etmişler.

— Bu tür intikam hareketlerinde genelde pek kazanan olmaz. Cezayı yıllarca bunu İrlandalılara yapanlar değil, onların çocukları veya torunları çekti. Kan davası gibi bir şey yani.

— Olsun... insanlar mutlaka bir şekilde intikamını almalı... Kötülük başka türlü unutulmaz.

Demek doğru bir konu seçmişim. İçi intikam ateşiyle yanıp tutuşuyor. Belki de bu kızı bir türlü sevememem bundan. Gözlerindeki kin ürkütüyor beni. Masamda otururken bile olabildiğince gerilere doğru kaçıyor, soğuk nefesinden kendimi korumaya çalışıyorum.

O ise gittikçe sırtını kamburlaştırarak, delici gözlerle bakıyor bana. Öfkesi arttıkça gözlerindeki soğuk, fersiz ve ölü bakışları canlanıyor ve giderek daha da çirkinleşiyor. O kadar zeki ki, içimde kımıldanıp duran ve beni bile rahatsız eden duyguları anlayıverecek sanıyorum. Bu kızı sevmeyi başarabilsem, sorun kalmayacak. Zorla da olmuyor ki, zorla sevilmiyor ki...

— İntikam, kötülüğü unutturmaz.

— Yaptıkları kâr mı kalsın yanlarına?... Her suçun bir cezası olmalı.

— Sen hukukçu olduğuna göre bunları benden daha iyi bilirsin. Her suçun bir cezası var zaten. İnsanlar yüz yıllardır dünyada mutlak adaleti sağlayacak bir hukuk sistemini yaratmaya uğraşıyorlar ama hâlâ bu konuda çok başarılı olunduğu söylenemez. Kin ve öfke çok keskin duygulardır. İnsanın hem içini çok acıtır, hem de enerjisini yer. Buraya yatırılan enerji tam bir israftır. Keşke insanlar bu enerjiyi başka türlü kullanabilseler.

— Ne demek istiyorsunuz?

— Kin ve öfkeyle dolu olarak geçirilen bir hayatı düşünsene! Vurup kırmak, başkalarına zarar vermek bu öfkeyi azaltacağı yerde daha da arttırır. Bu duyguların kişinin kendisine verdiği zararı görmüyor musun?

— İnsanlar keyfinden böyle olmuyor ama!... Kimse böyle yaşamayı istemez... Akıl öfkeyi durdurabilir mi?

Ne kadar ilginç bir soru! Artık içindeki öfkeyi saklamıyor, hatta belki de bunu durdurmanın yolunu arıyor.

— Durduramaz ama öncelikle kendisine zarar veren bu negatif enerjiyi bir başka tarafa yönlendirebilir.

— Nereye mesela?

— Ankara'da sık sık su boruları patlar ve tonlarca su yollara akar. Boşa akan bu su yüzünden trafik felç olur, arabalar kayar, insanlar ıslanır ve her taraf çamur deryasına döner. İşte öfke ve kin de insan için böyledir. Hem kendi iç kaynaklarını kurutur, hem de çevreye bir şekilde zarar verir. Ben, işim nedeniyle sık sık bu tür olumsuz duygularla iç içe yaşadığım için, bu manzarayı her görüşümde insanların içinden boşalan bu negatif duyguları hatırlarım. Boşa akan bu su başka yerlere kanalize edilebilirse, başta kişinin kendisi olmak üzere, hepimiz kazançlı çıkarız.

Bunu Ala'ya söylerken, bir yandan da kendimi düşünüyorum. Aydın'ı kaybettikten sonra içimde hızla büyüyen negatif duyguları işime kanalize ettim. En kötü günümde bile mesleğim hep benim yanımda oldu. İnsanın işini sevmesi ne büyük bir mucize!

— Tarihte de bunun örneklerini görmek mümkün. Örneğin pek çok ünlü sanatçı bunu yapabilmiş ve günümüze kadar gelen büyük sanat eserlerine imza atmışlardır. Belki bir gün sen de yapabilirsin bunu.

— Ama kötülük... acımasızlık... ve vahşet... insanın özünde var.

— İyilik de, merhamet de, sevgi de var ama.

— Kötü, iyi olabilir mi?

Çok anlamlı bir soru. Kendini kötü diye damgalamış bir kere. Aslan Bey geliyor aklıma. "Kötü olmak zordur," demişti. Ala bunlara hiç aldırmıyor. Koyu, saf bir karanlık kaplamış her yanını. Ama bir yandan da sanki ışığa hasret duyuyor.

— Denemeye değmez mi sence?

— İnsan... kaderini değiştirebilir mi?

— İnsan kaderinin bir kısmını zaten kendisi yazar.

— Ben kaderimi kendim yazmadım... Bana kalsa... hiç böyle yazmazdım...

Gözlerimin içine bakarak, öfkeyle söylüyor bu sözleri. O çirkin ama bir o kadar acıyla dolu çocuksu yüze hüzünle bakıyorum. Bu yaşta, bu kadar ışıksız, bu kadar umutsuz olmak çok hüzünlendiriyor beni.

— Sen daha yeni başlıyorsun hayata. Çocuklar kendi kaderlerini yazamazlar. Onların yerine kalem, anne babaların elindedir. Sen, kaderini yazacak kalemi daha yeni alıyorsun eline ama ben orada iyi şeyler göremiyorum. Ne yazacağın şimdiden belli!

— Ne yazacakmışım?

— Mutsuzluk, yalnızlık, öfke ve intikam hırsıyla yaşayacaksın bu hayatı. İçindeki intikam ateşi önce seni yakacak. Henüz seni yeteri kadar tanımıyorum ama bu ateşi söndüremezsek yazık olacak sana.

Bu sözlerimden rahatsız oldu. Ellerini yumruk yaptı, birbirine vuruyor. Kollarındaki kesik izleri geliyor aklıma. Onları da böyle acılı, umutsuz ama en çok da öfkeli olduğu günlerde yapmış. Onu bu hale getiren şeyleri henüz bilmiyorum ama artık geçmişte ruhunun çok ağır yaralar aldığından eminim. Ben bu zinciri bir yerlerinden kıramazsam, ömür boyu hep böyle kaderine lanet ederek yaşayacak. Onun kendine çizdiği bu kaderi bir milim bile yerinden oynatabilirsem her şeye değecek.

— Siz... çok tehlikeli bir kadınsınız.

Öfkesi bir anda bana yöneldi. Gerçekleri söyleyerek, galiba çok canını acıttım onun. Aslında bunu yapmak, zaten çok yaralı bu kızın bir de ben canını yakmak istemiyorum ama bu kaderi değiştirirken, daha çok yanı yanacak.

— Nedenmiş o?

— Sözünüzü hiç sakınmıyorsunuz... Öteki doktorlar hiç böyle yapmamışlardı.

— Ama sen onların kıymetini bilmemişsin.

— Haklısınız... bana iyilik yaramaz... kötüye alışkınım ben.

Burada kötü ben oluyorum. Bugün, içinde benimle ilgili ne kadar olumsuz düşünce varsa, hepsini tek tek ifade ediyor.

— Burada kötü ben oluyorum galiba.

— Evet... siz oluyorsunuz... Size bunun için geliyorum zaten. Bu sözlerinizle... çok canımın yanacağını biliyorsunuz... ama vazgeçmiyorsunuz... Sakın vazgeçmeyin... Ne kadar canım yansa da... bir gün... sizin kadar güçlü olmayı öğreteceksiniz bana... İşte o zaman... kimse benim canımı yakamayacak.

Ah, diyorum içimden, güçlü olunca insanın canı yanmaz mı? Benim de canımın çok yandığının kimse farkında olmadı. Belki de güç böyle bir şey işte. Ben de kimseye hissettirmedim zaten. Oysa içim nasıl acıyor. Eskiden Aydın'ı kaybetmekten çok korkardım. Şimdi kaybettim işte. Korkum geçti. Bu sefer de içimde sık sık sızlayan bir yara var sanki.

Ölümün soğuk yüzüyle karşılaşmak çok farklı bir deneyim. Ölüm, ölümün soğuk yüzü! Ben bu kızda ölümü görüyorum, onun için uzak duruyorum ondan. Evet, aradığım cevabı sonunda buldum galiba! Bu kızı ilk gördüğüm günden beri, ne yaparsam yapayım, bir türlü içim ısınmadı ona. Arada bir gözlerinde alev gibi parlayıp sönen kin ve nefret kıvılcımları parlasa da, genelde taze bir ölüyü görüyor insan onda. Kendi var ama ruhu yok sanki. Ruh yerine kitaplardan öğrenilen birtakım bilgiler var sadece.

Evet, o bir ölü kadar soğuk ve cansız. Bunu eli elime değdiği zaman da hissediyorum ben. Soğuk, buz gibi ve hafif nemli bir şey temas edip geçiyor. Sanki ölmüş ama kendisi bile bunun farkında değil. Böyle bir sahneyi bir filmde görmüştüm ben ama o kız melek gibiydi. Ala'nın meleğe benzer bir yanı hiç yok. O, olsa olsa Azrail'e benzetilebilir. Özellikle gözlerinden oluk oluk kin ve nefret aktığı zaman dişi bir Azrail oluyor.

Nasıl da fark etmedim bunu? Azrail kadın olsa, ben de ressam, işte tıpkı böyle çizerdim onu. Üstelik o da tıpkı Azrail gibi insanın peşini bırakmıyor. Oh be! Şimdi kendimi biraz daha iyi anlıyorum galiba. İyi ama ben bu kızda neden ölümü ve Azrail'i gördüm? Sadece soğuk ve çirkin olduğu için mi? Bunun benimle hiç mi ilgisi yok? Beynimin içinde ölümün soğuk gölgeleri dolaşırken onu ölüme benzetmem sadece tesadüf mü? Yağmur yani kızım, onu her gördüğümde bana hayatı hatırlatırken Ala neden ölümü çağrıştırıyor? Bu kız da ölümle çok mu iç içe yaşadı acaba? Gözlerine sinen bu soğukluk nereden geliyor? Öyleyse onunla ortak yanlarımız var demektir. O da benim gibi ölümün soğuk yüzüyle karşılaşmış belki de...

— Güçlü olunca insanın canı yanmaz mı Ala?

— Yine bana Ala dediniz... Beni kabul ettiniz mi... etmediniz mi... bir türlü anlayamıyorum.

— Biraz zor oldu ama ettim.

Nihayet yüzüne görünür bir aydınlık yayılıyor. Demek benim onu reddedeceğimden, benimsemeyeceğimden hâlâ korkuyor. Biraz önceki öfkesi belki de bu yüzdendi.

— Sizin de canınızın... çok yandığı oldu mu hiç?

— Oldu... Anlatmasan da, artık çok acı çektiğini biliyorum. Çok ölüm görmüşsün sen.

Bir an gözleri gözlerimde donup kalıyor. Sonra aceleyle gözlerini indiriyor. Sanki beynindeki düşünceleri kovmak ister gibi başını sağa sola salladıktan sonra, mırıldanır gibi konuşmaya başlıyor.

— Ölüm hiç peşimi bırakmadı benim... Ben hep ölümün koynunda yaşadım...

Ölümün koynunda yaşamak ne demek acaba? Şimdilik bunu bilmiyorum ama duygularım beni yanıltmamış. Ölümün kokusu sinmiş sanki bu kızın üzerine ve benim beynim bu ara bunu algılamaya hazır zaten. O ise hiç ara vermeden konuşmaya devam ediyor.

— Ama size bakınca insan... sizin de acı çekmiş olabileceğinizi hiç anlamıyor... Bir gün ben de... çok güçlü biri olabilirsem... demek yine canım yanacak... ama bunu kimse anlamayacak... Güçlü olmayı becerebilirsem... o zaman kaderim değişir mi?

— Değişir... Kader deyince sadece doğum ve ölüm gelmemeli insanın aklına. O arada yaşanan bir hayat var. O hayatın bir rengi, bir tadı var. İşte bizim değiştirmemiz gerekenler bunlar.

— Ben bu kaderi değiştireceğim. Hani dediniz ya... insan çok isterse olur diye... ben bunu gerçekten çok istiyorum. Biraz önce söylediğiniz doğruydu bana kalırsa... Nasıl bir hayat yaşayacağım... şimdiden belli... Ben aslında zavallının biriyim... ama neden bilmem... siz acımıyorsunuz bana! İşte bu çok hoşuma gidiyor. Çünkü insanların... bana acımasından nefret ediyorum.

Ona acımamı istemiyor. Baştan beri onu ölümle eş tutmam ve bu yüzden de ondan hiç hoşlanmamam, bu kızla ilişkimde garip bir şekilde işe yarıyor. Bu kıza gerçekten de hiç acımayacak mıyım? Benim gibi biri bunu nasıl yapar?

— Annem hiç sevmedi beni. Yaşadığımız o korkunç olaylardan sonra babam, annemle beni Ankara'ya getirmiş ve şimdi oturduğumuz eve yerleştirmişti. O olaydan sonra annemin ruh sağlığı hızla bozulmaya başlamıştı. Bir gün yine onunla Ankara'daki evde yalnızdık... O yemeğini yemiş, at gibi dolanıyordu ortalıkta... Canı sıkkın olduğu zaman böyle yapardı. Hiç oturmaz, evin içinde bir aşağı bir yukarı dolaşır... beni dövmek için bahane arardı. Ben de bunu bildiğimden bir köşeye siner... hiç yerimden kıpırdamaz... yüzüne bakmaz... tuvalete bile gitmezdim... O gün her nedense karnım çok acıkmıştı. Aslında düzenli yemek yeme alışkanlığım olmadığından... karnım da pek acıkmazdı. Mutfakta sucuk kızartmış... kendi yemiş... bana vermemişti. Sucuk kokusu fena halde karnımı acıktırmıştı... Bir ara banyoya girip kapıyı kapattı. Tuvalete girdiğini sandım... ve hızla yerimden kalkıp salonda duran dolabın içinde yiyecek bir şeyler aramaya başladım. Ivır zıvır bir sürü şey vardı dolapta... ve en arkada yarısı yenmiş bir leblebi paketi duruyordu. İçinden bir avuç leblebi aldım... tam yerine koyacaktım ki... korkudan titreyen bu beceriksiz ellerimden paket kayıverdi... Bir anda leblebiler bütün salona yayıldı. Ne yapacağımı şaşırdım. Korkudan sadece ellerim değil... bütün bedenim titriyordu. Daha ben yerimden kımıldayamadan koşarak geldi banyodan. Yakalanmıştım... Hem de yiyecek bir şeyler çalarken yakalamıştı beni. Yüzüne korkunç bir gülümseme yayıldı... Bu sefer beni öldürecek dedim içimden... Canımı almaya gelmiş bir ölüm meleğine benziyordu.

Ölüm meleği! Ben Azrail diyorum, o ise "Ölüm meleği". Beyinlerimiz bile aynı frekansta çalışıyor. Bunları ona yapan öz annesi mi? Bu kızı aç mı bırakmışlar? Bu yüzden mi bu kadar zayıf? Yaşadıkları korkunç olaylar da neyin nesi? Bu aile, bu kadar kötü ne yaşamış olabilir acaba?

Mekanik bir biçimde, uykuda gibi, sesini gitgide yükselterek, adeta çığlık atarak anlatmaya devam ediyor.

— Yavaşça uzanıp saçlarımdan yakaladı beni. Sonra öyle bir savurdu ki... odanın öbür ucuna kadar havada uçtuktan sonra... üzerinde koca bir vazo duran sehpayla birlikte yere düştüm. Vazo kırılmış... etraf cam kırıkları... leblebiler... kırılan sehpanın parçalarıyla dolmuş... ev tam bir savaş alanına dönmüştü. İnsan çok korkunca hiçbir şey hissetmiyor. Acı duymuyor... ağlamıyor... bağırmıyor.

Aynen öyle oluyor, diyorum içimden. İnsan çok acı duyunca bunların hiçbirini yapamıyor. Ben de yapamadım.

— Sonra yanıma geldi. Duvarın dibinde duran plastik sinekliği aldı eline... Önce geniş tarafıyla vurmaya başladı. Kafam, gözüm, neresi denk gelirse vuruyordu. Sonra bununla canımı yeterince yakamadığını anlamış olacak ki... sinekliği çevirdi... ve sapını kamçı gibi kullanarak bacaklarıma vurmaya başladı. Siz hiç kamçının havada çıkardığı sesi duydunuz mu?

Bunları söylerken gözleri dupduru, bakışları dimdik ve hiç gözünü kırpmadan bakıyor bana. Öyle bir soruya nasıl bir cevap vermem gerekiyor acaba? Susuyorum. Susuyorum ama içimde bir şeyler fena halde sızlıyor.

— Bazı sorular vardır ki... psikiyatristler bile işte böyle susup kalır. Sineklik hızla havada savruldukça... çıkan vızıltının hemen ardından... benim çığlıklarım başlıyordu. Sanki koca bir senfoni orkestrası oturmuştu salona... Önce kamçı vızıldıyor... ardından annem höykürüyor... son olarak da ben haykırıyordum. Bu ahenkli nağmeler annem yorgunluktan bitap düşene... kolunu kaldıracak hali kalmayana kadar... hızlanarak devam etti. Orkestra parçayı bitirip sustuğunda... annem bir yanda... kamçı bir yanda... ben de en köşede yatıyordum. Orada ne kadar yattık hatırlamıyorum. Kendime geldiğimde hava kararmış... annem savaş alanına dönen odayı toplamış... hemen yanı başımdaki koltuğa oturmuş... bir yandan keyifle sigarasını içiyor... bir yandan da yan gözle bana bakıyordu. Doğrulmak istedim ama doğrulamadım. Hiçbir yanım tutmuyordu. Kalkamayacağımı anladı. Yine saçlarımdan tuttuğu gibi beni odama kadar sürükleyip yatağıma boş bir çuval gibi attı. Yüzüm gözüm kan içindeydi... ve ağzımda bir boşluk vardı. Sonradan bu savaşta iki dişimin birden kırıldığını anladım. Saçlarımın yarısı yok olmuş... bacaklarımda kalın, mor çizgiler oluşmuş... havada savrulduktan sonra sağ yanıma düştüğüm için o tarafım... koltuk altından itibaren kapkara olmuştu.

Gözlerini bana doğru çeviriyor. Ya yine olmadık bir soru soracak, ya da ona acıyıp acımadığımı anlamaya çalışacak. Bu anlattıklarını etkilenmeden dinleyebilmek, hele benim gibi birisi için mümkün değil. Saçlarının neden böyle az, karmakarışık ve elektrik çarpmış gibi hep havada durduğunu şimdi anlıyorum galiba. Dişleri de öyle.

Bir an göz göze geliyoruz. Bakışları yine donuk ve duygusuz! Başkası olsa bunları anlatırken gözyaşları sel olurdu. Kim bilir, belki bir gün birlikte ağlarız.

Acı katlana katlana sonunda bu kızın yüreğini dondurmuş. Yaşadığımız acılar, taşıyabileceğimizin çok üzerine çıkınca işte böyle taş gibi olur insan. Beyin ilginç bir organdır. Bir insanın o anda acı hissedip hissetmeyeceğine o karar verir. Beyin tarafından izin verilmeyen hiçbir acı hissedilmez çünkü bir acı eşiği vardır. O eşiği aşan, yani insanın tahammül edemeyeceği acıyı beyin bloke eder. Bir anne hatırlıyorum. Gencecik oğlunu bir hiç yüzünden kaybetmiş bir anne. Cenazeye pembe elbiselerle gelmişti. Herkes katıla katıla ağlarken, bir tek ağlamayan oydu. Bomboş, buz gibi donmuş gözlerle bakıyordu etrafına. Bazen ağlayabilmek bile bir lüks galiba.

Bekliyorum ama soru sormuyor, konuşmuyor da, öylece bakıyor gözlerime. Sonra başını yere eğip yeniden başlıyor konuşmaya. Bugün, bu kız sanki daha rahat ve akıcı konuşuyor.

— Dünyada adalet diye bir şey yok... bunu biliyorum. Her şey gibi acı da eşit dağıtılmamış dünyaya. Tanrı benim için öldü. Benim dualarımı duyduğu halde onları önemsemedi. Şimdi artık ben de onu yok sayıyorum. Onun beni üzdüğü kadar ben de onu üzeceğim. Artık istese de acı çektiremeyecek bana... çünkü dünyanın bütün acılarına meydan okuyorum ben. Tek tek değil, tümen tümen gelsinler... vız gelir bana! Bütün bunlara rağmen neden hâlâ yaşıyorum, biliyor musunuz? Tanrı'dan da, onun yarattığı insan denen bu melek yüzlü canavardan da alacağım intikamımı! Bunun için hukuk okudum. Doktor mu olayım, yoksa hukukçu mu diye çok düşündüm. Sizler de bu konuda çok avantajlısınız. İstediğiniz gibi acı çektirebilirsiniz insanlara. Hukukçular da öyle. Bu dünyada adalet denen şeyin olmadığını her gün bir kez daha görmek... o adaletsizliğe ben de elimden geldiğince katkıda bulunmak istiyorum. Şimdiye kadar çoktan ölmüş olmam gerekiyordu... ama eğer ölmediysem, yapmam gereken çok şey var demek ki...

Aman Tanrım, bu ne büyük, ne sınır tanımaz bir öfke! Onu dinlerken insanın içi ürperiyor. Sanıyorum kızmakta çok haklı, kötü şeyler yaşamış ama yine de bu öfkeyle başa çıkamazsak başka kötülükler yaşanacak.

— Neymiş o yapman gerekenler?

— Acı öyle çektirilmez, böyle çektirilir... Küçücük bir çocukken değil, şimdi gelsinler bakalım... Aslında henüz savaşa hazır değilim... Öğrenmem gereken çok şey var... İnsanlar bazı şeyleri annelerinin karnında öğrenmediler... Onlar nasıl cin gibi her şeyi biliyorlarsa... bir gün ben de eksiklerimi tamamlayıp onlardan daha iyi olacağım... Bunun için yeterince aklım var... Bilmediklerimi de siz öğreteceksiniz bana.

Bakışlarındaki buz gibi ifade kayboldu ve yine o vahşi pırıltı yerleşti gözlerine. Bu kız güçlendikçe daha tehlikeli olacak galiba. Ayrıca bulduğu ilk fırsatta bana talimat vermeye bayılıyor. Bilmediklerini ben öğretecekmişim ona. Güç, çok güçlü bir mıknatıstır ve güce tapanları kendine çeker... Bu kız bende gücü görüyor. Bu, aslında insanca bir refleks! İnsanlar gücün etrafında toplandıklarında kendilerini daha güvende hissederler. Yani güç bir çeşit alternatif Tanrı'dır. Her ne kadar Tanrı'ya şimdilik küsmüşse de, güçten vazgeçmiyor. Bu konuları uzun uzun konuşabilmeliyiz onunla ama buna henüz ne ben hazırım, ne de o.

— Bakıyorum, yine bana talimat vermeye başladın.

— Yok... ağzımdan öyle çıkıyor... Siz bakmayın bunlara... Ben insanlarla doğru dürüst konuşmayı bilmiyorum... Siz yardım ederseniz, bir gün bunu da öğrenirim... Bir tek konuda size söz verebilirim... Çok iyi bir öğrenciyimdir ben... Bir şeyi bir kere göstermeniz veya söylemeniz yeter... Yani sizi hiç yormayacağım.

Beni yormayacakmış... Bu, onu tanıdığım günden beri onu her görüşte zihnime yazılan bana ait bir cümle. Bunu bile hissetti mi acaba?

— Birilerine kızmak istediğini biliyorum Ala, bunda haklısın. Yaşadıkların öyle hafife alınacak türden şeyler değil galiba ama Tanrı'ya kızma. Bunu sana o yapmadı. Bazen iyi insanların başına da kötü şeyler gelebilir. Bazen güçlü olabilmek için önce zayıf olmak, acı çekmek gerekebilir. Belki bu yaşadıkların sayesinde çok güçlü, hayatta çok başarılı bir kız olacaksın.

— Henüz ne yaşadığımı bilmiyorsunuz... Bu size anlattığım çok küçük bir pasajdı... ama okuduğum kitaplarda da acının insanı geliştirdiği yazıyor... O nedenle bu söylediğinizi bir teselli cümlesi gibi algılamayacağım... Acıya sizin de yabancı olmadığınız belli... Ayrıca hiç çaktırmasanız da çok duygulu bir yanınız var... Biz istesek de istemesek de acı bu dünyada hep var... ve var olmaya devam edecek... Bunu ne siz durdurabilirsiniz, ne de ben... İşte buradayım... ve size teslim ettim kendimi... Üstelik hiç anlatamam sandığım bazı şeyler anlattım size... Belki bir gün devamını da anlatırım... Ama siz de bırakıp gitmeyin beni... Korkuyorum.

Bu son sözcük, adeta fısıltı gibi dökülüyor dudaklarından. Bir yandan bana güven duymakta zorlanırken, bir yandan da onu bırakıp gitmemden korkuyor. Tanrım, bu kız ne kadar yalnız!

— Sizi yerinizde bulamazsam... bu da beni bırakıp gitti diyorum içimden... Belki sizin de işiniz gücünüz vardır... ama insan yine de korkuyor işte... Tuna Hanım'ı çok sıkıştırdım bu ara... Galiba yine kızdı bana... ama yine de ilk randevuyu zor da olsa bana verdi... Çok iyi bir kadın o... Yufka yürekli ve çok şefkatli... Böyle bir kadının çocuğu olmamış... Ne biçim bir dünya bu böyle!... En olmayacak kadınlar çocuk sahibi oluyor, böylesine de Allah çocuk vermiyor... Şimdi içinizden kim bilir neler diyorsunuz?

— Neler diyorum sence?

— Sana ne be kızım... sen kendi işine bak!... Sana mı kaldı Tuna'nın çocuğunun olmaması filan diyorsunuz herhalde... Her neyse... sizi de kızdırmadan ben artık gideyim... İlk fırsatta yine geleceğim Gülseren Hanım.

O da bana adımla hitap ediyor artık. Bana güvenmeye çalışıyor.

Tokalaşırken yine elime hafifçe dokunup hızla çıkıyor odadan. Şu kızın görüntüsünü ve sesini değiştirebilsek, onun yerine başka birini konuştursak, yani sadece ruhunun sesini duyabilsek, her şey bambaşka olabilirdi. Hatta ben bu kitabı yazarken onu hiç tarif etmesem, sesinden söz etmesem, onu dinlerken neler hissettiğimi buraya yazmasam, onunla ilgili duygular değişebilirdi. Bir yanım ona fena halde ısınmaya başladı. Özellikle gözlerimi bir an kapatıp, kulaklarım bu sesten uzaklaşıp onu sadece kalbimle, ruhumla dinleyebildiğim zamanlar ona çok yakın hissediyorum kendimi.

Bu kızda İD yani arzu ve isteklerin yer aldığı alt-benlik hiç doyurulmamış. SÜPEREGO yani yasak ve kuralların içinde bulunduğu üst-benlik ise ilkel ve vahşi. Bu ikisinin ortasında kalan EGO yani benlik ise her şeye rağmen yıkılmamış. İşte bu çok iyi! Ona yardım etmeli, bu karanlık kuyudan çıkması için elimi daha da derinlere uzatmaktan çekinmemeliyim.

Ben böyle Ala'ya ilişkin derin düşüncelere dalıp gitmişken Tuna bütün haşmeti ve sevimliliği ile görünüyor kapıda.

— Siz telefonla aramayınca bari ben geleyim dedim. Hastalar bekliyor. Dalmış gitmişsiniz. Ne düşündüğünüzü biliyorum.

Bir an irkiliyorum. O benim Aydın'ı düşündüğümü sandı ama ne garip, ben Ala'yı düşünüyordum. Hemen toparlanıyor ve sıradaki hastanın kim olduğunu görmek için bilgisayara bakıyorum, adı Ayşe, otuz altı yaşında. Tuna çıkar çıkmaz, kapı hafifçe vuruluyor ve kumral, sevimli, ufak tefek, etek ceket giymiş bir hanım giriyor içeri. Kapıyı dikkatle kapadıktan sonra ağır adımlarla, sanki korkarak bana doğru yaklaşıyor. Ben de ayağa kalkıp elimi uzatarak karşılıyorum onu. Zarif bir şekilde elimi sıkıp işaret ettiğim koltuklardan kapıya yakın olanına oturuyor. Çantasını sehpanın üzerine bıraktıktan sonra mahzun gözleri bana dönüyor. Hafif, abartısız bir makyaj var yüzünde. Saçlarını kuaför değil kendi taramış. Tırnaklarına sürdüğü açık pembe ojeler kenarlarından bozulmaya başlamış. Sol elinde altın, rengi solmuş bir alyans ve yanında tek taşlı bir yüzük var. Yüzüğün taşı da solmuş. Elleri yıpranmış. Sol koluna taktığı saatin modası çoktan geçmiş. Yüz hatlarına bakınca insan onun pek sık gülmediğini hemen anlıyor. Beyaz gömleğinin yakası son düğmesi hariç dikkatle iliklenmiş. Ceketinin yakasına eski bir broş takmış.

Eski ama güzel bir broş. Bir tahmin yapmam gerekirse, kendinden çok başkaları için yaşayan bir kadın. Omuzlarında kim bilir ne çok sorumluluk var!

İkimiz de konuşmadan birbirimize bakıyoruz. Neden bu kadar mahzun bakıyor acaba? Ama bana anlatacağı her neyse, yeni değil. Bu bakış birdenbire oturmaz insanın gözlerine. Eskimiş ama unutulmamış bir şeyler var sanki...

— Hoş geldiniz Ayşe Hanım!

— Hoş bulduk Gülseren Hanım! Ben sizi tanıyorum.

— Öyle mi? Nerede tanışmıştık, ben hatırlayamadım.

— Tanışmadık. Kitaplarınızı okuyunca insan sizi tanıyor. Biraz önce odanızdan çıktığınızda ben salonda oturuyordum. Sizi çok merak etmiştim ama fizik olarak sizi böyle tahmin etmemiştim. Daha yaşlı, daha iri yarı biri sanmıştım sizi.

— Neden bilmem ama bunu pek çok kişiden duydum. İnsanlar beni hep öyle hayal ediyorlar.

— Ayrıca çok daha gençsiniz.

— Teşekkür ederim. Hastalarım benim yaşlanmama izin vermiyor. Ben de hep genç kalmaya gayret ediyorum. Zaten ruh yaşım kırk beş. Çok uzun yıllardır bu yaştayım. Yirmili yaşların sonunda kırk beşe geldim ve bu yaşta da kaldım.

Seans Ayşe Hanım'ın bana ettiği iltifatlarla sürüyor. İnsanın bir başkasından böyle güzel sözler duyması güzel oluyor. Kocaman bir gülümseme yayılıyor yüzüme.

— Sizinle tanışmak ne güzel! Ben yıllardır birine kendimi anlatmanın hayalini kurdum ama bunu bir türlü beceremedim. Psikiyatriye gidince bir şikâyetinizin olması gerekiyor diye düşündüm hep. Şimdi kalkıp doktora gideceksiniz, doktor neyiniz var diyecek, o zaman ben ne diyeceğim? Çünkü şu anda bir şikâyetim ya da hastalığım yok benim. Hayatım da fena gitmiyor. Ama yine de içimde öyle şeyler saklı ki, bunu mutlaka biriyle paylaşmalıyım. Hani herkesin içinde kimseye söyleyemediği sırlar vardır ya, işte öyle şeyler. Bunları en yakın arkadaşlarınızla bile paylaşamıyorsunuz.

— Haklısınız. Bazı şeyler vardır ki, en yakınlarınızla bile bunları paylaşamazsınız.

— Ama ben bu sırrı mezara götürmek istemiyorum. Belki size anlatırsam kurtulurum onlardan. Gerçi yaşananlar unutulmaz ama!

Beni hiç zorlamadan, yıllardır kafasından atamadığı bazı şeyleri anlatacak. Buraya konuşmaya, anlatmaya gelmiş. Hemen Ala geliyor aklıma. Keşke o da böyle anlatsa, beni bu kadar zorlamasa!

— Yaşananlar unutulmaz Ayşe Hanım ama o yaşananları sizi hiç tanımayan biriyle, bir profesyonelle paylaşmak bazen onların ruhumuzda oluşturduğu yeri küçültür, bazen etkisini azaltır, bazen de onlara yüklediğimiz anlamı değiştirir. İçeri girdiğiniz anda gözlerinizdeki mahzun bakışlar dikkatimi çekti. Neden bu kadar mahzun bakıyorsunuz hayata?

— Fark ettiniz demek! Oysa bugüne kadar en yakınlarım bile böyle bir şey söylemediler bana. Aslını sorarsanız böyle baktığımın ben de farkında değilim. En iyisi şu işi size anlatıvereyim, bitsin, çünkü bu randevuyu aldığım günden beri gözüme uyku girmiyor. Nasıl anlatacağım, doktor acaba ne diyecek diye düşünüp duruyorum.

— Tamam, bence de anlatın gitsin...

Başını önüne eğip bir süre düşünüyor, sonra sehpaya bıraktığı çantasının içinde bir şeyler arıyor. Hemen anlıyorum ne aradığını, ağlama mendili arıyor Ayşe Hanım. Daha anlatmadan, biliyor ağlayacağını. Hemen masadaki mendil kutusundan bir tane çıkarıp veriyorum. Mendili açıyor, kapatıyor, sonra avucunun içinde buruşturuyor ama bir türlü söze başlayamıyor. Sonra kırık bir ses duyuyorum.

— Beş altı yaşlarındaydım. Bizim evin bahçesinde arkadaşlarımızla oynuyorduk. Dört kişiydik. İki kız, iki oğlan. Onlar da benim yaşlarımdaydı. Bir ara bizim evin altındaki kömürlüğe indik. Orada koştururken oğlanlardan biri çamaşırlarımızı çıkarıp birbirimize gösterelim dedi. Kömürlükte bizden başka kimse yoktu. Hepimiz birden çamaşırlarımızı indirdik ve birbirimize gösterdik. Ben de baktım, onlar da... Sonra hepimiz utandık. Hızla çamaşırlarımızı yukarı çekip kömürlükten çıktık. Eve geldim. Kendimi suçlu gibi hissediyordum. Akşam annem beni yatırmak için yanıma geldiğinde kömürlükte olanları anneme anlattım. Gözleri büyüyerek, merakla dinledi beni. Sonra sorular sordu bana. Kimse dokundu mu dedi. Hayır dedim ama annemin benden daha çok korktuğunu o zaman anladım. Kızdı bana. Bir daha kömürlüğe inmeyeceksin dedi. Neden kızdın diye sordum, kötü bir şey yaptığımı anlamıştım. Günah işlemişsin sen, günahkâr olmuşsun. Bu günahı kimseye söyleme ve bir daha sakın günah işleme dedi.

Son cümleyle birlikte gözünde biriken yaşlar ip gibi ılık ılık akıyor gözlerinden. Öylece bakıyorum ona. Otuz altı yaşındaymış. Demek en az otuz yıldır bu birkaç cümle zihnine tükenmez kalemle yazılmış ve bir türlü kurtulamamış onlardan. Ne kadar da çocukça, nasıl saf, temiz şeyler anlatıyor oysa. Belki de pek çok çocuğun şöyle veya böyle yaşadığı şeyler! Tanrım ne kadar masum! Ama böyle olduğunu o bilmiyor ki...

Ağlama mendillerinden birkaç tane daha uzatıyorum ona. Hafifçe eğilerek alıyor elimden. Ağlamaktan da utanıyor. Sanki çok büyük suç işlemiş, gerçekten günahkâr bir kul gibi bakıyor yüzüme. Ah bu anneler, bu kitapları en çok onlar okusun diye yazmıyor muyum? Ağzından çıkan birkaç küçük cümlenin kızının hayatını nasıl da zehir ettiğini eminim bilmiyor. Bilse, yine de yapar mıydı acaba? Bu cümleler bu sevimli kadının hayatını, aldığı kararları, yaptığı evliliği, seçtiği mesleği, kurduğu ilişkileri, çocuklarıyla, kocasıyla ve Tanrı'yla ilişkisini nasıl etkiledi kim bilir? Bana anlattığı olayı değil ama annesinden o cümleleri duymasaydı acaba kaderi şimdiki gibi mi olacaktı?

Hayat ne kadar garip? Yaşarken, yaşarken ayağımıza takılan küçücük bir taş her şeyi nasıl alt üst edebiliyor? Kocaman taşları zıplayıp atlarken, özellikle en yakınlarımızdan gelen o küçücük taşlar, nasıl da kaderimizi bu kadar değiştirebiliyor? Karşımda oturup nazlı nazlı ağlayan bu kadının gözlerine nasıl da zımba gibi çakıyor hüznü, yalnızlığı, günahı... Tertemiz bir çocuk kalbini nasıl da kocaman bir bacadan çıkan simsiyah isle kaplayabiliyor?

Telefonla kafeteryayı arıyorum. Şimdi Ayşe Hanım'la karşılıklı birer bardak çay içmeliyiz. Sıcak, şekerli birer bardak çay ikimizin de içini ısıtacak. Nevin çaylarımızı önümüze bırakırken Ayşe Hanım göz ucuyla hafifçe gülümsüyor bana. Ben de ona. Nevin çıkınca usul usul konuşmaya başlıyorum.

— Bu anlattıklarınız, ne kadar masum şeyler Ayşe Hanım! Bir çocuk kadar masum!

Benim bu sözlerim iyice duygulandırıyor Ayşe Hanım'ı ve dolu dolu olan gözlerini bana göstermemek için başını yavaşça öne eğiyor.

— Bunun bu kadar masum olduğunu çocuk aklımla hiç anlayamadım. Aslında şimdi bile anlayamıyorum ya! Durgunlaştım, içime kapandım, eski neşem kalmadı. Kenarlara, köşelere sinmeye başladım. Gözüm hep annemdeydi. Ne kadar kötü şeyler yaptığımı bir tek annem biliyordu ve o da bana kızıyor, beni affetmiyordu. Artık onun her sözünden, her bakışından bir mana çıkarıyor, kendimi kirlenmiş, lekelenmiş hissediyordum.

— Bu konuyu annenizle bir daha hiç konuşmadınız mı?

— Ben çok istedim konuşmayı, hatta o yalnızken sık sık bir şey bahane edip yanına gittim. Sessizce durdum yanında ama o anlamadı niye yanına gittiğimi. Her şeyi bahane edip ağlıyor, anneme sürekli kapris yapıyor, sorun çıkarıyordum. Ben böyle yaptıkça annem kızdı, birkaç kere dövdü beni. Giderek çamura saplanıyordum sanki. O dövdükçe ben hırçınlaştım, ben hırçınlaştıkça evde daha sert muamele görmeye başladım. Hele ergenlik dönemimde işler iyice karıştı. Artık bütün ev halkı bana düşmandı, ben de onlara. Liseyi yatılı okudum. Sonra üniversite filan derken ailemden tamamen koptum.

Bir küçük yanlışın bedeli bazen ne kadar ağır olabiliyor. Şimdi Ayşe'nin annesine bunları anlatsak, anlar mı?

— Artık yetişkin biri olmuştum ama içimdeki günah duygusundan bir türlü kurtulamıyordum. Kendimi diğer arkadaşlarımdan farklı hissediyor, onların bilmedikleri çok önemli bir suçum olduğunu düşünüyordum. Herkesin erkek arkadaşı vardı ama ben bunu bir türlü yapamıyordum. Onlar hiç çekinmeden duygularını, aşklarını anlatıyorlar, bense hepsine uzaktan bakıyor, bunlar benim hakkım değil diye düşünüyordum. Derslerimde başarılıydım ama hiçbir yerde kendimi gösteremiyor, öne çıkamıyor, yazılı sınavları kazansam bile mülakatlarda eleniyordum. Ezik, güvensiz bir kız olup çıkmıştım. Sonra eşimle tanıştık. Bana çok yakınlık gösterdi. Onunla beraber olduğum her gün, yaşadıklarımı anlatıp anlatmama konusunda büyük bir kararsızlık hissediyor ama sonunda bir şey anlatmadan geliyordum. Sonunda evlendik, iki çocuğumuz oldu.

— Hâlâ bunları ona anlatmadınız mı?

— Anlatmadım, sadece ona değil, hiç kimseye anlatamadım. Bilirlerse benden uzaklaşırlar, beni aşağılarlar gibi bir korku düşüyor içime.

— Annenizle de mi paylaşmadınız?

— Maalesef paylaşamadım. Zaten annem iki yıl önce öldü. Eskiden bana böyle söylediği için çok kızıyordum ona. Hayatımı mahvetti diyordum ama ölünce onu da yapamadım. Şimdi iki çocuğumun gözünün içine bakıyorum. Benimle birlikte mezun olan arkadaşlarım önemli görevlere atandılar, bense diplomamı evde saklıyorum. Birkaç iş denemem oldu, baktım başaramıyorum, ayrıldım. Dışarıdan bakacak olursanız, oldukça iyi bir hayatım var. Eşimin kazancı bize yetiyor ama içimi soracak olursanız, kendimi çok mutsuz, yalnız ve başarısız hissediyorum. İçim içimi yiyor ve sürekli kendimi suçluyorum.

Anneye duyduğu öfke zamanla kendine yönelmiş. Ölmüş bir anneye kızmak bile kendini suçlaması için önemli bir neden.

— Mutsuz bir kadınım. Kendimden vazgeçtim ama eşime ve çocuklarıma yazık! Mutsuz bir eş, mutsuz bir anne kim bilir onları nasıl kötü etkiliyor! Bir ara kendimi dine verdim. Her gün namaz kıldım, dua ettim ama o da olmadı. Sanki Tanrı bile beni huzuruna kabul etmedi.

— Demek o kadar günahkârsınız!

Korkuyla bakıyor yüzüme. Biliyorum, böyle hissediyor. Sonra koltuğumu ona doğru yaklaştırarak, yumuşak, şefkatli bir sesle uzun uzun konuşuyorum onunla. Yıllardır en çok ihtiyaç duyduğu şey işte bu! Birilerinin onu anlamasını, onun bir suçu, günahı olmadığını söylemesini istiyor. Kendi kendine yapamamış bunu. Küçük bir damla, zamanla içinde büyümüş, deniz derya olmuş. Ben konuştukça hıçkırıklara boğularak ağlıyor. Onu dinlerken içimden geçenleri söylüyorum, bunların nasıl masum, nasıl çocukça şeyler olduğunu anlatıyorum, tek, tek... Sonra Tanrı geliyor aklına, acaba o ne demiştir bu işe? Tanrı da ona kızmış, onu suçlamış mıdır? Hepimizin birer küçük Tanrı olduğunu, beynimize bu aklın belki de bunun için yerleştirildiğini, aklın yolunun bir olduğunu, Tanrı'yla insanın aynı mantığı kullandığını anlatmaya çalışıyorum. Tanrı'ya en çok benzeyen insanların, belki de yüreğinde en çok hoşgörü bulunduranlar olduğunu söylüyorum. Son sorusu şu oluyor: "Yani ben günahkâr değil miyim sizce?" Gülüyorum, içten gelen, sıcak, şefkatli, duygulu, onun yüreğinden geçenleri anlayan, hisseden bir gülümseme bu. Seansın sonunda ikimiz de ayağa kalkıyoruz. Bana bakan gözleri artık mahzun değil. Minnetle, şükranla, sevgiyle bakıyor gözlerime. Ben de ona... İki elini birden uzatıyor bana. Ben de ona... Yine gelecek, bunları tekrar tekrar konuşacağız.

Akşam klinik içi eğitim programlarımızdan biri var. Hep birlikte önce yemek yiyecek, sonra da "Freud ve psikanaliz" konulu programı hep birlikte tartışacağız. Acele etmem gerekiyor.

6. Bölüm

Hava bir açıp bir kapıyor. Nisan yağmurları ılık ılık dökülüyor Ankara'nın üzerine. Ortalık giderek yeşile dönüyor. Baharlar açmaya başladı bile. Bizim apartmanın geniş bahçesi rengârenk oldu. Sadece bakmak yetmiyor, arada bir yanlarına gidip tek tek dokunuyorum onlara. Bahçıvanın bir kenara bıraktığı hortumu elime alıp bazen çiçekleri bizzat kendi elimle suladığım bile oluyor. Bu baharlar da tıpkı kar gibi her zaman yaşamı çağrıştırıyorlar bana. Yaşamı ve ölümü, çünkü yaşamın olduğu her yerde ölüm de var. Bu kadar doğal olduğunu bildiğimiz bir olguyu nasıl da kabul edemiyor hatta ona her zaman nasıl da isyan ediyoruz. Yaşama evet ama ölüme hayır! Hep yaşayacağız, hiç ölmeyeceğiz! Hayır, aslında istediğimiz bu değil. Ölüm korkutuyor, incitiyor, üzüyor bizi. Yaşamdan, geçmişimizden, sevdiklerimizden ayrılmak zor geliyor en çok. Sanki hep birlikte tatile gitmişiz de, tatilin en güzel yerinde aniden iş için çağrılmışız gibi... Herkes tatile devam ederken bırakıp gitmek gibi... Hep bir haksızlık, bir adaletsizlik gizli ölümün içinde! Herkes yaşarken biz veya yakınlarımızın başına geliyor gibi.

12 Mayıs'ta Madalyon'un kuruluş yıl dönümü vardı ve Sheraton Otel'de yapılacaktı kutlamalar. Hem bütün klinik orada bulunacaktı, hem de yurtiçi ve yurtdışından konuklarımız gelecekti. Amerika'dan bir profesör önemli bir konferans verecek,

yemek onun ardından başlayacaktı. Günlerdir herkes bunun için hazırlanıyor, Madalyon Klinik'in başkanı olarak, benim de o gece orada bulunmam gerekiyordu. Aydın bunu biliyor, benim yerime o heyecanlanıyor ama bir yandan da benim o gece birkaç saat bile olsa onu bırakıp gidecek olmamdan müthiş rahatsızlık duyuyordu. Zaten onu evde yalnız bırakmak gibi bir niyetimiz yoktu. Annem ve kız kardeşim Yükselen bir gün önceden gelmişlerdi bize ve neden bilmem, bir gün önceden bizde kalmaya karar verdiler. Daha önce bizde hiç yatıya kalmamışlardı. O gün öğleden sonra, biraz da onların Aydın'ın yanında olmasından cesaret bularak kliniğe gitmiş, birkaç saat hasta bakmış ama her yarım saatte bir evi arayıp Aydın'ı sormuştum. İçimde bir huzursuzluk vardı. Zaten Aydın'ın yanında olmadığım her an huzursuzdum.

Emre'yi kaybedeli iki ay olmuş, Yağmur hastaneden çıkmış, yeniden sağlığına kavuşmuştu. Bu arada karnındaki bebek de sağlıklıydı ve büyüyordu. O sıralar gülmeyi neredeyse unutmuştuk ama o gün, ben evi her arayışımda kulağıma sürekli kahkaha sesleri geliyordu. Aydın hem annemi, hem de Yükselen'i çok sever, onları kendi annesi ve kız kardeşi gibi görür, özellikle her konuda Yükselen'e takılmaya eskiden beri bayılırdı. Yıldız Abla, yani Aydın'ın ablası ve Yağmur da her zamanki gibi yanlarındaydı. Biz akşam Hasan'la birlikte eve geldiğimizde, bu neşeli atmosfer devam ediyordu. En çok Aydın konuşuyor, fıkralar anlatıyor ve hiçbirimizin bir an bile yanından ayrılmasını istemiyordu. Ertesi gün, aynı kadronun yanında bulunacağını öğrenmek de rahatlatmıştı onu. Onları böyle keyifli görmek Hasan'a da, bana da çok iyi gelmişti. Önce Aydın'ın yanına gidip onu yanaklarından öptükten sonra aceleyle üzerimi değiştirmiş, rahat bir pantolon, üzerine de beyaz gömlek giymiştim. Salona döndüğümde Aydın sanki beni ilk kez görüyor gibi uzun uzun baktıktan sonra, "Ben sana hep söylüyorum, mavi giy diye, bak mavi gömlek ne kadar yakışmış sana," dedi. Acaba ben mi yanılıyorum diye aceleyle başımı eğip gömleğime bir kere daha dikkatle baktım, hayır, mavi değil, beyazdı üzerimdeki gömlek. İçim bir tuhaf olsa da, bunu basit bir göz yanılması kabul edip Aydın'a en yakın olan koltuğa oturdum ve bu neşeli sohbete ben de katıldım.

O gece Aydın uzun süredir hiç olmadığı kadar neşeli ve konuşkandı. Hep birlikte sofraya oturduğumuzda bile sürekli o konuşuyor ve hepimizi güldürüyordu. Gece yarısına kadar bu sohbet devam etti. Artık yatma vakti gelmişti. Hepimiz odalarımıza gidecektik. Aydın'ın ilk kez o gece ayağa kalkmakta zorlandığını fark ettik. Benden önce Yükselen atıldı ve tuttu kolundan. Aydın itiraz etmeye kalkınca da, "Beni doğuma bile sen götürdün Aydın Hoca, bir kere kolundan tutmuşum çok mu," diyerek odasına kadar eşlik etti. Ben de arkalarından.

Yatağa yatınca, yanından ayrılmamızı yine istemedi. Sohbet güzeldi, birer sandalye alıp gelin yanıma diye tutturdu. Dediğini yaptık üçümüz de birer sandalye alıp yatağının kenarına dizildik. Hasan sık sık yanımıza geliyor, bir süre o da bize katılıyor, konuştuklarımıza kulak veriyor ve babasının o gece ne kadar keyifli olduğunu gördükçe sevinerek yeniden odasına dönüyordu.

Yağmur'la Yıldız Abla, ben eve gelince, Aydın'ı öperek kendi evlerine dönmüşlerdi. Çok güzel bir gece geçirmiş ama hepimiz yorulmuştuk. Yattığımızda saat gece yarısını çoktan geçmişti. Beni bir türlü uyku tutmuyor, sık sık kalkıp Aydın'a bakıyordum. Uyuyordu, iyiydi. Bir ara dalmışım. Aydın'ın "Gülseren!" diye bağıran sesiyle fırladım yatağımdan. Aynı anda en arka odadan Hasan bile bu sesi duyup yanımıza gelmişti. Hemen koştum, Aydın'ın yatağının kenarına oturdum ve elini tuttum. Ne olduğunu anlamamıştım. "Saat kaç?" diye sordu. "Dört buçuk" dedim. Sonra gözlerini araladı, yüzüme baktı, gülümsedi ve gitti.

O gün 12 Mayıs'tı. Madalyon'un kuruluş yıldönümü kutlanacaktı ve ben Aydın'ı o gece birkaç saatliğine de olsa bırakıp gidecektim. Hayat oyun üstüne oyun oynuyordu. Giden ben değil Aydın olmuştu ve birkaç saatliğine değil, bir daha hiç gelmemek üzere bizi bırakıp gitmişti.

Bir gün Alâaddin'in sihirli lambasını bulsam, içindeki dev çıksa, "nedir dileğin" dese, üçüncü olarak ondan gecenin dört buçuğunda yaşadıklarımı silmesini isterdim. Madem Aydın'ı geri getiremiyorsun, bari o anda yaşadıklarımı zihnimden sil derdim.

İşte o günlerde ben ilk fırsatta işime geri dönmüş ve uzun süredir ihmal ettiğim hastalarımla yeniden uğraşmaya başlamıştım. Hem işimi çok seviyor hem de böyle bir dönemde işimin arkasına saklanıyor, kendimi klinikte çok daha iyi hissediyordum. Hastalarımın karşısına geçince içimdeki acı azalıyor, kendi dünyamdan hızla çıkıp onların dünyalarına giriyordum. Belki de bu sayede o zor günleri tahminimden daha rahat atlatabildim.

Bunları düşünerek giriyorum Madalyon Klinik'in kapısından. Her yer cıvıl cıvıl. Girişteki büyük salon dolu! İnsanlar tertemiz giyinmiş, sakin ve huzurlu oturuyorlar koltuklarda. Hasta kabulün önü kalabalık! Sağ taraftaki duvarı baştan sona kaplayan aynada kendime bakıyorum. Her zamanki gibi şık ve bakımlı görünüyorum. Aynanın önünde duran varak işlemeli vazo ve mumlukları yavaşça düzeltiyorum. Salonun ortasında duran büyük, ördekbaşı yeşil kadife Josephine kanepe yine eğri duruyor. Onu da düzeltmek istiyorum ama bu kadarı artık ayıp olacak.

Hasta kabulde oturan arkadaşlarım ayağa kalkarak selamlıyorlar beni. Ben de gülümseyerek asansöre doğru gidiyorum. Şoförüm Aydın her zamanki gibi beni asansöre bindirmek üzere yanımda bekliyor. Onunla kısa bir sohbetten sonra dördüncü kata geliyorum. Bu ara daha titiz oldum. Gözlerim hep çevrede. Tuna her zamanki gibi gülerek karşılıyor beni... Aynalar, resimler, biblolar, heykeller, hepsine teker teker bakıyorum düzgün mü diye. Afgan halılarımın püsküllerini ayağımla hafifçe düzelttikten sonra yerime oturuyorum.

Daha ben kahvemi söylemeden Hasan giriyor içeri. Hemen birbirimize sarılıp hasret gideriyoruz. Her zamanki gibi dikkatle bakıyor yüzüme. "İyi misin?" diye soruyor, "İyiyim," diyorum. Artık birlikte oturmuyoruz onunla. Babasının kaybından bir yıl sonra benim de teşvikimle ayrı bir eve geçti ama klinikte akşama kadar beraberiz. Gerçi ikimizin de öyle çok işi var ki, işte böyle sabahları randevularım başlamadan önce veya akşam iş bitiminde görüşebiliyoruz.

Lacivert kot pantolon, mavi gömlek giymiş. Hava ne kadar soğuk olursa olsun, hep gömlekle gezer. Gençlik böyle bir şey galiba! "Sen de kahve ister misin?" diye soruyorum, "evet" anlamında başını sallarken odamın camını açıyor. İçeri taptaze bir bahar havası giriyor. Telefonla kafeteryayı arayıp kahvelerimizi söylüyorum. Daha oturmadan "Ne kadar vaktimiz var?" diye soruyor. Saate bakıyorum, ilk hastam kırk beş dakika sonra girecek içeri. Belli ki benimle konuşmak istediği önemli konular var. Profesör Doktor Fatih Ünal önümüzdeki haftadan itibaren kliniğimizde çalışmaya başlayacak. Önce onun odasının hazırlıklarıyla ilgili bilgi veriyor bana. Çocuk Psikiyatristi olduğu için yetişkinlerden daha farklı bir oda düzenlememiz gerekiyor. İçinde küçük test masalarının ve çeşitli oyuncakların bulunduğu bir oda olmalı. Hasan titizdir, rastgele bir şeyler yapmayı sevmez. Profesör Ayşe Yalın'ın odasını örnek almasını öneriyorum ona. Bu arada çocuklar için bir de oyun odası düzenlememiz gerekiyor. Odanın halıları döşenmiş ama ısmarlanan oyuncaklar henüz gelmemiş.

Sonra kliniğe yeni alınacak psikologların başvuru formlarını koyuyor önüme. Akşam iş bitiminde her biriyle ayrı ayrı görüşmemiz ve içlerinden dört tanesini seçmemiz gerekiyor. Yirmi bir tane başvuru var. Şöyle bir göz atıyorum, çoğu kadın. Erkek psikolog az. Şu anda bizim klinikte çalışan psikologların da çoğu kadın zaten.

Şimdi de bir başka dosyada sıra! Bunlar da hastalardan aldığımız şikâyetler! Kimi yukarı çıkıp benim odama kadar gelerek teşekkürlerini bildirirken, kimi de bizden şikâyetçi. Hastalarımızın çoğu onlara ayırdığımız süreyi az buluyorlar. Psikiyatride doktorun hastasına verdiği zaman çok önemlidir. Bizim yapmamız gereken en önemli şey, karşımızdaki kişiyi iyi dinlemek ve en küçük ayrıntıları bile atlamadan durumu en iyi şekilde anlamaya çalışmaktır. Haklılar... "Süreyi biraz daha uzatamaz mıyız?" diye soruyorum Hasan'a. "Uzatamayız, şimdi bile muayeneden çıkan hastaya doktorunun istediği zamana randevu veremiyoruz. En erken bir ay sonra yeniden gelebiliyorlar," diyor. Bakanlık, hem bize başvuran hastalara en geç on gün içinde randevu vermemizi şart koşuyor, hem de doktor almamıza izin vermiyor.

Şikâyetleri okumaya devam ediyorum. Kimi doktorundan memnun değil, kimi randevusuna geciktiği için kendisini içeri almayan sekretere kızıyor. Hatta biri de "Ben oraya gelebilmek için üç otobüs değiştiriyorum. Trafiği bu hale ben getirmedim, verdiğim yol parasına da mı acımıyorsunuz?" diye yazmış. Bir başkası "Daireden zaten zor izin alıyorum, biraz geciktim diye doktorumu göremedim. İlaçlarım da bitti. Yeniden randevu istedim, bir ay sonraya verdiler. Biraz da bizleri düşünün," diyor.

Ben şikâyet mektuplarını yüksek sesle okurken, Hasan her zamanki gibi hafifçe gülümseyerek bakıyor yüzüme. "Sen nasıl bir genel müdürsün! Bak insanlar senden ve senin kurduğun düzenden memnun değil," diyorum gülerek. O sırada elinde tepsiyle Nevin giriyor içeri. Kırmızı iş önlüğüyle tombul tombul servis yapıyor. Kahvenin kokusunu derin derin içime çekiyorum. Ne yapacağız, bu işlerin altından nasıl kalkacağız der gibi birbirimizin gözlerinin içine bakıyoruz. Hasan o yumuşak ve kısık sesiyle uzun uzun anlatıyor. "Bir hastayı doktorun yirmi dakika geç alması, ondan sonra gelecek bütün hastaların yirmişer dakika beklemesi demek," diyor. "Her birini bir gün önce telefonla arıyor, randevularına gelip gelmeyeceklerini soruyor ve eğer geleceklerse mutlaka zamanında burada olmaları gerektiğini söylüyoruz ama yine de bu konuda pek başarılı olamıyoruz. Randevu veremediğimiz için pek çok hasta günlerce beklerken, telefonla teyit yapıldığı halde hastalarımızın ortalama yüzde on beş, yirmisi randevusuna gelmiyor veya gecikiyor. Oysa bize gelemeyeceklerini bildirseler, onların yerine sırada bekleyen hastalarımızı alacağız. Son olarak cep telefonlarına da mesaj göndererek randevu saatlerini hatırlatıyorum ama hiçbiri konuya kesin çözüm getirmedi," diyor. Çocuk haklı, yapılması gereken her şeyi yapmış ama sorun çözülemiyor.

Bu durum biraz da bizim halkımızın geçmişten gelen alışkanlıklarıyla ilgili. Galiba hepimiz biraz böyleyiz. Bu konuda kimseye bir şey söyleyemiyorum çünkü hastasını en çok bekleten doktorlardan biriyim ben. İşime her zaman vaktinde gelirim ama işi bitmeden bir türlü çıkaramam hastayı. Böyle olunca da randevular hep sarkar. Hatta bunu iyi bilen hastalarım ya günün ilk randevusunu almaya çalışırlar veya gelmeden önce Tuna'yı telefonla arayıp randevuların sarkıp sarkmadığını sorar, öyle gelirler.

İlacı biten hastalara geç de gelse ilaçlarının mutlaka yazılması gerektiğini söylüyorum Hasan'a. "Nöbetçi doktor sistemiyle onu halletmeye çalışıyoruz. Zaten doktorlarımız randevusu olmasa da ilaç yazdırmaya gelen hastaların reçetelerini yazıyorlar ama bu da az da olsa randevuları aksatıyor ve hastalarımızı bazen de biz zamanında içeri alamıyoruz," diyor. Kliniğin sorunları bitmiyor ama bizim vaktimiz bitiyor. Tuna heyecanla başını uzatıyor odaya. "Hadi Hasan Bey, hastamız geldi. Bir an önce alalım." Hasan bana "iyi çalışmalar" diyerek çıkıyor odadan.

Aceleyle bilgisayardaki randevu programını açıyorum. İlk hastam Ala. Tuna önümdeki fincanı alarak çıkarken Ala sallanarak giriyor içeri. Bugün yüzünde mahzun bir ifade var, oysa onun yüzü genellikle ifadeden yoksundur. Giyimi kuşamı yine aynı da olsa, bana biraz mahzun da baksa, genel havasında olumlu bir değişiklik var. Ya da değişen o değil, benim. Belki de onu artık bir ölü gibi görmekten vazgeçtim.

— Nasılsın Ala?

— İyiyim Gülseren Hanım... Siz de iyi misiniz?

Evet, doğru düşünüyorum. Aramızdaki buzlar yavaş yavaş eriyor.

— Ben de iyiyim. Ne var bugün sende?

— Bu ara eskiye göre daha çok yiyorum ve biraz kilo aldım.

— Yakışmış sana, devam et yemeye.

— Bugün bana yine hikâye anlatacak mısınız?

— Tabii anlatacağım. Bayılacaksın bugünkü hikâyelere.

— Oh, ne güzel... Bir haftadır geceleri uyuyamıyorum... Kötü rüyalar görüyorum... Size anlattığım o sahneler... bir türlü gözümün önünden gitmiyor.

Tahmin ettiğimden daha çok ıstırap çekiyor bu kız. Aslında bu acıları bir an önce dindirmeyi çok isterdim ama şimdilik onun istediği gibi ağır ağır gitmeliyim.

— Hayvanları sever misin?

— Evet... özellikle kedileri severim... Ben küçükken bahçemizde kediler vardı... Hatta biri doğurmuş... üç tane yavrusu olmuştu.

— Güzel, öyleyse ben de sana bugün kedilerle ilgili bir hikâye anlatayım.

— Tamam.

— İnsanlar yıllardır böceklerle ve böceklerden insanlara geçen hastalıklarla mücadele etmişler. Sonunda DDT adı verilen ve bütün dünyada iyi tanınan bir ilaç, böcek dünyasına atom bombası gibi düşmüş. Ancak biliyorsun nükleer enerji iki tarafı keskin bir bıçak gibidir. Burada da öyle olmuş ve DDT böcekler kadar insanlara da zarar vermiş. 1960'lı yıllarda Dünya Sağlık Örgütü, sıtma salgınını önlemek için yetmiş altı ülkede DDT kullanmış ancak üçüncü dünya ülkelerinin bataklıklarına rastgele saçılan DDT, o bölgenin ekosisteminde dengesizliklere neden olmuş. Malezya'nın Sarawak bölgesinde DDT yalnız sivrisinekleri değil hamamböceklerini de öldürmüş. Bu sefer zehirli hamamböceklerini yiyen kediler de ölünce fare nüfusunda inanılmaz bir artış yaşanmış ve tarla fareleri o bölgedeki bütün köyleri istila etmiş. Fare ise veba ve tifüs gibi çok daha ciddi hastalıkları köylülere bulaştırmaya başlamış. Yaptığı hatayı fark eden Dünya Sağlık Örgütü Sarawak bölgesinde bozulan ekosistemi yeniden dengeleyebilmek için, Kraliyet Hava Ordusu'ndan yardım istemiş ve paraşütçüler uçak ve helikopterlere doldurdukları yüzlerce kediyi köylere havadan indirmiş ve böylece büyük bir felaketin önüne geçilmiş.

— Demek kediler bile... bazen çok işe yarıyor.

— Bugünü kedilere ayıracak değiliz. Şu rüyaları anlat istersen.

— Yaşadıklarımdan daha kötü değildi.

— Geceleri daha rahat uyumanı sağlayabilirim.

— İlaç mı vereceksiniz?

— Eğer istersen.

— Daha sonra belki!

— Tamam, o zaman şu üstüne giydiğin ve sana büyük gelen giysilerden bahsedelim.

Bu sözüm sanki atom bombası etkisi yapıyor ve gözleri yuvalarından fırlayacak gibi dehşetle bakıyor yüzüme. İnanç ve şüphe geceyle gündüz gibidir, birbirlerinden ayrılmazlar. Bir yandan bana inanmak, güvenmek isterken, bir yandan içindeki şüphelerden kurtulamıyor. Aynı anda sağ şakağında kıvrılan bir yılan gibi hızla kabaran mor damarlara takılıyor gözlerim. Sanki bana saldırırcasına bakıyor. Birkaç kez boğazını temizliyor, lafa başlamak, bir şeyler söylemek istiyor bana ama bir türlü sesi çıkmıyor. Koyu bir sessizlik kaplıyor odayı. Acıyla çarpılan yüzü iyice çirkinleşiyor. Ona nasıl yardımcı olacağımı bilemediğimden ben de susuyorum ve koyu, derin ve acımasız sessizliği cama vuran yağmur damlaları bozuyor.

Her insan okunacak bir kitap gibidir ama bu kızın kitabı hep kapalı. Üzeri kat kat sarılmış, iplerle sıkı sıkı bağlanmış, istesem de bir türlü açıp okuyamıyorum. Acıdan, ıstıraptan kaçarak bu işin altından kalkamayız. Bu sessizliğin onu nasıl perişan ettiğinin farkındayım. Yeni bir hikâye anlatarak bu olumsuz havayı dağıtabilirim ama nasıl bir hikâye olmalı? Yine hafif bir şey mi yoksa onun dikkatini çekebilecek, kendinden bir şeyler bulabileceği bir şey mi? İkinci seçenek daha doğru galiba. Şimdi yine ajan-provokatörlük yapmam gerekecek. Ona bırakırsam bir şey anlatacağı yok. Madem o bir lanetin altında ezilip duruyor, dünyanın yakından izlediği bir başka lanetli hikâye anlatayım ona. Bakalım o zaman kendi içinde bulunduğu laneti ona anlattırabilecek miyim?

— Daha heyecanlı bir hikâyeye ne dersin? Çocuk kral Tutankamon'un Lanetini anlatayım mı sana?

— Hı hı...

Başını sallayarak hı hı derken sesinin ne kadar kederli ve cansız olduğunu fark ediyorum. Bu hali bana varoluşunun kısırlığını ve yoksulluğunu hissettiriyor. İçim burkuluyor. Demek doğru karar vermişim. Yeni bir hikâye dinleyecek olmaktan memnun, koltuğuna kedi gibi kıvrılıp boynunu hafifçe bükerek sevinçten yoksun gözlerini gözlerime dikiyor. Ben de başlıyorum anlatmaya...

— Arkeolog Howard Carter ekibiyle birlikte, antikacılık yapan zengin İngiliz patronunun desteğiyle 1922 yılında, yedi yıldır bir şey bulamadığı, Mısır'daki Krallar Vadisi'ni kazıyormuş ama bu onun son şansıymış çünkü bu sefer de olay yaratacak bir keşif yapamazsa, patron ondan desteğini çekecekmiş. Heyecanla kazmaya devam ederlerken, yerin altına doğru uzanan basamaklar görmüşler ve merdivenin sonunda karşılarına bir kapı çıkmış. Kapı sıvayla kaplıymış ve üzerindeki sıvada büyük, oval bir mühür varmış. Önünde diz çökmüş dokuz esirin olduğu bir çakalı gösteren bu mühür, mezar sahibinin çok itibarlı biri, muhtemelen bir kral olduğunu gösteriyormuş.

Beni dikkatle dinliyor. Yüzündeki dehşet ifadesi kayboldu, hatta konuyu aniden değiştirdiğim ve onu köşeye sıkıştırmadığım için belki de içinden bana minnet duyuyor. Bu arada bütün dikkati anlattığım hikâyeye yöneldiği için, muhtemelen içindeki kavga da şimdilik bitti. Ben yumuşak ve ahenkli bir sesle anlatmaya devam ediyorum.

— Carter, yıllardır hayal ettiği manzarayı görünce sevinçten çılgına dönmüş ve çok ciddi bir keşif yaptığını anlamış. Hemen ardından, İngiltere'deki patronuna, daha sonra bütün dünyada ün kazanacak olan şöyle bir telgraf çekmiş: "Sonunda vadide inanılmaz bir şey keşfettik. El değmemiş bir mühre sahip görkemli bir mezar; siz gelinceye kadar mezarı yeniden kapattık. Tebrikler."

— Sonra ne olmuş?

— Çocuk kral Tutankamon'un kayıp mezarı, 1920'li yıllarda Mısır'ın eski kral ve kraliçeleri arasında bir türlü bulunamayan ve bütün dünya arkeologlarının aradığı bir yermiş. Carter zaten yıllardır bu mezarı bulmanın hayalini kuruyor, bu konuda bütün ipuçlarını ince ince değerlendiriyormuş. Carter'ın patronu Lord Carnarvon, telgraf eline geçer geçmez, kızı Evelyn ile birlikte Mısır'a uçmuş. Hep birlikte kazı yerine gelmişler. Kapının üzerindeki sıva temizlenince herkesin görmeyi hayal ettiği isim çıkmış ortaya. Tutankamon... Büyük bir heyecan içinde kapıyı kırmışlar ve aşağı doğru inen, molozlarla kaplı bir geçit çıkmış karşılarına. Geçitte yaklaşık on metre ilerledikten sonra, sıkı sıkı kapalı ve üzeri mühürlü bir başka kapı görmüşler. Kapının üzerinde yine aynı mühür ve yazı varmış. Carter, kapıya küçük bir delik açıp buradan içeri demir bir çubuk sokmuş. İçeride, mezarı hırsızlardan korumak amacıyla zehirli gaz olmasından endişe ediyorlarmış. Sonra deliği biraz daha genişletip içeri bir mum uzatarak odada neler olduğunu görmeye çalışmış. İçeriden çıkan sıcak hava mumun alevini titrettiğinden, önceleri pek bir şey görememiş ama gözleri ışığa alıştıkça her yerden altın pırıltısı fışkırdığını fark etmiş. Bu arada yanındakiler meraktan çatlıyor ve Carter'a sürekli içeride ne gördüğünü soruyorlarmış. Carter sadece "harikulade şeyler," diyebilmiş.

— Çok heyecanlı.

Heyecanlandı. Hikâye sardı onu. Kendini unuttu. Çocuk gibi, son derece doğal tepkiler veriyor. Bu hikâyeler galiba kısacık bir süre de olsa kendi acılarını unutturuyor ona.

— Sonunda bu kapıyı da kırıp hep birlikte içeri girmişler. Karşılarına olağanüstü bir manzara çıkmış. O küçücük oda tıka basa altın heykeller, yaldızlı minderler, karyolalar, iki tekerlekli savaş arabaları, kaymaktaşından tabaklar, işlemeli mücevher kutularıyla doluymuş. Odada mühürlü bir başka kapıyı koruyan, gerçek boyutlarda ve altından yapılmış iki muhafız heykeli varmış. Carter ve arkadaşları sonunda bu iki muhafızın koruduğu kapıyı da kırıp küçük kralın gömülü olduğu mezar odasına ulaşmışlar. Dört mühürlü kapıyı kırarak girebildikleri bu odada karşılarına, yine iç içe konmuş dört tane tabut çıkmış. En içteki dördüncü tabutta nihayet Tutankamon'un mumyalanmış bedenini bulmuşlar. Daha sonra o odadan geçilen son bir oda daha varmış ki, asıl kıymetli eşyalar bu son odanın içindeymiş. Hepsinin de heyecandan eli ayağı titriyormuş çünkü hem bütün dünyanın yüz yıllardır peşinde olduğu bir hazine duruyormuş karşılarında hem de üç veya dört bin yıldır hiçbir insanoğlunun ayak basmadığı gizemli bir odaya ilk giren kişiler olmanın tüyler ürperten gizemini yaşıyorlarmış.

Sanki kendisi de o odadaymış gibi tüylerinin ürperdiğini hissediyorum.

— Carter o gün yaşadıklarını tek tek yazmış. Hatta o hatıra defterinde, çok değerli eşyaların yanı sıra, Carter'in dikkatini çeken başka ayrıntılar da yazılıymış. Örneğin kapıları sıvamak için hazırlanmış sıvayla yarı yarıya dolu bir kâse, söndürülmüş bir kandil, kapı eşiğine bırakılmış veda çiçekleri gibi. Kim bilir ne hüzünlü bir törenle gömüldü o çocuk oraya. Zaman, bu gibi küçük ayrıntıların arasında sanki donup kalmış. O insanlar, o küçük kralı oracığa gömdükten sonra, kimler gelmiş, kimler geçmiş bu dünyadan.

— Aslında ne kadar dikkatli gizlemişler krallarını… Bütün dünya aradığı halde… üç dört bin yıl kimse bulamamış.

— Evet, çok dikkatli gizlemişler bu mezarı çünkü mezar, Tutankamon'un öbür dünyaya yolculuğunda ihtiyaç duyacağı düşünülen beş ya da altı bin farklı eşyayla ağzına kadar doluymuş. Mezarda bir de yüz otuz parçalık asa ve çıta koleksiyonu bulunmuş ve kamış bir asanın üzerinde çarpıcı bir yazı varmış: "Majestenin elleriyle kestiği bir kamış." Mezarda bulunan her bir parça tek tek numaralanmış ve durduğu yer özenle kaydedilmiş, dahası her bir yerin tek tek fotoğrafları çekilmiş. Bazı eşyaların bozulmasından endişe edildiği için, hemen yerlerinden kaldırılmamış. Zaten bütün dünya basını bu olağanüstü keşfin peşindeymiş ve gazeteler o ara her gün küçük kralın yeni bulunan mezarıyla ilgili haberleri ilk sayfalarından veriyorlarmış ancak patron Carnarvon bu ilgiyi de paraya çevirmeyi başarmış ve devam eden kazı çalışmalarının öykü haklarını *Times* gazetesine satmış. Bu durum tüm dünya basınını hüsrana uğratırken, bütün bunların aslında tamamen kendilerine ait olduğunu savunan Mısır halkı iyice çileden çıkmış.

— Lanetli kralı... paylaşamıyorlar.

Bunu söylerken sanki lanetli olan Tutankamon değil de kendisiymiş gibi hafifçe utanarak, bir suçlu gibi başını önüne eğiyor. Bu kızın nasıl bir suçu var acaba?

— Tutankamon 1920'li yıllarda tüm dünyada lanetiyle ünlü bir küçük kral oluvermiş. Sherlock Holmes'in yaratıcısı Sir Conan Arthur Doyle da dahil, o yıllarda pek çok yazar "Tutankamon'un Laneti" konulu hikâyeler ve romanlar yazmışlar. Aslında mezar soyguncularını ve yağmacıları uzak tutmak için ölünün çevresinde bir çeşit korku yaratmak, lanet söylentileri yaymak, Eski Mısır dünyasına ait bir düşünceydi. Ancak bütün diğer firavunların mezarlarına bir şekilde ulaşıldığı halde, küçük kralın mezarının bir türlü bulunamayışı Tutankamon'un gizemini giderek arttırıyor ve bu durum mezarı koruyan doğaüstü güçlerle ve büyülerle ilişkilendiriliyordu.

— Sizce herkesin mezarı bulunurken... onun mezarı neden bulunamamış... Hem de binlerce yıl... nasıl el değmeden kalabilmiş?

— Her ne kadar o devirde bunu herkes mumyanın lanetine bağladıysa da bu sorunun gerçek cevabı meteorologlardan gelmiş. Mezarın girişi yüksek tepelerden gelen ani sel baskınlarının sürüklediği molozlarla kaplıymış. Krallar vadisi, uçurumları ve sert kayalıklı dar vadileriyle tam bir amfi-tiyatroya benzer. Ani sel baskınları bu bölgede çok yaygındır. Bir bulut yarım milyon ton su taşıyabilir ve yirmi dakikalık bir yağmurla bütün bu suyu bırakır. Dik kayalıklardan inen moloz yüklü seller, tam da bu mezarın üzerine yönelmiş. Böylece mezarın üzerinde oluşan bir metre kalınlığındaki moloz ve taş yığını, selden sonra çıkan çöl güneşinin altında yıllar içinde kavrulmuş ve beton haline gelmiş. Mezarın üzerinde oluşan bu bir metre kalınlığındaki taşlaşmış moloz yığını yoldan geçen birine sanki vadinin zeminiymiş gibi görünmeye başlamış. Yani şans Tutankamon'dan yana olmuş ve binlerce yıl mezar el değmeden kalabilmiş.

— Şans mı... tesadüf mü... yoksa başka bir şey mi... belli değil.

— Ne olabilir sence?

Bunu bir şans olarak kabul etmiyor, belki de altında başka şeyler arıyor.

— Tanrı böyle istediyse... yağmuru da... tam oraya yağdırmıştır.

— Gerçekten böyle mi düşünüyorsun?

— Neden olmasın?... O mezarı bulanların üzerine de... lanet yağdırmış zaten.

Tutankamon'un yanında yer alıyor, hatta onun Tanrı tarafından korunmuş olabileceğini düşünüyor.

— Tıpkı senin gibi, o dönemde de insanlar o kazıda bulunanların bir şekilde lanetleneceğinden zaten eminmiş. Basın da adeta bunu teşvik ediyormuş. Ve bir süre sonra beklenen lanet, kazıyı yapanların birer birer peşine düşmeye başlamış. Önce İngiliz patron Carnarvon hastalanmış ve hemen ölmüş. Ardından kazı çalışmalarına katılanlar arasında bir panik başlamış. Bunları desteklercesine Lordun köpeği de yüksek bir yerden düşüp ölmüş. Ardından ortalıkta, kanaryasının bir kobra yılanı tarafından canlı canlı yendiği şeklinde rivayetler dolaşmaya başlamış. Artık gazeteler bundan başka haber yazamaz hale gelmişler. Lord Carnarvon'un Mısır'da hastanede öldüğü anda, bütün Mısır'da elektriklerin bir süre söndüğü de yazılan haberler arasındaymış. Üstelik elektriklerin sönmesini gerektiren teknik bir arıza da güya yokmuş. Ölen lordun yardımcısı, onun babası ve lordun iki erkek kardeşi de bir şekilde ölüverince, bu olaylar hep aynı lanetle ilişkilendirilmiş. Üstelik Lordun cenaze töreninde cenaze arabası bir çocuğa çarpmış ve çocuk ölmüş. Firavunun röntgenini çekmeye gelen görevli de yolda kaza geçirmiş. Mısır Prensi, firavunun mezarına yaptığı ziyaretin hemen ardından vurularak öldürülmüş. Bütün bu olayların belki de en ilginç olanı ise Tutankamon'un mumyasından kafa sargıları çıkarılınca yaşanmış. Çünkü küçük firavunun sol yanağında kısmen iyileşmiş, zehirli sinek ısırığına bağlı bir yara izi bulunmuş. Meğer ölen lordu da ölmeden bir süre önce yanağının sol yanından zehirli bir sinek ısırmış ve yara izi her ikisinde de tam olarak aynı yerdeymiş.

— Bütün bunlar... tesadüf mü sizce?

— O devirde yaşasaydım bu soruya belki ben de başka türlü cevap verirdim, çünkü gazeteler her gün ballandıra ballandıra ve çoğu zaman da aslı astarı olmayan pek çok haber yayınlıyorlarmış. Sana daha önce anlattığım hikâyelerde olduğu gibi, o dönemde de halk hep birlikte çıldırmış.

— Çıldırmış mı?

O da tıpkı o devirde yaşayan insanlar gibi, bütün bunların tesadüf olabileceğine inanmıyor. Biraz önce yaptığı gibi yine bunların altında başka şeyler arıyor.

— İnsanlar durup dururken hep birden çıldırmazlar. Mutlaka bunun bir sebebi vardır.

— Peki... neymiş onları çıldırtan?

— Tutankamon'un laneti o zamanlar başta İngiltere olmak üzere, Avrupa'nın birçok ülkesinde ve Mısır'da insanların zihinlerini işgal eden, onlara kendi dertlerini unutturan en önemli konu haline gelmiş, çünkü konuştuğumuz yıllar 1920'li yıllar. Söyle bakalım, madem çok kitap okuyorsun, nedir o yılların özelliği?

Şöyle bir toparlanıyor. Benden böyle ani bir soru beklemiyordu. Gözlerini tavana dikip bir an kafasını toparlamaya çalışıyor. Sonra korka korka cevap veriyor soruma.

— 1918'de Birinci Dünya Savaşı bitti.

— Evet, öyle oldu. Biliyorsun çok kanlı bir savaş o. İnsanlar eşlerini, babalarını, oğullarını, kardeşlerini, sevgililerini kaybetmişler o savaşta. Açlık ve sefalet var. Üstelik yine aynı yıllarda İspanyol Gribi denen bir hastalık Avrupa'yı perişan etmiş.

Özellikle gençleri seven bu hastalık yüzünden milyonlarca kişi birkaç gün içinde hayatını kaybetmiş. Üst üste verilen bu kayıplar kimsede moral bırakmamış. Başka önemli bir olay daha var, söyle bakalım, nedir o?

Yine gözler tavanda, düşünüyor.

— Biraz ipucu verin.

— Rusya'yı düşün.

— Devrim... 1917'de.

— Doğru, bütün dünyayı yakından ilgilendiren, bütün taşları yerinden oynatan büyük devrim gerçekleşmiş. Ayrıca İrlanda'da ayaklanmalar başlamış, ada ikiye bölünmüş. Ve son olarak da İngiltere'de İşçi Partisi ilk kez iktidara gelmiş, kadınlara oy hakkı tanınmış. Kadınların bir bölümü çalışmaya başlamış. Kadının çalışmaya başlaması, ekonomik özgürlüğünü kazanması, son derece önemli bir gelişme. Aile içi ilişkileri temelinden sarsan, bütün rolleri değiştiren, örf ve adetleri yerle bir eden bu durum karşısında kadınlar çok heyecanlanmışlar. Yıllardır gözlerinin yaşı dinmeyen pek çok kadın, ellerinde sigaraları, yüksek sesle kahkahalar atarak Londra sokaklarında geziniyorlarmış. Düşünsene, dünya ne büyük bir çalkantı içinde! Bir yanda ölüm, hastalık, yas, bir yanda devrimler, kazanılan yepyeni haklar. Mumyaların lanetini anlatan öyküler, işte böyle bir sosyal karmaşa ortamında pazarlanmış insanlara.

— Benim de lanetli olduğumu... anladınız değil mi?... Onun için anlatıyorsunuz... bunları.

Bunu söylerken gözlerinde derin bir utanç ve ezici bir kin görüyorum. Bir yandan büyük umutlarla buraya gelip birileri tarafından anlaşılmayı, onaylanmayı bütün kalbiyle isterken, bir yandan da bundan ölesiye korkuyor. Umutlanmak isterken, hayal kırıklığını sanki şimdiden yaşıyor.

— Hayır, bilmiyorum. Seni daha yeni tanıyorum ben, ayrıca sen değil, hiç kimsenin lanetli olduğuna inanmam ben. Ama madem sen açık konuştun, ben de aynı şeyi yapacağım. Senin kendinle ilgili bu tür olumsuz düşüncelerin olduğunu tahmin ettim.

— Hikâye anlatırken bile... sizin aklınız başka yerde.

Çok istese de şimdilik bana bir türlü güvenmiyor veya güvenemiyor. Her zamanki gibi sabırlı olmalı, bana güveneceği güne kadar onun her sorusunu yanıtlamalı, ona içten ve samimi davranmalıyım.

— Başka yerde değil, sende.

— Samimi değilsiniz yani.

— Aksine, çok samimiyim, bak bunu sana açıkça söylüyorum. Ne yapıp edip sana yardım etmenin bir yolunu arıyorum. Bunu sen de istiyorsun. Ama zeki olduğun kadar cesur değilsin. Kendinle ilgili ağzından tek bir kelime çıkacak diye ödün kopuyor. Hem yardıma ne kadar ihtiyacın olduğunun farkındasın, hem de en küçük bir soru sorsam kaçacak delik arıyorsun. Bu mu senin cesaretin?

Deli deli bakmak nasılsa işte öyle bakıyor yüzüme. Buna alışkın olmayan yani sokaktan geçen normal insanlar korkar bu bakışlardan. Bana gelince, böyle bakan insanlardan korkmamayı öğreneli çok oldu. Üstelik bu bakışlar her zaman içimi sızlatır benim çünkü bu bakışların anlamını çok iyi bilirim. Zamanında çok kırılmış, çok incinmiş, çok korkmuş insanların bakışı bu. Ağzına kadar duygu dolu bir küp gibidir insan. Sevdikçe, sevildikçe kabına sığmaz, rengârenk, pırıl pırıl olur, yedi dağın çiçeğinin kokusu yayılır etrafa, ılgın ılgın akar duygular. Bu kıza hayat şimdilik iyi yüzünü hiç göstermemiş galiba. Hayata ve hayatın içinde yer alan her şeye öfkeli. Kötü kokular geliyor burnuma. O küpün içini boşaltmak pek kolay olmayacak.

Üzerine giderken bile çok temkinliyim çünkü akordu bozuk bir müzik aletine benziyor. Nerede, ne zaman, nasıl tepki göstereceği belli değil. Aslında benim akordumun da pek sağlam olmadığını ilk gün öğrendiği için karşımda olabildiğince kontrollü olmaya çalışıyor. Şimdilik bu durum işe yarıyor. Önce ellerini ovuşturup sonra da biçimsiz dişleriyle dudaklarını kemirdikten sonra nihayet kafasını iki yana sallayarak konuşmaya çalışıyor ama olmuyor. Sıkıntısı giderek artıyor. Bu kız konuşamayacak. Şimdilik istese de yapamıyor. Geri adım atmaktan başka çare yok. Benim amacım onun sıkıntısını artırmak değil.

— Bazı şeyler kolay anlatılmıyor değil mi Ala?

Susuyor ama bu sözlerim hoşuna gitti. Onu anladığımı, ona hak verdiğimi hissetti. Mahzun bir ifade belirdi yüzünde. Bu ifadeyi seviyorum. Sadece böyle zamanlarda onun da insan olduğunu hissediyorum. Bu kapıdan onu böyle çıkarmamam gerekir. Böyle mahzun, böyle üzgün olmaz. Kaldığı yerden hayata böyle devam edemez.

— Ala, sana anlatmak istediğim yeni hikâyelerim var. Hele bir öküz hikâyesi var ki, bayılacaksın.

— Öküz mü?

— Evet, öküz. Pek komik bir hikâye değil ama bu sefer belki insanların saçmalıklarına birlikte güleriz.

— Güler miyiz?

— Evet, güleriz.

— Siz sık sık güler misiniz?

Ne tuhaf bir soru! Düşünüyorum, ben sık sık güler miyim diye. Aslında eskiden, ama çok eskiden her şeyi bahane eder, gülerdim. Bayılırdım gülmeye. Arkadaşlarım da bilir, kahkahalarım evin dışına taşardı. Sonra bilmem neden, gülmelerim yavaş yavaş azalmaya başladı. Giderek daha ağırbaşlı, daha oturaklı bir kadın oldum. Bir yandan hayatta herkes gibi benim de yaşadığım irili ufaklı depremler, yaşadıkça hayal dünyasının yerini alan asıl gerçekler, bir yandan da mesleğim gereği her gün akşama kadar dinlediğim acıklı yaşam öyküleri derken, eskisi kadar sık gülemez oldum.

Hayat insanların duygularını tıpkı dağlar, tepeler gibi şöyle veya böyle erozyona uğratıyor. Sonbaharda solan çiçekler gibi duygularımızın da giderek suyu çekiliyor, sararıyor, kuruyor. Bazı insanlarda bu çok daha belirgin oluyor. Katılaşıyor insanlar, esnekliği, yumuşaklığı kayboluyor. Bu konuda ben kendimi çok şanslı bulurdum, pek solmadım diye, ama Aydın'ı kaybettikten sonra bunun pek de şans olmadığını fark ettim. Belki kurusam, sararsam solsam, acıyı bu kadar derinden hissetmezdim dedim kendime. Bu sıralar sıkça dinlediğim bir türkü geliyor aklıma: Çamlığın başında tüter bir tütün, acı çekmeyenin yüreği bütün. Cengiz Özkan'dan dinlemiştim.

Ala karşımda gözlerini açmış, sorduğu sorunun cevabını bekliyor. Ben şimdi bu kıza aklımdan geçenlerin ne kadarını söyleyebilirim.

— Sık güler miyim bilmiyorum ama gülmeyi hâlâ çok seviyorum. Peki, sen hiç gülmez misin?

— Gülmem.

— Neden Ala, neden hiç gülmezsin?

— Gülmeyi öğrenmedim ki... Bizim evde kimse gülmezdi... Durup dururken gülene ne derler... biliyorsunuz.

— Tamam o zaman. Birlikte gülmeyi deneyelim. Bu ara buna benim de çok ihtiyacım var.

— Neden?

— Neden mi? Gülmek sağlığa her zaman çok iyi gelir de ondan.

— Öküz hikâyesini ne zaman anlatacaksınız?

— Bir dahaki gelişinde...

— Hiç prenses hikâyesi yok mu?

— Prenses mi?

— Hani masallarda hep prensesler olur ya!

— Tamam, bir de prenses hikâyesi arayalım bakalım.

— İyi öyleyse... Ben gidiyorum... Bana gösterdiğiniz ilginin... farkında olmadığımı sanmayın... Bunun... benim için... ne kadar önemli olduğunu bilemezsiniz... Teşekkür ederim... Her şey için teşekkür ederim... Hoşça kalın.

Yine elime dokunur gibi yapıp hızla çıkıyor odadan. Ne garip bir kız! Ona gösterdiğim ilginin farkında demek! Gerçi benim ona karşı duygularım da hızla değişiyor. Bütün gayretlerime rağmen konuşmamakta, anlatmamakta direniyor. Ona karşı sabırlı ve hoşgörülü olmaya devam etmeliyim. Kendi üzerine alınmasın diye hikâyeleri özellikle toplumsal konulardan seçiyorum ama buna rağmen yine de bir şeylere takılabiliyor. Bu prenses meselesi nedir acaba? Bu kız odadan çıkınca kafamı bir türlü toparlayamıyorum, aklım hep onda kalıyor.

Ala'dan sonra odama birbiri ardına hastalar girip çıkmaya devam ediyor. Akşamın nasıl olduğunu anlamıyorum. Zamanın bu kadar hızlı akması bazen hoşuma gidiyor çünkü ben o zamanı olabilecek en iyi şekilde geçirdiğimi düşünüyorum. Hastalarımla birlikte hüzünlensek de acının en keskinini paylaşsak da, odamdan çıkarken onların yüzünde gördüğüm küçücük de olsa bir umut kırıntısı, yorgunluğumu unutturuyor bana.

İşim bitince biraz nefeslenmek için üst kattaki kafeteryaya çıkıyorum. Güneş batmak üzere! Her yer kırmızıya dönmüş. Biraz önce yağmur olup şehri ıslatan bulutlar, sanki biri arkalarından kovalıyormuş gibi pul pul saçılmışlar gökyüzüne. Birkaç doktor ve psikolog arkadaşım, Profesör Ayşe Yalın'ı almışlar ortalarına bir yandan çaylarını yudumlarken bir yandan da etrafı seyrediyorlar. Ankara gibi bir yerde, böyle bir manzara seyredebilmek ne büyük bir şans! Beni görünce ayağa kalkıp yer veriyorlar. Ben de Ayşe'nin yanı başına oturup sohbete katılıyorum. Bir çay da bana getiriyor Nevin.

Uzun süredir Ayşe ile görüşemedik. O benim çok eski arkadaşım. Hacettepe'de yıllarca birlikte çalıştık. Giyimine kuşamına pek meraklı, her zaman şık ve zarif bir kadındır Ayşe. O yıllardan bir anı geliyor gözümün önüne. Bir gün öğle yemeğinden sonra hastane bahçesinde hep birlikte geziniyorduk. Birden yağmur çiselemeye başladı. Ayşe ile benden başka kimse aldırmadı yağmura ama ikimiz birden hızla içeri girmek üzere koşmaya başladık. Herkes garip garip arkamızdan bakıyordu. Bir iki damla yağmurdan neden böyle kaçtığımızı anlamamışlardı. Ama ikimiz de biliyorduk bunun nedenini. O zamanlar süet etek ceketler modaydı. Ayşe gri, bense bej rengi süet takımlarımızı yeni almıştık ve yağmur damlalarının o takımları leke içinde bırakacağını çok iyi biliyorduk.

Bunu anlatıyorum ona. Birlikte eskiyi özlemle yad edip gülüyoruz. Ayşe "Çocuklarda Oyun Terapisi" konulu çocuk psikologlarına yönelik bir program hazırlıyordu. Nihayet hazırlıklar bitmiş ve yakında programı başlatacakmış. Klinik dışından katılmak isteyen psikologlar varmış, ne yapalım diye soruyorlar bana. Şöyle bir hesap ediyoruz, şimdilik dışarıdan yapılan başvuruları kabul edemeyiz. Çünkü program zaten oldukça uzun sürecek ve üstelik uygulamalı yapılacak. Belki seneye eğitim programımıza yine koyar ve daha fazla psikoloğun katılmasını sağlayabiliriz diyorum. Ayşe de kabul ediyor bu öneriyi.

Aslında hava oldukça serin yani henüz terasta oturmak için erken ama kış o kadar uzun sürdü ki, baharı hepimiz özledik. Temiz havayı derin derin ciğerlerime çekiyorum. Güneş ufukta kaybolurken hafif bir rüzgâr içimi titretiyor. Saatime bakıyorum, bir an önce aşağı inmem gerekiyor çünkü şimdi de yeni başvuran psikologları göreceğiz. Ayşe de iniyor benimle birlikte çünkü jüride o da var. Mehmet Akif'le Cengiz benden önce gelip oturmuşlar bile. Hasan ve Psikolog Seliyha Dolaşır da gelince kadro tamamlanıyor. Sırayla psikologlar girip çıkmaya başlıyor odaya. Kimiyle daha uzun süre konuşuyoruz, kimi hemen çıkıyor. Aslında hepimiz de eğitim düzeyi daha yüksek olan psikologları tercih etmek istiyoruz ama bu meslekte kişilik özellikleri çok önemli.

Hepsiyle görüşme bitince, bu sefer de hangilerini alacağımıza karar verebilmek için bir saate yakın konuşuyor, tartışıyoruz. Sonunda iki genç hanımı almaya karar veriyoruz. Hasan bu durumdan memnun değil çünkü o en az dört kişi bekliyordu. Yeniden ilan verecek. Hepimiz hem yorgun hem de açız. Hep birlikte çıkıyoruz klinikten. Geç de olsa iyi bir akşam yemeğini hak ettik. Nereye gideceğimize bir türlü karar veremezken Hasan imdadımıza yetişiyor. Çankaya'da ışıl ışıl bir restorana götürüyor bizi. Gece Cengiz'in söylediği yanık türkülerle bitiyor.

7. Bölüm

Bugün öğle yemeğimi kafeteryada, klinikte görevli diğer meslektaşlarımla birlikte yedim. Bu bile büyük lüks benim için. Merdivenden keyifle bizim kata inerken yine Ala'yı görüyorum. Tuna'nın karşısındaki koltuklardan birine oturmuş, onunla sohbet ediyor. Beni görünce konuşmayı kesip başöğretmenini selamlayan küçük bir öğrenci gibi aceleyle ayağa kalkıp selamlıyor. Ben de başımla karşılık verdikten sonra ellerimi ovuşturarak odama giriyorum.

Ala ile ilişkilerimiz hızla değişiyor. Odama gülerek giriyor, elimi sıkarken hep gözlerimin içine bakıyor. Konuşmaktan eskisi kadar çekinmiyor. Sadece benimle değil Tuna'yla da ilişkileri eskiye göre daha iyi. Kendisine çok büyük gelen o eski moda şeyleri giymekten henüz vazgeçmedi ama en azından eskisi kadar pis değil. Bu arada kilo almaya devam ediyor. Genel görünümündeki olumlu değişiklik biraz da bununla ilgili. Cildi bile parlamaya başladı. Bu durumu Tuna ile konuşmam lazım. Acaba benim gördüğümü o da görüyor mu?

Nevin elinde tepsi ile içeri girerken, "Tuna'yı içeri göndersene," diyorum ona. Tuna koşarak, heyecanla giriyor içeri.

— Ne haber Tuna, nasılsın?

— İyiyim efendim, çok iyiyim. Beni çağırınca heyecanlandım. Önemli bir şey mi var?

— Yok, yok, öylesine çağırdım. Şu bizim deli kızı soracaktım.

— Ne olmuş deli kıza?

— Bu ara sanki eskiye göre çok değişti gibi geliyor bana. Ne oldu sence bu kıza?

— Evet, evet, ben de farkındayım. Çok değişti. Ayol şimdi güleceksiniz belki ama çok kanım kaynadı benim bu kıza. Baştan hiç sevmemiştim. Biliyorum, siz de sevmemiştiniz ama aslında çok tatlı biriymiş. Nasıl da saygılı! Sanki ilk günler buraya gelen o değil de başkasıydı. Hiç eli boş gelmiyor. Ufak tefek bir şeyler getiriyor gelirken.

— Ne gibi?

— Bazen küçük bir kutu çikolata, bazen börek, çörek veya bir demet çiçekle gelir. Hâlâ kendini affettirmeye çalışıyor. Kaç kere söyledim, kızım bunlara gerek yok, biz o günü çoktan unuttuk diyorum ama yine de getiriyor. Randevu saatinden hep erken geliyor. Hatta acelesi olan hastalara sırasını bile veriyor. Benim masamın karşısındaki koltuklarda oturur ama beni hiç rahatsız etmez. Geçen gün yine salon çok kalabalıktı. Telefon bir yandan, hastalar bir yandan derken bir de baktım benim yerime Ala hastalarla ilgileniyor. Burayı çok benimsedi. Aslında galiba o da çok çalışıyor ve bir sürü işi var çünkü beklerken telefonu hiç susmuyor. Bazen bürodan arıyorlar, çoğunda da müvekkilleri arıyor. Sizin yanınıza girerken telefonunu kapattığı için siz bunları bilmezsiniz. Onlarla da çok nazik konuşuyor. İlk günler hiç böyle değildi. Daha doğrusu doğru dürüst konuşmayı bile bilmiyordu. Hep eli ayağına dolaşıyor, iki kelimeyi yan yana getiremiyordu. Şimdi konuşması da eskiye göre düzeldi. Ama sizden çok korkuyor.

— Benden mi?

— Evet, hem çok seviyor sizi hem de korkuyor.

— Ben ne yapmışım ona?

— Yok canım, bir şey yaptığınızdan değil ama sizden çekiniyor işte. Geçen gün patronu aradı beni. Çalışanlardan birine randevu aldı. Size de selam söyledi. Gülseren Hanım bizim deli kızın hakkından geldi diyor. Yakında bir çayınızı içmeye gelecekmiş.

— Deli kız mı, o da mı deli kız diyor?

Kahkahalarla gülüyor Tuna.

— Bu adı ona biz taktık sanıyordum ama yanılmışım. Meğer o da deli kız diyormuş. Hay Allah, sizinle sohbet çok güzel ama telefonlar zırıl zırıl çalıyor. İzin verirseniz ben gidiyorum.

— Tamam, tamam. Ben de hazırım. Ala'yı içeri alabilirsin.

— Yok, o değil, sizin eski hastalarınızdan biri girecek şimdi ama bu sefer kendi için gelmemiş.

— Ama sıra Ala'nın!

— Kızcağızın acelesi varmış. Ala, "Ben beklerim," dedi.

Tuna lafını bitiremeden koşarak çıkıyor odadan. Bıraksam akşama kadar konuşur ve anlatır ama onu dinlemek sıkmıyor insanı. Konuşurken ne yapar eder gülmek için bir bahane bulur. İçi kaynıyor kadının. Böyle olabilmek ne güzel! Demek Ala sırasını bir başkasına verdi! İlginç doğrusu.

Açık duran kapıdan genç bir kadın giriyor içeri. Onu görür görmez tanıyorum.

— Hoş geldin Gülten! Nasılsın?

— İyiyim çok şükür doktor hanım, hem de çok iyiyim.

— Gel otur. Biz görüşmeyeli kaç yıl oldu?

— Sanırım en az dört beş yıl olmuştur.

— Nasıl gidiyor evlilik? Umarım artık her şey yolundadır.

— İyi, iyi... Oğlan da büyüdü. Sizin tavsiyelerinizi hiç unutmuyorum. Kocamla neredeyse kavga etmeyi unuttuk desem yalan olmaz. O zaman ayrılsaymışız ikimize de çok yazık olacakmış. O günler aklımıza geldikçe sizi hatırlıyor ve sık sık kulaklarınızı çınlatıyoruz.

— İyi, çok memnun oldum.

— Bugün size başka bir nedenle geldim. Hatırlarsanız o zamanlar eşimin ailesiyle de bazı sorunlarım vardı. Sonra hepsi geçti, unutuldu gitti. Ama şimdi kayınvalidem hiç iyi değil. Biz Ümit'le ne yapacağımızı şaşırdık. Doktora götürelim diyoruz, onu da kabul etmiyor. Tek çocuğu da Ümit olduğu için kadıncağızla bizden başka ilgilenen kimse de yok. Aklımıza siz geldiniz.

Bari ben gidip durumu anlatayım dedim. Belki bana bir tavsiyeniz olur.

— Hayırdır, nesi var kayınvalidenin?

Buraya kayınvalidesi için gelmesi garibime gitti çünkü eskiden çok çekti o kadından. Şimdi de ona yardım etmeye mi çalışıyor?

— Eskiden çok titiz, her şeyi kontrol etmek isteyen bir yapısı vardı. Bundan üç yıl önce kayınpederimi kaybedince yalnız kaldı. Onunla da iyi anlaşamazlardı. Adamcağızın her şeyine karışır, hiç huzur vermezdi. Ama Allah için, hastalanınca da ona çok baktı. Sonra kayınpederim ölünce çok üzüldü. Yapayalnız kaldı. Gerçi biz haftada bir gün mutlaka ziyaretine gideriz ama her zaman yanında olamıyoruz. Bu arada bir de evine hırsız girince dengesi iyice bozuldu. Kadıncağızın kenarda köşede nesi varsa götürmüş hırsız. Polis filan geldi ama bir şey bulamadılar.

— Maddi durumu nasıl?

— İyi, kocasından maaş alıyor, kendine ait güzel bir evde oturuyor, bankada da bir miktar parası var. Yani kimseye muhtaç değil, hatta fazlası var, eksiği yok. Yaşı gelmiş seksene. Ondan bir şey isteyen de yok. Bizim maddi durumumuz da fena değil. Bu yıl yeni bir araba aldı eşim. İşleri eskiye göre daha iyi. Annesinin bir ihtiyacı olsa biz hep yanındayız ama bunları ona bir türlü anlatamıyoruz.

— Nedir sorun, nesi var kayınvalidenin?

— Anlatmaya utanıyorum ama hastalık işte. Bunlar normal insanların yapacağı şeyler değil.

— Psikiyatride utanmak olmaz Gülten. Hadi anlat.

— Gülseren Hanım, kayınvalidem eskiden de tutumlu bir kadındı ama şimdi iş değişti. Ne bulursa biriktiriyor. Ben artık haftada en az iki gün gidiyorum evine. Hiçbir şeyi atamıyor. Evde neler var bir görseniz! Limon kabukları, naylon poşetler, su şişeleri, her türlü kavanoz, plastik yoğurt kapları, süt şişeleri, kâğıt mendiller, hatta kullanılmış tuvalet kâğıtlarını bile biriktiriyor. Sifonu çekmiyor. Banyosuna kokudan girilmiyor. Mutfakta bir kabın içinde kirli bulaşık suyu duruyor. Bütün bulaşıkları bu suda yıkıyor. Çamaşır makinesinin atık suyunu kovalara dolduruyor, evi bu pis suyla siliyor. Zaten evde su kullanmak neredeyse yasak... Aynı suyu tekrar tekrar kullanıyor.

— Sen gidince senin suyu kullanmana izin veriyor mu?

— Aslında içinden bunları hiç istemiyor ama bana daha fazla bir şey söyleyemiyor. Zaten ben de kendim tuvalete girecekmişim gibi banyoya giriyor ve sifonu çekiyor, elimi yıkar gibi yapıp lavaboları fırçalıyorum. Onun gözü önünde hiçbir şeyi atmamıza izin vermiyor. Ümit de atamıyor, ağlıyor kadıncağız. Şimdi başka bir yol bulduk, evdeki fazlalıkları bize lazım diyerek alıp götürüyoruz. Atacağız desek asla izin vermiyor. Plastik kapları, şişeleri, kavanozları bir poşete koyup, evde kullanacağız diyerek alıp götürüyoruz ama durum giderek vahim bir hal almaya başladı. Evde çeşit çeşit kâğıt peçeteler var. Gittiği yerlerden alıp getiriyormuş. Tomar tomar tuvalet kâğıtları buluyoruz. Onları da gittiği evlerden alıyor, gizlice çantasına koyuyormuş. Kürdanlar, tuzluklar, kolonyalı mendiller, sigara tablaları, ne isterseniz doldurmuş eve. Sanırım iş bununla da bitmiyor, ortalıkta bozuk para filan görürse de alıp geliyormuş. Yaşı seksen ama gezmeyi sever. Eşi dostu çoktur. Demek gittiği her yerden bir şeyler alıp geliyor eve. Şimdilik getirdikleri bunlar ama Ümit de ben de korktuk bu durumdan. Bir gün çok daha değerli bir şeyleri alır gelir diye endişeleniyoruz.

Kayınvalidesi adına endişeleniyor, onu korumaya, ona yardım etmeye çalışıyor. Meğer nasıl da altın gibi bir kalbi varmış. İnsanın bu yüce yanlarını görmek hep keyiflendirir beni.

— Kendine bakımı nasıl?

— O da kötü. Eskiden çok güzel yemek yapardı. Şimdi tasarruf edeceğim diye yaptığı yemekleri yemeye korkuyor. Yemekler kokuyor, bozuluyor ama o hiçbirini dökemiyor. O bozuk yemekleri yiyor. Zaten hijyen diye bir şey kalmadı. Su kullanamadığı için meyveyi, sebzeyi hep aynı suda yıkıyor. Evin içinde her şey üst üste... Ümit onu bir şeylerle oyalarken ben mutfağa girip ona fark ettirmeden bazı şeyleri çantama dolduruyorum, atmak için, ama her şeye dokunamıyoruz. Kızıyor. Zamanı geçmiş ilaçları bile özenle saklıyor. Belki piyasadan kalkar, zamanı geçmiş de olsa işimize yarar diyor. Bütün bunlar hastalık değil mi?

— Maalesef öyle.

— Biz ne yapacağız şimdi? Size de getiremiyoruz.

— Aklı başında mı? Yani unutkanlığı, dalgınlığı var mı, şaşırdığı oluyor mu?

— Hafif bir unutkanlık hali var. Akşamları ışık yakmıyor ama televizyondaki bütün dizileri seyrediyor. Ne olup bitiyor, her şeyden haberi var ama huzursuz. Geceleri de iyi uyuyamıyormuş. Hep aç kalmaktan, ortada kalmaktan korkuyor. En uzak yerlere bile yürüyerek gidiyor. Eve aldığı ekmekleri son kırıntısına kadar yiyor. Kapıcıya hiçbir şey aldırmaz. Her şeyin en ucuzunu kendi gidip alır.

— İlaç versem alır mı?

— Onun ilaçlarını ben hazırlıyorum zaten. Bilmez ne aldığını. Siz yazın, ben veririm ona.

— Tamam o zaman. Bu işi ilaçla tamamen düzeltemeyiz ama hiç olmazsa hastalığı biraz geriletebilir, hayata biraz daha uyumlu olmasını sağlayabilir, en önemlisi de depresif belirtileri ortadan kaldırabiliriz. Bunlar muhtemelen aç açık kalma gibi evham ve korkulara bağlı olarak ortaya çıkmış. Böylece morali düzeldikçe belirtiler ortadan kalkabilir. Ayrıca yaşa bağlı demans yani bir çeşit bunama hali de var. Sen şimdi verdiğim ilaçları düzenli olarak almasını sağla, bir ay sonra yine gel, görüşelim. Durumu yeniden değerlendirelim.

— Çok teşekkür ederim, bir ay sonra gelirim. Hoşça kalın.

— Ümit'e benden selam söyle.

— Söylerim.

— Bu arada seni kutlamak istiyorum. Sana bunca şeyi yapan bir kayınvalideye, annen gibi bakıyorsun. Aferin sana.

— Ümit yanımda olunca, her şey daha kolay oluyor.

Zor bir durum! Kayınvalide muhtemelen eşini kaybettikten sonra çok yalnız kaldı. İnsanın yıllarca birlikte yaşadığı, koca bir hayatı paylaştığı eşini kaybetmesi her zaman zordur ama bu kayıp çok daha ileri yaşlarda olursa bu zorluk ikiye katlanır çünkü yaşlandıkça insanların yeni durumlara uyum sağlaması giderek zorlaşır. Dışarıdan bakıldığında bunun tam tersini düşünür insanlar. Bunu bedenimizde çıkan bir yaraya, kemiklerimizde oluşan bir kırığa da benzetebiliriz. Genç insanlarda yaralar daha çabuk kapanır, kemikler daha hızlı kaynar ancak yaşlılar için aynı durum geçerli değildir. İşte tıpkı yara gibi, büyük kemiklerden birinde oluşan bir kırık gibi, o yaşta başına gelen eş kaybı ve ardından önüne çıkan dayanılmaz yalnızlık duygusu fena etkilemiş bu kadını. O güne kadar hayata sağladığı uyum bozulmuş, dengeler değişmiş ve kadıncağız sonunda bu hale gelmiş. Yine de Gülten gibi bir gelininin olmasını, büyük bir şans olarak görüyorum. Aferin Gülten'e!

Şimdi sıra Ala'nın... Kimi insanlarla birlikte olmak insanı yorar, mutsuz eder. Çünkü acıya hapsedilmiş ruhların bu acısına ortak olmak ürkütür insanı. Ala için de böyle söylenebilir. Hem gelsin istiyorum, çözülsün artık bu bilmece, hem de geriliyorum çünkü hiçbir zaman doğal bir süreç izlemiyor konuşmalarımız. Benim her zaman çok dikkatli ve tetikte olmam gerekiyor. Artık onun ilaç almasını sağlamam gerekiyor. Daha önce verilen ilaçları almamış. Bakalım ben onu bu konuda ikna edebilecek miyim?

Kapı hafifçe vuruluyor ve Ala yavaşça süzülüyor odaya. Başındaki küçük, kırmızı toka ilk dikkatimi çeken şey oluyor. Çocukların taktığı, üzerinde küçük bir uğur böceği olan tokayla yüzüne gözüne dağılan saçlarını bir tarafında toplamış. Her biri bir tarafa uçuşan darmadağınık saçlarından ikimiz de kurtulmuşuz çünkü bu saçlar onun kadar beni de rahatsız ediyordu.

Elime dokunur gibi yapıp oturuyor karşıma ve dikkatle bakıyor yüzüme. Bu bakışta, anlamamı istediği bir şey var. Sırtını da her zamanki gibi kamburlaştırmamış. Nedir benden istediği? Toka mı acaba?

— Toka takmışsın, iyi olmuş, saçların yüzüne dökülmüyor.

— Ben küçükken babam almıştı bu tokayı... Çekmecemde duruyordu... Taktım.

— İyi etmişsin.

— Günah olmaz değil mi?

İşte başladık, bu nasıl bir soru böyle!

— Neden günah olsun?

— İnsan günah işleyince ne olur?

— Hayatın olduğu her yerde günah da vardır Ala. Günahtan neden bu kadar korkuyorsun?

— Siz de günah işliyor musunuz?

— İnsan olup da günah işlemeyen var mı bu dünyada? Önemli olan hiç günah işlememek değildir. Hakikatin özünde gelişmek vardır. Enerjini günahtan korkmak yerine kendini geliştirmeye harcamalısın.

Başını önüne eğip susuyor. Söylediklerimi anlamaya, kafasında bir yerlere oturtmaya çalışıyor. Bu arada ben de yapıyorum aynı şeyi. Toka takmak bile onu korkutuyor. Kafamda onu ayırdığım bölüme bunları da kaydetmem gerekiyor. O işini bitirmiş olmalı ki, hızla başını bana doğru çevirip soruyor.

— Bugünkü hikâyeleri... merakla bekliyorum.

— Tamam ama istersen önce şu kırmızı tokadan bahset.

— Ama ya ağlarsam!

— Ağla!

— Bu odaya giren herkes ağlıyor mu?

— Çoğu ağlıyor.

— O zaman ne hissediyorsunuz?

Yine o beni sorguya çekiyor. Genelde bu tür sorulara cevap vermemenin bir yolunu bulurum ama şimdi öyle yapmayacağım.

— Değişiyor. Bazen ben de çok etkileniyor ve ağlamamak için kendimi zor tutuyorum. Ama tutamadığım zamanlar da oluyor.

— Siz de mi ağlıyorsunuz?

— Evet, çok mu garip geldi sana?

— Doktorlar ağlamaz... ama sizde o da farklı demek ki... Sizden her şey beklenir.

— Bak, bunda haklısın.

— Masanızda duran mendil kutusu... ağlayanlar için mi?

— Evet, adı da "ağlama mendili" bunların. Hani arada bir odaya girip bize çay getiren Nevin var ya, bu ismi o taktı.

— Ne güzel de isim bulmuş... Şimdiden bir tane alabilir miyim?

— Bu ne telaş! Alt tarafı sen de herkes gibi ağlayacaksın. Bu kadar korkma bundan.

— Belki siz de ağlarsınız.

— Ağlarım. Gördüğün gibi ben senin kadar korkmuyorum.

Uzanıp eline birkaç mendil birden alırken ben de son söylediğim sözleri düşünüyorum. Ağlamaktan gerçekten korkmuyor muyum? Doğru değil bu söylediklerim. Ağlamaktan bu kadar korkmasam, bu ara kim bilir ne kadar çok ağlardım. İnsanlar bundan neden bu kadar korkuyor acaba? Sadece çevreye zayıf görünmek mi onları bu kadar korkutan? Sanmıyorum, kendileri de bu çaresizlikle karşılaşmaktan hoşlanmıyorlar, tıpkı benim gibi.

Bu yanlışı düzeltmeli, gerçekten ne hissettiğimi onunla paylaşmalıyım. Ala, çok acıtsa da gerçeği seviyor.

— Düşündüm de, sana son söylediğim cümle tam olarak gerçeği yansıtmıyor galiba. Ağlamaktan ben de korkuyorum.

— Korkuyorsunuz değil mi? Şu sizin dürüstlüğünüz var ya... bunun için bile içimden ağlamak geliyor... Sizin de korktuğunuzu tahmin ediyorum zaten... İnsanın zayıflığını, acizliğini bir başkasına göstermesi... kolay olmasa gerek.

— Haklısın ama işin başka bir boyutu daha var, onu başkaları kadar kendimize de göstermiş oluyoruz. Yani çaresizliğimizle baş başa kaldığımız bir durum galiba. Ama insan olmak böyle bir şey işte! Her neyse, biz gelelim şu senin başındaki kırmızı tokaya. Babam aldı demiştin değil mi?

Elleriyle yüzünü kapıyor, sanki bir şeyden utanmış da yüzünü saklıyor gibi bir süre öylece kalıyor. Sonra ellerini indirip başını önüne eğiyor ve hiç yüzüme bakmadan zor duyulur bir sesle, adeta mırıldanır gibi anlatmaya başlıyor.

— Babamla ilk tanıştığımız günden kaldı bu toka... Ben babamla ilk kez karşılaştığımda yedi yaşındaydım. Ben doğduğumda o hapisteymiş... Büyük ve kalabalık bir evdi bizimki... O gün herkes çok heyecanlıydı çünkü babam hapisten çıkıp eve gelecekti... Bir babam olduğunu biliyor ve sürekli kafamda onu hayal ediyordum. Annem bana onun resimlerini göstermişti ama hiç yanına gitmemiştik. Sonra akşama doğru babam geldi. Tahmin ettiğimden daha yakışıklı, gösterişli bir adamdı. Uzun boylu, kara kaşlı, kara gözlü, esmer, kalın bıyıkları olan, konuşurken yanaklarında gamzeler oluşan, artist gibi biriydi. Annem bana kırmızı bir elbise giydirmişti o gün... Tırnaklarım kesilmiş, sabahtan iyice yıkanmıştım ve saçlarıma da kırmızı kurdele takmışlardı... Çok heyecanlıydım. Nihayet beni çok seven bir sahibim olacaktı... Nihayet o evde ben de önemli biri olacaktım. Nihayet öteki kuzenlerim gibi akşamları "baba" diye koşarak bacaklarına sarılacaktım. Kapı çalınınca ben açmak için kapıya koştum ama bırakmadılar. Babaannem ve ev halkının arasına sıkışıp kaldım... Amcalarım babamı alıp gelmişlerdi. Sonunda babam evin başköşesindeki koltuğa oturunca ben ortalıkta kalakaldım. O zaman gördü beni... "Yoksa bu kız Ala mı?" dedi. Adımı babam koymuş. Daha doğrusu hapiste bir âşık ozan varmış... babamın iyi arkadaşıymış. O koymuş adımı... Adımı koymuşlar ama yedi yıl boyunca bir kez olsun beni görmek istememiş babam. O böyle bir şey istemeyince kimse de beni ona götürmemiş.

İlk mendil o anda devreye giriyor ve gözlerinden hızla akmaya başlayan yaşları mendille sık sık silerek anlatmaya devam ediyor. Ne güzel anlatıyor!

— Babamla göz göze gelince bütün bedenim... elektrik verilmiş gibi titremeye başladı... Onun gözleri kanlıydı... Bana sevgiyle değil, merakla bakıyordu... Benim gözlerimde ise her zamanki gibi korku vardı... Ya o da sevmezse beni diyordum... Elini cebine soktu ve işte bu başımdaki tokayı çıkardı... Hemen birileri beni alıp onun yanına götürdü... Kocaman elleriyle şöyle bir başımı okşadı... sonra bu tokayı saçıma taktı... Canım çok yandı çünkü tokayı takarken saçlarımın çoğunu kopardı... Olsun, yine de bana dokunmuştu...

Bir mendil daha... Yine ağlıyor... Sessizce ağlıyor... Benim de gözlerim doluyor. Canı yansa bile babasının ona dokunması hoşuna gitmiş. Derin derin iç çektikten sonra kaldığı yerden anlatmaya devam ediyor.

— O anda evimizin misafir odası çok kalabalıktı. Bütün ev halkı oradaydı. Benim sahnedeki rolüm bu kadarmış... Sonra diğer kuzenlerim girdi devreye ve ben unutuldum. Babam sırayla onlara getirdiği hediyeleri vermeye başladı. Korkmakta haklıymışım diye geçti içimden. Demek babam da sevmeyecek beni... O bir erkek... Erkek adamın erkek çocuğu olur... benim gibi kız değil. Zaten benden önce üç oğlan doğurmuş annem ama üçü de daha kırkını doldurmadan ölmüşler... Topaç gibi oğlanlarmış... Babam hapse girdiğinde, annem bana bir iki aylık hamileymiş... Daha doğrusu hamile olduğunu bile bilmiyormuş... Sonra ben doğmuşum... Sıçan gibi, kara kuru, çirkin bir kız! Kimse ilgilenmemiş benimle. Nasıl olsa bu da ölür demişler... ama topaç gibi oğlanlar ölürken, ben yaşamışım. Adımı ben dört aylık olunca koymuşlar... Bu baş belasından kurtulamayacaklarını... o zaman anlamışlar demek ki...

— Sen de kendine sahip çıkmazsan işimiz zor demektir...

Bugünün Türkiye'sinde bunların yaşanması ne garip, oysa bizler kız-erkek ayırımının çoktan ortadan kalktığını düşünüyoruz ve sanıyoruz ki, bu sorun bitti. Nasıl da yanılıyoruz. Bütün bunlar hangi ilde yaşanıyor acaba? Doğu'da olma ihtimali çok yüksek.

Sırf dünyaya kız olarak geldiği için bir insanın reddedilmesi, kabul görmemesi tam olarak nasıl bir şey acaba? Uzaktan bunu her birimiz çok duyduk ama çoğumuz bunu yaşamadık. Daha baştan kaybetmişsin yani. Tam insan, makbul insan değilsin.

Eksiksin. İyi ama neyin eksik? Aklın mı, fikrin mi, elin kolun mu? Hepimiz biliyoruz neyin eksik olduğunu ama bana öyle geliyor ki insanlar o şeyin değil, başka bir şeyin peşindeler. Erkeğin toplumdaki rolü ilgilendiriyor onları. Erkek, gücü temsil ediyor toplumda. Kadın ise zayıflığı, tutsaklığı, bağımlılığı... Ah bu kadınlar, ah bu kaşık düşmanları!

— Annem de hiç istememiş, hiç sevmemiş beni... Zaten evde yeteri kadar eziliyorken... belki oğlanlar hayatta kalabilse... o evdeki konumu değişebilecekken... onlar ölmüş... bu çirkin kız yaşamış... Üstelik kocası hapisteyken doğurduğu bu çirkin kız yüzünden... dedikodular da almış yürümüş... Ana güzel, baba güzel... bu kız kime çekmiş diyormuş herkes... Aslında söylemek istedikleri sadece benim çirkinliğim değil... anama babama benzemediğime göre... ve üstelik babam hapisteyken annemin beni kimden peydahladığıymış... Bu dedikodular eminim hapisteki babamın kulağına kadar gitmiş... Öyle olmasa... o kadar yıl... bir kere olsun beni ve eşini görmek isterdi.

— Nasıl bir adamdı baban?

— Yakışıklı, gösterişli... kumarbaz, alkolik... kavgacı biriydi... Zaten hapse de bu huyları yüzünden girmiş.

— Ne iş yapardı?

— Aile büyük bir otobüs firmasının sahibiydi... Daha doğrusu bu şirket babaannemin ailesine aitmiş... Babaannemin hiç kardeşi yokmuş... Dedem o zamanlar başka küçük işlerle uğraşırmış... Babaannemle evlenince kayınpederine destek vermek üzere... otogara geçmiş... Ardından babaannem üç oğlan doğurmuş ve aile bunu büyük bir heyecan ve coşkuyla karşılamış... Nihayet sülaleye işleri devralacak... erkek çocukların katılması herkesi sevindirmiş... Oğlanların en büyüğü olan babam... çocuk yaşta okulu bırakmış... ve babasına yardım etmek üzere otogara gitmeye başlamış... Zamanla içkiye ve kumara olan tutkusu ortaya çıkmış... Dedem de erkenden ölünce... bütün işler babama kalmış... O sıralar babamın astığı astık, kestiği kestikmiş... Elinde büyük bir şirketin bütün yetkileri varmış... Yanlarında yüzlerce insan çalışıyor, babam sık sık başka illere gitmek zorunda kalıyormuş... Zaten şirketin merkezi İstanbul'daymış... Annemle de orada tanışmışlar... O zaman ikisi de çok gençmiş... Babam anneme âşık olmuş ve hemen İstanbul'da... aileden gizli bir nikâh yapmış... Sonra da annemi alıp memlekete getirmiş... Babaannem bu işe çok kızmış... Ah, babaannemi bir tanısaydınız... beni o zaman daha iyi anlardınız... Başka türlü bir kadındı o... Esma Sultan derdi herkes ona.

— Neden, neden Esma Sultan?

— Bilmem... bütün gelinler ve şehir halkı ona Esma Sultan derdi... ama ona sultan demekte haklıydılar... çünkü evin geri kalanı onun kölesiydi... Gelinler ona sormadan evde iş bile yapamaz... yemek pişiremez... onun gözüne bakmadan misafire çay bile veremezlerdi... Çarşıya alışverişe bile o giderdi... Düğün dernek veya ölüye giderken bile her zaman gelinleri götürmezdi...

Artık ağlamıyor. Gözünü tam karşısına denk gelen konsolun üstündeki varak çerçeveli aynaya dikti, sanki anlattıklarını orada görüyor gibi, arada bir gözlerini kısıp açarak mırıl mırıl anlatıyor. Keşke hep böyle konuşsa... Böyle konuşunca sesinin tonu her zamanki gibi insanın kulaklarını tırmalamıyor. Üstelik konuşurken bana hiç bakmadığı için, ben de her zaman ona bakıp onu görmek zorunda kalmıyorum. Böyle çok daha rahatım.

— Hatta bir keresinde yakın akrabalardan birinin düğünü vardı... Sanırım çok yakın akraba olduğu için... Esma Sultan düğüne gelinleri de götürmek zorunda kaldı... Gelinler günler öncesinden kaynanaya çaktırmadan düğüne hazırlanmışlar... mutfakta hep fısır fısır bunu konuşmuşlardı... Her biri altınlarını, bileziklerini takmış... dolapta bekleyen en güzel elbiselerini giymiş... ve düğüne büyük bir heyecanla gitmişlerdi... Ben de ilk kez bir düğüne gidiyordum... Babam o zaman hapisten yeni çıkmıştı... Bizim memlekette düğünler erkek ve kadınlar için ayrı ayrı yapılır... Esma Sultan da kendini erkekten saydığı için... bizi bırakıp erkeklerin yanına gitmişti... Kadınlar tarafı çok kalabalıktı... Sazlar çalınıyor... kadınlar ortada oynuyor... çocuklar sağa sola koşturup duruyordu... Ben annemin yanında hiç kımıldamadan oturuyor...ve bu farklı ve eğlenceli geceyi merakla izliyordum... Kuzenlerimin hepsi de çok şıktı... Bana da bir şeyler giydirmişlerdi ama... ne yapsalar ben onlar gibi olamıyordum... Her zamanki gibi prensesin edasından, nazından geçilmiyordu.

— Prenses kim?

— Kuzenim... Ortanca gelinin kızı... Benden üç yaş büyüktü... Çok güzel bir kızdı...

Demek evde çok güzel bir kuzeni var. Kendini belki de hep onunla mukayese etti ve bu rekabeti kaybetmesi kaçınılmaz oldu.

— Kızıl, beline kadar inen saçları vardı. Esma Sultan nedense ona çok iyi davranır... ne isterse yapar... sabahları okula giderken saçlarını bile bizzat kendisi tarardı. O gece düğündeki en güzel elbise onunkiydi. Bir ara oyun kaldırıcısı bizim tarafa geldi.

— Oyun kaldırıcısı ne demek?

— Düğünlerde hanımlar kendiliğinden kalkıp oynamazlar... Elinde uzun bir değnek olan yaşlı bir kadın... gelinleri, kızları zorla kaldırır oyuna. Aslında bu tam da doğru değil... çünkü herkes ortaya çıkıp kendini göstermek ister... ama kendiliğinden kalkıp oynamak bizim oralarda ayıp sayılır. İşte o kadın annemi ve öteki gelinleri de zorla oyuna kaldırdı. Annem o gece lacivert ipek kadifeden bir elbise giymişti. Saçlarını toplamış, hafif de bir makyaj yapmıştı. Bunları çok nadir yapardı annem... ve çok güzel olmuştu. Öteki gelinler de ellerinden geleni yapmış... takmış takıştırmış... ama annemin güzelliği yanında sönüp gitmişlerdi. Biz prensesle onları seyrediyorduk. Annem bu kadar güzel olduğu için o gece çok gururlanmıştım. Üstelik o ağır aksak, burnu düşse almayan kadın... yani benim annem... meğer ne güzel oynarmış. Ellerini kaldırıp bir başladı ortalıkta dönmeye... herkesin ağzı açık kaldı. Tam gelinler oynarken Esma Sultan erkek tarafından gelip, bizimkiler ne yapıyor acaba diye camdan içeri bakmış. Bir de ne görsün... gelinler ortaya çıkmış oynuyor. Bunu görünce cini tepesine çıkmış ve koşarak erkek tarafına... oğullarının yanına gitmiş.

— Bir dakika, tam anlamadım galiba. Esma Sultan neden erkek tarafında oturuyor.

— O kendini erkek sayardı dedim ya... Ona kadın denmesinden hoşlanmazdı... Benim kadınlığım geçmişte kaldı... artık ben erkek oldum derdi.

Bu Esma Sultan çok garip bir kadın! Benim bildiğim Anadolu'daki düğünlerde yaşlısı genci kadın erkek diye ayrılır. Onun erkekler tarafında oturması hiç de alışıldık bir durum değil.

— Gelinlerin oynamalarına neden kızıyor?

— Aslında sadece annemler değil, düğüne gelen herkes oynuyor... ama Esma Sultan gelinlerin böyle keyif yapmasına sinir olurdu. Onları mutsuz etmek, kızdırmak, üzmek için... elinden geleni ardına koymazdı. Babamlara gidip "Karılarınıza sahip olun, köçek gibi ortaya çıkmış, göbek atıyorlar. Ne yapacaksanız yapın," deyince... erkekler fırlayıp geldiler. Düğün sahibi yanımıza gelip... erkekler sizi bekliyor deyince... bizimkiler neye uğradığını şaşırdı. Apar topar çıktık dışarı... Adamlar önde, biz arkada eve kadar koşturarak geldik. Neye kızdıklarını kimse anlamadı... ama eve gelince her biri karısına okkalı birer tokat atıp... anneleriyle birlikte yeniden düğün evine geri döndüler.

— Sizi eve bırakıp kendileri tekrar düğüne mi gitti?

— Evet... bizi bırakıp Esma Sultan adamlarla yarenlik etmeye gitti. Biz çoluk çocuk ağlaşarak çekildik odalarımıza. Onlar geç vakit güle oynaya geldiler eve. Adamların hepsi de kafayı çekmiş... ayakta duracak halleri kalmamıştı. Esma Sultan'ın da keyfine diyecek yoktu... çünkü gelinleri her zamanki gibi eve kapatmış... kendisi oğullarıyla birlikte çok eğlenmişti. İşte Esma Sultan böyle bir kadındı.

— İlginç bir kadınmış. Gerçi Anadolu'da kayınvalidelerin sözü geçer ama bu kadarını pek duymamıştım. Baban da çekinir miydi Esma Sultan'dan?

— Babam annesinden hem çekinir ama yine de aklına eseni yapardı... Ne de olsa önceleri güç onun elindeymiş... Ama annemi eve gelin diye getirince kıyamet kopmuş... Babaannem onu evden göndermek için elinden ne gelirse yapmış... ama başarılı olamamış... İstanbul'dan gelen... ve ne idüğü belli olmayan bu kadını sonunda kabul etmek zorunda kalmış... Düğün dernek yapılmamış... Oysa bu kadar ünlü ve varlıklı bir ailenin... anlı şanlı bir düğün yapmasını bekliyormuş bütün memleket... Onun yerine evde bir mevlit okutmuşlar... Anneme gelinlik yerine Esma Sultan'a ait bir bindallı giydirmişler... Ama annem o kadar güzeldi ki... bütün memleket anneme hayran kalmış... Hatta akın akın bizim eve, annemi görmeye gelmiş insanlar... Babaannem mevlitte ona kolundan çıkardığı altı tane burma bilezik takmış.

Burma bilezikler. Evet, bana ilk geldiği gün iki tanesini görmüştüm Ala'nın kolunda. Belki hâlâ kolundadır ama uzun kollu giysilerin içinde bunları göremiyorum. Neden takıyor acaba onları?

— İstemese de gerekeni yapmış babaannen.

— Pek öyle sayılmaz... Daha sonra öteki oğulları evlenirken memleket ayağa kalkmış. Anlı şanlı düğünler, dernekler yapıldığı gibi... çok miktarda takı takmış bizimkiler... Onlara takılanların yanında, annemin burma bileziklerinin esamesi okunmaz... Gelinlikler bile Paris'ten getirtilmiş. Aslında babaannem bu kadarını da yapmazdı ama... babamdan korktuğu için bazı şeylere mecbur kalmış... Annemin elinde, babamın evlenirken İstanbul'dan aldığı... tek taşlı pırlanta bir yüzük vardı... Yüzüğün taşı çok büyüktü. Herkesin gözü bu yüzükte kalmıştı. Zaten sonunda ne yapıp edip o yüzüğü evde kaybettiler.

— Nasıl kaybettiler?

— Bir gün annem yüzüğü yerinde bulamadı... Herkes, "Koyduğun yeri unutmuşsundur," dedi ve olay kapandı... Ama annem bunu babaannemin yaptırdığından emindi.

— Onun yerine baban ona başka bir yüzük almadı mı?

— Almadı... Kötü bir altın yüzüğü vardı... Hepsi o.

— Neden?

— Öyle çok neden var ki... Hangisini anlatayım bilmem ki? Hem ben daha saatlerce anlatsam bu hikâye bitmez... Siz beni sonuna kadar dinleyeceğinizden emin misiniz?

— Eminim. Sen devam et. Senin hikâyen de hiç fena değilmiş doğrusu.

Ala'nın elindeki mendiller çoktan bitti. Uzanıp bir tomar mendil daha alıyor eline. Bu arada sağ elinin işaret parmağındaki morluklar dikkatimi çekiyor. Artık eskisi gibi sarmıyor parmağını. Ne oldu acaba o parmağa ve neden hiç geçmiyor? Bir yere vurdu desem, bunca aydır düzelmesi gerekir. İlk günden beri aklım hep o parmakta ama ona bu konuda hâlâ hiçbir şey soramadım. Giysilerini sorduğum gün az kalsın bayılacaktı.

Aslında anlattıklarının hepsi ağlamasını gerektiren şeyler değil ama anlatmaya başladığı andan itibaren sürekli ağlıyor. Bu kızın ağlaması da değişik. Ağladığını sadece gözünden akan yaşlardan anlıyorsunuz. Bunun dışında ne ses, ne nefes... Hıçkırmıyor, bedeninde ağladığına dair bir değişiklik olmuyor.

— Bugün hiç annemden bahsetmesem daha iyi olacak... Onu başka bir gün anlatayım size.

— Olur.

— Geçmiş beni öylesine içine çekiyor ki... bazen geleceğim hiç yokmuş gibi hissediyorum... Onun için bunları hiç anlatmak istemedim... Anlattıkça gömülüyorum geçmişe... Ama artık bazı şeyleri size anlatmak geliyor içimden... Sanki siz bilirseniz, elinizi uzatıp beni dışarı çekiverecekmişsiniz gibi hissediyorum...

İşte bu harika! Demek artık bana güveniyor ve az da olsa sağlığına kavuşmak gibi umutlar yeşermeye başladı. Bunu iyi değerlendirmeli, uzatmamı istediği eli bir an önce ama bir o kadar da dikkatle uzatmalı ve onu hapsedildiği o kuyudan dışarı çekmeliyim.

— İnan bana bunu yapabilmeyi ben de çok isterim. Geçmişinde büyük talihsizlikler olmuşa benziyor ama yaşamayı en çok hak edenlerden biri olduğuna inanıyorum.

— Teşekkür ederim... Annemi değil ama... babamı anlatayım isterseniz.

— Olur. Baban hapse neden girmiş?

— O gün babam yine içkiliymiş... Otogarda bir kavga çıkmış... Kavganın neden çıktığı pek bilinmiyor ama babaannemin tahmini... bu işte annemin parmağı olduğu yolundaydı.

— Annenin mi?

— Tabii doğrudan değilse de dolaylı olarak... o kavganın annem yüzünden çıktığını düşünüyordu bayan otorite.

— Bayan otorite kim?

— Kim olacak, babaannem tabii ki... Annemle ilgili herkes kafasında başka türlü bir hikâye yazmıştı... çünkü kim olduğu gerçekten de belli değildi... Bir ailesi, ona sahip çıkan yakınları yoktu annemin... Zaten Türkiye'ye yıllar önce suyun öte yakasından gelmişler... Arnavut kökenliymiş annem... Güya otogarda annemle ilgili ileri geri konuşmuşlar... babam da buna kızıp çekmiş tabancayı... rastgele etrafa ateş etmiş... Bir kişi ölmüş, üç kişi de yaralanmış o kavgada... Aslında bizim aile çok büyük ve güçlü bir aile... İsteseler babamı bir gün bile hapiste yatırmazlardı... ama istememişler.

Ne demek istiyor acaba? Babası ortalık yerde adam öldürmüş, tabii ki cezasını çekecek.

— Burayı tam anlamadım. Ne demek istiyorsun?

— Aile istese, babamın yerine hapiste yatacak birini hemen bulurdu... ama istememişler... çünkü o zamana kadar bütün güç babamdaymış... Bu durum özellikle babaannemin hiç işine gelmemiş... Hele bir de babam annem gibi bir kadını... hem de babaannemden izin almadan hanım diye eve getirince... bayan otorite muhtemelen bu durumdan kurtulmanın bir yolunu arıyormuş... O kavgada babam katil diye tutuklanınca, aile bu durumu en iyi şekilde değerlendirmiş... Babam yedi yıldan fazla kalmış içeride... Bu arada bütün güç babaannemin eline geçmiş... Öteki oğlanlar yani amcalarım zaten pısırık, ezik insanlardı... Esma Sultan onları oyuncak gibi oynatırdı elinde.

— Baban bu duruma ne demiş?

— Aslında babam bu işe çok kızmış... Zaten o hapisteyken ne babaannem, ne de annem onu görmeye gitti. Doğal olarak beni de kimse babamın yanına götürmedi. Gerçi o hapisteyken hapishaneye su gibi para akıtmışlar... onun rahat etmesi, koğuş ağası olması sağlanmış ama dışarı çıkmasına izin vermemişler... Babam bunu anlamayacak biri değil ama itirazları işe yaramamış... Her seferinde çeşitli bahaneler bulmuşlar... Sonunda babam da gerçeği kabul etmek zorunda kalmış... O hapisten çıktıktan sonra evde çok büyük kavgalar oldu. Babam ortalığı birbirine kattı... ama babaannem pes etmedi... Sonunda o da bazı şeyleri kabul etmek zorunda kaldı... yani teslim oldu ve babaannemle barıştılar. Gerçi babaannem ona her zaman diğerlerinden farklı davranırdı... hiç üzerine gitmez, başköşeye kendi otursa da yanına her zaman babamı oturturdu... ama güç bir kere babamdan çıkmıştı. Ayrıca babam disiplinsiz bir adamdı. İçkiye, kadına, kumara olan düşkünlüğü herkes tarafından bilinirdi. Eve hiçbir zaman herkes gibi düzenli gelmezdi. Nerede sabah, orada akşam prensibiyle yaşayan... çabuk kızan, kızınca gözü dünyayı görmeyen bir adamdı. Sorumluluklarını üstlenmez, sıkıntıya girmeyi sevmezdi. O hapisteyken babam yerine küçük amcam sık sık İstanbul'a, şirketin merkezine giderdi. Ama birkaç günde işini halleder ve gelirdi. Babam gibi gidince kaybolmazdı oralarda...

Bu ailede normal olan kimse yok galiba! Baba da sorumsuz, aklı bir karış havada bir adammış. Ne işine sahip çıkabilmiş, ne de İstanbullardan getirdiği eşine ve çocuğuna.

— Babanı bir daha İstanbul'a göndermediler mi?

— Gitse de artık yetkisi yoktu... Sadece gezmeye gidebilirdi.

— Daha sonra seninle babanın ilişkisi nasıl oldu?

— Nasıl olmadı deseniz daha doğru olacak... Anlattığım gibi babam serseri ruhlu bir adamdı. Neye sahip çıkmış ki bana sahip çıksın? İlk tanıştığımız günden sonra bir daha bana özel bir ilgi göstermedi. Zaten eve ne zaman geleceği belli değildi. Çok istesem de ona hiç "baba" diyemedim... O kalabalık evde benim bir yerim yoktu. Bana düşen olabildiği kadar göze batmamak, ortalıkta dolaşmamaktı. Sadece benden istenilenleri yapar, pek konuşmaz, ayakaltında dolanmaz, kenara köşeye sinerdim. Yıllar böyle geçiyordu ki, o olay oldu.

Yine bir olaydan söz ediyor ama ne olduğunu bir türlü anlatmıyor. Sanırım bunun ne olduğunu bilsem, bilmece çözülecek. İşte şimdi anlatacak galiba!

— Hangi olay?

— İzin verirseniz onu bir başka gün anlatayım... Şimdi sıra sizde...

— Neden hep ağladın Ala?

— Aslında nihayet ağlayabildim desek daha doğru olacak... Benim için ağlayabilmek bile önemli bir adım... Taş gibi kesilir ve ağlayamam ben... Zaten bugün size anlattıklarımı daha önce... kimseyle paylaşmadım. Benim için bunlar... çok özel şeyler... Ben mi anlatmadım... yoksa beni dinleyen kimse mi olmadı... onu da bilmiyorum. Benim için geçmiş acı biber gibidir... Gözlerimi de ruhumu da yakar... Anlatmasam da düşünsem bile saatlerce ağlayabilirim. Sanki gözlerimi yakan bir koku dağılır çevreme... Benim geçmişimde hiç güzel bir şey yok ki... Her neyse, şimdi artık sizi dinliyorum. Bir öküz hikâyesi anlatacaktınız bana.

— Tamam, hemen başlayalım öyleyse.

Şöyle bir toparlanıp önümde duran sürahiden bardağıma su doldurup birkaç yudum içtikten sonra koltuğumda arkaya kaykılıyor ve başlıyorum anlatmaya.

— Vaktin zamanında Afrika'da Zosa diye bir kabile varmış. Babaannem bize anlattığı masallara, bir varmış, bir yokmuş diye değil, vaktin zamanında diye başlardı. O zaman bu başlangıç bize çok doğal gelirdi, şimdi düşünüyorum da, vaktin zamanı mı olurmuş!

— Yine de masala yakışan bir başlangıç.

Gözlerinden akan yaşları sildiği mendiller, önündeki sehpanın üzerinde dağ gibi duruyor. Ne çok ağladı! Sabit bakan gözlerinde içindeki çöküşün yansıması vardı. Ama şimdi aniden değişiyor bakışları. Yeni bir hikâye dinleyecek olmak ona ilaç gibi geliyor. Oturduğu yerde kendine çeki düzen veriyor, bakışları yumuşuyor, yine çenesini ellerine dayıyor ve merakla bakıyor gözlerime.

— 1856 yılında Afrika'nın güneyinde Zosa Kabilesinde öyle şeyler yaşanmış ki, bunun hayal ürünü bir masal değil de yaşanmış bir tarih olduğuna inanmak gerçekten zor. O yıl yine büyük bir kıtlık baş gösteren Afrika'da iki kız kardeş yaşıyor ve her sabah el ele tutuşup tarlalarında karga kovalamaya gidiyorlarmış. Nisan ayında bir gün yine Gxara Nehri yakınlarındaki tarlalarına karga kovalamak için gönderilmişler. Dönüşte, kızlardan büyük olanı nehir kenarında su içerken yanlarında iki hayalet belirdiğini ve kabileye onlar aracılığıyla bir mesaj ilettiğini söylemiş. Mesaja göre çok yakında büyük bir "yeniden diriliş" gerçekleşecekmiş. Ancak bunun gerçekleşebilmesi için halkın elinde bulunan bütün inekleri, öküzleri ve koyunları öldürmeleri, tarlalarında yetişen ürünlerin tamamını da yakmaları gerekiyormuş. Zaten bu mucize gerçekleştikten sonra kimsenin yiyeceğe ihtiyacı kalmayacakmış.

— İyi ama her şeyi yakarlarsa nasıl yaşayacaklar yiyecek olmadan?

Bu kızın ruhu tıpkı sesi gibi hâlâ çocukluktan kurtulamamış. Sanki oralarda bir yerde takılıp kalmış. Anlattığım hikâyeleri dinlerken aldığı pozisyon, bakışı, sorduğu sorular bana hep yedi sekiz yaşlarında bir kız çocuğunu çağrıştırıyor.

— Önceleri herkes kızlarla dalga geçmiş ve bu masala kimse inanmamış ama kızlar ırmak kenarına her gidişlerinde aynı şeyleri anlatmaya devam etmişler. Kimsenin inanmadığını görünce kızlar, hayaletlerin bu sefer amcalarını da yanlarında getirmesini istediğini söylemiş. Ertesi gün amcalarıyla birlikte gitmişler. Amca önce hiçbir şey görememiş ama büyük kız ısrarla hayaletlerin o anda yanlarında olduğunu ve onlara seslenmeye devam ettiğini söyleyince, kendilerini görmese de seslerini duymaya başlamış. Güya adamlar "Sığırlarınızı, öküzlerinizi öldürün, tahıllarınızı yakın ve sakın bir daha ekmeyin," diyormuş. Oysa Afrika'da çok ünlü bir atasözü şöyle der: "Sığır soydur, ölürse ırk da ölür."

— Amca bu masala inanmış mı?... Üstelik adamları görmüyor bile.

— Amca bu mesaja dört elle sarılmış ve mesajı hemen kabilenin şefi Sarili'ye ulaştırmış.

— Amca da bir tuhafmış!

— Haklısın, amca zaten garip bir adammış. Bu olaydan bir süre önce din değiştirmiş ve Hıristiyan olmuş, hatta Hıristiyanların en büyük peygamberi olmak gibi hayalleri bile varmış. Yani ruh sağlığı zaten pek yerinde değilmiş. Peygamber olamayacağını anlayınca da kabilesine geri dönmüş. Amca bu olayla birlikte gökte aradığını yerde bulmuş ve peygamber olamamış ama büyük bir mesajı kabilesine iletmek gibi bir misyonun içinde bulmuş kendini. Daha inandırıcı olabilmek için önce kendi öküzlerini öldürmüş, tahıllarını yakmış ve yakınlarındaki herkesi de bunu yapmaya davet etmiş. Komşular da birer ikişer aynı şeyi yapmaya başlamışlar. Kabilenin şefi önceleri buna inanmak istememiş ama herkes gibi o da çok sıkıntıdaymış ve tutunacak bir dal arıyormuş. Ayrıca kızların anlattığı hikâye gün geçtikçe büyüyor, şekilleniyor, her gün yeni bir ayrıntı daha ekleniyormuş.

— Şefin sıkıntısı neymiş?... Tutunacak dal araması neden?

— Afrika'nın o bölümü, o yıllarda İngilizlerin kontrolü altındaymış ve İngilizlerle Zosalılar arasında çok çetin ve kanlı savaşlar oluyor, bu savaşlarda yerliler hunharca öldürülüyorlarmış. Bu yüzden kabile şefi Sarili, İngilizlerden nefret ediyor ama onları topraklarından atmaya da gücü yetmiyormuş. Bu efsanenin ortaya çıkışından bir yıl önce, İngilizlerin ünlü komutanı, Kırım Savaşı'nda Ruslar tarafından öldürülmüş. Bu haberi Zosalılar duyunca, bayram yapmışlar. Çünkü bu komutan zamanında pek çok yerliyi acımasızca öldürdüğünden zaten herkes ona kızıyormuş. Hatta o aralar yerliler, İngilizleri yenen Ruslara büyük hayranlık duyuyor, bir gün Rusların Afrika'ya gelip onları da İngilizlerden kurtaracağı şeklinde hayaller kuruyorlarmış. İşte bu efsane tam da bu hayallerin üzerine oturuvermiş. Kendileri çıplak gezerken İngilizlerin giysilerine bile sinir olan, hiç değiştirmeden ve yıkamadan giydikleri askeri kıyafetleriyle ne kadar pis koktuklarını düşünen kabile reisi Sarili bile, büyük gün geldiğinde İngilizlerden kurtulacakları umuduyla bu hikâyeye inanıvermiş. O zaman yerliler çıplak vücutlarının üst kısmını kızıl kille boyarlarmış. Zaten kızların gördüğü hayaletler zamanla askeri kıyafetler içinde kara derili Ruslar olarak yorumlanır olmuş.

— Neden kara derili? Ruslar kara derili değil ki...

Nasıl da dikkatli! Ondan hiçbir şey kaçmıyor. Bazen, özellikle sakin olduğu zamanlar son derece sağlıklı tepkiler alıyorum ondan. Özellikle anlattığım hikâyeler sanki onda yatıştırıcı ilaç etkisi yapıyor. Böyle zamanlarda yüz ifadesi bile değişiyor, yumuşuyor. Ama bazen de içinden bir türlü atamadığı öfke galip geliyor ve hınçla o öfkeyi ifade etmenin, karşısındakini kırmanın, incitmenin yolunu arıyor.

— Senden de hiçbir şey kaçmıyor Ala! Aslında kızların askeri kıyafetler içinde gördüğü bu adamlar, savaşta öldürülen Zosa savaşçılarının hayaletleriymiş. Efsane büyüdükçe, halk yavaş yavaş denizi görebilmek için tepelere tırmanmaya başlamış.

— Denizde ne arıyorlar?

— Onları kurtarmaya gelecek olan Rus gemilerini bekliyorlarmış. Bu arada, oradaki İngilizlerin temsilcisi, olanlara bir türlü anlam verememiş ve bunu, Büyük Britanya otoritesine karşı yapılan bir isyan olarak algılamış. Hemen ardından Şef Sarili'ye tehditlerle dolu bir mesaj göndermişler. Olayları kendileri durdurmazsa, bunu İngiliz askerlerinin yapacağını ve bundan da halkın çok zarar göreceğini yazmışlar. Bu mesaj şefi iyice çileden çıkarmış ve kızların hayaletleri ilk gördüğü yere bu sefer de kendisi gitmiş ve dönüşte orada ölen oğlunu gördüğünü, kendisine mısır ve bira ikram edildiğini anlatmaya başlamış. Tüm sığırlar öldürülene, tahıllar yok edilene kadar kehanetin gerçekleşmeyeceği söylentisi hızla yayılmış. Artık bütün halk çılgınca öküzleri, koyun ve keçileri öldürüyor, ellerinde kalan son tahılları da yakıyormuş.

Toplumsal histeri sonunda zirveye ulaşınca, kızların amcası kurtuluş günü için bir tarih belirlemiş ve temmuzun sonunda, dolunay zamanında yeniden dirilişin gerçekleşeceğini açıklamış. Tarih yaklaştıkça heyecan doruğa çıkmış ve o gün tüm kabile halkı sabahın köründe tepelere tırmanıp kendilerini kurtarmaya gelecek olan esrarengiz kişileri beklemeye başlamış. Akşama kadar umutla bakmışlar ufka ancak ne gelen olmuş, ne giden. Büyük bir hayal kırıklığı yaşanmış ama buna da bir çare bulunmuş. Öldürülen sığır sayısının yeterli olmadığı yolunda açıklamalarla olay kapatılmaya çalışılmış. O yıl ağustos ayında bir öğleden sonra ortalığı sis basmış. Halk bunu yeniden dirilişin bir habercisi kabul edip evlerine kapanmış ve yine heyecanla olacakları beklemeye başlamış ama yine bir şey olmamış.

— Ne büyük bir hayal kırıklığı!... Kurtuluş günü derken ne hayal ediyorlarmış?

Hayal kırıklığı, onun en iyi tanıdığı duygulardan biri. Çok eskilere ait bir hikâyede insanların yaşadığı hayal kırıklıkları bile onu derinden etkileyebiliyor. Düşünüyorum da, kimin hayatında hayal kırıklığı yok ki ama eğer bir insan isteklerinin hiçbirine kavuşamaz ve sürekli hayal kırıklığı yaşarsa, yaşama nasıl tutunur?

— Güya kurtuluş gününde cennetten iki güneş birden yükselip havada çarpışacakmış. Bundan sonra bütün İngilizler denizin derinliklerine doğru sürüklenecekler ve denizin dibini boylayacaklarmış. Burada karşılarına şeytan çıkacak ve hem İngilizlerden hem de bütün çağrılara rağmen sığırlarını öldürmeyen Zosalılardan intikam alacakmış. Sonra dünya yeni bir güneş doğuncaya kadar karanlığa gömülecekmiş. Güneş yeniden doğduğunda ölüler dirilecek, öküz derisinden yapılmış kalkanlardan çıkan sesler birleşip bir gök gürültüsü haline gelecek ve hemen ardından büyük sürüler halinde söz verilen öküzler görünecekmiş. Bütün tarlalar bol bol ürün verecek, hastalar iyileşecek, topallar yürüyecek, körler görecek, yaşlılar gençleşecek ve bundan sonra kimse çalışmak zorunda kalmayacakmış. Kötülük bitecek, kötüler ya yılan ısırmasıyla veya denizde boğularak ölecekmiş. İnsanların hayalleri her devirde nasıl da birbirine benziyor değil mi?

— İnsanlar bu kadar aptal mı?

— Bu aptallık değil ki... Eminim o devirde Afrika'da yaşayan Zosalıların bir zekâ sorunları yoktu ama çaresizlik ve cehalet vardı. Umutları tükenmişti, kendilerine bir çıkar yol arıyorlardı. İşte bu ortamda, Avrupalılara Tutankamon'un lanetinin pazarlandığı gibi, onlara da bir başka efsane pazarlanmış.

— Ama bunu onlara başkaları değil... kendileri yapmış.

— Doğru. Delinin teki kuyuya bir taş atmış, kimse çıkaramamış diye bir söz vardır ya, işte aynen öyle olmuş. Hikâyenin sonu tam bir trajediyle bitiyor. İnsanlar açlıktan bir deri bir kemik kalmışlar. Anneler çocuklarını besleyememenin ıstırabı ile kıvranırken yataklara düşmüşler. Önce köyün kedileri köpekleri ölmüşler. Akbabalar toplanmış başlarına. Sonra sırayla bebekler, çocuklar, anneler ve babalar ölmeye başlamış.

Nasıl da üzüldü bunu duyunca! Dokunsam ağlayacak. Sonra telaş ve öfkeyle, sesini biraz yükselterek soruyor.

— Bu hikâyeleri uyduran kızlarla... amcalarına ne olmuş?

— Onlar da ölenler arasındaymış, yani gördüğün gibi olayda kasıt yok. Bir yanlış var ama kimsenin çıkar sağlamadığı bir yanlış bu. "Sığır soydur, ölürse ırk da ölür," diyen atasözü böylece gerçek olmuş. Çaresizlik onlara her şeyi unutturmuş. Sonradan tarih bu olayı "Tarihin en büyük iman gösterilerinden biri" veya "törensel bir toplu intihar" olarak yorumlamış.

— İman dediğinize göre bir tür din... bir tür inançtan söz ediyorsunuz.

— Öyle... Tam bir inanç bu! Sonuna kadar inanmışlar yani.

— İnanmak veya iman etmek bazen ne kadar tehlikeli olabiliyor... Küsmek... kadar aptalca inanmak da yanlış.

Bana geldiği ilk günler söylemişti Tanrı'ya küstüğünü. Belki bu konuları etraflıca konuşursak, bu küslük biter. Tanrı'ya küsmek demek aslında kişinin kendisine küsmesi demektir, umutsuzluk, mutsuzluk, çaresizlik demektir.

— Tanrı'ya küsmek, insanın kendisine küsmesi demektir Ala. Bir gün bunları da konuşalım.

— Tamam... Sonra ne olmuş?

— Yiyecek aramak üzere topraklarını terk eden Zosalılar geri döndüklerinde bir de bakmışlar ki, boş kalan toprakları Avrupalılar tarafından işgal edilmiş. Ve böylece zavallı Zosa halkı bu toplumsal çılgınlığın ardından hem canından olmuş hem malından. Asıl kıyamet gününün o gün olduğunu anlamışlar anlamasına da, iş işten geçmiş.

— Şef de ölmüş mü?

— Akılsız Sarili geri kalan az sayıda kişiyle birlikte İngilizlerin verdiği, nehrin karşısındaki bir avuç verimsiz toprakla yetinmek zorunda kalmış.

— Trajikomik bir hikâye bu... İnsan gülsün mü, ağlasın mı bilemiyor... Aklı başında bir insanın... böyle bir saçmalığa inanması imkânsız gibi geliyor insana.

— Öyle ama şartlar önceden oluşmuşsa, sonuç kaçınılmaz olabiliyor. Toplu delilik, her zaman bireysel delilikten daha tehlikelidir, çünkü bulaşıcıdır ve insandan insana geçtikçe gördüğün gibi daha da gelişip değişiyor. Her insan kendinden bir şeyler katıyor ve bir süre sonra toplumun ihtiyaçlarına göre bambaşka bir şekil kazanıyor. Mikrobun mutasyona uğraması gibi bir şey yani!

— En çok da çocuklara yazık olmuş... İnsanın nasıl bir anne babadan dünyaya geldiği... ne kadar önemli!... Büyükler de yanlış yapabiliyor demek ki...

İşte hikâyenin bir yerlerinde kendisini buldu. Ne kadar haklı! İnsanın nasıl bir anne babadan dünyaya geldiği, kişinin hayatının ana hatlarını yani kaderini belirliyor.

— Öyle maalesef. Zaten kendileri gibi akılları da küçük ve anne babaları onların besin kaynağı olan inekleri, öküzleri kesip onları aç bırakıyorlar. Bu çocukların gerçeği görmesi, bilmesi, neden aç kaldıklarını, neden ölüme mahkûm edildiklerini anlaması mümkün değildi. O çocuklardan kurtulan olsaydı, kim bilir ruh sağlığı nasıl bozulacak ve belki de insanlar ona deli diyecekti.

— Kimse anlayamazdı ki onu.

— Belki bir anlayan bulunurdu ama çocuk anlaşılmayacağından o kadar emin olurdu ki, yardım çabalarını da kolay kabul etmez, insanlardan kaçardı.

— Kaçar mıydı?

— Bilmem, sen ne diyorsun bu konuda?

— Hem kaçardı... hem kaçmamak için elinden geleni yapardı.

Baştan beri tedaviyi ve doktorunu çok zorlasa da, Ala doğru söylüyor. Aslında o da kaçmamak için elinden geleni yaptı.

— Elinden geleni yapardı demek... Evet anlıyorum.

— Buradan kaçmamak için inanın elimden geleni yapıyorum... Buna inanıyor musunuz?

— Elinden geleni yaptığının farkındayım ama inan bana çok yakında ikimizin de elinden daha fazlası gelecek. Bugün şu ilaç meselesini ele alsak diyorum.

— Ne ilacı?

— Daha önce gittiğin doktorlar da sana ilaç vermiş ama sen onları almamışsın. Ben bu konuda pek acele etmedim ama sanırım daha fazla gecikmesek iyi olacak.

— İlaç alacak kadar hasta mıyım ben?

— Yanlış soru! Psikiyatri ilacı sadece çok ağır hastalara vermez. Hafif depresyonlarda bile ilaç kullanabiliriz. Gripte bile bazen nasıl antibiyotik kullanılıyorsa, bizde de öyle. Aslında ilacı en çok da seni korumak için kullanmak istiyorum.

— Neden koruyacaksınız?

— Daha ciddi hastalıklardan... Senin çok hasta olduğunu düşünmüyorum ama bu hastalıklar etrafında dönüp duruyor. İlacın dozunu sen ayarla. Ben şimdi sana yazıp vereceğim, çok küçük dozlarda başla. Sende uyku ve ağırlık yapmasını istemiyorum. Zamanla, kendine bakarak dozları artır. Zaten seninle oldukça sık görüşüyoruz. Bir şikâyetin olursa gereğini yaparız.

Kararsız gözlerle bakıyor bana. İlaç kullanmak istemediğini, bundan korktuğunu biliyorum ama kullanacak.

— Biliyorsunuz... ben çalışıyorum... İşim, gücüm var. Bu ilaçlar...

— İtiraz istemiyorum. Senin şartlarını gayet iyi biliyorum ve onun için de dozları sen ayarlayacaksın. Anlaştık mı?

— Tamam.

Tamam derken sesini zor duyuyorum. İstemese de alacak bu ilacı. Zaten ona tek bir ilaç yazdım.

— Bu ara kendini erkeklere dövdürmüyorsun değil mi?

— Dövdürmüyorum... Zaten şu ara kimse yok hayatımda.

— Neden?

— Çünkü bir gün buraya her yanım morarmış gelirsem... bir de sizden dayak yerim gibi geldi bana.

Gülüyorum. Bu sözlerle bir yandan da tedaviye ne kadar önem verdiği anlaşılıyor. Hayatında kötü giden bir şeyleri durdurabilmiş. Üstelik nihayet onunla ilk kez doğrudan ilişki kurabildim. Demek çocukluğunda, Afrika'da yaşanan çılgınlığa benzer bir şeyler yaşamış bu kız. Bazen büyükler de yanılabiliyor, diyor. Büyükler dediği olsa olsa annesi ve babası. Onların yanlış yaptığını düşünmesi bile çok sağlıklı. Bugün bu tokayı takması da sanırım onun için devrim niteliğinde. Anlaşılmayacağından da emin sanki. Bu kızı anlamak zannettiğimden de zor olacağa benziyor. Ya o haklıysa, ya ben çok uğraşsam da onu anlayamazsam! Oysa daha önce bu ihtimale hiç prim vermemiştim. Onun incecik sesiyle daldığım düşüncelerden kurtulup yeniden dikkatimi şu ana vermeye çalışıyorum.

— Başka hikâye yok mu?

— Olmaz olur mu? Bende hikâye çok!

— Ötekiler de böyle heyecanlı mı?

— Evet, heyecanlı. Bu hikâyelerde insanların bugüne gelene kadar nerelerden geçtiğini, neler yaşadığını, ne acılar, ıstıraplar çektiğini, zaman zaman bilmeden de olsa yapılan bazı yanlışların bedellerini yine nasıl kendilerinin ödediğini görüyoruz. Tarih kitapları bu önemli ayrıntıları yazmaz. Tek tek insanı değil, insanların tek tek yaşadıklarının bir sonucu olan büyük olayları anlatır bize tarih. Hem kendimizi hem de başkalarını anlayabilmemiz için bu bilgilere hepimizin ihtiyacı var.

— Prenses hikâyesi de anlatacak mısınız?

— Prenses hikâyesi mi istiyorsun?

— Evet, çok severim ben prenses hikâyelerini.

— Anlatacağım. Biraz yakın tarihten hikâyelere ne dersin? Prenses Süreyya veya Prenses Diana! Hangisinin hikâyesini dinlemek istersin?

Bir anda yüzü aydınlanıyor. Bu kadar hoşuna giden şey ne acaba?

— Annemin adı Süreyya idi... Bu prenseslerin ikisi de sonunda kaybettiler.

— Evet, ikisinin hikâyesinde de hüzün var.

— Oysa prensesler hep kazanır... Kaybedenler nedimeleridir.

— Neden böyle söyledin?

— Öyledir çünkü.

— İstersen prenses hikâyesini sen anlat.

— Hayır, anlatmayacağım... Kaybeden prensesleri dinlemek çok keyifli olacak... Hadi, anlatın da dinleyelim...

— Bugün olmaz. Zamanımız doldu. Hem bu ne biçim bir konuşma tarzı? Anlatın da dinleyelim! Benimle daha saygılı konuşmalısın.

— Ay, pardon... birden siz prenses deyince kafam karıştı... Özür dilerim... Ne zaman anlatacaksınız?

— Bir dahaki sefere...

— Tamam... Öyleyse ben gideyim artık.

Bu prenses meselesine takıntılı! Kendinden üç yaş büyük bir kuzenden söz etmişti, ona prenses diyordu. Muhtemelen bu takıntı onunla ilgili... Biraz üzerine gidince aniden değişip her zamanki gibi özür dilemeye başlıyor. Onu durdurmasam içindeki bütün öfkeyi bana boşaltacak ve bu da ilişkimizi muhtemelen bitirecek. Ayağa kalkıp iyice öne eğilerek saygıyla elimi sıkıyor ve aceleyle çıkıyor odadan. Arkasından bakıyorum. Tanrım, bu kız neden bu kadar çirkin! Hani çirkinlerin kaderi güzel olurdu?

Sanırım otoriteyle ilişkisinde ciddi sorunlar var. Onun için otoriteyi eskiden Esma Sultan temsil ediyormuş, şimdi de ben temsil ediyorum. Belki de uzun süredir benimle bir türlü dengeli, düzenli ilişki kuramamasının nedenlerinden biri de bu. Esma Sultan cinsel kimlik sorunları olan, dominant, elinden gelse bütün dünyayı kontrol etmek isteyen, hem anneye hem de Ala'ya karşı düşmanca duyguları olan kötü ruhlu bir kadın. Ala çoğu zaman kendine Esma Sultan'ın gözleriyle bakıyor. Her ne kadar Esma Sultan'a duyduğu kin ve nefret arada bir bana yönelse de, zihindeki bu üst üste biniş gelecekte tedaviyi çok olumlu etkileyebilir. Onun kendini Esma Sultan yerine benim değer yargılarımla algılamasını sağlamalıyım. Böylece yılların baskısıyla oluşmuş yoğun aşağılık duyguları, yavaş yavaş onu terk edebilir.

Her ne kadar konuşmasındaki sorun devam etse de çağrışımlarda kopukluk yok, hatta son derece düzenli. Ego gücü, arada bir sallansa da kırılmamış. Kullandığı savunma mekanizmaları da şimdilik patolojik boyutlara kaymıyor. Şizofreni ihtimali giderek zayıflarken border-line ihtimali öne çıkıyor.

8. Bölüm

Hiçbir şey çok uzun sürmüyor, ne keder, ne sevinç... Yaşamaya devam ediyoruz. Aydın'ı kaybettiğimiz yıl bir oğlumuz oldu. Doğumhanenin kapısında hepimiz sabırsızlıkla bekledik. Sonunda sarı saçlı, mavi gözlü, dedesi gibi yakışıklı bir oğlan verdiler kucağımıza. Sevinçten içimiz içimize sığmıyordu sanki. Hasan doğduğu zaman ben de babamı birkaç yıl önce kaybetmiştim ve Aydın bana bile sormadan Hasan'a babamın adını koymuş ve yeni çıkardığı nüfus kâğıdını anneme bizzat kendisi vermişti. Annem o gün sevincinden uzun süre ağlamış, Aydın'ın yaptığı bu jesti ömür boyu unutmamıştı. Bu sefer de aynı şeyi Tolga yani sevgili damadım yaptı ve bebeğin adı Aydın oldu. Başka türlü bir mutlulukmuş. Buruk ama tadı insanın damağında kalan farklı bir duygu işte... Şimdi "anana" diyor bana. Tıpkı dedesi gibi huysuz ve tatlı! Hafta sonlarını genellikle onlarla birlikte geçiriyorum. Daha doğrusu Hasan da, ben de Zeynep'le küçük Aydın'ı görmeden yapamıyoruz. Zeynep artık büyüdü. Bu ara ritmik jimnastikte madalyalar alarak bizi gururlandırıyor ama kızcağız zor durumda çünkü küçük Aydın, peşini hiç bırakmıyor. "Neyno, neyno" diyerek hep onun yanında olmak, onunla oynamak istiyor. Ablasını çok seviyor. Madalyon Klinik'te işler yine çok yoğun. Bir yandan hastalar, bir yandan kliniğin diğer işleri derken eve gelmem sekizi buluyor. İşte yine Madalyon'da bir gün daha bitmek üzere... Biraz sonra son hastam girecek içeri. Yoruldum. Penceremden güneşli bir akşamüstüne bakıyorum.

Yaz nihayet geldi, günler uzadı. Gökyüzünde benek benek küçük bulutlar geziniyor. Bulutların kenarı köşesi güneşin dokunuşlarıyla altın gibi parlıyor. Bu pırıltı hoşuma gidiyor, baktıkça rahatladığımı hissediyorum.

Ama bu keyif uzun sürmüyor, telefon çalıyor. "Ala'yı içeri alabilir miyiz?" diye soruyor Tuna. "Tamam, al," diyorum. Ben daha yerime oturmadan başı önünde içeri giriyor Ala. Her zamanki gibi elimi, elinin ucuyla sıktıktan sonra oturuyor yerine. Artık onun eline dokunmak eskisi kadar ürkütmüyor beni. Geçen sefer kendiyle ilgili epeyce bir şeyler anlatmıştı ama bugün yüzü yine karışık. Ne oldu acaba?

— Hoş geldin Ala!

— Hoş bulduk.

— Ne oldu, yine suratın asık?

— Yok, öyle değil... Biraz kafam karışık... o kadar.

— İlaç almaya başladın mı?

— Hı, hı... Ama çok az alıyorum... yatarken çeyrek.

— İlaçtan bir şikâyetin var mı?

— Şimdilik yok.

— Öyleyse artık yarım al.

— Olur.

Anlaşıldı. Yine konuşmayacak. Dedektif gibi iz sürmek gerekiyor. Bugün ona daha yakın davranmak geliyor içimden. Belki böylesi ona da iyi gelir.

— Geçen sefer yaşadığın evi ne güzel anlattın Ala. Sanki ben de o evde yaşamış gibi hissettim kendimi. Hatta evi bile hayal edebildim.

— Evi mi?

— Evi... Tek katlı, bahçe içinde, geniş bir ev diye düşündüm.

— Hiç de bile... Bizimki çok büyük, iki katlı bir evdi. Bahçe içinde olduğu doğru... Evin dört bir tarafı bahçeydi. Arka bahçede büyük bir havuz vardı. Fıskiyeler sürekli açık durur, oğlanların çiş yaptığı gibi şırıl şırıl sular akardı. Neden bilmem, çiş sesine benzeyen bu sesleri severdim ben... Genelde mutfakta otururdum. Mutfağın kapısı arka bahçeye açılırdı... Camın önünde yumuşak bir kanepe durur... ortalık tenha olduğu zamanlar o kanepeye büzülür... başımı cama yaslar o çiş seslerini dinlerdim... Benim de o evdeki tek keyfim buydu işte! Bizim mutfak aslında pek boş kalmazdı... Hizmetçiler, gelinler, çocuklar her biri girip çıkardı oraya... Çok büyük olduğu için aynı zamanda oturma odası gibi kullanılırdı. Akşama kadar ocakta bir şeyler kaynardı... O kadar adama yemek yapmak kolay mı? Bu yüzden camlar hep buğulanır, ben de kimse yokken o camlara parmağımla resim yapardım. Prenses kâğıtlara, ben de camlara çizerdim resimleri...

— Ne çizerdin oraya Ala?

— Güzel kadın resimleri yapardım... Küçük burunlu, beyaz tenli, kocaman gözlü güzel kadınlar... Ama rahatça çizemezdim bunları... Her an yakalanma korkusu olurdu içimde...

Demek güzel kadın resimleri çiziyormuş. Güzellik bu kızın hayatında önemli bir kavram. Annenin güzelliği dillere destanken, kendisi bir o kadar çirkin. Kız çocukları doğdukları günden itibaren annelerini kendilerine örnek alırlar. Çocuk büyüdükçe bu ilişkinin içine yavaş yavaş rekabet girer. Genç bir kız bu rekabet ilişkisinde kazanan taraf olmak ister. Böylece hayata daha güvenli bir noktadan girmek ister. Ala'da durum bu anlamda çok kötü! Örnek aldığı anne garip bir kadın ama garip olduğu kadar da güzel! Kızına bir annenin göstermesi beklenen sevgi, şefkat ve ilgiyi göstermiyor

Çocukken ben de çok severdim buğulu camlara resim yapmayı ama yakalanmaktan korkmadan, keyifle, tatlı rüyalara dalarak yapardım bu resimleri. Demek cama resim yaparken bile korkuyormuş bu kız!

— Neden korkuyordun?

— Benim yaptığım her şey suçtu bizim evde... Diğer kuzenlerim o evin çocuğu oldukları için, onlara kızılmaz... yanlış da yapsalar affedilirdi... Ama benim için böyle bir şey söz konusu bile değildi. Evdeki hizmetçiler bile bana bağırıp çağırabilir... beni kolumdan tuttukları gibi atabilirlerdi. Böyle durumlarda haklı haksız aranmazdı. Yine ne yapmış maraz kız diye sorarlardı birbirlerine. Oysa şimdi düşünüyorum da... ne kadar uslu bir çocukmuşum ben. Buna uslu denmez aslında... Pısırık, korkak, sevimsiz ve hep ağlayan bir kız işte! Bazen oğlanlar yaramazlık yapar, olmadık bir şeyi kırar... sonra da benim yüzüme baka baka... Ala yaptı derlerdi. Her zaman olduğu gibi yine ağlardım. Bir de utanmadan ağlıyor denirdi o zaman... Beni koruyan, sahip çıkan bir annem yoktu ki...

İşte tam gerçek bu! Bu çocuk o zaman da sahipsizmiş. Anne neden hiç sahiplenmedi acaba bu kızı? Sahipsiz bir çocuk kadar zavallı kimse yoktur bu dünyada. Diğer canlılar öyle veya böyle kendi ayaklarının üzerinde duracak bir altyapıyla gelirler dünyaya. Bir tek insan yavrusu için durum farklıdır. Bir bebek sahiplenilmezse yaşayamaz. Bir tesadüf yaşarsa da, işte böyle olur...

Nasıl bir anneden dünyaya geldiğimiz bizim asıl kaderimizdir...

— Sen o bahçede hiç oynamaz mıydın?

— Bıraksalar oynardım belki ama hiç bırakmazlardı... Sadece oğlanlar çıkardı bahçeye... Prenses bebekleriyle oynardı... Onun oynamaktan bıktığı, eskimiş bebekleri verirlerdi bana... Elimi bile sürmezdim o bebeklere... Bu kız anormal derdi yengelerim, bebekle bile oynamayan çocuk mu olur... Belki de oyun oynamayı bilmezdim... Çocuklar oyun oynamayı nasıl öğrenirler?

— Nasıl mı öğrenirler? Şimdiye kadar kimse bana böyle bir şey sormadı. Aslında içgüdüsel bir durumdur bu. Bir çeşit hayata hazırlık da diyebiliriz. Ama çocuklar için oyun oynamak sanıldığından çok daha önemlidir. Sen gerçekten hiç oyun oynamadın mı?

— Oynamadım... Evde böyle bir lüksüm yoktu zaten... Okulda da öteki çocuklar gibi değildim... Beni aralarına almazlardı... Onlar koşar, oynar ve gülerdi... Ben bunların hiçbirini bilmezdim... Hayranlık ve kıskançlıkla bakardım onlara... Sanki ben farklı bir gezegenden gelmiş gibiydim... Konuşmayı, anlatmayı da bilmezdim... Evde bile kimse konuşmazdı ki benimle... Konuşa konuşa değil, dinleye dinleye öğrendim... Onun için herkes gibi konuşamıyorum ya...

Bütün bunların gerçek olabileceğine inanamıyor insan. O kocaman, kalabalık evde bu kızla kimse konuşmamış. Onun için böyle bu dili yeni öğrenmiş gibi, dura dura, düşüne düşüne konuşuyor. İyi ama derslerde ne yaptı acaba? Öğretmenler bile onunla konuşmadılar mı?

— Öteki kuzenlerinle de mi konuşmazdınız?

— Konuşmazdık... Bana yaklaşmazlardı bile... Sanki cüzamlı birinden kaçar gibi... herkes uzak dururdu benden...

— Derslerde ne yapardın? Sana sorulunca cevap vermez miydin?

— Sözlüye kalkmayı hiç sevmezdim... Ben konuşmaya başlayınca arkadaşlarım gülerdi... Kem küm eder dururdum... Bildiğimi bile söyleyemezdim... Öğretmenler durumu anlayınca beni pek sözlüye kaldırmadılar... Ama yine de okulda benim bildiğimi kimse bilmezdi... Yazılı sınavlarda en yüksek notu her zaman ben alırdım... Buna rağmen öğretmenler bile sevmezdi beni...

— Nereden anlardın sevmediklerini?

— Sevmezlerdi işte... Bana yaklaşmaz, benimle konuşmaz, çoğu zaman herkes gibi onlar da... ben yokmuşum gibi davranırlardı... Onlara kızmıyorum... Ben olsam, böyle sevimsiz ve çirkin bir kıza ben de yaklaşmazdım.

Keşke bu kadarını bilmese, hissetmese! İçimi yine hüzün kaplıyor.

— Derslerdeki başarın evde nasıl karşılanırdı?

— Deli mi, akıllı mı belli değil derlerdi... O zaman ben de bilmezdim deli mi, akıllı mı olduğumu.

— Şimdi biliyor musun?

— Biliyorum... Şimdilik deli değilim... Sonraya Allah kerim... Siz bu konuda ne düşünüyorsunuz?

Kontra yumruk yemiş gibi bir an irkiliyorum. Sahi ben bu kız hakkında ne düşünüyorum?

— Ben bu sorunun cevabını henüz bilmiyorum. Seni yeterince tanıdığımı söyleyemem.

— Bilmiyorsunuz... İyi bir cevap... Hiç olmazsa dürüst... Bu soruyu size bir süre sonra yeniden sormak isterim... Beni yeteri kadar tanıdığınız zaman da aynı dürüstlükle cevap verecek misiniz bana?

— Evet, bundan hiç kuşkun olmasın. Şu sizin evi anlatıyordun.

— Büyük bir evdi... Alt katta koca bir salon, yine büyük bir mutfak, banyo, tuvalet ve pek kullanılmayan bir yatak odası vardı... Üst kat oda doluydu. Her odanın içinde kendine ait bir küçük banyosu vardı. Yatılı misafir geldiği zaman o odalar kullanılırdı. Hepimiz üst katta yatardık. Merdivenden çıkınca karşınıza gelen ilk ve en güzel oda Esma Sultan'ındı... Sonra sırayla gelinlerin odaları vardı. Bizim oda en arkadaydı ve arka bahçeye bakardı. Biraz karanlıktı... Babam hapisteyken bile annem beni yatağına almazdı. Kenarda duran küçük kadife kanepenin üzerinde yatardım. Annemle aynı odada yatmayı sevmezdim. Onun için çoğu zaman mutfaktaki somyada veya salonda Esma Sultan'ın arada bir kıvrılıp yattığı... yumuşak kanepede uyuyakalırdım... O zaman kızarlardı bana... Yine yerine yatmamış maraz kız derlerdi...

Sessiz ve tepkisiz dinliyorum onu. Sanki o günleri bir televizyon ekranında görüyor gibi karşıdaki aynaya bakarak anlatıyor.

— Kışın iyi ısınmazdı, soğuk olurdu bizim ev... Salonun bir tarafında misafir koltukları, onların yanında babaannemin oturduğu yumuşak bir somya... kapıya yakın yerde de uzun yemek masası dururdu. Salon da çok büyüktü. Sık sık gelen misafirler o kadar kalabalık olurdu ki... bu koca salon ağzına kadar dolardı. Öyle gecelerde Esma Sultan baş köşeye oturur... gözüyle kaşıyla gelinlere emir yağdırır... onlar da ortalıkta pervane gibi döner dururlardı. Çoğu zaman yemeğe gelirdi misafirler... Öyle günlerde eve özel aşçılar gelir... mutfakta akşama kadar... yemek pişerdi. Öteki gelinler çabuk yorulur, ah, oh deyip dururlardı. Nazlıydılar. Annem hiç yorulmaz... iş yaptıkça yapası gelir... sanki içi enerji dolardı. Öteki gelinler... buna da kızar... aralarında gizlice konuşur... annemi çekiştirirlerdi...

Ne güzel! Sözcükler bugün su gibi dökülüyor ağzından. Oysa içeri girdiği anda hiç konuşmayacak, anlatmayacak sanmıştım. Keşke hep böyle anlatsa, bu kadar yormasa beni! Acaba ona biraz daha yakın davranıyor olmamın bunda bir etkisi var mı?

— Yemekten sonra sofrayı kaldırınca... masanın üzerine annemin ördüğü beyaz dantel örtüyü sererdik. Ayda bir o masa örtüsünü annem elinde yıkar... sonra kolalar, son olarak da saatlerce ütülerdi. Çok güzeldi örtü! Evimize gelen misafirler hep dikkatle inceler, hayran kalırlardı bu dantel örtüye... Bazen yemek masasının bir kenarında... oğlanlar ders çalışırdı. O zaman dantel örtü kirlenmesin diye muşamba örterdik masaya... Salonun perdelerini de gelinler örmüştü ama onlar annem kadar düzgün öremezdi. Annemin ördüğü hemen belli olurdu. Kıskanırlardı annemi... Her biri konu komşudan yeni dantel örnekleri alırlardı. Oysa marifet modelde değildi. Yine de babaannem bir gün olsun... annem için iyi bir söz söylemezdi.

Daldığı bu rüyadan onu uyandırmak istemiyorum. Zaten öyle güzel anlatıyor ki, ben de masamda hafifçe öne eğilerek, sessizce dinliyorum onu.

— Annem sabah erkenden kalkar ve kahvaltı hazırlardı... Sabah, daha Emine Teyze'yle Hacer Teyze gelmeden o kalkmış olurdu. Çamaşırları onlar yıkar, tahtaları ovar, halıları, camları onlar silerdi... ama babaannem yine de ona hizmetçilerin değil gelinlerin hizmet etmesini isterdi. En çok da annemin... Çok marifetliydi annem ama bütün yaptıkları boşa gitti... Ağzıyla kuş tutsa annemi sevmedi. Sanki ötekiler öz, annem üveydi... Tabii bu üveylikten ben de nasibimi aldım... çünkü ben hem üvey gelinin çocuğuydum hem de erkek değil kızdım. Üç oğlan doğurmuş annem ama işe yaramamış çünkü ölüvermişler... Ama ben, cılız mılız yaşamışım işte! Uğursuz derdi babaannem bana... Annem bana hamile kalınca babam hapse düşmüş ya... benim yüzümden böyle olmuş... Uğursuz gelmişim babama... Babam da belki de bu yüzden sevmedi beni... Zaten neyimi sevsinler ki... Ama öteki torunlar pek kıymetliydi. Hele prensese bayılırdı herkes... Sabah okula giderken kızın saçlarını bile babaannem tarardı. Annem hamam tasına su koyup getirirdi. Babaannem tarağı eline alır, arada bir suya batırıp çıkararak uzun uzun tarardı... prensesin kızıl saçlarını... Sonra dikkatle iki yanından örer, uçlarına da beyaz kurdele bağlardı.

— Senin saçlarını kim tarardı?

— Kimse... Zaten kısacık keserlerdi saçımı... Elimle şöyle bir düzelttim mi, taramaya gerek kalmazdı. Sonra hep birlikte çıkardık evden... İki oğlan ve iki kızdık. Babaannem prensesin elinden tutar... ben de arkalarından giderdim.

— Sizi okula babaannen mi götürürdü?

— Tabii... gelinler zaten evden çıkamazdı. Akşam da bizi almaya yine babaannem gelirdi. Evin alışverişini de o yapardı. O gün evde ne yemek yapılacağına o karar verir... gelinler ondan işaret gelmeden kıpırdayamazlardı. Sakallı diye bir çorba vardır. En çok onu severdi ve sürekli aynı çorba pişerdi evde... Diktatör ruhluydu. İşi gücü oğullarına naz yapmak, onların karılarıyla değil... kendisiyle ilgilenmelerini sağlamaktı. Bunun için yapmadığı numara kalmazdı.

— Neler yapardı?

— Bazen hastayım diye tuttururdu. Akşam sofrada yemek yemez, ıhlar dururdu. Oğlanların hepsi de onu merak eder... eve doktor gelir... baştan aşağı muayene edilir, her biri "anne, canın ne istiyorsa alalım" filan derdi. Herkes yatınca gizlice kalkıp mutfağa gelir ve bir güzel karnını doyururdu.

Bu kadarına pes doğrusu! Ne kadar da pervasız!

O kalabalık evde, herkesin gözünün içine bakarak bunları yapması şaşılacak şey. Gelinler bütün bunlara nasıl tahammül etti acaba? Sanki bugün Ala ile karşılıklı oturduk, sohbet ediyoruz.

O güzel güzel anlatıyor, ben de hiç sıkılmadan, hatta merakla dinliyorum onu.

— Sen bunu nereden biliyorsun?

— Çünkü ilk işi annemi kaldırmak olurdu.

— Baban hapiste miydi o zaman?

— Hapisteyken de yapardı, çıkınca da... Annem kalkar ve yemeğini hazırlardı.

— Annen bunu başkalarına söylemez miydi?

— Söylemezdi ama zaten böyle olduğunu öteki gelinler de bilirdi... Herkes bilse de kimse bunları kocasına söyleyemezdi... Babam hapisten çıktıktan sonra da bu numaralara devam etti.

— Annen nasıl bir kadındı?

— Annemi anlatmak zor... Değişik bir kadındı... Herkes onu Türkan Şoray'a benzetirdi.

— Gerçekten benzer miydi?

— Benzerdi... Boylu poslu, çok gösterişli bir kadındı... Kendine hiç bakmaz, sorulmadıkça konuşmaz... akşama kadar evde hizmetçi gibi çalışırdı... En çok da Esma Sultan'a hizmet ederdi... Sanki tek amacı kendini ona sevdirmek, kabul ettirmek gibiydi... Ağzıyla kuş da tutsa bunun mümkün olmadığını herkes anlamıştı ama o inat ediyordu... Öteki gelinler öyle değildi.

Süreyya yani annesi o zamanlar depresyonda mıydı acaba? Hem böyle güzel ol, hem zengin bir evin gelini ol, hem de sana bunca eziyet eden bir kadına kendini kabul ettirmek için hizmetçi gibi çalış. Bunlar kolay anlaşılır şeyler değil. Henüz bilmediğim başka şeyler var galiba işin içinde.

— Onlar nasıldı?

— Esma Sultan Sarı geline yani prensesin annesine bunları yapamazdı... çünkü sarı gelinin ailesi çok varlıklıydı... Zaten o gelini kendi almış oğluna... Babam annemi getirince, o da gidip hemen sarı gelini istemiş... Çipil gözlü, çilli, ebleh yüzlü bir kadındı... Çirkin ama zengin!... Onun ailesi sık sık bize gelir, gelirken de başta Esma Sultan olmak üzere... hemen herkese pek çok hediye getirirlerdi... Prenses o sülalenin tek torunu olduğu için çok kıymetliydi... Sonra küçük oğlanı evlendirmişler... Ortanca gelinden ağzı yandığı için... Esma Sultan bu sefer gidip memleketin en fakir ailesinin güzel kızını gelin diye almış... Küçük yengem içlerinde en şirin olanıydı. Ufak tefek, beyaz tenli, küçük burunlu, güleç yüzlü bir kadındı. Ailesi çok fakir olduğu için her şeyi kocasının evinde görmüş... Evlendiği zaman zayıf, narin bir kızmış... ama bizim eve gelip de bol bol yiyip içince şişmanlamış... Zaten boyu da kısa olduğu için yusyuvarlak bir şey olmuş... Hiç mutfaktan çıkmazdı. Gelir gider yerdi... Esma Sultan onun ağzını dolu gördükçe sinirden kudurur... geline ağzına geleni söylerdi... ama yengem hiç aldırmazdı bunlara... Prensesin annesiyle fısır fısır konuşur, sürekli Esma Sultan'ı çekiştirirlerdi. Annem de onlara katılsın, onlarla birlikte dedikodu yapsın isterlerdi... ama annem yapmazdı. Uzak dururdu hepsinden... Böyle olunca ona da çok kızar, bu sefer de annemi çekiştirirlerdi. Ben hep aralarda dolaştığım için duyardım... "kendini beğenmiş, don yağı dolması" derlerdi anneme.

— Kendini beğenir miydi annen?

— Yok, hiç beğenmezdi... Herkes öyle sanırdı ama o kendinden nefret ederdi... Daha doğrusu benim annem ne kendini severdi, ne de başkalarını.

Annesinin durumu pek depresyona benzemiyor. Daha ciddi ruhsal sorunları var galiba.

— Seni?

— Beni de sevmezdi... Babamı bile sevmezdi... Bir tek Esma Sultan onun için çok önemliydi... Onu da sever miydi... kızar mıydı bilmiyorum.

— Annen seninle ilgilenmez miydi?

— İlgilenmezdi... Bana hiç sarılmaz, öpmez, sevmezdi... Öteki kuzenlerimin anneleri çocuklarına hiç böyle yapmaz, aksine onları şımartırlardı. Esma Sultan da "şımartmayın şunları" diye onlara kızardı. Bir tek küçük yengem arada bir benimle ilgilenir, mutfakta iş yaparken benimle konuşurdu... Prensesin annesi hiç hoşlanmazdı benden... "çiçi baş" derdi bana... Arada bir de küçük yengeme kızar, "Neresini seviyorsun bu çiçi başın!" diye azarlardı onu.

— Kuzenlerinle ilişkilerin nasıldı?

— Oğlanlar zaten kendi alemlerindeydi... Biri benden bir yaş büyük, öteki de bir yaş küçüktü... Arada bir beni tenhada sıkıştırır, kilodumu indirip bakar, sonra da "aa, bunun pipisi yok" diye alay ederlerdi benimle... İlk zamanlar insanların benim pipim olmadığı için aşağıladıklarını zanneder... ve çok üzülürdüm... Ama bir gün prensesin de pipisinin olmadığını gördüm. O zaman çok kafam karıştı... Prenses herkese tepeden bakardı zaten. Beni hiç adam yerine koymaz, sürekli benden bir şeyler ister... benim buna ne kadar üzüldüğümü görünce de çaktırmadan bıyık altından gülerdi. Tembel bir kızdı... Eve hocalar gelir, ödevlerini bile hocalarla yapar... ama yine de bir türlü iyi not alamazdı. Geri zekâlının tekiydi. Ben ondan üç sınıf altta olmama rağmen... bazen de ödevlerini bana yaptırırdı... Evde hiçbir işe elini sürmez, sık sık hastayım diye yatar... yemeği yatağına götürülürdü... Arada bir ayakkabılarını bile, başım dönüyor, eğilemiyorum bahanesiyle... bana bağlatırdı. Televizyonun başından kalkmaz, artistlerin hayatını derslerinden daha iyi bilir... giyinmek kuşanmak süslenmek deyince aklı giderdi. Her şeyin en iyisi ona alınırdı... Bir de resim yapardı... Sulu boyalarını her tarafa yayar... döke saça kâğıtları boyar dururdu. Okuldaki bütün oğlanlar onun peşindeydi... Beğenilmekten çok zevk alır, etrafa göz süzer... kendisinden daha güzel birine asla tahammül edemezdi... Onun için oğlanlar birbiriyle kavga eder... o da zevkten dört köşe olurdu.

— Esma Sultan ne derdi bu duruma?

— Onun haberi olmazdı ki... Ama o da prensese baktıkça gururlanır, herkesin onu beğenmesi hoşuna giderdi... Bu kız biraz daha büyüsün... Süreyya'nın pabucu dama atılacak derdi.

Evet, o güzel kuzen el üstünde tutulurken Ala'nın yüzüne kimse bakmıyor. Daha o yaşta yenilmeyi, reddedilmeyi öğrenmiş.

— Annenin güzelliği bu kadar ünlüydü demek!

— Dedim ya, memlekete yeni geldiğinde halk akın akın annemi görmeye gelmiş... Ama o, bunların kıymetini hiç bilmedi... Kocası bile o güzelliğine rağmen sürekli aldattı onu.

Anne de güzelliği ile öne çıkıyor. Böyle bir evde, Ala gibi birinin var olması, kabul görmesi zaten mümkün değilmiş. Bir de üstelik annesi bile onu korumuyor, sevmiyor ve sahip çıkmıyor. Çok kötü!

— Annen bilir miydi babanın onu aldattığını?

— Bilirdi tabii... Zaten sadece annem değil, bütün memleket bilirdi... babamın ne mal olduğunu... Esma Sultan da ne yapar eder, bu dedikoduları annemin bizzat onun ağzından duymasını sağlardı... "kadın olsaydın da kocanı elinde tutsaydın," derdi anneme.

— Annen ne derdi bu duruma?

— Hiç... her zamanki gibi hiç tepki vermez, başı dik... Esma Sultan'ın gözünün içine bakarak öylece dinlerdi. Onun ne düşündüğünü, ne hissettiğini kimse anlamazdı. Ne güler, ne söyler, ne de ağlardı. Ama her şeye rağmen başını eğmez, söyleyen söylediğiyle kalırdı. Giyinmese de, süslenmese de, saçlarını beyaz bir tülbentin altına gizlese de yürüyüşü bile farklıydı. Çuval giyse yakışır derler ya... işte öyle bir kadındı annem. Nereden geldi, buralara nasıl düştü kimse bilmezdi... ama o ortama ait değildi. Akşama kadar evin içinde oradan oraya koşturur, eli sudan çıkmaz... ama yine de elleri bile artistlerin eli gibi bembeyaz ve kuğu gibi dururdu. Yengelerim ona kızmakta haklıydılar. Onların nazı sözü bitmez, isteklerinin ardı arkası gelmezdi. Annem bir şey istemediği için, bu durum onları kızdırırdı. Zaten evin içinde kuyumcu dükkânı gibi gezerdi onlar... Özellikle eve misafir geleceği zaman Esma Sultan annemin de özenle giyinmesini... takıp takıştırmasını isterdi... Annem sadece o günler koluna burma bileziklerini, eline de pırlanta yüzüğünü takar... başındaki tülbenti çıkarırdı... O zaman simsiyah saçları dalga dalga beline kadar iner... insanlar gözlerini annemden alamazdı. Öyle günlerde amcalarım bile gizli gizli annemi seyrederlerdi. Özellikle ortanca amcam...

İşte bu çok ilginç! Ortanca amca sanırım Sarı Gelinin kocası. Şu çirkin ama zengin bir ailenin kızı olan gelinin.

— Sonra yüzük de kaybolunca bir tek bilezikleri kaldı... Onlar da yıllardır kolunda durmaktan kararmış, eski ve çirkindi... Annem hiç sevmezdi onları.

— İlginç bir kadınmış annen.

— İlginçti... Sırlarıyla birlikte gitti... Kimse anlayamadı onu.

— Sen de merak ediyorsun galiba!

— Annem deyince aklıma kara bir bulut gelir... Hani içi yağmur yüklü bulutlar vardır... Şehrin üzerine çöker... ne çekip gider... ne de içindekileri boşaltır... İşte öyleydi... Bir kendine kıyardı... bir de bana... Belki de ondan bir parça olduğum için kızardı bana... Bilmiyorum...

Sözün burasında duruyor. Ne ilginç şeyler anlatıyor bugün! Bir kendine kıyardı, bir de bana diyor. Sanki bir edebiyatçı konuşuyor karşımda. Yüzü fırtınalı bir deniz gibi karardı. Damarlı ellerine ve bozuk cildine kayıyor gözlerim. Sağ elinin işaret parmağındaki sargı epeydir yok ama o parmaktaki morluklar dikkatimi çekiyor. Ne var acaba o parmağında?

Bakışlarından daha fazla anlatmak istemediğini anlıyorum. Sıra anneye gelince hep böyle oluyor. Annesiyle ilgili konuşmak korkutuyor onu. Aslında bu konuda benimle paylaşmak istediği çok şey var, bunu hissediyorum. Olaylar dönüp dolaşıp annede düğümleniyor. Konuyu o değiştirmeden bunu ben yapsam daha iyi olacak.

— Şimdi de istersen biraz da ben anlatayım! Yoruldun.

— Tamam... Teşekkür ederim... Siz kötü olduğunuz kadar da iyisiniz galiba...

Bu söz beni güldürüyor ama bu gülüşüme o katılmıyor, bana ihtiyatla bakmaya devam ediyor. Demek onun kafasında hâlâ hem iyiyim, hem de kötü. Şöyle bir içimi yokluyorum, hayır, artık kötü değilim. Onun hayata geri dönmesini, kaybedenler listesinden çıkıp kazananlar listesinde yer almasını artık onun kadar ben de istiyorum.

Şimdi de ona bir prenses hikâyesi anlatmalıyım. Hem de annesininki gibi adı Süreyya olan... Bakalım buna nasıl tepki gösterecek? Özellikle prenseslere duyduğunu sandığım öfke ve kıskançlığı bu hikâyede daha net görebileceğimi umuyorum.

— Sana söz verdiğim gibi bir prenses hikâyesi anlatacağım bugün. Prenses Süreyya'nın hikâyesine ne dersin?

— Prenses Süreyya? Olur, tam da denk geldi.

— Hikâyeye başlamadan önce bir noktaya açıklık kazandırmak istiyorum. Ben artık kötü değilim.

— Size haksızlık mı ettim?

— Biraz!

Başını yaramazlık yapmış bir çocuk gibi utanarak öne eğerken yüzünün hafifçe kızardığını görüyorum. O daha bir şey söylemeden hemen hikâyeyi anlatmaya başlıyorum.

— Pers İmparatorluğu'nun son şahı Rıza Pehlevi 1941 yılında tahta oturur. Babası Şehinşah Rıza tam bir Türkiye ve Atatürk hayranıdır. Şehinşah oğlunu modern İran düşlerini gerçekleştirmesi için İsviçre'de okutur, dil öğrenmesini ve tam bir Batılı gibi yetişmesini sağlar. Babasının isteği ile 1938'de Mısır prensesi Fevziye ile evlenen Şah Muhammet Rıza, on yıl sonra yani 1948'de bu evliliği bitirme kararı alır çünkü Prenses Fevziye Şah'a bir kız çocuğu verir ve doktorlar ikinci bir çocuk doğurmasının imkânsız olduğunu bildirirler. Böylece Şah kendisine bir veliaht doğurma imkânı olmayan Fevziye'den ayrılır.

Bir yandan ona masal gibi bir tarih anlatırken bir yandan da ağzımdan çıkan her sözcüğün onu nasıl etkilediğini görmek için yüzüne dikkatle bakıyorum. Normalde hikâyenin bu bölümünde az da olsa hüzünlenmesini bekliyordum ama hiç öyle olmuyor, aksine yüzü yine aydınlanıyor. Bu kızın prenseslerden hoşlanmadığı kesin!

— Yani senin anlayacağın Fevziye'ye yazık oluyor.

— Neden yazık olsun?... Oğlan doğuramadığı için kocasının boşadığı tek kadın o mu? Prenses diye... neden ona ayrıcalık tanıyorsunuz?

— Bir şey yaptığım yok canım! Bu duruma düşen bütün kadınlara üzülürüm ben.

— Prenseslere üzülmeyin... Hem merak etmeyin onlara bir şey olmaz.

— Sen nereden biliyorsun onlara bir şey olmayacağını?

— O bir prenses... Onların en küçük problemi bile bütün dünyaya dert olur... Güzellik derseniz onlarda... para, pul, itibar, yani her şeyleri var onların... Allah her şeyi onlara verecek değil ya! Her şey vermiş, oğlan vermemiş... Oh olmuş işte... Hem nedir bu oğlan çocuk takıntısı... bunu da anlayabilmiş değilim... Kız olmak suç mu?... Oğlanların aklı var da kızların yok mu?... Koca şah olmuş ama bunu bile öğrenememiş... Koca Pers İmparatorluğu'na Şah ol, git, İsviçre'lerde oku... ama bu kadarını bile öğrenemeden gel... Öküz hikâyesindeki Afrikalılardan ne farkı var bunların? Hem de yirminci yüzyılda yaşanıyor bunlar... Aslında cahil halk böyle istemiştir... Şah da paşa paşa yapmıştır ondan istenileni... Tahtı kaybetmeyi göze alacak değil ya!

İşler iyice karıştı. Bu sefer öfkesi sadece prensese değil; oğlan çocuğu doğuramadığı için eşini boşayan Şah'a ve bunu destekleyen insanlara da kızıyor. Bu öfkeyi uysalca sineye çekmeli, şimşek gibi çakan bakışlarını, masamın kenarında tıkırdayan parmaklarını, soluk soluğa iç çekişlerini görmezden gelmeliyim. Aksi takdirde bu öfke bana dönecek.

— Şah muhtemelen tahtını koruyabilmek için böyle bir karar aldı. Şah Prenses Fevziye'den ayrılır ayrılmaz yeni bir prenses arayışları başlamış. Süreyya'nın babası İran'ın ünlü ailelerinden birinin oğluymuş ve bir Alman kızına âşık olup evlenmiş. 1932'de tek çocukları olan Süreyya dünyaya gelmiş. Süreyya'nın sözcük anlamını biliyor musun?

— Yedi yıldızdan oluşan... yıldız kümesi demek.

Allah Allah... Bilgisayar gibi bir kafası var. Ben bu soruyu laf olsun diye sormuştum ama pat diye yapıştırdı cevabı. Bu kız başka neler biliyor acaba?

— Senin de bilmediğin yok! Bu yedi rakamı Süreyya'nın hayatında önemlidir çünkü annesi onu evlendikten yedi yıl sonra dünyaya getirir ve zaten bu yüzden adını Süreyya koyarlar. Şahla evliliği de yedi yıl sürer.

— Prenses olmasa... kimin umurunda yedi rakamı filan?

Böyle giderse öyküyü anlatamayacağım. Her seferinde sel gibi akıtıyor içindeki öfkeyi. Bu öyküler çok işe yarıyor doğrusu...

— İran'ın o zamanki koşulları son derece kötüdür. Ülkenin insanları sefalet içindedir. Açlık ve salgın hastalıklar ülkede kol gezmektedir. Bu koşullar altında kızı Süreyya'nın İran'da kalmasını istemeyen anne, eşini de ikna eder ve hep birlikte Berlin'e giderler ancak 1937'de babasının işleri nedeniyle ülkelerine geri dönmek zorunda kalırlar. Süreyya önce İsfahan'da bir Alman okulunu, sonra da bir İngiliz okulunu bitirir. 1947'de İsviçre'ye, iki yıl sonra da yine eğitimi için Londra'ya gider. İşte ne olursa burada olur. Süreyya'nın orada yaşayan bir akrabası ile Şah'ın validesi iyi arkadaştır ve bu iki kadın işbirliği yapar ve Süreyya'nın fotoğraflarını Şah'a yollarlar. Şah fotoğraflardan çok etkilenir ve ablasını Londra'ya göndererek Süreyya'ya evlenme teklifini iletmesini sağlar.

— Hiç görmeden mi?

— Hiç görmeden. Gerçi onunla ilgili bütün bilgiler Şah'a iletilir ama yine de birbirlerini hiç görmezler. Şah'ın ablasıyla birlikte İran'a gelen Süreyya hemen saraya davet edilir. Saraydaki akşam yemeğinden sonra evlenme teklifini bir kez de Şah'ın kendisi yapar. Hemen ertesi gün Süreyya bu teklifi kabul eder.

— Birinin tek derdi prenses olmak... öbürünün de tahtını korumak... Bütün prenseslerin... canı cehenneme.

Yüzüne bakıyorum, alı al, moru mor olmuş. Gözlerinin içi bile kızarmış. Durumun benim tarafımdan fark edilmemesi için hemen başını önüne eğiyor. Üzerine gitmiyor ve kaldığım yerden anlatmaya devam ediyorum.

— O zaman Süreyya henüz 17 yaşındadır. Daha sonra anılarını yazdığı bir kitapta o gece Şah'tan nasıl etkilendiğini, ilk görüşte ona nasıl âşık olduğunu ve bu kararından dolayı hiç pişmanlık duymadığını anlattı.

— Bunlar ölse yine de pişman olmazlar... Yeter ki prenses olsunlar.

— Sen olsan ne yapardın? Böyle bir teklifi kabul eder miydin?

— Ben nasıl olsa olamam... onun için boş yere bana bunu sormayın.

— Pekâlâ... Hemen düğün hazırlıklarına başlanır ancak ülkenin içinde bulunduğu yoksulluk ve sefalet nedeniyle şaşaalı bir düğünden kaçınan Şah'ın isteğiyle düğün, Pehlevi sülalesinin pek alışkın olmadığı bir sadelikte olur. Ancak şanssızlık o zamandan başlar ve düğünden hemen önce Süreyya tifoya yakalanır. Böylece çok daha öncesinden yapılması planlanan nikâh 12 Şubat 1950'de yani soğuk ve karlı bir kış gününde yapılır. Süreyya aslında tamamen iyileşememiştir ama ülkedeki siyasi durum nedeniyle Şah sabırsızlanmaktadır. Cristian Dior'un diktiği tül üzerine gümüş kılaptan işlemeli bir gelinlik giyen Süreyya, gelinliğin en az yirmi kilo oluşu ve o sıralar henüz hastalığı tam atlatamamış olması nedeniyle düğün gecesini çok zor geçirir. Hatta bir ara bayılacak gibi olunca nedimelerden biri kimseye fark ettirmeden gelinliğin on metre uzunluğundaki kuyruğunu kesiverir.

— Kim bilir ne zor olmuştur o gelinliği kesmek.

— Zor olmuş mu bilmiyorum ama nedime gelinliğin eteğini o kadar güzel kesmiş ki, kimse bir şey fark etmemiş.

— O da insan ama kimse onun farkında değil... Prenses varken onunla neden ilgilensinler ki?

Onu asıl ilgilendiren prensesler değil, nedimeler. Prenseslere öfkesi de bundan. Sanki zamanında o da bir nedimeymiş gibi konuşuyor. Muhtemelen evde prenses lakaplı kuzeni de ona bir nedime gibi davrandı. Bu kızı dinlerken kendimi dedektif gibi hissediyorum ama başka çarem de yok.

— Düğünün yapıldığı Gülistan Sarayı'nın aynalı salonu o gün baştanbaşa çiçeklerle donatılmış. Tam iki yüz orkide, iki yüz dal kiraz çiçeği, bin kırmızı karanfil, bin iki yüz leylak salkımı konmuş salona. Sarayı dolduran iki bin kişilik kalabalığın oluşturduğu tebrik koridorunda herkesi tek tek selamlayarak geçmek zorunda kalan Süreyya o gece çok yorulmuş.

— Vah vah, üzülelim bari... Neymiş efendim gelinlik ağır gelmiş! O da yetmemiş herkesi tek tek selamlamaktan yorulmuş... Naza, edaya bakın... Böyledir bu prensesler... Nedimeler bunun beş katını yapsa yorulmaz ama prenses dayanamaz... Neden, çünkü o narindir, nazlıdır, hastalanıverir... Sen koştur dur... Görevin prensesi memnun etmek!

— Sen bir zamanlar Süreyya'nın nedimesi miydin yoksa?

— Ben bir zamanlar bizim evdeki prenses Süreyya'nın nedimesiydim... Ben de bir prenses olabilecekken... onun yüzünden nedime oldum... İstese o evin kraliçesi olurdu Süreyya... ama istemedi... Beni de kötü kaderinin arkasından sürükledi... Kendi Esma Sultan'a köle olurken, benim de o kızıl saçlı şeytana hizmetçilik etmeme göz yumdu...

Nasıl da anlamadım bunu! Tabii ya, prenses derken sadece kuzenini kastetmiyor. Bir de anne var! O da bir kraliçe kadar güzel ama asla bir kraliçe gibi davranmıyor. Kuzenine kızıyor ama asıl hedefi belki de annesi.

— Belki bir gün hikâyemi size sonuna kadar anlatabilirsem... siz bari anlarsınız beni. Zaten şunun şurasında elimde ne kaldı ki! Ölümle deliliği saymazsak geriye bir tek siz kalıyorsunuz... Şimdi lütfen Süreyya'yı anlatmaya devam edin.

Hayretler içinde dinliyorum onu. Bir ölüm, bir delilik, bir de ben... Birkaç küçük sözcükle durumu özetleyiverdi. Oysa daha biraz önce benim iyi mi yoksa kötü mü olduğumu bilmediğini söylüyordu. Sesi son derece kararlı ama bakışları ne kadar yorgun olduğunu belli ediyor. Ne de olsa yılların yorgunluğu bu. Bir an gözlerimiz buluşuyor, duygularımı anlatmak ister gibi bakıyorum ona. Bir şey söylemenin zamanı değil. Bakışlarımla "varım, buradayım" diyorum. Sonra yumuşak bir sesle anlatmaya devam ediyorum.

— Süreyya belki de İran'ın en talihsiz döneminde kraliçe olur. O dönemde kimilerine göre Şah yapması gerekenleri yapmayarak halkı bir sefaletin içine sürüklemiş, başta Amerika olmak üzere dış güçlerin ülkenin iç işlerine karışmalarına izin vermiş. Ülkede insanlar yoksulluktan kırılırken kendisi her geçen gün daha da büyüyen bir lüks ve zenginlik içinde yaşamış. Kendisini eleştiren aydınlar her türlü işkenceyi görmüş, ülkenin dört bir yanına korku salmış ve sansür her geçen gün artmış. Kimilerine göre ise Şah son derece mazbut bir yaşantı içinde, lüksten uzak yaşamış, halkı için hep en iyisini yapmaya uğraşmış. Bu iki farklı görüşe dair pek çok kitap yazılmış ancak tartışmalar hâlâ sonlanmamıştır.

— Hayır, Şah dünyanın en gaddar başkanlarından biriydi bence... Ülkesi için hiç iyi bir şey yapmadı... O sadece kendi keyfine baktı ve memleketini sattı... Kendi halkına işkence yaptı... Korkuttu onları.

Burada bir yandan, Şah'a ağzına geleni söylerken, sanırım asıl hedefi babası. Halkına sahip çıkmadı derken, belki de kendi iç dünyasının kapılarını aralıyor bana. O sadece keyfine baktı ve memleketini sattı diyor. Burada muhtemelen babaya karşı olumsuz duyguları öne çıkıyor.

— Demek sen böyle düşünüyorsun!

— Hayır, gerçek bu!

— Olabilir... İran tahtına ait mücevherler dünyaca ünlüdür. Süreyya kraliçe olunca özel kasalarda duran bu mücevherleri anılarında anlatır. Aslında bu mücevherlerin hiçbiri Şah'a ait değildir. Hepsi devletin malıdır. Bu mücevherler İran kâğıt parasının karşılığıdır. Bunların arasında en ünlüleri incilerle, elmaslarla süslü şahlık asası, yakutlarla, zümrütlerle işlenmiş yeniçeri palaları ve Derya-yı Nur denilen, 186 kıratlık dünyaca ünlü elmastır. Bu elmas, ondan daha küçük 475 elmasın ortasına oturtulmuş. Zamanında Nadir Şah bunu Hindistan'dan getirmiş.

— Ülkenin servetini kendilerinin sanıyor bunlar... Oraya oturunca gözleri dönüyor... Kim bilir bu mücevherleri de nasıl iç ettiler!

— Ben bu ayrıntıları bilmiyorum ama İran, özellikle petrol nedeniyle dünyanın gözünün hep üstünde olduğu bir ülke...

— İngilizler ve Amerikalılar hep bu petrolün peşinde... Şah ülkenin kaynaklarını onlara peşkeş çekmiş... Yeter ki o tahtında otursun... Oh oldu işte, devrildi gitti... Dünya hiç kimseye kalmaz... Sultan Süleyman'a kalmamış, ona mı kalacak?

— Kızdın yine.

— Kızarım tabii... Yok şahmış, yok prensesmiş!... Onların bizlerden yani halktan ne farkı var? Ne gibi üstünlükleri var?

İşte kapılar yine aralandı! Şahın ve prensesin benden bir farkı olmamalı diyor. Kendisine sahip çıkmayan, onu sevmeyen, önemsemeyen hatta haklarına saygı göstermeyen anne babasına isyan ediyor. Haklı!

— Prenses hikâyesi isteyen sensin ama şimdi de kızıyorsun. Üstelik bu hikâyede prenses pek mutlu olamıyor. Bir de mutlu prenses anlatsam kim bilir neler diyecektin?

— Hiçbir prenses mutlu olmayı hak etmez ama neyse... siz isterseniz devam edin.

— 1951'de yani Süreyya evlendikten bir yıl sonra Musaddık başbakan olunca, ilk işi petrolü devletleştirmek olur. Ancak bu durum hem İngiltere'yi hem de Amerika'yı rahatsız eder.

— Vatansever insanları sevmez onlar.

Musaddık'a daha yakın hissediyor kendini. Ezilmiş, hakkı yenen insanlara arka çıkan biri gibi görüyor onu. Şu ana kadar anlattıklarından gördüğüm kadarıyla, hayatında ona arka çıkan kimse olmamış. Acaba o ben olabilir miyim?

— Musaddık bu arada Şah'ı devirmenin yollarını aramakta, bu konuda halktan da büyük destek almaktadır ancak Şah'ın aleyhine giden bu durum Amerikalıların müdahalesi ile aniden değişir. Süreyya'yı da alıp Roma'ya gitmek zorunda kalan Şah, bir hafta içinde Musaddık'ın devrildiği müjdesi ile geri döner. Bu da Süreyya'nın hayatındaki dönüm noktalarından biridir çünkü eğer Şah o zaman devrilseydi, Süreyya da muhtemelen hayatını eşinin yanında geçirebilecekti. Ama olmadı...

Hayret, susuyor, itiraz etmedi. Sanırım beni kızdırmaktan korkuyor. Sosyal adalet kavramı onun için çok önemli. Hayata başlarken hakkı yenen, adaletsizliği erken öğrenen insanlarda bu inanç her zaman çok güçlüdür. Ancak bu tür kişilerin sesinin ne zaman, yani yaşamının hangi döneminde kesildiği kadar, kişiye uygulanan şiddetin dozu da burada çok önemli. Kişi doğduğu günden beri o kadar çok haksızlığa uğramıştır ki, buna isyan etmeyi bile bilmez ve kölelik ruhu giderek tüm içini kaplar. Böyle insanlar kendine saygı duymayı, kendini önemsemeyi hiç öğrenemeyenler arasından çıkar ve hep otoriteye boyun eğerler. İşte bu yüzden ezilen halklar Hitler gibi insanları destekler, adı demokrasi olan ama demokrasinin hiç uygulanmadığı ülkelerde de ısrarla onlara oy verirler. Bu kızın otoriteye isyanı, öfkesi bu nedenle hoşuma gidiyor. İçinde ölmeyen, dipdiri duran bir şeyler hâlâ var.

— Şah ülkesine geri dönünce Süreyya'yı da yanına alarak pek çok ülkeye resmi ziyaretler yapmaya başlar. Bu ziyaretlerden biri de Menderes zamanında Türkiye'ye yapılır. Adnan Menderes ve Celal Bayar Şah ve Şahbanu'yu İstanbul'da ağırlarlar. Bu gezide Şah Rıza Pehlevi tıpkı babası gibi Atatürk'e ve devrimlerine duyduğu hayranlığı bir kez daha dile getirir. Süreyya evlilikleri süresince İran'da reform hareketlerine öncülük etmeye çalışarak halkın sevgisini kazanır. Ancak zaman geçmekte ve tahta bir veliaht gelmemektedir. Bir süre sonra Süreyya'nın çocuk sahibi olamayacağı tıbben kesinleşir. Şah ortalık yatışana kadar Süreyya'yı yurtdışına gitmeye ikna eder. Süreyya ülkesinden ayrılırken bunun geri dönüşü olmayacağını sezer ama yapabileceği bir şey yoktur. Gerçi Şah daha sonra ona, yeniden evlenmesine izin verdiği takdirde ülkeye dönebileceğini, kraliçe olarak hayatına devam edebileceğini söyler ama bu öneriyi Süreyya asla kabul etmez.

— Şah'a bakın hele... Sen gel ama ben başkasıyla evleneyim diyor... Şah olmuş ama adam olamamış.

Şahın Kraliçe Süreyya'ya yaptığı bu teklife de itirazı var. Sanırım bir yandan da gizli gizli babasının, anneye haksızlık ettiğini düşünüyor.

— Bu teklifi kabul etmez ve böylece mahzun gözlü prenses yapayalnız kalır. Artık ne tahtı, ne tacı ne de serveti vardır. Üstelik dünyanın bütün gazetecilerinin gözü onun üzerindedir. Gittiği her yerde etrafı gazeteciler tarafından sarılır ve hakkında sürekli asılsız dedikodular çıkar. Hatta Şah'ın Süreyya'ya bir servet bağışladığı, saraydaki bütün mücevherleri Süreyya'ya verdiği gibi bir yığın mesnetsiz iddia ortaya atılır. Oysaki Şah prensese mazbut bir hayat yaşamasına yetecek bir imkân sağlamıştır, hepsi bu kadar. Neden susuyorsun, bir şey söylemeyecek misin?

— Zavallı prenses dememi... beklemiyorsunuz herhalde...

— Tabii beklemiyorum. Artık prenseslere ne kadar kızdığını biliyorum.

— Sonunda yine zengin bir herif bulmuştur kendine.

Burada öfke okları yeniden anneye dönüyor. "Yine zengin bir herif bulmuştur kendine," derken acaba annesinin babasıyla evlenmesinde de buna benzer bir sebep görüyor olabilir mi?

— Genç kızlığından beri film yıldızı olma hayalleri olan prenses 1963'te *Bir Kadının Üç Yüzü* adlı filmde başrol oynar. Ancak filmin tüm kopyalarını Şah'ın satın aldığı söylentisi tüm dünyaya yayılır ve film hemen gösterimden kalkar. Bu arada filmin yönetmeni Franco Indovino ile Süreyya arasında bir aşk ilişkisi başlar. Ancak çiftin mutlulukları kısa sürer. Süreyya'nın kötü kaderi burada da peşini bırakmaz ve Franco 1972'de bir uçak kazasında ölür. Prenses bu büyük acının ardından Roma'dan ayrılır ve Paris'e yerleşir. 25 Ekim 2001'de Paris'teki apartman dairesinde ölü bulunur. Bu hüzünlü prenses hikâyesi de burada biter.

— Kadın gerçekten şanssızmış.

İlk kez prensesle empati yaptı ve sonunda kendini onun yerine koyarak düşünebildi. Bu da bir tesadüf gibi gelmiyor bana. Demek arada bir annesi için de üzülüyor bu kız!

— Demek sonunda kabul ettin!

— Ne kadar şanssız da olsa o, hayatını bir prenses olarak yaşamış... Keşke ben de prenses olsaydım da şansım iyi olmasaydı... Veya erken ölseydim.

— Ciddi misin? Şanssız bir prenses olmayı ben istemezdim doğrusu. Bunu sen neden bu kadar çok istiyorsun?

— Bir gün bile yeter bana... O duyguyu bir gün yaşasam... hemen sonra ölebilirim.

— Bunu bana da anlat Ala! Bu duyguyu anlamak istiyorum. İnsan olmakla prenses olmayı eş tutuyorsun gibi geldi bana.

— Olabilir. Ben kendimi insan olarak göremiyorsam, bu benim suçum değil... kimse bana insan muamelesi yapmadı ki...

Bu sözleri içimi sızlatıyor. Hüznüm neredeyse yüreğime sığmıyor artık... Buraya ilk geldiği günü hatırlıyorum. Ben de reddetmiştim onu. Öyle yaptığım için şimdi üzülüyorum ama kendini bizim tombalak Tuna'ya bile reddettirmenin bir yolunu bulmuştu. Reddedilmek, istenmemek, sevilmemek onun tarihinde var. Bir yandan bu kaderin tekrarından ölesiye korkarken, bir yandan da bu kaçınılmaz sona hazırlıyor kendini. Çok daha dikkatli olmalıyım. Bir gün, olmadık bir telime dokunuverecek ve o çok korktuğu sonu, bu ilişkide bile kendi elleriyle hazırlayıverecek diye ben bile korkuyorum. Aslında en derinlerinde bir yer asla böyle olsun istemiyor, bunu biliyorum ama yazgısı onu buraya itecek. Ona karşı kullandığım kalkanı giderek güçlendirmeli, kendine sıktığı kurşunun geri dönüp beni vurmasına mani olmalıyım. Psikiyatrist olmak böyle bir şey işte! Bazen insanı insanlıktan çıkaran ve çıkardığı kadar da derinleştiren, olgunlaştıran çileli bir meslek!

— Buraya ilk geldiğin günden beri aramızda geçenleri düşünüyorum da, sana iyi muamele edilmesini sen de pek istemiyorsun gibi geliyor bana.

— Öyle değil... alışkanlıklarımı tekrar ediyorum... Sonunda yaşanacağına baştan yaşansın istiyorum.

— Yanılıyor olamaz mısın? Bu davranışlar belki de senin en korktuğun şeyleri ısrarla çağırıyor.

Bu sözüme hemen cevap vermiyor, düşünüyor. Korkuyla beklediği yazgıyı göreve davet ediyor gibi bir hali var. "Nasıl olsa bir gün geleceksin, bari bir an önce gel," diyor ona. Sonra ani bir hareketle başını bana doğru çevirip gözlerimin içine bakarak soruyor.

— Kadere inanır mısınız?

İlginç bir zamanda, ilginç bir soru! Tam da zihnimden onun kaderiyle ilgili düşünceler hızla akarken soruyor bunu bana.

— İnanırım. Değiştiremeyeceğimiz şeyler vardır hayatımızda. Örneğin dünyaya kimlerin çocuğu olarak geldiğimiz, tamamen bizim dışımızda gerçekleşir ve bu da neredeyse hayatımızın rotasını çizer. Ama ben yine de teslimiyetten yana değilim. Hep isyan eden, hep savaşan, hep bir şeyleri değiştirmeye çalışan bir kişiliğim vardır. Hastalarımı da genelde hep bu yönde yüreklendirmeye çalışırım. Tarih okuyorsan eğer kaderini değiştiren nice insanlar görürsün orada. Senin için de aynen böyle düşünüyorum. Yeteri kadar iyi savaşırsan kazanabilirsin.

— Onun için buradayım... Silahsız savaşabilir mi insan?

— İnsan savaşmak için gerekli silahı kendisi üretmelidir. Sende göremediğim de işte bu!

— Kazanmayı ne kadar istediğimi... görmüyor musunuz?

— İstediğini görüyorum ama bunun için savaştığını görmüyorum. Sen içindeki öfkeye teslim oluyorsun. Oysa zeki bir kızsın. Bir de kendinle barışabilsen! Kendini aşağılamak, çirkinleştirmek, başkaları tarafından itilmek, reddedilmek ve sevilmemek için elinden geleni yapıyorsun.

— Bu da... bir çeşit isyan... olamaz mı?

Bunun da bir çeşit isyan olabileceğini düşünmemiştim doğrusu ama neden olmasın?

— Hiç böyle düşünmemiştim ama haklı olabilirsin. Belki bu da bir çeşit isyandır! Ama iki türlü isyan vardır. İsyan etmek için isyan etmek veya kazanmak için isyan etmek. Sen hangisini yapıyorsun?

— Siz hiç arabanızla bir kediye çarptınız mı?

— Hayır, inşallah da olmaz çünkü çok üzülürüm.

— Ben işte o kediye benziyorum... Araba çarptıktan sonra yolda çaresizce debelenen zavallı bir kediye...

Nasıl da acımasız bir benzetme bu! Bu kız kendini bu kadar mı aciz hissediyor?

— Yapma Ala, yapma... Kendine bu kadar haksızlık etme. Bak, şimdi senin yerine ben isyan ediyorum. Sen hukukçusun, insanlara adalet dağıtacaksın. Kendini nasıl o kediye benzetirsin.

— Milyonlarca insan gazetelerde okudukça... Prenses Süreyya'nın kötü kaderine üzüldü... ama yolda acıyla çırpınan kediye üzülmek kimsenin aklına gelmez... Önce prenses olacaksın... üzülmeye değer biri olmayı hak edeceksin ki... insanlar sana da üzülsünler.

Söyledikleri hiç de yabana atılacak şeyler değil. Kendini yaralı bir kediye benzetmesi yine içimi sızlatıyor.

— Önemli biri olmak için prenses olmak gerekmiyor. Başka türlü de yapabilirsin bunu. Hem genç, hem akıllı, hem de çalışkan bir kızsın. Bunları hayata geçirmeyi denesene!

— Öyle yapıyorum zaten... Görmüyor musunuz, her fırsatta yanınıza koşuyorum... Şimdilik elimden gelen bu... Gerisini birlikte yapacağız.

— İnşallah...

— Yine çok zamanınızı aldım.

— Olsun, bakalım bir dahaki sefere neler anlatacaksın bana!

Korkudan adeta gözleri büyüyor.

— Korkma canım, ben polis değilim, ifadeni almak gibi bir niyetim de yok. Anlatırsan dinlerim, sen anlatmazsan da yine ben anlatırım.

— Anlatırsınız değil mi? Öyle güzel anlatıyorsunuz ki... belki de hayatımın en mutlu günlerini yaşıyorum burada... O kedi yavrusu gidiyor... çirkin de sevimsiz de olsa... yaşayan bir canlı, belki de bir insan oluyorum yanınızda...

— Bugün sıranı bir başkasına verdin. O çıkana kadar bekledin. Çok zarif, çok insanca bir davranıştı. Bunun için sana teşekkür etmek istiyorum.

— Ne önemi var?

Böyle deyip elime dokunur gibi yaparak çıkıyor odadan. Garip bir hüzün çöküyor üzerime. Sanki hüznün buğu olup havaya dağıldığı, boğucu, nemli bir hamamda gibi hissediyorum kendimi. Oysa bu odadan olabildiğince iyi çıktı Ala. Burada kendini mutlu hissettiğini söyledi. Belki de "mutluluk" kelimesini ilk kez kullandı ama bu kız insanı hüzünlendiriyor.

Ayağa kalkıp elimde tespihim, odamda bir aşağı bir yukarı dolaşıyorum. Kapıyı kimse açmaz inşallah çünkü bu halim insanları endişelendirecek ve bir sürü soru soracaklar bana. Bunu istemiyorum. Sonra yavaşça penceremin önüne gelip dünyaya bakıyorum. Öğlen güneşi bulutların arasından arada bir görünüp kaybolarak dolaşıyor dünyanın üzerinde. Bu güneş bütün canlılara yaşam bahşediyor. Pencereyi açınca taze havayla birlikte Ankara'nın uzaktan gelen uğultulu sesi doluyor odama. "Hayat devam ediyor," diyorum içimden, demek ki kısa bir an da olsa benim için hayat durmuş.

Kapı hafifçe vuruluyor ve Nevin giriyor içeri, elinde tepsiyle. Sıcak çay ve birkaç bisküvi getirmiş bana. Yine kırmızı önlüğünü giymiş üstüne. Kırmızı, küçük bebekleri anımsatan yanakları, çoğu zaman insana cıvıl cıvıl bakan gözleri ve özellikle benim yanıma girerken heyecandan zangır zangır titreyen elleriyle, bu odaya her girişinde farklı bir duygu yaratır bende Nevin. Onun odaya getirdiği duygu sevinçtir, coşkudur, gençliktir! Arada bir görüşmenin tam orta yerinde açılır kapı ve bir bahaneyle girer içeri Nevin. Hasta da donar kalır, ben de! Hiç hoş olmaz böyle şeyler ama içeri gireni görünce iki tarafın da öfkesi yatışır, gözler kızgın bakmaktan hemen vazgeçer, o işini bitirip çıkana kadar sevgiyle izleriz onu. Tuna bunları çok iyi bildiği için her zaman sokmaz onu içeri. Çoğu zaman elinde tepsiyle kapıdan geri döner ama bazen Tuna'yı atlatmanın bir yolunu bulur ve sabah güneşi gibi dalar odaya. Sabah güneşine ne kadar kızılabilirse, biz de o kadar kızarız Nevin'e. Annesiyle birlikte kafeteryada çalışırlar. Annesi yani Ayten yıllar önce benim yanımda çalışmaya başladı. Birbirinden güzel üç kızı var. Ben onu tanıdığımda çocukların en büyüğü ilkokula gidiyordu. Nevin daha okula bile başlamamıştı. Ayten yıllardır hiç bıkmadan, usanmadan, hiç yoruldum demeden çalıştı ve okuttu kızlarını. Şimdi iki büyük kız üniversiteyi bitirdi, kendilerine iyi birer iş ve eş buldular. Bir tek Nevin kaldı Ayten'in elinde. Emekleri, alın terleriyle kendilerine ait bir evde, anne kız birlikte oturuyor ve sabahları işe yine birlikte geliyorlar. İkisi de burada çalışmaktan mutlu. Biz onları seviyoruz, onlar da bizi...

Ağzım kurumuş. Bu çayı tam zamanında getirdi Nevin. Daha çayımı bitirmeden Tuna giriyor içeri. Bilgisayardaki randevulara bakıyorum. Görmem gereken daha birçok hasta var. Ellerini ovuşturarak başlıyor söze.

— Hüseyin Bey'le ailesi geldi. Randevuları yok ama salonda bekliyorlar. Sabahtan gelmişler Ankara'ya. Telefonla arayıp da, durum acil deyince, gelin, bir ara size de bakar doktor hanım deyivermiştim ama bu kargaşada size söylemeyi unuttum. Bir saattir bekliyorlar.

Korkarak bakıyor gözlerime. Bana sormadan hiç yapmazdı böyle şeyler ama olmuş bir kere...

— Hangi Hüseyin Bey'den söz ediyorsun sen?

— Hani şu öğretmen olan! Hatırlamadınız mı? Sık sık eşiyle birlikte gelirler ya buraya...

— Ha, o mu? Tamam, tamam. Buyursunlar. Ama bekleyen randevulu hastalarımız var.

— Adamcağızın halini görünce hiçbiri itiraz etmedi. Sizce de uygunsa önce onu alalım.

Hatırlamaz olur muyum Hüseyin Bey'i? Küçük bir ilde öğretmenlik yapıyor. Eşi de bankacı. İki çocukları var. Karı-koca çalışmış okutmuşlar çocuklarını. Şimdi ikisi de üniversite öğrencisi. Tipik bir Anadolu ailesi onlar. Herkes birbirinin gözünün içine bakıyor. Kimse ötekinin hastalanmasına, üzülmesine dayanamıyor ama kızınca da bazen incitebiliyorlar birbirlerini.

Bundan sekiz-on yıl önce Hüseyin Bey ilk depresyona girdiğinde gelmişlerdi bana. Orada da doktorlara gitmişler ama olmamış. Neredeyse intiharın eşiğine gelmiş adamcağız. Okula gidemez olmuş. Yerinde duramıyor, geceleri sabaha kadar evin içinde sıkıntıdan dolaşıp duruyormuş. O ara okulda ufak tefek bazı sorunları olmuş. Onlara üzüldü de böyle oldu diye anlatmıştı eşi. Yemiyor, içmiyor, kumru gibi sabahtan akşama kadar düşünüyor, aç, açık kalacaklarını, ele muhtaç olacaklarını kuruyormuş hep. O zaman verdiğim tedavi ile tamamen düzelmişti ancak bir süre sonra da farklı bir tabloyla gelmişlerdi bana. Hüseyin Bey'in yüzünde güller açıyor, sürekli bir şeyler anlatıyor, hiçbir şeyinin olmadığını, eşinin zoruyla geldiğini söylüyordu. Ama daha içeri girer girmez bunun bir manik atak olduğunu anlamıştım. Yani depresyon bu sefer de tersine dönmüş, aşırı haller başlamıştı bizim Hüseyin Bey'de.

İlk günden beri ailecek hepsine kanım çok ısındığından, onları sanki uzaktan gelen akrabalarım gibi kapıda karşılarım hep. Hüseyin Bey biraz da buna güvenerek bana biraz nazlanmış ama sonunda yine tedaviye ikna olmuş ve ilaçları alıp gitmişlerdi. Sonra bir daha bu hastalık gelmesin diye koruyucu ilaç vermiştim kendisine. En az senede bir kere eşiyle birlikte gelirler ve uzun süredir Hüseyin Bey çok iyi idi. Bakalım bugün yine iyi mi?

Yerimden kalkıp bekleme salonuna çıkıyorum. Hüseyin Bey'le eşi beni görünce ayağa kalkıp yanıma geliyorlar. Eyvah, yine çok kötü benim sevgili hastam. Ne oldu acaba? Hemen kapıda ellerini sıkıp teker teker karşımdaki koltuğa oturtuyorum onları. Eşinin gözlerinde yaş var. Hüseyin Bey ise karanlık, sıkıntılı gözlerle bakıyor bana. Depresyon yine gelmiş. Neden acaba?

Eşi başlıyor anlatmaya. Uzun süredir her şey yolundaymış. Okullar açılmadan kızları yurda yerleştirmek için sık sık gidip gelmeleri gerekmiş ve bu seyahatler sırasında ilaçlar ihmal edilmiş. Bunca yıl sonra birkaç haftadan bir şey olmaz demişler ama tahmin ettikleri gibi olmamış. Onlar hastalığı unutsa da hastalık onları unutmamış ve hemen binmiş tepelerine. Adamcağız perişan! Eşi bunları anlatırken o, yerinden kalkıp odada dolaşmaya başlıyor. Yine her yanı sıkıntıdan kasılıp kalmış. Sık sık mırıldanır gibi "Ne olur, kurtarın beni bu sıkıntıdan," diyor. Üzülüyorum. Ne tatlı adam bu Hüseyin Bey! Kim bilir öğrencileri onu ne çok seviyordur. Eşi zaten en az onun kadar perişan. Nasıl da seviyor kocasını!

Elimden geldiğince onları sakinleştirmeye, umut vermeye çalışıyorum. "Merak etmeyin, geçen sefer nasıl geçtiyse yine geçecek bu hastalık ama biraz zamana ihtiyacımız var." İlaçları yazıyor, tek tek, yavaş yavaş tarif ediyorum. İkisinin de gözlerinin içine bakarak onlara güven vermeye çalışıyorum. Aslında bu depresyonun ne kadar zalim bir hastalık olduğunu biliyorum. O adamın nasıl bir sıkıntı yaşadığını anlıyorum ama şimdilik yapabileceklerim bunlar. Hemen geçmeyecek, bunu da biliyorum. Onun için sıkıntıyı bir an önce azaltacak ilaçlar da ilave ediyorum reçeteye. Artık geceleri dolaşmayacaksın, uyuyacaksın, yakında iştahın da açılacak, korkma, geçecek," diyorum.

Yine karı-koca birbirlerine dayanarak, bana defalarca teşekkür ederek çıkıyorlar odadan. Eşi nasıl da sevgiyle destek veriyor kocasına! Ağzıma buruk bir tat, kırmızı koltuklu odamın duvarlarına ise yaşananların hüzünlü tortusu çöküyor. Şimdi artık biraz daha hızlı hareket etmem gerekiyor. Hem bakmam gereken hastalar var, hem de akşam klinikle ilgili bitmez tükenmez toplantılardan birini daha yapacağız. Doktorlarla mı, psikologlarla mı, yoksa diğer personelle mi toplanacağız, henüz bilmiyorum...

9. Bölüm

Evden çıkınca, arabaya binmeden önce apartmanın bahçesinde bir aşağı, bir yukarı iki tur atıyorum. Bu alışkanlık bende Aydın'ın hasta olduğu ve evden çıkamadığı günlerden kaldı. Kliniğe gitmeden önce ruh halimi biraz olsun düzeltebilmek, gerilmiş yüz hatlarımı az da olsa gevşetebilmek için bu bahçede bir aşağı, bir yukarı yürür dururdum. Bizim bahçe geniştir, güzeldir, insanın morali düzeliyor gezerken. Televizyon programlarında asık suratlı bir psikiyatrist gördüğüm zaman rahatsız olurum. Mutsuzluğundan kurtulmak için gittiği doktorun böyle asık suratlı olması, doktora gidenlerin en son istediği şeydir gibi gelir bana. Çünkü insanlar özellikle psikiyatriste gelmeye karar verdikleri zaman, kafalarında az çok onu hayal ederler. Sanırım herkesin hayal ettiği doktor öncelikle güler yüzlü olandır. Hem güler yüzlü olacaksın, hem bakımlı, hem de bütün dikkatin hastanın üzerinde olacak. Onu dinlerken başka bir şey düşünmeyecek, bir an bile olsa dikkatin dağılmayacak. Böyle ister hastalar. Ben olsam, ben de böyle isterdim. Onun için kliniğe giderken kılığıma, kıyafetime, saçıma, makyajıma, hepsine ayrı ayrı özen gösteririm. Parfümüm bile eksik değildir.

Klinikte çalışan diğer arkadaşlarımın da bunlara özen göstermesini isterim. Burası herhangi bir yer değil, psikiyatri kliniği derim onlara. Her zaman bakımlı ve güler yüzlü olacaksınız.

Gezintim bitince arabama biniyor ve radyoda hızlı, insana enerji veren bir müzik arıyorum. Kliniğe gelince dikkatle bakıyorum etrafıma. Kapının önündeki valelerden başlayarak hasta kabulde görevli arkadaşlara kadar tek tek inceliyorum hepsini. Sonra bizim kata çıkıyorum. Tuna her zaman düzgün ve bakımlıdır. Bilir benim bu işlere ne kadar meraklı olduğumu.

Odama girince bu sefer de tek tek odamdaki eşyaları incelemeye geliyor sıra. Burayı temizlerken özellikle masamın üzerini birbirine katıyorlar. Bir yandan onları yerli yerine koyarken, bir yandan da bilgisayarımı açıyorum. Yine çok hasta var bugün. Saatime bakıyorum, ilk hastayı hemen almam gerekiyor.

Bir tuhaflık var bugün bende diye şöyle bir kendimi yoklayınca, birden hatırlıyorum. Ben bugün sabah kahvemi içmedim. Demek kafamdaki alacakaranlık ondan! Tam bir tiryakilik bu ama Allah'tan günde sadece bir kere içiyorum kahveyi. Aslında bana kalsa saat başı içerim de, çok çarpıntı yaptığı için içemiyorum. Hemen kafeteryayı arayıp kahvemi istiyorum.

Artık hastalarımı içeri alabilirim. Kapı vuruluyor ve orta yaşlı bir hanım giriyor içeri. Siyahlar giymiş. Elinde çantası, başı önünde, kapıyı yavaşça kapattıktan sonra elimi sıkıyor ve gösterdiğim yere eteklerini toplayarak oturuyor. Ne kadar hüzünlü bir kadın! İçindeki acı gözlerine oturmuş sanki! Ona bakınca hafifçe içimin ürperdiğini hissediyorum. Bir yakınını filan mı kaybetti acaba? Her zamanki gibi ona hoş geldiniz filan diyeceğim ama diyemiyorum. Gözlerinin altından öyle donuk, öyle karanlık, öyle derinden bakıyor ki bana, susup kalıyorum. Adını bile sormaya cesaret edemiyorum. En iyisi susup onu dinlemek...

Önce bir süre hiç konuşmadan önüne bakıyor. Sonra bir iki kere bir şeyler söylemeyi deniyor ama sonra vazgeçiyor. Kucağında tuttuğu çantayı önündeki sehpaya bırakıp iki elini birden dikleştirerek sanki ellerinde önemli bir şey varmış gibi dikkatle inceliyor onları. Ben de uzaktan bakmaya çalışıyorum ellerine ama bir şey göremiyorum. Elleri çok yıpranmış, belli ki çok çalışmış bu kadın.

Saçlarından, yüz ifadesinden bir şeyler çıkarmaya çalışıyorum. Ankaralı değil... Giyimi, kuşamı, saçları, ayakkabıları, elindeki çanta, parmağındaki kırmızı taşlı yüzük, bunların hiçbiri buraya ait değil. Sanki Doğu'dan geliyor. Yüzündeki o çok acı çekmiş insanlara has ifade de bunu destekliyor. Doğulu bir ev hanımına da benzemiyor. Çalışıyor bu kadın. Öğretmen olabilir mi acaba? Biraz konuşsa, belki onu da anlarım. Öğretmenlerin çoğunun bu mesleğe özel bir ses tonları ve konuşma tarzları vardır ama konuşmuyor.

Sessizlik uzadıkça ondan çok ben rahatsız olmaya başlıyorum. Artık bir şeyler söylese iyi olacak. O sırada parmağındaki kırmızı taşlı yüzüğü çıkarıp bana doğru uzatıyor. Ne yapacağımı şaşırıyorum. Ne var acaba bu yüzükte? Biraz tereddüt ettikten sonra uzattığı yüzüğü alıyor ve incelemeye başlıyorum. Kırmızıyı zaten çok severim ben. Yakut değil bu taş ama dikdörtgen kesimiyle pek güzel parlıyor. İnce, muhtemelen sekiz ayar altın bir halkanın üzerine oturtulmuş. Ciddi bir işçilik filan da yok yüzükte ama o kadar çok kullanılmış ki, bir değeri varsa eğer bence bu çok kullanılmışlığından geliyor. Sanki yılların yükünü bu kadınla birlikte bu yüzük de taşımış.

Yüzüğü elimde evirip çevirirken kapı yeniden vuruluyor ve Nevin elinde kahve tepsisiyle içeri giriyor. Hemen soruyorum.

— Size de bir kahve ikram etsem içer misiniz?

Şaşkın bir ifadeyle bakıyor yüzüme ve başını "hayır" anlamında iki tarafa sallıyor. Nevin çıkınca kahvemden bir yudum alıyorum, ohh, çok güzel... Nasıl da mis gibi kokuyor! Sonra yüzüğü yeniden elime alıyor ve soran gözlerle karşımda oturan kadının gözlerine bakıyorum.

— Manevi değeri çok fazla galiba!

— Yok, ne maddi değeri var, ne de manevi ama bundan başka size verebileceğim bir şey yok.

— Bana mı? Bu yüzüğü neden bana veriyorsunuz?

— Ben buraya çok uzaklardan geldim. Bizim oralarda da ruh doktorları var ama onlara gidemedim. Sizin yazdığınız kitapları okumuştum. Oğlum vermişti bana o kitapları. Bu iş başımıza gelince beni bir tek o anlar dedim ve çıktım geldim. Vizite ücretini ödeyecek param yok. Bunu baştan bilmenizi istiyorum. Eğer bu değersiz yüzüğü kabul ederseniz ömrümün sonuna kadar dua ederim size. Ama kabul etmezseniz de hiç sitem etmeden çıkar giderim. Emek karşılıksız kalmamalı.

İçim bir tuhaf oluyor. Kim bilir ne zaman, nasıl alındı bu yüzük. Sol kolunda siyah kayışı çoktan eskimiş bir saat var. Bu yüzük bu kadının belki de tek mücevheri. Onu da bana verecek. Alsam bir türlü, almasam başka türlü! Alsam, benim içime sinmeyecek, almasam bu yüzüğü ve dolayısıyla onu küçümsediğimi sanacak. Aslında ben bu kliniği bunlar için kurmadım mı? Parası olmayan da gelsin ve uzman doktor ve psikologların çalıştığı bir kurumdan herkes hizmet alabilsin diye yıllardır gecemi gündüzüme katmadım mı? Bir sigortası da mı yok acaba?

Ama başkalarını değil, beni istiyor. Uzaklardan bunun için gelmiş. Özel, çok özel bir sorunu var bu kadının. Yüzüğü müzüğü bir tarafa bırakalım ve derdi neymiş önce onu anlayalım. Yüzüğü masamın üzerine bırakıp sormaya başlıyorum

— Hanımefendi, adınızı sorabilir miyim?

— Sündüs!

— Sündüs Hanım nedir sorun?

— Kabul ettiniz mi?

— Evet, evet... Şimdi sizin sorununuzu dinlemek istiyorum.

— Gülseren Hanım, ben küçük bir devlet memuruyum. Eşim de öyle. Uzun yıllar çocuğumuz olmadı, sonra Allah bir oğlan verdi. Oğlumuza ikimiz de gözümüz gibi baktık. O da hiç haylazlık etmedi. Kız çocuğu gibi dizimizin dibinden ayrılmadı. Aslında biz onu hiçbir konuda kısıtlamadık. Kendi istemedi öteki çocuklar gibi olmayı. Zamanla onun bu hallerine alıştık. Duygulu bir çocuk bizim oğlumuz, vurduyu kırdıyı sevmiyor dedik. Şimdi bu yıl fakülteyi bitiriyor. Hiç sınıfta kalmadan bu seneye kadar geldi ama geçen hafta üçümüz evde otururken babasıyla beni karşısına aldı ve bize bir şeyler söyledi. Önce tam anlamadık söylediklerini ama hem ağladı, hem anlattı oğlum. Meğer bizim tek oğlumuz tam erkek değilmiş. Hani bir şey diyorlar ona, öyleymiş işte.

— Gay?

— Evet, öyleymiş. Artık daha fazla sizden saklayamayacağım, ben öyleyim dedi. Sonra da mutfaktan bıçağı aldı geldi, isterseniz hemen şimdi boğazımı keseyim, olsun bitsin bu iş dedi. İkimiz birden feryat ettik, zor aldık elinden bıçağı. Çocuğumuz en az bizim kadar üzülüyor bu işe. Birileri böyle olduğunu anlar diye çok korkuyor. Meğer yıllardır o yüzden pek evden çıkmaz, toplumdan uzak dururmuş. Morali çok bozuk... Okuyorum ama ne işe yarayacak, ben bu halimle nerede çalışırım diyor. Eşim de ben de şaşırdık kaldık. Oğlan odasına çekilince sabaha kadar kapımızı kapattık, hem ağladık hem dövündük. Eşimin dizleri mosmor oldu dövünmekten. Ben insanların yüzüne nasıl bakarım diye çırpınıp duruyor benim adam. Sizin anlayacağınız oğlan ayrı dövünüyor, biz ayrı... Gözümüzün bebeği oğlumuz bir trafik kazasında ölse, işte ancak bu kadar üzülürdük. Ona da kıyamıyoruz, çocuk çok perişan. Şaşırdık kaldık. Sonunda benim aklım başıma geldi. Çantamı kaptığım gibi soluğu burada, sizin yanınızda aldım. O bize bir yol gösterir dedim. Şimdi soruyorum size, biz ne yapacağız? Bunun bir çaresi var mı? Eğer bir çaresi varsa altımdaki yatağı, üstümdeki yorganı satar, yine baktırırım oğluma.

Ah canım, diyorum içimden, ah canım... Şimdi ben Sündüs Hanım'a nasıl anlatacağım bunun belki de bir hastalık olmadığını? Bunun belki de kabullenilmesi gereken bir gerçek olduğunu... Bu delikanlıyı yalnız bırakmamaları, ona anormal, ahlaksız, namussuz biri gibi bakmamaları gerektiğini nasıl anlatacağım? Onların çektiği acının belki de kat kat fazlasının sevgili oğulları tarafından çekildiğini, onun kendini bu hayatta ne kadar yalnız hissettiğini nasıl anlatacağım?

İçeri girdiği anda gözlerinde gördüğüm acının nedenini şimdi daha iyi anlıyorum. Ölümden de büyük acılar var demek ki bu hayatta. Şimdi göster bakalım doktorluğunu diyorum içimden. Bunun ilacı filan da yok ki, vereyim de hasta rahatlasın.

Önce derin bir nefes alıyorum. Kahvem soğumuş. Sündüs Hanım'ın anlattıkları kahveyi bile unutturmuş bana.

— Sündüs Hanım, uzaktan gelmişsiniz. Şimdi size bir çay söyleyeceğim. Kahveye itiraz ettiniz ama çay size benim ikramım. Umarım onu geri çevirmezsiniz.

Böyle diyerek yeniden kafeteryayı arıyor ve iki çay söylüyorum. Minnet dolu gözlerle bakıyor bana.

— Sizin sorununuz gerçekten çok önemli. Üstelik sorun sadece size ait de değil. Hem oğlunuz, hem eşiniz, hem de siz bu olaydan çok etkilenmişsiniz. Haklısınız. Hele bizim memleketimizde böyle şeylerle başa çıkmak çok zor! Bana güvenmiş ve çok uzaklardan gelmişsiniz buraya. Bu güveniniz için size teşekkür ederim. Şimdi ben de bu güvene layık olmaya çalışacağım. Bu sorun sizinmiş gibi değil, bu sorun benimmiş gibi düşünüp öyle konuşacağım sizinle. Kendime ne dersem size de onu söyleyeceğim.

— Allah razı olsun Gülseren Hanım. Allah muradınızı versin.

Severim bu duaları, iyi bir şeyler yaptığımı hissettirirler bana. Elime aldığım inci tespihi evirip çevirirken söze nereden başlamam gerektiğini düşünüyorum. Çaylar gelince bir süre kaşıkların şıkırtısı duyuluyor odada. O da benim gibi şekerli içiyor çayını. Sonra başlıyorum ağır ağır konuşmaya. Tam göbeğinden girmiyorum konuya. Milyarlarca yıldır var olan bu dünyanın gelmişinden geçmişinden söz ediyorum önce. Adetlerin, örflerin nasıl kurulduğunu, zamanla nasıl değiştiğini anlatıyorum. "El ne der" demezsek bazı şeylerin ne kadar kolay olacağını, bizi asıl korkutan şeylerin toplumla ilgili olduğunu, oysa bizi bizden başka düşünen olmadığını söylüyorum uzun uzun. Evladını, eşini kaybeden insanların ıstırabını, keşke ölmeseydi, bu dünyada bir yerlerde yaşadığını bilseydim de beni aramasaydı, sormasaydı diyenleri.

Sonra Tanrı'ya ne kadar inandığını soruyorum ona. "Çok" diyor, "çok..." Bu ara içinden ona bile isyan ettiğini anlatıyor utanarak. Tanrı hepimizin Tanrısı diyorum ona. Sizin de, benim de oğlunuzun da. O çocuk sanırım sizlerden çok daha fazla etkilendi bu durumdan. Kimselerle konuşamadığını, paylaşamadığını o günler hep Tanrı'yla paylaştı. Size bunları söyleme gücünü de ondan aldı belki. Tanrı'ya sığındı yani. Onu bu dünyada başkaları gibi siz de yalnız bırakmayın. Beğenseniz de beğenmeseniz de o sizin çocuğunuz. Onu siz doğurdunuz. Birlik olur, birbirinize kenetlenir, sonuna kadar oğlunuzun arkasında durursanız daha kolay başa çıkarsınız hayatla diyorum.

Bunları dinledikçe biraz yumuşuyor, duygulanıyor. O çocuğu bu kliniğe mutlaka getirmesini söylüyorum ısrarla. Bu tür durumlar bazen tamamen yapısal nedenlerle ortaya çıkabileceği gibi, gencecik bir delikanlının cinsel kimliğini zamanında ve doğru biçimde kazanamamasının da bunda rol oynayabileceğini, bunun için psikologlarımızın onu uzun uzun dinlemesi, anlaması, araştırması gerektiğini söylüyorum.

İster yapısal, ister sosyal nedenlerle olsun, ortaya çıkan bu durumda oğlunuzun bir sorumluluğu yok. Öncelikle bunu görmeli ve onu suçlamaktan vazgeçmelisiniz. Bu bir tercih değil, bunu sakın unutmayın, diyorum.

Beni sonuna kadar dikkatle dinliyor. Sehpanın üzerinde duran çantasını alıp açıyor. İçinden üzerinde gri çizgileri olan beyaz, büyükçe bir mendil çıkarıyor. Yüzünü ıslatan gözyaşlarını uzun uzun kuruluyor onunla. Sonra mendili özenle katlayıp çantasına koyduktan sonra ayağa kalkıyor. Gidecek. Geldiğine göre daha rahat. Zor da olsa, içini çok acıtsa da gerçeği kabullendi. O sırada masamda duran kırmızı taşlı yüzük çarpıyor gözüme. Onu elime alıyorum, bir süre inceledikten sonra yavaşça uzatıyorum onu Sündüs Hanım'a. "Al bunu, tak parmağına. Baktıkça beni, bugünü, bugün burada konuştuklarımızı hatırla," diyorum. Bir an tereddüt ettikten sonra uzatıyor elini. Özenle takıyorum yüzüğü parmağına. Yıllardır alışkın olduğu yere şıp diye oturuyor yüzük. Sonra boynuma sarılıyor, yine ağlıyor. "Oğlumu ilk fırsatta buraya getireceğim," diyor bana. Odamın kapısına kadar birlikte gidiyoruz. Kapıda uğurluyorum onu. Başı önünde, omuzları düşük ağır ağır uzaklaşıyor.

Kapıyı kapatıp penceremin önüne geliyorum. Çok hüzünlendim. Daha fazlasını yapabilmeyi çok isterdim ama yapamadım. Ona söyleyeceğim hiçbir şey acısını dindirmeyecekti, bunu biliyorum. Son bir umut diye gelmiş bana. Son bir umut...

Tuna heyecanla giriyor içeri. "Yoruldunuz mu?" diye soruyor bana. Daha bekleyen pek çok hasta varmış. Hafifçe saçlarımı düzelterek oturuyorum masama. Tuna merakla bakıyor yüzüme. Şimdi kim bilir ne çok soru soracak. O daha sormadan ben "Bir şey yok Tuna, hadi sıra kimdeyse al içeri," diyorum. Sonra sırayla randevulu hastalarımın biri girip biri çıkıyor odama. Zaman su gibi akıyor yine ve akşamın nasıl olduğunu anlamıyorum. Son olarak Ala girecek içeri ve ondan sonra ben de evime gidebileceğim.

Ala yine başı önde giriyor odama. Yaz geldi ama o hâlâ koyu renkli yün trikoları giyinmekten vazgeçmedi. Saçları iyice kabarmış ama kırmızı tokası başında. Yüzünü bana dönünce onu eskisi kadar çirkin bulmadığımı fark ediyorum. Yine genel görünüşü dökülüyor, kabarık saçlarıyla kafası patlak bir lastik topa benziyor ama sanki yüzüne renk ve canlılık geldi.

Bir yandan kocaman eski deri çantayı sehpanın üzerine bırakırken bir yandan da her tarafı leke içinde, tozlu siyah hırkayı üzerinden çıkarmaya çalışıyor. Yıllardır bunları hiç yıkamadan, temizletmeden giyip giyip çıkarıyor galiba. Hırkayı çıkarınca sol kolundaki kesik izleri ortaya çıkıyor. Eskiden bu izleri görmemi istemez ve bucak bucak saklardı benden. Bugün onları göreceğimi bildiği halde hırkayı çıkarmakta hiç tereddüt göstermedi. Bir deri, bir kemik, kürdan gibi bir kızdı. Vücudu epeyce toparlanmış, eskisi gibi kambur da durmuyor. Kilo aldıkça tüm bedenini bir ağ gibi kaplayan ve dıştan bakınca mor mor görünen damarlar da kayboldu.

— Kolundaki o kesikler neyin nesi?

— Ben kestim.

— Neden?

— Canımı acıtmak için.

— Yazık değil mi sana, neden kestin kollarını?

— Yazık değil... Bana acıdınız mı?

— Dürüst olacaktık değil mi?

— Öyle konuşmuştuk baştan.

— Evet, acıdım. Sen insanların sana acımasını istemiyorsun, bunu biliyorum ama yine de sen böyle deyince içim bir tuhaf oldu. İnsanın ruhu çok acıyorsa yapar bunu. Kolunu keserken duyacağı acı onun yanında çok küçük kaldığı için böyle şeylerle oyalamaya çalışır kendini.

Gözlerinde hafif bir hayret ifadesi aniden parlayıp sönüyor.

— Hmm... başka neden keser?

— O kadar öfkelidir ki, öfkesinin yöneldiği kişiye bir şey yapamazsa eğer, o öfke kişinin kendine yönelir ve kendi canını acıtarak öfkeyi hafifletmeye çalışır.

— Bu da fena değil... Başka?

— Beni sorguya çekiyor gibisin ama ben yine de devam edeceğim. Belki de dikkat çekmek, biraz ilgi görmek için yapar bunu. Seninki hangisi?

— Hepsi.

— Kimdi seni bu kadar öfkelendiren kişi?

— Aklınıza gelen herkese kızıyordum ben ama en çok da...

— En çok da?

— Artık benimle ilgili epey bir şeyler biliyorsunuz... Yaşadığım ortamda beni kızdırmayan hiç kimse yoktu... Bana en yakın kişi olan küçük yengeme bile kızardım... çünkü o da güvenilmez biriydi... Bugün yüzüne güler, yarın senden kötüsü yoktur... Zayıf insana güvenmeyeceksin... Bugün olmasa da yarın satar seni... Ötekiler hiç olmazsa rengini belli ediyordu... Siz güvenir misiniz insanlara?

— Ben mi? Evet güvenirim.

Hayattan bıkmış bir ifadeyle hafifçe elini sallıyor.

— Güvenirsiniz tabii... Sizin için güvenmek öyle kolay ki... Sizin yerinizde olsam ben de herkese güvenirdim.

— Neden?

— Çünkü siz güçlüsünüz... Bırakın, başkaları korksun... Biraz da bunun için seviyorum sizi... Hem seviyor, hem de güveniyorum artık... Eğilip, bükülmüyorsunuz... Bir şeyleri saklamak veya farklı göstermek gibi bir derdiniz yok. Zaten buna ihtiyacınız da yok... Sizin hastanız olmak güzel... ama hayatın içinde sizinle karşılaşmak istemezdim. O zaman korkardım sizden. Bir gün ben de böyle olabilmek istiyorum. İnsan ancak güçlü olursa özgür de olur... Özgürlük zayıf insanların harcı değil... Bunun en güzel örneği benim... Gencim, iyi bir mesleğim var, bol param var... ve dışarıdan bakıldığında son derece özgür biriyim. Karışanım yok, görüşenim yok... ama bende iş yok... Sahip olduğum hiçbir şeyi değerlendiremiyorum. Neden, çünkü zayıfım... Bu zayıflık doğduğum gün girmiş içime... ne yapsam çıkaramadım. Akıl, zekâ, yetenek, çalışmak, okul birincisi olmak filan da insanı güçlendirmeye yetmiyor... Sizin yarınız etmeyenler vızt diye geçip gidiyorlar yanınızdan... Siz de ebleh gibi bakıp kalıyorsunuz... Bir gün ben de güçlenebilecek miyim? Azıcık da olsa umudunuz var mı benden?

Sanırım bundan sonra işler daha kolay olacak. Zor da olsa, sonunda bana güvendi. Bu son soruyu sorarken hayattan hâlâ ümidini kesmediğini fark ediyorum.

— Duygularını ne güzel anlatıyorsun. Umut meselesine gelince, bunu ne kadar çok istediğinin farkındayım. Kesinlikle istediğini elde edeceksin. Buna sonuna kadar inanıyorum ancak seni güçlendirirken içindeki bu öfkeyle başa çıkamazsak vay haline bu dünyanın.

— Bundan başkaları zarar görür diye endişeleniyorsunuz... değil mi?

— Evet, bak ne güzel anlıyorsun.

— Bırakın... biraz da başkaları zarar görsün.

— Bunu ister miydin?

— Henüz başkalarını düşünecek hale gelmedim... Şimdilik sadece kendimi düşünüyorum.

— Güçlü insan, en az kendisi kadar başkalarını da düşünen insandır. Bu ikisi birlikte giderse güzeldir. Şu senin Esma Sultan, bu konuda iyi bir örnek değil. Sadece kendini düşünen, bencil, tahtını kaybetmekten korkan ve bu uğurda her türlü kötülüğü yapmaya hazır birini anlattın bana.

— O güçlü değil, kötüydü... Gücünü kötülüğünden alıyordu... Kölelerle ilgili çok şey okudum... Hani kölenin bir de sahibi vardır ya... sahip güçlü olduğu için değil... sahip olduğu için korkutur köleleri... O da öyleydi.

Güç başka, kötülük başka! Bu ikisini birbirinden ne güzel ayırıyor.

— Ya prenses?

— Prenses aslında çok zayıftı... Ne aklı, ne yeteneği, ne bilgisi, ne de gücü vardı... Bir tek güzelliğine güvenir... çevresindeki herkesin ona âşık olmasını... ona hayranlık duymasını isterdi... Bunlar sanki onun ruhunun tek gıdasıydı... ama buna rağmen o da beni vızt diye geçenlerden biri... O evde iki kız torun vardı... biri ben, biri de o... Düşünebiliyor musunuz... öyle bir salak bile benden çok daha üstün bir konumdaydı... O sanki evin kızı, ben de hizmetçisiydim... Tabii annemin de bunda çok büyük rolü vardı... İş belki de oradan başlıyor... Onun annesi o evin gelini, benim annemse hizmetçisi gibiydi... Hadi prenses güzeldi, ben çirkin... ama annemle Sarı Gelin'i mukayese bile edemezdiniz... Biri dünya güzeli... biri de sarı piçik.

— Ne dedin?

— Sarı piçik dedim... Esma Sultan Sarı Gelin'e kızınca ona çaktırmadan sarı piçik derdi.

— Sarı piçik ne demek?

— Bilmem, kötü bir şey ama ne olduğunu ben de bilmiyorum... Esma Sultan herkese bir isim takardı... Bana da çiçi baş veya maraz kız derlerdi.

— Başka kime isim takmıştı?

— Anneme beygir kız, küçük yengeme de kepiç derdi... Annem uzun boylu olduğu için onu beygire benzetirdi... Küçük gelinin de kendi gibi küçücük bir burnu vardı... Bizim oralarda böyle küçük burunlu insanlara "kepiç" derler... Aslında şimdi insanlar öyle bir burna sahip olabilmek için estetik ameliyat oluyor... ama gerçekten de yengemin burun kökü çok basıktı.

— Siz ona isim takmamış mıydınız?

— Kimin haddine düşmüş ona ad takmak!... Zaten o adını kendi koymuş... Bütün memleket ona Esma Sultan derdi.

— Annen için ne diyeceksin?

— Benim annem yoktu... Öyle biri yoktu... Kendi kendini yok saydı benim annem... Bir tek benim yanımdayken vardı... Onu var eden tek kişi bendim... Benim yaptığım her şeye kızar, gözleriyle adeta beni yerdi... O gözler bir kere olsun bana sevgiyle bakmadı... Madem bu kadar kızmayı biliyorsun be kadın... arada bir de sevsene... Sevmezdi işte, sevmezdi...

Hiç sevilmeden büyümek nasıl bir şey acaba? Böyle biri başkalarını ya da kendini sevmeyi nasıl öğrenecek? Köre renk tarif etmek gibi bir şey bu! Hiç sevilmeyen birini sevmek öyle zor ki... Sevginin izi yok yüzünde. Ama yine de artık ondan eskisi kadar rahatsız olmuyorum, hatta ona olan hayranlığım giderek artıyor. Her şeye rağmen vazgeçmiyor, direniyor. Bir gün kazanacak, bunu biliyorum ama o kazanırsa kim veya kimler kaybedecek diye düşünmeden de edemiyorum. Hem bu kadar zeki ve akıllı ol, hem bu kadar çalış, hem de istediğini elde etmek için böyle diren, mücadele et. Son olarak da onu sonuna kadar desteklemeye hazır bir doktora gel.

Onun yerinde başkası olsa çoktan vazgeçerdi bu mücadeleden ama o pes etmiyor. Beni bile dize getirdi. Hiç bakmak istemediğim bir hastaydı benim için o. Şimdi ona saatlerimi ayırıyor, geceleri ona anlatabilmek için ciltlerle kitap okuyor, ağzından çıkacak her bir kelimeyi hiç atlamadan zihnime kaydedebilmek için büyük bir çaba harcıyorum. Onun kazanmasını istiyorum çünkü. İnsan bir şeyi bu kadar ister ve bunun için böylesine mücadele ederse, kazanmalı.

— Annen sadece seni değil, kimseyi sevmemiş galiba.

—Haklısınız... o kimseyi sevmedi. Köle ruhlu bir kadındı. Aslında aklıyla, zekâsıyla ilgili bir sorunu yoktu... onun yaptığı yemeği, işlediği işi kimse yapamazdı... ama duygularında bir sorun vardı. O da benim gibi kendini sevmezdi. Otoriteye karşı garip bir tutkusu vardı. Esma Sultan onun için hayattaki tek otoriteydi... ve tek amacı onun onayını, onun rızasını almak, ona kendini beğendirmekti. Kocasının onu sevip sevmemesi bile onu ilgilendirmiyordu. Köle ruhluydu işte! Beni de öyle yaptı. Ben de köle ruhluyum. Birçok adam geçti üstümden. Hepsinin tek özelliği kendini bir şey zannediyor olması... Ne kadar kendini beğenmiş... etrafa hava atan... agresif, burnu havada erkek varsa... onlarla beraber oldum. Sanki onlar beni beğenirse... beni severse ben de kendimi beğenirim sandım. Zaten hiçbiri beni beğenmedi... sevmedi...

Efkarlı bir ifadeyle kaldırıyor gözlerini. Bu gözlerde umutla umutsuzluk arasında bir şeyler görüyorum.

—Ama onlar beğenmese de siz beğendiniz. Önce hiç istemediniz beni... ama sonra hiç beklemediğim şeyler oldu burada. Beni önemsediniz... adam yerine koydunuz... benden vazgeçmediniz. Bana hikâyeler anlattınız. Bir an bile dikkatiniz dağılmadı. Sabırla beni tanımaya çalıştınız. Söylediğim hiçbir şeyi unutmadınız. Arada bir, çok kızsanız da, çoğunda merhametle, beni hissederek baktınız bana... Bazen içimden, bunların benim için ne kadar önemli olduğunu biliyor mu acaba diye soruyordum. Bilmem farkında mısınız ama benim otoritem de sizsiniz... Belki en çok da bu nedenle bana gösterdiğiniz bu ilgi... benim için dünyalara değer. Buraya gelmek için çırpındığım ilk günler aslında size pek güvenmiyor ve inanmıyordum. Ne de olsa o bir profesyonel diyordum içimden... Yapması gerekeni yapıyor... söylemesi gerekeni söylüyor... Ama sizi tanıdıkça pek de öyle olmadığını fark ettim. Siz çok içten kızıyor... yine çok içten davranıyordunuz bana... Hele ben konuşmadıkça, anlatmadıkça, beni bu odadan bir an önce çıkarmak yerine... siz konuşmaya, siz anlatmaya başlayınca buna inanamadım. Bana kimse yapmadı bunları... Bunlar, benim yıllardır hayalini kurduğum şeyler...

Bütün bunların onun için ne kadar önemli olduğunu biliyordum bilmesine ama bunu onun da bu kadar net bir biçimde bilmesi garibime gitti. Sanki bir başka terapist var karşımda. Beni tam bir terapist gibi yorumluyor. Bu kızdan korkulur.

— Ama yine de buraya gelirken içimi bir sıkıntı, bir heyecan kaplıyordu. Bir şeyler anlatmayı hem çok istiyor... hem de bundan ölesiye korkuyordum. Çünkü anlattıklarımdan sonra bana olan saygınızı ve ilginizi kaybedeceğinizden endişe ediyordum. Hem insan bir kere anlatmaya başlarsa... hepsini anlatmak, kafasındaki bütün çöplerden, pisliklerden kurtulmak ister. Ben de oraya doğru gidiyordum. Şimdi hâlâ bu endişelerim devam ediyor. İşin sonunu, esasını henüz anlatmadım size... ama anlatacağım. Onları da anlatacağım. Bir gün bütün bunları birileriyle paylaşabileceğim hiç aklıma gelmezdi. Bu koca şehirde beni kimse tanımaz. Kim kime, dum duma! Sanki bunlar hiç yaşanmamış gibi yapacak... bu sırrı herkesten saklayacaktım. Sakladım da zaten ama insan kendi bilince başkalarına gerek yok. Belki de en kötüsü insanın kendisinin bilmesi. Yalnız başına kalıyor ve kendinizi en acımasız biçimde yargılıyorsunuz. Ben avukatım. İnsanlar genellikle her şeyi anlatıyorlar bize. Üstelik ceza hukuku üzerinde çalışıyorum... yani pek çok suçluyu savunmam gerekecek. Onlara karşı kendime yaptığımı yapmayacağım. Onları anlamaya çalışacağım. Suç işlemek çok kötü bir şey! Kimse durup dururken suç işlemiyor. Bazen hayat öylesine acımasız olabiliyor ki... suç kucağınıza düşüyor. Öyle aptalca şeylerle savunuyorlar ki kendilerini... insanın içinden gülmek geliyor. O zaman asıl kandırmak istedikleri kişinin bizler değil... kendileri olduğunu anlıyor insan. Bir hocamız, "Suçluyu kazırsan, altından insan çıkar," demiş. Bir yandan bu suçun cezasını çekmemek için ellerinden geleni yaparken... bir yandan da bakışlarında farklı şeyler görüyor insan. İçimden, hâkim onlara en ağır cezayı versin istiyorum. Biliyorum... ceza suçluya her zaman iyi gelir. Dünyanın en büyük suçlularından biri kabul edilen. Hitler bile... belki de cezanın peşindeydi. Sanırım Hitler, Freud'la aynı dönemde yaşamış. Öyle değil mi?

— Evet, aynı dönemde hatta bir süre aynı şehirde yaşamışlar.

— Freud... Hitler'le ilgili kim bilir... neler düşünüyordu...

— Hitler, Freud'un hayatını doğrudan etkileyen biri. Ama Hitler'in de Freud'un yazılarından faydalandığı düşünülüyor.

— İkisini de hep merak etmişimdir... Biri aklı ve zekâsıyla... biri de kötülüğüyle ünlü... Kötüyü de anlamak lâzım!

Yine filozof gibi konuşuyor. Kötüyü merak ediyor. Haklı! Hayatı kötülerin arasında geçmiş ve sanırım kendisini de şimdilik kötüler sınıfında görüyor. Belki Hitler ve Freud konusu, ona bu konudaki düşüncelerini açıklama fırsatı verir.

— Biraz onlardan konuşalım mı?

— Olur...

— 1909 yılı sonbaharında, her biri dünyayı değiştirecek olan bu iki adam Viyana'da yaşıyorlardı. Biri yirminci yüzyılın en tanınmış ve en çok tartışılan düşünürü olan ve Psikanalizin yaratıcısı Sigmund Freud'du. O zaman elli üç yaşındaydı. Adolf Hitler ise Viyana'ya mimar ve ressam olmak ve bir servet kazanmak hayaliyle gelmişti. Henüz çok gençti. Küçük bir dairede bir arkadaşıyla birlikte kalıyor ve zamanını okuyarak, yazarak, beste yaparak geçiriyordu. Ölen annesinden biraz para kalmıştı. Bu parayı idareli harcıyor, az yiyor ve düşük bir kira ödüyordu. En büyük lüksü operaydı, özellikle de Wagner'in operaları. Devlet sanat okulu, başvurularını reddetmişti. Zaten otoriteye hep isyan eden bir kişiliğe sahipti Hitler ve öğretmenlerle arası hiçbir zaman iyi olmamıştı. Öğretmenler çalışmalarıyla dalga geçiyor ve onu yeteneksiz buluyorlardı. Ama o büyük bir ressam ya da ünlü bir mimar olmayı kafasına koymuştu.

— Başarılı olabilse... tarih değişecekti.

— Evet, Hitler iyi bir ressam veya mimar olabilseydi, tarih değişecek, belki de bizim kaderimiz de bundan etkilenecekti. Gördüğün gibi dünyada yaşayan her insanın kaderi birbirine bağlı! Senin için de bu böyle. Bu tedaviden nasıl bir Ala olarak çıkacaksın, şimdilik bilmiyoruz ama senin yaşadıkların, başkalarının kaderini de mutlaka etkileyecek.

Hikâye dinlerken hep yaptığı gibi yine çenesini ellerine dayamış, meraklı gözlerle bakıyor bana.

— Ben... sanki önemli biriymişim gibi konuşuyorsunuz.

— Evet, her insan gibi sen de önemlisin

— Önemli biri değilim ben... ama kötü şeyler yaparsam... bundan başkaları da etkilenecek... Belki o zaman önemli biri... olabilirim... Hitler gibi...

— Önemli biri olmak için, kötü olmak zorunda değilsin. Hitler de kötü değil, önemli biri olmak istiyordu ama bunun doğrusunu becerememiş.

— Sanırım... hayat onu kötü olmaya zorlamış.

— Biraz önce, "Suçluyu kazırsak altından insan çıkar," demiştin. Viyana'ya gitmeden önce memleketi olan Linz şehrinde akşam yürüyüşleri sırasında gördüğü Stefanie adlı bir kadına âşık olmuştu. Onunla tek kelime konuşmamasına rağmen onu unutamamıştı ve bu şehirde kazanacağı başarılarla onu etkilemeyi umuyordu. O zaman aşkına sadık kalmış, fahişelerden uzak durmuştu. Kadınların çoğu tarafından çekici bulunmasına karşın hiçbirine yüz vermedi. Bazen gittiği operada kadınlar gözlerini dikip ona uzun uzun bakıyor, hatta ona notlar göndererek buluşmak istiyorlardı. Ama genç adam kendi tabiriyle, "hayat alevini" kirletmemekte kararlıydı.

— Kadınların... böyle eciş bücüş bir adama ilgi duymaları... garibime gitti. Üstelik o zaman... ünlü biri de değil!

— Kadınların ne istediğini Freud yıllarca düşünmüş, araştırmış ama bu işin içinden çıkamamış. Yine Hitler'e dönecek olursak, çocukluğundan beri aşırı duyarlıydı. Sinir krizlerine ve ağlama nöbetlerine yatkın bir kişiliği vardı. Hayvanları seviyor ve onlara eziyet edilmesine katlanamıyordu. Ağzına içki sürmüyor ve tütünün sağlığa çok zararlı olduğunu düşünüyordu.

— Gençliğinde nasıl da masummuş!... Benim gibi o da hayvanları seviyormuş. Demek ki bazen hayat... insanı kötü ediyor.

Sanki kötü olacağını şimdiden bilen ve bu kötülüğe kılıf hazırlayan birinin konuşması bu. Hitler'le ortak bir yan da buldu kendinde. Dudakları gülümseme bilmeyen, hayalleri ışıksız biri o. Kötülüğü tek seçenek olarak mı görüyor acaba?

— Viyana için en büyük projelerinden biri şehrin varoşlarında yaşayan işçiler için tasarladığı geniş, ışık alan konutlardı çünkü kendisi orada çok zor şartlar altında yaşıyordu.

— Ama böyle bir adam... sonradan gaz odalarında binlerce kişiyi... hiç gözünü kırpmadan öldürebiliyor... Hayat nasıl da değiştirebiliyor insanları...

— Yalnızdı ve parası tükenmek üzereydi. Bir süre sokaklarda yaşadı. Kapı eşiklerinde ve parklardaki banklarda yattı. Belki de arada bir dilendi.

— Dilendi mi?

— Kitaplar öyle yazıyor... Sonunda neredeyse manastır gibi katı kurallarla yönetilen bir erkek sığınma evine yerleşti. Sokakta tezgâhlarda satılan kendi çizdiği kartpostallarla hayatını kazanmaya çalışıyordu. Bol bol okuyor ve sığınma evinde kalan insanlara nutuklar atıyordu. Sosyal faaliyet odasında toplandıklarında Yahudiler ve komünistler hakkındaki düşüncelerini anlatıyor ve Almanya'nın kaderinin diğer uluslardan üstün olmak zorunda olduğunu söylüyordu. Bazen oradakilerden biri Hitler'in ceketini gizlice oturduğu sıraya bağladıktan sonra onu çileden çıkaracak siyasi içerikli bir soru soruyordu. İşte o zaman bağıra çağıra ayağa fırladığında oturduğu sıra da onunla birlikte kalkıyor ve insanlar bu duruma uzun uzun gülüyorlardı.

— Tıpkı benim gibi çok okuyor... insanlar onunla da dalga geçiyorlarmış.

Hitler'i kendine çok yakın hissediyor. Kendini, onun gibi bir adama benzetmesi beni rahatsız ediyor. Bu konuda kendimi sorumlu hissediyorum ama gerçek buysa eğer, bunu görmeli ve bununla başa çıkmanın yollarını aramalıyım. Bu konuya girmemiz iyi olmuş. Bakalım başka neler söyleyecek.

— Hatta tanıştığı birçok insan onu deli sanıyordu ve hiç kimse onun dünyanın kaderini değiştirecek kadar önemli biri olacağını düşünmüyordu. Adolf Hitler'in Viyana'da yaşadığı o günlerde Sigmund Freud belki de hayatının en parlak dönemini geçiriyordu. Orta yaşlarda, dinç, toparlak yüzlü, gür saçları ve sakalı olan gösterişli bir adamdı. Yüzünde hem doymuşluk hem de hırs ifadeleri bir aradaydı. Kanca gibi bir burnu ve parlak, dikkat çekici gözleri vardı. Son derece kendinden emin ve etkileyici bir adamdı. Muhteşem bir zekâya ve ince bir mizah duygusuna sahipti.

— Bu kadar övdüğünüze göre... Freud'u seviyorsunuz.

Bunu söylerken, sanki Freud'u kıskandığı şeklinde bir izlenim ediniyor insan. Şu anda ona hem iyiyi, başarılıyı, hem de ünlü ve kötüyü anlatacağım. Bakalım zamanla kötüden iyiye doğru kayabilecek mi?

— Evet, ona her zaman hayranlık duymuşumdur ve yıllardır hepimiz onun açtığı yolda insan hayatına katkıda bulunmaya çalışıyoruz. 1909 yılı sonbaharında Hitler sokaklarda yaşarken Freud yazdığı kitaplarla dünyanın dikkatini üzerinde toplamaya başlamıştı. Onun hayali de ünlü bir düşünür olmaktı. Zaten sonunda bilinçdışının dinamiklerinin haritasını çıkararak dünya çapında önem arz eden pek çok teorinin altına imzasını attı. O yıllarda insanların tiranlardan nasıl etkilendiğini, onlara boyun eğmekle kalmayıp aynı zamanda saygı ve sevgi duymalarına neyin yol açtığını analiz etmeye çalışıyordu.

— Hitler gibileri merak ediyor... anlamaya çalışıyormuş.

— O yıllarda belki de Viyana sokaklarında karşılaştılar. O zaman muhtemelen Freud Hitler'i bir sokak faresine benzetmiştir. Hitler ise Freud'u, her zaman küçümsediği ve nefret ettiği üst sınıfa mensup bir Viyanalı olarak görmüş ve onun bir Yahudi olduğunu hemen anlamıştır.

Bu sözlerim, içindeki öfke kıvılcımlarını bir anda harekete geçiriyor.

— Freud'un beğenmediği... adam yerine bile koymadığı... sokak faresine benzettiği biri... gün gelecek... Freud da dahil bütün Yahudileri kulağından tuttuğu gibi kapı dışarı edecek...

İçindeki intikam ateşi, ona da böyle şeyler yapmasını mı söylüyor acaba? Hitler'i fena halde destekliyor.

—Aslında Hitler'in önü Birinci Dünya Savaşı'nda açıldı. Alman ordusunda ulaklık yapıyordu. Bu dönemde dikkat çekecek kadar ciddi cesaret örnekleri göstermiş ve birçok madalya kazanmıştı. Savaştan sonra Münih'te küçük bir siyasi partiye katıldı. Zamanla bu partiyi güçlü bir birliğe dönüştürdü. 1923'te bir darbe girişiminde bulundu ama başaramadı. Hapse girdi. Hapisteyken yazdığı *Kavgam* adlı kitapta geçmişini anlattı ve Almanya'nın geleceğine dair ayrıntılı programını açıkladı. Sonraki on yıl boyunca durmadan savaştı. Hayallerinden hiç vazgeçmedi. Ve sonunda 1933'te şansölye olmayı başardı. Ancak en büyük hayali bir zamanlar içinde yaşadığı Avusturya'ya hakim olabilmekti.

—Sokak fareliğinden Şansölyeliğe... Demek hayat böyle!... Bütün mesele hayallerden vazgeçmemek!

—Haklısın. Bunun pek çok örneği var tarihte. Umut etmek, çalışmak ve vazgeçmemek! Başarının sırrı bu galiba!

—Ben de vazgeçmeyeceğim... Bakarsınız bir gün ben de kazanırım.

Bunları söylerken o cırtlak çocuk sesiyle adeta haykırıyor. Buna ben de inanıyorum. O mutlaka kazanacak.

—Bunu ben de çok isterim ama umarım senin başarıların Hitler'inki gibi olmaz.

—İnsan başardıktan sonra da... bu kadar öfkeli ve zalim olabiliyor demek ki...

İşte bu güzel! Demek başarabilirse, içindeki öfkeden kurtulabileceğini düşünüyor.

—Aslında hapisteyken yazdığı *Kavgam* adlı kitabın daha ilk sayfalarında Avusturya'nın Alman ulusunun bir parçası haline getirilmesi gerektiğini yazmıştı ve başa geçtikten sonra da bunu gerçekleştirmeye kararlıydı. Çünkü Viyana'da yaşadığı yıllar hiç aklından çıkmıyordu. O şehre anasının kucağına gelen bir çocuk gibi geldiğini ve Viyana'nın kendisini giderek daha da sertleştirdiğini söylüyordu hep. Bazen de şaka yollu o şehri yerle bir etmenin ne kadar zevkli olacağından söz ederdi.

— Haklı... O şehirde çok sürünmüş... İnsan öyle günleri kolay unutamıyor.

— Hitler de unutamamış. 1938 kışında Hitler'i Viyana'da bekleyenler arasında yaşlanmış ve ağır hasta olan Sigmund Freud'un yanı sıra yüz yetmiş bin Yahudi daha vardı. Naziler Freud'dan nefret ediyordu. Hatta 1933'lerde Almanya'da yapılan sokak eylemlerinde Freud'un kitapları yakılmıştı. Kitaplarının yakıldığını haber alan Freud, "Epey ilerleme kaydetmişiz, Ortaçağ'da olsak beni yakarlardı, şimdilik kitapları yakmak onlara yetiyor," demişti. Oysa beş yıl sonra yani 1938'de Viyana'ya gelen Naziler sadece kitap yakmakla yetinmeyeceklerdi.

— Ben o zamana ait birkaç kitap okudum... Çok kötü şeyler yaşanmış Viyana'da... İnsanlarda hiç insaf, merhamet kalmamış... Komşu komşuya düşman olmuş. Demek ki kötü olan sadece Hitler değilmiş... Hitler belki de insanların içindeki kötülüğü ateşledi ve hep birlikte delirdiler...

O bunları söylerken, ben dikkatle bakıyorum yüzüne. Buz gibi bir ifade görüyorum. Sanki ne yapacağına çok önceden karar vermiş insanlara has bir ifade var yüzünde ama her şeye rağmen doğru söylüyor. Hitler gerçekten de bunu yapmış, yani insanların içindeki kötülüğü ateşlemiş.

— 1938'de Freud seksen bir yaşında, iki büklüm olmuş ve çene kanserinden mustarip yaşlı ve mücadele gücü azalmış bir adamdı. Saçı, sakalı bembeyazdı ve taktığı siyah çerçeveli gözlükle tıpkı bir baykuşa benziyordu. Kanser yüzünden geçirdiği çok sayıda ameliyat sırasında çekilen dişlerinin ve yüzünden alınan kemiklerin yerine çenesine takılan protez nedeniyle, eskisi kadar etkileyici ve net konuşamıyordu ama gözleri hâlâ parlak ve bakışları etkileyiciydi. Bu arada Hitler kafasına koyduğunu yapmaya hazırlanıyordu. Bu amaçla Avusturya Şansölyesini ayağına çağırdı. Bir zamanların sokak faresi şimdi ulusların liderlerini ayağına çağırıyordu. Şansölye çerçevesiz gözlük takan ve peş peşe sigara tüttüren, içe dönük bir adamdı ve Führer'le başa çıkabilecek kapasitede biri değildi. Hitler ona birçok ültimatom verdi. Avusturya'nın yüce Alman ulusuyla birleşmesiyle ilgili referandum yapılmasını istedi. Şansölye'nin canı çok sıkılmıştı. Hatta "Keşke onunla başa çıkabilmek için yanımda bir psikiyatrist getirseydim," diye düşündü. "Belki Viyana'da bir sabah uyanınca bizi orada görürsün... Bir ilkbahar fırtınası gibi!... Kan akar," dedi Hitler.

— Diplomatik bir görüşmede adamın söylediklerine bakın! Deli işte... Öbürü de pısırığın teki! Şu psikiyatrist meselesine kafam takıldı... Böyle görüşmelere pskiyatrist götürmek... uygulamada var mı... yoksa o pısırığın fikri mi?

— Dünya siyasetinde yıllardır her zaman psikiyatristlerden faydalanılmıştır. Özellikle Amerikalılar bunu sık yapar.

— Sizce de böyle bir şeyin... faydası olur mu?

— Olur tabii. Siyasilerin hedefi insandır. Tek tek insanlara ulaşmak isterler. Bu işi de en iyi psikiyatristler bilir.

— Belki hukukta da insan psikolojisini bilmek yararlı olabilir... Büyük davalar alırsam... bana yardımcı olur musunuz?

— Onu o zaman düşünelim.

Demek böyle hayalleri var! Bunlar umutlandırıyor beni.

— Hitler gücünün doruğundayken Freud son on beş yıldır acı çekmesine yol açan çene kanseri yüzünden zor günler yaşıyordu. Çağdaşlarının afallatıcı bulduğu şeyleri hiç korkmadan ve çekinmeden söyleyen, yazan, son derece asi ruhlu ve tutkulu bir adamdı. Bir şeyin doğru olduğuna inanırsa bunu mutlaka yazar ve yayımlardı.

— Cesur adammış...

— Avusturya Şansölyesi Hitler'in ülkesini istila edeceğini anlayınca başta İngiltere ve Fransa olmak üzere bütün dünya devletlerine yardım çağrısında bulunmuş ama kimse olanlara aldırmamış ve şansölyeyi kaderiyle baş başa bırakmışlar.

Gözleri bir anda kararıyor ve boynu bükük bir çocuk gibi üzülüyor.

— Ne vefasızlık!... Aslında o zaman öyle yapmasalardı... belki de dünyanın kaderi değişecekti.

— Bence de öyle! Sanırım Hitler'in bir gün aynı şeyi onlara da yapabileceği kimsenin aklına gelmemiş. O sırada büyük bir tehlike altında bulunan Freud'a ilk yardım teklifi ABD'den gelmiş. Ama Freud kabul etmemiş çünkü Amerikalıları hiç sevmezmiş. Ancak aynı saatlerde Viyana'da ortalık çok karışmış. Şehir "Yahudilere ölüm" sloganlarıyla inlemeye başlamıştı.

— Hayatı tehlikedeyken bile... Amerikalıların teklifini geri çevirmesi... çok ilginç!... Cesur ve kendine sadık bir adammış Freud!

Sonunda Freud'a kendini yakın hissetmeye, ona hayranlık duymaya başladı. Taraf mı değiştiriyor acaba?

— Viyana'da insanlar Yahudilere ait dükkânları taşlamaya başlamıştı bile. Bütün bu olanları dünyada destekleyen tek ülke, Mussolini liderliğindeki İtalya'ydı. 12 Mart 1938'de Alman askerleri hiçbir direnişle karşılaşmadan Avusturya'ya girdiler. Artık ilhak yani kendi deyimleriyle *Anschluss* başlamıştı. Freud o cumartesi günü, günlüğüne iki sözcük yazdı: "Finis Austria" yani Avusturya bitti...

— Freud kim bilir o gün... nasıl paniklemiştir!

Sanki Freud'un yerine o korkuyor.

— Pek paniklemiş sayılmaz çünkü Hitler'in başa geçmesinden bir yıl önce şöyle yazmıştı: "Gelecek belirsiz. Sonumun gelmesini giderek azalan bir üzüntüyle bekliyorum. Olacaklar beni korkutuyor, bunları görecek kadar yaşamam inşallah."

— Adam ölmek istiyor!

— Evet, o sırada zaten çok hastaydı. O gün Avusturya'yı işgal eden Nazi askerleri görkemli bir karşılamanın tadını çıkarıyordu. Onları izlemek için sokaklara dökülen kalabalıklar yollarına o kadar çok çiçek serptiler ki, gözleri, atılan çiçeklerden yaralanmasın diye askerlere koruma gözlükleri takmaları emredildi.

— Vay be!... İnsanlar delirmiş herhalde... çünkü adamlar alenen Avusturya'yı işgal ediyor.

— Daha önce de konuştuğumuz gibi bazen toplumlar hastalanabiliyor. O günün dünyasında teklik, basitlik istiyordu insanlar. Kaba kuvvetin hakim olduğu ama rahatlatıcı basitlikte bir dünyada yaşamak istiyorlardı. Tek bir partinin, tek bir ırkın ve kendileri gibi zayıf olmayan, güçlü bir liderin çeki düzen vermesini istiyorlardı.

— Çaresizliğe bakın!... Sorunun temelinde... zayıflık yatıyor... Ben hep tehlikeyi... güçlüde görürdüm... ama bazen zayıflık da... kendi başına çok tehlikeli... olabiliyor demek ki...

Güçlüyle zayıfı kafasında mukayese ediyor. Onun en çok ilgisini çeken konular bunlar. Ama kafası saat gibi çalışıyor ve yine birbirinden anlamlı yorumlar yapıyor.

— Bayılıyorum senin bu yorumlarına. O sırada Hitler üstü açık bir Mercedes'le Avusturya'ya doğru yola çıktı. Öğleden sonra dört gibi doğduğu yer olan Braunau am Inn'e geldi ve çığlıklar atan bir kalabalık tarafından karşılandı. Dört saat sonra Linz şehrindeydi. Kilise çanları çaldı ve belediye binasının önünde toplanan halk hep bir ağızdan "Tek Halk! Tek Ülke! Tek Lider!" diye bağırmaya başladı. Führer anne babasının mezarlarını ziyaret ederek oralara çiçek bıraktı. Aslında böyle bir karşılamayı, böyle ağırlanmayı kendisi de beklemiyordu. Avusturya'nın Almanlara boyun eğeceğini umuyordu ama halk bunun çok ötesine geçmişti ve Führer'i büyük bir sevinç içinde, sanki kurtarıcılarıymış gibi selamlıyordu. Hitler'in onları fakirlikten, zayıflıklarından ve bütün dertlerinin tek nedeni olarak gördükleri Yahudilerden kurtaracağını düşünüyorlardı.

— Eski başkanları... anladığım kadarıyla... sünepe bir herifmiş... Öyle birinden sonra... Hitler onlara ilaç gibi gelmiş.

— Hitler yolda sağına soluna baktıkça bir kat daha keyifleniyordu çünkü gamalı haçlı bayraklar neredeyse bütün evlerde dalgalanıyordu. 14 Mart Pazar günü Viyana'ya giden Hitler'in en önemli hedeflerinden biri de Sigmund Freud'du. Naziler Freud tarafından temelleri atılan Psikanalizin gerçekten bir bilim dalı olduğunu kabul ediyorlardı ama onlara göre Psikanaliz bir

Yahudi bilimiydi. Bir Yahudi tarafından yaratılmış ve yine sadece Yahudilere hitap ediyordu. Şiddete düşkünlük, cinsellikle yüklü bir bilinçaltı sadece Yahudileri tarif ediyordu.

— Psikanalizi kabul ettik diyerek... aslında adamlar... Yahudilerle dalga geçiyor... Kendi silahlarıyla... vuruyorlar onları...

Bunları söylerken eline şeker verilmiş bir çocuk gibi seviniyor. Onun duygularındaki bu dalgalanmaları, sadece hikâye dinlerken görebiliyorum.

— O gün Hitler yine üstü açık Mercedeste ayakta durarak, sol eliyle arabanın ön camını tutup sağ eliyle kendisini karşılamak için toplanmış kalabalıklara selam veriyordu.

— Bu sahneleri televizyonlarda... çok gördüm...

— Ama dalgındı, selamları gönülsüz ve zorakiydi. Kalabalıkların ortasında tamamen korumasızdı. Uyurgezer gibi de olsa kendinden emin görünmeye çalışıyordu. Hitler'in arabası bir zamanlar erkek sığınma evinde yaşarken sık sık hayallerine giren Imperial Oteli'nin önünde durdu. Otelin önüne, üzerinde gamalı haç olan dev gibi bir kırmızı bayrak asılmıştı. Hitler kral dairesine çıkarken dışarıdaki kalabalık Almanların içki içerken söylediği bir şarkının sözlerini değiştirerek söylüyor ve hep bir ağızdan Hitler'e şöyle sesleniyorlardı: "Eve gitmeyeceğiz." Führer balkona çıkıp onlar için bir konuşma yapana kadar kalabalık gece boyunca şarkı söyledi ve Hitler defalarca onları selamlamak zorunda kaldı.

Yüzü yine gülüyor. Hitler'in başarısı, çok derinlerinde yer alan bazı yaralara iyi geliyor.

— Bir deliyi hep birlikte... iyice zıvanadan çıkarıyorlar.

— Öyle olmuş Ala ama bir yandan da bütün dünyayı içine alacak kötü ve karanlık bir kader yazdığının farkında değilmiş o insanlar. Akşam ilerledikçe Hitler otuz yıl önce Viyana'da yaşarken Imperial Oteli'yle ilgili duygularını tek tek anımsamaya başladı ve konuşma nöbetlerinden birini geçirdi. Kendine "Hiçlikten gelen yalnız adam," derdi. Bu uzun monologlarda Hitler bağıra çağıra, hiç susmadan konuşuyor ve yanındakilere şöyle diyordu:

"Lobideki parlak ışıkları ve avizeleri görür ama içeri girmemin mümkün olmadığını bilirdim. Bir gece çok kar yağmış ve kapının önünde neredeyse bir metre yüksekliğinde kar birikmişti. Bunu görünce karı küreyip karnımı doyuracak kadar para kazanabileceğimi fark ettim. Yanımdaki beş altı kişiyle birlikte otelin önündeki karı temizledik. Kraliyet Ailesi, Habsburg mensupları o gece oteldeydiler. Onların kraliyet at arabasından inip kırmızı halıdan kibirle yürüyerek bu otele girdiklerini gördüm. Biz zavallılar ise sokakların karını kürüyor ve önümüzden geçen her aristokrata şapkamızı çıkarıyorduk. Bize bakmıyorlardı bile, oysa burnuma gelen parfüm kokusu hâlâ aklımdadır. Onların ve Viyana'nın gözünde ancak bütün gece yağan kar kadar değerliydik. Otel görevlileri o gece çok üşümemize rağmen bize bir fincan sıcak kahve bile ikram etmediler. Otelden çok güzel bir müzik sesi geliyordu. Bu ses beni iyice duygulandırıyor ve ağlamak istiyordum. O an ağlama şansım bile yoktu ve bu adaletsizlik beni çıldırtıyordu. İşte o gece günün birinde Imperial Otel'e geri dönmeye ve kırmızı halıdan yürüyerek geçip o aydınlık lobiye, Habsburgların dans ettiği salona girmeye karar verdim. Nasıl ve ne zaman olur bilmiyordum ama bekliyordum. Ve işte buradayım."

— Bir yetmişlik içmiş gibi olmuş adam… ama düşünüyorum da… yaşadıkları sanırım hayal ettiklerinden daha ileriymiş.

Anlattıklarım onu çok heyecanlandırdı. Film seyrederken kendini filmin başrol oyuncusunun yerine koyan biri gibi coşkuyla doldu. Kendi dertlerini unuttu. Onu böyle keyifli ve heyecanlı görmek, bana da iyi geliyor ve hikâyeleri zevkle anlatıyorum ona.

— Hani bir laf vardır, "Körün istediği bir göz, Allah vermiş iki göz." Olanlara Hitler bile şaşırıp kalmış. Ertesi gün yani 15 Mart Salı günü Freud için ne kadar üzücüyse Hitler için o kadar önemli ve gurur veren bir gündü. İki yüz elli bin kişinin önünde Hitler "Vatanım" dediği Viyana'nın, Alman Reichi'ne katılmasını kutluyordu. Bu arada Yahudilere saldırılar başlamış ve sokaklar giderek bir tür kara karnavala, ırksal nefretin patladığı bir şehir cehennemine dönmüştü. Pek çok Yahudi intihar ediyordu. Yüzlerce Yahudi erkek ve kadın Nazilerin tuvaletlerini temizlemek için gözaltına alınıyor, yaşlı, beyaz sakallı Yahudiler toplanıp sinagoglara götürülerek dizlerinin üstüne çöküp "Heil Hitler!" diye bağırarak selam vermeleri isteniyordu. Bazı Yahudi işadamlarının ellerine diş fırçaları verilerek sokakları temizlemeleri isteniyordu.

— Şimdi, yıllar sonra... bunlar insana çok garip geliyor... ama adamın yaşadıklarını düşününce, belki ben olsam... ben de böyle yapardım.

— Sahi yapar mıydın Ala?

— Yapardım... Bana yapılanı... ben neden yapmayacakmışım?...

İçindeki öfke yine başını çıkardı. Çılgın gibi, öfkeyle bakıyor yüzüme.

— Yahudiler şehri terk etmeye çalışıyor ama Naziler buna da izin vermiyor, tren istasyonlarında onları durdurup tutukluyorlardı. Bunları hapse atıyor, işyerlerine el koyuyor, binalarını işgal ediyor, orada yaşayanları sokağa atıp dairelere kendileri yerleşiyorlardı. Yahudi anne babalara çocuklarının yanında hakaret edip yüzlerine tükürüyorlardı.

— Ben olsam... bunları çocukların yanında... yapmazdım...

— Naziler pislik ve bulaşıcı hastalık meselesini kafaya takmışlardı. Sürekli olarak Yahudilerin sokakları ve tuvaletleri temizlemesini istiyorlar, kendilerine Yahudilerden hastalık bulaşmasından korkuyorlardı. Daha ileriki zamanlarda Yahudilerden temizlik yapmaları beklenmeyecek, onlar tamamen ortadan kaldırılarak toptan bir temizlik yapılacaktı.

— Bu Yahudi düşmanlığı... ne zaman başlamış?

— Almanlarda Yahudi düşmanlığı Hitler'in başa geçmesinden sonra başlamış ve beş yıl içinde yavaş yavaş doruk noktasına gelmişti. Ancak bir Yahudi için Berlin, Viyana'dan daha güvenliydi çünkü Avusturyalılar bu konuda başı çekiyor, bir insanın nasıl bu kadar zalim olabildiği bütün dünyayı şaşırtıyordu. Güya

Avrupa'nın en hoşgörülü milleti olan Avusturyalılar sadece birkaç gün içinde Yahudilere kudurmuşçasına saldırdılar. Bütün bu olanlara Freud kadar onun yakın arkadaşı ve yine bir Yahudi olan ünlü yazar Stefan Zweig da şaşıyordu.

— Çok iyi bir yazar o... Özellikle biyografilerde çok başarılı. Çok okuduğu belli oluyor. Bilmediği bir şey yok.

— Ben de severek okurum onun kitaplarını. Zaten bu olaylardan sonra o da ülkesini terk edip Amerika'ya sığındı ve bir süre sonra da orada intihar etti.

— İntihar etmiş, evet... Ne kadar ünlü sanatçı ve bilim insanı varsa... o devirde hepsi de Viyana'da yaşıyormuş.

— Evet, çünkü o zaman Viyana bütün bu barbarlığa karşın bir yandan da neredeyse dünya sanat ve kültür başkentiymiş.

— Ne tuhaf bir çelişki değil mi?... Afrika'nın bilmem neresinde değil... insan avına Viyana'da çıkılıyor...

— İnsanoğlunun sadist yönüyle hep ilgilenmiş olan Freud en uygar halkların bile şiddet, tecavüz ve yağma fantezileri kurduğuna inanıyordu. Freud'a göre hepimizin içinde birer suçlu yatar. Freud Hitler'le Nazileri hayatın gerçekleri olarak kabul eder ve olanlara pek şaşmaz, çünkü Hitler'in sergilediği türden bir otoritenin bir yazar, düşünür ve aynı zamanda bir terapist olarak böyle bir ortamda nelere yol açabileceğini o gayet iyi biliyordu.

— Ortam müsait olursa... bütün bunları... normal bir insanın da... yapabileceğini söylüyor yani... Benim yaşadıklarımı yaşayanlar... ne yapacak?

İlginç bir soru. Ne söyleyeceğimi bilemiyorum çünkü onun ne yaşadığını henüz tam olarak bilmiyorum. Ama yine de bu bir başlangıç diye düşünüyorum. Bir gün, o da yaşadıklarını anlatacak. Galiba önce kendini anlamak, sonra da başkaları tarafından anlaşılmak ve kabul görmek istiyor.

— Eğer içimizde Freud'un zaten var olduğunu söylediği şiddet duygularını susturmak istemezsek bunu bizim yerimize kimse susturamaz. Ne yasalar, ne ayıplar ve günahlar bununla başa çıkamaz. Hepimizin içinde bir suçlu yattığına ben de gönülden inanıyorum ama insanoğlu bir yandan da bu suçluyu bulup bir an önce uslandırmak istiyor. Bunu da yine kendi isteği ve arzusuyla yapıyor. Yani insanoğlu suçlu olduğu kadar da masum...

— Nasıl durduracakmışız onu?

Bir yandan içindeki öfkenin farkında ama bir yandan da bunu durdurabilmenin yollarını arıyor.

— Freud yıllarını rüyaları ve halk öykülerini, dil ve kalem sürçmelerini, fıkraları, çocukları, fantezileri ve sanatı inceleyerek geçirmişti. İnsan hayatının basit ama unutulmuş köşelerinde gerçeği arıyordu. Arzularını daha iyi tanırlarsa insanların kendilerini daha az reddedeceklerine, böylece daha özgür, daha huzurlu olabileceklerine inanıyordu. Her arzuyu tatmin etmemiz gerekmez diyordu. Sadece onları sözcüklere dökmekle, bastırılmış olanı bilinçlendirmekle bile kendimizi biraz daha kolay kabullenebilir ve arada sırada biraz mutlu olabiliriz diye düşünüyordu.

— Onun için mi siz hep... beni konuşturmak... geçmişte yaşadıklarımı... tek tek anlattırmak istediniz?

— Psikoterapi bu zaten!

— Anlattıkça rahatlayacak ve içimdeki şeytandan kurtulacak mıyım yani?

İçimdeki şeytan! İyilikle kötülüğü çok iyi ayırabiliyor bu kız.

— Öyle umuyorum.

— Ama ben anlattıkça daha kötü oluyor... o geceler... uyku bile uyuyamıyorum.

— İyi ya, istenen de bu zaten. O şeytan çıkarken ortalığı biraz karıştırıyor. Biraz yıkıp dökerek, içimize hançer sokarak çıkıyor dışarı ama şeytanın içimizden çıkarken yaptığı hasar o kadar da önemli değil, çabuk iyileşir. Yeter ki saklandığı yerden çıkıp gitsin.

— Sizce bendeki şeytan... çıktı mı?

— Henüz tamamen terk etmedi seni. Ama bir gün, eğer sen de çıkıp gitmesini istersen orada daha fazla barınamayacak. Ben buna inanıyorum.

Umutla bakıyor gözlerime. Böyle umutlu olduğu zamanlar yüzünün hatları yumuşuyor ve daha sevimli bir küçük kız oluyor.

— Freud insanların otoriteye, özellikle de yıkıcı otoriteye bağımlı olduklarına inanırdı. Genellikle en güçlü arzumuz, arzularımızı bizim yerimize kontrol edecek, onları durduracak bir figür bulmaktır. Bu yüzden hükmedilmek, otoriteye boyun eğmek isteriz derdi. Freud kalabalık insan gruplarını tehlikeli bulurdu. Hem yasaklayıcı, hem de izin verici birinin lider rolünü üstlenmesiyle birlikte kalabalıkların ölümcül tehlikeler yaratabileceğine inanırdı. Tam da o dönemde Freud'un düşüncelerine çok uyan, dünyaya tavizsiz bakan ve net bir programa sahip bir politikacı ortaya çıkmıştı. Hitler nelerden nefret ettiğini çok iyi biliyordu. Yahudilerden, Versailles Anlaşması'ndan ve Marxistlerden... Ne istediğini de biliyordu: Alman halkının birleşmesi, güçlü bir ordu, devlete mutlak adanmışlık ve güçlü bir imparatorluk. Almanya'nın güçlenmesi için halkın büyük bir lider araması ve onda kendi iradesinin yüce ifadesini görmesi gerektiğini söylüyordu. Bu lider kendisiydi ve onu oraya getiren de ilahi bir güçtü. Hitler'in halkla ilişkisini neredeyse mistik bir ilişki olarak değerlendirebiliriz çünkü halk onda iradelerinin somutlaşmış halini görüyor, en büyük hayallerinin temsilcisi gözüyle bakıyordu ona. Halka göre Hitler her zaman doğrunun ne olduğunu biliyor ve bunu da mutlak bir özgüvenle söylüyordu.

— Lider dediğin de... böyle olmalı... Oh, ne güzel... senin yerine... ne yapacağını söyleyen... seni durduran biri var ortada... Düşünüyorum da... özellikle benim gibi insanlar... böyle bir ortamda çok rahat ederlermiş.

— Neden özellikle senin gibiler?

— Düşünsenize... yalnızlık gibi korkunç bir gerçeği bile ortadan kaldırıyor adam... Führer var... başımızda bize sahip çıkan... yerine göre seven... yerine göre döven... ama bizi her türlü kötülükten de korumaya hazır... bir adam var... Kendi içinde bile rahat... ve huzurlusun... İstesen de... yanlış yapamazsın... Führer buna izin vermez...

— Çok güzel yorumladın Ala. Sende bu kafa varken istesen de yanlış yapamazsın artık. Aslında Aryan idealini canla başla savunan adamın kendisi kısa boylu, esmer, çirkin, komik bıyıklı biriydi. En sevdiği şey sofraya dalkavuklarıyla oturup hamur tatlıları yemek ve köpeklerin sadakatinden söz etmekti. Arada sırada da operetlerin filmlerini seyreder ve yanındakilere savaş deneyimlerini anlatırdı. Özel hayatında şaşılacak kadar duygusaldı ve sık sık ağlardı. Ama gerektiğinde Freud'un tarif ettiği rolü, her zaman doğruyu bilen ve kararlarında en küçük bir şüpheye düşmeyen adam rolünü son derece iyi oynayabiliyordu. Bazı kaynaklar Hitler'in Freud okuduğu ve davranışlarını buna göre ayarladığını yazar. Özellikle gençler ve kadınlar ondan çok etkileniyor, Onu dinlerken dünyaya yeni bir peygamberin geldiği hissine kapılıyorlardı. Özellikle kadınlar onu yakından görebilmek veya ona dokunabilmek için birbirleriyle yarışıyorlardı. Hatta bir keresinde kadının biri ölümü göze alıp kendini Führer'in kucağına atmış, onu yanağından öpmeyi başarabilmiş ama Hitler bu durumdan hiç hoşlanmamış ve oteline gidene kadar sürekli eliyle yanağını silmişti.

— Gerçekten tuhaf bir adam!... Ama sanki dünyaya... Führer olmaya gelmiş... Normal birinin zaten bunları yapması... çok zor... Zavallı Freud... en büyük düşmanını bile... anlamaya... analiz etmeye çalışmış.

Hitler'le Freud arasında gidip geliyor. Hangisinin yanında yer alacağına karar veremedi. İçindeki iyiyle kötünün çarpışması bu!

— Freud da ilginç bir adammış. Yiyip içmeyi bile pek sevmezmiş. Eşi Martha ona altı çocuk doğurmuş. Sanki kocası rahatça çalışabilsin diye yaşıyormuş ama onun ne iş yaptığıyla ilgili en ufak bir fikri yokmuş. Her şeye rağmen Viyana'dan ayrılmak istemiyor, Viyana'dan ayrılmayı kaptanın gemisini terk etmesine benzetiyormuş.

— Adam zihninde... koca bir dünya kurmuş... o dünyanın tek tek kurallarını belirlemiş... ve bütün insanların hiç fark etmeden... bu görünmez kurallar içinde hareket ettiğini anlatmış... Az şey değil doğrusu!

Freud'un öğretisini ne güzel anlamış!

— Ne güzel söylüyorsun Ala! Freud'u bugüne kadar belki de hiç kimse senin kadar net, basit ve doğru anlatamadı.

— Teşekkür ederim... benim için büyük iltifat bu söyledikleriniz.

— Freud'la Hitler'in belki de en önemli benzerliği ikisinin de köpeklere olan derin ilgi ve sevgisiydi. Her ikisi de mutlaka bir köpek besler, onları çok sever ve çevrelerine sık sık köpeklerini anlatırlarmış. Hitler, Tanrı'nın kendisini Almanya'nın yeniden doğuşuna önderlik etsin diye seçtiğini söyleyerek övünüp duruyordu. Freud ise gerçekleşen korkunç olayların olacağını önceden tahmin etmekten karanlık ve sessiz bir haz alıyordu. "Faşizm" diyordu, "kendinden ve tüm yaptıklarından tamamen emin gibi görünen buyurgan ve karizmatik bir liderin cazibesiyle başlar." Hitler özel hayatında ne kadar eksantrik, değişken ve tuhaf görünse de, kalabalıkların karşısında rolünü mükemmel oynuyordu. Nihayet bütün enerjileri tek bir yöne akan gerçek bir erkek, gerçek bir güç çıkmıştı ortaya. Ancak Freud için asıl mesele mutlak liderin tam olarak neden insanlar için bu kadar önemli ve gerekli olduğu sorusuydu. Neden Hitler gibi bir figüre öylesine saygı gösterilmişti. Hitler artık neredeyse kendini İsa'ya benzetmeye başlamıştı. Hatta Viyana'da başı açık, gözleri yaşlı büyük bir sessizlik ve huşu içinde onu dinleyen kalabalığa Hitler şöyle sesleniyordu: "İnanıyorum ki bir çocuğu buradan Reich'a göndermek, onu yetiştirip vatanını Reich'a katsın diye o ulusun lideri yapmak Tanrı'nın isteğiydi. Aksi takdirde insanın Tanrı'nın varlığından şüphe duyması gerek." Bunları söylerken ağlamaklı olan Hitler kalabalığa haykırarak sözlerini şöyle bitiriyordu: "Almanya'nın en çok aşağılandığı dönemde bile ona inandım."

Yüzü yine aydınlanıyor ve bir heyecan, bir coşku fırtınası onu yalayıp geçiyor.

— Acaba bunları gerçekten inanarak mı söylüyordu... yoksa kürsüde... profesyonel bir oyuncu gibi mi davranıyordu?

— Ben söylediği her şeye inandığını düşünüyorum. O günlerden kalan filmler de bu düşüncemi destekliyor. Zaten o kendine inanmasa bu kadar büyük bir kitleyi arkasından sürükleyemezdi. Belki de o ara kendini gerçekten peygamber sanıyordu. Freud onu çözebilmek için çok uğraştı. "İnsanlar bütünsel varlıklar değildir," der Freud. Parçalara bölünmüştür ve bu parçalar genellikle birbiriyle çatışma halindedir. Bilinçaltını üç bölümde inceler. En altta yer alan bölüme İD der. İD arzuların toplandığı yerdir. Şımarık, henüz çok küçük, sürekli tutturan bir çocuk gibidir İD. İstekleri hiç bitmez. En üstte yer alan Vicdan ya da SÜPEREGO ise bu arzulara genellikle hep karşı çıkar ve onu cezalandırır. Çünkü bu bölüm bizler büyüdükçe, içinde yaşadığımız toplum uygarlaştıkça, yasalar yürürlüğe girdikçe, din kabul gördükçe bize sürekli neyin doğru, neyin yanlış olduğunu söyler. Eli sopalı bir anne babaya benzer SÜPEREGO. Her şeye kızar senin anlayacağın.

— Buraları... özellikle süperegoyu... çok iyi anladığımı... tahmin ediyorsunuz değil mi?

Psikiyatriyi bile bir profesyonel kadar iyi biliyor. Ben daha leb demeden, o leblebiyi anladı.

— Evet, biliyorum, zaten bunları iyi anla diye anlatıyorum. Ben ya da EGO ise ikisi arasında sıkışır kalır. Bir yandan insanın bitmek tükenmek bilmeyen arzuları, bir yandan ona sürekli "dur" diyen, sadece yaptıkları için değil, düşündükleri için bile onu cezalandıran vicdanı arasında ne yapacağını şaşırır. Asıl işi bu ikisini uzlaştırabilmek ve huzura kavuşabilmektir ama bunu yapmak bizler için o kadar da kolay değildir.

— Ceza derken... neyi kastediyorsunuz?

— Suçluluk duygusundan söz ediyorum. İnsanoğlu önce kendisi tarafından onaylanmak ister. İç barış ancak öyle sağlanabilir.

— İç barış ha?... Zor...

Böyle diyerek hafifçe elini sallarken yine o efkârlı yüz ifadesi beliriyor.

— Sadece senin için değil Ala, iç barışı sağlamak hepimiz için zordur çünkü ben dediğimiz EGO üç efendiye birden borcu olan zavallının tekidir. Dış dünya durmadan bizden bir şeyler ister. Biraz önce İD dediğimiz bölümün arzu ve istekleri hiç bitmez. Son efendi de vicdanımızdır.

— Herkeste... bu böyle mi?

— Aslında temel olarak herkeste durum bu ama bazı şeyler bu mekanizmayı çok etkiler. Örneğin çocukluğu çok rahat ve olumlu bir ortamda geçmiş, kolayca sevilmiş, sayılmış ve önem verilmiş birinin işi sana göre daha kolay.

— Oh... hiç olmazsa bu kadarını... kabul ettiniz!

Derin bir nefes alıp iç çekerek söylüyor bunları. Rahatladı sanki.

— Ben ilk günden beri bunun farkındayım ve bu zor savaşta sana yardımcı olmaya çalışıyorum. Ancak şöyle düşünmeni istemiyorum: Herkesin keyfi yerinde, bir tek benim kaderim böyle.

— Biraz önce bunun böyle olduğunu... siz de söylediniz.

— Dünyaya insan olarak gelmek, güzel olduğu kadar da zor bir şey. Temelde hepimiz şu veya bu nedenle aynı çatışmaları yaşıyoruz. Onun için hiçbir zaman "Tam" olamıyoruz. Yarımız... Bir tarafımız yazken öbür yanımız kış. İki tarafta birden baharı bulabilmek kolay olmuyor. Alkol, uyuşturucu gibi sarhoş eden maddeler genellikle vicdanımızı daha ılımlı, hükümlerinde daha az sert ve katlanılabilir hale getirir. O yüzden özellikle iç dünyasında bu dengeyi kurmakta zorlanan insanlar bu maddelere yönelir.

— Yani bu dünyada yarım olan... bir türlü bütün olamayan tek kişi... ben değilim.

— Değilsin tabii! Aslında hepimiz yarımız. Arada bir bu duygu azalıp çoğalıyor, o kadar. Mutlu insan hep mutlu değildir. Mutluluk arada bir bizi yoklayıp geçen bir duygudur ama bazıları neredeyse hiç tatmaz bu duyguyu.

— Benim gibi...

Bunu söylerken yine efkârlı bir ifadeyle elini sallıyor ve işaret parmağındaki morluklar bir kere daha dikkatimi çekiyor. Bu parmak neden bir türlü iyileşmiyor? İlk günden beri bunu merak ediyor ve öğrenmek istiyorum ama henüz soramıyorum.

İnsanın parmağı durup dururken böyle sürekli morarmaz. Diğer parmaklarına bakıyorum, onlarda böyle bir durum yok. Bir yere çarptı desem, şimdiye kadar düzelirdi. Bunun altından bir şey çıkacak ama ne? Üstündeki abuk sabuk giysilerin de bir anlamı var. Onu tanıyalı aylar oldu ve ben hâlâ bunların hiçbirini bilmiyorum!

— Siz bana... Freud'un Hitler'le ilgili yorumlarını... hâlâ pek anlatmadınız...

Dönüp dönüp bunu soruyor! Bir psikiyatristin hem de psikiyatrinin kurucusu olan adamın, kendisiyle benzerlikler kurduğu Hitler hakkında ne düşündüğünü öğrenmek istiyor.

— Freud kalabalıkların Hitler gibi bir liderle kurdukları ilişkiyi erotik bir ilişki olarak algılıyordu. Hitler de zaten konuşmalarında Alman kitleleriyle seviştiğini söylerdi. Lider, Freud'un tabiriyle kitleleri hipnotize eder ve insanlar neyin doğru, neyin yanlış olduğunu, böyle bir liderden kolayca öğrenir. Kafası karışmaz, bunun için uzun uzun düşünmesi, iç sesini arayıp bulması gerekmez. Böylece kişi iç dünyasında kendini son derece rahat ve huzurlu hisseder çünkü inandığı lider ona yapması gereken doğruları söylemiş, o da yapmıştır. Sorumluluk kendisine ait değildir.

— Tanrı gibi mi?

— Ala, beni gerçekten şaşırtıyorsun.

— Neden?

— Çünkü çok yerli yerinde yorumlar bunlar. Kendimi, beni çok iyi anlayan bir meslektaşımla sohbet ediyor gibi hissediyorum. Evet, Tanrı gibi...

Bu sözler, söylenmeden önce yeteri kadar ölçüp biçilmeden, kendiliğinden dökülüyor dudaklarımdan. Bunlar benim gerçek duygularım ama her duyguyu bizler hastalarımızla paylaşmayız, bu çok olumlu bile olsa! Onun ne hissettiğini anlamak ister gibi dikkatle bakıyorum yüzüne. Her zamanki gibi utandı. Hafif bir kırmızılık yüzünü yalayıp geçiyor. Ben işi uzatmadan hemen kaldığım yerden sözlerime devam ediyorum.

— Böylece o kalabalıkta yer alan herkes kendini önemli olayların altına imza atan biri gibi hisseder. Bu da güç demektir ve insanın bu konudaki arzuları da tatmin edilmiş olur.

— Freud haklı... Burada tam bir erotik ilişki tarif ediyorsunuz... Demek Hitler... sanıldığı kadar... derinlikten yoksun bir adam değil... ve belli ki... Freud okumuş... ve onu iyi anlamış.

— Belki de... Bu ilişkinin bir başka özelliği de, insanlar arasındaki farklılıkları ortadan kaldırıyor olmasıdır. Yani kalabalıklarda bu yolla lider, tam bir eşitlik sağlar. O devrin Avusturyası'na geri dönecek olursak, Hitler'in önderliğinde insanlar hep birlikte Yahudileri suçluyor ve yine hep birlikte büyük bir imparatorluk hayali kuruyorlardı. Düşünsene, böylece insanların hayallerini birleştiriyor Hitler!

— Psikiyatri biliminin... bazen sihirbazlıktan farkı yok... Eğer Hitler bunları bilinçli olarak yaptıysa... insanda hayranlık uyandıracak kadar... zeki ve yetenekli bir adammış!

— Pek sanmıyorum, çünkü bütün bunlar sağlıklı ve aklı başında insanların bile altından kalkacağı şeyler değil. Ancak çok bilgili ve deneyimli bir psikiyatrist grubu, bunu belki yapabilir. Böyle bir liderin bir diğer özelliği de yerine göre izin verici olabilmesidir. İnsanın kendi vicdanı hırsızlık, şiddet, yıkıcılık gibi şeylere izin vermezken, aniden ortaya çıkıveren yeni vicdan yani lider, belli koşullarda buna izin veriyordu. Kişi böylece içindeki şiddet eğilimlerini en iyi şekilde tatmin ederken, bundan hiç rahatsız olmuyor, kendini suçlu hissetmiyordu.

— Hem vur, kır, yok et... hem de vicdanın bundan hiç rahatsız olmasın!... Böyle bir lidere... benim de çok ihtiyacım var...

Bu son cümleyi hafifçe gülümseyerek söylüyor. Bunlar son derece sağlıklı, hatta üst düzey tepkiler. Bu kızın egosu hâlâ sapasağlam ayakta duruyor. Buna içten içe memnun oluyorum.

— Haklısın, bu, sadece seni değil, herkesi rahatlatan bir durum. Bütün semavi dinler canlının her çeşidini öldürmeyi yasaklar ve kişi böyle bir şey yaparsa, yasalar onu cezalandırmadan önce, kendisi bundan rahatsız olur, suçluluk duyar. Burada lider bir çeşit Tanrı yerine geçiyor ve Yahudileri öldürmek suç değil, hatta onları öldürerek toplumu kötülükten, pislikten kurtarıyorsunuz diyor. Böylece Hitler'in Viyana'ya geldiği gün, o zamana kadar son derece uygar ve hoşgörülü olan Viyanalılar, bir anda Yahudi komşularına saldırabilen, hem de bunu yaparken hiçbir suçluluk duygusu hissetmeyen insanlar haline geliyorlar. Viyanalılar Yahudi komşularına saldırırken aynı anda iki şeyi birden yapıyorlardı. Hem rahatça en saldırgan dürtülerini tatmin ediyorlar, hem de daha üstün, daha yüce bir toplum yaratılmasına katkıda bulunuyorlardı. Hepsi de doğru yaptıklarına inanıyorlardı. Yasak bir şey yapmayı hem çok isteyip hem de içlerinden bunu yapmamaları gerektiğini söyleyen sesten kurtulmuşlardı. Sonuç olarak, yaptıkları barbarlık da olsa, muazzam bir kolektif tutku patlaması yaşanıyordu.

— İnsanın iç dünyasına... ne kadar uygun bir formül!

— "Kitleler" diye yazmıştı Hitler, "ricacılardan çok komutanları severler."

— Ne demek bu?

— Yani büyük kitleler, demokratik rejimlerden çok totaliter rejimleri, kendilerini idare edecek bir kralı, bir imparatoru tercih etme eğilimi gösterirler. Hitler gibi Freud da bunun doğru olduğunu destekler nitelikte makaleler yazmıştır.

— Yani aşağı yukarı... ikisi de aynı şeyi söylüyor.

Sanki kafasının içindeki kavga ve kararsızlık bu sözlerle yatışıyor.

— Öyle! Freud, insanların öncelikle iç huzuru aradığını savunur. Acılarımızı anlayan, düşmanlarımızı gösteren, enerjimizi nereye odaklayacağımızı işaret eden ve yasaklanmış arzularımızı tertemiz bir vicdanla tatmin etmemize izin veren sade doktrinli ve güçlü bir adam, herkes için huzura giden yoldur der. Böyle bir adam doğru zamanda ortaya çıkarsa ve bizi uygun sözlerle kandırırsa, hayat o zaman daha bir anlamlı olur ve bize içkiden ve hatta aşktan daha fazla bir bütünlük duygusu verir. Yarımlığımızdan, eksikliğimizden, içimizdeki bitmek bilmeyen çatışmalardan ve huzursuzluklardan bizi kurtarır. Ama bunları yapan adam işinin tam ustası olmalıdır. Güçlü olmasa da güçlü görünmeyi çok iyi bilmelidir. Kimseye ihtiyacı olmayan, tertemiz vicdanlı, kendine yetebilen, ne yaptığını her zaman çok iyi bilen, cesur ve otoriter biri olarak çıkmalıdır toplumun karşısına. Bu adam otoritesinin kaynağı ve garantörü olarak bazen Tanrı'yı gösterebilir veya göstermeyebilir. Ama hangisini yaparsa yapsın, ister Hitler olarak, ister Stalin, ister Mao, insanları karmaşadan kurtarmayı ve kaosun hüküm sürdüğü yere bütünlük ve gaye getirmeyi vaat edecektir.

— İster Hitler... ister Gülseren Budayıcıoğlu da diyebilir miyiz?

— Yapma yahu! Beni Hitler'e mi benzetiyorsun?

— Hitler toplumlara huzur getirmeyi vaat etmiş... siz de bana aynı şeyi vaat ediyorsunuz... O onların kurtarıcısıymış... siz de benim.... O da inanarak yapıyormuş işini... siz de öyle.

Şimdi beni Hitler'in yerine koyuyor. İlginç doğrusu! Buna itiraz etmeyeceğim.

— Arada küçük bir fark var galiba. Toplum Hitler'e sonuna kadar inanıyormuş ama yanlış anlamadıysam sen bana hâlâ pek güvenmiyor ve inanmıyorsun.

— Yok, hayır! Ben size inanıyorum aslında... ama bir yandan da inanmak istemiyorum. Siz de tıpkı onlar gibi... bir Tanrısınız benim için. Her şeyi bilen bir Tanrı! Onlar inanmakla yanlış yapmışlar. Sadece onlar değil, Stalin'e, Mao'ya inananlar da yanlış yapmış. Bu uğurda milyonlarca insan... canından olmuş... Bir şeylere inanmanın keyfini hiç yaşayamadım ben... Yaşamasam da hep bunun hayalini kurdum. Alâaddin'in sihirli lambasından çıkan dev... bana ne istiyorsun diye sorsa... ona inanmak istiyorum derdim. Birine sonuna kadar inanmak! Hayatımda inanabileceğim... hiç kimsem olmadı benim. Şimdi siz çıkmış... "bana inan... bana güven" diyorsunuz. Beni yarı yolda bırakıp gitmeyeceğiniz... ne malum!

İçindeki korkuları, güvensizlikleri dile getiriyor. Bugün, ona iyi ki Hitler ve Freud'dan söz etmişim.

— Bu kadar açık konuşabilmek ne kadar güzel değil mi Ala? Bak, o dönüp duran soruyu sonunda bana açıkça sorabildin.

— Bunu da mı biliyordunuz?

— Canım, sen de bana kendimi casus gibi hissettirme. Benim işim bu. Zaten bana bunun için gelmiyor musun? Seni bırakıp gitme meselesine gelince...

— Evet... asıl mesele işte o!

— Ben senin doktorunum ve yardıma ihtiyacın olduğu zaman hep senin yanında olacağım. Seni ne kadar keyifli, ne kadar mutlu, ne kadar başarılı görürsem o kadar memnun olurum.

— Hepsi bu kadar yani...

— Sen ne isterdin?

Konuşma son derece ilginç bir yere geldi. Aslında beni köşeye sıkıştırdı. Ona bazı konularda neredeyse garanti vermemi istiyor. Bunu yapamam, yapmam zaten doğru olmaz...

Bu son sorumu bir türlü cevaplandıramadı. Kumru gibi düşünüp duruyor. Aslında ne istediğini ikimiz de biliyoruz. Onu sevmemi, ona çok daha fazla özen göstermemi, hayatı boyunca bir anne, belki de bir sahip gibi hep yanında olmamı ve ona destek vermemi istiyor. Sadece Ala değil, bir süre psikiyatriste giden hastaların pek çoğu ister bunu ama zamanla sorunlar çözüldükçe, kendilerine olan güvenleri arttıkça yavaş yavaş kanatları çıkar ve uçar giderler. Bunu tedavinin böyle tam orta yerinde hissedemez ve doktorun desteğini kaybetmekten korkarlar. Ala'da bu korku, başkalarına göre daha yoğun.

— Biraz önceki gibi cesur olabilsen keşke!

— Hitler ona tapanları seviyormuş... Beni sevmenizi isterdim... anlıyor musunuz... beni sevmenizi... Böyle olduğunu siz bal gibi biliyorsunuz... İşte o zaman belki ben de bütün olamasam bile... şimdiki kadar yarım kalmazdım... Ben sizin için sadece işinizin bir parçasıyım... Ben düzelirsem oh ne ala... Siz de işinizi iyi yapmış olacaksınız... Hepsi bu kadar!

Ümitsiz bir feryat bu! Benim onu sevmemi hatta çok sevmemi istiyor. Hiç sevilmeyen birinin bu tür hayalleri olması çok doğal geliyor insana. İçimi şöyle bir yokluyorum, ona bunu ifade etmesem de, ben artık Ala'yı seviyor ve destekliyorum.

— Günün birinde umuyorum sen de sevecek ve sevileceksin Ala. Zaten ruhumuzdaki yaraların en temel ilacı sevgidir. Senin de buna ne kadar ihtiyaç duyduğunu biliyorum. Psikiyatride hasta ile hekim arasında giderek tuhaf bir ilişki gelişir. Çünkü hasta da hekim de insandır. Yani sadece mantık değil duyguları da olan bu insanlar terapi seanslarında uzun uzun bir araya gelirler. Böyle olunca da bu ilişki sırasında duygular sürekli olarak birinden ötekine doğru akar. Zaten ilişki, iki insanın arasında yaşanan duygu transferidir. Bu durum aslında terapide çok işimize yarar. İstersen şimdi sana Freud'un bu konuda neler söylediğini anlatayım.

— Tamam!

— Freud terapi seanslarında bazı hastalarının kendisine âşık olduğunu gördü, ancak bunun sebebinin sadece kendi cazibesi olmadığının da bilincindeydi. Hastanın bir zamanlar annesine, babasına ve otorite figürlerine yönelttiği hisleri doktoruna aktardığını gördü. Doktorun, bu duygu aktarımı sayesinde hastanın iç dünyasının dinamiklerini öğrenebildiğini fark etti. Tedavinin başlaması için hastanın bu aktarıma teslim olması, doktorun cazibesine kapılması gerekir der Freud.

— Öyleyse biz çok iyi gidiyoruz... çünkü ben sizi ilk gördüğüm günden beri... içimde size karşı tuhaf bir... hayranlık duyuyorum.

Bu kızın duygularını bu kadar net ve bu kadar kolayca ifade edebilmesi ne güzel! Bu seans çok etkili ve bir o kadar da tedaviye yardımcı bir seans oldu.

— İşte ben de tam olarak bunu söylüyorum. Böyle olması terapinin bir gereği zaten.

— Size hayranlık duymasaydım... terapi başarılı olmaz mıydı?

— İyi bir psikoterapide transferans önemli bir koşuldur ancak bu transferansta sadece olumlu duygulardan söz edemeyiz.

Bazen de bunun tersi olur ve hasta terapistine çok kızar, hatta ondan nefret edebilir. Sanırım bu konuda da durum fena değil...

— Eh... arada bir size çok kızdığım da doğru.

— Harika, bayılıyorum senin bu açık sözlülüğüne. Freud bir terapist olarak hem erkek, hem de bu kadın hastalarının en yoğun tutkularının hedefi haline gelmişti. Bazen de tersi gerçekleşmiş ve Freud'dan nefret edildiği de çok olmuştu. Freud büyücü ininin sınırları içinde, halılarla heykellerin ve çok sayıda bilimsel kitabın arasında erotizmi son derece yoğun bir hayat yaşamıştı. Kendisine asılanlar, şakalaşanlar, hakaret edenler, tapanlar, hayran kalanlar oluyordu. Ancak aslında terapinin amacı mutlak otoritenin gizemini yok etmektir. Zamanla hasta geçmişindeki ve geleceğindeki bütün arzu ve otorite objeleriyle yeni bir ilişkiye girer ve terapistine karşı tavrı değişir. Terapinin sonunda aktarım vadisinden geçen hasta terapistin de kendisi gibi acı çeken, çabalayan bir ölümlü olduğunu görür. Terapistin zekâsına ve kişiliğine hayranlık duyabilir ama artık onu bir tanrı gibi görmekten vazgeçer. Psikanalitik psikoterapilerin temel hedefi bütün mutlak otorite figürlerinin yapbozudur. Terapist önce insanların kendisini olduğundan büyük görmelerine izin vermek durumundadır. Çünkü otoriteyle ilişkisini kişi ancak doktoruyla yaşadığı ilişki içinde çözebilir. Şimdi yine sana dönecek olursak, senin için otoriteyi temsil eden kişilere yani annen, baban ve babaannene olan duyguların malum. Onları hep sevmek istemiş ama sonuç olarak onlardan nefret etmek zorunda kalmışsın. Dikkat edersen burada bana karşı da aynı kararsızlığı gösteriyorsun. Önce benim tarafımdan çok sevilmek, sen de beni sevmek ve güvenmek istiyorsun ama geçmişte yaşadıkların buna izin vermiyor. Sevmeyi ve güvenmeyi beceremiyor ve en iyi bildiğin şeyi tekrar ediyorsun. Bana kızıyor, güvenmiyorsun. Ben seni dinlerken hep bunların peşindeyim. Bir gün otoriteye güvenmeyi öğrendiğin, onunla ilişkilerini düzelttiğin zaman sen de rahatlayacaksın. İşte o zaman hekimin başka bir şey yapması gerekiyor. Otorite imgesinin dağıtılmasına gelecek sıra. Belki o zaman beni daha mütevazı, daha insan olarak göreceksin. O dev küçülecek, senin boyuna gelecek. Böylece senin geçmişindeki otorite figürleri yani annen baban ve babaannen de benimle birlikte küçülecekler. Bilmem anlatabildim mi?

— Hem de nasıl!... Aslında ben bunları belki yüz kere okudum... ama bir türlü bir yerlere oturtamamıştım.

— Bu da çok doğal çünkü kitaplar okunmak için yazılır ama psikiyatride ilişki birinci koşuldur. Aslında benim sana bugün anlattıklarım psikiyatristler tarafından hastalarına böyle uzun uzun anlatılmaz, uygulanır. Hekim bunun böyle olduğunu bilir, hastanın tepkilerini bu doğrultuda her zaman ciddiye alır ve önceden bildikleri doğrultusunda hareket eder ama sen öteki hastalara pek benzemiyorsun. Şeytan gibisin maşallah. Hiçbir şey kaçmıyor senden. Çok okuyor ve bazı şeyleri gerçekten de biliyorsun. Ben de bu bilgileri senin kafanda doğru yerlere koymaya çalışıyorum. Her zamanki gibi sadece fener tutuyorum sana.

Ağzını çarpıtarak hafifçe gülüyor.

— Sabrınız için teşekkür ederim... Aslında size sadece minnet duygularımı ifade etmem gerekir... ama bazen öyle bir yoldan çıkıyorum ki... bunu kendim bile durduramıyorum.

— Böyle olması son derece doğal, üzülme.

— Şimdi şu Freud'un hikâyesini bitirelim de... ben gideyim... Yine çok zamanınızı aldım.

— Freud çene kanserinin oluşmasına neden olan puroyu bir türlü bırakamazken, puronun muhtemelen en yaygın ve en eskilerde kalan bir bağımlılığın, yani masturbasyonun yerine geçtiğini itiraf etmekten de geri durmuyordu. 82. doğum gününde Freud'a Nobel Ödülü verileceği söylentisi çıktı. Bundan hoşlanmadı Freud çünkü o asi ruhlu biriydi ve asilere büyük ödüller verilmezdi. Artık giderek Avusturya'dan ayrılma kararı kafasında belirginleşiyordu çünkü pek çok kere yazdığı gibi "özgür ölmek" istiyordu. Zaten her şeyine el konmuş, bir tek canı kalmıştı. Onu da dünyanın tepkisini çekmemek için şimdilik bağışlıyorlardı. 4 Haziran günü Freud eşi Martha, kızı Anna, doktoru ve sevgili köpeğini de yanına alarak, başta Amerikalılar olmak üzere pek çok dostunun da yardımıyla Doğu Ekspresi'ne bindi. Ve 6 Haziran Pazartesi günü Londra'daki Victoria İstasyonu'nda indi. Hatta kendisini bekleyen kalabalıklardan kaçabilmek için tren, istasyona girmeden durdu çünkü Freud ayakta durmakta zorlanacak kadar hastaydı. Freud karşıtlığa bayılırdı. Kendisini destekleyecek güçlü bir dostun yanı sıra mücadele edeceği bir düşmana ihtiyaç duyardı. Ayrıca Psikanalizin ilk savunucusunun, tarihe gördüğü zulümlerle geçen bir ırka mensup olması belki de tamamen bir seçim değildi. Başarıyı, şöhreti ve burjuva hayatının bütün güvenli tuzaklarını seviyordu. Hayatının son yıllarında bir ikilemle karşılaştı. İçinde bulunduğu konumun tadını çıkarıp ılımlı mı davranmalıydı, yoksa sonuna kadar üretken ama baş belası bir Freud olarak mı kalmalıydı? O sıralar, yazdığı en kışkırtıcı eser olan *Musa* adlı kitap üzerinde çalışıyordu. Bu kitap İngiltere'de bile kabullenilme ve sevilme haline büyük olasılıkla son verecekti. Hayatı boyunca kabullenilme hissini bir kere 1909'da Amerika'ya geldiğinde yaşamıştı. *Musa* aslında Yahudilik karşıtı bir kitaptı ve kitapta Musa'nın Yahudi kimliğini sorguluyor ve onun Yahudi değil aslında Mısırlı olduğunu savunuyordu. Hatta bu kitapta daha ileri gidip tektanrıcılığın Yahudilere Musa tarafından getirilen bir Mısır icadı olduğunu ve Yahudilerin sonunda Musa'yı bu çabası yüzünden öldürdüklerini iddia ediyordu. Yani seçilmiş halk en büyük peygamberini katletmişti.

— Ne garip bir adammış... Yahudi olduğu için adamı öldürecekler... ama o hâlâ neyin peşinde?... Düşündüğü doğrular uğruna... kendi halkına bile ihanet etmekten çekinmiyor.

Bunları hayret ve hüzünle karışık bir ses tonuyla söylüyor. Freud'u anlamaya çalışıyor ama kafasında bazı şeyler bir türlü yerli yerine oturmuyor.

— O, bunu bir ihanet gibi görmüyordu. Freud ne olursa olsun her zaman gerçeğin peşindeydi. Onun için ırk, millet hatta Tanrı bile yoktu çünkü ateist doğmuş ve yine bir ateist olarak ölmüştü.

— Sonunda... kitabı yayınlatmış mı?

— Evet. Karar vermekte çok zorlanmışsa da sonunda kendine mani olamamış ve kitabı yayınlatmış. Ve beklediği gibi çok şiddetli tepkiler almış ama kitap bütün dünyada çok satmış. Senin anlayacağın ne yapıp etmiş ve ölmeden önce yine sorun çıkaran, insanları ürperten, tedirgin eden gerçekleri yazan, ortalığı birbirine katan biri olmayı becermiş.

— Adamın ruhu asi!

Hitler'i dinlerken yüzüne yayılan coşku ve heyecanı görüyorum onda. Freud'un asi yanı hoşuna gitti.

— Ona göre bütün insan davranışları çocukluktaki kökenlerine göre biçimlenir. Yani yedi yaşına kadar bir çocuk ne yaşadı, ne öğrendi, ne hissettiyse, gelecekte bunları tekrar edip durur. Freud'a göre şimdiki zaman temelde daha önce olanların bir tekrarıdır.

— Öyleyse yandık desenize!

— Yanma diye uğraşıyorum, görmüyor musun? Psikanalizde Freud çocuk yaşta beyne kodlanan duyguları değiştirmeye çalışır. İnsanoğlu kendine korktuğu, teslim olduğu ama kendisini koruyacağına güvendiği tanrılar yaratır, der. Ve ısrarla her kadının bir faşiste taptığını söyler.

— Sadece kadınlar mı faşistlere tapıyor?... Erkekler için... bu durum geçerli değil mi?

— Bakıyorum bu konu çok ilgini çekti! Maalesef aynı şey erkekler için de geçerli. Yani kadınlar da erkekler de Freud'a göre faşist ruhlu insanlara bayılıyorlar.

Gözlerini tavana dikip bu söylediklerimi anlamaya, hissetmeye çalışıyor.

— Mantıklı değil... ama galiba gerçek... Zaten adam hiçbir zaman... normal şeyler söylememiş...

— Evet, çok doğru! Hep insanın kabul etmekte zorlanacağı gerçeklerin altını çizmiş. Onun için de seveni kadar sevmeyeni de olmuş. Gerçi böyle asi bir ruhlu bir adamı, bütün dünya sevseydi, Freud bundan da çok rahatsız olurdu. Beş kız kardeşi vardı. Kızların en büyüğü olan Anna, Freud'un eşinin erkek kardeşiyle evliydi ve 1955'te New York'ta 97 yaşında öldü. Dolfi hiç evlenmedi ve hayatını annesine bakarak geçirdi ve 1942 Eylülü'nde bir Yahudi gettosunda açıktan öldü. Diğer üç kız kardeş bir toplama kampına gönderildiler ve 1942'de Naziler tarafından öldürüldüler. 1 Eylül'de Freud çalışma odasında yatıp çenesindeki ağrıyı dindirmeye çalışırken Nazi askerleri Polonya'ya girdiler. Polonya kanının son damlasına kadar dirense de ülke kısa sürede Almanların eline geçti. Hitler askerlere yakın olabilmek için ön saflarda yer aldı. Kısa süre sonra Hitler'in aklına yeryüzündeki bütün Polonyalıları öldürmek gelecekti. Ancak iki gün sonra hem Fransa hem de İngiltere Almanya'ya savaş ilan ettiler.

— Adama bakın... bir deli yüzünden dünya savaşı çıkıyor... Ben tarih okudum... ama inanın her şeyin o adam yüzünden olduğunu... tam anlayamamışım.

— Bundan utanma! Tarihi güzel öğretmiyorlar bize. Ölüm döşeğindeki Freud bu haberi duyunca, "Savaşlar hep devam edecek ama bu benim için sonuncusu," demiş. Çünkü Freud'a göre savaşlar hep olacaktı. Freudçu bakış açısına göre insanlık tarihinde kültürün yıkıcı dürtüyü bastırdığı savaşsız dönemlerle, dürtünün cinayet, tecavüz ve fetih şeklinde dışa yöneldiği dönemler hep birbirini izler.

Bir matematik problemi çözer gibi kafasında hesap yapıyor.

— Öyleyse insanlar ne yapacak?... Bunun için bir çözüm yolu önermiyor mu?

— Freud'un sunduğu alternatif, içgüdüsel enerjinin bilime, ticarete ve sanatsal yaratıya yönlendirilmesi şeklindedir. Balzac gibi Freud'un dünyasında da hiçbir şey vermeyen hiçbir şey alamaz. Freud çektiği acılara razıydı çünkü en büyük korkusu zihinsel yetilerini kaybetmekti. Aslında iş başında, çalışırken ölmek istiyordu. Sonunda insanların her zaman özgürlük ya da eşitlik istemediklerini anlamış olmak o asi adamı bile fena halde etkilemişti. Birçok insanın demokrasiyi etkisiz, ihtişamsız ve sersemletici bulduklarını fark etmişti. Çünkü demokrasi diyordu, benliğin içinde ve dışında karmaşaya yol açıyor. İnsanlar çok kötü bile olsa bazen düzeni düşlüyorlar. Çünkü faşizmde iç çatışma ortadan kalkar ve insanlar kendilerini güçlü hissederler. Ve bu duygudan kolay vazgeçmek istemezler.

— Hem asi, hem de cesur olmasa... bunları söyleyemezdi.

— Buna tamamen katılıyorum çünkü anladığım kadarıyla söyledikleri belki de en çok kendisini üzmüş. Onun canına kast eden, bütün ailesini yok eden bir düzen için söylüyor bunları. Freud artık çalışamaz hale gelmiş, çenesinde kansere bağlı kocaman bir delik açılmış ve ıstırabı giderek artmıştı. Freud zaten yıllar önce doktoru Schur'la ölümü konusunda anlaşmıştı. Zamanı geldiğinde bu dünyadan ayrılmasında doktorunun izin vermesini hatta yardımcı olmasını istiyordu. O gün Schur'a "Yaşam artık işkence haline geldi ve anlamsızlaştı," dedi. Doktor onun ne demek istediğini anladı. Önce kızı Anna'yla konuştu ve ondan izin aldı. Sonra da yıllardır acılarını paylaştığı ve hep çok saygı duyduğu hastasına üst üste fazla miktarda morfin enjekte etti. Ve 23 eylül 1939'da bütün gazeteler Freud'un kanserden öldüğünü yazdı. Zaten ateist olan Freud ölürken de Tanrı'ya hiç seslenmedi, bağışlanmayı dilemedi ve imansızlığından hiç caymadı. Ve sonsuza kadar kendine sadık kaldı.

Filmin başrol oyuncusu ölünce seyirciler ne hissederse Ala da öyle hüzünleniyor.

— İnsan saygı duyuyor... böyle birine... Hüzünlendim ama bugün çok şey öğrendim...

Ala bu sefer ağır ağır kalkıyor yerinden. Elimi sıkarken onu daha yakın hissediyorum kendime. Gözlerimin içine bakarak fısıltıyla "Teşekkür ederim," diyor. Hafifçe gülümsüyorum ona. Dinlediklerinden memnun, kafası bazı konularda biraz daha netleşmiş olarak veda edip çıkıyor odadan. Aslında çok şey biliyor bu kız! Hem kendini iyi tanıyor, hem de genel kültürü çok fazla. Böyle olması iyi mi yoksa kötü mü bilemiyorum. Çünkü bazen çok bilgi insanı daha fazla şaşırtabiliyor. Böyle durumlarda kişi duygularını ihmal edip aklıyla, mantığıyla olayların üzerine gitmeye çalışıyor.

Geçmişte yaşanan zorluklar, sevgi yoksunluğu, hırs, öfke ve intikam duygularıyla, kendini Hitler'e benzetiyor. Bir yandan da Freud'un Hitler'le ilgili yorum ve düşüncelerini anlamaya çalışıyor. Aynı şeyi bana da yapıyor ve arada bir de beni Hitler'e benzetiyor. Onunla ilgili duygu ve düşüncelerimi merak ediyor. Hatta bu konuda bana sitem etmekten, adeta bir tür garanti istemekten çekinmiyor.

Güç ve özgürlüğü aynı zincirin halkaları olarak görüyor. Bu anlamda bir yandan doktoruna yani bana olan hayranlığı giderek artarken, bir yandan da beni güçlü biri olarak gördüğü için kendine kızıyor. İnsanların kendi kaderlerini yine kendilerinin yazdığı şeklinde, yüksek iç görü gerektiren yorumlar yapıyor. Bunları gerçekten duyarak, hissederek mi söylüyor, bunu şimdilik anlayamadım.

Çoktan akşam olmuş ve şehir bugün pırıl pırıl parlıyor karşımda. Kalbimde bugün, bu odada yaşadıklarımın ağırlığı var. Pencereyi açıp temiz havayı birkaç kere ciğerlerime çektikten sonra hızla toparlanıyor ve çıkıyorum. Açık havaya ihtiyacım var.

10. Bölüm

Sürekli yeni ve ilginç hikâyeler bulup anlatmak pek kolay olmuyor. Yatağımın başucu tarih kitaplarıyla dolu! Üstelik okuduğum her şeyi anlatamıyorum. Hikâyeler hem Ala'nın o günkü ruh haline uygun olmalı, hem de psikoterapide işime yaramalı. Bu nedenle her seans öncesi kafamda en az üç, dört ayrı hikâye hazır oluyor. Çoktandır ev ödevi yapmamıştım, bunlar beni yıllar öncesine götürüyor. Bazen okumaya öyle bir dalıyorum ki, saate bakmak aklıma gelmiyor. Zaten gece kuşuyum, bıraksalar sabaha kadar yatmam, bunu bahane edip ben de öyle yapıyorum.

Bir de bu kitapları arayıp bulma işi var. Allah'tan bunu benim yerime arkadaşlarım yapıyor ve Ankara'daki kitapçıları tek tek dolaşıp birbirinden ilginç kitaplar buluyorlar. Bana da sadece onları okumak, altlarını çizmek ve ezberlemek kalıyor.

Akşam eve gelince bir süre dinleniyorum. O zaman televizyonu açıyor ve insanların en çok izlediği ve hakkında konuştuğu televizyon dizilerinden birini seyrediyorum. Bu diziler öyle büyük halk kitleleri tarafından izleniyor ki, onlardan habersiz olmak işime gelmiyor. Hem arkadaşlarım, hem de hastalarım sıklıkla bu diziler hakkında konuşurken ben dışarıda kalmak, konuya bu kadar yabancı olmak istemiyorum. Ancak bu diziler adeta uyuşturuyor insanı.

Ben 68 kuşağı mensubu olarak bunu biraz da hüzünlenerek izliyorum. Bizim zamanımızda başka türlü bir heyecan vardı toplumda. İnsanlar uzun süren bir uykudan yeniden uyanmış gibiydiler. Şimdi düşünüyorum da, o yıllarda biz, dünyaya yeni gelmiş ve her gördüğü yeniliğin peşine düşen, meraklı ve heyecanlı çocuklar gibiydik. Bazen bu heyecanı dizginleyemiyorduk, olmadık işler geliyordu başımıza ama uyanık olmak, duyarak, hissederek, düşünerek yaşamak yine de güzeldi. Radyolarda daha önce hiç dinlemediğimiz, alışkın olmadığımız ama içimizi kıpırdatan müzikler çalınıyordu. Anne babalarımızdan farklı giyiniyor, onlardan farklı düşünüyor ve bambaşka hayaller peşinde koşuyorduk. Toplumda olağanüstü bir özgürlük rüzgârı esiyor ve kalplerimiz kadar beyinlerimiz de bu rüzgârın etkisiyle çalkalanıyordu. Şimdilerde yine bir uyku, bir rehavet kapladı toplumu. Uyanıklar uyudu, uyuyanlar uyandı...

Akşama kadar işten güçten başımı alamasam da, arada bir boş zaman bulduğum anda bilgisayarımın başına oturup yazıyorum. Klinikte yaşananları, Ala'ya anlattığım hikâyeleri, düşündüklerimi, hissettiklerimi tek tek yazıyorum. Yazmak çok farklı bir olay... Sanki bazı şeyleri yeniden yaşıyorsunuz. Bir de müzik açıyorum, keyfime diyecek yok! Ama yazarken de saati unutuyor insan.

Bu iş genellikle geceleri yapılabildiğinden, sabahları ayılmam zor oluyor ve sabah kahvemi içmeden kendime gelemiyorum. Kliniğe adım attığım anda Hasan elinde dosyalarla geliyor yanıma. Randevu saatine kadar onunla klinikte yapılması gereken işleri konuşuyor ve karara bağlıyoruz. Sonra sıra hastalara geliyor.

Bugün önce Ankara dışından gelen bir hanım giriyor içeri. Sarışın, tombul, otuzlu yaşların sonunda, güzel yüzlü, süslü giyinmiş ama gözleri hep ağlamaklı bakan bir hanım. Onu kapıda karşılayıp yerine oturttuktan sonra adını soruyorum. Serpil diyor ve ben ona hiçbir şey sormadan başlıyor anlatmaya.

Çok küçük yaşta evlenmiş, daha doğrusu ailesi tarafından şehrin anlı şanlı ailelerinden birinin oğluna verilmiş. O zamanlar henüz on altı yaşındaymış. Kıskanç bir adammış kocası. Daha ilk günden dayaklar başlamış. Üst üste üç oğlan doğurmuş ama evlilikleri bir türlü rayına oturmamış. Sık sık kavgalar, ayrılıklar yaşanmış ancak eşinin ölüm tehditleri karşısında, her seferinde eve geri dönmek zorunda kalmış. Aradan yıllar geçmiş, oğlanlar büyümüş. Şimdi büyük oğlan on altı yaşındaymış ve o da babası gibi her fırsatta anneye karşı çıkıp onu dövüyormuş. Hatta bana gelmeden bir hafta önce oğlan annesini öldüresiye dövmüş, her yanı morarmış Serpil'in. Ve bir ara oğlunun kendisini öldüreceğinden korkmuş.

Yirmi yıldır devam eden bu sorunları Serpil bugün, hemen şu anda benim çözmemi, bir çare bulmamı istiyor. Hiç sözünü kesmeden onu dinlerken bir yandan da olanları kafamda yorumlamaya çalışıyorum. Oğlanın babasından gördüğünü yaptığı kesin ama bu kadın neden hep dayak yiyor. Onun nasıl bir kişiliği var?

Yalvaran gözlerle bakıyor bana. Bir yandan onunla konuşurken, bir yandan da bu kadar ciddi ve çetrefilli bir durumun altından, bizim psikologlardan en iyi kim kalkar diye düşünüyorum. Çünkü sadece Serpil değil, ailenin bütün bireyleriyle tek tek ilgilenmemiz gerekiyor. Daha da önemlisi çocuklar elden gidiyor. Onlara iyi bir örnek oluşturacak kimse yok çevrelerinde. Evine düzenli olarak gelmeyen, çocuklara pahalı hediyeler alarak bu eksiği kapatmaya çalışan, hemen her gün içki içen, eve geldiği nadir günlerde ise anneyle kavga eden, onu döven bir baba örneği var karşılarında.

Serpil'i omzundan tutarak odadan çıkarıyor, hemen usta Psikoloğumuz Mehmet Akif Sayılgan'dan bir randevu almalarını sağlıyorum. O sırada bir başka hastasına randevu vermek için Tuna'nın masasına doğru yaklaşan Memo'yu görünce gözlerim parlıyor. Biz Memo'yla 2005 yılında Madalyon Psikiyatri Merkezi kurulurken tanıştık. Daha önce ikimiz de birbirimizin adını duyardık ama bir türlü bir araya gelememiştik. Ben Hacettepe Üniversitesi'nden ayrıldıktan hemen sonra oraya başlamış ve orada yıllarca eğitim almış. Cengiz'in aracılığı ile o yıl

Ankara'nın ünlü restoranlarından birinde hep beraber yemek yedik. Eski Hacettepe'lilerden Profesör Ayşe Yalın da benim davetlim olarak katıldı o yemeğe. Ve bir gecede Madalyon kuruluverdi. O tarihten beri aramızda inanılmaz bir uyum oluştu. İnsan olarak ona saygı duymamak mümkün değil. O bir işi ya çok iyi yapar veya hiç yapmaz. Birilerini ya çok sever veya hiç ilişki kurmaz. Hiç korkmadan, her konuda ona sonuna kadar güvenebilirsiniz çünkü aklı yatmadıysa zaten baştan itiraz eder. İnsanların dikkatini çekecek kadar yakışıklı ve gösterişli bir adam olduğunu hem bilir, hem de bu özelliği ile ortaya çıkmaktan hep kaçınır. Odasına girerseniz, bu odanın her yerinde Mehmet Akif'i görürsünüz. Odası da tıpkı onun gibi modern, temiz, düzenli, aydınlık ve güzeldir.

Beni görünce o da hafifçe gülümsüyor. Onu hemen Serpil'le tanıştırıyor ve bir dakikalığına odama davet ediyorum. Ayaküstü anlatıyorum ona. "Çok önemli bir vak'a," diyorum. "Çocuklar var. Lütfen çok ilgilen ve elinden geleni yap. Oğlanları buraya getirmelerini ve her birine çocuk psikiyatrisi bölümünden ayrı ayrı randevu almalarını sağla. Babayla ilişki kurmanın bir yolunu bulmalısın. Aile görüşmelerini sen yap." "Tamam, tamam, merak etmeyin, hastanıza çok iyi bakacağım," diyor. Bir yandan da bıyık altından gülüyor. Yine çok abarttım galiba...

Sırada Mehmet var. Onun adını randevu listesinde görmek bile içimi ısıtıyor. Çok sevdiğim hastalarımdan biri o. Yıllar önce gelmeye başladı bana. Sanki hayatı birlikte yaşadık onunla. O zaman üniversiteye yeni girmişti. İçe dönük, konuşmayı pek sevmeyen, duygulu, alıngan, kendi dünyasında yaşayan, ailesiyle bile sorunlarını paylaşmayan bir gençti. Uzun boylu, gösterişli, oldukça yakışıklı, tertemiz giyinen bir delikanlıydı o zamanlar. Hiç kız arkadaşı olmadığı gibi erkeklerle bile arkadaşlık etmekte zorlanıyordu. Dış dünya yabancıydı, anlaşılmazdı onun için. Giderek kendi dünyasında dolaşırken bir şeylere fena halde takmıştı kafayı. Aslında taktığı şeyler gerçek değildi ama o bir kere onların gerçek olduğuna inanmıştı. Artık iki cihan bir araya gelse bunların gerçek olmadığına kimse inandıramazdı onu. Üstelik bunların artık herkes tarafından bilindiğini düşünüyor, onunla alay edileceğinden korkuyordu. Nasıl oldu bilmiyorum ama bana zamanla güvendi. Doktorluk, psikiyatristlik dediğimiz şeyin aslı bu galiba! Hastaya bu güveni verebilmek... Ona bu güveni nasıl mı verdim? Bütün dünyayı kendine düşman olarak gören o delikanlı bana neden mi güvendi? Bunun bir tekniği yok ki... Sadece onu çok sevdim, çok iyi anladım, hissettim ve o da bunu anladı. Hepsi bu!

Sonunda çok iyi iki arkadaş olduk. Verdiğim ilaçları aldı ve arada bir bana uğramayı hiç ihmal etmedi. İlaçları aldıkça takıntıları kaybolmasa bile azaldı. Okulu bitirdi, bir de iş buldu kendine. Çalıştığı iş yerlerinde kimseyle yakın arkadaş olamadı, kendini tanıtmadı, kabul ettiremedi ama düzenli olarak işine gitti. Belki başkaları gibi kolay yükselmedi, onlardan daha az para kazandı ama vazgeçmedi. Kimseye muhtaç olmadan hayatını kazandı. Bu arada bir kız arkadaş edindi. Bu mahcup ama bir o kadar da temiz kalpli, yakışıklı delikanlıyı o kız da sevdi ve sonunda evlendiler. Bir de çocukları olunca tam bir aile oldular.

İşte o Mehmet girecek şimdi içeri. Kapıya kadar gidip daha o kapıyı çalmadan karşısına dikiliyorum. Beni görünce gözlerinin içi gülüyor. Hararetle el sıkışıyoruz. İkimiz de özlemişiz birbirimizi. Bir yıla yakın oldu Mehmet'i görmeyeli. Merak ettim, bu arada neler oldu onun hayatında acaba? Tek taraflı bir durum bu! Doktor olmanın, bu işi yapıyor olmanın bir özelliği. Hep ben onların hayatlarını paylaşırım. Onlar hiç bilmez benim hayatımda neler olduğunu. Sadece beni her zaman sağlıklı, enerjik, dinç ve genç görmek isterler. Geldiklerinde beni yerimde bulacaklarından emin olmak isterler. Onları her zaman sevmemi, hep önem vermemi, benim için çok özel olduklarını bilmek ve hissetmek isterler.

Bazıları bunun yalnızca profesyonel bir yaklaşım olup olmadığından şüphe duyar. O zaman bu soruyu ben de sorarım kendime. Bu sadece profesyonel bir duruş mu diye... Sonra her seferinde bir daha anlatırım kendime bunun sahte değil son derece gerçek olduğunu. Çünkü söz konusu olan duygular olunca hangi profesyonellikten söz ediyoruz? İşte Mehmet karşıma oturdu bile. O benim için çok değerli. Birilerini değerli kılan belki de onlar için verilen emektir. Ben Mehmet'e ne çok emek verdim!

Düşünüyorum da çocuklarımızı büyütürken onlara bunca emeği biz değil de başkaları verse, yetiştirip, büyütüp, adam edip verseler bize, bu kadar değerli olabilirler miydi? Şarap gibi, eskidikçe, emekle koyulaştıkça daha değerli oluyorlar galiba. Her zamanki gibi gülerek, en içten duygularla bakıyoruz birbirimize. O bana bakıyor, ben de ona. Görmeyeli değişen bir şey var mı diye dikkatle inceliyorum onu. Var, daha da iyi görünüyor Mehmet. Her zamanki gibi kareli oduncu gömleği giymiş kot pantolonunun üzerine. Saçları uzamış, sakal da bırakmış. Daha da yakışıklı olmuş böyle.

Elimle "ne bu hal" der gibi bir işaret yapıyorum. "Bir aydır çalışmıyorum," diyor. Hemen merak ediyorum nedenini. İşsiz mi kaldı acaba? "Hayır" diyor, "son girdiğim işten de attılar beni ama merak etmeyin, yine bir iş bulurum kendime. Biraz dinleneyim dedim." Babasını kaybetmiş bu arada. Babadan kalan evi satıp kardeşler aralarında paylaşmışlar. "Bu para senin için çok önemli, dikkatli kullan onu," diyorum. Gülüyor. Onu, en az onun kadar düşünüyor olmam hoşuna gidiyor. "Merak etmeyin, hatta son zamanlarda cimri bile oldum," diyor. Nasıl da rahat konuşuyor benimle. Yine sessiz, sakin, yavaş sesle söylüyor her şeyi. Odada başka biri olsa, o bile duymaz Mehmet'in sesini ama ben alıştım. Daha ağzından çıkmadan anlarım ne dediğini. Sonra karısını, beş yaşına gelen çocuğunu anlatıyor. Eşi ilk zamanlar çok kızıyordu ona. Onun daha sosyal, daha aktif olmasını istiyordu hep ama "alıştı artık" diyor. Evde eskisi gibi kavga gürültü olmuyormuş. Daha uyumlu bir çift olmuşlar. Uzaktaki annesiyle arada bir telefonla konuşuyorlarmış. Televizyon seyretmese de gazeteleri okuyor, arada bir de sabah yürüyüşlerine çıkıyormuş. "Biraz kilo vermişsin," diyorum, "Yürüyüş yapıyorum ya!" diyor. Eskiden öğlene kadar yatar, gece de sabaha kadar otururdu, uyumazdı. Şimdi herkes gibi gece yatıyor, sabah yürüyüşe bile gidecek kadar erken kalkıyormuş. Bunlar onun için ne kadar önemli şeyler!

İlk geldiği zaman dosyasındaki Tanı bölümüne "şizofreni" yazmıştım. Şimdi hâlâ bilgisayarda öyle yazıyor ama mecbur olmasam onun için asla böyle bir şey yazmazdım. Keşke psikiyatride hastalara tanı koymak zorunda kalmasak. Mehmet'e özel başka bir şey yazabilsem oraya! Gerçi o benim kafamda hiçbir zaman öyle bir gruba girmedi. Nev-i şahsına münhasır der eskiler, yani *special.* Terapist umudu keserse, o hasta düzelmez ama eğer terapist tıpkı benim Mehmet'te yaptığım gibi hastasını özel bir yere koyarsa kafasında, o hasta o gün olmasa bile zamanla yavaş yavaş o yere gelir.

Son olarak ilaçlarını konuşuyoruz. Hiç aksatmadı onları bugüne kadar. Sonra ayağa kalkıyor. Sıkı sıkı tutuyoruz birbirimizin elini. Gülerek gidiyor Mehmet. Ne zaman geleyim diye sormuyor. Ben de bir şey söylemiyorum ama biliyorum, belki bir ay, belki bir yıl sonra yine gelecek Mehmet.

Son hastam Ala. Bir gün ona karşı da Mehmet'e hissettiğim şeyleri hissedebilecek miyim acaba? Açık duran kapıdan bana bakarak içeri giriyor. Hafif bir gülümseme seziyorum yüzünde. Bu, onun için çok önemli. Üstelik daha derli toplu bugün! Üzerine yine koyu renk triko bir şeyler giymiş. Cildi bile düzelmeye başlamış. Sanırım aldığı kilolara bağlı olarak burnu bile küçülmüş. Artık kürdan gibi bir kız değil o. Bakışlarında bile eski soğukluğu, fersizliği görmüyorum. Canlandı. Bana doğru yaklaşınca ilk kez ondan bir parfüm kokusu geliyor burnuma. Demek artık parfüm de sürüyor.

— Hoş geldin Ala! Bugün çok iyi görünüyorsun.

— Evet efendim... Buraya gelmeden önce yıkandım, sonra da saçlarımı taradım... Artık banyoya girmek eskisi kadar korkutmuyor beni.

— Demek eskiden korktuğun için girmiyordun banyoya.

— Hı,hı... Çocukluğumun geçtiği evi... orada yaşananları... eskiden hiç hatırlamak istemezdim... Şimdi onlar aklıma gelince... hemen kovmuyorum...

— Neler geliyor aklına?

Hayret, ben hiç üstelemeden konuşuyor! Tedaviye eski direnci kalmadı, yavaş, yavaş çözülüyor. Sabır her yerde işe yarıyor.

— Evdeki diğer çocuklar... el üstünde tutulurdu... Bazen anneleri, bazen de Esma Sultan küçük kuzenlerimi... ayağında sallar... "Dandini dandini dastana" diye onlara ninni söylerlerdi... Çok imrenir... galiba çok kıskanırdım onları... Yemek yesinler diye... arkalarından koştururlar... oyuncaklar alırlardı... Arka bahçedeki havuzda... kâğıttan kayıklar yüzdürürler... biraz büyüyünce de... babalarının aldığı bisikletlere binerlerdi...

İnsanın bunlara inanası gelmiyor. Aynı evde, aynı koşullarda nasıl oluyor da bu kıza, bu kadar farklı davranıyor insanlar?

— Öyle durumlarda sen ne yapardın Ala?

— Hep ağlardım. Bir bahane bulur... bazen sessiz... bazen de avazım çıktığı kadar bağırarak ağlardım. Ağlarken bile... tutunacak bir etek... sığınacak sıcak bir beden arardım... ama bulamazdım. "Yine başladı ağlamaya!" derler... kötü kötü bakar... itip kakarlardı beni. Eve sık sık misafir gelirdi. Onların yanında ağlamama çok kızarlar... o zaman özellikle küçük yengem... "amcan akşam sana bebek getirecek... oynarsın" diyerek... kandırırdı beni. Hemen inanır... susardım. Ama çoğu zaman ben ağlayınca... Esma Sultan annemin gözüne kötü kötü bakar... "sustur şunu" derdi. Annem o zaman... beni kolumdan tuttuğu gibi... mutfağa götürür... ya çimdikler... ya saçımı çeker... ya da "Seni odaya kapatırım," diyerek... beni sustururdu. Kimse... "Bu çocuk neden hep ağlıyor," diye sormazdı...

Bunu genelde psikiyatristler sorar. Keşke anne babalar da bu soruyu zamanında sormayı becerebilse!

— O zaman sen neden ağladığını biliyor muydun?

— O zaman... sevgisizlikten ağladığımı bilmiyordum... ama şimdi biliyorum... Aradan yıllar geçti... şimdi artık ağlamıyorum... ama ağlamak için hâlâ çok neden var...

Ne hüzünlü bir itiraf! İncecik bir sızı yayılıyor içime. İnsan yavrusu kadar aciz bir varlık daha yok bu dünyada. O da, en çok muhtaç olduğu sevgi ve ilgiyi bulamazsa, işte sonunda ortaya Ala gibi biri çıkar. İçini kurutmuşlar bu çocuğun.

— Çok ağladığım... sürekli itilip kakıldığım günlerde... akşam olsun... babam gelsin diye beklerdim... Onun da benimle ilgilenmeyeceğini bilir... ama yine de bir umutla beklerdim... Amcalarım genellikle eve zamanında gelirlerdi... Onların çocukları... koşarak karşılardı babalarını... Uzaktan bakardım onlara... "Demek benim gibi... onlar da babalarını dört gözle bekliyor" derdim içimden... Benim babam bir türlü gelmezdi... O zaman yine bir bahane bulur... ağlardım... Hepsi de bıkmıştı benden... Onlar kızdıkça ben daha çok ağlar... ben ağladıkça onlar daha çok nefret ederdi benden... Ev halkına karşı kullandığım tek silahtı ağlamak... Başka silahım yoktu...

Ne güzel anlatıyor duygularını! Başı önünde, elleri kucağında, sanki suçunu itiraf eden bir mahkûm gibi, tel tel, ince ince dökülüyor sözcükler.

— Çok geç gelirdi babam... Sarhoş gelirdi... Ben o zamanlar... belki de babamı görebilmek için... salondaki somyada... yarı uyur... yarı uyanık yatardım... Babamı beklerdim... Kapıyı anahtarla açtığını duyar... onun gibi ben de sendeleyerek kalkardım yatağımdan... Babam beni karşısında görünce... "Bu saatte ne arıyorsun burada?" diye beni azarlardı... Kan çanağına dönmüş gözleri... beni görmekten rahatsız olur... üzerime düşmemek için... eliyle beni kenara iter... sendeleyerek merdivenlere doğru yönelirdi... Hep böyle olurdu... Böyle olacağını bilir... yine de kalkardım... Çocuk olunca... umutlar kolay solmuyor.

Yaşadıklarını, tıpkı bir filozof gibi yorumluyor. İlk tanıdığım günlerde hiç saygı duyamamıştım ona. Böyle bir kızda, böylesine bir derinlik görebileceğim hiç aklıma gelmemişti. Şimdi biraz hayret, daha çok da içten gelen bir hayranlıkla dinliyorum onu.

— Sonra sonra umutlanmamayı öğrendim... Gerçeği bulmaya, anlamaya çalıştım... Her ağlayan çocuğa... meme verilmediğini nihayet fark ettim... Babam için ben hiç değerli... önemli biri değildim... O hapisteyken doğduğum için olmadık dedikodular çıkmış memlekette... Annem zaten İstanbul'dan gelme, ne idüğü belirsiz biri... yani eskilerin deyimiyle şaibeli bir kadın... Belki de bu yüzden babamın kafasının içinde hep bir şüphe oldu... Gerçekten onun kızı olup olmadığım fikri sanırım beynini kemirdi durdu... Eminim Esma Sultan da bunu körüklemiştir... Babamın bize yakın olmasını hiç istemezdi...

Acaba bu söyledikleri doğru mu? Şu ana kadar hiç sözünü kesmeden dinledim onu ama bu konudaki gerçeği bilmem gerek.

— Sen ne düşünüyorsun bu konuda?

— Bilmiyorum... Yıllarca düşündüm bunu... Hâlâ da kafamın bir yerinde durur... ama cevabını bulamadım... Benim tanıdığım annem böyle şeyler yapacak bir kadın değildi... ama ben annemi hiç tanıyamadım ki... Onu sadece ben değil, kimse tanıyamadı...

— Baban da mı?

— Babam da... Güzelliğine kapılmış... Başka da bir şeyi yoktu zaten... Ama sonunda öyle bir şey oldu ki... kimse işin içinden çıkamadı... Olan bizim aileye oldu.

— Bizim aile derken kimleri kastediyorsun?

— Yani annem, babam ve ben... Gerçi hiçbir zaman tam bir aile olamadık... ama hepsi birlikte bizi öyle bir dışladılar ki... sonunda kendimizi Ankara'da bulduk... Bir daha da hiçbiri bizimle görüşmedi... Şimdi yıllardır onlardan hiç haberim yok... Yaşıyorlar mı, öldüler mi, onu bile bilmiyorum.

— Yani sizin Ankara'ya gelişiniz biraz da zorunluluktan oldu.

— Biraz değil, tamamen öyle oldu... Annem hapisteyken... babam zaten Ankara'da bu evi almış ve hazırlamış... Annem tahliye edildiği gün... hiç eve gitmeden üçümüz buraya geldik.

Annem hapisteyken diyor. Demek anne hapse girecek bir suç işledi. Ne yaptı acaba?

— Sen kaç yaşındaydın o zaman?

— İlkokulu yeni bitirmiştim... On, on bir filan... O ruh hali içinde bu evden de Ankara'dan da hepimiz nefret ettik... Zaten annemin sağlığı da buraya geldikten sonra... iyice bozuldu.

— Neyi vardı annenin?

— Ruh sağlığı demek istiyorum... Kafayı bozdu... Bu tür hastalıklar genetik midir? Ben de onun gibi... hastalanır mıyım?

— Annenin ne tür bir hastalığı olduğunu henüz bilmiyorum ki...

— Bunlar yaşanmasaydı... daha iyi bir ortamda yaşayabilseydi... annem hastalanmazdı... Şimdi düşünüyorum da... kadının hasta olması için gereken tüm şartlar... bir araya geldi... Aslında aynı şey benim için de geçerli... Sanki ben sağlammışım gibi konuşuyorum... Şu ara fena değilim... ama size ilk geldiğim günleri düşününce... o ara demek ben de kafayı bozmuşum... Bu konularda benim değil... sizin konuşmanız lazım... Ben sizin yerinize de konuşuyorum.

— Şimdilik itiraz edebileceğim bir şey söylemedin. Bu ara ben de seni iyi görüyorum. İlacını alıyor musun?

— Alıyorum... sandığım gibi uyku yapmıyor bende.

— Memnun oldum.

— Bugün hikâye yok mu?

— Var ama keşke biraz daha devam edebilsen!

— Edemem...

Çok kararlı, daha fazlasını anlatmayacak. Üstüne gitmenin faydası olmadığını öğrendim artık. Nasıl bir hikâye anlatsam acaba? Ona biraz umut vermeliyim. Çamaşırcılıktan gelip Rusya'ya çariçe olmuş bir kadının hikâyesi belki de ona iyi gelir.

— Olmaz olur mu, var tabii. Bugün de Rus Çarı I. Petro'nun karısı Çariçe Katerina'nın hikâyesini anlatacağım.

— Şu Baltacı Mehmet Paşa ile adı çıkan kadın mı?

— Daha ağzımdan çıkmadan yapıştırıyorsun cevabı. Aferin sana. Bu yanına hayranım senin.

— Ciddi mi söylüyorsunuz?

— Evet, son derece ciddiyim. Sende beğenmediğim şeyleri nasıl açıkça söylüyorsam, beğendiklerim için de aynı şeyi yapıyorum.

Kulaklarına kadar kızarıyor. Beğenilmek, takdir edilmekten utanıyor veya bu duygu ona çok yabancı geliyor. Böyle zamanlarda ağzının sol tarafı gülümser gibi hafifçe yukarı doğru kayıyor ama sonra hemen toparlanıyor. O zaman üst üste binmiş sarı, kırık dişleri görünüyor. Sessizliği uzatmak istemezmiş gibi aceleyle soruyor.

— Eskiden çamaşırcıymış galiba o kadın...

— Evet, bak bunu da biliyorsun. Katerina evlilik dışı bir bebek olarak dünyaya gelir. Babası zaten başkasıyla evlidir ve onu baştan beri kabullenmez. Bir de üstelik annesi Katerina'yı doğururken ölür. O zamanlar adı Martha'dır. Martha dedesi tarafından getirilip babasının kapısının önüne bırakılır. Onun yaşaması bile bir mucizedir çünkü anne şefkatinden yoksun, onu hiç istemeyen yoksul, çaresiz bir baba ile yine onu hiç istemeyen bir üvey annenin elinde itilip kakılarak büyür.

— Bana benziyormuş hayatı...

Zaten bu hikâyeleri bunun için anlatmıyor muyum?

— On beş yaşına geldiği yıl kendi yaşlarında bir arkadaşıyla dere kenarına çamaşır yıkamaya giderler. Zaten yıllardır ev halkının çamaşırlarını küçücük elleriyle Martha yıkamaktadır.

— Onun durumu benden de kötüymüş... Bana evde hiç iş... yaptırmazlardı... Hâlâ da ev işi yapmayı... bilmem.

— O gün hava çok güzeldir ve iki kız, çamaşırlar bittikten sonra soyunup kendilerini nehrin serin sularına atarlar.

— Yine de onun yaşama sevinci... bitmemiş... Öyle bir güzellik... benim hiç aklıma gelmez.

— O sırada yoldan geçmekte olan adamlar kızları görür ve hemen o gün küçük kulübenin kapısı çalınır ve onları gören adamlardan biri üvey annenin eline biraz para sıkıştırarak Martha'yı atının terkisine atar ve evine götürür.

— Evde hiç değerim yoktu... ama yine de bir başkasına vermezlerdi beni... Sevdiklerinden değil... kendilerine laf gelsin... istemezlerdi.

Böyle gidersek, masal bitene kadar bütün hayatını anlatacak.

— Aslında üvey anne tıpkı Pamuk Prenses masallarında olduğu gibi adama kendi kızını vermeyi önerir ama adam ısrarla çırılçıplak gördüğü Martha'yı istemektedir.

— Kadına bak!... Kendi kızını verecekmiş... Sanki iyi bir şey yapıyor!

— Gittiği evde ilk defa kendisine ait bir odası ve gösterişli kıyafetleri olur Martha'nın. Evdeki kâhya kadın ve diğer hizmetçilerle iyi geçinip geceleri de kapısını kilitleyerek kendini korumaya çalışsa da, efendisi bir gece ansızın çıkagelir.

— Eyvah... Güzel günler kısa sürmüş.

— Martha bir gece kırılan kapısının sesiyle uyanır. Bundan çok korkar ve karşı koymak ister ama adam sarhoştur ve bu karşı koymalara tokat atarak karşılık verir. Martha için çok kötü bir gecedir o. Ağzı içki kokan yaşlı, çirkin ve saldırgan bir adamın şehvetli yaklaşımlarından hiç hoşlanmaz ama yapabileceği bir şey yoktur. Biraz sonra o hıçkırıklara boğulurken odada adamın horultuları yükselmektedir. Birkaç ay sonra soğuklar azalır ve şehir güneş ışıklarıyla dolar. Bu ışıklar donmuş nehirlerin buzlarını eritir ve nehirde bulunan ölü kadın bedenlerini kimse önemsemez çünkü bu nehirde her yıl bulunmaktadır bu ölü bedenler. Kâhya kadın, eve yeni gelen bu hırçın kızın gizlice kulağını çeker, bu ölü bedenlerden biri olmak istemiyorsan efendini memnun etmeye çalış der ona.

— Yengeme benziyor... Benim küçük yengem de... böyle yapardı... Akıllı, uslu ol... yoksa fena olacak derdi.

— Martha korkar. Henüz on beş yaşındadır ve her gece yaşamak zorunda kaldığı şeylerden son derece rahatsızdır. Bir yandan da adama karşı koyanların ölümle cezalandırıldıklarını görmek korkularını bir kat daha artırmıştır. Artık ne gösterişli elbiselerin, ne de önüne konan yemeklerin onun için bir anlamı kalmamıştır. Mutlaka bir çare bulmalı ve adamın her gece tekrarlanan şehvet nöbetlerinden kurtulmalıdır.

— O zaman... on beş yaşında mıymış?

— Evet, henüz çok küçükmüş. Ve bir gece kendisine yapılanlara daha fazla dayanamaz ve yatağının altına gizlediği demiri kaptığı gibi adamın kafasına var gücüyle indirir.

Gözlerini açmış, tıpkı küçücük bir çocuk gibi nasıl da heyecanla dinliyor anlattıklarımı! Biraz önceki hüzünden eser kalmadı.

— Adamın parçalanan kafasından sızan kana aldırmadan bir süre giderek soğuyan ölü bir bedenle birlikte yatar yatakta.

— Amma da cesur kızmış!

— Biraz sonra aklı başına gelir ve ne yaptığını anlar. Korkuyla fırlar yataktan, doğru kâhya kadının odasına gider. Yaptıklarını fısır fısır anlatır kadına. Kadın önce dehşete kapılır, o da korkar ama aslında adamdan kurtulduklarına o da memnun olmuştur ve bu zavallı küçük kızın kırbaçlanarak öldürülmesine gönlü razı olmaz. Hava aydınlanmak üzeredir. Bir çare düşünür. Önce kızı baştan aşağı giydirir, sonra da eline bir miktar para verip birazdan kalkacak posta katarının yerini tarif ederek kızı apar topar evden çıkarır. Hemen ardından efendilerinin öldüğü odaya girer, ortalığı iyice dağıtır ve olaya hırsızlık süsü verir.

— İyi kadınmış!

— Martha posta arabasına biner ve İsveç sınırında, kâhya kadının tarif ettiği kasabada iner. Fakat arabacı kızın gözlerindeki çaresizliği fark etmiştir. Kıza, buraya neden geldiğini sorar. Zavallı Martha da çamaşırcı olduğunu, burada kimseyi tanımadığını ama iş bulması gerektiğini söyler. Arabacı onu kolundan tuttuğu gibi en doğru adrese yani bir geneleve götürür ve satar.

— Adama bak!... İyiler az... kötüler çok bu dünyada.

Hikâyenin burasında morali bozuldu. Kötüleri hemen görüyor ve her zaman çok olumsuz etkileniyor bundan.

— Martha o zaman çok genç, çok güzel ama sahipsiz, ortada yapayalnız kalmış bir kızdır. Gideceği, sığınacağı kimse yoktur ama mücadele etmekten vazgeçmez ve genelevden de üç beş ay sonra kaçar ve bir kiliseye sığınır. Papaz merhametli bir adamdır ve onu evine götürüp karısına teslim eder. Artık papazın evinde hizmetçilik yapacaktır. Orada da talihsizlik peşini bırakmaz çünkü papazın delikanlı bir oğlu vardır. Bu güzel kızla yakınlaşmak ister ve papazın karısı bu durumu hemen fark edince Martha'yı apar topar bir askerle evlendirir. Kocasıyla birlikte kışlada bir barakada yaşamaya başlarlar ancak savaş borusu çalmış ve Rus askerleri şehrin kapısına dayanmıştır. Yenilgi kaçınılmazdır. Şehir Ruslar tarafından talan edilir ve Martha'nın kocası esir düşer. Böylece Martha bir kere daha yapayalnız ortada kalır.

— Kötü kader... kızın peşini bırakmıyor.

— Bu sefer de kalabalık bir asker grubunun eline düşer. Direndikçe dayak yiyen genç kadın yarı baygın halde elden ele dolaştırılır. Bu sırada imdadına bir Rus general yetişir. Her nasılsa vicdanının sesine kulak veren general, onu askerlerin elinden kurtarır ve çadırına götürür, tedavi edilmesini sağlar. Martha düzeldikçe onun ne kadar güzel olduğunu general de fark eder. Ancak generali ziyarete gelen Çar'ın en yakınlarından olan bir başka general, böyle bir nadide güzelliği Çar'a götürmek ister. Böylece Martha'yı Çariçe Katerina olmaya götüren yol açılmış olur.

— Şansı döndü galiba... Bir gün benim şansım da... döner mi?

— Anadolu'da, "Kötü gün kararıp gitmez ya," derler. Umarım bundan sonra senin şansın da düzelir.

Çocuk gibi seviniyor. Umutlanıyor! Tedavide bu umuda çok ihtiyacımız olacak.

— Bundan sonra güzel günler başlar. Çar I. Petro ona çok ilgi gösterir ve sonunda onun sevgilisi olur. Ardından Ortodoks dinine geçer ve bir süre sonra da Çar'la evlenerek çariçe unvanını alır. I. Petro Rusya adına büyük işler yapar. Ünlü St. Petersburg şehri de onun memleketine bıraktığı armağanlardan sadece biridir.

Geçen yıl gittim St. Petersburg'a... Gerçekten çok güzel bir şehir. Ben de oraya hayran oldum.

— Ne mutlu size... keşke bir gün ben de gidebilsem.

Yine hayal kuruyor, doktorunun yaptığı şeyleri o da yapmak istiyor. Umutları yeşeriyor.

— İnşallah Ala, görmeni isterim. Bakalım sen de orayı beğenecek misin? O zamanlar tahtta kalmak kolay değildir. Kendi oğlu bile taht için büyük tehlike arz etmektedir. Bu yüzden I. Petro hayatta kalan tek oğlunu da öldürtür. Böyle olunca da tahta bir veliaht bırakamadan ölür ve Katerina çariçe olarak uzun süre ülkeyi tek başına yönetir. Beğendin mi hikâyeyi?

— Beğendim.

— Ona kötü demedin ve kızmadın?

Oysa Katerina zamanın en büyük kraliçesi, çariçesi ve Ala böyle birine artık kızmıyor. Bu durum sadece Katerina'nın çamaşırcılıktan geliyor olmasından mı kaynaklanıyor, yoksa artık öfkelerinde azalma mı başladı?

— Yok, kızmadım... Çamaşırcılıktan, genelevlerden gelmiş... Kızılacak hali mi var? Baltacı Mehmet Paşa'yla ilişkisi konusuna... ne diyorsunuz?

— Katerina'nın Prut Savaşı sırasında barışı sağlamak için bizzat Osmanlı Sadrazamı Baltacı Mehmet Paşa ile görüşmelere katıldığı, dahası aralarında bir ilişkinin olduğu, bunun da yatakta bittiği gibi bir efsane üretilmiştir. Baltacı Mehmet Paşa 1662'de Çorum'un Osmancık kasabasında doğmuş ve daha sonra sarayda baltacı olarak işe başlayıp sadrazamlığa kadar yükselmiş, pek çok savaş kazanmış yetenekli biridir. Paşanın Osmanlılara özgü tipik yükselişi, yine aynı tipik inişle noktalanır. Onun sonunu hazırlayan Ruslarla yaptığı barış antlaşmasını imzalama sürecine bakıldığında, adeta basiretinin bağlandığı görülür. Rusları dize getirmiş ama bunu bir türlü sonuçlandıramamış, kuşatma altındaki Rus askerlerini teslim almayı becerememiştir. Oysa sadece kuşatmayı devam ettirerek aç kalan Rus askerlerini teslim alabilirmiş. Üstelik sıra barış imzalamaya geldiğinde işi çok gevşek tutmuş.

Çarın ordusunun silahlarını bile almamış ve bu durum tarihimize bir kara leke gibi düşmüş.

— Sonra Baltacı'ya ne oldu?

— 1711'de Prut Savaşı'ndan hemen sonra sadrazamlıktan azledilip sonra da Limni Adası'na sürülür. 1712'de, henüz elli yaşındayken orada ölür.

— Ölmek için elli yaş... sizce genç mi?

Bu da ilginç bir soru! Annesi ve babası öldüklerinde kaç yaşındaydılar acaba? Asıl sormak istediği bu olsa gerek.

— Her ölüm erkendir Ala. Cemal Süreyya böyle söyler. Eskiden padişahlar bile ufak bir enfeksiyon nedeniyle otuzlu yaşlarda ölürlermiş. Yine o zamanlar kırk yaşındaki insanlara yaşlı gözüyle bakılırmış. Özellikle doktorluk gibi bir mesleğin varsa kırkında hayat yeni başlıyor. İnsan ömrü giderek uzuyor. Ama bu ömür hâlâ kimseye yetmiyor. Nâzım Hikmet'in dediği gibi, yaşamak güzel şey.

— Ben yaşamanın güzel ve değerli bir şey olduğunu... pek öğrenemedim... Bizim evde hiç kimse yaşamayı sevmedi... Herkes dört gözle ölümü bekledi... Hatta kimi de baktı ki ölümün geleceği yok... kendisi gitti ölüme... Ben yine sizin kafanızı karıştırdım galiba... Biliyor musunuz... bugün benim doğum günüm... Ben doğum günlerimi hiç sevmem... çünkü bugüne kadar kimse kutlamadı bugünü... Biraz mahzun olurum o günler... Biraz da bu yüzden yaşadığım o kötü günleri... bugün anlatmak istemedim... Bir dahaki sefere inşallah... size her şeyi olduğu gibi anlatacağım.

— Tamam, Ala, önemli değil. Nice güzel ve mutlu yıllar diliyorum sana.

Böyle diyerek hemen odadan çıkıyorum ve Tuna'ya acele pastaneden çikolatalı, güzel bir pasta istemesini, üzerine de "Ala, mutlu ola" yazdırmasını söylüyorum. Tuna bir an hayretle yüzüme baktıktan sonra hemen telefonu eline alıyor, ben de tekrar içeri giriyorum. Ne garip bir kız bu böyle. İnsanın söylediklerine inanası gelmiyor. İçimden merhamet duyguları yükseliyor.

Neredeyse ağlayacağım. Hayat neden bazılarına bu kadar zalim davranıyor!

İçeri girip yerime otururken Ala anlamaz gözlerle bakıyor bana. Pasta gelene kadar onunla havadan sudan konuşarak seansı uzatmaya çalışıyorum. Arada bir "Zamanımız dolmadı mı?" diye soruyor bana. Başkası olsa, benim halimden tavrımdan, odadan çıkıp Tuna'ya bir şeyler söylememden onun için bir şeyler hazırladığımızı anlar. Ama Ala anlamıyor. Onun için kimse böyle şeyler yapmamış ki, nasıl anlasın...

Kapı hafifçe vuruluyor ve Tuna elinde bir pastayla içeri giriyor. Hemen arkasında Ayten'le Nevin var. Ayten'in elinde bir tepsi dolusu çay, Nevin'de de tabaklar... Ala hayret dolu bakışlarla bir bana bir de içeri gelen pastayla çaylara bakıyor. Ben de ona bakıp yüzünde bir tepki, bir sevinç ifadesi arıyorum ama yok.

Sonra "Hadi Ala" diyerek onu elinden tutup yerinden kaldırıyorum. Hayretlerin en büyüğüyle bakıyor yüzüme. Ayten özenle çaylarımızı önümüze koyuyor. Tuna çakmağıyla pastanın üzerindeki küçük mumu yakıyor ve gülerek Ala'nın yüzüne bakıp "Hadi bakalım, bu senin pastan. Üfle mumu!" diyor. Önce dikkatle pastanın üzerindeki yazıyı okuyor. Bir anlık şaşkınlıktan sonra yavaşça üflüyor mumu ve hep birlikte onu alkışlıyor ve sonra da sırayla yanaklarından öperek kutluyoruz. Daha biz pastayı kesmeden Ala başlıyor ağlamaya. Tuna hemen bir mendil alarak onun yanına gidiyor. Bakıyorum, sokuluyor Tuna'ya. Eskiden ona dokunulmasından hiç hoşlanmazdı. Hep birlikte pastalarımızı yiyoruz. "Ala, mutlu ola" yazılı şekerden yapılmış beyaz levhayı özenle peçeteye sarıp çantasına koyuyor. Sonra gülmeyi bilmeyen dudakları şuursuz bir biçimde kekeleyerek, dokunaklı bir sesle sırayla bize teşekkür ediyor. Yüzünde gördüğüm hüzün mü, neşe mi yoksa daha büyük bir acı mı olduğunu anlayamadığım ifade içimi burkuyor. Kırık dökük, seğiren bedenini adeta sürükleyerek çıkıyor odadan. Kaldıramadığı kadar büyük bir acıyı yıllardır o incecik bedeniyle taşımaya çalışıyor.

Ala'nın belki de en büyük günahı, daha önce doğan ve kısa sürede ölüp giden kardeşleri gibi hemen ölmek yerine yaşıyor olmak. En yakınları ona sürekli böyle hissettirmişler. Çok derinlere gizlenmiş, neredeyse ölümcül duygular bunlar. Anne hapse girmiş. Şimdilik bunun nedenini anlatmadı ama anne bu olaydan sonra iyice hastalanmış. Bütün bunlar onun neden hukukçu olduğunun ve bir de üstelik neden ceza hukukunu seçtiğinin ipuçlarını veriyor.

Nihayet işim bitti ama bu akşam Profesör Dr. Cengiz Güleç'in "Psikiyatri ve Mistisizm" konulu seminer programı başlıyor. Şimdi kafeteryaya çıkıp hep birlikte bir yandan Cengiz'i dinlerken, bir yandan da yemek yiyeceğiz. Geçen hafta ben de bu konuda bazı şeyleri gözden geçirdim. Örneğin bundan bin küsur yıl önce 922 yılında Bağdat'ta zındıklıkla suçlanan Hallac-ı Mansur adlı bir adam, mollaların verdiği bir fetva üzerine çarmıha gerilmiş. Suçu, Tanrı'yla olan özel ilişkisini halka açıklamaya cüret etmekmiş. Aradan bin yıldan fazla zaman geçmiş ama dünyada düşünce suçu işlediği için hâlâ insanlar ölüme mahkûm edilebiliyor! Bin yıl önceki dünyayı tasavvur bile edemiyorum, yani pek çok şey hızla değişiyor ama değiştiremediklerimiz de var demek ki...

11. Bölüm

Bugün Ala ile Arjantin Caddesi'ndeki restoranlardan birinde yemek yiyeceğiz. Hastalarımla klinik dışında pek görüşmem ama bu çok ayrıcalıklı bir durum. Onunla olabildiğince yakın olmaya çalışıyorum çünkü hem böyle bir yakınlığa çok ihtiyacı var, hem de bir an önce bazı şeyleri konuşup hayatına bir çeki düzen vermesi gerekiyor. Öğlen on ikiyi geçerken şoförüm Aydın beni evden alıyor ve gideceğim restorana bırakıyor çünkü oralarda park yeri bulmak çok zor. Araba restoranın kapısına yanaşırken Ala'yı görüyorum. Bir ağaca yaslanmış beni bekliyor. Gülerek selamlaştıktan sonra birlikte içeri giriyoruz. Genel halinden, tavrından böyle yerlere gelmeye hiç alışık olmadığı belli oluyor. Utana sıkıla masada karşıma oturuyor.

Her zamanki gibi yüzünde hiç makyaj yok ama artık bana eskisi kadar çirkin ve itici gelmiyor. Sanırım aldığı kiloların ve temizliğine gösterdiği özenin de bunda payı var. Bugün daha düzgün ve özenli giyinmiş. Artık daha dik yürüyor. Saçından ve omuzlarından hiç eksik olmayan toz ve kepekler kayboldu. Her biri bir yandan yüzüne gözüne dökülen saçları da toparlandı.

Sanki yıllarca hapiste yatmış da yeni çıkmış gibi bir hali var bu kızın. Konuşmayı, oturmayı, kalkmayı, yerine göre gülümsemeyi hiç bilmiyor. Masada karşılıklı oturuyoruz. Ismarladığımız yemekleri büyük bir gayretle yedi ama konuşmanın bir türlü akamadığının o da farkında. Bir şeyler yapmak, o da bir şeyler söylemek istiyor ama nafile! Konuşamadıkça gerildiğini hissediyorum.

— Bu dünyada konuşmayı beceremeyen tek kişi sen değilsin Ala. İnsanlar yüzyıllardır bunun sıkıntısını çekmişler. Sessizliği dostluğun doğasına aykırı kabul eden Amerikan toplumunda bile insanların yüzde kırkı çekingenlikten ve istedikleri gibi konuşamamaktan yakınıyor.

Bu sözlerim, sanırım onu biraz rahatlattı. Gözlerinin altından, utangaç bir ifadeyle bakıyor yüzüme. Birkaç saniye bekliyorum, acaba anlatacak mı diye ama onda bir hareket göremeyince, yine konuşmaya devam ediyorum.

— Konuşma, en az iki kişi arasında yapılan bir bilgi ve duygu alışverişidir.

— Diyalogdan bahsediyorsunuz... Bu işin üstadı Sokrates'tir.

— Nasıl da biliyorsun her şeyi! Evet, tarihte diyaloğun önemini ve anlamını ilk ortaya koyan kişi Sokrates'tir. Tek başına zeki olunamayacağını, bunun için bir başkasının teşvik edici etkisinin şart olduğunu ilk söyleyen odur. Sokrates Atina'nın Pazar yerlerinde dolaşır, her meslekten insana sorular sorarmış. Aslında çok çirkin bir adammış.

— Çok mu çirkinmiş?

Sokrates'in ne kadar çirkin bir adam olduğunu özellikle vurguladım. Ala'nın ilgisini çekeceğini biliyordum. Bakalım, bu konuda neler söyleyecek!

— Evet, çok çirkinmiş, ancak iki insanın karşılıklı konuşma yoluyla birbirlerinin gözünde güzelleşebileceğini göstermeye çalışırmış. Annesi ebeymiş, Sokrates de kendini öyle görüyormuş çünkü fikirlerin dünyaya gelebilmesi için bir ebeye ihtiyaç olduğunu savunuyormuş. Bu, belki de gelmiş geçmiş en büyük keşiflerden biridir. Gelgelelim, tarihte her büyük adamın başına gelenler, onun başına da gelmiş ve insanlar onu bozguncu olarak görmeye başlamışlar çünkü herkes tarafından kabul gören bir düşünceyi bile sorgulamaktan vazgeçmiyormuş. İnsanı afallatan bir ironi kullanıyor, söylediği şeyler aynı anda iki zıt anlama birden çekilebiliyormuş. Demokrasiyle bile dalga geçiyormuş hatta demokrasilerin her zaman adil olamayabileceğini kanıtlamak üzere sonunda ölümü bile göze almış. Mahkemede onu yargılayanlara, "Sorgulamadan yaşanan bir hayat, yaşanmaya değmez," diyerek eline verilen zehri bir dikişte içivermiş.

— İnsanın kendine bu kadar inanması... ne muhteşem değil mi?

— İki insanın, şu anda bizim yaptığımız gibi karşılıklı konuşması, aynı duyguları hissetmesi de muhteşem değil mi sence?

Hemen başını önüne eğiyor ve yüzünün sanki bir suç işlemiş gibi giderek kırmızıya doğru döndüğünü görüyorum. Konuşmaktan, paylaşmaktan, belki de ona iyi bir şey yaptığının söylenmesinden utanıyor bu kız. Ben bunu hiç fark etmemiş gibi konuşmaya devam ediyorum.

— 18. yüzyıl İspanyası, bir kadının kocası dışındaki bir erkekle baş başa konuşması anlamına gelen "fısıltı sanatını" icat etmiş. Kur yaptıkları kadınlar uğruna pek çok kahramanlık sergileyen Ortaçağ şövalyelerine karşılık, bu kez erkeklere, söz söyleme işindeki becerilerini göstermek düşmüş. Bu tür ilişkilerin platonik olması öngörüldüğünden, kocalar bu duruma pek itiraz etmezlermiş. Kur yapan erkek asla sahip olamayacağı kadına duyduğu bağlılığı göstermek için adeta bir esaret komedisi oynar, bir hizmetçi gibi kadının peşinde dolanır dururmuş. Sabahın köründe yatağının dibinde biter, ona çikolatalar getirir, o gün giyeceği kıyafetlerle ilgili önerilerde bulunur, yürüyüşlerde ona refakat eder, evine sürekli çiçekler ve hediyeler yollarmış.

— Bu anlattıklarınız gerçek mi?

— Tamamen gerçek. İnsan bunlara inanamıyor değil mi? Bugünlere nasıl ve nerelerden geldiğimizi bilmek gerekiyor. İnsan ancak o zaman bazı şeyleri daha iyi anlıyor. Bu ilişkilerde taraflar için en önemli şey, her gün aralarında konuşacak bir şeyler bulabilmekmiş. Oysa genellikle bu ilişkide taraflar konuşma konusunda sıkıntı çekiyor, konuşmalar hizmetçiler, atlar, koşum takımları gibi saçma sapan şeylerin pek ötesine geçemiyormuş. Bu tür basit, tuhaf ilişki denemeleri sadece İspanya'da değil, başka yerlerde de yaşanmış. Hatta 1753'te Cenova'lı bir koca şöyle demiş: "Biz kocalar çok meşgulüz, işimiz, gücümüz var. Karılarımızın hayatında ise onlara eşlik eden birisi olmadan tüketemeyecekleri kadar boş zaman var. Usta bir aşığa, bir köpeğe ya da bir maymuna ihtiyaç duyuyorlar."

— Ne kadar aşağılamış hemcinslerini...

— Haklısın. Kilise zaten kadınların erkeklerle konuşması fikrine ateş püskürüyormuş. Böylece giderek bu tür ilişkiler tarihe karışmış ancak yine de insanlar birbirleriyle konuşabilmeyi her zaman öğrenmek istemiş ve bunun için çok mücadele etmiş, birbirinden çok farklı yollar denemişler.

— Yani bu evrensel bir sorun... öyle mi?

— Şimdi pek çoğumuz, insanların var olduğu günden beri birbirleriyle konuşup dertleştiğini, acılarını, sevinçlerini, korkularını paylaştığını sanıyoruz ama tarihe baktığımızda, bunun hiç de öyle olmadığını görüyoruz. Bir başkasının ne hissettiğini, bazı şeyleri neden yaptığını anlayabilmek, insanlar için her zaman büyük bir erdemdir ve kendilerini anlayabilmenin de ilk basamağıdır. Bunu sakın küçümseme. Aslında tüm dünyada insanlar arasında ortak bir dil gelişmesini engellemek için olağanüstü çabalar sarf edilmiştir. Üst sınıflar her zaman kendi jargonlarını geliştirmiş, ince telaffuz farklılıklarına dikkat kesilerek üstünlüklerini kanıtlamaya çalışmışlardır. Bizim ülkemizde de bu aynen böyle olmuştur. İstanbul Türkçesiyle, Anadolu Türkçesi hiçbir zaman birbirini tutmamış, şive farklılıkları her zaman küçümsenmiş, dışlanmıştır. Ancak bizim tarihimizde bunun başka nedenleri de vardır. Sınırları çok geniş, birbirinden farklı etnik grupların ve yine farklı dillerin konuşulduğu büyük bir ülkeymişiz biz. Dil ve din gibi önemli farklılıklara rağmen yüzyıllarca bir arada yaşamayı, hatta Avrupalılara oranla birbirimizi daha iyi anlamayı becermişiz.

— Siz bu topraklarda doğmuş olmaktan memnun görünüyorsunuz.

Demek ki o memnun değil. Şimdi sorsam söylemeyecek, zaten mutsuz insanlar neden memnun olabilir ki... Daha uygar bir ülkede yaşamaya can atan, Avrupa'da ya da Amerika'da yaşıyor olsaydı her şeyin çok farklı gelişeceğini düşünen, mutluluğun ve iç huzurunun başka ülkelerde bulunabileceğine inanan çok insan tanıyorum. "Kendinizi oraya götürdükten sonra, değişen pek fazla bir şey olmaz," diyemiyorum hepsine.

En iyisi soru sormamaya devam etmek! Kendini köşeye sıkışmış hissetmesini istemiyorum. Zaten insanlık tarihinden örnekler dinlemek, yıllar önce yine bu dünyada yaşayan insanların ruh hallerini, düşünce biçimlerini, alışkanlıklarını ve nerelerden nerelere geldiğini bilmek, dinlemek hoşuna gidiyor. Çok okuyan, bilime meraklı bir kız ama düğmesine basılmamış bir radyo gibi şimdilik susuyor.

— Ben bu topraklarda doğmuş olmaktan her zaman gurur duydum. Bizim insanımızı seviyorum çünkü en iyi onları tanıyorum. Ben onlara benziyorum, onlar da bana. Bir gün eğer dünyadaki bütün insanlar, az veya çok birbirlerini tanımayı, arkadaş olmayı, bir şeyleri paylaşmayı becerebilirse, eminim o zaman hepimiz seveceğiz birbirimizi.

— Sevmek için tanımak lâzım...

— Tanımak için de karşılıklı konuşmak gerekiyor. Tanımadığımız birilerini sevmek de mümkün değil, nefret etmek de. Ama bugün bütün dünya tanımadığı birtakım insanlardan nefret etme, onları yargılama peşinde. Sence de bu yanlış değil mi?

— Yanlış galiba... Zaten ne ben kimseyi tanıyorum, ne de bir başkası beni... Onun için de şimdilik benim için sevmek veya sevilmek çok uzak görünüyor.

Ne kadar anlamlı cevaplar veriyor bu kız. Duyan da onun bülbül gibi şakıyan, rahat rahat kendini anlatan biri olduğunu sanabilir. Her konuda çelişki içinde!

— Yine çok konuştum galiba. Birer tatlıya ne dersin? Ben tatlıyı çok severim.

— Olur!

— Ne yemek istersin? Buranın tatlı büfesi oldukça zengin galiba!

— Bilmem! Siz ne isterseniz onu yiyelim.

— Dondurmalı kup yesek mi acaba?

— Olur.

Garsonu çağırıp siparişimizi veriyorum. Biraz sonra kocaman kadehlerde rengârenk ve özenle yapılmış kuplarımız geliyor. Hüzünlü bir suskunlukla, ağır ağır, elindeki kaşığın ucuyla yiyor dondurmasını. Bugün öğleden sonraki randevularımın hepsi iptal edildi. Onun yaşadığı yeri görmek ve onu artık daha iyi tanımak istiyorum.

— Buradan çıkınca ne yapacaksın Ala?

— Hiiç...

— Hadi öyleyse, kalk, size gidelim. Senin yaşadığın evi görmek istiyorum.

— Bizim eve mi?

— Evet, bugün de sen beni ağırla.

— Ama!

— Ne?

— Tamam. Hadi gidelim...

Garsonu çağırıp aceleyle hesabı ödedikten sonra birlikte çıkıyoruz restorandan. Ala'nın eli ayağı titriyor. Aslında ben de heyecanlıyım. O eve gitmek beni de geriyor. Restorandan çıktığımızda şoförüm arabanın başında bizi bekliyor. Kapıları açıp ikimizi de arabaya bindirdikten sonra "Nereye gidiyoruz efendim?" diye soruyor. Yolu Ala tarif edecek diyorum.

Ankara'nın lüks semtlerinden birine doğru gidiyoruz. Birçok villanın önünden geçtikten sonra, uzakta tek başına duran, diğer evlerden farklı, sıvaları dökülmüş, büyük bir bahçesi olan, kendi de bahçesi de viraneye dönmüş bir evin önünde duruyor araba. Kız biraz mahcup iniyor arabadan.

Aceleyle çantasından anahtarı çıkarıp eli ayağı titreyerek açıyor kapıyı. Evin içine girince hayretten dilim tutuluyor. Küf, eski eşya, is ve toz kokuyor ev. Önce karanlık bir hole giriyoruz.

Işığı yakıyor. Kapının yanında eski bir portmanto var. Üzerinde iki tane eski palto asılı. Biri erkek, biri kadın paltosu! Bunlar belli ki annesiyle babasına ait ama sanki onlar hâlâ bu evde yaşıyor gibi paltolarının portmantoda asılı durması içimi ürpertiyor.

Sonra büyük bir salona giriyoruz. Goblen kaplamalı antika koltuklar, kenarda oymalı sehpalar var. Büyük, dikdörtgen yemek masasının etrafında yine oymalı sandalyeler sıralanmış. Masanın üzerinde elde örülmüş büyük bir örtü var. Örtünün yıllardır bu masanın üzerinde durduğu o kadar belli ki, sanki masayla bütünleşmiş. Örtüye dikkatle bakıyorum, sanırım Süreyya'nın ördüğü örtü bu. Böyle bir şey elde nasıl örülür? Yerde kalın değerli yün halılar, pencerelerde sıkı sıkı kapalı duran kahverengi ağır, kadife perdeler var. Zaman içinde sanki salonda bulunan bütün eşyalar çürümüş, kararmış, renk değiştirmiş. Ben bu duyguyu bir de Kahire'yi gördüğümde hissetmiştim. Nil Nehri'nin etrafını hariç tutarsak, şehir bej bir tülle örtülmüş gibiydi. Bütün renkler solmuş, o tülün rengini almışlardı sanki. Bu odaya örtülen tülün rengi çok koyu... Etrafa baktıkça insan ürperiyor.

Duvara dayalı duran büyük ahşap büfenin üzerinde gümüş bir çerçeve duruyor. Çerçevenin içinden çok güzel bir kadın bize bakıyor. Hafifçe yaklaşıp biraz daha yakından bakıyorum resme. Bu Süreyya galiba, Ala'nın annesi! Ne kadar güzel bir kadın! Ayrıntılarda Türkan Şoray'a benzemiyor ama onun gibi siyah, uzun saçları, iri gözleri, kalın ve çekici dudakları var. Nasıl da hüzünlü bakıyor insana! Sanırım bu resim çekildiğinde yirmili yaşlardaymış. Belki o zaman henüz Ala'nın babasıyla evlenmemişti bile... Zaten evlendikten sonra böyle bir resim çektirme şansı olmamış. Resimdeki kadının yüzünde ciddi bir makyaj var, oysa Ala annesinin hiç makyaj yapmadığını söylemişti. Yanılıyor olabilir miyim?

—Ala, bu annen mi?

—Annem.

—Ne zaman çekilmiş bu resim?

— Annem evlenmeden önce… Sonra o ölünce babam koydu bu resmi buraya… Başka da resmi yok zaten…

— Senin odan nerede?

— Üst katta…

Salondan çıkıp holün sonundaki merdivenlere yöneliyoruz. Merdivenler dönerek çıkıyor. Yukarı çıkınca Ala elektrik düğmesine basıyor, ortalık hafifçe aydınlanıyor. Bu evin ışıkları bile kör! Ortada genişçe bir sahanlık ve üç oda var. Odaların ortasındaki açık kapıdan banyoyu görüyorum. Banyonun duvarındaki fayanslar sanırım bir zamanlar beyazmış, şimdi gri olmuş. Zaten zemin mozaik taş. İçi yol yol sararmış eski bir küvet, önünde desenli, kirli, yarısı açık bir banyo perdesi asılı. Yandaki lavabonun altına basma perde gerilmiş. Böyle bir şeyi görmeyeli yıllar oldu. Klozetin yanında çöp kutusu olarak eğri büğrü, paslı bir teneke duruyor. Kenarda eski bir çamaşır makinesi var.

Sonra odalara girmeye başlıyoruz. Önce kendi odasını gösteriyor bana. Duvarın kenarında küçük bir somya var. Üzerinde eski ve kirli bir örtü serili. Tam karşıdaki pencerenin basma perdeleri eskimiş ve solmuş. Eski metal kornişin kenarları eğilmiş ve aşağı doğru sarkıyor. Yanda ceviz bir gardırop, onun yanında büyük bir kütüphane, tam karşısında da ahşap bir masa duruyor. Hem kütüphanenin içi, hem de masanın üzeri kitap dolu! Kitaplar özenle üst üste dizilmiş. Hemen yanlarında yine eski, boynu eğrilebilen metal bir masa lambası var. Yerde lime lime olmuş bir kilim serili. Gardırobun kapısı hafif açık, kilidi bozulmuş, kapanmıyor. Açık duran kapısından içini görüyorum, boş!

— Giysilerin nerede Ala?

— Attım… Hepsini attım.

— Neden?

— Attım işte…

— Sen ne giyiyorsun?

Cevap vermek yerine suçlu çocuklar gibi yere bakıyor. Hemen çıkıyorum odadan. O da arkamdan çıkıyor. Hemen yandaki büyük oda muhtemelen anne babasına ait… Koyu renk eski ceviz yatak takımları var odada. Duvara dayalı gardırobun kapağı sonuna kadar açık. İçinde hepsi de koyu renk, çoğu triko giysiler asılı. İşte bunlar diyorum kızın giydikleri. O zaman anlıyorum annesinin giysilerini giydiğini. Daha önce de tahmin etmiştim bunu. Yine içime bir ürperti giriyor.

Sonra başka bir odaya giriyoruz. Burada da tek kişilik bir somya ve eski bir gardırop var. İçinde eski erkek giysileri asılı. Burası muhtemelen babasının odası... Demek annesiyle babasının odaları ayrıymış.

Sonra yeniden aşağı iniyoruz. Mutfağa giriyorum. Oldukça geniş bir mutfak... Eski bir buzdolabı var köşede, kapağını açmaya çalışıyorum, zor açılıyor, lastikleri yapışmış. Dolap neredeyse boş! Kapakta duran içkiler dikkatimi çekiyor. Sonra mutfak dolaplarını açıyorum, tabaklar, bardaklar, tencereler sıra sıra duruyor. Sonra bir başka dolabı açınca içinde paket paket çikolatalar, bisküviler, kahve ve mısır gevreği görüyorum.

Mutfak da pis ve tozlu, ama her şey yerli yerinde, ortalıkta tek bir dağınıklık yok. Kullanılmayan bir ev burası...

— Bu ev artık çok eskimiş. Üstelik senin için çok büyük. Keşke burayı boşaltıp kiraya versen ve sen daha küçük bir daireye çıksan...

— Hı hı...

Utanır gibi, sürekli yere bakıyor. Gibi değil, utanıyor zaten. Konuşabilmek için bir yerlere oturmamız gerekiyor ama koca evde oturacak yer bulamıyorum. O tozlu, karanlık salona girmek gelmiyor içimden. Mutfakta eski bir masa ve etrafında dört sandalye var. Yine de oturmak için en doğru yer mutfak galiba... Sandalyelerden birini çekip oturuyorum. Sanırım Ala da evdeyken bu sandalyeye oturuyor.

— Hadi bakalım, bir fincan kahve yap da içelim. Kahve yok deme çünkü gördüm.

— Tamam... hemen yaparım ama inşallah beğenirsiniz.

— Kendine de yapacaksın değil mi?

— Yaparım.

Acemi hareketlerle dolapları karıştırıyor, ocağı yakıyor ve cezveyi koyuyor ocağın üstüne. Dolaptan çıkardığı fincanları deterjanla iyice köpürterek yıkıyor. Aksi halde üzerinde yılların isi bulunan o fincanlarda kahve içmek mümkün olmazdı. Kenarında renk renk çiçekler olan küçük, eski görünüşlü çok güzel fincanlar…

— Oh, mis gibi koktu kahve. Sen de seviyorsun galiba kahve içmeyi.

— Eskiden içmezdim… Size geleli beri başladım içmeye… Sizin klinikte insanlar çok içiyor kahveyi… Siz de seviyorsunuz… Sonra ben de heveslendim… Daha önce gelseniz kahve bulamazdınız bu evde.

Fincanları masaya koyduktan sonra kendi de bir sandalye çekip oturuyor karşıma. Bu kızın gerçekten yardıma ihtiyacı var. Onunla ilgili henüz bilmediğim pek çok şey var. Kafam şu elbiselere takıldı. Neden onları giyiyor acaba? Parası var, şu anda karışanı, görüşeni de yok. Yine de ısrarla onları giymesine bir türlü anlam veremiyorum. Ev tozdan görünmüyor. Perdeler sıkı sıkı kapalı. Bunca yıldır neden kendine bir düzen kurmamış?

Perili köşk gibi bir yer burası. İnsan böyle bir evde yalnız başına oturmaya korkar. Hem o bahçenin hali ne? Otlar diz boyu olmuş. Binanın sıvaları dökülmüş. Her gün içinden geçtiği bahçe bu haldeyse, çatı kim bilir nasıldır? Bana yemek yiyorum diyordu ama mutfakta yenecek doğru dürüst bir şey görmedim. Bu kız ne yiyip, ne içiyor acaba? Gerçi ben onu tanıyalı epey kilo aldı ama sanırım evde yemek yapmıyor. Sütle çikolatadan başka bir şey yok dolapta.

Bu kız bu evde, sevilmeden, öpülmeden, okşanmadan büyümüş. Sevgiyi içine çekmemiş ki, dışına verebilsin! İlk günler ben bile sevemedim onu. Daha ne olsun!

Kahveden bir yudum alıyorum, güzel olmuş. Artık konuşmanın zamanı geldi.

— Esma Sultan hiç gelmedi değil mi bu eve?

— Gelmedi.

— Gelse bu ev böyle olur muydu? Kıyameti koparırdı. Evin en güzel odasına yerleşir, sizi de hizmetçi gibi çalıştırırdı.

Hafifçe üfleyerek kahvesinden bir yudum alırken, bu sözlerim az da olsa gülümsetiyor onu. Fincanı yeniden tabağına koyarken ellerinin titrediğini görüyorum. Zor duyulur bir sesle, mırıldanır gibi başlıyor konuşmaya.

— Esma Sultan gelemedi bu eve... O hayatta olsaydı kim bilir bugün... nerede ve nasıl yaşıyor olacaktım... Belki annem babam da ölmezdi o zaman...

Ne demek istiyor acaba? Bilmece gibi konuşuyor! Esma Sultan neden öldü, Süreyya neden hapse girdi anlatmadı ki... Acaba Süreyya mı öldürdü Sultanı? Tam bir polisiye romana döndü iş! Biraz bilsem, ben de ona göre tepki vereceğim, belki bu kızın korkularını, umutsuzluklarını, çaresizliğini hafifletmeye çalışacağım ama bilmiyorum. Şu anda bazı şeyleri anlatacak galiba... Yani şu an bu ilişki, bu tedavi açısından çok önemli. Benim vereceğim tepkilerden çok etkileniyor. Çok dikkatli ve çok duyarlı olmam gerekiyor. O daha leb demeden leblebiyi anlamalı ve olabildiğince onun yanında olmaya çalışmalıyım. Çünkü kaderini değiştiren bir şeyleri bana şu anda anlatacak.

Ala'ya bakıyorum. Gözlerim, anlattığı her şeyi sonuna kadar paylaşmaya hazır birinin ruh halini yansıtıyor. O ise gözlerini uzaklara dikmiş, ellerini kucağında birleştirmiş, dalgın ve hüzünlü, oturuyor karşımda. Bir an ellerine takılıyor gözlerim. Sağ elinin işaret parmağı her zamanki gibi yara bere içinde ama diğer parmakları gibi yumuşacık kıvrılmak yerine dik duruyor. Parmak hafifçe titreyerek havada dururken, o bunun sanırım farkında bile değil. Sanki bilinçsiz bir refleksle dikilmiş. Bu ne demek oluyor acaba?

Baştan beri bu parmaktaki yara bereler, morluklar dikkatimi çekiyor. Birkaç kere sordum ama her seferinde cevap vermek yerine sorularımı geçiştirdi. Gerçi bu duruma baştan beri alışkınım, sorduğum sorulara genelde pek cevap vermiyor ama diğerleri değil, ısrarla o parmakta sorun var.

Dudakları titreyerek anlatmaya devam ediyor.

— Bir gün Esma Sultan her zamanki gibi haftalık banyosunu yapacaktı. Evdeki telaş sabahtan başlamıştı. Okul kapalı olduğu için çocukların hepsi evdeydi. Oğlanlar birbiriyle itişirken ben arada kalmış ve büyük oğlandan ciddi bir yumruk yemiştim... Ağlıyordum... Benim ağladığımı duyan Esma Sultan... sebebini hiç sormadan annemin gözü önünde elinin tersiyle suratıma vurmuş... dişim dudaklarımı kestiği için ağzım fena halde kanamıştı. Annem kolumdan çekerek beni banyodaki lavaboya götürmüş ve bir yandan söylenip, bir yandan da itip kakarak ağzımdaki kanları yıkamıştı... "Zaten canım burnumda, bir de seninle mi uğraşacağım," diyordu... Yani ben annem için bile sadece angaryaydım... Sultan banyo yapacağı gün... önce banyodaki büyük banyo sobası yakılır... gelinler banyoya kalıp kalıp sabunlar dizer... annem de kına tasının içine özenle kınayı hazırlardı. Banyo ısınırken Esma Sultan... salondaki büyük sandalyeye oturur... sırtına havlular konur ve annem kınayı dikkatle Sultan'ın başına sürer... kına tutana kadar eline çay verilir... ve herkes karşısında el pençe divan beklerdi. Kına tutunca Esma Sultan banyoya geçer... üzerindekileri çıkarır... ve kurnanın başına oturup annemin onu yıkamasını beklerdi. Bu arada annem de kollarını sıvar... ve babaannemi yıkamaya başlardı. Bense kenarda bir iş buyrulmasını beklerdim... Benim asıl işim banyonun sonuna doğru ısıtılmış havluları tutmaktı. O gün yine bildik şeyler oluyordu. Annem işini bitirince alnında biriken terleri silerek doğruldu. Havlular çoktan ısıtılmış ve benim kucağıma verilmişti... Kapalı kapının önünde kucağımda kat kat havlularla ayakta bekliyordum... Banyo sıcaktı... ve annem gibi ben de çok terlemiştim... İncecik kollarım havluların ağırlığı altında yorulmuştu... Annem beyaz kemik tarakla Esma Sultan'ın saçlarını tarıyordu... Saçları uzundu... Arada bir canı yandıkça annemin eline vuruyor... kendi kendine bir şeyler mırıldanıyor... anneme dik dik bakıyordu. Annemse onun canını acıtmamak için iki büklüm olmuş... kan ter içinde kalmıştı. Sıra aptes almaya gelmişti... Artık kurnadan alınan su dökülmez... hamam tası sadece musluktan akan suyla doldurulurdu... Kim bilir kaç yıldır bu sahneleri her hafta kucağımda havlularla izlemiştim... Annem banyonun büyük musluğundan akan suları tasa doldurarak... Esma Sultan'ın aptes almasına yardım ediyordu...Ağırlığımı bir ayağımdan ötekine vererek... bu işin bir an önce bitmesini diliyordum... Aptes bitti. Esma Sultan son suyunu dökünmek üzere ayağa kalkarken... annem her zamanki gibi kolundan tutarak ona yardım ediyordu. Vücudu şişman ve yağlıydı... Etleri kat kat göbeğinin üzerine sarkıyor... kınadan iyice kızarmış saçları omuzlarından aşağı doğru dökülüyor... ince ve bol damarlı bacakları onu taşımakta zorlanıyordu. Annem kurnaya doğru eğildi... soğuk ve sıcak su musluklarının ikisini birden açarak... tasa suyu doldurdu... Son suya el sokulmazdı. Sonra bir eliyle belini tutarak doğruldu... ve tastaki suyu bismillah çekerek... Esma Sultan'ın başından aşağı boca etti...

Sözün burasında derin bir iç çekerek başını bana doğru çeviriyor ve yardım ister gibi gözlerime bakıyor. Ne demek istiyor acaba, benim ne yapmamı bekliyor, anlamıyorum ki... Sağ elinin işaret parmağı yukarı doğru iyice dikildi. Onu, sınıfta parmak kaldırmaya utanıp elini sırasının altına saklayarak bunu oradan yapmaya çalışan bir çocuğa benzetiyorum.

Bende aradığını bulamayınca başını çevirip gözlerini yine uzaklara dikerek anlatmaya devam ediyor.

— Meğer su sıcakmış... Annem elini suya sokmadığı için bilememiş... Çok sıcakmış su... Kızdı babaannem ve var gücüyle "soyka" diye bağırdı anneme... "Ellerin kırılsın inşallah... soyka..." O anda, birkaç saat önce bana yaptığı gibi... elinin tersiyle anneme vurmak istedi... ama elini anneme doğru savurduğu anda dengesini kaybetti. Annem o sırada kendisine doğru savrulan eli havada tutmaya çalıştı. Esma Sultan'ın daha önce anneme vurduğunu hiç görmemiştim... O gün... bilmem neden... anneme çok öfkeliydi. Saçını tararken de sık sık ellerine vuruyordu annemin... Bu vurmalar annemi kızdırıyordu... Bunu hissediyordum.

İkisi de birbirine öfkeliydi. Yoksa annem böyle yapmaz, ona hep saygılı davranırdı. Esma Sultan artık bardağı taşırmıştı... Kötü bakıyordu annemin gözleri... Sanki "artık yeter" der gibiydi... onun gözlerinde ilk kez öfkeyi görüyordum... Çok hoşuma gitmişti. Bundan inanılmaz bir zevk almıştım... Nihayet diyordum içimden... nihayet köle uyanacak... dilsiz konuşacak... Yıllardır her şeyi sineye çeken... taş gibi duran bu duygusuz kadın... bir tepki gösterecek... savunacak kendini... Ben yıllardır hep bu anı beklemiştim. İşte o zaman... beni sevmese de, gözü beni görmese de... ben onu sevecek... benim de bir annem var diyecektim... Ben bu olanları izlerken... gizli bir kamera beni çekseydi... gözlerimin nasıl parladığını... adeta bir zafer coşkusuyla nasıl mest olduğumu görürdü. Ama çok kısa sürdü bu coşku... Çünkü annem ona doğru savrulan bu eli havada tutamadı... çünkü bir yandan da ani bir refleksle kendini arkaya doğru atmıştı. Havada iki kadının ellerinin çarpıştığını gördüm... Tek kişilik ve tek vuruşluk bir alkış sesi geldi kulağıma... Belki de o duyduğum... benim yüreğimden gelen bir alkış sesiydi... Sonra gök gürültüsü gibi bir başka ses, diğer bütün sesleri yok etti... İkisi birden yere... mermer zemine çakılırken... deprem olmuş gibi koca ev sallandı. Sesle birlikte bütün ev halkı... banyoya akın etti. Zaten Esma Sultan'ın anneme "soyka" diye bağıran sesini herkes duymuştu...

Buraya kadar olayları ağır ağır, boğuk bir sesle anlatıyordu ama bu noktada işler değişti. Sanki elektriğe tutulmuş gibi tiril tiril titrerken kelimeler adeta sessiz bir hıçkırığa dönüştü. Bütün bunları kapıda kucağında havlularla beklerken, en iyi o gördü demek! Nasıl da güzel anlatıyor... Doğru dürüst konuşamasa da, her bir duyguyu nasıl da içten aktarıyor bana... İkisi birden düşmüşler. Eğer düşmeseler neler olacaktı acaba o gün banyoda? Süreyya bu sefer gerçekten çok kızdı galiba! Öyle birinin öfkesi korkunç olur. Yıllardır sineye çekilmiş, katmerlenmiş bir öfke bu...

— Esma Sultan'la annem... sanki birbirleriyle boğuşuyor gibi yerde... mermer zeminin üzerinde yatıyorlardı... Her taraf kan içinde kalmıştı... Bu kan kimden geliyor anlamamıştık... Çünkü her ikisinin de yüzü gözü kan içindeydi...

Artık konuşmaktan çok çığlık atıyor sanki. Biraz önceki titremeler, geniş el kol hareketlerine dönüştü. Oturduğu sandalyeden kalkmak istiyor da biri onu bağladığı için kalkamıyor gibi kendini öne arkaya savurup duruyor. Bilinçsizce sallıyor ellerini. Ama sağ elinin işaret parmağı hâlâ havada ve onunla kimi göstereceğini, kimi işaret edeceğini bilmez gibi, kör bir arayış içinde etrafına bakınıyor. Bense sanki orada değilim. Bu kâbus dolu rüyada ben de rol almak, böyle bir rüyayı bölmek istemiyorum.

— Ortalık çok kalabalıktı... Beni itekliyor... oraya buraya savuruyorlardı... ama kimse onlara yaklaşamıyordu... Sanki dokunurlarsa onlar da kirlenecek... veya elleri yanacak gibi... herkes birbirini itip kakarak... onlara doğru eğilerek... daha yakından görmek ister gibi... bakıyorlardı onlara... Bacaklarımdan aşağı doğru ılık ılık bir şeyler akıyordu... Korkudan altıma işemiştim... Havlular elimden düşmüş, insanların bacaklarının arasından en öne fırlamıştım... İşte o anda annemle göz göze geldik... Öfkeyle parlıyordu gözleri... İşte o anda kalktı parmağım... Bu kırılası parmağım...

Parmak! Parmak bu işte... Annesine yönelen parmak! Olayın tek görgü tanığı olarak annesini gösteren, onu suçlayan parmak! Yavaş yavaş bazı şeyleri anlıyorum galiba... Banyodan da bunun için korkuyor galiba. Artık anlatmaktan vazgeçti. Sağ elinin işaret parmağını sol eliyle sıkıca tutarak iki büklüm oldu. Buna ağlamak denmez. Ağıt yakıyor, haykırıyor...

Bir süre ben de ne yapacağımı bilemiyorum. Sanki bir gerilim filmi seyrediyordum, kötü bir şey oldu ve aniden film durdu. Işıklar yandı ama ben bir türlü kurtulamadım filmin etkisinden. Sonra yavaş yavaş ayılıyor ve toparlanıyorum. Tam karşısında oturduğum sandalyeden kalkıp yanına gidiyorum. Yanındaki sandalyeyi çekip, ucuna iliştikten sonra ona doğru eğiliyor ve ben de onun üzerine kapanıyorum. Bağırmaya, haykırmaya devam ediyor ama ona sıkıca sarıldığım için artık sesi daha derinden geliyor. Orada öylece ne kadar süre kaldığımızı bilmiyorum. O anda ne hissettiğimin de farkında değilim. Sanki ikimiz birden buzluğa girdik, orada donduk, sonra sıcak bir yerde yavaş yavaş çözüldük. Buzlarımız çözüldükçe gevşedik, yumuşadık ve ağır ağır ayrıldık birbirimizden.

Şimdi artık yan yana ama birbirine dönük duran sandalyelerimizde karşılıklı oturuyoruz. Onun da benim de üstümüz başımız ıslanmış. Gözyaşı sel olup akınca böyle oluyor işte... Sol eli hâlâ sağ elinin işaret parmağını sıkıca tutuyor. Sanki elinden gelse koparıp atacak o parmağı. Demek bunun için hep yara bere içindeydi o lanetli parmak! O gün Ala o parmakla anneyi gösterdi. Bir an kendimi onun yerine koyuyor ve o sıcak, o kalabalık, o kan içindeki banyoya gidiyorum.

Her yerde öyle çok buhar var ki, bir an orada neler olduğunu göremiyorum. Sonra yavaş yavaş netleşmeye başlıyor ortalık. Bazı şeyleri hissedebiliyorum.

Başını kaldırınca allak bullak olmuş, perişan bir yüz görüyorum. Islak gözleriyle dehşet içinde bakıyor yüzüme. Mekanik bir hareketle saçını düzelttikten sonra sanki bir rüyadan uyanır gibi çevrede geziniyor gözleri. Yüz hatları sanki çok yorulmuş gibi aşağı doğru sarkmış. İçinde hâlâ titreşen hıçkırıkları bastırmak ister gibi bir hali var.

Yavaş, yumuşak, insanı hiç rahatsız etmeyen bir sesle, kendi kendime mırıldanır gibi, hiç Ala'ya bakmadan, onu zorlamadan konuşmaya başlıyorum.

— O gün, o banyoda senin yerinde ben olsam, yaşım senin gibi küçük olsa, kollarımda havlularla senin yerine ben beklesem... Sonra bütün bunlar benim gözümün önünde yaşansa, o çocuk halimle paniğe kapılır, ne yapacağımı bilemezdim. En çok da anneme sığınmak isterdim. Biraz önce gücünü hissettiğim anneme. Korkudan altımı ıslatan ben, çareyi yine annemde arardım. Belki de parmağım anneme yönelirdi. O küçük kız ben olsam, bütün bunları görsem, ben böyle yapardım.

Susuyorum. Bu hikâyenin sonunu dinlemeden söylüyorum bunları. O daha kendini savunmadan ya da suçlamadan... Ben susunca yine önüne eğiyor başını ve sıkıca tuttuğu sağ elinin işaret parmağını dikkatle inceliyor. Sanki uyuşmuş gibi bir süre açıp kapatıyor ellerini, sonra gözlerini gözlerime dikiyor. Kafasında bir şeyleri tartıyor. O günü düşünüyor. Gözlerini açıp kapatarak, ama bana bakmaktan vazgeçmeden, arada bir kafasını iki tarafa sallayarak bir şeyleri çözmek ister gibi bir hali var. Susuyorum, o konuşsun, anlatsın istiyorum ama şimdilik buna niyeti de cesareti de yok. Yine ben giriyorum söze.

— O küçük kız ben olsam, o gün, o banyoda olsam, kendi kendime böyle düşünsem... beni kimse anlamazdı. Biraz da olayın dehşeti ve heyecanıyla belki de herkes bana bakar, annemi gösteren parmağımı görür, bundan bir şeyler çıkarmaya çalışırlardı. Ne de olsa olayın tek görgü tanığı bendim. Benim ne yaptığım, ne söylediğim onun için çok önemliydi. Belki de soru sorarlardı bana. Ne kadar korktuğumu, o anda ne kadar aciz ve çaresiz olduğumu kimse fark etmez, sanki ben olanlardan hiç etkilenmemişim gibi hep soru sorarlardı bana. Annem de beni kurtarmaz, o durumdan çekip almazsa, çok yalnız hissederdim kendimi. Kim bilir, belki de yerde kanlar içinde yatan anneme bile kızardım. Ben olsam işte böyle yapardım. Böyle düşünür, böyle hissederdim. Parmağım hep annemi gösterirdi. Sen ne yaptın Ala?

— Ben de öyle yaptım...

Güven dolu, onu anlayan bakışlarla hafifçe gülümsüyorum ona. Bir şey söylemek yerine sadece gülümsüyorum. Bu gülümseme iyi geliyor ona. Bir anda yukarıda duran omuzları iniyor, gevşiyor, alt dudağını sarkıtıp acıyla içini çektikten sonra başlıyor konuşmaya.

— Kanayan babaannemin başıymış... Düşerken başını kurnanın kenarına vurmuş... Kan hiç durmadı... Kurnadan mermere doğru taşan sularla Esma Sultan'ın kanı birbirine karıştı... Benim parmağım ısrarla annemi gösteriyor, o da "Ben yapmadım," diye haykırıyordu... Ben yapmadım, ben yapmadım... Yerden kalkmaya çalışırken bile böyle haykırıyordu annem... Sağı solu kızarmış, yüzünün sağ tarafı çürümüştü... Ondan sonrasını pek hatırlamıyorum... Bağırışlar, koşturmalar, eve çağırılan ambulansın sesi... Esma Sultan üç gün yattı hastanede... sonra öldü... Beyin kanaması geçirmiş... Herkes annemi, annem de beni suçladı... Bu hikâye de işte böylece bitti.

Bilmece çözülüyor işte... Tahminlerim aşağı yukarı doğru çıkıyor. Süreyya "Ben yapmadım," diye bağırmasa, ısrarla böyle haykırmasa, olaylar belki de farklı yorumlanacaktı. Ama o ısrarla ben yapmadım deyince, üstelik Ala'nın parmağı da anneyi gösterince, belki de herkes bunun planlı bir şey olduğunu düşündü. Ben böyle diyorum ama Ala henüz bunları anlatmadı. Olabildiğince ondan bir adım önde olmak, o daha söylemeden bazı şeyleri tahmin etmek ve eğer bir şey söyleyecek, olaya bir yorum getireceksem, bunu bana bu bilgileri vermeden önce yapmak istiyorum. Biliyorum, onu korumamı, ona arka çıkmamı, hele ona acımamı hiç istemiyor. Ağzımdan çıkacak her olumlu sözü teselli olarak algılayacak.

Ala'nın annesi, yani Süreyya kızının parmağı ona doğru kalkınca neden "ben yapmadım" diye bağırdı acaba? Sebep her ne olursa olsun bu tepki bir refleks olarak ortaya çıkmış. Yani belki de neden böyle bağırdığını kendi bile bilmiyor. Bunu düşünmedi, hesaplamadı, aniden, öylece çıkıverdi ağzından. Ama neden? Ala'nın anlattıklarından yola çıkacak olursak, o gün bu iki kadın da birbirine öfkeliymiş zaten. Bunu özellikle Esma Sultan her hareketiyle belli ediyormuş. Süreyya'ya gelince; galiba ilk kez onun da sabrının sonu gelmiş ve ilk kez kontrolünü kaybetmek üzereymiş. Eğer ikisi birden yere düşmese belki de o banyoda çok farklı şeyler olacak, Süreyya öfkesini kim bilir nasıl gösterecekmiş Esma Sultan'a. Bugüne kadar bana anlattığı Süreyya, Esma Sultan'ın elini tutmaya, ona karşı çıkmaya yeltenecek bir kadın değil. Muhtemelen Esma Sultan da bunlara güvenerek Süreyya'ya el kaldırdı. Saçı taranırken bunun provalarını yapmış zaten. Ama bu sefer işler onun düşündüğü gibi gitmemiş.

Olayı bu kadar trajik hale getiren ne? Esma Sultan'ın yere düşüp kanlar içinde kalması mı? Hayır, bu değil. Ala anneyi suçladığının düşünülmesinden rahatsız. Anne ise muhtemelen Ala'yı gerçekten suçluyor. Ala'yı anlayabilmek, onun da kendisini anlayabilmesini sağlamak için işe Süreyya'dan başlamam gerekiyor. O kadın, o gün, orada Esma Sultan'a duyduğu öfkeyi Ala'ya mı yönlendirdi acaba? Onu suçlamasının asıl sebebi bu mu?

Biraz daha hızlı düşünmeliyim. Öfke duygusunun tahrip gücünün ne kadar yüksek olduğunu biliyorum. Bu ailede bu çok tahripkâr duygu adeta kol geziyor. Ruhsal hastalıkların çoğunun kökeninde, özellikle yakınlara karşı duyulan bu yıkıcı öfke duygusu yatar.

— Bu hikâye senin dediğin gibi orada bitmemiş Ala. Şimdi artık hikâyenin sonunu birlikte getirelim. Sence annen neden "ben yapmadım" diye bağırdı?

— O yapmadı zaten...

— Ama yine de annenin böyle bir tepki vermesini anlayamadım.

— Belki de ben parmağımla onu gösterince kendini savunmak için öyle söyledi...

— Senin amacın anneni suçlamak mıydı?

— Hayır, hayır değildi...

Hayır diyerek çığlık atarken sağ elinin işaret parmağını bütün gücüyle masanın keskin kenarına vurmaya başlıyor. Aman Tanrım! Neredeyse kıracak, paramparça edecek parmağını. Demek bu parmak onun için sürekli mosmordu ve yaralar bir türlü iyileşmiyordu. Demek kendine olan öfkesini bu zavallı parmağa yönlendirdi, acısını ondan çıkarıyor. Aceleyle yerimden kalkıp Ala'ya tekrar sarılıyor ve kolunu sıkı bir kıskaca alıyorum. İçini çekerek hıçkırıklara boğuluyor... Onun bu seferki ağlamalarından çok etkileniyorum. Sanki ağlamıyor, parçalıyor kendini. Bu ne biçim bir acı, Tanrım bu küçük, bu çaresiz kız, bunca yıldır nasıl katlandı bu acılara!

— Ben sana inanıyorum. Sen de inansana!

Yavaşça bırakıyorum onu. Yüzü gözü ıslanmış, saçları yanaklarına yapışmış, burnu akmış, küçücük çocuklar gibi çaresizce bakıyor yüzüme. Biraz ötede duran kâğıt peçetelerden bir deste alıp yüzünü siliyorum. Belki de ilk kez biri, bir kadın, onun gözyaşlarını siliyor.

— Kızdı işte... Kızdı bana annem... Onu suçladığım için kızdı... O gün çok öfkeliydi... İlk kez Esma Sultan'a isyan edecek, onun daha fazla ileri gitmesine izin vermeyecekti... Gözlerindeki pırıltıdan anlamıştım bunu... Ama kader izin vermedi ve zafer... başlamadan bitti.

— Daha önce Esma Sultan'a hiç kızmaz mıydı?

— İçinden kızardı belki... ama bunu hiç belli etmezdi... O gün... belki de kötü şeyler yapacaktı.

— Ama o yapmasa da kötü şeyler oldu.

— O yapmadı ama yine de babaannem öldü... Onun istediği oldu...

— Sen annenin yerinde olsan, ne hissederdin Ala, hiç düşündün mü?

— Oh, derdim... Oh oldu... bana yaptıklarının cezasını çekti derdim... Ondan kurtulduğuma sevinirdim...

Bir insan, bir başkasına bu kadar öfke duyarsa onu öldürmek gelir içinden. O gün belki de Süreyya bunu gerçekten yapmak istedi, hatta yapmaya kalkıştı. Ya da bunu sadece istedi ama gerçekleştirmek için herhangi bir eylemde bulunmadı. Öfkeyi yönelttiği kişi de böyle pat diye ölünce kendini suçladı. Sanki onu bizzat kendisi öldürmüş gibi hissetti. Öfkesini hiç sansür koymadan gösterebildiği tek kişi kızı, yani Ala. Sanki Ala onu Esma Sultan'ı öldürürken yakaladı. Muhtemelen Süreyya o anda tam olarak böyle hissetti. Ala'ya yakalandı. Bir de üstelik Ala'nın parmağı onu gösterince paniğe kapıldı ve ben yapmadım diye haykırdı.

Suç işlerken yakalanmak insanları çok kötü etkiler. Onu, o anda gören herkesi yok etmek isterler. Bu sadece tanığı ortadan kaldırma isteği değildir. Çok başka türlü duygular gizlidir içinde. Sanki en mahrem, en çirkin, en görülmemesi gereken yerleri görülmüş gibi hisseder ve onları gören bu gözleri kör etmek, yok etmek isterler. Ne ceza alacaklarından çok artık asıl düşmanları o gözlerdir çünkü artık suçlu kendine de o gözlerle bakmakta, baktıkça kendini aşağılamaktadır.

Gazetelerde okuduğum cinayet haberleri geliyor aklıma. Cinsel sorunları olan kişiler sıkça cinayet işler. İşte bu cinayetlerde asıl sebep, kişinin bu zayıf, bu çirkin, bu acınası, iğrenç yönünün bir başkası tarafından görülmesi, anlaşılması ve yakalanmasıdır. Aslında kurtulmak istenen şey kişinin kendine bakan, kendini yargılayan, aşağılayan gözleridir. Sadece cinayet gibi büyük suçlar için değil, kişiyi iç dünyasında rahatsız eden hemen her tür olayda geçerlidir bu kural. Kendisi bilse bile, bir başkasının bu bilgiye ortak olması suçunu arttırır ve o kişilerin yok olmasıyla birlikte suç da ortadan kalkacak gibi hisseder kişi. Sanki kimse bilmezse o suç azalacak, onu artık rahatsız etmeyecek, yüreğine diken gibi batmayacaktır.

Yeniden Süreyya'yı düşünüyorum. O, görmekten, bilmekten, hissetmekten çok rahatsızlık duyduğu bazı duygularının kızı Ala tarafından görüldüğünü, sanki suç işlerken ona yakalandığını düşünmüş. Çok kötü... İnsan ruhu, özellikle kara günde giderek kararan daracık, küçücük labirentlerde gezinirken, kendine bir çıkış yolu arıyor. Süreyya'nın bu arayışları hep hüsranla sonuçlanmış ve çıkmaz sokaklarda kaybolup gitmiş.

—Ama o sevinemedi... Annem ölünce ben de sevinememiştim... Hep kendimi suçlamıştım... O da kendini suçladı demek!... İstediği olunca kendini suçladı...

—Sen de parmağınla onu gösterince...

—Ben de parmağımla onu gösterince suç kesinleşti... Çok acı duydu ve...

—Ve bütün öfkesinin hedefi sen oldun. Suç işlerken yakalanmış biri gibi hissetti kendini. Daha sonra seni çok suçladı mı?

—Hem de nasıl... Bütün olanların tek nedeni olarak beni gördü.

İdam sehpasına giden bir mahkûm kadar umutsuz ve çaresiz

bakıyor gözleri. Dünyaya gözlerini açtığı günden itibaren hiç sevilmemek, hiç kabul görmemek, bir de üstelik suçlanmak zor iş. Nietzsche'nin o ünlü sözü geliyor aklıma, "Kaderimizi sevmeliyiz." İçinde bolca acı da olsa kaderimizi sevmekten başka çaremiz yok ki...

Tüm acılarımız için Freud bize anne babalarımızı, Marx ise toplumdaki üst sınıfları suçlamamız gerektiğini söylüyor. Hindistan karma düşüncesine göre ise hayatımız kendi ektiklerimizin bir meyvesidir ve kendimizden başka kimseyi suçlayamayız.

Aslında sorun kimi suçlayacağımız değil, hayatla, sorunlarımızla, acılarımızla nasıl başa çıkacağımız. İşte karşımda acılar içinde kıvranan bu küçük kıza bunları iyi anlatmam, onun hayatına küçük de olsa bir ışık tutabilmem gerekiyor. Ona ne yapacağını söyleyemem ama kendi yolunu bulabilmesi için fener tutabilirim.

Aydın'ın hasta olduğu günler geliyor aklıma... Aydın'ı kaybedersem, buna dayanabilecek, yine işimi sevecek, yine başkalarının derdine derman olabilecek, yine o meşhur kahkahalarımı atabilecek miyim, diye soruyordum kendime. Yalnızlığımla başa çıkabilecek, güneş batarken her zamanki gibi heyecanlanacak, bol naneli tarhana çorbasının sıcak dumanları yüzüme çarpınca midemden ağzıma doğru yayılan o muhteşem tadı, coşkuyu duyabilecek miyim diyordum.

Sabahları her neredeysem mis gibi kokan Türk kahvesinin peşine düşebilecek, her yudumda derinden bir oh çekebilecek miyim? "Geç kaldım" diye, her iş çıkışı eve koşarak gidebilecek miyim? Kendi evinin kapısını bugüne kadar anahtarla hiç açmamış bir kadın olarak, o kapıyı bana heyecanla açan birini bulamazsam ne hissedeceğim? Yağmur'un doğum günlerinde yaşı kadar kırmızı gülü artık ben mi göndereceğim ona diye düşünüp duruyordum. İnsanoğlu acıya dayanıklı oluyor. Hele benim gibi bir de çok severek yaptığı bir işi varsa, acılarla başa çıkmak belki mümkün oluyor ama acı çeken insan, acıyı daha iyi anlıyor.

O sırada Ala yavaş yavaş kaldırıyor başını. Gözleri ağlamaktan kan çanağına dönmüş. Melül mahzun bakıyor yüzüme. Uzanıp ellerini tutuyorum. Hafifçe gülümsüyorum ona.

— Hadi Ala, bitirelim şu işi. Hikâyenin sonunu da dinlemek istiyorum.

Başını sallıyor. O da istiyor anlatmayı. Elinin tersiyle yüzünü sildikten sonra anlatmaya devam ediyor.

— Babaannem ambulansla hastaneye götürüldükten sonra... herkes birden bağırıyor, anneme bu ölümün hesabını soruyordu... Polisler hemen gelip götürdü annemi... Gitmeden önce annem yüzüme öyle bir bakmış, bacağıma öyle bir çimdik atmıştı ki... acıdan gözlerimden yaş gelmiş, herkes benim olay nedeniyle ağladığımı sanmıştı... Rüyada gibiydim... Kime ne söyleyeceğimi bilemiyor, bön bön bakıyordum insanların yüzüne... Oysa hem evdekiler, hem de polisler olayın tek tanığı olarak hep bana soru soruyorlardı... Akşama doğru polisler beni önce emniyete götürdü... oradan da babama teslim etti... Annem benim yüzümden hapse girdi.

— Senin yüzünden değil! Sen onu göstermesen de ev halkı suçlayacakmış anneni. Baban ne yaptı?

— Babam ilk günler ne yapacağını bilemedi... Üç gün boyunca evin erkekleri sabahlara kadar hastane kapısında beklediler... Esma Sultan bundan da kurtarır kendini diyordu gelinler ama öyle olmadı... Üçüncü gece öldü... Hem babam, hem de amcalarım çok ağladılar... Zaten bütün memleket akın akın bizim eve gelmişti... Herkes olayı soruyor, gelinler anlatırken hep annemi suçluyorlardı... Herkes Esma Sultan'ı annemin özellikle ittiğinden... yani annemin öldürdüğünden emindi... Hatta babamı bile bu işe karıştıranlar oldu... Bu planı belki de birlikte yaptılar bile dediler... Çünkü babamın da ona içten içe çok kızdığını herkes biliyordu... Babamın bütün yetkilerini elinden almış... yedi yıl hapis yatmasına göz yummuş... bu yıllar içinde bir kez bile onu ziyarete gitmemişti... Bunlar bütün milletin dilindeydi zaten... Babam belki de ilk kez, kendisiyle birlikte eşine de haksızlık edildiğini fark etti... Sanırım annemin böyle bir şey yapabileceğine hiç inanmadı babam... Amcalarım değilse bile... yengelerim çok üzülür gibi yapsalar da... Esma Sultan'dan kurtuldukları için hepsi de çok memnundu... Şimdi kurtulmaları gereken birileri daha vardı... Ne annemi, ne babamı ne de beni istiyorlardı o evde... Tam da her şey istedikleri gibi gelişmiş, bir anda hepimizden kurtulma ihtimali doğmuştu... Babam annemi ziyarete gitse, buna bile kızıyorlar... onu artık bu evde istemediklerini açık açık söylüyorlardı.

— Sana nasıl davranıyorlardı?

— Belki ilk kez iki yengem de o ara bana yakın ve ilgili davranıyorlardı... Yazık... annesi de hapiste filan diyorlardı... ama sevinçten ikisinin de içi içine sığmıyor... beni adeta ödüllendiriyorlardı... Çünkü olayda öyle veya böyle benim de bir rolüm var gibi geliyordu onlara... Bir süre sonra annem tahliye edildi... ve mahkeme gıyabında devam etti... Biz hemen o ara Ankara'ya geldik... işte bu eve taşındık... Bir kâbus bitti... öteki başladı.

— Kolay değil yaşadıkların ama hayat böyle işte. Bazen olmadık işler geliyor insanın başına. O zamanlar üstelik çok küçükmüşsün. Bütün bunlarla nasıl başa çıktın?

— Başa çıktığım söylenemez... Kendimi bildim bileli yaşamaktan da, ben olmaktan da nefret ettim... Nefret duygularımı ifade etmeye yetmiyor... İğrendim kendimden... Çünkü annem açıkça iğrenirdi benden... Babam zaten ayyaşın tekiydi... Her akşam kafayı çekerdi... Ama bugün varsam... yaşıyorsam... yine de bunu o ayyaşa borçluyum... çünkü anneme kalsa çoktan öldürürdü beni.

— Öldürür müydü?

Bu söz içimi ürpertiyor. Öldüresiye döverdi dediği oldu ama onu açıkça öldürmek istediğini ilk kez söylüyor. Dünyaya geldiğimiz günden beri bize en yakın insan annemizdir. Bizi o korur, o kollar, besler, büyütür, bağrına basar, sever bizi. Ala'nın annesi, onu öldürmek istiyor.

— Öldürürdü... Öyle çok döverdi ve bana öyle bir bakardı

ki... onun bu bakışlarından çok korkardım... Arada bir ..."anne beni öldürecek misin" diye sorardım... Babamdan korkmasa çoktan ölmüştüm... ama babamdan korkardı...

— Ala!

— Efendim!

— Gerçekten annen seni öldürmek istedi mi?

— Hem de kaç kere... ama babam anladı beni öldüreceğini... Tıpkı onun beni dövdüğü gibi babam da akşam eve gelince annemi döverdi... Bazen yoldan geçenler bu sesleri duyar... ve yakındaki karakola haber verirlerdi... Kaç kere kapıya polis geldi.

— Annen mi bağırırdı?

— Herkes bağırırdı... Annem beni döverken benim yerime o bağırırdı.

— Sen bağırmaz mıydın?

— Ben korkudan bağıramazdım bile... Akşam da annemin yediği dayaklar sırasında... bu sefer de ikisi birden bağırırdı.

— Öyle durumlarda sen ne yapardın?

— Hemen ayakaltından yok olur... ama bir yandan da birisi ölecek diye korktuğumdan... kapının aralığından olanları seyrederdim.

— Annen de babana saldırır mıydı?

— Hem de nasıl saldırırdı... ama babam güçlü kuvvetli bir adamdı... Gücü yetmezdi babama... Özellikle babam onun beni çok dövdüğünü anladıktan sonra acıma duygusunu tamamen kaybetti... Tıpkı annem gibi... neresi denk gelirse vururdu... Kaç kere annemin kafası yarıldı... kolu kırıldı.

— O derece ha?

— Bir keresinde annemin kolu aylarca alçıda kaldı... O zaman bile beni ayaklarıyla tekmelemeye çalışırdı... ama ben kaçardım... Kolundaki alçı çıkmasın diye çok dua etmiştim.

Sözün burasında duruyor ve gözlerinin altından, utanarak yüzüme bakıyor.

— Sizce ben çok kötü bir kız mıyım?

— Neden kötü kız olasın? Bütün bu yaşananlardan sonra, düşünüyorum da, sen çok iyi bir kızsın!

Duyduklarına inanmak istiyor da, inanamıyor gibi mahzun, üzgün bakıyor yüzüme.

— Demek tek suçun anneni parmağınla göstermek?

— Bu az bir suç mu?... Bu yüzden aylarca hapiste yattı.

— Polislere sorgu sırasında ne dedin?

— Gördüğümü anlattım.

— Yani doğruları söyledin.

— Evet... ama evdeki herkes polise olayı başka türlü yansıttı. Benim olayı gördüğümü... Esma Sultan'ın "soyka" diye bağırdığını... annemin de buna kızıp ona saldırdığını... özellikle ittiğini... benim de zaten ilk anda parmağımla annemi göstererek olayı doğruladığımı söylediler. Ben polise doğruyu anlattım... ama sanki annemden korktuğum için olayı çarpıttığımı düşündüler. Kader işte... Annemin hayatta en çok değer verdiği kişi Esma Sultan'dı... ama ölümü annemin elinden oldu. En azından insanlar böyle düşündüler. Babam gerçekten katildi, ama sonunda annem de bu damgayı yedi... Yani benim hem annem, hem de babam katil... Annem bunu hiç yediremedi kendine... Yıllardır köle gibi peşinden koştuğun insanın katili olarak damgalanmak zor olsa gerek... Bütün bu yaşananlarda benim de bir payım, bir rolüm, istemeyerek de olsa bir suçum var mı, şimdi artık bunu bilmiyorum. Siz kafamı karıştırdınız benim... Annem beni suçladıkça, ben de kendimi suçlu sanıyordum. Asıl suçum galiba ölmemek, hayatta kalmaktı. Belki de annem en çok bunun için kızıyordu bana... Ben de normal bir ailede doğsaydım, annem babam katil olmasaydı, beni sevseydi, bu dünya nasıl bir dünya olurdu acaba? Ben de onları severdim belki o zaman... Hatta kendimi bile severdim belki de... Çocuklar anne babalarını seviyorlar... Okulda anladım bunu... O zaman çok şaşırmıştım buna... Ben annemi tek bir an sevdim. O da o gün banyoda gözlerinden kıvılcımlar çıkarken oldu. O gün başka türlü bir kadındı benim annem... Sıcaktan yanakları kızarmış, daha güzel olmuştu. İlk kez ona hayranlık duymuştum. İşte bu kadın benim annem demiştim. Başı dik, gururlu, güçlü bir kadındı o...Çok kısa sürdü, sonra yine eski annem oldu...

Ne kadar insanca bir duygu! Çocukken hepimiz arkamızda duran güçlü anne babalar isteriz.

— Seni dinlerken psikiyatrinin babası Sigmund Freud geldi aklıma. Onun babasıyla ilgili böyle bir anısı vardır. Freud, megaloman, kendine çok güvenen bir adamdı. Babasıyla ilgili hem unutamadığı hem de affedemediği bir anısı vardır. Freud çocukken babası bir gün kaldırımda yürüyormuş. Onu gören bir Alman, adamın başındaki şapkaya vurup yere düşürdükten sonra "Kaldırımdan in Yahudi!" diye onu azarlamış. O zamanlar Yahudiler aşağılık bir ırk olarak görüldüğü için, kaldırımda yürümelerine bile izin verilmezmiş. Freud'un babası bu söz üzerine kaldırımdan inmiş, yerden şapkasını almış ve bir şey söylemeden oradan uzaklaşmış. Freud bu olayı babasından dinlemiş ve o zaman büyük bir hayal kırıklığı yaşamış. Kendine olan güveni büyük bir yara almış ve babasını bu tavrından dolayı ömür boyu affetmemiş. Koca Freud, bu kadarcık bir olaydan dolayı çok ağır bir darbe aldığını yazar uzun uzun. Üstelik olayı görmemiş, sadece dinlemiş.

— Bunu bilmiyordum... O bile babası Almanlara boyun eğdiği için yaralandı demek!

— Öyle olmuş. Ama gördüğün gibi Freud bile böyle bir olaydan etkilenebiliyor ama yine de sonunda bütün dünyada çığır açan bir bilimin yaratıcısı olmaktan da geri kalmıyor. Sendeki yaralar da kapanacak bir gün. Kim bilir bu aklınla sen neler yapacaksın!

— Buna gerçekten inanıyor musunuz?

— Ben inanıyorum. Geriye, buna seni de inandırmak kalıyor.

Gözlerini sonuna kadar açmış, heyecanla bakıyor yüzüme. Bu bakışta umut var, uzun süredir gözlerinde aradığım ama bir türlü bulamadığım umut...

— Kahve için teşekkürler, meğer ne güzel kahve yaparmışsın sen.

— Ay, bir de öyle deyip beni mahcup etmeyin.

— Gerçek söylüyorum. Ben öyle her kahveyi beğenmem. Sen istersen her şeyin en iyisini yapabiliyorsun. Sana güvenmekte haklıyım. Çok kötü şeyler yaşamışsın Ala. Hem de çok küçücükken yaşanmış bunlar. Artık kendini suçlama. Kader dediğin, oynak bir kadın gibidir. Ne yapacağı belli olmaz. Geçmişte çok üzmüş seni ama aynı kader gelecekte yüzüne gülebilir. Sen de ona biraz omuz ver. Ben yanındayım. Birlikte iyi şeyler yapabiliriz gibi geliyor bana.

— Henüz iyiyi tanımıyorum ben... Ama sizin bu sözlerinizden sonra... içimde tuhaf kıpırtılar oluyor.

— Hayat sana nasıl kötüyü tanıttıysa, bir gün iyiyi de tanıtacak. Eh, artık ben gideyim. Sen de toparlan artık. Bundan sonra seni çok daha iyi görmek istiyorum.

— İnşallah... Buraya kadar geldiniz... bu tozun, pisliğin içinde oturdunuz... Bütün bunları benim için yapıyorsunuz... Size nasıl teşekkür etsem bilmem ki...

Birlikte ayağa kalkıyoruz. Kapıya kadar uğurluyor beni, hatta arabamın kapısını bile kendi açıyor. Yol boyu aklım Ala'da ve o evde kalıyor. Çok acıklı, çok etkileyici bir film seyrettikten sonra sinemadan çıkan insanlara benziyorum. İçimde hüzün, aklım seyrettiğim filmde kaldı. Öyle bir evde, yapayalnız bir genç kız nasıl yaşar?

Anne babasının ne zaman ve nasıl öldüklerinden hiç söz etmedi henüz. Bir trajedi de orada yaşanmamıştır inşallah! Artık kliniğe gitmek istemiyorum. Şimdi doğruca eve gitmek geliyor içimden. Sıcacık, tertemiz, huzurlu evime...

12. Bölüm

Bu ara işi gücü bıraktık, Tuna ile birlikte el ele verdik, Ala'yla uğraşıyoruz çünkü benim bir başka eve taşınma önerimi kabul etti. Klinikteki arkadaşlara söyledim, emlâkçilerle görüştüler. Hepsi ayrı koldan Ala'ya uygun bir ev arıyorlar. Ayrıca başka konularda da özellikle Tuna'dan yardım istiyormuş. Bugüne kadar hiç kuaföre gitmediği için, ilk gidişinde Tuna'nın da yanında olmasını istemiş. O da bu teklifi memnuniyetle kabul etmiş. Ben bu haberi alır almaz hemen kuaförüm İsmail'i aradım, Ala ile ilgilenmesini ve ne gerekiyorsa yapmasını rica ettim ondan. Sonra da Tuna'yla birlikte gittiler. Tuna bu sabah ballandıra ballandıra anlattı ama kendisini görmeden bu konuda fikir yürütmek istemiyorum.

Ben de biraz heyecanlıyım. Evde anlattıkları onun kadar beni de etkiledi. Sanırım gerisini de bugün anlatacak. Yine acı, yine hüzün kol gezecek odamda. Kapı yavaşça açılıyor ve Ala utanarak başını içeri uzatıyor. Dikkatle bakıyorum ona. Saçlarını kısacık kesmişler. Kafasındaki eğri büğrü kabarıklık tamamen yok olmuş. Saçları bazı yerde gür, bazı yerleri de yoluk olduğu için, kafası patlak bir lastik topa benziyordu. Rengi de mi değişmiş? Galiba! Soluk bir kumraldı, şimdi çikolata rengi olmuş. Birkaç tel saç alnına düşüyor, gerisi kulaklarının arkasına atılmış. Tam bir genç kız saçı... Ama onda başka bir değişiklik daha var. Sadece saç insanı bu kadar değiştirmez. Nedir diye tekrar bakıyorum ve kaşlarının inceldiğini fark ediyorum. Aferin İsmail'e. Onunla ciddi olarak uğraşıyor. Neydi o kaşlar, orman gibi.

— Hoş geldin Ala! Ne güzel olmuşsun sen öyle!

— Aman, utandırmayın beni.

— Bunda utanacak bir şey yok, zaten çok sade yapmışlar saçlarını ve sana yakışmış. İsmail'le iyi anlaşabildiniz mi? O da senin gibi biraz aksidir. Kafasına uymayan şeyi yaptıramazsın.

— Anlaştık... İşini iyi yapıyor.

— Bundan sonra haftada en az bir kere gideceksin ona, tamam mı?

— Tamam.

— Dün anlattıkların yarım kaldı. Bugün kaldığımız yerden devam edelim mi?

— Yine mi ben anlatacağım?

— Tabii ki sen anlatacaksın.

— Ama bana hikâye anlatmaya devam edeceğinize söz vermiştiniz.

— Evet, söz verdim ve sözümde duracağım ama önce sen başla.

— Tersini yapamaz mıyız? Yani önce siz anlatın... sonra ben.

— Ama Ala vaktimiz az kaldı. Yakında ben yazlığa gideceğim. Acele etmemiz gerekiyor.

— Olsun... ne olur önce siz başlayın... Hemen olmuyor... istesem de anlatamıyorum işte.

— Pekâlâ! Bugün ne anlatayım istersin?

— Siz bilirsiniz.

Artık onu tanıyorum, kim olduğunu biliyorum. Bana eskisi kadar yabancı ve bilinmez değil. Bu durum aramızdaki ilişkiyi olumlu etkiliyor. Bana yabancı olmayan, en azından çocukluğunda neler yaşadığını bildiğim bu kız eskisi kadar itici gelmiyor bana. Sanırım aynı şey onun için de geçerli çünkü elimi sıkmasından bile bu fark hissediliyor. Aslında bir yandan anlatmayı o da istiyor ama bir yandan da bana anlatırken yeniden canlanan anıların ağırlığı altında eziliyor. Yüreği kaldırmıyor. Onun rahatlaması için belli ki biraz zamana ihtiyacı var. Kısa, suya sabuna dokunmayan, yine bireysel değil, toplumsal bir çılgınlıktan söz edeyim ona. Belki odadaki ağır hava dağılır.

— Evinin bahçesine hiç bakmamışsın ama bana gönderdiğin çiçekler çok güzeldi. O zamanlar bana en çok lale gönderiyordun. Laleleri çok mu seviyorsun?

— Evet... boyunlarını büküşleri bana çok benziyor.

— Demek kendini laleye benzetiyorsun. O zaman sana lalelerle ilgili bir hikâye anlatayım ve lalenin bir zamanlar ne kadar değerli olduğunu gör.

Biraz önce kararan rengi bir anda sanki açılıyor, bakışlarında küçücük pırıltılar dolaşıyor ve gözlerini bana dikip heyecanla anlatacağım hikâyeyi bekliyor.

— Lalenin bir zamanlar Hollanda'nın sosyal ve ekonomik sistemini nasıl yerle bir ettiğini anlatacağım sana. Lale yani onların dilinde "tulip" Türkçe bir sözcüktür ve bir çeşit "türban" anlamına gelir. Lale Avrupa'ya ilk olarak 16. yüzyılda, İstanbul'dan getirildi. Rengi ve şekli Avrupalılara çok ilginç gelen bu çiçek özellikle Almanya ve Hollanda'da çok ilgi gördü. Öyle ki özellikle Hollanda'da zengin bir adamın lale soğanı koleksiyonunun olmaması, iyi yetiştirilmediğinin, üst sınıfa layık olmadığının bir göstergesiydi. Özellikle orta sınıf, bir üst sınıf olan zenginler kategorisine girebilmek için laleleri kullanıyordu. 1634'te özellikle küçük esnaf, bol bol lale alarak sosyal statü kazanmaya çalışıyordu. Öyle ki bütün mal varlığının yarısını vererek bir lale soğanına sahip olmak ve böylece özel kulübe katılmak, orta sınıf insanları arasında hızla yayıldı. Başta yalnızca zararsız bir saplantı gibi görünen "lale çılgınlığı", zamanla çok ciddi bir tehdit oluşturmaya başladı. Altın ve gümüş yerine lale almak daha güvenli bir zenginlik ölçütü haline geldi. Öyle ki insanlar her şeylerini lale soğanlarına yatırmadıkları sürece kendilerini güvende hissetmiyorlardı. Sonunda ülke ekonomisi bu çılgınlığa daha fazla dayanamayarak çökme noktasına geldi. Çok fakir insanlar bile zengin olma hayaliyle her şeylerini bu çılgın saçmalığa yatırıyordu. Kimi oturduğu evi, kimi tarlasını veya hayvanlarını satıp eline geçen parayla lale alıyordu. Hatta 1635'te adamın biri yüz bin Florinlik serveti ile yalnızca kırk tane lale soğanı almıştı. Fiyatlar en yüksek noktaya ulaştığında, bu çılgınlığın sonsuza kadar sürmeyeceğini bilen profesyonel borsacılar, ellerindeki laleleri piyasaya sürmeye karar verdiler Bu da fiyatları hızla düşürdü. İflas, güçlerinin üstünde laleye sahip olan Hollandalıların kaderi haline geldi ve lale piyasasının çöküşüyle birlikte sosyal bir kargaşa baş gösterdi. 1634-1636 yılları arasında yaşanan bu toplu histeri, Hollanda'ya çok pahalıya mal oldu. Ülkenin ticaret hacmi küçüldü, tarım ve endüstri düşüşe geçti ve Hollanda uzun yıllar bu kaybı telafi edemedi.

— Bu insanlar ne tuhaf! Zengin olmak ya da zengin görünmek... onlar için çok önemli olabiliyor demek ki...

— İnsanlık tarihi boyunca, bu hep böyle olmuştur. Statü, yani toplum tarafından nasıl algılandığımız insanlar için sanıldığından daha önemlidir.

— Akıl her zaman işe yaramıyor galiba... İnsanlar aptalca şeyler uğruna hep birlikte deliliğe soyunuyorlar... Keşke ben de onların yerinde olsaydım.

— Neden Ala, neden böyle bir şey istiyorsun?

— Hiç olmazsa toplu bir delilik bu... yalnız değiller... Ne yapıyorlarsa hep birlikte yapıyorlar... Aç da kalsalar, ölüme de gitseler beraberler... Tek kişilik delilik bence en kötüsü!

Tek kişilik delilik! Tam da onu anlatıyor.

— Ne demek istediğini anlıyorum ama toplu deliliğin büyük bir dezavantajı var. Herkes deli olduğu için, onları uyaran, yardım eden kimse yok. Tek kişilik delilikte ise kişi senin düşündüğün kadar yalnız değil. Ona yardım etmek isteyenler var.

— O yardımı vermek kadar almak da önemli... Konuşmayı, anlatmayı bilmiyorsa ne yapacaksınız?

— Alabileceği güne kadar sabırla bekleyecek ve ona birbirinden güzel hikâyeler anlatmaya devam edeceğim. Geçen gün yaşadıklarını ne güzel anlattın bana, tıpkı hüzünlü bir masal gibi.

— Ama bugün geçen haftaki performansımı sergileyemeyeceğim galiba... Bu haftayı çok zor geçirdim... Size anlattığım şeyler hiç gözümün önünden gitmiyor.

— Bunu biliyorum ama hayatta kolay olan ne var ki? Bak, değişiyorsun. Şu anda senin için değişmek demek, gelişmek demektir. Senin için dört bir koldan ev arıyoruz. Küçük, sevimli, her yere yakın ve güvenli bir ev olmalı. Senin şimdi oturduğun evi de biraz toparlamak gerekiyor. Bu işleri yapan birilerini bulacağız sana. Sonra da içini boşaltır ve kiraya veririz.

— İçindekilerin hepsini atacak mıyız?

— Sen atmak istemediğin şeyleri alırsın. O evden ne almak istiyorsun?

— Önce kitaplarımı... sonra da giysileri!

— Şu senin giydiklerini mi?

— Evet... onları almam gerekiyor.

— Ne yapacaksın alıp?

— Giyeceğim.

— Neden Ala, neden bunda ısrar ediyorsun?

— Sizce onları giymezsem cehennemde yanmaz mıyım?

— Neden yanasın? Sen kendini günahkâr biri gibi mi hissediyorsun?

— Sizce öyle değil miyim?

— Öyle değilsin. Hatta o kadar çok acı çekmişsin ki, ortada bir günah varsa bile bedeli çoktan ödenmiş.

— Beni hâlâ tam olarak bilmiyorsunuz ama...

— Evet, hâlâ bilmediğim şeyler var ama seni hiç tanımıyor da değilim. Hakkında pek çok şey biliyorum artık.

— Benimle ilgili iyi şeyler söylemekten... iyi şeyler düşünmekten ne zaman vazgeçeceksiniz?

Ne ilginç, ne acıklı bir soru bu böyle. Bu kız kendisinden o kadar iğreniyor, öylesine nefret ediyor ki, onunla ilgili iyi bir şey söylenmesi bile onu çok rahatsız ediyor. Çünkü kötü olduğundan o kadar emin ki, iyi şeyleri yalan dolan gibi değerlendiriyor.

— Seninle ilgili ne düşüneceğime ben karar veririm. Senin hatırın için ne iyi derim, ne de kötü. Senin günahsız olduğuna sonuna kadar inanıyorum. İnandığım doğruları söylemekten vazgeçmeyeceğim.

Bir anda gözlerine yeniden korkunun gölgeleri düşüyor. Yine içim sızlıyor... Bu kızın doktoru olmak meğer ne kadar zor, ne kadar yorucuymuş! Ona nasıl üzüldüğümü anlamak bir yana, onu koruduğum için kızıyor bana. İstediği kadar kızsın, onu, kendi şerrinden korumaya devam edeceğim.

Yine doldu gözleri. Bakışlarını bana dikti, hiç kıpırdamadan, hiç ses çıkarmadan gözyaşları çağlayan gibi boşalıyor. Geçen gün evinde değişmişti ağlaması, herkes gibi hıçkırarak, içini çekerek ağlıyordu. Demek korkunca böyle ağlıyor. Huzursuzluğum giderek artıyor ama şu anda ona yumuşak davranırsam, bundan hoşlanmayacak ve kim bilir kafasında yine ne yorumlar yapacak.

Of diyorum içimden, yine duygularını belli etmemek, yine taş gibi durmak bana düştü. Hele gözlerimin içine bakarken bunu yapmak öyle zor ki... Derin bir nefes alıyor, hafifçe öksürerek sesime hissettiklerimi belli etmeyecek bir ton verdikten sonra soruyorum.

— Sen alışmışsın aşağılanmaya. Biraz da bunun için vazgeçmiyorsun o giysilerden. Sen istesen de ben seni aşağılamak şöyle dursun, sana hayranlık duyuyorum ve seni tanıdıkça bunda ne kadar haklı olduğumu görüyorum. Umarım, yakında sen de bunu göreceksin.

Ne söylediğimi tam anlamamış gibi bakıyor yüzüme. Sonra yavaş yavaş bakışlarındaki şaşkınlık yerini acıya, hüzne bırakıyor. Bu kızın canını acıtmak istemiyorum çünkü artık onunla birlikte benim de canım acıyor. Gözlerinden dökülen tombul damlalar yanaklarına doğru yuvarlanmaya devam ediyor. Ben bu sahneyi görmeye daha fazla devam edemeyeceğim.

— Ne biçim ağlıyorsun Ala? Şimdi beni de ağlatacaksın! Hıçkır, bağır, boşalt içini. Tutma... Bırak gitsin.

— Siz kızmaz mısınız?

— Neye?

— Öyle yaparsam diyorum.

— Geçen gün rahatça ağladın, kızdım mı?

— Ama annem kızardı.

— Biliyorum, böyle olduğunu anladım ama ben senin annen değilim. Burada istediğin gibi ağlayabilirsin.

— Öyle sessiz ağlardım ki... Annem hiç anlamazdı ağladığımı.

— Çok acı çekmişsin Ala... Ama sen neden bunlardan kurtulmak istemiyorsun?

— Nasıl yani?

— Sevgili annenin söylediklerini yapmaktan vazgeçmiyorsun.

— O benim sevgili annem filan değil.

— Öyleyse neden hâlâ onu mezarında rahat bırakmıyorsun?

— Benim yerime cehennemde o yansın istiyorum da ondan.

Bu sözler ağzından çıktığı anda sanki onları o söylememiş de aniden başkasından duymuş gibi irkiliyor. Yüzü kıpkırmızı oluyor ve elleriyle ağzını kapatıp korku dolu gözlerle bakıyor bana. Gözleri yine yaşlı! İçindeki zehir aktı. Günah işte burada... Annesine duyduğu öfke sanki tabancadan çıkan bir kurşun gibi annesine çarpıp bütün hızıyla geri dönüyor ve onu vuruyor. O kadına karşı içindeki nefret, bir anda kılık değiştiriyor, ona kızdığı için kendini suçluyor ve bu duygu da Ala'yı yerle bir ediyor. Asıl sorun bu! Bu yüzden sürekli olarak kendini suçlu, günahkâr ve cehennemde yanmaya layık biri olarak görüyor. Bu yüzden kendisine iyi bir şey söylenmesinden rahatsız oluyor. Bu yüzden ona karşı iyi davrananlara inanmıyor ve hep kötülerin peşinde koşuyor.

Zihnine adeta kazınmış bu düşünceleri deterjanla ovsam bile kolay çıkaramayacağımı biliyorum. Bu duygular aslında onun gelecekteki kaderini yazacak. Kendini iyi şeylere bir türlü layık göremeyeceğinden hep kötünün, hep cezanın peşinden gidecek. Sonra da kaderine lanet ederek ayrılacak bu dünyadan. Acaba bu kaderi ben değiştirebilecek miyim? Bunun için çok uğraşacağım kesin. Bakalım kader mi galip gelecek, yoksa ben mi? Şu anda artık biraz daha zorlayıcı olmam gerekiyor. Bugüne kadar onu hiç sıkıştırmadım. Konuşmadı, direnmedim. Onun yerine ben konuştum, ben anlattım ama artık kendiyle ilgili bazı gerçekleri görmesi gerekiyor. Acımak, merhamet etmek, ağırdan almak yok... Neşteri tam da yaranın üzerine vurmanın zamanı geldi.

— Kötüsün, aslında çok kötüsün değil mi Ala?

— Sonunda nihayet anladınız değil mi kötü olduğumu?

— Bunu zaten en baştan anlamıştım.

— Nasıl anladınız?

— Nasıl olacak, geldiğin gün burada yaptıklarını hatırlamıyor musun?

— Kötüler öyle mi yapar?

— Kendine saygısı olmayan, kendini kötü ilan eden biri yapar onları. Sen bir kere kararını vermişsin. Kötüsün... Bu kararı ben değil, temyiz mahkemeleri bile bozamaz. Eh, ne yapalım, madem öyle istiyorsun kötü ol...

Kinle, öfkeyle bakıyor yüzüme. Gözlerindeki son ümit kırıntıları da hızla yok olurken yerini öfke kıvılcımlarına bırakıyor. Bense sanki bütün işlerini bitirmiş, toparlanıp evine gitmek üzere hazırlanan biri gibi önümdeki dağınıklığı topluyorum. Yani onu artık ben de terk ediyorum. İnanmaz gözlerle bakıyor yüzüme. Sonra bir çığlık duyuyorum. Onun o berbat, tiz, kulak tırmalayıcı, insanın içini gıcıklayan sesi çınlıyor odada.

— Ben kendimden başka kime kötülük etmişim?... Siz de mi beni suçluyorsunuz?

Nasıl da hiç teklemeden, durmadan, takılmadan söylüyor bu sözleri... Bu ağlanası sahne karşısında içimden tam tersi bir duygu yükseliyor. Gülmek istiyorum. Bu kadarını da ona göstermesem iyi olacak. Son derece ciddi ve kararlı bir sesle cevaplıyorum onu.

— Uyan artık Ala, uyan... Aç gözlerini!

Öyle çok bağırıyorum ki, kendi sesimden kendim bile ürküyorum. Ne demek istediğimi anlamadan gözlerini kırpıştırarak bakıyor yüzüme. Korktu. İlk gün, bu odada yaşananlar geliyor aklıma. O gün de böyle bağırmıştım Ala'ya. O zaman "kalk ayağa" diye bağırıyordum. Şimdi de ona benzer bir şey söylüyorum. Kalk ayağa yerine, uyan diyorum ona. Uyan artık!

Ben ona uyan dedikçe hızla gözlerini kırpıştırıyor. Sanki gözlerini azıcık bile kapatsa ben kızacakmışım gibi, bir yandan hızla kırpıştırıp bir yandan da sonuna kadar açık tutmaya çalışıyor. Bu kız emir almaya, o emri her ne olursa olsun yerine getirmeye çok alışkın.

— Ben de suçluyorum seni. Sen hukukçusun. Suçsuz birini suçlamak da bir suç değil midir?

— Suçtur...

Sesi bir çocuğunki kadar zayıf ve kırılgan... Korkuyor.

— İşte bu yüzden suçluyorum seni. Suçsuz birini suçlayarak suç işliyorsun. Kendine karşı suç işliyorsun.

— Kendime karşı!

— Evet, kendine karşı! Bana çok şey anlattın. Ben de seni dikkatle dinledim. Küçücük, masum, saf ve çaresiz bir çocuğun başına gelenleri anlattın. O çocuğu daha fazla suçlamana izin vermeyeceğim. Ben artık o çocuk iyi olsun, yaşadığı o kötü günleri unutsun isterim. Onu korumak, onu sevmek, ona dünyanın güzel yanlarının da olduğunu göstermek isterim. O cehennemden onu bir an önce çıkarmak, yepyeni bir yolda keyifle, mutlulukla, başarıdan başarıya koştuğunu görmek isterim. Senin yaptığın gibi, herkes madem ona vuruyor, bir tane de ben vurayım demiyorum.

— Bir tane de ben mi vuruyorum?

— Evet, sen aynen öyle yapıyorsun. Bir tane de sen vuruyorsun. Sakın kendine dışarıda düşman arama. Sen varken başkasına ne hacet?

— Düşman!

— Evet, düşman... Düşünüyorum da, cehennemde yanması gereken biri varsa, bu asla sen değilsin zaten. Şu üzerinden dökülen, eski, berbat şeyleri giysen de giymesen de, o sen değilsin. Belki senin de ufak tefek suçların, günahların vardır ama o kadarı hepimizde var. Üstelik sen suç işleyen insanlarla ilgileniyorsun.

Suç her şeyden önce bir eylemdir. Bir insana çok kızıp onu öldürmek istemek suç değildir ama bunu eyleme dönüştürüp onu öldürmek en büyük suçtur. Kim bilir kaç milyon kişinin içinden, birilerini öldürmek geçmiştir! Beynimiz, belki de bedenimizin en ilginç, en donanımlı, en esrarlı organıdır. Muhteşem yaratılmış bir organ! Benim işim de işte o esrarı çözebilmek... Senin beynin de arada bir küçük oyunlar oynamış sana. Mecbur kalmasa inan bana böyle yapmazdı. Ama o küçük kızın beyni yaşadığı şeylerin altında öyle ezilmiş, öyle bir köşeye sıkışmış ki, arada bir gerçekle arzuyu birbirine karıştırıvermiş. Senin nefret ettiğin o küçük kızı ben seviyorum. O küçük kıza, hayattaki tek sahibi olan annesi çok eziyet etmiş. O küçük kız da annesine doğal olarak kızmış. İçinden onunla ilgili kötü şeyler geçmiş. Bu zaten onun elinde değil ki... İstese de istemese de bu duygular doğal birer tepki olarak çıkıverirler ortaya. Sonra da sadece böyle düşündüğü, böyle hissettiği için, sen onu suçlu ilan etmişsin. Hiç acımamışsın o küçük kıza. Şimdi o küçük kız büyüdü. Aklı başında, iş güç sahibi bir kız oldu. Senin görevin onu boş yere suçlamak değil. Artık görevin onu korumak... Çünkü yetişkin bir insanın da bir sahibe ihtiyacı vardır. Kendimize sahip çıkmak, arka çıkmak, koruyup kollamak en önemli sorumluluğumuzdur. Tanrı da böyle ister! O, bizi bize emanet eder. Sen en büyük emanete hıyanet ediyorsun. Artık bunları yakıştıramıyorum sana. Kendinle uğraşacağına biraz da hayatla uğraş. Onunla mücadele et. Madem bu kadar yetenekli bir kızsın, senin kadar hayat da bu yetenekten nasibini alsın. Çalış, üret. Ala diye birinin bu dünyadan gelip geçtiğini gösteren izler bırak geriye. Kendini gözünden düşürdüğün kadar yükselt, yücelt. Önce kendin beğen yaptıklarını.

Arada bir kaşlarını çatarak dikkatle dinliyor beni. Dinledikçe, söylediklerimi anladıkça, anladıklarını ta yüreğinin içinde hissettikçe yüzünün hatları ağır ağır yumuşuyor. Daha bir umutla bakıyor gözleri. Sonra derin bir nefes alıp sırtını dikleştiriyor ve başlıyor anlatmaya.

—Ankara'ya geldiğimiz zaman... hepimiz şaşkın gibiydik...

Ne yapacağımızı bilmiyor, hiç tanımadığımız bu memlekette kendimizi sürgünde gibi hissediyorduk. Annem dört ay kadar cezaevinde kaldıktan sonra tahliye edilmiş, babam annemi hiç eve götürmeden, beni de alıp Ankara'ya, bu eve getirmişti... Annem çok değişmişti orada... Sanki yıllardır hapiste yatmış biri gibi on yaş birden ihtiyarlamıştı... ve bana olan düşmanlığı iyice artmıştı... Eskiden de benimle fazla ilgilenmez, bana sarılmaz, beni sevmezdi ama böyle düşman değildi. Ben onu ilk gördüğümde yanına gittim... sarılmak istedim... izin vermedi. Eliyle itekledi beni... Sanki bir buz kalıbı gibi donup kalmıştı. Boyu bile kısalmıştı sanki... O heybetli güzel kadın gitmiş... yerine sırtı hafifçe kamburlaşmış... sarı benizli... donuk bakışlı biri gelmişti... Bu bakışlar sadece beni gördüğü zaman parlamaya başlıyordu. Bir boğanın kırmızıyı gördüğündeki bakışlarına benziyordu. Konuşmuyor, anlatmıyor, kimseye bir şey sormuyordu. Babam elinden geldiğince evi oturulur hale getirmişti zaten... Annem evle de ilgilenmiyordu. Çoğu zaman salondaki koltukta kendi başına oturuyor, boş gözlerle çevresine bakıyordu. Babam beni okula kaydettirmiş, çantamı, defter ve kitaplarımı, önlüğümü almış... ilk gün de okula beni kendisi götürmüştü... Okulda kendimi uzaydan gelmiş gibi hissediyordum. Çocuklar koşup oynuyor, teneffüslerde kızlar bir araya gelip tatlı tatlı konuşuyorlardı. Ben yine yalnızdım. Onlara uzaktan bakıyor, her birinin ne kadar şanslı olduğunu düşünüyordum. Tertemiz geliyorlardı okula... Kızların saçlarına kurdeleler bağlanmıştı. Ayaklarına giydikleri beyaz çoraplar tertemizdi... Arada bir anneleri geliyordu okula... Öğretmenlerle görüşüyor, onlara gülüyorlardı. Ben sanki çocuk değil, insan değil, acayip bir şeydim... Ben de konuşmak, gülmek, onlar gibi oynamak istiyor ama hiçbirini yapamıyordum... Ben onlara bakıyordum... Onlar da bana... Sanki sırtımda tonlarca yük varmış gibi ağır ağır geliyordum eve... Ne okulda kalmak istiyordu canım, ne de eve gelmek... Kapıyı istemeye istemeye çalıyor, annemin bana nefretle bakan gözlerini görmemek için hiç kafamı kaldırmıyordum. Karnım aç oluyordu ama kimse önüme yemek koymuyordu. Annem canı ne isterse pişirir yerdi... Yemek yerken, sen bahçeye çık derdi bana... Bana yemek vermemek için bahçeye çıkarırdı beni... Kalanı benim gözüme sokarak dökerdi... Bahçedeki kediler yerdi döktüklerini... Ben de yalanarak bakardım onlara... Sonra içeri alırdı beni... Mutfağa gider, yiyecek bir şeyler arardım... Kuru ekmek, biraz peynir, ne varsa işte... Zaten canım yemek yemek istemezdi... Babam zaten kendi derdinde... Akşamları kafayı çeker, geç vakit gelirdi eve... O olaydan sonra kardeşler kalan mirası aralarında paylaşmışlar, babamın hisselerinin karşılığını ona para olarak ödemişlerdi. Para çoktu babamda... Haftada bir evin her ihtiyacını alıyor ama evde yemek var mı yok mu, bilmiyordu. Bana da harçlık veriyordu... İlk gün okulda ben de yiyecek bir şeyler alıyordum kendime ama ertesi gün annem bütün paramı alıyordu cebimden... Ölmemi bekliyordu. Açlıktan ölmemi... Baktı ki ölmüyorum, o zaman ümidi kesti ve başladı beni dövmeye... Annemin sesini bir tek beni döverken duyardım. Bir yandan döver, bir yandan da avazı çıktığı kadar bağırır ve beddua ederdi bana...

Aman Tanrım! Bu kadarını tahmin edememiştim! Ona pek çok hikâye anlattım, meğer onunki kadar hüzünlü değilmiş benim hikâyeler. Gözlerim dolarak dinliyorum. O ise sakin...

— Keşke doğurmaz olsaydım seni... Seni doğuracağıma taş doğursaydım... İblissin... Şeytansın derdi bana... Senin yüzünden geldi bu belalar başıma... Sen bana Tanrı'nın verdiği cezasın... Beni gösteren o parmağın dökülsün inşallah... Sürüm sürüm sürün... Kırk kapıdan kovul... Biraz aklım olsa, seni doğduğun gün ellerimle öldürürdüm... Bana ihanet ettin... Yüzün gibi ruhun da çirkin senin... Böyle derdi... Bedenimin çektiği acı yetmezdi ona, ruhum da acısın isterdi... Arada bir sorardım ona, anne beni öldürecek misin derdim... Çünkü öldüresiye dövüyordu beni... Babana söylersen onu da yaparım derdi... Sonunda babam fark etti durumu... Beni alıp doktora götürdü... Doktor beni soydu, her yanım çürümüştü... Beni odadan çıkardı, bir şeyler söyledi babama... Polis filan, öyle şeyler işte...

Yine polisler! Polis bu kızın hayatında hep var galiba... Esma Sultan'ın banyoda düştüğü gün, anne bu olaydan çok etkilenmiş ancak parmağıyla onu gösterdi diye Ala'ya bu kadar kızması, neredeyse onu öldürmeye kalkması, anlaşılacak gibi değil. O zaman Ala henüz çok küçük, üstelik sonraki ifadelerinde anneyi hiç suçlamamış. Buna rağmen kadının bütün husumeti kızına dönmüş. Süreyya'nın ciddi bir ruhsal hastalığı olduğunu ilk günden beri tahmin ediyorum, ancak yine de bu işin içinde başka şeyler var, henüz göremediğim, anlayamadığım şeyler...

— Babam korktu... Ondan sonra erken gelmeye başladı eve... Akşam gelir gelmez ilk işi beni baştan aşağı muayene etmek olurdu... Sonra da sıkı sıkı sorardı bana, annen yine seni dövdü mü diye... Bir şey söylemezdim, çünkü söylersem daha çok döverdi... Artık sabahları beni okula babam götürüyor, akşam da daha ben eve gelmeden geliyordu... Babamın sürekli evde olması annemi rahatsız etmişti... Hem beni dövemiyor, hırsını alamıyor, hem de babamın sürekli içki içmesine kızıyordu... Biraz rahatlamıştım... Hiç olmazsa odama giriyor, kapımı kapatabiliyor ve ister ders çalışıyor, ister kitap okuyordum. Hatta arada bir babamın aldığı radyodan kısık sesle müzik bile dinleyebiliyordum.

— Hiç arkadaşım yok muydu Ala?

— Yoktu... Zaten okula gitmek dışında evden çıkmam yasaktı... Ne ben bir yere gidebiliyordum, ne de bizim eve birileri gelebiliyordu... Sadece benim değil, babamın arkadaşlarının da eve gelmesi yasaktı... Annem hepsini yasaklamıştı... Bir süre sonra babam eskisi kadar olmasa bile, sabahları sık sık otogardaki işine gitmeye başladı... Ama akşamları eve erken geliyor, yemek masasının başına oturuyor, kendine ufak tefek bir şeyler hazırlıyor ve içiyordu...

— Hep birlikte yemek yemiyor muydunuz?

— Biz hiç birlikte yemek yemedik... Annem yemek yapsa bile mutfakta yalnız yerdi... Babam o yemekleri zaten yemez, meze türü şeyleri tercih ederdi...

— Ya sen? Sen ne yerdin?

— Annemin yaptığı yemekleri o vermeden almak gururuma dokunurdu... O da zaten bana vermezdi ama yine de mutfakta bir şeyler bulur, yerdim... Bir gece annemle babam arasında bilmediğim bir nedenle kavga çıktı... Sanırım annem onun içki içmesine kızdı... Kavga büyüdü ve sonunda babam annemi fena halde dövdü... Ben gürültüyü duyunca hemen fırladım odamdan... Babam anneme elinin tersiyle tokat atıyordu... Annem tokadın etkisiyle savrulunca merdivenin başında, beni gördü... Göz göze geldik onunla... Bir an, ne yapacağımı bilemedim... Annem yine çok kötü bakmıştı bana... Esma Sultan'ın öldüğü gün de öyle bakmıştı... Korktum... Hemen yukarı, odama çıkıp kapımı kapattım... Bir şeyler olacağını anladım ama elimden bir şey gelmedi... Bir gece sabaha karşı üzerimde bir ağırlık hissettim... Gözlerimi açtığım anda annemle göz göze geldik... Üzerime oturmuş, kolumdaki saati çıkarmaya çalışıyordu... Okulu birincilikle bitirdiğim için bu saat bana okul idaresi tarafından hediye edilmişti... Neye uğradığımı şaşırdım... Saati aldığı gibi hızla çıktı odamdan... Çok korktum... Arkasından gitmek yerine hemen odamın kapısını arkadan iyice kilitledim çünkü çok kötü bakmıştı bana... Ertesi gün mutfaktaki demir havanın içindeydi benim saat... Havanın içinde saati ezmiş, paramparça etmişti... Babam da gördü bunu... Bu sefer saat yüzünden kavga etmeye başladılar ve babam yine dövdü annemi... Artık hemen her akşam bizim evde kıyamet kopuyordu... Eğer babam sakin, kendi başına oturmuş rakısını içiyorsa, annem kavga çıkarmak için bir bahane buluyor ve ikisi, iki düşman gibi kavga ediyorlardı... Bu kavgaların dozu giderek artıyor, birbirlerine kıyasıya vuruyorlardı... Yıllar geçtikçe babam da dayağın dozunu artırmıştı, tıpkı annemin bana yaptığı gibi öldüresiye dövüyordu annemi... Böyle durumlarda annem bütün gücüyle bağırıyor, çığlık atıyor, o da babama saldırıyor, kapılar kırılıyor, eşyalar devriliyor, ortalık birbirine giriyordu...

— Sen ne hissediyordun o zaman?

— Hep kendimi suçluyordum... Bütün bunların benim yüzümden olduğunu düşünüyor, kapı aralığından korkuyla onları seyrederken hep ağlıyordum... Ben doğduğum gün annem beni öldürüverseymiş, bunlar olmazdı diyordum içimden... Dünyaya gelmekle herkesi mutsuz ve perişan etmişim diyordum... O kavgalarda her an biri ölebilirdi... Bundan da korkuyordum... Arada bir polis gelirdi eve... Yoldan geçerken gürültüyü duyanlar şikâyet ederlermiş... Babam polislere bir şeyler söyler, savuştururdu onları... İkisi de birbirinden şikâyetçi olmazdı zaten...

Yine polisler... İşin ilginç yanı, avukatlık mesleğinde de polislerle dirsek teması devam edecek. Polis gördüğü zaman ne hissediyor acaba? Benim ona anlattığım hikâyelerden çok daha heyecanlı, hüzünlü, kavgalı dövüşlü, vurdulu kırdılı, içinde sık sık polislerin de yer aldığı kendi hikâyesini anlatıyor bana. Sol yanına eğdiği başına eliyle destek yapıyor. Arada bir uzaklara, bazen de önüne bakıyor, ince, titrek, kırılgan bir çocuk sesi çıkıyor ondan.

— Babam bir an bile evden çıksa, annemle yalnız kalsak, pis pis gülerdi bana... Sonra da saçımdan tuttuğu gibi savurur, bacaklarımı tekmelerdi. Babam, bacaklarımdaki morlukları görünce, bu sefer annemi daha çok döverdi. Bir keresinde kolu kırıldı annemin... Hastanede alçıya aldılar... O ara birkaç ay bizim evde büyük bir sessizlik hüküm sürdü. Annem ne kadar uğraşsa da babamın onu dövmesini sağlayamadı. Ben de oh demiş, biraz olsun rahatlamıştım... Kırık koluyla beni de dövemiyordu... Arada bir tekmelemeye, tek koluyla beni tutmaya çalışsa da, beceremezdi çünkü ben kaçardım... Bu alçı hiç çıkmasa keşke derdim. Babam da rahattı o zaman... Ama o kavgasız günler iyi gelmedi anneme... Kendi kendine konuşmaya, sabaha kadar evde dolaşmaya başladı. Yemek de yemiyor, sanki karşısında birileri varmış gibi boşluğa bakarak konuşup duruyordu. Karşısındaki kişi çok saygıdeğer biriymiş gibi yerlere kadar eğilerek onu selamlıyor, sonra da namaz kılar gibi ellerini göğsünün üzerinde birleştirerek onu dinliyor, mırıl mırıl kendi de ona bir şeyler söylüyordu. Ben onu öyle gördükçe dehşete kapılıyor, evde hayaletlerin dolaştığını düşünüyor, geceleri karanlıkta o hayaletlerin benim yanıma da gelecekleri fikrini bir türlü kafamdan atamıyordum. Her gece odamın kapısını dikkatle kilitliyor, en küçük bir tıkırtı duysam dehşet içinde yataktan fırlıyordum. Annemin sağlığının giderek bozulduğunu görünce, babam da endişelenmeye başladı. Artık onu dövmüyor, o sataşsa bile yavaşça kolundan tutup onu bir yere oturtuyor, o yatmadıkça kendisi de yatmıyor, içkili bile olsa gözlerini bir an bile ondan ayırmıyordu...

— Onu doktora götürmek babanın aklına gelmedi mi hiç?

— Geldi... Zaten yıllardır hep bunu yapmaya çalıştı... Doktordan kaç kere randevu aldı ama annemi götürmeyi bir türlü başaramadı. Hatta bir keresinde onu götüremeyince randevuya kendisi gitti. Doktor ilaç vermiş, bunları içirin demiş ama annem hiçbirini kabul etmedi. Birkaç kere de babamı annemin suyuna ilaç damlatırken gördüm ama annem bunu da çabuk anladı. "Sen beni öldüreceksin," diyerek saldırdı babama... O da çaresiz kaldı... Sonunda, baktı ki bu işe bir çözüm bulamazsa bizim evde facialarn en büyüğü yaşanacak, o zaman bir hastaneyle görüştü. Annemi yatırmaya karar verdiler... Ben de bir an önce yatsa da biraz nefes alsam diye buna için için seviniyordum... Annem buna da karşı çıktı ama bu sefer babam kararlıydı. "Sen istesen de istemesen de hastaneye yatacaksın," dedi... O ara çok sıkıntısı vardı annemin... Sanki gözlerinden ateş çıkıyor, bir türlü oturamıyor, sık sık nefes alıyordu... Okullar kapanmıştı ve ben hep evdeydim. Ona baktıkça korkuyor, ne yapacağımı şaşırıyordum... O sabah eve ambulans gelecek ve annemi istemese de zorla hastaneye götüreceklerdi. Sabah babam bazı evrakları alıp çıktı evden... Giderken de anneme hazırlanmasını söyledi. Annem işte o zaman başka çare kalmadığını anladı... Babam ne yapıp edecek ve onu hastaneye yatıracaktı...

— Sen annenle evde yalnız mı kaldın?

— Yalnız kaldık. Kalbim yerinden fırlayacak gibi güm güm atıyor, gözlerimi annemden ayıramıyordum. Korkuyordum. Önce banyoya girip aptes aldı. Sonra banyoya bir sandalye götürdü.

Ardından da önceden hazırladığı kalın bir ip aldı eline... Kendini asacak zannettim. Elim ayağım titremeye başladı. Sonra beni çağırdı yanına. Sesi yıllardır hiç olmadığı kadar sakindi... Önce kısa bir tereddüt geçirdim, sonra sanki hipnotize olmuş gibi uslu uslu gittim yanına... Sandalyeyi kenara aldı ve oturmamı istedi...

— Oturdun mu?

— Oturdum...

Ne yapıyor bu kız? Neden onun yanına gidiyor? O sandalyeye neden oturuyor? Hiç mi korkmuyor?

— Onu uzun süredir böyle sakin görmemiştim... Sanki aylardır süren sıkıntı kaybolmuş ve rahatlamıştı... Sesi bile bir başka çıkıyordu... Hemen oturmak istemedim ama kolumdan çekip oturttu beni.

— Hiç direnmedin mi? Neden oturdun o sandalyeye?

— Bilmem... Ona karşı gelmek hiç aklıma gelmedi... Beni döverken de öyle yapardım... Sadece ellerimle başıma siper alır, beni istediği gibi dövmesi için önünde dururdum...

Hemen aklıma bu kliniğe ilk geldiği gün geliyor. Onu odama almaya çalışırken düşmüş, ben yanına yaklaştığımda da tıpkı şimdi söylediği gibi ellerini başına siper etmişti. O gün, bu kızın dayak yemeye alışkın olduğunu düşünmüştüm. Demek yanılmamışım. Ancak yine de bir gariplik var. Dayaktan, hatta ölümden bile kaçmıyor. Annesinin çok ağır hasta olduğunu bildiği halde onun dediğini yapıyor ve hiç direnmeden gösterdiği sandalyeye oturuyor. Her insanda doğuştan var olan korunma refleksi, sanki bu kızda hiç gelişmemiş! Bunu anlamak zor!

— Annen seni belki de öldürecek ama hâlâ o ne derse yapıyorsun. Kaçsana oradan!

— Ama öldürmedi.

— Ama öldürmemiş! Ya öldürseydi?

— Ben de kurtulurdum.

— Bu kadar düşmanın varken, sen bari kendini korusana be kızım! Her neyse, seninle daha sonra bunları konuşacağız... Sonra ne oldu?

— Beni sandalyeye oturttuktan sonra ellerimi arkaya aldı ve iple hem ellerimi hem de bütün bedenimi öyle bir bağladı ki, kımıldayamaz hale geldim.

— Seni bağlarken uslu uslu oturdun ha? İnanamıyorum sana.

— İnanamayacağınız daha çok şey anlatacağım bugün... Bunları dinlemeye hazır mısınız?

Ne garip bir soru! Ne demek istiyor acaba? Hafif, ince, derin bir istihza seziyorum bu sözlerde. Anlattıklarından benim de çok etkilendiğimin farkında. Benim etkilenmemem, yaşadıklarını bir anlamda onunla paylaşmam demek. Ama o, sanki beni test ediyor, deniyor.

— Sonra gitti mutfaktan bir bıçak getirdi... O zaman her yanım titremeye başladı... Beni delik deşik edecek dedim... Ağlamaya başladım...

İşte ben de bundan korkuyordum zaten! O anda her şey yapabilir o kadın. Halen yaşadığına göre, demek ki yapmamış. Bunlar şansa bırakılmamalıydı. Bu kız gerçekten mi ölümü çağırıyor?

— Durdu, uzun uzun baktı gözlerimin içine... Elindeki bıçağı evirdi, çevirdi, sonra tavandaki lambanın altına doğru tuttu. Sanki bıçağı ayna gibi kullanıyor, orada hem kendini görmeye çalışıyor, hem de bıçağın pırıltısına hayran hayran bakıyordu... Birkaç kere ayak uçlarında yükselip bıçağın ucunu tavandaki çengele değdirmeye çalıştı... Sonra aniden telaşla çıktı banyodan... Bıçak hâlâ elindeydi... Bir de baktım, elinde başka bir sandalyeyle geri dönmüş. Sandalyeyi çengelin tam altına yerleştirdi, sonra elindeki bıçakla arkama doğru geçti... Bana yaklaştıkça titremelerim artıyordu. Eğildi, ellerimi bağladığı ipin ucunu bıçakla kesti.

Bir korku filmine dalıp gitmiş gibi dinliyorum onu. Her söylediği gözümün önüne gelirken el ve ayaklarımın buz kestiğini hissediyorum.

— Kalan ipi gözümün önünde düğümledi ve sandalyenin üzerine çıkarak bir ucunu tavandaki çengelden geçirdi... Sonra gözlerini bana dikti, ipi ilmek yapıp boynuna geçirdi ve konuşmaya başladı...

Kendini asacak galiba, hem de kızının gözleri önünde... Bu ne vahşet Tanrım!

— O gün, havlu elinde beklerken, bir an gözlerinin nasıl da parladığını görmedim mi sanıyorsun?

O da ne? Ala'nın sesi neden aniden değişti? O cılız, ince, titrek ses gitti, yerine oldukça kalın, tok bir ses geldi. Madem böyle bir sesi vardı, neden şimdiye kadar bunu kullanmak yerine, çocuk gibi bir tonda konuşuyordu acaba?

— Esma karısını öldürmemi benden çok sen istedin.

Bunları ona söyleyen Süreyya, yani annesi! Onun sesiyle konuşuyor. Ama bu kızdan bu ses çıkmamalıydı. Bunda bir gariplik var. Bu kızın asıl sesi hangisi acaba? Kafam fena halde karıştı. Hem de hikâyenin en heyecanlı ve gergin yerinde böyle olmamalıydı...

— Ama ben yapamadım... Beceremedim... Sen, karayılan, yine de parmağınla beni gösterdin... Sen yaptın dedin...

Evet, bu konuşan Süreyya! Boynunda iple, sandalyenin üzerinde söylüyor bunları. Dikkat ve hayretle bakıyorum Ala'nın yüzüne. Rahat rahat bakıyorum çünkü şu anda artık o beni görmüyor. Yüz hatları bile değişmiş, sanki başka biri olmuş. Kim olduğunu biliyorum, şu anda o Ala değil, Süreyya. Sol eline dayadığı başını düzeltmiş ama sol eli hâlâ boynunu tutuyor.

— Parmağınla beni göstererek Esma'nın katilinin ben olduğumu ilan ediyordun herkese... Senin yaşamana izin vermemeliydim... Bunu çok daha önce yapmalıydım... Önce seni, sonra da kendimi...

Evet, evet, bu çok açık! Süreyya uzun süredir kızını öldürmeye kararlıymış. Bunu çeşitli şekillerde denemiş zaten. Bazen aç bırakarak, bazen de öldüresiye döverek. Bu kızın yaşaması gerçekten mucize galiba!

— Peygamber efendimiz hiç durmadan söyledi bana, öldür onu, öldür de kurtul dedi... Yoksa cehennem ateşinde yakacağım seni dedi... Sen bir iblis doğurdun, kendi pisliğini kendin temizle dedi... Çok uğraştım ama olmadı... Ne Esma'yı kendi ellerimle yok edebildim, ne de seni... Ama Tanrı bana öyle bir güç verdi ki, ben onu yok etmeyi düşündüğüm anda Esma öldü...

Sık rastladığımız bir durum bu. Süreyya kendini Peygamber'le konuşacak kadar üstün bir kişi, belki de ermiş biri gibi görüyor. Esma Sultan'ın ölmesini gerçekten istemiş ve o gün banyoda Esma Sultan ölüverince, bunu isteklerinin Tanrı tarafından kabul edilip gerçekleştirilmesi olarak değerlendirmiş. Böylece, kendini Esma Sultan'ın ölümünün tek sorumlusu, tek nedeni olarak görmüş.

— Sen beni bir şeye benzetemiyorsun ama ben öldürdüm onu. İstedim ve öldü... Şimdi aynı şeyi senin için düşünüyorum... Sen de öleceksin... Esas oğullarım öldü... Kimse onları, onlar da kimseyi öldürmeden kolayca ölüp gittiler... Boş yere direnme, öldürmek ya da öldürülmek senin kaderinde de var... Senin anan da katil, baban da... Bu yazgıyı silemeyeceksin alnından... Bir gün ya öldüreceksin, ya da birileri seni öldürecek...

Hastalığın boyutları şimdi iyice açıklık kazandı. Süreyya uzun süredir hayaller görüyor, sesler işitiyormuş zaten. Demek önünde eğildiği kişi peygamberdi. Sık görüldüğü kadar da tehlikeli bir hastalıktır. Cinayet işlemeye en yatkın kişiler bu tür hastalardır çünkü emir doğrudan Tanrı'dan veya Peygamber'den gelir. Bu hastalar işaret edilen kişiyi ortadan kaldırarak dünyayı büyük bir kötülükten kurtardıklarını düşünürler.

Bunların hepsi de Ala'nın annesine ait gerçekler ama ya Ala? Şu anda onun durumu ne? Bir anda kişilik değiştirip sanki annesinin yerine geçerken zihni kısa bir yol mu açtı ona, yoksa bu yolun ucu çok derinlere mi iniyor? Acaba hastalık anneden sonra şimdi de Ala'da mı yaşamaya devam ediyor?

— Yaşadığın sürece sen, ben olacaksın... Sen yoksun artık... Benim yapamadıklarımı yapacak, sonra da benim gittiğim yere geleceksin, beraber yanacağız... Bu bizim yazgımız... Öyle söyledi peygamber efendimiz... Gel, beraber yanalım... O el artık senin değil, benim elim... O parmak benim parmağım... Orada oturan sen değilsin, benim... Sen yoksun artık, ben varım...

Neler söylüyor bu kız! "Sen yoksun, ben varım" da ne demek, "sen, ben olacaksın" diyor! Aman Tanrım! Nasıl da anlamadım bunu? Demek annesinin elbiselerini bunun için çıkarmıyor? Yoksa gerçekten Süreyya mı oldu? Gerçekten öyle mi sanıyor? Yazık, öyleyse çok yazık!

Demek esrar perdesini kaldıracak asıl açıklamayı en sona sakladı. Biraz önceki soruyu, şimdi daha iyi anlıyorum galiba! "İnanamayacağınız çok şey anlatacağım, hazır mısınız?" derken, haklıymış. Bu kadarına hazır değildim. Demek için için gülüyordu bunlara. İçin için gülmek aslında oldukça sağlıklı bir durumdur.

Bu zavallı, çaresiz kız banyoda, elleri kolları bağlıyken dinliyor annesini. Sandalyenin üzerine çıkmış, boynunda iple annesi söylüyor bunları ona. Başka türlü bu kadar etkilenmezdi. Ne kötü şeyler yaşamış! Hem de kendisine omuz verecek, biraz olsun onu cesaretlendirecek, yaşadıklarını paylaşacak kimse de yok yanında.

Gözlerinde görmeye alışkın olmadığım garip bir pırıltı var. Bana bakıyor ama sanki beni görmüyor. Şimdi artık bir şeyler yapmalı ve onu daldığı bu rüyadan uyandırmalıyım. Yeniden Ala olmalı, başına gelen bunca şeyi birlikte değerlendirmeli, paylaşmalıyız. Bir kere dikkatle bakıyorum Ala'ya. Gözlerindeki garip pırıltı devam ediyor ama eskisi kadar zavallı ve çaresiz görünmüyor. O pırıltıda dolaşan öfke kıvılcımları giderek artıyor.

Biraz önce tek eliyle tutuyordu boynunu, şimdi iki eliyle birden boynunu ovalıyor. Sanki görünmez bir ip boynunu sıkıyor ve o da ipten kurtulmaya çalışır gibi bir şeyler yapıyor. Ah, canım! Eğer şu anda o kendini Süreyya gibi hissediyorsa, ip boynunu sıkıyor ve o ölüyor. Bu sahneyi yaşamasına izin vermemeli ve hemen bir şeyler yapmalıyım.

Gözüm masamda her zaman duran sürahiyle bardağa takılıyor. Aceleyle bardağa biraz su doldurup ayağa kalkarak uzatıyorum ona. Önce görmüyor beni ama ısrar ediyorum. Sanki derin bir uykudan uyanır gibi gözlerini bana çeviriyor ve ellerini boynundan çekerek uzattığım bardağı alıyor. Suyu birkaç kez içmeye çalışıyor ama olmuyor, sanki yutamıyor gibi birkaç damla su boynundan aşağı doğru dökülüyor. Elimi uzatıp ter içinde kalan saçlarını hafifçe okşuyorum. Yeniden hayretle bakıyor yüzüme. "İç suyunu, iyi gelecek sana" diyorum. Bu sefer bir dikişte bitiriyor suyu. Elinden bardağı alıp daha yerime oturmadan sormaya başlıyorum.

— Meğer neler yaşamışsın sen Ala! Elin, kolun bağlı, annenin boynunda ip ve sen yapayalnızsın! Seni anlamak baştan beri kolay olmadı benim için, ama sonunda anladım galiba... Genç yaşta, bu kadar yükü, senin o küçücük omuzların nasıl kaldırdı? Meğer sen ne güçlü bir kızmışsın! Oysa biz yani senin dışındaki herkes seni ne kadar yanlış tanımışız! Hepsi geçti. Artık unut bunları, hayata dön Ala!

Hiç tepki vermeden dinliyor beni ancak gözlerindeki o garip pırıltı azaldı, sanırım şu anda artık beni görüyor ve duyuyor. Ama yine de donmuş bir resim karesi gibi... Resimden çıkıp yeniden canlanmasını sağlamam gerekiyor.

— Annenin ne yapmaya çalıştığını biraz olsun anladım galiba. Çok hastaymış o zaman. Sen onun hayal gördüğünü zaten çok önce anlamışsın. Demek Peygamberi görüyor ve onunla konuşuyordu. Bu tür hastalıklarda sık rastladığımız bir durumdur bu. Ama yine de senin o gün, o banyoda yaşadıkların dehşet verici şeyler. Aferin sana! Benden aferin almak kolay değildir ama sen bunu hak ettin. Her şeye rağmen işte buradasın! Birlikte bunların üstesinden geleceğiz. Neden öyle bakıyorsun bana?

Cevap vermiyor. O cevap vermedikçe ben konuşmayı uzatıyor ve ona güzel şeyler söylemeye, onu yüreklendirmeye ve yeniden bugüne, bu ana çekmeye çalışıyorum. Ağzı açık, gözleri donuk, resim karesi gibi öylece durmaya devam ediyor.

— Kim bilir senin için ne zor olmuştur sandalyede elin kolun bağlı oturmak! O arada baban da gelmedi mi?

Yine cevap vermiyor. Doğru soruyu bulursam, belki de yeniden konuşmasını sağlayabilirim ama doğru soru ne acaba? Biz nerede kalmıştık? En son Ala bana ne dedi? Annesinin sandalyenin üzerinde ona söylediklerini anlatıyordu. Demek başka bir şey söylemedi. Yani ondan sonra kendini astı. Zaten bu son cümleden sonra Ala'nın elleri boynuna doğru gitmiş ve boğulmaktan kurtulmaya çalışır gibi bir şeyler yapmıştı. Demek aklı hâlâ o günde ve o anda. Unutamadığı o sahneler var gözlerinin önünde.

Belki de bilmeden ben de kaçıyorum o sahnelerden. Onun dikkatini bugüne çevirmeye çalışıyorum. Ben de bundan sonrasını dinlemek istemiyorum. Bu zavallı kızın yaşadıklarını dinlemeye bile tahammülüm yok. Evet, asıl gerçek bu! Şimdi biraz daha cesur olmalı ve yapmam gerekeni, hiç tereddüt etmeden yapmalı ve çok etkilensem de olayın bundan sonrasını da sonuna kadar dinlemeliyim. Ne yapalım, işim bunu gerektiriyor.

— Annen çok hastaymış Ala. Baksana, sana neler söylüyor. Sen, ben olacaksın diyor. Sen Ala'sın. Süreyya'nın kızı Ala. Hasta olan o, sen değilsin. Her ne kadar onun elbiselerini giysen de, sen o değilsin. Bunlar hasta bir insanın sözleri. Eminim o gün bu sözlerden çok etkilendin. Haklısın. Ama artık o günler geride kaldı. Üstelik aradan yıllar geçti ve sen büyüdün. Genç, sağlıklı, iş güç sahibi bir kız oldun. O yaraları saralım diye buraya geldin. Korkma, hepsi geride kaldı ve ben senin yanındayım.

Gözlerini yere indirip derin bir nefes alıyor. Bu sözlerimin onu olumlu etkilediğini, biraz rahatladığını hissediyorum. Söze yeniden başlarken hangi ses tonunu kullanacağını merak ediyorum çünkü artık yeniden Ala olması ve her zamanki sesiyle konuşması gerekiyor. Benim tercihim de böyle. Konuşmaya annesinin sesiyle devam ederse, işimiz çok daha zor demektir.

Tam söze başlayacakken sesinin bir türlü çıkmadığını ikimiz de fark ediyoruz. Birkaç kere öksürüyor, genzini temizliyor, sonra yeniden derin bir nefes alıyor ve başını kaldırmadan başlıyor konuşmaya.

— Bir vuruşta devirdi sandalyeyi... Sandalye havada uçarak başımın sağ tarafına vurup geçti... Başımdan ılık ılık kanlar akıyordu... Önce gözlerimi kapattım ama duramadım, yine açtım... Ellerim bağlı olmasa hiç olmazsa gözlerimi ve kulaklarımı ellerimle kapatır, belki de oradan kaçardım... Bunların hiçbirini yapamadım... Hem gördüm, hem de duydum... Ölürken benim nasıl korktuğumu, nasıl çıldırdığımı gördü... İnanmayacaksınız ama gülerek öldü annem... Gözlerini hiç benden ayırmadan, sanki söylediklerimi sakın unutma der gibi, gülerek öldü...

Bu ne vahşet, bu ne acımasızlık! Onu dinlerken insanın tüyleri diken diken oluyor. Ancak bu arada Ala'nın sesindeki değişikliği hemen fark ediyorum. Bu ses annesinin değil, Ala'nın da değil. Bu konuşan kim? Yumuşacık, ipek gibi bir ses çıkıyor ondan. Gözlerimi Ala'dan hiç ayırmadan, dikkatle izliyorum. Kafam iyice karıştı. Şu anda ona soru da soramam çünkü ne konuşacak ne de dinleyecek hali var. Ellerini kucağında birleştirmiş, sessiz, sakin oturuyor. Sanki narin bedeni iyice küçülmüş, omuzları çökmüş, sıcağı gören bir kardan adam gibi eriyip yok olmak istiyor. Arada bir kucağına düşen damlalardan ağladığını anlıyorum. İçindeki dayanılmaz yalnızlıktan sızan damlalar bunlar.

Bu zavallı kız hayatında iki büyük travma yaşamış. Birinde babaanneyi, diğerinde de anneyi kaybetmiş ve ne tesadüftür ki, ikisi de banyoda gerçekleşmiş. Acaba bu da bir tesadüf mü, yoksa Süreyya ölmek için özellikle mi banyoyu seçti diye düşünmeden edemiyorum.

Onun da hayatında yıllar önce yaşanan ve sanırım hiç unutamadığı anlar, evin banyosunda yaşanmış.

Bütün bunları anlamak, yüreğimin ta içinde hissetmek de, burada bana düşüyor. Bu mesleği seçenler acaba bu kararı alırken, meslek yaşamları boyunca başlarına neler geleceğini az çok tahmin ediyorlar mı? Acı yemeyi seven insanları her zaman hayret dolu gözlerle izleyen ben, asıl acıyı hayatımın tam ortasına oturtmuşum da, haberim yok.

Bekliyorum... Rahatladığını, konuşmaya hazır hale geldiğini gösteren bir işaret arıyorum Ala'da. Bakalım o kıpırtı ne zaman olacak? Onu rahatsız etmek, zorlamak istemiyorum. Bir süre sonra yavaşça kaldırıyor başını. Önce etrafına, sonra da dikkatle benim gözlerime bakıyor. Sanki nerede olduğunu unutmuş da, hatırlamaya çalışır gibi bir ifade var yüzünde. Sonra elleriyle kendini yoklamaya başlıyor. Ne yapıyor acaba? Üzerine bol gelen salbur saçak siyah merserize hırkanın kollarını birkaç kere çekiştirdikten sonra yerinden kalkıyor. O hırkanın giyilmekten bollaşmış kolunu neden bana doğru uzatıyor. Şaşkın gözlerle ona bakarken, hırkanın kolunu burnumun ucunda görüyorum. "Koklayın" diyor sanki! Hiç düşünmeden doğal bir hareketle koltuğumda öne doğru uzanarak hırkayı kokluyorum. Burnuma eski bir parfüm kokusuyla karışık küf, toz ve eski dolap kokusu geliyor. Hafifçe irkiliyorum. Sanki eski bir hırkayı değil de bir ölüyü, mezarın içini kokluyormuş gibi hissediyorum kendimi ve hemen geri çekiliyorum.

Rahatsız olduğumu, içimin kalktığını fark ediyor Ala. Sanki "işte ben yıllardır buna katlanıyorum" der gibi kaşının birini alaycı bir şekilde yukarı doğru kaldırıp yan yan bakıyor bana. İkimiz de yerlerimize otururken, "İşte ben bu kokuyu yıllardır içime çekiyorum, onunla birlikte yaşıyorum," diyor. Bu, onun ölen annesinin hırkası ve yıllardır onun kokusunu içine çekerek yaşıyor demek. Ne diyeceğimi, ne düşüneceğimi bilemiyorum ama içimde tarif edemediğim kadar karanlık, derin, iç burkan bir duygu oluşuyor. Hiç hoşlanmıyorum bu duygudan, içimi ürpertiyor ama hemen kurtulamıyorum bu karanlıktan.

O ise, gözlerini uzaklara dikip kaldığı yerden anlatmaya devam ediyor.

— Bir süre sonra ip koptu, koca vücut güm diye yere düştü... Düşerken bana çarptığı için sandalyeyle beraber ben de yere yuvarlandım... Onunla kucak kucağa yerde yattık...

Yine aynı yumuşak sesle anlatmaya devam ediyor ama daha fazlasını dinleyemeyeceğim galiba. İçimdeki karanlık, giderek büyüyor. Elimdeki tespihin tanelerini saymaya başlıyorum Bir, iki, üç, dört, beş! Beş, dört, üç, iki, bir! Bir, iki, üç, dört, beş... Anlatıyor... Bir, iki, üç, dört, beş... Hâlâ anlatıyor. Bir, iki, üç, dört, beş... Benim dinlemeye tahammül edemediğim bu sahneleri, bu çaresiz kız yıllar önce, çok daha gençken yaşamış. İnsan dediğin böyle bir varlık işte! Yani sandığımızdan çok daha güçlü ve hayata uyum yeteneği çok daha yüksek! Yaşam içgüdüsü, bütün acılardan daha kuvvetli! Öyleyse ben burada ne yapıyorum? Neden arkama bakmadan kaçmaya çalışıyorum acıdan? Bilinçsizce tanelerini saydığım tespihi avucumun içine alıyor ve tırnaklarım elimi acıtana kadar sıkıyorum. Canım yanıyor ama yine de bu yanma içimdeki yanmadan daha az rahatsız ediyor beni. Şöyle bir silkinip kendime geliyor ve Ala'nın anlattıklarını, yeniden ve can kulağıyla dinlemeye başlıyorum.

— Orada kucak kucağa ne kadar yattık, bilmiyorum ama bana asırlar kadar uzun geldi bu süre... Biraz önce de söylediğim gibi, o yaşadıklarımı biri siliverse dedim yıllarca. Biri gelse, eline bir ateş çubuğu alsa, beynimin o bölgesini yaksa! Kendi etimin kokusu gelse burnuma! Beynim yanıyor desem... Ama bir yandan da o yanık kokusunu derin derin içime çeksem... Oh desem, yandı işte... Kurtuldum... Bir daha hiç hatırlamayacağım o anları...

Tespih sağ elimde. Bütün bu dinlediklerimin acısını ondan çıkarmak ister gibi sağ elimle tespihi olanca gücümle sıkıyorum. "Gel, beraber yanalım" demişti annesi. O ise yalnız yanmak istiyor. Beynini biri yaksın, o da bu kokuyu içine çeksin istiyor. Şimdi artık beynimin içinde dolaşan kara bulutlar dağıldı. Onun yerine beynim sanki alev alev yanıyor. Ben doktorum! Doktor! Bu işi biliyorum! Önce onu anlamalı, sonra da yardım etmeliyim. Elimi uzatmalı, onun elini sıkıca tutmalı ve yukarı çekmeliyim. O cehennemden, o dev gibi yükselen alevlerden onu kurtarmalı, aydınlığa, güvenli bir dünyaya gözlerini açmasını sağlamaya çalışmalıyım ama alevler beni de yuttu. Ben de yanıyorum! Beraber yanıyoruz...

— Ama yıllardır içimdeki yangın sönmedi... Biraz da bunun için, yaşadıklarımı kimselere anlatmak, paylaşmak, alevleri iyice harlamak istemedim. İşte şimdi cayır cayır yanıyor içim... O alevlerin içinde hep annemi görüyorum... Yanarken bile gülüyor bana... O gün, ölürken güldüğü gibi gülüyor... Orada beni bekliyor... Siz... Siz söndürebilecek misiniz bu yangını?

Ne dedi? Bana soru sordu galiba! Ben söndürebilecek miyim bu yangını? Ben zaten alevlerin içindeyim. Ben de cayır cayır yanarken, yangını nasıl söndüreyim?

Gözlerini dikmiş, bana bakıyor. Bu bakışlardaki çaresizliği, umutsuzluğu ama bu umutsuzluğun hemen yanı başına gizlenmiş küçük, küçücük bir güven kıvılcımını sanki gözüme sokuyor. Söz bitti, gözleriyle konuşuyor artık. "Hadi" diyor bana, "hadi, tut elimi."

Bir an, gözlerimi onun gözlerinden kaçırmak geliyor içimden. "Ben de yanıyorum," demek, tıpkı biraz önce onun yaptığı gibi bir kardan adam olmak, bu yangında eriyip yok olmak istiyorum. Ama küçük kıvılcım bırakmıyor peşimi. Sanki ensemden yakalıyor beni.

O ise gözlerini benim gözlerime sabitlemiş, "Hadi" demeye devam ediyor. Tanrım, neler geliyor aklıma? Kendi zayıflıklarım, kendi yangınlarım, Alâaddin'in sihirli lambasını çağırdığım günler...

Artık gözlerimi kaçırmıyorum ondan. Ben de ısrarla onun gözlerinin içine bakıyorum. Hüzünlü, acı dolu bir bakışma bu! Artık elimdeki tespihi sıkmıyor, tırnaklarımı etime geçirmiyorum. Yani acıdan kaçmıyor, bana hiç yabancı gelmeyen bu duyguyla kavga etmiyorum. Sonra kendim bile fark etmeden dudaklarımdan sözcükler tane tane dökülmeye başlıyor.

— Hayatında hiç yanmayan insan, bu yangını söndüremez Ala. Ben seni anladığımı sanıyorum. Çok yanmışsın sen. Bu yangını birlikte söndüreceğiz ve sen, küllerinden yeniden doğacaksın. İnsan, sandığımızdan çok daha güçlü bir varlık! Sen bunun en güzel örneğisin. Bugün, o yangın sönecek, çünkü gözyaşların çağlayan oldu, söndürdü yangını. Yeter ki buna sen de inan, ben de inanayım! Şimdi bu hüzünlü hikâyenin sonunu da anlat bana. Anlat da, bitsin bu iş!

O küçük kıvılcım, Ala'nın gözlerinde büyüyor ve sanki ortalığı aydınlatan bir güneş oluyor. Belli belirsiz bir gülümseme yüzünü yalayıp geçiyor. Başını önüne eğip kaldığı yerden telaşsız ve sakin çocuk sesiyle anlatmaya devam ediyor. Ama o sesin gerisine saklanan aydınlığı hissediyorum içimde.

— Sonunda babam geldi... Ardından ambulanslar, polisler filan... Beni hemen hastaneye götürdüler. Önce başımın filmleri çekildi... Bu arada sağ kolum kırılmış, alçıya aldılar... Hastanenin içinde sedyeyle oradan oraya gidip geldim... Sedyenin çıkardığı sesler beynimin içinde zonkluyor ama bir yandan da bana ninni gibi geliyor, duymak istemediğim o korkunç sesleri adeta yok ediyordu... Uykuyla uyanıklık arasında bir yerdeydim. Sesleri duyuyor ama cevap veremiyordum. Zaman kavramı tamamen yok olmuştu. Sonunda beyaz çarşaflı bir yatağa koydular beni... Birileri sürekli bir şeyler soruyor, bir türlü rahat bırakmıyorlardı beni... Arada bir tuhaf çığlıklar geliyordu kulağıma... Bir kız, sürekli bağırıyor, durmadan çığlık atıyordu. Sonunda kalçama batan iğneler o çığlıkları susturdu. Koyu, derin bir karanlığa gömüldüm... Orada ne kadar kaldığımı bilmiyorum... Sonra yavaş yavaş yeniden bazı sesler geldi kulağıma... Biri sürekli bana sesleniyordu. "Susun, rahat bırakın beni" diyordum içimden ama bırakmadılar. Gözlerimi açtığım anda babamın gözlerini gördüm... Üzerime eğilmiş, bir yandan eliyle saçlarımı okşuyor, bir yandan da sürekli adımı söylüyordu. Hareket edemiyordum. Sanki sadece kolum değil, bütün bedenim alçıya alınmış gibiydi... O kızın çığlıkları yine başlamıştı. Bir türlü susmuyor, gırtlağı parçalanırcasına bağırmaya devam ediyordu. Yine kalçama batan iğneler, yine derin karanlıklar içinde geçti günler... Ayılmak, kaldığım yerden bu hayata devam etmek istemiyordum. Ama sonunda istemesem de bu acımasız dünyaya geri dönmek zorunda kaldım. Her yanımda sargılar vardı. Başım iki yerinden yarılmış, sağ kolum kırılmış, kaburgalarımdan ikisi çatlamış, sol dizimin bağları kopmuş, bir gözümün altı morarmıştı. Bana sürekli soru soruyorlardı ama sanki konuşmayı unutmuştum. O yatakta ne kadar süre, hiç konuşmadan yattığımı hatırlamıyorum. Sık sık genç bir hanım yanıma geliyor, benimle konuşmaya çalışıyordu. Hastanenin psikiyatri uzmanıymış... Çok uğraştı benimle ama olmadı işte... Ben o zaman bırakın başıma gelenleri anlatmayı, adımı bile doğru dürüst söyleyemiyordum. Bir sürü ilaç verdiler ama yine de geceleri uyutamadılar beni... Biraz içim geçse çığlık atarak uyanıyordum. Bir ara psikiyatri kliniğine almayı düşündüler ama ben şiddetle karşı çıktım. Çünkü annemi yatıracakları yerde yatmaya tahammül edemezmişim gibi geldi bana...

Derin bir nefes alıp o günlerin karanlığından kurtulmaya çalışıyor sanki. Bir ara başını yine bana doğru çeviriyor, bir güç, bir destek arıyor. Hafifçe gülümseyerek aradığı cevabı gözlerimle vermeye çalışıyorum. Bu desteği aldığından emin olmak ister gibi ısrarla bakıyor gözlerime. Sonra yine başını önüne eğip anlatmaya devam ediyor.

— Her gün öğleden sonra babam geliyor, yanımda biraz oturup gidiyordu.

— Onunla da mı konuşmuyordun?

— Yok, konuşmazdım... O da konuşmazdı, ben de... Elleriyle şöyle bir başıma dokunur, sonra sandalyeyi çeker, yanıma otururdu... Başını önüne eğer, öyle otururdu.

— Hoşuna gider miydi babanın gelmesi?

— Yok... Bir an önce gitsin diye beklerdim... Hatta o gelince bir türlü zaman geçmez, içimden sayı sayardım.

Sayı mı sayardın, diyorum içimden. Tıpkı biraz önce benim yaptığım gibi demek sen de sayı sayıyordun? İçimden gülüyorum, ona değil, kendime gülüyorum. Onun zaten gülünecek hali mi var?

— Ne zaman çıktın hastaneden?

— Bilmem... Çok uzun süre kaldım orada... Kolumdaki alçı çıktı, sargılar açıldı, morluklar düzeldi, sonra da çıktım işte...

Çıkmadan önce yine polisler geldi, birtakım sorular sordular bana... Cevap veremedim... Babamla o psikiyatrist kız benim yerime konuştular polislerle... Zaten istesem de konuşamıyordum, sesim bir türlü çıkmıyordu... Sonra bir sürü ilaç verdiler elime ve çıkardılar beni... Bir süre hepsini kullandım... Hatta geceleri verdiklerinden daha fazlasını alırdım... Geceler bir türlü geçmezdi... Hem bir an önce uyumak ve her şeyi unutmak isterdim... hem de korkardım uyumaktan.

— Neden?

— Rüya görmekten korkardım. Zaten nasıl oldu bilmiyorum ama bir süre sonra hiç rüya görmez oldum... Gece çığlıklarım da böylece bitti... Erkenden yatar, öğleye doğru ancak uyanırdım... Birkaç saat sonra yine uykum gelirdi... O yaz öyle geçti işte...

— Baban ne yapardı?

— Babam bu son olaylardan sonra iyice eve kapandı... İkimiz de hiç konuşmazdık... O daha akşam olmadan rakısını içmeye başlar, beyaz peynir ve kavundan başka bir şey yemez, salonun bir köşesine büzülüp otururdu... Eylülde okul açıldı ve ben ilaçları bıraktım, okula gitmeye başladım...

— Okula başlamak zor olmuştur!

— Zor oldu... Annemden sonra ilk kez evden çıktığım gün, çok yabancı bir dünyada hissettim kendimi... Ne o dünya beni tanıyordu, ne ben onu... Sanki bastığım toprak bile beni istemiyordu... Bütün giysilerimi atmış, anneminkileri giymeye başlamıştım... Bu yalnız dünyada, giysilerimden yükselen düşman kokusu bile bana yalnız olmadığımı hissettiriyordu... O kokuyu duydukça hem korku iliklerime işliyor, hem de kendimi evimde, alışkın olduğum dünyada hissediyordum... Annemi hem unutmak istiyor, hem de unutmaktan ölesiye korkuyordum... Korktukça bana her zaman bol gelen bu giysilere sarılıyor, o zaman annemle iç içe giriyor ve birlikte yanıyorduk... Birlikte yanmak, yalnız yanmaktan daha kolay geliyordu bana... Hem annem de böyle istiyordu... Bunu açıkça söylemişti... Belki o da bunun için istemişti benimle yanmayı... Yalnız yanmamak için...

İnsan, işte böyle bir varlık! Bu zavallı kızın iç dünyasında meğer neler gizliymiş! Onu tanıdığım günden beri bir türlü cevabını bulamadığım pek çok soruya, işte şimdi teker teker cevap veriyor.

Söyledikleri bir yandan benim de içimi yakarken, bir yandan da ona giderek artan bir hayranlık duyuyorum. Bir insan, hem de dış görünüşü insanı bu kadar iten, doğru dürüst konuşmayı bile beceremeyen bir insan, yaşadıklarını nasıl bu kadar içten, adeta şiirsel bir dille anlatabilir?

Onu dinlerken duygularının bir başka yönü daha dikkatimi çekiyor. Demek yalnızlık öylesine korkunç bir duygu ki, insan bu dünyada kendini yapayalnız hissetmektense düşman kokusuna sarılabiliyor, onunla birlikte yanmayı tercih edebiliyor. Böyle bir yalnızlık duygusunun derinliğini hayal bile edemiyor insan.

Bu konuda anneyle ilgili izlenimleri de içimi burkuyor. Her ne kadar annesinin onu bir türlü sevemediğini, kabul edemediğini hatta nefret ettiğini bilse de, yine de onu anlamaya çalışıyor. Kendisiyle birlikte yanmak isteyen annenin yalnızlığını da içinde hissediyor. Kendi yalnızlığıyla, annesinin yalnızlığını birbirine benzetiyor. Birbirine düşman da olsa bu iki insanı bir yerde eşitliyor. Baştan beri tıpkı annesi gibi suçlu ve günahkâr ilan ettiği kendisiyle zaten suçlu ve günahkâr olan anneyi aynı potada eritirken, bir yandan da bu tavrıyla yalnızlığa savaş açıyor.

— Okulda insanlar korkulu gözlerle bakıyorlardı bana. Kimselere benzemeyen bu pis ve pasaklı kızdan olabildiğince uzak durmaya çalışıyorlardı... Kimse benimle konuşmuyor, yanıma oturmuyordu... Böylece yine konuşmak gibi bir lüksüm olamıyordu benim... Evde babamla da mecbur kalmadıkça konuşmuyorduk zaten... Zamanla derslerimdeki başarı insanların dikkatini çekmeye başladı... Üstelik yavaş yavaş bana alışmışlardı, bu halim eskisi gibi korkutmuyordu onları... Ders notu istemek için yanıma gelmeye başladılar... Bu durumdan hoşlanmıyordum, çünkü korkuyordum... Ne diyeceğimi, onlarla nasıl konuşacağımı bilmiyor, biri yanıma yaklaşacak olsa elim ayağım titriyordu... Bir yandan bu derin yalnızlıkla nasıl başa çıkabileceğimi bilmezken, bir yandan da sanki o yalnızlığa alışmıştım... İki kişilik bu dünyaya başkaları girsin istemiyordum...

— İki kişilik?

— İki kişilik işte... Aslında gerçekten iki kişilik mi, yoksa tek kişilik mi olduğunu bazen ben de bilmiyordum. Arada bir annem ve ben iki ayrı kişi oluyorduk... Ben annemin can düşmanıydım... Üzerimde kokusu, gözlerimde ölürken bana gülümseyen gözleri vardı... Sağ elimin işaret parmağı onun değil, benimdi... O zaman sürekli bir düşmanla iç içe yaşamak bütün enerjimi alıyor, yoruyordu beni ama yine de bu, iki kişilik bir dünyaydı... Onun can düşmanı da olsam, beni öldürmek de istese, yine de ben vardım... üstelik birinin öldürmek isteyecek kadar önemsediği, kızdığı, nefret ettiği biriydim... Bazen de annemle iç içe giriyor ve tek kişi oluyorduk... İkisi de suçlu, ikisi de günahkâr, ikisi de istenmeyen bu iki insanın birleşip tek kişi olması hiç de zor olmuyordu... O zaman düşmanlıklar, kinler, nefretler bitiyor, kendimi sadece saf kötü ve değersiz biri gibi hissediyordum... Daha kolay oluyor, beni daha az yoruyordu... O zaman sağ elimin işaret parmağı bile önemini kaybediyor, bana ait olmaktan çıkıyordu... Her isteneni vermek, gülmemek, konuşmamak, dünyaya boyun eğmek, başkalarının kölesi olmak meğer sanıldığı kadar zor değilmiş... O zaman haksızlığa uğramak, dövülmek, sövülmek, kabul görmemek, horlanmak pek acıtmıyor insanın içini... Hatta çok doğal geliyor bunlar... Zamanla kolayı seçtim ve bu tek kişilik dünya öne çıkmaya başladı... Uzun süredir beni adeta boğan sıkıntılarım azalmaya başlamış ve teslim olmanın inanılmaz hafifliği her yanımı kaplamıştı... Sanki birileri bana anestezi vermiş, içimdeki tüm duyguları uyuşturmuştu...

Hastalığa teslim oluyor. Kendi benliğini yok ederken, o benliğin içindeki her türlü sıkıntı ve kaygıdan da kurtulmuş oluyor. Hem iç dünyasının hem de dış dünyanın şartları adeta birlik olup bu kızcağızı o amansız hastalığın ellerine teslim ediyorlar. Ancak bu böyle devam etmemiş, bundan eminim çünkü bana ilk geldiği gün sağ elinin işaret parmağında sargı bezleri vardı. Sonra da o parmakta sık sık ezikler ve morluklar olduğunu gördüm. O parmağın suçlanabilmesi için bu iki kişinin ayrılması ve parmağın yeniden asıl sahibine dönmesi gerekiyor. Bu dönüş ne zaman ve nasıl oldu acaba? Soru sormak yerine, bir süre daha hiç sözünü kesmeden onu dinlemeliyim.

— Çok nadir de olsa, okulda bir iki kelime konuşmam gerektiğinde, sesimin değiştiğini fark ettim... Artık incecik bir ses çıkıyordu benden... Onu hemen tanıdım... Çocukluğumdaki sesim geri gelmiş... böylece ben yeniden Küçük Ala olmuştum... O zaman rahatladım... Çünkü o ses ne benim, ne de annemindi...

Regresyon oluyor, yani ruhsal çatı bu kadar ağırlığı kaldıramayınca çareyi gerilemekte buluyor. Çocukluğuna geri dönerek içinde bulunduğu duruma çözüm getirmeye çalışıyor. Bu kadar ağır bir yükün altında kendi olmayı becerememiş ama annesinin yerine geçmeyi de reddetmiş. Bu tamamen bilinçdışı bir mekanizma... Demek küçük bir çocuk gibi, incecik bir sesle konuşmasının nedeni buydu. Öyleyse şimdi ondan duyduğum bu ipek gibi ses, gerçek sesi! Ala girdiği kuytu karanlıklardan geri dönüyor. Şiddetli bir sevinç dalgası bütün ruhumu kaplıyor. Acaba kendisi de bu büyük zaferin farkında mı?

— İşte o ara babamı kaybettim... Zaten evde canlı birileri yok gibiydi... İkimiz de hayalet gibi o eve girip çıkıyor, birbirimizle mecbur kalmadıkça hiç konuşmuyor, yürürken bile gürültü etmemeye azami gayret gösteriyor, adeta varlığımızı inkâr ediyorduk... Ben eve girer girmez, bir an önce odama girmenin yolunu ararken, o da salondaki yemek masasına çivilenmiş gibi, yerinden hiç kalkmıyor, sadece rakı şişeleri bittikçe mutfaktaki buzdolabından yenisini almaya gidiyordu... Salondaki televizyonun bile sesini ancak kendisinin duyacağı kadar açıyordu, kendi evimizde hırsız gibi korkarak, çekinerek yaşıyorduk... Bir sabah okula gitmek üzere kalktığımda, onu hâlâ masanın başında otururken buldum... Gözleri açık, sandalyesinde arkaya doğru kaykılmış, elindeki son sigaranın külleri uzamış ve elini yakmıştı... Yüzünde sanki büyük ve uzun süren bir acıdan kurtulmanın rahatlığı vardı... Uyuşmuş duygularımla bir süre ne yapacağımı bilemeden öylece baktım ona... O zaman, ne kadar uzun süredir babamın yüzüne böyle dikkatle bakmadığımı fark ettim... İçimde büyük bir boşluk vardı sadece... Ağlamak, üzülmek, korkmak ya da daha başka bir şey hissetmek istedim ama olmadı... Evden çıktım, kapıyı her zamanki gibi dikkatle kilitledim ve karakola gittim... Polisler zaten tanıyorlardı beni... "Babam öldü, bizim eve gelin," dedim...

Felaketler birbirini izliyor! Üstelik yapayalnız!

— O gün adli tabip filan geldi eve ve bana bir sürü soru sordular... Elimden geldiği kadar onlara cevap vermeye çalıştım. Acıdılar halime... Bana yardımcı olmaya çalıştı hepsi...

— Bütün bunlar olurken sen hep yalnız mıydın? Kimse yok muydu yanında?

— Kim olacak ki? Yoktu kimse... Polisler de sordu durdu, "Kimin kimsen yok mu kızım senin?" dediler...

Yine polisler, ölüler, sorgular... Nasıl bir yazgı bu böyle? Benim bile, onu dinlerken isyan edesim geliyor.

— Sonra babamın telefon kayıtlarında adı bulunan kişileri aradı polisler... Babamın arkadaşları gelene kadar hepsi de evde bekledi... Onlar gelince cenaze işlemleri filan yapıldı... O gün defnettik babamı... Hepsi de birkaç gün onlarda kalmam için çok ısrar etti ama ben kabul etmedim... Veraset işlerini filan da onlar yaptı... Banka cüzdanımı elime verdiler, bir kâğıda telefon numaralarını yazdılar, bir ihtiyacın olursa ara dediler.

— Hiç aradın mı onları?

— Aramadım.

— Onlar aradı mı?

— Aradılar... Hep bir ihtiyacın var mı dediler bana... Ben de yok dedim... Zaten kimse gelsin istemiyordum... Onlar gelince iyice sıkılıyor, ne yapacağımı bilemiyordum.

— Hay Allah... Sonra da böyle yalnız kaldın ha?

— Kaldım.

— Neler hissettin o zaman?

— Hiç... Dedim ya, hiçbir şey hissetmemenin dayanılmaz hafifliğini yaşıyordum o zaman... Hem herkesten bucak bucak kaçıyordum, hem de yalnızlık beni çok bunaltıyordu... İşte erkekler o zaman hayatıma girmeye başladı... Onlar bana adeta tecavüz ediyor, sonra da dövüyor, sövüyor, ellerinden geldiğince aşağılıyorlardı... Ben bunların hepsine boyun eğiyor, hiç itiraz etmiyordum... Öyle zamanlarda sesim yine değişiyor, annemin kalın ve boğuk sesi geliyordu yeniden...

Erkeklerle beraber olurken kendini annesi gibi hissetmesi ne kadar ilginç! Kafasının bir yerlerinde annenin bir zamanlar belki de hafif bir kadın olduğu, erkeklerle rahatça bu tür ilişkiler yaşadığı şeklinde düşünceler var. Üstelik kendini annesinin yerine koyunca boyun eğmek ona çok doğal geliyor. Demek onu ilk tanıdığım günden beri kullandığı o cırtlak, kulak tırmalayan çocuk sesinde, baştan hiç anlamadığım bir umut ışığı gizliymiş.

— Bu ses değişikliği kendiliğinden mi oluyordu?

— Evet... Ben istesem de onu değiştiremiyordum. Aslında bir yandan da bundan korkuyordum... Özellikle annemin sesiyle konuştuğum zaman içime annemin ruhu girdi ve bir daha da çıkmayacak gibi korkularım oluyordu... Bazen de hangi sesle konuştuğumu fark etmiyordum bile... Aşağılanmaktan adeta zevk alır hale gelmiştim... Benden iğrenen, nefret eden bakışlar sanki içimde bir şeylere ilaç oluyor, aşağılandıkça, cezalandırıldıkça rahatlıyordum... Aslında onlar beni bulmuyor, ben onları buluyor, adeta kötülüğü, cezayı hayatıma davet ediyordum... Sonra bir gün, o erkeklerden biri önce beni çok dövdü ama sonra neden bilmem beni karşısına oturttu ve "Kızım sen hastasın, bir doktora git, yoksa birimizin elinde kalacak, bizim de başımızı belaya sokacaksın," dedi... Sonra da telefonu eline aldı ve benim için tanıdığı bir doktordan randevu aldı... "Gitmezsen önce ben gebertirim seni," dedi... O ara okul bitmek üzereydi... Bir yandan her gün birinden dayak yiyor, verdikleri içkileri içiyor, bazen de onlarla birlikte uyuşturucu kullanıyordum. Ama her şeye rağmen her fırsatta masanın başına oturuyor ve ders çalışıyordum. Ders çalışmak benim için yemek yemek, su içmek kadar doğal ama bir o kadar da yapılması zorunlu bir kural gibiydi... Gerekirse sabaha kadar uyumuyor ama mutlaka çalışıyordum... Okulu dereceyle bitirdim... Benden başka herkes şaştı bu duruma... Deli miydim, geri zekâlı mı, yoksa her şeyi bilerek, mahsustan mı yapıyordum, kimse karar veremiyordu...

— Sen bunun cevabını biliyor muydun?

— Biliyordum... Daha doğrusu bana doktordan randevu alan o çocuğun söylediklerini duyunca, bunu çok iyi bildiğimi anladım... Haklıydı, ben gerçekten deliydim... Annem gibi ben de deliydim... Hem deli hem de yalnızdım... Bir şeyler yapmalıydım ve ne yapmam gerektiğini o çocuk bana söylüyordu... İlk kez o zaman gittim doktora... Yaşlıca bir erkek doktordu... Beni karşısına oturttu, "Söyle bakalım," dedi... Tahmin ettiğiniz gibi hiçbir şey söyleyemedim... Bana bir reçete yazdı, ilaçları nasıl alacağımı tarif etti ve "bir ay sonra yine gel" dedi... İlk gün verdiği ilaçları alınca birkaç gün kendime gelemedim... Evde yalnızım, bana bakacak kimse yok ki... Bir daha da ilaçları almadım... Sonra, bu sefer de kendim bir doktor buldum... Bu seferki genç bir kadındı... Hastanede yanıma gelen doktora benzettim onu... Canlıydı, neşeliydi, adeta hayat fışkırıyordu ondan... Yani bende olmayan her şey, onda vardı... Bana yakınlık gösterdi, anlamaya çalıştı... Sorular sordu... Bazılarına cevap verdim... Artık haftada bir düzenli olarak gidiyordum doktora... Her seferinde benimle ilgileniyor, hakkımda bilgi toplamaya çalışıyordu... Daha önce gittiğim doktorun verdiği ilaçlara bakmış, onları biraz değiştirmişti ama ben yine kullanmıyordum ilaçları.

— Neden Ala, neden almadın verdikleri ilaçları?

— Bir daha ilaç almaya korktum... Bunu doktora da söyledim ama o ısrar etti... Üstelik doktor beni hiç tanımıyordu daha... Ne ben onları tanıyordum, ne de onlar beni... Hakkımda çok az şey biliyorlardı... O ara okulu bitirmiş ne yapacağımı bilemez halde ortalıkta dolaşıyordum... Onlar da benim annemi babamı kaybettiğimi, Ankara'da yalnız yaşadığımı, okulu dereceyle bitirdiğimi biliyorlardı sadece... Bu kadarcık bilgiyle bana neden ilaç verdiklerini bir türlü anlamıyordum.

—Neden onlara kendinle ilgili daha ayrıntılı bilgi vermedin? Doktor hastasını iyi tanırsa, ona daha fazla yardımcı olabilir. Bunu eminim sen de biliyorsun.

—Benim ruhsal sorunlarım olabilir, hatta zırdeli olabilirim ama asla geri zekâlı biri değilim... Karşımdaki doktor kızı enine boyuna inceliyor, tartıyor ama ona bir türlü güvenemiyordum. Genç, aklı bir karış havada, giyime kuşama meraklı, keyifli bir kızdı doktor... Böyle birinin beni anlayabilmesi mümkün mü sizce?

İlginç bir soru! Nasıl bir cevap vereceğime bir türlü karar veremezken, Ala bu bir anlık suskunluğu hemen değerlendiriyor.

—Buna bir cevap vermenizi beklemiyorum... Anlatsam, eminim beni merak ve heyecanla dinlerdi... Belki de bu korkutucu macerayı akşam eve gidince eşine veya arkadaşlarına da anlatırdı... yani iyi malzeme çıkardı benden... Onun için ilginç bir vaka olurdum, hepsi bu... Biliyorum, anlamazdı beni... Hele bir de sorunlarıma çare aramak yerine beni teselli etmeye kalkarsa, işte o zaman buna hiç katlanamazdım... Zaten benden başka pek fazla hastası yoktu... Gittiğimde genellikle muayenehane boş oluyor, bazen sekreter bile olmuyordu... Her hafta verdiğim para sanırım çok işine yarıyordu... Bazen seans boyunca konuştuklarımız birkaç cümleyi geçmiyordu... Ben konuşmayınca, o da soru sormaktan yorulmuş, benim gibi vakit dolduruyordu...

—Verdiği ilaçları almadığını biliyor muydu?

—Biliyordu... Al diye ısrar ediyordu hatta arada bir de almazsam başıma neler gelebileceği hakkında korkutucu yorumlar yapıyordu... Onun bana yardım edemeyeceğini anlamıştım... Sık sık gülümsüyordu bana... Bu gülümsemelerin ne kadar sahte olduğunu biliyor, anlıyor ve giderek ona daha çok kızıyordum...

Hiç de gülünecek bir halimiz yoktu... Belki de suç onun değil, benimdi ama karşımda bana saygı göstermeye çalışan ama bunu yaparken bir yandan da beni kandıran bir sahtekâr var diye düşünüyordum... Konuşmadığım, onun sorularını cevapsız bıraktığım için bile tepki göstermiyor, öylece bana gülüp duruyordu...

Doktorun keyifli, mutlu, hayata dönük biri olması da sanırım onu rahatsız etti. Kendisi acılar içinde kıvranırken başkalarının hayatın tadını çıkararak yaşamalarına dayanamıyor belki de...

— Son gidişimde ne yapacağımı daha baştan biliyordum... Sekreteri de yoktu o gün... Yine o sahte gülüşüyle karşıladı beni... İlaçları almazsam bütün akıl melekelerimi yitireceğimi söylemişti bana... Yani senaryoyu ben değil, o yazmıştı... Ben de bu senaryoya uydum... Önce ilaçları almadığımı söyledim ona... Hemen düştü tuzağa... Yine ilaçları almazsam neler olacağını anlatmaya başladı... Ben de "oldu bile" dedim ve etrafa saldırmaya başladım... Elime ne geçerse kırdım, devirdim, döktüm... Çok korktu... Birinin benden korkması çok hoşuma gitti... Benim gibi değersiz, aşağılık bir mahlûktan koca bir doktor korkuyordu... Bağırmaya başladı... Belki de ilk kez o gün güldüm... Tıpkı onun gibi, ben de ona güldüm... Korkudan polise telefon etmek bile gelmedi aklına... Sonra da gülerek ayrıldım oradan...

Onunla ilgili, henüz bilmediğim ne çok şey varmış! Oysa bunca aydır çok sık gördüğüm bu garip kızı artık epeyce tanıdığımı sanıyordum. Bana da içinden güldü mü acaba? O genç meslektaşımı nasıl da korkutmuş ve cezalandırmış!

— Doktora belki de mutlu bir kadın olduğu için kızdın.

— Mutlu mu?

— Bana öyle geldi.

Gözlerini kısıp ne demek istediğimi anlamaya çalışıyor. Sonra başını yana doğru çevirirken hafifçe gülümsediğini fark ediyorum.

— Olabilir... Buraya ilk geldiğim gün aklıma geldi... İtiraf etmeliyim ki Tuna Hanım'a da onun için kızdım... O yaşta, öyle canlı, öyle keyifli olması canımı sıktı... Sonra siz çıktınız karşıma... Hiç beklediğim gibi biri değildiniz... Ben sizi yumuşacık, çok şefkatli, sevgi dolu biri gibi düşünmüştüm... Tuna Hanım gibi...

— Demek beni görünce hayal kırıklığına uğradın.

— Hem de nasıl!

— Ama Tuna tam da senin hayal ettiğin gibi biri! Ona neden kızdın?

— Kızdım işte... Ben asıl size kızmaya hazırlanıyordum... Ama bir süre sonra sesiniz, tavırlarınız Esma Sultan'ı hatırlattı bana... Hatta bir ara onun kadar acımasız ve kötü olduğunuzu düşündüm... Bu duygu, mıknatıs gibi size doğru çekti beni.

Aman Tanrım! Ne ilginç bir durum! Bunu hiç düşünmemiştim. Demek bende Esma Sultan'a benzer bir şeyler gördüğü için vazgeçmedi benden. O gün ona ben de yumuşak ve saygılı davransaydım, bu tedavi belki de başlamadan bitecekti. Oysa sonradan böyle yaptığım için nasıl da üzülmüştüm.

— İlk gün burada yaşananlar, sonradan çok canımı sıkmıştı benim ama şimdi düşünüyorum da, meğer her işte bir hayır varmış.

— Sonradan bunu ben de çok düşündüm... Aslında benim niyetim, kimsenin bana yardımcı olamayacağını kendime kanıtlamaktı... Bir kere de sizi deneyecektim, olmadı diyecektim... Ben elimden geleni yaptım ama olmadı... Kader izin vermedi... Ne kadar aptalca değil mi?

Bunu görebilmek çok yüksek bir farkındalık gerektirir ve işte Ala bunun en iyi örneğini sunuyor bana. İnsanlar hiç bilmeden, bilinçdışının oyununa gelir ve kendilerini yine bizzat kendileri engellerler.

— Bravo Ala, bunu görebilmek tedavide bizim için çok önemlidir.

— Onun için burada beni reddetmeniz için önce elimden geleni yaptım ama sonra sizde Esma Sultan'ı andıran bir şeyler görünce işler değişti.

Yine kızarıyor yüzü. Bir tarafı hâlâ ne kadar masum!

— Beğenmediğimiz, kötü kişi ilan ettiğimiz Esma Sultan sonunda bir işe yaradı demek!

— Sakın bunları, size saygısızlık gibi görmeyin.

— Lütfen rahat ol Ala. Sen bugün, hiç sansür koymadan bütün duygularını açık açık anlatıyorsun.

— Zamanla Esma Sultan'a benzettiğim doktorumun, aslında ondan ne kadar farklı biri olduğunu keşfetmek... sandığınızdan çok daha iyi geldi bana... Öyle biri tarafından kabul edilmek, saygı görmek... meğer ne güzelmiş!

Tedavinin asıl amacı bu zaten. Transferans dediğimiz duygu geçişi işte burada harikalar yaratabiliyor. İlk günden beri beni otorite figürü olarak gördüğünün farkındaydım. Hatta böyle görmesi için ben de elimden geleni yaptım. Çünkü otoriteyle arasındaki sorunları, ancak onun otorite kabul ettiği biriyle çözebilir. Psikoterapinin ana kurallarından biri bu ama daha ilk günden, beni Esma Sultan'ın yerine koyduğunu tam olarak bildiğim söylenemez.

— Size gelmeden bir süre önce şimdiki patronum bana haber göndermiş, "Gelsin bizim büroda staja başlasın," demiş... Kulaklarıma inanamadım ama duyduğum gerçekmiş. Hemen gidip işe başladım. Orası ünlü, saygın ve pek çok önemli isimin birlikte çalıştığı bir avukatlık bürosuydu ve patronu tüm Türkiye yakından tanıyor ve seviyordu... Benim gibi birinin orada ne işi vardı? Uzun süre bunun altında bir pislik aradım... İnsanlar bana yaklaşmasalar bile, hepsi de bana saygılı davranıyordu... Büro işlerini bana dikkatle öğretiyor ve benden iş bekliyorlardı... Patron arada bir yanımdan geçerken bana hatırımı soruyor, yaptığım işleri beğendiğini söylüyordu... Burada bir şeyler döndüğünden emindim...

Paranoid düşünceler yani şüpheler ve evhamlar yavaş yavaş yeşeriyor... Aslında bütün bunlar ne kadar mantıklı ve ne kadar yerli yerine oturuyor. Patron onu neden çağırdı acaba? Onu ben de iyi tanıyorum. Gelişigüzel bir şey yapmaz o. Ne yaptığını her zaman çok iyi bilir. Ala'yı okuldan tanıyor olmalı çünkü zaten kendisi de o fakültede hoca. Onda kimsenin göremediği bir şey gördü. Ve hiç düşünmeden o şefkatli elini uzattı Ala'ya.

— Bir yandan da sürekli psikiyatri kitapları okuyor, doktorlardan alamadığım bilgileri kendi yöntemlerimle öğrenmeye çalışıyordum. Hasta olduğumu anlamıştım ama nasıl yardım alacağımı bilemiyordum. Bütün psikiyatri kitapları benim paranoid şizofreni olduğumu söylüyordu. Ama buna rağmen işimi en iyi şekilde yapabiliyor, kimsenin göremediği ayrıntıları ben görebiliyordum. Yani az da olsa hâlâ sağlıklı kalan bir şeyler vardı bende... "Bir paranoid şizofren kendini bilmez, hastalığı kabul etmez," diyordum içimden. Çünkü böyle diyordu kitaplar... O ara bir başka doktora daha gittim. Aslında sizin adınızı çok daha önceden duymuştum ama size gelmeye bir türlü cesaret edemiyordum. İnternette de sizi araştırmış, yazdığınız kitapları okumuştum. Sanki size gelirsem yakalanacaktım. Bunu hem çok istiyor, hem de yakalanmaktan ölesiye korkuyordum. Sonra o yaşlı profesöre gittim. Hepsi gibi o da saygılı karşıladı beni... Karşısına oturttu, sorular sordu. Ben cevap vermeyince bir iki tahmin yaptı, hiçbiri tutmadı. Öğlen vaktiydi... Sanırım fakültede yemek yiyip gelmişti. Üzerine bir rehavet çökmüş, uykudan göz kapaklarını kaldıramıyordu. Susup onu izledim. "Bu uyuyan adam mı kurtaracak beni?" dedim içimden ve onu uyandırmadan yavaşça terk ettim orayı... Ama arayışım sürüyordu. Orta yaşlı bir kadın doktora daha gittim. Bir devlet hastanesinde çalışıyordu. Ünlü bir doktordu ve çok hastası vardı. Hızlı hareket etmesi ve bir an önce işlerini bitirip hastaları çıkarması gerekiyordu. Güzel bir kadındı, bakımlıydı, güzel giyiniyordu. Hep canlı ve güler yüzlüydü. Ben daha karşısına oturur oturmaz soru yağmuruna tuttu beni. Onu çok iyi anlıyordum. Bir an önce derdimi anlamak, işimi bitirmek ve benden kurtulmak istiyordu ama o beni anlamıyordu. Onun sandığı gibi kolay bir hasta değildim ben... Baktı ki olmuyor, bir psikolog arkadaşına devretmek istedi beni... "Benden kurtulmaya çalışıyor," dedim içimden. Tıpkı benimle yatan, sonra da benden kurtulmanın yolunu arayan erkekler gibi...

Aynı şeyi, ona ben de yapmıştım. Bana ilk geldiğinde onu bir psikolog arkadaşıma devretmek istemiştim. Bu önerimin onu nasıl yaraladığını şimdi daha iyi anlıyorum.

— Psikoloğa değil ama ısrarla ona gelmek istediğimi söyledim... Bundan pek hoşlanmasa da önerimi hemen kabul etti... Artık haftada bir ona gidiyordum... Beni her zaman gülerek karşılıyor, "Bakalım bugün kendini anlatacak mısın bana?" diye soruyor, gözlerindeki sabırsızlığı bana hissettirmemeye çalışıyordu... Onun da derdi bana bir an önce ilaç vermekti... Belki de haklıydı, benim ilaç kullanmam gerekiyordu... Kötü bir niyeti yoktu... Yüzlerce hastasından biriydim ben... İşini yapıyor, karşılığında parasını alıyordu aslında... ama bana kızdığını daha ilk gün anlamıştım... O kadar işinin gücünün arasında bir de ne istediği belli olmayan bu garip kızla uğraşmak istemiyor, şikâyetlerimi bir an önce söyleyeyim, sonra da yazdığı ilaçları alıp gideyim istiyordu... Yapabilsem yapardım zaten ama bunu yapamayacağımı artık ikimiz de biliyorduk... Defalarca gittiğim halde ilişkimizde bir adım bile ilerleyemiyorduk... Buna rağmen beni oraya çağırmaya devam ediyor, "Git artık, ben sana yardımcı olamayacağım," deme cesaretini bile göstermiyordu... Yine aldatılıyor, yine kandırılıyordum... Sanki bütün dünya sözleşmiş, beni kandırıyordu... Benim cezaya, aşağılanmaya, dövülmeye bile bir itirazım yoktu... Ben sadece kim ne yapıyorsa bunu açıkça yapsın istiyordum... Bana yardımcı olmaya çalışır gibi yapıp gizliden beni aşağılamasın, bana içinden kızmasın diyordum... Zaten büroda da durum bundan farklı değildi... Herkes birden kandırıyordu beni... Doktora son gittiğim gün, saat epeyce geç olmuştu... Özellikle son randevuyu almıştım... Yine de sıranın bana gelmesi için epeyce beklemem gerekti... İçeri girip de onun sabırsız gözlerini görünce bütün kontrolümü kaybettim... Hiç acele etmedim... Önce masasının üzerinde duran reçetelerden başladım... Sırayla yırttım her şeyi... Sonra sıra kırmaya, parçalamaya, dökmeye geldi... Bütün bunları, onun gözlerinin içine bakarak yapıyordum... Önce alttan aldı, güzel şeyler söyleyerek beni yatıştırmaya çalıştı... İlk kez beni gerçekten gördüğünü fark ettim... Sonra sekreterini de aldı içeri, sanki yaptıklarım çok doğal şeylermiş gibi beni yumuşak tavırlarla, çocuk kandırır gibi kandırarak kapı dışarı ettiler... Böylece "bu macera da burada bitti" dedim içimden. Demek ben yardım almayı bile beceremeyecek kadar hastaydım...

— Saklandığın yerden çıkmak istemediğin için her gittiğin doktora bir kulp takmışsın.

— Bizim patron bir gün beni yanına çağırdı, bir psikiyatriste gidip gitmediğimi sordu... Bunu yaparken hiçbir tereddüt göstermedi... Benim psikiyatriste gitmemden daha doğal bir şey yokmuş gibi dümdüz söyleyiverdi... Biraz rahatladım, kafamda kurup durduğum şüpheler biraz azaldı sanki... "İşin içinde bir pislik olsa, böyle doğrudan söylemezdi," dedim... Pek çok doktora gittiğimi söyledim ona... O zaman sizin kartınızı tutuşturdu elime... "Bir kere de onu dene," dedi... Yine de hemen gelmedim, o da üstelemedi... Sonra geldim işte...

— İyi ki gelmişsin Ala!

— Bunu sizin söylemeniz ne güzel! Oysa ne hayallerle gelmiştim ben size...

Bunu söylerken ağzı yine çarpılıyor ve gülmeye çalışıyor. Espri yapıyor! Bu kadar acıdan sonra burada espri yapabilmesi çok hoşuma gidiyor ve ben de gülmeye başlıyorum.

— Biliyorsun, önce ben de kurtulmaya çalıştım senden.

— Biliyorum ama belki de şans ilk kez o gece benim yanımdaydı... Bunun son şansım olduğunu hem biliyor... hem de bundan ölesiye korkuyordum. Ama yine de şansım yaver gitti ve siz o akşam hiç tereddüt göstermeden kapı dışarı ettiniz beni... İşte o zaman, beni durduran o mekanizma sustu, ona gerek kalmadı... Layık olduğumu düşündüğüm muameleyi sizden görünce nasıl rahatladım, anlatamam... Nihayet beni kandırmayan birini bulmuştum... Beni kandırmayan ama açıkça reddeden birini... O zaman işler değişti... Bu sefer de beni şiddetle reddeden bu doktora kendimi kabul ettirmenin bir yolunu aramaya başladım...

— Bunu neden yaptığını biliyor musun?

— O zaman bilmiyordum... İçimden bir ses bunu yapmamı istiyordu, ben de yapıyordum ama şimdi biliyorum... Sizin peşinizde koşturan, size yaranmaya çalışan kişi bunu tek başına yapmıyormuş... Annemle ben tam bir işbirliği halindeymişiz... Ne de olsa ikimizin de tarihinde var bu... O Esma Sultan'a, ben de ona yıllarca bunu yapmıştık... Birilerinin peşinden koşmak, ona yaranmaya, ona kendini kabul ettirmeye çalışmak ikimizin de tecrübeli olduğumuz bir alan... Tam bir kararlılık hali vardı içimde... Belki de uzun süredir ilk kez ne yapmak istediğimden emindim... Artık iki kişilik korodan farklı sesler çıkmıyor, ikimiz de aynı şarkıyı söylüyorduk... Ama bir süre sonra işler yine karıştı... Siz ne anneme, ne de Esma Sultan'a benziyordunuz... Hem onlar kadar sert, onlar kadar kararlı davranıyordunuz, hem de beni bir türlü köleliğe kabul etmiyordunuz... Sizin karşınızda bir köle olmak, sizin tarafınızdan hırpalanmak, aşağılanmak istiyor veya istemesem de bunu bekliyordum sizden... Özellikle ilk zamanlar, hep bu beklentiyle çıktım karşınıza... Bugün değilse bile, yarın mutlaka bunu yapacak, beni ezecek, aşağılayacak diyordum içimden... Zamanla bunu yapmayacağınızı anladım... Buraya gelmek için dakikaları sayar oldum... Hatta randevu saatinden çok önce geliyor, sizin bulunduğunuz ortamda daha uzun zaman geçirmek için can atıyordum... Hele o hikâyeler... Sadece benim için anlatılan hikâyeler... Bazen konuşmak istesem de susuyor, sizin sabrınızı denemek istiyordum... Her kelimenizden bir anlam çıkarıyor, mimiklerinizi bile tek tek hafızama kaydediyordum... Zamanla büyüttünüz beni... Hatta elinizi uzattınız, "tut" diye... Önceleri tutamadım ama zamanla o eli tutmak eskisi kadar korkutmadı beni... Yavaş yavaş çıktım o karanlık kuyudan... Benimle başa çıkmanın bir yolunu buldunuz... Bir de baktım, ben varım... Bir de baktım annem gitmiş... ama yalnız değilim... Siz varsınız yanımda...

Bunları dinlerken öyle çok duygulanıyorum ki, sanki boğazıma bir hıçkırık musallat oluyor. Ne güzel şeyler söylüyor! Demek hiçbir emek boşa gitmiyor! Sanki bir sevinç bulutu kaplıyor bütün odayı. Oysa çoğu zaman hüzün bulutlarından göz gözü görmezdi bu odada. Ala'ya bakıyorum, kıpır kıpır, sıcacık gülüyor bana. Ben de ona!

— Senin sesin meğer ne güzelmiş! Farkında mısın?

— Neyin?

Bir an, elektrik çarpmış gibi irkiliyor. Ellerini hızla yüzüne götürüp sanki utanır gibi başını önüne eğiyor. Bu kız, kendi olmaktan, iyi bir şeyler yapmaktan hâlâ niye bu kadar utanıyor?

— Ama bu sefer senin yerine ben seviniyorum çünkü aylardır kulaklarımı tırmalayan o çocuk sesinden kurtardın beni. Umarım bu ipek gibi güzel ses bundan sonra hep güzel şeyler anlatır.

Ellerini yavaşça yüzünden çekerken, "evet" anlamında hafifçe başını sallıyor. Şimdi artık onu daha da sevindirecek bir şeyler yapmalı ve dikkatini başka bir yöne çekmeliyim. Ona öyle bir hikâye anlatmalıyım ki, içinde acının, hüznün yanı sıra hayatla yapılan göze göz, dişe diş bir mücadele olsun. Dünyalara sığmayan büyük bir başarı ve gücü, küçücük bir kadının, kısacık bir hayata nasıl sığdırabildiğini görsün.

— Öyleyse derin bir nefes al, rahatla, arkana yaslan ve beni dinle.

— Hikâye mi anlatacaksınız?

Çocuk gibi seviniyor. Koltuğuna yaslanıyor ve yüzüne o meraklı ve keyifli ifade yerleşiveriyor.

— Bugün Eva Peron'un hikâyesini anlatayım sana. Biraz acıklı ama yine de tam bir başarı öyküsü.

— Eva Peron mu? Arjantin'in First Lady'si... Eva Peron deyince akla güç ve tutku gelir. Çok güzel bir hikâye olmalı.

— Tarih onun hâlâ bir azize mi yoksa bir fahişe mi olduğuna karar verememiş. Birinin sizden yüksekte olduğunu bilmek herkesin rahatlıkla kabul edebileceği bir şey değildir. Üstelik kadınsanız, o gücün, o ünün altında ezilme ihtimaliniz daha da yüksektir. Çoğu kadın, erkek egemen dünyada, güçlü adamların gölgesinde sessizce yaşar. O gölgeyi parçalayıp yıkan ve sahneye fırlayan ender kadınlardan biridir Eva Peron. Eva 1917 yılında Arjantin'in küçük bir kasabasında, evli bir adamla metres hayatı yaşayan annesinin beşinci çocuğu olarak dünyaya gelir. Bir süre metresine ve ondan olan çocuklara bakan Juan, Eva bir yaşındayken onları terk eder ve eşine geri döner. Anne dikiş dikerek çocuklarına bakmaya çalışır ama acınacak durumdadırlar. Eva da tıpkı senin gibi sessiz ve sıska bir çocuktur.

— Benimle onu mukayese etmeyin ne olur... Ben çok seviyorum o kadını.

— Umarım bir gün, kendini de o kadını sevdiğin gibi seversin. Eva on beş yaşında evden kaçarak tiyatrolarda çalışmaya başlar. Ardından radyo şovlarıyla adını duyurmaya çalışır. Hâlâ genç bir kız olmasına rağmen, şöhrete giden yolun zengin erkeklerin yatağından geçtiğini öğrenecek kadar deneyim sahibi olmuştur. Juan Peron'la tanışmasaydı, ikinci sınıf bir artist olarak ölüp gidecek, belki de kimse onu hatırlamayacaktı.

— O ne yapar eder, yine ünlü olmanın bir yolunu bulurdu bence.

— Haklısın çünkü başarılı olmaya kararlı birini, hayat bile durduramıyor. Çok zor günleri olmuş ama sonunda 1944 yılında Juan Peron'la tanışmış. Peron o zaman çalışma bakanlığında görevli, başarılı aynı zamanda çok çapkın, kadınlara düşkün biriymiş. Eva ilk günden sert ve kararlı duruşu, gözlerinde parlayan hırsı ve ateşli konuşmalarıyla albayı etkilemeyi başarmış. Albay Peron o zaman depremde zarar gören insanlar için bir kampanya düzenlemekte ve Eva da ona yardım etmekteymiş. Eva'nın yeteneklerinden etkilenen Peron, onun daha sonra başlatacağı hareketin kadın öncüsü olmasını istemiş ve onu da yanında götürmüş. Böylece Eva artık onun hem iş arkadaşı hem de metresiymiş.

— Annesiyle bu anlamda aynı kaderi paylaşmış...

Bu hikâyelerde bile hep kendini arıyor. Demek kaderinin annesine benzemesinden korkuyor. Haklı. Bu konuda bence de çok uyanık olması gerekiyor.

— Senin kaderin de anneninkine benziyor mu?

— Benzemesine izin vermeyeceğim.

— Demek o kadar kararlısın! Aferin sana... Aslında Eva, gözü yükseklerde olan bir adamın politik ideallerini gerçekleştirmesi için seçilmiştir. Juan Peron daha önce bir başkasıyla evlenmiş ancak eşini rahim kanserinden kaybetmiş. Daha sonraki ilişkilerinin hiçbirini pek ciddiye almaz ve günü birlik ilişkileri tercih edermiş. Peron çalışkan ve yenilikçi bir askerdir. Eva ise eğitimsiz, hiçbir kültürel birikime sahip olmayan küçük bir radyo sanatçısı ama zeki ve öğrenmeye hevesli bir kadındır. Peron, çevreden gelen baskılara rağmen Eva ile metres hayatı yaşamaya devam eder. 1944 yılında gerçekleşen darbede Peron tutuklanır. Ertesi yıl serbest kalır kalmaz ilk işi, Eva ile evlenmek olur çünkü artık devlet başkanlığına adaylığı söz konusudur ve Eva'dan ya temelli ayrılacak ya da onunla evlenecektir. Evlenmelerinden hemen sonra Juan Peron başkan seçilir ve Eva da first lady olur. Bu görevi başarıyla yerine getiren Eva, Arjantin halkına ateşli nutuklar atar ve her yerde tüm gücüyle eşini destekler. Artık politika sahnesinde kendine özel bir yeri vardır ve bazı alanlarda eşi Juan'dan daha popülerdir. Ne zaman bir açılış, bir tören olsa, çağrılan kişi hep Eva'dır. Arjantin'in first Lady'si olarak tek başına Avrupa turuna çıkar ve dünya basını buna yoğun bir ilgi gösterir. Artık Eva'nın elbiseleri ve mücevherleri Paris'ten gelir. Bir süre bu lükse düşkünlüğü devam eder çünkü içinde geçmişten gelen ve doyurulması gereken ihtiyaçları vardır.

— Onu anlayabiliyorum... Yoksul insanın hayalleri de yoksul oluyor... Onun için pahalı elbiseler ve mücevherler kim bilir ne kadar önemliydi... Hep uzaktan, imrenerek bakmıştır onlara... Acaba içindeki yoksulluğu da düzeltebildi mi? İç dünyasını da zenginleştirebildi mi? Sadece pahalı şeyler giyerek veya takarak prenses olunmaz.

Ne güzel yorumları var bu kızın? Sanki biraz önceki korkunç olayları yaşayan o değil. Sanki ortalıkta perişan gezen, toz, toprak ve kir içindeki kız başkası. Eva'yı sevdiğini söylemişti biraz önce.

Oysa prenseslere düşmandı o! Bu arada sadece sesi değil, konuşma tarzı da giderek düzeliyor. Artık cümleleri bölmeden konuşabiliyor, sadece cümle sonlarında küçük bir es veriyor.

— Haklısın. Eva da bunu çabuk anlamış olmalı ki, kısa süre sonra yoksullara yardım etmek için "Eva Peron Derneği"ni kurar ve çalışmalarını buradan yürütmeye başlar. Bu dernek sadece bir hayır ya da yardım kurumu değildir. Eva burada halkla buluşur, onları tek tek dinler ve sorunlarını çözmede yardım eder. Kimine ev bulur ve yerleştirir, hatta kirasını bile öder, kimine para yardımı yapar, kiminin de hastalığını tedavi ettirir. Derneğe gelen insanların çoğu yoksul, hasta ve kirlidir. Pis kokularına rağmen Eva onların yaralarını okşar, öper ve onlara sevgiyle yaklaşır. Yanında çalışan görevliler bile buna hayretle bakarlar çünkü onların kaçtığı kişilere Eva hiç korkmadan, iğrenmeden dokunmakta, hatta sarılmaktadır. Yoksul insanlara olan bu sevgisinin kaynağı muhtemelen kendisinin de çok yoksulluk çekmiş olması ve baba sevgisini hiç tatmamış olmasıdır diye yorumlanabilir. Eva bazen sabaha kadar dernekte çalışıyor, limuzinini onu görmeye gelenlere tahsis edip kendisi eve taksiyle geliyordu. Yemek yemiyor, uyumuyor ve bir adanmışlık duygusu içinde çalışıyordu. Juan Peron bu durumdan rahatsızdı çünkü karısıyla neredeyse hiç görüşemiyordu. İnsanlar onu azize olarak adlandırmaya ve ona devlet başkanlarından daha çok önem vermeye başlamışlardı. Aslında küçük bir kasabada doğup hayatının aşkıyla evlenmiş bir kadındı Eva. Ancak güç insanlar arasındaki ilişkileri, en çok da aşkı körelten bir unsurdur. Güç ve iktidar savaşının olduğu bir yerde aşk yaşanamaz çünkü aşk, kendisi de dahil hiçbir iktidarı kabul etmez. Aslında Eva ile Peron'un ilişkisi iki iktidarın ya da gücün ilişkisidir.

— Gücü ne güzel anlatıyorsunuz... Umarım bir gün bunu ben de tadacağım... Çocukları olmamış mı?

— Çocukları olmamış. Eva bu soruya hep koruma altına alınan çocukları işaret ederek cevap verir, "Bizim asıl çocuklarımız onlar," dermiş. Böylece zihinlerdeki azize imajı iyice güçlenmiş.

Sanki ülkenin ruhani lideri olmuştu ve kimse tarafından eleştirilmiyor, sorgulanmıyor, denetlenmiyordu. Hatta Juan Peron'a bile hesap vermiyordu. Sahip olduğu güç sanki Eva'yı büyülemişti. Doktorların bütün uyarılarına rağmen sabahlara kadar çalışıyor ve sağlığı ile hiç ilgilenmiyor, giderek kilo kaybediyordu. Juan Peron onu zorla doktora götürmüş ve Eva'nın da tıpkı ilk eşi gibi rahim kanseri olduğunu öğrenmiş ama bunu eşinden saklamıştı.

Bir süre sonra Eva yataktan kalkamaz hale gelince, haber bütün ülkeye hızla yayılmış. Halk sokaklara dökülmüş, onun için sabahlara kadar dua etmeye başlamıştı. Hatta çoğu zaman halk onu görmekte o kadar ısrar ediyordu ki, Juan Peron, Eva'yı kucağına alarak balkona çıkmak zorunda kalıyordu.

— İyiler çabuk ölüyor. Yaşasa, kim bilir insanlara daha ne kadar çok yardım edecekti.

— Üzüldün mü?

— Evet, üzüldüm... Şu kaderin işine bakın! Adamın her iki karısı da rahim kanserinden ölüyor... Juan Peron çok üzülmüş mü?

— Bilmem... Eva 1956 yılında ölmüş.

— Kaç yaşındaymış o zaman?

— Otuz üç!

— Ne kadar gençmiş! Bu kadar işi demek otuz üç yıla sığdırmış!

— Haklısın. Bu kadar kısa sürede hem kendini tüm dünyaya tanıtmış hem de çok güzel işler yapmış. O ölünce bütün Arjantin halkı sokağa dökülmüş. Ellerinde mumlarla günlerce ağlamış ve sevgili azizelerinin yasını tutmuşlar. Peron, Eva'nın bedenini mumyalaması için İspanya'dan bu konuda ünlü Dr. Pedro Ara'yı çağırmış. Bu adam, Eva öldükten sonra onun bedeniyle tam iki yıl yalnız kalmış, üzerinde titizlikle çalışmış ve sonunda Eva'yı ölümsüzleştirmiş. Eva onu hayli etkilemiş olacak ki, onunla ilgili bir günlük tutmaya başlamış. Eva'nın bedeni yıllarca bozulmadan kalmış. Hatta Doktor Ara, bazı özel yemeklere Eva'nın mumyalanmış bedenini de getirir ve tıpkı canlı biri gibi masaya oturturmuş.

— Ne garip bir durum!

— Haklısın, garip bir durum bu. Hem Peron hem de Doktor Ara tuhaf bir düşkünlük gösteriyorlarmış Eva'ya. Sonunda, öldükten on altı yıl sonra nihayet toprağa vermişler bedenini.

— Halk onu unutmuş mu?

— Peron devrildikten sonra Eva Peron ismi de Arjantin'den silinmeye çalışıldı, büstleri yıkıldı, üstünde onun ismi olan ürünler imha edildi ama halk onu hiç unutmadı. Ölmeden önce yaptığı son konuşmada "Tekrar geleceğim, milyonlar olarak," demişti. Sonunda haklı çıktı. Milyonlarca insanı inancı ve hırsıyla etkileyen bu kadın, kocası Juan Peron'dan çok daha fazla iz bıraktı insanların kafasında. Yıllar sonra hayatını anlatan "Evita" müzikalinde yer alan "Don't cry for me Argentina..."

Daha ben cümlemi bitirmeden adeta haykırıyor.

— Benim için ağlama Arjantin.

— Evet, müzikaldeki bu şarkıyla tekrar insanların kafasında yer alan Eva Peron, bir kez daha insanları kendine hayran bırakmış. Beyazperdeye de uyarlanan bu müzikalle birlikte Eva ölümünden yıllar sonra bile zihinlerde hâlâ yaşamaya devam ediyor.

— Onun yerinde olmak isterdim... Bütün bunları yapabilmek için kim bilir ne büyük bir güç gerekiyor?

— Eva aslında zavallı, yoksul, kimsesiz, çaresiz bir köylü kızıymış. Onu başarıya götüren bence kararlılığı! Bu oyunu öyle veya böyle kazanmaya karar vermiş ve hiç vazgeçmemiş. Hepsi bu!

— Ama şans da ona yardım etmiş.

— Doğru, Peron'la tanışmasını şans olarak kabul edebiliriz ama o da bu şansı çok iyi kullanmış. Kim bilir Peron ondan başka kaç kadınla daha tanıştı! Zaten kadınlara düşkün biriymiş. Bir tek Evita bunu şansa çevirebilmiş.

— Evita "küçük Eva" demek galiba.

— Evet, kendi küçük ama ruhu büyük Eva. O şarkıyı seviyorsun galiba!

— Evet, çok severim.

— Müzik dinliyor musun?

— Eskiden dinlerdim... O zaman çok duygulanırdım bu tür şarkıları dinlerken... Şimdi müzik de dinlemiyorum.

— Neden?

— O evde yalnız kaldıktan sonra sadece ders çalıştım ve kitap okudum... Benim de bu oyunu şöyle veya böyle kazanmam gerekiyor... Başka türlü yaşam hakkı vermiyorum kendime.

— Güzel. Buna sevindim. Öyleyse işe hemen başlayalım. Daha önce de söylediğim gibi özellikle işyerine böyle gitmeni istemiyorum. Tanıdığım bir moda evi var. Onları arayacağım ve seni yaşına ve işine uygun bir biçimde giydirmelerini söyleyeceğim. Sence de uygun mu?

— Uygun... Bu deliliği daha fazla sürdürmek istemiyorum... Bir delilik, bir ölüm, bir de siz vardınız hayatımda... Şimdi bir tek siz kaldınız.

Ne kadar anlamlı bir cevap! Bunu daha önce de söylemişti bana ama o zaman bu üçlü yan yana duruyordu zihninde. Şimdi ikisinden vazgeçti. Demek bir tek ben kaldım! Hayatındaki yerimi ve sorumluluğumu giderek artırıyor. Halledilmesi, üstesinden gelinmesi gereken önemli bir sorunumuz daha var demektir. Bundan korkmak yerine, bunu iyi anlamalı ve ne zaman ve nasıl davranacağım konusunda her zamanki gibi dikkatli ve kararlı olmalıyım.

— Diğer ikisinden kurtulduğunu senin ağzından duymak muhteşem doğrusu! Umarım bir gün benden de kurtulursun.

— Hayır, sizden kurtulmak istemiyorum... Sakın beni terk etmeyin.

— Yok canım, bir yere gittiğim yok. Ben yine hayatının bir yerlerinde olmak isterim ama tam ortada durmak, sana haksızlık olur. Sen istediğin sürece ben hep senin yanındayım. Şimdi yine gelelim senin giyim kuşam işine. Yarın sabah Tuna'yı ara, o sana ayrıntıları verir. Ben gereken yerlerle konuşmuş olacağım. Tamam mı, anlaştık mı?

Kısa bir tereddütten sonra başıyla onaylıyor. Sonra kalkıp yanıma geliyor. Ben de oturduğum koltuktan yavaşça kalkıyorum. Elini uzatıyor ama bu sefer elimi sıkmak yerine yavaşça öpüp alnına koyuyor, sonra da sıkıca sarılıyor bana. Bir süre öylece kalıyoruz. İçim titriyor. Birbirimizden ayrılınca ikimizin de yüzüne bir gülümseme yayılıyor. Hemen ardından yine başını önüne eğiyor, utanıyor. Sırtını okşayarak kapıya kadar geçiriyorum onu. Kapıyı kapatınca sırtımı kapıya dayayıp gözlerimi kapatıyor ve bir süre öylece kalıyorum. Bütün vücuduma tatlı bir yorgunluk yayılıyor.

Sanki bütün evi temizlemiş, tencereleri ovmuş, lavaboları parlatmış, son olarak da çamaşırları yıkamış bir ev kadını gibi hissediyorum kendimi. Yorgun ve huzurlu! Hemen çıkmalıyım klinikten.

13. Bölüm

Yaz neredeyse bitecek ama ben hâlâ tatile çıkamadım. Hava öyle sıcak ki, aslında ortalık biraz serinlesin diye bekliyorum. Bir de Ala var, kafamı meşgul eden. Tam düzelirken onu bırakıp gitmek de gelmiyor içimden.

O gün neredeyse tüm sorular cevaplandı ve Ala gözlerimin önünde adeta kabuk değiştirdi. Henüz dış görünüşü değişmese de, biliyorum, o artık başka bir Ala oldu...

Biraz daha gayret edersek, belki kadere dur diyebileceğiz ve Ala bambaşka bir hayata yelken açacak. Ben zaten baştan beri onun ne kadar zeki, ne kadar yetenekli bir kız olduğunu görüyordum ancak o gün bana anlattıklarını düşündükçe, bir kez daha şaşıp kalıyorum. Böyle bir evde, her gün öldüresiye döven bir annenin dizinin dibinde otururken, okulları birincilikle bitirmek ne büyük bir mucize!

Ruhsal sorunlarının bunda önemli bir rolü olduğunu sanıyorum. Çünkü hayat onu öyle bir köşeye sıkıştırmış ki, ortaya çıkan kötü enerjilerin tamamını muhtemelen okula ve derslere yatırmış. Böyle birinin yapabileceği en ideal, en yüce şey bu olsa gerek.

Tarihte ünlü sanatçıların hayatını okurken sık rastlarım böyle şeylere. En büyük ressamlar, en ünlü müzisyenler, dünyaca ünlü eserlerini hayatlarının en kötü dönemlerinde yaparlar. Sanki içlerinde biriken kötü enerji bir çağlayanın altından geçer, yıkanır, arınır ve böylece mucize gerçek olur. Biz buna psikiyatride "sublimasyon" deriz. Pek az insanın yapabileceği bir şeyi, bu kız hem de küçücükken yapabilmiş. Derslerine, okuldaki başarısına tutunmuş. Aslında bana başarılarından hiç söz etmiyor. İçindeki küçük büyük, her türlü kötülüğü acımasızca abartırken, her zamanki gibi iyi yanlarını, başarılarını küçümsüyor.

İnsanlar genellikle bunun tersini yaparlar. İyi yanlar abartılır, kötüler görmezden gelinir. Bu, her zaman kötü bir mekanizma değildir. Belki de kendimizi ayakta tutmanın yollarından biridir. Ala'ya gelince; bugüne kadar çevresinde bulunan herkes gibi, o da Ala'ya, yani kendine hiç destek olmamış. Sevmemiş, beğenmemiş kendini. Buna aşağılık duygusu bile diyemeyiz. Çünkü bu duyguda bile bir kuşku, bir tereddüt vardır. Ala'da böyle bir şey yok. Kötü, pis ve değersiz olduğundan, herkes gibi o da çok emin. Bu yüzden ilk tanıştığımız günden beri kendisiyle ilgili en küçük bir olumlu yaklaşımımdan çok rahatsız oluyor. Bunu kesin olarak bir sahtekârlık, bir tür riya olarak kabul ediyor.

Kliniğe gider gitmez ilk işim, her zaman alışveriş ettiğim ünlü bir giyim mağazasını aramak oluyor. Uzun uzun konuşuyorum onlarla. Annesinin giysilerini atarsak bu kızın üstüne giyebileceği hiçbir şey yok. Ayakkabı çanta konusunda da yardımcı olmalarını rica ediyorum. Memnuniyetle kabul ediyorlar. Yazın ortasında nereden bulacaklar böyle müşteriyi! Telefonda, "Çıkardığınız faturayı ben de göreceğim," diyorum. "Siz merak etmeyin," diyorlar. Sonra Tuna'yı yanıma çağırıp ondan da yardım istiyorum. Ala onu arayacak, o da gerekli organizasyonu yapacak.

Tuna keyifle gülüyor karşımda. Zaten bu kadın dünyaya etrafa neşe, huzur ve mutluluk saçmaya gelmiş. "Bu kız oralara yalnız gidemez," diyor. Tuna haklı! Bu sefer de belki Seliyha bize yardımcı olabilir diyerek hemen telefonla Seliyha'yı odama çağırıyorum. Seliyha onun yaşlarında, giyime kuşama meraklı, her zaman güzel, bakımlı, cin gibi bir psikolog. Üstelik kliniğin idari işlerinde de bize yardımcı oluyor.

Seliyha koşarak geliyor odama. Ne istediğimi duyunca doğal olarak önce şaşırıp kalıyor. Sonra bize memnuniyetle yardım edebileceğini söylüyor. Onları Tuna tanıştıracak. Bu işi de hallettikten sonra biraz rahatlıyorum.

Akşam işim bitince gülerek Seliyha giriyor odama. Daha ben bir şey söylemeden o başlıyor konuşmaya.

— Ay, hocam, bu nasıl bir kız? Böylesini de hiç görmemiştim. Ne acayip şeyler giymiş! Ben zaten onu salonda kaç kere gördüm. Ağır şizofrenik bir hasta zannetmiştim o zamanlar. Meğer bir de üstelik kız avukatmış. Ay, inanamadım vallahi.

— Gevezeliği bırak da anlat bakalım. Neler yaptınız bugün?

— Tuna Abla bizi tanıştırdı ama hiç konuşmuyor. Ben sürekli konuşmak için konu açıyorum ama o kestirip atıyor. Neyse sonunda birlikte sizin söylediğiniz yere gittik. Çok şık bir yermiş. Ben de bir sürü şey aldım kendime. Hülya Hanım Ala'yı görünce çok şaşırdı. Sonra sizin gönderdiğinizi öğrenince etrafında dört döndüler kızın ama bu kızı memnun etmek öyle zor ki...

— Yok canım, sen de abarttın iyice.

— Yok hocam, vallahi doğru söylüyorum. Ne giydirseler kız hepsine dudak büktü.

— O beğendim demeyi bilmez, yoksa dudak filan büktüğünü sanmıyorum.

— Neyse, insanlar tam profesyonel Allah'tan. Onun bu hallerine hiç aldırmadılar. Giydirdiler, kuşattılar, hatta ayağına ayakkabısını, eline çantasını verip öyle geçirdiler aynanın karşısına. Kendini öyle görünce kız da şaşırdı. Öyle göründüğüne bakmayın, aslında kız güzelmiş.

— Neymiş?

— Yok hocam, güzel derken, yani buradaki gibi değil demek istiyorum. Hem daha yüzünde makyaj bile yok. Onu bir güzellik enstitüsüne gönderelim, bakın bakalım güzel miymiş, çirkin mi?

— Sahi, dediğin doğru! O benim hiç aklıma gelmedi. Senin bildiğin bir yer varsa, götürüver.

— Güzellik enstitüsü mü?

— Evet.

— Var hocam, olmaz mı? Ama sadece güzellik enstitüsü yetmez, bir de plastik cerrah lâzım. Burnunu görmediniz mi?

— Görmez miyim ama o kadarına biz karışmayalım istersen.

— Ben yine de bir soracağım. Biz oradan çıkınca bir de baktım, akşam olmuş. Gerçi bize orada ne ikram edeceklerini şaşırdılar ama yine de çok yorulduk. "Gel" dedim Ala'ya, "şuradaki kafelerden birine girelim." "Olur" dedi. Biz karşılıklı oturduk. Yine hiç konuşmaz sandım ama bu sefer benimle konuşmaya başladı. Biz bir saat sohbet ettik onunla. Bir tuhaf konuşuyor. Sanki Türkçe'yi yeni öğrenmiş gibi... Yurtdışından filan mı geldi?

— Hayır.

— Belki de bir konuşma sorunu var. Dura dura, düşüne düşüne konuşuyor ama bir süre sonra insan alışıyor onun konuşma tarzına.

— İlk günler konuşması çok daha kötüydü. Şimdi çok düzeldi.

— Hiç arkadaşı yokmuş. Arkadaşla nasıl konuşulur, bilmiyor. Neyse, sonunda ısındı bana. Eğer isterseniz ben onunla ilgilenmeye devam edeyim.

— Evet, çok iyi olur Seliyha. Çok memnun olurum. İlk kız arkadaşının bir psikolog olması onun için de büyük şans doğrusu!

— Bu arada kafede otururken bir avukata sorulabilecek ne varsa sordum kıza.

— Hazır bulmuşken kaçırmamışsın.

— Ama hocam öyle demeyin. Kız çok bilgili. Böyle şeyler sorunca bir de güzel anlatıyor. Ay çok değişik bir gün yaşadım.

— Teşekkür ederim Seliyha. Yaptıkların çok makbule geçti. Lütfen Ala'yla ilişkiyi kesme. Sana çok ihtiyacı olacak.

— Siz merak etmeyin hocam. Memnuniyetle yaparım. Dedim ya, aslında bana da çok değişiklik oldu.

Ala konusu bitiyor ama Seliyha çıkmıyor odamdan. Hemen telefonla Hasan'ı arıyor, başlıyoruz klinikle ilgili sorunları, yeni gelişmeleri, yapılacak değişiklikleri konuşmaya. O arada Hasan da geliyor ve hemen patlatıyor bombayı. Sağlık Bakanlığı'na bağlı olarak çalıştığımız için, devletin çıkardığı her yeni yönetmelik, kliniğin çalışma düzenini baştan sona etkileyebiliyor. Bugün, kliniğin çalışma düzenini çok etkileyecek yeni bir yönetmelik yayınlanmış

Canım çok sıkılıyor. Bütün randevularımı iptal ettiriyorum. Şimdi artık çok daha önemli, pek çok insanı ilgilendiren başka işlerle uğraşmam gerekiyor. Yepyeni bir sistem kurmalı, yeni kurallara uyum sağlayabilmeliyiz. Gece yarılarına kadar süren toplantılar başlıyor. Yoruluyorum. Hasan ısrarla tatile ne zaman çıkacağımı soruyor. Ne tatili? Bu durumda tatile filan gidemem ben.

Ama öyle olmuyor. Yağmur ve Hasan öyle bir işbirliği yapıyorlar ki, birkaç gün içinde kendimi İzmir'e giden uçakta buluyorum. İzmir'den Didim'deki yazlık evime geçeceğim. Zaten arkadaşlarımın hepsi orada ve dört gözle beni bekliyorlar ama moralim çok bozuk.

Oraya gidince biraz rahatlıyorum. Havalar da eskisi gibi sıcak değil. Üstelik hiç yalnız değilim, her gün arkadaşlarımla beraberim. Sabahtan denize giriyoruz. Deniz öyle güzel ki... Ben ne zaman çok sıkılsam Didim'in denizini düşünürüm. Rengi bile başka türlüdür. Genç bir denizdir o. Sanki zamanın hışmına uğramamış, rengi daha yeni doğmuş bir bebek gibi taze, diri ve pırıl pırıldır. Okyanuslar gibi kararmamış, her nasılsa hâlâ su yeşili olarak kalmayı başarabilmiştir. Akşamüstü sahilde yürüyor, sonra restoranlardan birinde hep birlikte yemek yiyoruz. Her yer çok kalabalık. Ben severim kalabalığı. Hele tatildeki kalabalık bir başka güzeldir. Bazı geceler geç saatlere kadar balkonda oturuyorum. Bu evi ilk satın aldığım sıralar balkonda oturduğumda evin önünden su gibi akan kalabalığı görünce "Herhalde konser filan vardı, o dağıldı," demiştim. Meğer bu olağan bir durummuş. Her gece o kalabalık bir aşağı, bir yukarı dolaşırmış sahilde. Kahkaha sesleri yukarı kadar gelir ve ben bayılırım o kahkahaları dinlemeye. Çok gürültü var, nasıl oturuyorsun o evde diyorlar bana. Bilmiyorlar ki, asıl onların gürültü dediği o seslere bayılıyorum ben. Ayrıca her an o muhteşem denizle burun buruna olmak çok iyi geliyor bana. Üzerimdeki gerginlik yavaş yavaş terk ediyor beni.

Arada bir akşamları yemekten sonra toplanıp kanasta oynuyoruz. Çaylar, pastalar, börekler gırla gidiyor. İnsan oyun oynarken unutuyor her şeyi. O zaman ne gam kalıyor, ne keder. Arkadaşlarımın çoğu benim gibi eşlerini erken kaybettiler. Eskiden gittiğimiz restoranlarda bizi oturtacak masa bulamazlardı. Grubumuz yirmi beş, otuz kişiden az olmazdı. Şimdilerde azaldık. Artık restoranlarda bir iki masa bize yetiyor. Yani grupta hüzünlü olan sadece ben değilim.

Bazen oturup eskileri konuşuyoruz. Geçmişe ait öyle çok anımız var ki... Bu konuşmaların sonunda her birimizin gözleri doluyor ama ağlasak da, çok hüzünlensek de seviyoruz eskileri konuşmayı.

Bir ara Bodrum'a Yağmur'un yazlık evine gidiyorum. Zeynep ve Küçük Aydın'la birlikte tatil yapmak çok keyifli oluyor. Yağmur zaten hayatın tadı! Hep birlikte denize giriyor, akşamları Bodrum'un şık ve tatlı kalabalıkları arasında kayboluyoruz.

Yaz, işte böylece bitiyor. Bu arada aklım sık sık Ala'ya gidiyor. Tuna ve Seliyha sık sık bu konuda bana bilgi veriyor, onunla çok yakından ilgilendiklerini, merak etmememi söylüyorlar. Bugüne kadar hiç bu kadar uzun bir tatil yapmamıştım ama bazı şeyler yoluna girmeden Ankara'ya dönmeyi ben de istemiyorum.

Ekim başında nihayet evi kapatıp çıkıyorum. Havaalanında Hasan karşılıyor beni. Çok özlemişim onu. Beni gönderdi ama kendisi hiç tatil yapamadı. Arabaya binip birlikte dönüyoruz eve. Yol boyu konuşuyoruz Hasan'la. Sadece onu mu, Ankara'yı da özlemişim. Bir yandan Hasan'ı dinliyor, bir yandan da merakla, heyecanla, sanki ilk kez görüyormuşum gibi etrafıma bakıyorum. Merhaba Ankara, merhaba eski dost... Dertlere, sorunlara, sorumluluklara merhaba!

14. Bölüm

Sabah olunca aceleyle kalkıyorum yataktan. Madalyon Klinik burnumda tütüyor. Bir an önce hazırlanıp adeta koşarak gidiyorum kliniğe. Arabam kliniğin önüne yanaşınca hasret gidermeye başlıyoruz. Şoföründen sekreterine, psikoloğundan doktoruna kadar her karşıma çıkana sarılıyorum. Onlar da beni özlemişler. Arada bir kızıversem de, sesimin tonu biraz yükselse de, her birini ayrı ayrı seviyorum. Tuna öyle bir sarılıyor ki, bir an nefes alamayacağım sanıyorum.

Oysa ben Didim'deyken o da geldi. Görüşmeyeli şunun şurasında bir hafta ya oldu, ya olmadı. Yağmur odamda beni bekliyor. Ana kız sarılmalara doyamıyoruz. Odam bir anda bayram yerine dönüyor. Ben onları seviyorum, onlar da beni. Bundan daha güzel ne olabilir ki hayatta...

Gözlerimi kızım Yağmur'dan alamıyorum. Sarı saçlarını her zamanki gibi at kuyruğu yapmış, arkasını pencereye vermiş, bir yandan konuşup, bir yandan da kıkır kıkır gülüyor. "Su gibi bir kız," diyorum içimden. Öyle güzel, öyle doğal, öyle duygulu ki, insan ona bakınca hayatı görüyor. Yeşil gözleri her zaman cıvıl cıvıl ve her zaman konuşacak ya da gülecek bir şey bulmada usta. Hasan ne kadar suskunsa, Yağmur o kadar coşkun.

Kahveler, çaylar gırla gidiyor odamda. Öğlene doğru karşılama töreni bitiyor ve herkes yerine dönüyor. Onlar çıkınca Seliyha'yı çağırıyorum odama. Ala'yı merak ettim. Bakalım neler anlatacak bana. Seliyha nefes nefese dalıyor odama. Onu neden çağırdığımı biliyor. Daha kapıyı kapatırken başlıyor anlatmaya.

"Ay hocam gözlerinize inanamayacaksınız," diyor Seliyha. "Ala manken gibi bir kız oldu. Ben size söylemiştim bu kız güzel diye de inanmamıştınız. Bir de şimdi görün bakalım, güzel miymiş, çirkin mi!" Akıllıdır, zekidir, yeteneklidir ama güzellikle Ala'yı bir türlü bir araya getiremiyor zihnim.

"Ev işini ne yaptınız," diye soruyorum. Onu da halletmişler. Çankaya'da eşyalı, küçük bir teras katı bulmuşlar. Üç gün önce eve taşınmış. Bizimkiler taşınma işinde de ona yardımcı olmuşlar. Yanılmıyorsam Seliyha onun hayattaki ilk arkadaşı oldu. Bugün Seliyha'yı susturmak mümkün değil. Yaptıkları kendisini de çok heyecanlandırmış olmalı ki, durmadan anlatıyor.

— Hocam, aslında biz size hiçbir şey söylemeyecek ve sürpriz yapacaktık ama öyle heyecanlıyım ki, size söylemeden duramadım. Sizden sonra biz bu kızla arkadaşlığı iyice ilerlettik. Önce bana çok itici gelmişti ama onu tanıdıkça aslında çok zeki ve akıllı bir kız olduğunu anladım. Maşallah bilmediği yok bu kızın! Genel kültürü inanılmaz. Psikolojiyi bile neredeyse benim kadar biliyor.

— Onun bilmediği mi var! Aferin sana, demek ilgilendin onunla.

— Taşınırken yardım etmek için evine gittim. Aman hocam bu kız o evde yıllarca nasıl oturmuş acaba? Perili köşk gibi bir yer. Ay, benim ödüm kopar öyle bir yerde yalnız oturamam. Neyse, evin eşyaları aslında çok eski ama hepsi antika. Kitaplarından başka hiçbir şey almak istemedi evden. Biz de evin bütün eşyalarını bir hayır kurumuna hibe ettik.

— Hiçbir şey almadı mı?

— Salondaki yemek masasının üzerinde duran elde örülmüş bir örtü vardı. Bir tek onu aldı. Örtü neredeyse yapışmış masaya. Zaten rengi de kararmış. İyi bir temizleyiciye verdik. Yıkamışlar, kolalamışlar, harika bir şey olmuş. Ama ev viraneye dönmüş, o durumda orayı kimse kiralamaz. Onun da çaresini bulduk. Hasan Bey'in bu işleri yapan bir arkadaşı varmış. Bütün evi elden geçirecekler. Aslında yapılınca çok kıymetli bir yer orası. Biraz fazla para sarf edecek ama başka çare de yok.

— Başka neler yaptınız bakalım?

— Neler yapmadık ki? Sizden hemen sonra birlikte bir güzellik enstitüsüne gittik. Kızı baştan aşağı elden geçirdiler. Burnunda ciddi sorun varmış ve zor nefes alıyormuş. Doktora da beraber gittik. Çocukken galiba kırılmış burnu. Kemikler eğri kaynamış. Doktor hemen ameliyat etti.

— Ameliyat mı etti?

— Evet. Kaç gündür burnu sargılıydı ama kendisi çok mutlu. İlk kez geceleri burnum tıkanmadan uyuyabiliyorum diyor. Zavallı kız, aslında insan acıyor haline. Nasıl yalnız bir bilseniz! Bana her gün on kere teşekkür ediyor. Benim için ne yapacağını bilemiyor. Her çıktığımızda bana yemek ısmarlamak için ısrar ediyor. Borçlu kalmak istemeyen de bir hali var. Hâlbuki ben bunları zevkle yapıyorum. Yıllardır hiç alışveriş etmemiş galiba. Hani siz bizi lüks bir mağazaya göndermiştiniz ya, o günden sonra bir şeyler almak hoşuna gitti. Birlikte ona neler aldık bir bilseniz?

— Neler aldınız?

— Ojeler, parfümler, kremler, iç çamaşırları, gecelikler, şampuanlar, işte aklınıza ne gelirse aldık. Para sorunu da yok, canı ne isterse alıyor. Bir de kitaba meraklı. Her çıktığımızda önce kitapçılara uğruyoruz. Zaten her yer kitap dolu. Son olarak dün de eve yiyecek bir şeyler aldık. Mutfağı bomboştu.

— Demek yiyecek de aldınız..

— Evet, hocam. Meyve, sebze, et, çay, kahve, dondurma, pişirilmeye hazır yiyecekler, ne varsa aldık işte.

— Aferin sana Seliyha. Nasıl bir iyilik ettiğinin farkındasın değil mi?

— Ay olur mu hocam, siz söylersiniz de ben yapmaz mıyım?

— Geriye bir şey kaldı mı?

Seliyha muzur bir ifadeyle gülüyor.

— Ohoo, daha yapılması gereken çok şey var. Bir kere bu kız sanki bugüne kadar mağarada yaşamış. Doğru dürüst yürümeyi bile bilmiyor. Onun için Tunalı'da bir mankenlik kursu var. Haftada iki gün akşamları iş çıkışı oraya gidiyor. Hiç olmazsa orada genç kız gibi yürümeyi öğrensin.

— Başka?

— Arabası da yok, ehliyeti de. Onun da çaresine bakacağız. Ayrıca çok bilgili ama konuşmayı bilmiyor. Hem diksiyon hem de toplum içinde konuşma kurslarına gitmesi gerekiyor.

— Haklısın. Bütün bunları iyi düşünmüşsün ama kendisi ne diyor?

— Ne önersem büyük bir memnuniyetle kabul ediyor. Hiç itirazı yok. Yarın da yine birlikte bir göz doktoruna gideceğiz. Gözlerinde de sorun var. Bugüne kadar doktora gitmek aklına gelmemiş!

— Onu da iyi düşünmüşsün. Sen bu kızı sevdin galiba Seliyha!

— Çok değişik bir kız! Hiç böylesini görmemiştim! Önce insana çok itici geliyor ama onu tanıdıkça ısınıyor insan. Bütün bunlara sizin ne diyeceğinizi çok merak ediyor. Çok çekiniyor sizden. Adınız geçince bile eli ayağı birbirine dolanıyor.

— Çekinsin bakalım! Onun mutlaka birilerinden çekinmesi gerekiyor. Yeni evi nerede?

— Çankaya'da. İşine çok yakın. Öyle denk geldi. Ne şans değil mi?

— Şans ha? Seliyha, her şey için teşekkürler. Eline sağlık. Lütfen bu kızdan elini çekme. Yine bir ihtiyacı olursa yardım et olur mu?

— Tabii hocam, siz hiç merak etmeyin. Zevkle yaparım.

O sırada Tuna kapıdan başını uzatıyor ve "Hazırsanız hastalarımız geldi. Almaya başlayalım mı" diye soruyor. Seliyha gülerek çıkıyor odamdan. Nihayet sıra hastalarıma geldi. Derin bir nefes alıp masamın üzerindeki dağınıklığı düzelttikten sonra ilk hastamı alıyorum.

İşimi, çalışmayı, insan denen o muhteşem varlıkla uğraşmayı, onları anlamayı, onlara bir şeyler anlatmayı, bir fiske hüzün alıp yerine bir fiske gülümseme koyabilmeyi özlemişim. Akşama kadar odamın duvarlarına çarpan hüznün, acının, kederin, umutsuzluğun, bitmişliğin gölgesi giderek koyulaşıyor. Doktorluğun da çeşitleri var. Kimi mikroskop başında, kimi makinelerle haşır neşir, kimi yeni hayatlarla merhabalaşıyor her gün. Kimi kesip biçiyor, kimi acılara, ağrılara, ıstıraba dur diyor. Kimi de bizim gibi akşama kadar acıyı, ıstırabı bizzat sahibinden dinliyor. Istırap da en az mutluluk ve keyif kadar insanca. Hatta pek çoğumuz, bilerek veya bilmeyerek hüznü, mutluluğa tercih ediyoruz. Özellikle Doğu felsefesinde bu durum çok açık... Belki de mutluluktan çok önce hüznü, acıyı öğrendiğimiz için seviyoruz bu çok aşina olduğumuz duyguyu.

Hastaların biri girip biri çıkıyor ama benim aklım sık sık Ala'ya gidiyor. Gerçekten söyledikleri kadar çok mu değişti bizim deli kız.

Ayten bir bardak sıcak çayla iki tane sıcak poğaça getiriyor. Onları görünce hatırlıyorum yine yemek yemediğimi. O da zaten bunun için yapmış bu güzel poğaçaları. Ben çayımı içerken Tuna telaşla giriyor odama. Daha kapıyı kapatmadan gözleri parlayarak konuşmaya başlıyor.

— Bir içim su olmuş ayol! Bizim deli kız gitmiş yerine sanki bir prenses gelmiş. Ay ben neredeyse tanımayacaktım. Halbuki ben onu sizden sonra kaç kere gördüm. Ay ne olmuş bu kız böyle...

Tuna sık sık elini ağzına götürüp bana işaretler yaparak sürekli konuşuyor. Tuna böyledir işte, sadece sözlere güvenmez, vücut dilini de kullanır. Eğilip, bükülür, kaşını gözünü oynatır, göz bebekleri de bu arada sürekli hareket halindedir. Bu kadın hiç yaşlanmayacak mı? Ruhundaki çocuk uslanmayacak mı?

Bir yandan sıcak poğaçalarımı iştahla yerken, keyifle, gülerek dinliyorum onu. Sadece ben mi, duvarlar bile dinliyor bu muzip, bu neşeli kadını. Ne de olsa hep birlikte özledik neşeyi, muhabbeti... Demek çok değişti Ala! Buna ben de hazırlamalıyım kendimi. Ben insanlara kolay kolay çirkin demem. Herkesin kendine göre bir güzel yanı vardır ve ben o güzelliği mutlaka görürüm. Hele bir de akıllıysa, kendini güzel göstermenin bir yolunu bulur zaten. Bu Tuna'yla Seliyha'ya ne oldu böyle. Biri bırakıp biri alıyor sazı eline ve sürekli onu methediyorlar. İnşallah onlar haklı çıkarlar.

Tuna bana yan yan bakarak çıkıyor odadan. Hayır, çıkmıyor. Benim Ala'yı görünce ne hissedeceğimi çok merak ediyor olmalı ki, bir eliyle kapıyı tutup öteki eliyle Ala'yı içeri alıyor. Gözü hâlâ bende! Onun açık tuttuğu kapıdan genç bir hanım giriyor içeri. Bu da kim? Bu kız Ala'ya benziyor biraz ama o değil. Yoksa o mu? Gözlerimi açmış, hayretle bakıyorum ona. Sokakta rastlasam asla tanımazdım onu. Tuna onu bizzat içeri almakla aslında iyi etmiş galiba. O bana hâlâ muzip bir ifadeyle bakarken, kaşı gözü oynamaya devam ediyor. Bense son derece ciddiyim. Bu nasıl bir değişiklik böyle? Tuna sonunda yavaşça kapatıyor kapıyı. Ala olduğu söylenen genç hanım ağır ağır yaklaşıyor bana. Etkileyici zarif bir endam, son derece genç ve güzel yüzlü biri var karşımda. Çehresinde hem çocuksu, hem de kadınsı bir şeyler görüyorum.

Yüzüme bakmakta zorlanıyor, utanıyor benden. İşte bu ona ait bir özellik. Ama gözlerinin rengi bile değişmiş. Gözlerini sık sık kırpıştırarak bakıyor bana. Nar çiçeği renginde hafif bir yazlık elbise var üzerinde. Elbiseye bakar bakmaz onun markasının Missoni olduğunu anlıyor insan. Chanel marka zincirli çanta ve kırmızı tabanlı Christian Louboutin ayakkabılar kıyafeti tamamlıyor. Parlak tütün rengi saçları hafif bir topuzla arkaya doğru toplanmış. Alnı genişletilmiş. Bu geniş alna ve yanaklarına birkaç tel saç hafifçe düşürülmüş. Sanki bir heykeltıraş, yaptığı heykelin yüzünü beğenmemiş ve o yüzü tamamen kırmış, yeni bir yüz yapmış bu muhteşem heykele.

Bir zamanlar ben onu esmer zannediyordum ama rengi açılmış. Teni pırıl pırıl! Kaşlar incelmiş, şakaklarına doğru dümdüz çekilmiş ve şakaklarında hafifçe yükseldikten sonra tekrar aşağı doğru kayıyor. Burnu için söyleyebileceğim bir şey yok. Heykeltıraş belli ki en çok burnu ile uğraşmış ve bu küçük yüze çok yakışan yine küçük ve son derece biçimli, hafif kalkık bir burun yapmış. İncecik dudaklar gitmiş, yerine küçük, yuvarlak, pembe ve biçimli dudaklar gelmiş.

Tam karşıma gelince hafifçe, yine dudakları sola çekerek güler gibi yapıyor ve işte o zaman ağzında inci gibi parlayan beyaz dişlerini görüyorum. Nereye gitti Ala'nın o çarpık çurpuk dişleri? Seliyha her şeyi anlatmış ama dişlerinden hiç söz etmemişti. Gözlerini yere doğru eğince kirpikleri neredeyse yanaklarına değiyor. Takma kirpik mi var, yoksa rimelle mi bu kirpikler bu hale geldi. Sonra kuğu gibi boynu dikkatimi çekiyor. İncecik bir altın zincirin ucundan, tek bir su damlası gibi bir pırlanta sarkıyor. Sol bileğinde Chopard'ın yeni çıkardığı spor ama her zamanki gibi içinde yedi adet pırlantanın yüzdüğü değerli ve çok şık bir saat var.

Onunla birlikte odaya hoş bir koku yayılıyor. Pudra kokusu gibi hafif ama iç gıcıklayan bir koku. Hiçbir şey söylemeden karşımda öylece duruyor. Ona dikkatle bakınca heyecandan titrediğini fark ediyorum. Sadece o mu, ben de çok heyecanlıyım. Sanki kendimi bir heykeltıraş gibi hissediyorum şu anda. Uzun süredir üzerinde çalıştığım heykel bitti ve üzerindeki örtüyü açtım, eserime hayranlıkla bakıyorum ve işin güzel tarafı yaptığımı ben de beğeniyorum.

Bu heykeli yapmaya başlarken, sonunda ortaya bu kadar güzel hatta böylesine mükemmel bir eser çıkacağını ben de tahmin etmiyordum.

Hayret, şaşkınlık ve daha çok da hayranlıkla bakıyorum ona. O çirkin, eciş bücüş, kirli paslı, kepekli kız nasıl bu hale gelebildi Tanrım? İçime bir ferahlık, bir umut, bir güzellik yayılıyor. Ona bakarken gözlerimin dolduğunu hissediyorum. Kendine has, kişiliği olan bu güzel yüzlü kız, umut dolu bakışlarla bakıyor bana. Sonra yavaşça eğiliyor karşımda ve uzanıp geçen sefer yaptığı gibi elimi öpüp alnına koyuyor. Doğrulunca bana sarılmak istediğini nihayet anlıyorum ve sıkıca sarılıyoruz birbirimize. İkimizin gözünde de yaş var.

Sonra hiç konuşmadan oturuyoruz yerlerimize. Söze nasıl başlayacağımızı bilemiyoruz. Çok güzel olmuşsun desem, bu benim duygularımı ifade etmeye yetmez ki... Sonra yine ben başlıyorum söze.

— Ala?

— Efendim!

— Nasıl bu kadar değişebildin?

— Sayenizde efendim... Size minnettarım... Daha fazlasını söylemem gerekiyor ama ne söylesem yine de duygularımı anlatamam, biliyorum.

— Seliyha bana olanlardan söz etmişti ama doğrusu bu kadarını beklemiyordum. Demek sana güvenmekte haklıymışım.

— Bana güveniyor musunuz?

— Hem de nasıl...

— Böyle göründüğüme bakmayın... Aynada kendime her bakışımda bir yandan kalbim heyecandan deli gibi çarparken, bir yandan da içime bir korku giriyor... Umutlu olduğum kadar çaresiz, güçlü olduğum kadar zayıf hissediyorum kendimi... Neden bilmem, bu ani değişiklik fena halde sallıyor beni.

— Böyle hızlı çıkışlar düşüşü, güç zayıflığı, masumiyet fesatlığı, umut da çaresizliği çağrıştırır her zaman. Çok iyiyim desen, şaşardım.

— Oh, buna memnun oldum. Biliyorsunuz Seliyha ile tanıştık... Onu her gördüğümde gözlerine dikkatle bakıyorum... Bendeki korkular yok onda... Ama çok akıllı ve iyi bir kız. Bana çok yardımcı oldu... Galiba onunla biz arkadaş olduk... Biliyorsunuz, daha önce benim hiç arkadaşım olmamıştı.

— Biliyorum Ala ama her şeyin bir ilki var.

— Rüyada gibiyim... Yeni evimdeki odama koca bir boy aynası aldım. Her gün o aynaya bakmaktan kendimi alamıyorum... Sık sık "Bu ben miyim?" diye soruyorum. Meğer güzel olmak ne fevkalade bir duyguymuş! Sanki bu bir rüya ve ben uyanınca yine eski Ala olacağım gibi geliyor. Bundan çok korkuyorum... Ama siz geldiniz ya, artık hiçbir şeyden korkmam. Sizin yokluğunuz zor geldi bana... Çok yalnız hissettim kendimi.

— Ama bu birkaç aya çok şey sığdırmışsınız.

— İyi ki öyle oldu... Her gün akşama kadar bir yerlere koşturmam gerekti. Ama yine de sizi çok aradım... Beni bırakıp gitti dedim içimden. Ama haksız mıyım?

— Haklısın... Sen de haklısın...

— Ne olur öyle demeyin... Sanki size sitem etmişim gibi oldu. Sizi kaybetmekten korkuyorum... Oysa tatil yapmak sizin de hakkınız ama insanlar bencil oluyor işte.

— Yok, sana gerçekten hak verdim. Ama bir gün gelecek, ben çok daha uzun süre gitsem de bana sitem etmeyeceksin. Çünkü o zaman kendine ait bir hayatın, çevren, arkadaşların, sevgilin, belki de eşin olacak.

— Benim mi? Sizce bir gün ben de âşık olur muyum?

— Neden olmayasın? Âşık olmak istemez misin?

— Bir hainin aşkı, sevgisi de kendi gibi çürük olur.

— Kendine neden böyle dedin?

— Öyleyim çünkü ama asla kendim gibi birine âşık olmayacağım... Benim âşık olacağım adam güçlü ve güvenilir biri olmalı... Zayıf adama, benim gibi bir o yana bir bu yana sallanan birine âşık olmam ben... Zayıf adamın sözüne de duygularına da güvenilmez. İhanete en yatkın insanlar, hayattan beklentileri en yüksek, göğüslerinde taşıdıkları yürekse en zayıf olanlardır. Zaten öyle adamlar kendileriyle öyle meşguldürler ki, aşk meşk onlara göre değildir... Tutunacak bir daldır aradıkları... O dal asla ben olmayacağım.

Çok ciddi şeyler söylüyor. Bugün hiç sansür kullanmadan, olanca açıklığıyla konuşuyor. Böyle derken aslında bir yandan da kendine olan nefretini dile getiriyor. Böyle bir günde bu konularda onu fazla sıkıştırmak istemiyorum. Gülerek, yarı şaka, yarı ciddi soruyorum ona.

— Yazık değil mi adama?

— Kimseye yazık değil... O da akıllı olsun, kullandırmasın kendini.

— Yani sen kullanmakta kararlısın.

— Bu bir karar değil, çaresizlik... Eskiden, çok eskiden, iyi bir mesleğim, biraz param ve özgürlüğüm olursa... çok mutlu olurum sanırdım... Yanılmışım... Kütüphaneler dolusu kitap okudum, okulları hep dereceyle bitirdim... İyi bir işim var ama yine de olmadı işte... Bir şeyler hâlâ eksik... Bugüne kadar kaybeden hep ben oldum... Şimdi artık biraz da kazanan tarafta yer almak istiyorum... Bir gün gerçekten kendimle barışır, kendimi sabote etmekten vazgeçebilirsem, o zaman çok şey değişir hayatımda...

— Demek kendini sabote ettiğinin farkındasın!

— Farkında değildim ama öğrendim. Kafam çalışıyor ama yaşamın içinde bir geri zekâlıdan farkım yok... İçimdeki fay hatları o kadar derinlerde ki, bir dengeye oturabilmesi için daha çok deprem yaşamam gerekiyor...

Şimdi sanki bu odada roller değişti. Benim yerime o konuşuyor ve bir psikiyatrist gibi kendisiyle ilgili çok önemli, çok değerli yorumlar yapıyor. Söylediklerinin hepsi doğru ama bunları bilmek onu kurtarır mı? Sanmıyorum. Çok erken ve yeteri kadar hissedilmeden yapılan yorumlar bunlar. Keşke bu kadar bilmese... Keşke her şeyi bu kadar iyi bildiğini düşünmese... Bir zaman sonra zihninde tam bir kör dövüşü yaşanacak...

— Belki seni de yazarım kitaplarımda. Bir başarı öyküsü olarak... Sadece ikimiz değil, belki başkaları da paylaşır bu güzel anıları.

— Başarı öyküsü mü? Beni başarılı mı buluyorsunuz?

— Sence başarı değil de ne?

— Daha öğrenmem gereken çok şey var.

— Başka neler öğreneceksin?

— Mankenlik kursuna gidiyorum... Orada bir genç kız gibi yürümeyi öğreniyorum. Diksiyon kurslarına da ihtiyacım var... Ayrıca bir dil daha öğrenmek istiyorum.

— O neden?

— Uluslararası işlerde çalışırsam buna çok ihtiyacım olacak.

Dış görünüşüyle çok ilgili! Güzel olmanın, hoş görünmenin, insanların ilgisini çekmenin büyüsüne kapıldı. Pratik hayata uyum açısından hiç fena değil. İnşallah bu konuda aşırıya kaçmaz. Bir de dil öğrenecekmiş. Olabilir, mesleğinde bunun faydasını görebilir ama gerçekten bunun için mi öğrenecek bu dili? Yoksa bu, bir tür mastürbasyon mu? Kendine kendini beğendirmeye mi çalışıyor? Bunca yıl, bunca başarı, bunca bilgiyle yapamadığını, yeni bir dil öğrenerek mi yapacak? Yoksa başka bir şeyin mi hazırlığında?

İnsanın psikiyatri gibi bir mesleği olunca, işte böyle her şeyi çok farklı yorumlayabiliyor. Çünkü bizim hastalarımızın bir kısmı ömürlerini hayata hazırlanmakla geçirirler. Oyun sahasına çıkmadan önce hiçbir eksik kalmasın isterler. Ama o hazırlıklar bir türlü bitmez ve sahaya çıkamadan göçüp giderler. Eğer öyleyse, yazık olacak bu kıza. Onu bu yoldan çevirmeyi çok isterim doğrusu ama istemem yetmez. Oyun sahasına çıkacak gücü olmayanı o sahaya itmek büyük bir felaket olur. Hayat onu, o sahada paramparça eder. Güçlü ve hırslı olanlar kadar, zayıf ve çaresizlere de kucak açan, her birine sadece uzaktan göz kırpmakla yetinen ama ihtiyaç duyduğumuz gıdayı sadece elini hiç çekinmeden uzatıp alanlara veren bir dünya bu. Onun için bu kızın kapasitesini çok iyi tartmam gerekiyor.

Genelde bu tür hastaların hemen hepsi çok zeki olurlar ama zekâ her zaman hayata tutunmaya yetmiyor. Eğer sahaya çıkamayacaksa, bu tür etkinliklerde onu desteklemeli, her seferinde kendine yeni ama başa çıkabileceği bir hedef bulmasında yardımcı olmalıyım. Şimdilik bu konulara girmek için çok erken. En iyisi kaldığımız yerden devam etmek.

— Konuşman eskiye göre daha iyi. Farkında mısın?

— Evet, farkındayım... Bu durum beni umutlandırıyor. Demek ki bazı şeyleri değiştirmek sandığım kadar zor olmayacak. Gerçi şu ayağımdaki ayakkabılara bile henüz alışamadım ama...

— Alışırsın, alışırsın merak etme. Topuklu ayakkabı sana çok yakışmış. Çok da zevkli giyinmişsin. Aferin sana.

— Yok, ben henüz nerede ne giyeceğimi bilmiyorum... Alışveriş ettiğimiz mağazadaki kıza, neyi neyle giyeceğimi ve takacağımı tek tek sordum. Hatta yine güleceksiniz ama bunları bir deftere not aldım... Şimdi bu konuda başım sıkışırsa da Seliyha'yı arıyorum.

— Güzel, sende bu yetenek varken yakında onları da öğrenirsin. İşler nasıl gidiyor?

— Zaten adli tatil nedeniyle izinliydim. Sonra da patrondan bir aylık izin daha aldım. Stajım çoktan bitti. Birçok iş teklifi alıyorum. Yakında Avrupa İnsan Hakları Mahkemesi'nin sınavları var. Oraya gireceğim.

— Hedeflerin çok büyük ama ben sana güveniyorum. Patron ne diyor, ondan iş teklifi gelmedi mi?

— Bu hafta başı görüşeceğiz onunla.

— İyi... Bakalım o ne diyecek?

— Oraya giderken giyeceğim daha ciddi kıyafetlerim var. Bir de deri çanta aldım kendime.

— İş kadını çantası mı?

— Evet, hem de çok şık.

— Aferin sana Ala. Ben de hep seninle gurur duyacağım.

Bu arada sadece dış görünüşün değişmesinin yeterli olmadığını, genel olarak hal ve tavırlarında da ciddi değişiklikler gerektiğini anlatıyorum ona. Ben bunları anlatırken çocuk gibi, çok basit sorular soruyor. Vücut dilini kullanmaya kadar her konuda ayrıntılı konuşuyoruz. Sanki o bir külkedisiydi ama şimdi prenses oluyor. Bu arada sesinin tonunun ne kadar güzel olduğunu bir kere daha fark ediyorum.

— Sizce benim hikâyemin sonu nasıl bitecek?

Nereden çıktı şimdi bu soru!

— Tuhaf bir sorul Kendimi falcı gibi hissettim.

— Psikiyatristler aslında en iyi falcılardan daha iyi bilirler geleceği. Benim hayatımda da güzel şeyler olabilir mi sizce?

— Oldu bile. Görmüyor musun, bambaşka bir kız oldun.

— Evet ama ben hâlâ çok korkuyorum. Geçmişim korkutuyor beni. Siz ona belki de bilinçdışı diyeceksiniz.

— Haklısın, bizim kaderimizin büyük bölümünü bilinçdışı dediğimiz yer yazar. Orası da, dünyaya ilk geldiğimiz gün itibarıyla kurallarını belirlemeye başlar. Yani kişi mutlu mu yoksa mutsuz mu olacağına bile çok önceden karar verir.

— Güzel bir şey olunca insan mutlu olur... Bunun kararla ne ilgisi var?

— Senin hayatında şu ara çok güzel şeyler oldu. Okulu dereceyle bitirdin. Ünlü bir hukuk bürosunda stajını tamamladın ve daha da önemlisi o çirkin ördek yavrusu gitti ve yerine bir peri kızı geldi. Bütün bunlar seni mutlu edebildi mi?

Gözlerini dikmiş, hüzünle bakıyor yüzüme.

— Sevindim mi bilmiyorum ama güzel olmak heyecanlandırdı beni.

— Lûtfetmişsin peri kızı! İşte sana söylemek istediğim tam olarak buydu. Ama birazcık canını sıkan bir şey oluverse, üzülmeyi, acı çekmeyi, kızmayı çok güzel becereceksin değil mi?

— Evet... Özellikle kızmayı, her şeye lanet etmeyi iyi biliyorum... Ama bu benim tarihimle ilgili.

— İyi ya, bilinçdışı dediğimiz yer de geçmişte yavaş yavaş yazılıyor zaten. Şimdi biraz önce sorduğun sorunun tam cevabını vereceğim, hazır mısın?

— Yani falıma bakacaksınız!

— Evet. Eğer bir şeyler yapamazsak çok güzel, çok başarılı biri olacaksın ama mutlulukla tanışabilecek misin, şimdilik pek bilemiyorum.

— Neden?

Bu soruyu sorarken adeta haykırıyor.

— Çünkü bilinçdışın mutsuzluğa, acıya, adaletsizliğe karşı isyana göre programlanmış. En iyi tanıdığın duygular öfke, hırs, intikam duygusu ve suçluluk duyguları. İyiliği, mutluluğu, yaşama sevincini, birilerini sevmeyi, sevilmeyi, başkalarının mutluluğundan mutlu olmayı, acı, tatlı bazı duyguları paylaşmayı hiç bilmiyorsun. Böyle birinin ne kadar güzel, ne kadar bilgili, ne kadar varlıklı ve ne kadar başarılı olursa olsun, hayattan zevk alma şansı pek yok.

— Dışımı güzelleştirdiniz ama içimdeki bataklık duruyor.

— Onu da kurutabilmek için söylüyorum bunları. Kolay kurumaz, bunu ikimiz de biliyoruz ama gördüğün gibi ben umudumu kesmedim. O bataklığı kurutabilmek için biraz daha çalışmamız gerekiyor.

— Siz nasıl bana bazı konularda güveniyorsanız, ben de size güveniyorum... Sizin bu açıklığınız, sözünüzü hiç esirgememeniz umut veriyor bana. Biraz önce söylediklerinizi düşünüyorum da, ne kadar haklısınız... Bu kadar güzel şey oldu ama ben hiçbirinde kendimi mutlu hissedemedim. Sanki bir tarafım yarım. Bir türlü onu tamamlayamıyorum... Ne başarı, ne güzellik, hiçbiri yetmiyor bana.

— Bundan korkma Ala. Genelde ruh sağlığı en yerinde olan insan bile çoğu zaman yarımdır. Bunu genelde hep böyle hissederiz ama senin kadar bilinçli bir yorum yapamayız. Bu yarım hissedişe hep bir bahane buluruz. Şu da yok ondan, bu olsaydı şöyle olurdu gibi. İnsanlar kendilerine eş seçerken bile genellikle bazı şeyleri hep atlarlar. Güzel mi, iyi huylu mu, beni seviyor mu, dürüst mü, eğitimi nedir gibi önemli ama çok yetersiz bilgilerle hareket ederler. En önemli şey kişinin tarihidir. Çünkü tarih hep tekerrür eder. Dayak yiyerek büyüyen biri döver veya yeniden dayak yiyebilmek için farkında olmadan çok uğraşır. Kavgalı ortamda büyüyen kavga eder çünkü bunu öğrenmiştir. Mutluluğu görmemişse, tatmamışsa kendi bunu yaratamaz. Hırs, intikam, suçluluk duygusu, aşağılanma varsa tarihinde kendisi de bunları yapacak veya kendine bunların tekrar tekrar yapılması için çanak tutacaktır. Suçlanmışsa suçlayacak, aldatılmışsa aldatacak, hakkı yenmişse o da hak yiyecektir. Örneğin hep aşağılanan, hep hakkı yenen, sevilmeyen, kabul görmeyen, önemsenmeyen biri...

— Yani ben!

— Evet, senin gibi biri, kendisine böyle davranmayan, tam tersi ona önem veren, seven, yücelten, haklarına saygı gösteren birine asla güvenmez. Hatta kendini böyle birinin yanında huzurlu bile hissetmez. Çünkü bu ilişki daha önce yaşadıklarına hiç benzememektedir. Bu yüzden de işin içinde mutlaka bir yalan, hile, aldatma veya sahtekârlık arar.

— Ama neden?

— Çünkü kendisinin bunlara layık olmadığından emindir. Eğer karşı taraf ona bu kadar iyi davranıyorsa, bu geçici bir durumdur, altında bir çıkar yatmaktadır ve o kişi asıl yüzünü gelecekte mutlaka gösterecektir. Böyle olmasından bir yandan için için korkarken, bir yandan da bunu dört gözle bekler.

— Ama benim hayatımda bu zaten hep böyle oldu... Biri bana yaklaşıyorsa mutlaka işin içinde bir çıkar vardı.

— Biliyorum, bundan önce böyleydi ama dikkat etmezsen veya bir şeyleri değiştiremezsen, bu hep böyle devam edecek. İlişki iyi gitmeye devam etse bile böyle insanlar çoğu zaman kendilerine çok iyi davranan bu tür kişilerden bir yolunu bulur ve kaçarlar, çünkü onlara asla inanmazlar. Yıllardır hiç tanışmadığımız bazı duygular yabancı gelir bize. Güzelliğin tadını bile alamayız, bize ait değildir çünkü.

Bir an ne diyeceğini bilemiyor. Ellerini birleştirip çenesinin altına koyuyor, düşünüyor. Eskiden de böyle yapardı ama o kız, şu anda karşımda oturan şık, güzel ve bir o kadar da cazibeli genç hanıma hiç benzemiyordu.

— İyi şeyler insanı mutlu, kötü şeyler de mutsuz eder diyordum... Bir olay iyiyse, güzelse, bundan herkesin aynı şekilde etkileneceğini düşünüyordum... Meğer ne kadar yanılıyormuşum! Bütün insanların mutlu olmak istediklerini sanırdım.

— Aslında bu söylediğin doğru! İnsanların hepsi bunu ister. Ya da biraz önce senin de söylediğin gibi, mutlu olmayı çok istediklerine, hatta bunun işin çok mücadele ettiklerine inanırlar. Ama olayları mikroskop altına alıp incelediğimizde, bunun hiç de böyle olmadığını hayretle görürüz.

— Demek alınyazısı filan hep hikâye... Kendi kaderimizi aslında kendimiz yazıyoruz.

— O kadar da değil. Bizim kaderimizi aslında anne babalarımız, çocukken içinde yaşadığımız o küçük toplum yazar. Özellikle de annelerimiz

— Benim işim zor... Çünkü geriye bakınca benim tarihim çok karanlık.

— Evet, karanlık ve ben o karanlığa fener tutmaya çalışıyorum. O fenerin ışığında bazı şeyleri görebilirsen, bunu çok istersen ve gücün yeterse bu kaderi değiştirebilirsin.

— Çok istersen ve gücün yeterse diyorsunuz... Çok istediğimi siz de biliyorsunuz ama gücüm yeter mi, onu bilmiyorum... Güçlü olmayı, onun için her şeyden çok istiyorum... Benim mutlu değil, güçlü olmam gerekiyor... Güçlendikten sonra gerisi kolay... Bakalım o fenerin ışığında bir gün ben de gücü ve kararlılığı bulabilecek miyim?

— Umarım bulursun. Aslında bir yandan da senin çok güçlenmen endişelendiriyor beni.

— Beni de...

— İçindeki yoğun ve yıkıcı öfkeden korkuyorum. Şimdiye kadar o öfkenin tek hedefi sendin. Eğer buraya gelmeseydin muhtemelen kendini yok edene kadar gidecekti bu iş. Bu arada kendi kendini mi yok ederdin, yoksa başka birinin elinde kalarak onun hayatını da kaydırır mıydın, orasını bilemiyorum. Ama şimdi işler değişti. Hayatındaki pek çok şeyi fark ettin. Senin zehir gibi zekân yavaş yavaş olayları doğru yerlere koymaya, görmeye, anlamaya başladı. Artık o öfke yakında seni hedef almaktan vazgeçecek.

— Bunu ben de hissediyorum. İçimde hâlâ deve dikeni gibi duruyor ama yakında sadece bana batmayacak.

— Onu oradan söküp atmak yerine başkalarına batırmaya mı niyetleniyorsun?

— Bilmiyorum... İçimdeki öfkeyle güç birleşirse neler olur, şimdilik bilmiyorum... Aslında genlerim kötü benim... Her şeye rağmen ben iyi olabilmeyi isterdim. İyi ve güçlü... İçimden bir ses "Sen hep yenilmeye, sürünmeye, aşağılanmaya mahkûmsun," diyor... "Cezan bitmedi," diyor... Bir gün o sesi de susturacağım... Sizinle konuştukça, yaşadıklarımı sizin akıl süzgecinizden geçirdikçe, o ses eskisi kadar ürkütmüyor beni. Biliyorum, o ses beni kandırmaya, suçlu olduğuma inandırmaya çalışıyor... Annemin sesi o... Bir gün o susacak, ben konuşacağım.

— Sen neler konuşacaksın Ala?

— Önce kaderimin beni sürüklemeye çalıştığı yola girmemek için elimden ne gelirse yapacağım... Artık beni nereye götüreceğini biliyorum ama onun götürdüğü yere gitmeyeceğim... Sonra da yepyeni yollar çizeceğim kendime... İçinde acı, keder, umutsuzluk, haksızlık, adaletsizlik ve yenilginin hiç olmadığı yollar... Onun için size daha fazla ihtiyacım olacak... Siz yanımda oldukça bazı şeyleri yapabilirim gibi bir umut var içimde... Beni bırakmayacaksınız değil mi?

— Ben hep buradayım Ala...

— Öyleyse kork benden dünya! Yeter artık benim korktuğum, biraz da sen kork...

Böyle diyerek ve hafifçe gülümseyerek kalkıyor yerinden. Biraz hayranlık biraz da endişeyle bakıyorum ona. Gerçekten de ne kadar güzel olmuş bizim deli kız! Ama biraz aklı başına gelince ilk işi dünyaya kafa tutmak oldu. Haydi hayırlısı...

Boynuma sıkıca sarıldıktan sonra mağrur bir edayla, topuklu ayakkabılarının üzerinde kuğu gibi sekerek çıkıyor odadan.

Alnımıza yazılan kaderi bir psikiyatrist ne kadar değiştirebilir acaba? Değiştirdik sandığımızda o kader, tebdil-i kıyafet eder de yine çıkar mı karşımıza? Ala'nın geçmişi, kişisel tarihiyle girdiğimiz kıyasıya mücadeleyi kim kazanacak? Bilmem ki...

Ama bildiğim bir şey varsa, o da, bu hikâyenin burada bitmediği...

2009-2011, Ankara-Kıbrıs-Didim

Yararlanılan Kaynaklar

Akın Alıcı, *Hayata Yön Veren Sözler*, İstanbul, 2004
Dr. Nancy C. Andreasen, *Yaratıcı Beyin, Dehanın Nörobilimi*, Ankara, 2009
Adnan Nur Baykal, *Şeytanlaşan İnsanlar*, İstanbul, 2010
Campbell-Moyers, *Mitolojinin Gücü*, İstanbul, 2007
Ricardo Coler, *Kadın Krallığı*, İstanbul, 2010
Bedrettin Cömert, *Mitoloji ve İkonografi*, Ankara, 2006
Mark Edmundson, *Freud'un Son Yılları*, İstanbul, 2007
Özcan Erdoğan, *Tarihi Liderler ve Aşkları*, İstanbul, 2010
Green, *İçimizdeki Mitoloji*, İstanbul, 2008
W. G. Lerch, *Hallac-ı Mansur*, Ankara, 2004
Elizabeth Lunday, *Büyük Sanatçıların Gizli Hayatları*, İstanbul, 2008
Lars Morris, *Şarlatanlığın Tarihi*, İstanbul, 2009
Ahmet Sarı, *Psikanaliz ve Edebiyat*, Ankara, 2008
Irvin Yalom, *Güneşe Bakmak-Ölümle Yüzleşmek*, İstanbul, 2008
Varoluşçu Psikoterapi, İstanbul, 1999
Yalsızuçanlar-Birgül, *Aşkın Halleri*, İstanbul, 2010
Theodora Zeldin, *İnsanlığın Mahrem Tarihi*, İstanbul, 2003.